Die kalte Nacht des Hasses

Weltbild Taschenbuch

Die Autorin

Linda Ladd ist die erfolgreiche Autorin nervenaufreibender Psychothriller. Seit 1984 hat sie 21 Romane veröffentlicht, die Gesamtauflage ihrer Titel umfasst mehr als drei Millionen Exemplare. Linda Ladd hat zwei erwachsene Kinder und lebt mit ihrem Mann in Missouri.
Mehr über die Autorin erfahren Sie unter www.lindaladd.com.

LINDA LADD

Die kalte Nacht des Hasses

Thriller

Aus dem Amerikanischen
von Ulrich Hoffmann

Weltbild

Die amerikanische Originalausgabe erschien 2008 unter dem Titel
Die Smiling bei Pinnacle Books, New York.

Besuchen Sie uns im Internet:
www.weltbild.de

Dieses Werk wurde vermittelt durch die
Literarische Agentur Thomas Schlück GmbH, 30827 Garbsen
Übersetzung: Ulrich Hoffmann
Projektleitung: usb bücherbüro, Friedberg/Bay
Umschlaggestaltung: zeichenpool, München
Umschlagmotiv: www.shutterstock.com (© Alexander Boden)
Satz: Dirk Risch
Druck und Bindung: CPI Moravia Books s.r.o., Pohorelice
Printed in the EU
ISBN 978-3-86800-894-4

2015 2014 2013 2012
Die letzte Jahreszahl gibt die aktuelle Ausgabe an.

Prolog

Schwesternliebe

Eines eisigen Dezembermorgens fand die ältere Tochter endgültig heraus, dass ihre Mutter sie wirklich nicht liebte. Sie war noch nicht einmal elf, als sie an jenem Tag die Augen aufschlug. Das Licht stahl sich durch die Jalousien vor dem Fenster der Dachgaube neben ihr, grau und neblig wie ein Geist. Auf dem Dachboden war es so früh am Morgen eiskalt und sie zitterte und kroch tiefer unter ihre dicke Quiltdecke.

In völliger Unkenntnis, dass endlich Weihnachten war, schlief ihre kleine Halbschwester friedlich neben ihr, sie schnarchte leise aufgrund einer verstopften Nase. Sissy war acht Jahre alt und alle waren sich einig, dass sie das süßeste kleine Ding war, so viel hübscher als ihr Bruder oder die ältere Halbschwester. Oh, ja, *die süße kleine Sissy* war wunderhübsch, das stimmte, und es machte die ältere Schwester krank, wie alle sich über Sissy begeisterten, als wäre sie etwas ganz Besonderes. Und sie taten es, egal wo Mama sie mit hinnahm, Wal-Mart oder McDonald's oder Pizza Hut. Egal wohin sie gingen, es war überall gleich. Alle wollten Sissys Haar streicheln. Die ältere Schwester hasste Sissys blödes seidiges, gelbes Haar. Sie hasste auch alles andere an Sissy, vor allem das kleine unschuldige Lächeln, das in Wahrheit überhaupt nicht unschuldig war. Es schien nie jemandem aufzufallen außer der älteren Schwester, aber der jedes Mal.

Die ältere Schwester drehte ihrer *oh-so-niedlichen* kleinen Schwester den Rücken zu und stemmte sich auf den Ellenbogen hoch. Sie angelte nach der Zugleine und öffnete die Jalousie etwa dreißig Zentimeter, dann schaute sie begeistert nach draußen auf das Winterwunderland. Der Schnee fiel sanft und sie sah zu, wie er heruntersegelte, und plötzlich hierhin oder dahin huschte, wenn eine Windbö kam. Sie hatte es auch letzte Nacht gesehen, zur Schlafenszeit, im Schein der Nachtleuchte neben der alten Scheune. Manchmal mochte sie so viel Kälte nicht, an dem Ort, wo sie mit Mama und ihrem richtigen Daddy gelebt hatte, war es das ganze Jahr über warm gewesen. Jetzt lebte sie an diesem kälteren Ort, seit Mama wieder geheiratet und zwei weitere Kinder namens Sissy und Bubby bekommen hatte. Hier hatte auch niemand einen Akzent, so wie der, den sie von ihrem Daddy übernommen hatte, der aus einem anderen Land stammte, und manchmal machten andere Kinder sich über sie lustig, also versuchte sie, es sich abzugewöhnen.

Es hatte fast jeden Tag geschneit, seit die Weihnachtsferien begonnen hatten, und hohe Schneewehen ließen ihren Garten aussehen wie einen riesigen Geburtstagskuchen, der mit einer geschmeidigen, schimmernden Vanillecreme überzogen war. Sie konnte kaum den Schneemann ausmachen, den sie gestern gebaut hatte. Sie sah eine Karottennase und zwei rote Äpfelchen als Augen, aber Mamas rosa-karierte Schürze um seine Hüfte war von Weiß bedeckt.

Schnee türmte sich auch auf dem Fenstersims und die Glasscheiben waren mit Eiskristallen bedeckt, die aussahen wie die weiße Spitze, die Mama um das Unterteil von Sissys Miniatur-Weihnachtsbaum gelegt hatte. Die ältere Schwester wandte sich vom Fenster ab und betrachtete den kleinen Baum, der auf Sissys Nachttisch stand. Winzige weiße Lichterchen blinkten in den dämmrigen Morgen und ließen die Strasskrönchen, die an den Zweigen hingen, wie richtige Diamanten glitzern. Sissy hatte bei Schönheitswettbewerben für Babys und Kleinkinder gewonnen, elf Kronen insgesamt. Jedes Mal, wenn Sissy teilnahm, hatte sie den ersten Platz belegt. Sie bekam auch Pokale, wenn sie gewann, und bunte Schärpen aus rotem und blauem und gelbem und grünem Satin, aber meistens rot. Sissys

Daddy hatte im Wohnzimmer eigens Regale aufgestellt, um ihre Preise und Pokale auszustellen. Sissy war auch sein Liebling.

Als die Ältere ihren Mut zusammengenommen hatte, um Mama zu fragen, ob sie auch so einen kleinen Baum haben könnte, hatte Mama gesagt, sie sollte sich an Sissys Baum erfreuen und aufhören zu quaken. Wenn sie als Baby auch ein paar Wettbewerbe gewonnen hätte, hätte sie jetzt auch ein paar Krönchen, die man in einen Baum hängen konnte. Danach war die ältere Schwester unter die hintere Veranda gekrabbelt und hatte lange – aber leise – geweint, damit niemand sie hörte.

Jetzt wurde sie wütend, weil sie an diesen Tag zurückdachte. Sie runzelte die Stirn und beugte sich dicht an Sissys Ohr, dann flüsterte sie durch zusammengebissene Zähne: »Ich hasse dich mehr als Gift, du blödes kleines Ding, und ich hasse deinen dämlichen Baum, und ich hasse dein Haar, und ich wünschte, du wärst so hässlich wie ich.«

Sissy erwachte nicht, sondern vergrub sich nur tiefer unter dem rot-grünen Patchwork-Quilt, den ihre Großmutter Violet ihr Weihnachten vor zwei Jahren mit der Hand genäht hatte, bevor sie einen Schlaganfall hatte und gestorben war. Strähnen von Sissys langem blonden Haar, das genau die Farbe der Sommersonne hatte, lagen ausgebreitet auf dem Kissen. Die ältere Schwester griff nach einer Locke und rieb das weiche Haar zwischen Daumen und Zeigefinger. Mama sagte, ihr eigenes Haar sei zu kraus und mausig, um hübsch auszusehen. Und es hatte auch noch nie jemand darum gebeten, es anfassen zu dürfen.

Tief in ihrem Herzen, wo sie all ihre bösen Gedanken trug, schoss eine kontrolliert vor sich hin köchelnde altbekannte Wut hoch, schwarz und schnell und brutal. Sie packte eine Handvoll von Sissys blödem, sonnigen Haar und riss daran, so fest sie konnte. Sissy stieß einen Schrei aus und die ältere Schwester lächelte über den Schmerz ihrer Schwester, dann schlug sie ihre Decke beiseite und sprang aus dem Bett. Sie zog Sissys Quilt herunter. »Sissy, komm! Santa war da!«

Sissy schoss im Bett hoch, sie zitterte und rieb sich den Kopf, wo die ältere Schwester an ihrem Haar gerissen hatte. Sie sah sich um, ihre großen porzellanblauen Augen waren noch verschlafen, ihr herzförmiges Gesichtchen verwirrt. Sie sah wunderschön aus, selbst direkt nach dem Aufwachen. Sie hatte letzte Nacht ihre neueste Glitzerkrone aufbehalten, die sie letzte Woche beim Wettbewerb um die Little Miss Snowflake gewonnen hatte, und jetzt suchte sie unter der Decke danach, bis sie sie fand, und setzte sie sich wieder auf den Kopf.

»Sissy! Beeil dich, lass uns schauen, was er uns gebracht hat!«

Sissy vergaß ihren neuesten Preis und sprang aus dem Bett. Der Hartholzboden war kalt unter ihren nackten Füßen, aber das fiel keiner von ihnen auf, sie schlüpften in ihre Vliesbademäntel und die kuscheligen Disney-World-Hausschuhe und rannten in den Flur. Sie sprangen die schmale Dachtreppe hinunter in den ersten Stock, wo ihr dreijähriger Bruder bereits erwacht war. Seine Höschenwindeln waren höchstwahrscheinlich klatschnass, weil er nachts immer noch hineinpinkelte, aber das war der älteren Schwester egal. Sie hämmerte an die Tür ihrer Mama, bis Mama und ihr Stiefvater öffneten, sie schauten ebenfalls noch verschlafen, ihre Haare waren zerzaust, und sie trugen zueinander passende rot-blau karierte Bademäntel.

Ihr Stiefvater hieß Russel und er ging seinen Sohn holen, aber die beiden aufgeregten kleinen Mädchen liefen schon nach unten. Sie blieben an der Kurve der Treppe stehen und schauten nach unten ins Wohnzimmer. Der große Weihnachtsbaum strahlte, er reichte mit seinen blinkenden, leuchtenden bunten Lichtern und dem großen weißen Seidenengel an der Spitze fast bis zur Decke. In seinem warmen Schein konnte die ältere Schwester das Spielzeug sehen, das Santa ihnen dagelassen hatte – zwei Puppen – neue Barbies, noch in den Schachteln! – und ein Fahrrad mit Stützrädern, einen

Baseballschläger und -handschuh für Bubby, alles in einer Reihe auf dem braunen Sofa! Und da war es! Das Barbie-Traumhaus, das sie sich gewünscht hatte, seit sie es letzten Sommer bei Wal-Mart gesehen hatte – es stand zusammengebaut vor dem Kamin.

Sie rannte den Rest der Treppe hinunter, Sissy dicht auf den Fersen, beide quietschten voller Freude. Aber bevor sie das ersehnte Puppenhaus erreichte, packte Mama sie am Arm und zerrte sie weg von den Schätzen, die im Wohnzimmer auf sie warteten, in den Flur. Sie konnte Sissy über die Barbies jubeln hören, und ihr Stiefvater lachte, als er Bubby nach unten trug. Sie wollte sich losreißen, um zu sehen, was die anderen taten, aber Mama hielt ihren Arm fest umklammert.

»Jetzt hör mir gut zu.«

Als sie Mamas barsches Flüstern vernahm, schaute die ältere Schwester auf, augenblicklich überkam sie eine kalte, harte Furcht. Sie kannte diesen Tonfall der Stimme nur zu gut, wenn Mama ein wenig verrückt klang und ihre Augen ganz schwarz und beängstigend wurden. So sprach sie nur, wenn der Stiefvater es nicht hören konnte.

»Ich konnte dir dieses Jahr nichts besorgen, und ich will ja keine Widerworte deswegen hören. Du weißt ganz genau, dass dein billiger Vater mir keinen verdammten Cent für dich schickt, seit er davongelaufen ist und uns allein gelassen hat, und Russel sagt, er wird dir nichts extra kaufen, nicht wenn du irgendwo einen echten Daddy mit tonnenweise Geld hast.«

Die Ältere war so entsetzt, dass sie ihre Mutter bloß anstarren konnte.

Mama runzelte die Stirn. »Du weißt, dass Russel mich meine Arbeit im Dollar Store hat aufgeben lassen. Mir fehlt jetzt das Geld, das ich früher für dich ausgeben konnte. Ich habe nur, was er mir für Essen und Kleidung gibt. Und du solltest einfach dankbar sein, dass er dich mit durchfüttert und dir dieselben schönen Kleidungsstücke kauft wie seinen eigenen Kindern.« Sie warf einen Blick ins Wohnzimmer und senkte die Stimme noch ein wenig mehr. »Es wird sowieso nicht so schlimm sein, du musst einfach nur Sissy und Bubby fragen, ob du mit ihren Sachen spielen kannst. So ist es ab jetzt nun einmal. Du musst es so akzeptieren, wie es ist. Es lässt sich nicht ändern. Das Leben ist kein Zuckerschlecken, das musst du irgendwann sowieso lernen.«

Mamas Finger krampften sich noch ein wenig fester um den Unterarm der Älteren. »Aber du fragst sie nett, verstanden, und lass es Russel nicht hören. Und fang jetzt ja nicht an, so albern zu weinen, ich warne dich. Das lasse ich mir nicht bieten, nicht an Weihnachten! Du wirst Weihnachten nicht für Russel und die anderen Kinder ruinieren.«

»Aber ich war brav. Ich war viel braver als Sissy und Bubby! Sie sind diejenigen, die unartig waren!«

»Dein Daddy liebt dich nicht, sonst hätte er mir etwas Geld für dich geschickt, denn ich habe ihm geschrieben und ihn darum gebeten. Du kannst *mir* ganz sicher keinen Vorwurf machen. Russel liebt seine Kinder, deswegen kriegen die Geschenke. Und dein richtiger Vater ist auch der Grund, warum du nie irgendeinen Schönheitswettbewerb gewonnen hast. Weil du aussiehst wie er. Es ist eine Schande, dass du all diese Sommersprossen hast, und nicht mein gutes Aussehen. Am besten bist du damit zufrieden, dass Russel dich überhaupt hier bei uns wohnen lässt. Dein Daddy will dich ganz sicher nicht haben. Er hat dich nicht besucht, seit er uns für diese Hure verlassen hat, mit der er es jetzt treibt. Wahrscheinlich werden sie noch ein paar Kinder in die Welt setzen, und nur die interessieren ihn. Die bekommen dann garantiert Geschenke zu Weihnachten – wahrscheinlich auch deine.«

Die Ältere schluchzte, und ihre Mama drehte sie herum und verabreichte ihr einen kräftigen Schlag auf den Po. »Sieh nur, wie undankbar du bist. Du hast Glück, dass Russel dich nicht in das Kinderheim auf der anderen Seite der Stadt schickt, wie er es angedroht hat.«

Mama stieß sie in Richtung der Treppe. »Wenn du weiter

heulst, dann kannst du gleich nach oben gehen, verstanden? Hör auf, sonst kriegst du auch keinen Weihnachtsbraten und Pecan-Pie zum Abendessen.«

Aber die Ältere konnte nicht aufhören zu weinen, sie rannte nach oben und warf sich auf ihr Bett. Sie zog sich die Decke über den Kopf, aber sie konnte immer noch Sissys glückliches Lachen die Treppe heraufhallen hören. Nach einer Weile schlich sie sich wieder nach unten und linste durch das Geländer.

Sissy und Bubby packten noch immer Geschenke aus. Mama und Russel lachten und umarmten die Kinder, und die Ältere umklammerte das Geländer mit ihren kalten Fingern, bis ihre Knöchel weiß wurden. Und da wusste sie, dass sie sie alle hasste. Sie hasste Russel und sie hasste ihren wahren Vater, und sie hasste Mama. Aber vor allem hasste sie Sissy, weil Sissy ihr Barbie-Traumhaus bekommen hatte. Sie wünschte, sie könnte sie töten, sie könnte sie töten und in den großen Fluss werfen, der sich zwischen den Weiden hindurchwand, wo Mama und Russel sie niemals finden würden.

Vielleicht würde sie das tun. Vielleicht würde ihr etwas einfallen, wie sie Sissy töten konnte, so wie die Leute in dem Film, den sich Russel letzte Nacht angesehen hatte. Er hieß *Nightmare – Mörderische Träume.* Sie würde sich heute wieder auf der Treppe verstecken, wenn er sich noch einen Film ansah, den er geliehen hatte, er hieß *Freitag, der 13.,* und sie hatte gehört, wie er Mama sagte, dass er sogar noch blutiger und schrecklicher als der *Alptraum in der Elm Street* war. Und dann würde sie wissen, wie sie Sissy umbringen konnte. Sie war größer als Sissy, kräftiger und ihr überlegen. Sie konnte es schaffen. Sie konnte Sissy irgendwo hinbringen, wo niemand sie sehen würde, sie irgendwie töten, und niemand wüsste, was ihr zugestoßen wäre. Die Idee, dass sie sich tatsächlich für immer von Sissy befreien konnte, war ihr noch nie zuvor gekommen, und sie brachte sie zum Lächeln und fühle sich gut an, mächtig und vielversprechend.

Sie ging wieder nach oben und legte sich auf ihr Bett, aber jetzt war sie ruhig und still und dachte weiter darüber nach, wie sie Sissy töten würde. Sie wandte den Kopf um, als Russel und Sissy ins Zimmer kamen. Er hielt seine süße kleine Sissy in einem Arm und trug im anderen das Barbie-Traumhaus. Er warf einen Blick zu ihr hinüber, aber lächelte bloß und sprach mit Sissy, während er das Puppenhaus in der Nähe des Heizungsschachtes aufstellte, damit seine geliebte Sissy beim Spielen nicht fror.

Reiner Hass stieg in ihrem Hals auf. Nachdem Russel gegangen war, wartete sie, bis er ganz unten war, dann erhob sie sich vom Bett und schloss die Tür.

»Sissy, ich will mit dem Barbie-Traumhaus spielen. Du lässt mich doch, oder?« Sie warf einen Blick zur Tür, denn sie wollte nicht, dass Russel oder Mama sie hörten. Sie musste vorsichtig sein. Sissy war deren Liebling, sogar noch mehr als Bubby, und Bubby war der süßeste kleine Junge der Welt mit all seinen blonden kleinen Löckchen. Sie mochte Bubby recht gern, sie würde Bubby nicht umbringen, weil er der Einzige war, den sie von der ganzen Familie überhaupt leiden konnte. Vielleicht könnte sie irgendwann, wenn sie älter und größer und klüger wäre, auch Mama und Russel umbringen. Aber wenn die herausfanden, dass sie Sissy töten wollte, dann würden sie sie in dieses schreckliche Kinderheim schicken.

Ihre kleine Schwester schaute auf, die Augen so unschuldig und hübsch und blau. In ihrer Iris befand sich ein Muster, das aussah wie winzige Rosen, die ganz im Kreis herum gingen.

»Daddy sagt, ich muss dich nicht mit meinen neuen Sachen spielen lassen, wenn ich nicht will. Sie haben gesagt, du machst alles kaputt und verlierst Sachen, so wie Bubbys Teddybär.«

»Das stimmt gar nicht! Du hast ihn in den Müll geworfen, weil Bubby deinen orangenen Wachsstift zerbrochen hat! Ich habe dich gesehen!« Die Ältere warf wieder einen Blick zur Tür, sie wünschte, sie könnte ihre Hände um Sissys Hals legen und zudrücken und zudrücken und zudrücken. Aber sie tat es nicht. Sie biss die Zähne so fest aufeinander, dass sie schon dachte, sie würden zerplatzen, und sie ballte zudem noch die Fäuste. »Bitte, Sissy, bitte, nur ein paar Minuten.«

Die Jüngere starrte sie einen Augenblick an, und dann lächelte sie das wundervolle Lächeln, von dem der Wal-Mart-Fotograf sagte, dass sie damit aussah wie ein zauberhafter kleiner Engel. »Ich lasse dich damit spielen, aber dafür musst du dich von mir schlagen lassen.«

»Schlagen lassen? Warum?«

»Weil ich will, deswegen. Ich will dich ins Gesicht schlagen, so wie Mama es tut.«

Die Ältere warf einen Blick auf das Barbie-Traumhaus mit den rosa-lavendelfarben gestreiften Vorhängen und den winzig kleinen Stühlchen und Tischen und Schlafzimmern. Sissy hatte auch beide Barbies bekommen. Eine war gekleidet wie eine Prinzessin mit einem rosa Paillettenkleid und einer winzigen Diamantenkrone, die andere sah aus wie ein Model in einem kurzen Jeansrock und einem Spaghettitop aus rotem Satin. Sie waren beide wunderschön, ihre Gesichter herzförmig wie Sissys. Die Ältere hatte noch nie eine eigene Barbie gehabt, aber ihre nette Lehrerin, Mrs Dale, ließ sie in der Schule mit einer spielen.

»Wie fest willst du mich schlagen?«

»Richtig fest. Und du darfst nicht weinen. Wenn du weinst, zählt es nicht.«

»Es wird Mama nicht gefallen, wenn du mich schlägst.«

Das engelshafte Lächeln breitete sich wieder auf Sissys Gesicht aus, aber ihre Augen lächelten nicht mit. Sie sahen ganz gemein aus. »Mama lässt mich tun, was immer ich will, und du weißt das ganz genau, denn ich bin hübsch und du bist hässlich. Sie hat es selbst gesagt, schon oft. Sie sagt, dass mich alle mein ganzes Leben lang lieben werden, weil ich so hübsch und blond bin. Du hast hässliche Haare und schiefe Zähne wie dein blöder, alter richtiger Papa, und niemand wird dich je so lieben wie Bubby und mich! «

Die Ältere wusste, dass es stimmte, was Sissy gesagt hatte. Einmal, als Mama sehr wütend auf sie gewesen war, hatte sie den goldenen Handspiegel von der Kommode genommen und die Ältere hineinsehen lassen, und sie hatte zugeben müssen, wie hässlich sie war. Mama sagte, dass sie sich für sie schämte, und dafür, wie sie aussah. Es sei ihr peinlich, sie mit ihren beiden anderen hübschen Kindern herumschleppen zu müssen.

»Okay, du kannst mich schlagen. Aber irgendwann zahle ich es dir heim. Du wirst schon sehen.« Und sie dachte: Oh ja, du wirst schon sehen. Eines Tages zahle ich es dir heim, dann kriegst du die Hauptrolle in *Halloween – Die Nacht des Grauens.*

»Oh, lieber nicht, sonst schicken sie dich in dieses schreckliche Kinderheim, wo sie die Kinder schlagen und ihnen Friskies-Katzenfutter zu essen geben.«

Sissy stellte die Barbie hin, der sie ein wunderhübsches weißes Hochzeitskleid aus Spitze angezogen hatte. Lächelnd erhob sie sich und lehnte sich ein wenig nach hinten. Sie hob den Arm und schlug mit der Handfläche so heftig auf die Wange der Älteren, dass diese für einen Moment aus dem Gleichgewicht kam. Sie kippte zur Seite und rieb sich die vor Schmerz brennende Wange. Mit Mühe unterdrückte sie ihre Tränen.

»Du weinst nicht, oder? Du darfst nicht weinen, schon vergessen?«

»Ich weine nicht, wirklich nicht!«

»Okay. Du kannst mit meinem Barbie-Traumhaus spielen, bis ich Schluss sage. Aber mach es ja nicht kaputt.«

Die Ältere rieb sich noch immer die gerötete Wange und krabbelte dann auf Händen und Knien zu dem großen Puppenhaus und nahm vorsichtig eine winzige Couch hoch. Sie war mit lila Seide bezogen und hatte kleine schwarze Troddeln auf der Rückseite. Es lagen sogar winzig kleine schwarze Kissen an beiden Enden. Ihr Gesicht brannte immer noch wie Feuer, aber das war es wert gewesen. Sie hasste Sissy. Sissy bekam niemals Ärger. Selbst Bubby wurde manchmal angeschrien und auf den Po geschlagen, bloß weil er nicht Sissy war. Eines Tages würde Sissy dafür zahlen, ihr ins Gesicht geschlagen zu haben, eines Tages würde Mama zahlen und Russel würde zahlen, und vor allem würde ihr hässlicher wahrer Vater dafür zahlen, Mama kein Geld geschickt zu haben, um ihr Weihnachtsgeschenke zu kaufen. Wartet nur ab. Sie würde sie alle mit scharfen Messern töten, wie die an Freddys Handschuhen, wenn er die älteren Teenager in der Elm Street abschlachtete.

1

Ich drehte den Zündschlüssel, ließ meinen schwarzen Ford Explorer an und setzte rückwärts aus meiner Parklücke vor dem Canton County Sheriff's Department. Es war ein langweiliger, ereignisloser, aber wundervoller Tag Anfang April am Ozarks-See mitten in Missouri, und mein Partner und ich hatten entschieden, dass wir es bei einem unserer berühmten Wettschießen mal so richtig krachen lassen würden. Jetzt waren wir unterwegs zum Schießstand des Departments draußen in der Wildnis nördlich des Sees – der Gewinner spendierte dem Verlierer auf der Rückfahrt in die Stadt dann das extravaganteste Menü bei McDonald's. Weil wir eben beide so großzügig sind.

Nicht, dass ich mich beschweren müsste, wie selten es hier kracht. Vor fast vier Monaten hatten wir einen Fall direkt aus der Hölle, eine ziemlich haarige Angelegenheit mit ein paar mörderischen Irren, die auf alle möglichen ekligen Giftbiester standen. Bud ist dabei fast draufgegangen, und ich habe eine ziemlich bemerkenswerte Narbe am Bein vom Biss einer braunen Einsiedlerspinne, ein Vieh, das mir auch heute noch einen kalten Schauer über den Rücken jagt.

Aber zu mir nach Hause kommen regelmäßig die Kammerjäger, in meinem Explorer habe ich eine Sprühdose Ungeziefervernichtungsmittel, und seit Weihnachten habe ich keine dieser Vielbeiner mehr zu Gesicht bekommen. Ich denke auch nicht mehr allzu oft an letzten Sommer, als ein anderer Fall ziemlich unangenehm wurde, oder zumindest versuche ich, nicht daran zu denken. Unglücklicherweise machen meine Träume nicht immer mit. Alpträume habe ich durchaus, oft und scheußlich. Unglaublich, dass ich hoffte, dieser Dorfjob würde mir nach meiner Zeit beim LAPD etwas Ruhe und Zeit zum Durchatmen verschaffen. Ha ha, Grube selbst gegraben.

»Sag mal, Morgan, wie ist die .38er von Harve, mit der du rumballerst? Ganz gut?«

Das war mein eben erwähnter Partner, Detective Budweiser D. Davis, den unter Androhung der Todesstrafe alle, die ihn kennen, Bud zu nennen haben. Er hing auf dem Beifahrersitz herum, bekleidet mit einem schlichten schwarzen Polizei-T-Shirt und einer Bootcut-Levi's. Normalerweise brezelt er sich immer auf mit Designeranzügen und gestärkten Hemden, Armani und so ein Zeug. Aber immerhin: Die Ärmel seines T-Shirts hatten Bügelfalten, klar, der Typ ist echt krank in dieser Hinsicht. Ich warf ihm einen Blick zu, als ich nach rechts abbog, schaukelte den Geländewagen auf den Highway 54, und bretterte in Richtung der nächstgelegenen Brücke. Bud war aus Atlanta, sah aus wie Rhett Butler und verfügte über einen tollen Akzent aus Georgia und bemerkenswerte graue Augen – insgesamt eine wahre Freude für die Ladys. Und er wusste das auch.

Ich sagte: »Schießt gut. Ich nehm sie nie ab. Das habe ich auf die harte Tour gelernt.« Ich konnte auch jetzt das Gewicht der .38er spüren, die unter meiner eigenen Bootcut-Levi's an meinem rechten Knöchel klebte, knapp oberhalb meiner schwarzorangenen Nike-Stiefel.

Ja, mein bester Freund und ehemaliger Partner draußen in L. A., Harve Lester, hatte mir zu Weihnachten diese süße kleine .38er Smith & Wesson spendiert, mit einem erstklassigen braunen ledernen Knöchelholster, und die war mir sofort gut zupass gekommen. Genau genommen hatte sie mir das Leben gerettet, als ich an einem ziemlich gruseligen, dunklen Ort in der Tinte gesessen hatte, also nehme ich sie nicht mehr ab, außer um zu duschen und zu schlafen, und selbst dann bleibt sie in der Nähe. Auch meine gute alte Glock 9 mm Halbautomatik lege ich nur selten zur Seite. Die steckt schön in ihrem

Schulterholster unter meinem linken Arm und wartet bloß auf Ärger. Heute musste sie nicht mehr lange warten.

Buds Handy meldete sich mit einer nervtötenden Klimperversion von Beethovens Fünfter, da kann er manchmal affig sein, aber ich wette, er hatte seinen bisherigen Klingelton »Friends in Low Places«, der mir viel lieber gewesen war, nur ausgewechselt, um seine Freundin Brianna Swensen zu beeindrucken. Er fischte das Handy aus der Tasche seiner schwarzen Windjacke, schaute auf das Display, und an seinem klebrigen selbstzufriedenen Grinsen konnte ich sofort erkennen, wer anrief.

»Oh, sieht so aus, als würde Brianna mich vermissen, die Arme.«

Brianna war seine neueste Eroberung, und er eroberte sie gern und häufig. Ich hatte sie anfangs Finn genannt, weil sie aussah, als hätte sie Miss Finnland beim Miss-Universum-Wettbewerb sein können, überhaupt hätte sie den ganzen galaktischen Humbug mühelos gewinnen können, wenn es nach mir ging. Sie kennen den Typ – lange, glatte Beine, von Natur aus blondes, wallendes Haar, ein Gesicht wie eine Schaufensterpuppe vom Rodeo Drive, die nach einer größeren, schlankeren Jessica Simpson geformt ist. Ja, Bud lungerte im Moment meistens in den Hallen Walhallas herum, grinste und trommelte sich mit den Fäusten auf die Brust.

Er meldete sich am Telefon wie ein echter Vollidiot. »Hi, Baby, du fehlst mir auch.«

Kotz. Und noch mal *kotz.* Ich versuchte, mich auf das Fahren zu konzentrieren. Genau genommen wusste ich, wie er sich fühlte, samt blödem Grinsen und so. Ich selber grinste in letzter Zeit oft ähnlich, seit ich mich mit dem berühmten Nicholas Black eingelassen hatte, einem ziemlich toll aussehenden Psychiater der Stars, der wiederum mich gern mal eroberte. Wenn wir zusammen ins Bett hopsten, ließen wir es auch richtig krachen.

Ich fuhr über die Brücke und bewunderte den spektakulären

Ausblick auf den Ozarks-See zu meiner Linken. Das Wasser glitzerte und glimmerte wie eine mit Diamanten besetzte Decke unter dem wolkenlos blauen Himmel. Es war ein wundervoller, sonniger Morgen, einigermaßen warm, aber die Luft war trotzdem frisch. Überall begannen Blumen zu sprießen, Azaleen, Narzissen, Tulpen, Hartriegel. Da wollte sogar ich losziehen und mir eine Gartenschaufel kaufen. Aber seit Neujahr hatte in unserem Gebiet keiner mehr jemanden umgebracht, und wir, die beiden einzigen Detectives der hiesigen Mordkommission, fühlten uns ziemlich prima in diesem kleinen, sauberen Eckchen der Welt. Mit häuslicher Gewalt und Einbrüchen und Ladendiebstählen kamen wir klar, bis an die Zähne bewaffnet, wie wir waren. *Null problemo.*

Bud sagte: »Was?«

Aufgrund seines besorgten Tonfalls warf ich ihm einen fragenden Blick zu. Er runzelte die Stirn. Oh-oh. Ärger. Vielleicht war ich zu voreilig gewesen.

Dann sagte er: »Du machst Witze.« Nicht, dass ich ihn belauschte oder so – dann lachte er, wurde aber ziemlich schnell wieder still. »Okay, verstanden. Ich bin mit Claire unterwegs. Wir kommen gleich. Beruhig die anderen.«

»Was?«, fragte ich, schließlich wollte ich keine Zeit damit verschwenden, allzu lange selber nachzudenken, was los war, und hoffte durchaus auch auf ein bisschen Aufregung, um uns in Schwung zu halten. »Und was soll das heißen: *›Beruhig die anderen‹*?«

»In Mr Races Schönheitssalon gibt's ein Problem. Und Bri steckt mittendrin.«

Ich warf ihm einen Blick zu, Sie wissen schon, was für einen ich meine. Ich sagte: »Was ist denn los? Hat jemand den falschen Nagellack drauf und deswegen angefangen rumzuballern?«

»Hey, Morgan, reg dich ab, ja? Es ist ernst. Bri ist echt in Schwierigkeiten.«

»Das ist der Laden, zu dem du mir vorletzte Weihnachten

den Zwölf-Monats-Gutschein geschenkt hast, oder? Für Haare und Gesichtsmasken und Pediküre, so was?« Den ich nur einmal benutzt hatte. Ich konnte es einfach nicht aushalten, fünfzehn Mal während eines Haarschnitts *Süße* genannt zu werden.

»Ja, und Mr Race schneidet mir die Haare. Er ist der beste Friseur weit und breit.«

Aha. Ich konnte mich gut an ihn erinnern. Mr Race konnte man auch nicht leicht vergessen. Ein bisschen affig, wenn Sie verstehen, was ich meine, hochgegelte blonde Strähnchen, ein schwarzes Seidenhemd, das ganz toll halb aufgeknüpft war. Aber Bud hatte eben einen großartigen Geschmack und legte wert auf makellose Haarkultur. Ich hätte etwas von ihm lernen können, wenn es mich interessieren würde, wie ich aussehe. »Okay, Bud, schon gut. Also, was ist los?«

»Du wirst lachen.«

»Nein, werde ich nicht.«

»Er wurde von einer gereizten Kundin als Geisel genommen, und Brianna weiß nicht, was sie machen soll.«

Ein Lachen kitzelte in meinem Innersten, aber ich zwang mich, nicht nachzugeben. Versprochen ist versprochen. Immerhin genoss ich das Gefühl ein paar Sekunden. »Es *geht* also um Nagellack? Was, hat jemand Feuerwehrrot drauf, statt Tomatensuppenrot, und ist durchgeknallt?«

Bud schüttelte den Kopf, während ich in die nächste asphaltierte Straße zum See bog, wendete, und dann zurück in die Richtung fuhr, aus der wir gekommen waren. Hey, Notfall war Notfall. Die ganze Gesetzestreue dieser Gegend wurde ohnehin langsam langweilig.

»Offenbar ist das Mädel Teilnehmerin beim Spring-Dogwood-Schönheitswettbewerb, den Nick drüben in der Cedar Bend Lodge abhält, und Mr Race hat ihr Haar mit seinem neuen Glätteisen verbrannt. Sie ist voll ausgeflippt und macht ihm die Hölle heiß.«

»O du meine Güte, Bud, das meinst du doch nicht ernst.«

»Jetzt hör mir doch mal zu, Claire. Er soll Bris Schwester die

Haare für die Generalprobe zum Wettbewerb färben, und wegen dieser Sache verspäten sich alle Termine seiner anderen Kunden.«

»O nein, jetzt verstehe ich, warum es so dringend ist. Am besten rufen wir Verstärkung. Und das Sondereinsatzkommando Kansas City vielleicht auch noch? Wie gut, dass ich beide Waffen geladen und einsatzbereit habe.«

»Sehr lustig.«

Meine Güte, was manche Männer aber auch für hübsche, langweilige Freundinnen tun, die aussehen, als kämen sie aus Skandinavien. Also wirklich. Aber ich muss zugeben, die Sache klang durchaus interessant, jedenfalls spannender als alles andere, was wir in den letzten paar Monaten gehabt hatten. Und so lange keine Spinnennester oder abgetrennte Köpfe dabei waren, meinetwegen. Ich erschauerte bei diesen düsteren Gedanken und verscheuchte dann einige ziemlich ekelerregende Bilder aus meinem Geist.

Ich fuhr zügig zu MR RACE'S WINNING LOCKS, THE SALON AND SPA FOR THE DISCERNING. Ja, so hieß der Laden wirklich. Ja, eigenartig. Aber es war wirklich der beste Schönheitssalon am See, untergebracht in einem luxuriösen Gebäude in der Innenstadt Camdentons, nur ein paar Häuser entfernt vom Sheriff's Department. Als wir an unserem Büro vorbeifuhren, hoffte ich, dass die Kollegen nicht herausfanden, wohin wir unterwegs waren und warum. Ich konnte sie bereits lachen und zackig Kämme aus ihren Holstern ziehen hören.

Ich fuhr auf einen Parkplatz, der knallvoll war mit kleinen Angebersportwagen und riesigen glänzenden Geländewagen, von denen die meisten mit paillettenbesetzten Abendkleidern vollgestopft waren, die schön ordentlich auf den Rücksitzen lagen, und glänzenden Krönchen, die an den Rückspiegeln baumelten. Mr Races Kundschaft waren offensichtlich vor allem *Mädchen mit Krönchen.* Kein Wunder, dass Bud sich hier die Haare schneiden ließ. Ich hingegen frequentierte Cecil's Barber Shop for Men in Osage Beach. Cecil betrachtete mich trotz meines weiblichen Geschlechts als Ehrenmitglied, was mich daran erinnerte, dass ich mein Haar, wenn es lang genug war, es zu einem Pferdeschwanz zusammenzufassen, unbedingt schneiden lassen musste. Das würde Black nicht gefallen, aber dem gefielen auch die T-Shirts und die Jeans mit den aufgerissenen Knien nicht, die ich trug. Es schien ihn nicht daran zu hindern, mich betatschen zu wollen.

Winning Locks war ein ultramoderner Laden, und in zwei riesigen Schaufenstern hingen eine Menge Seidentücher in den unterschiedlichsten Schattierungen von Türkis, Grün und Kobaltblau. Mr Race hatte im Innern Ventilatoren aufgestellt, damit die Stoffe stetig in Bewegung blieben, sodass es wirkte wie eine Unterwasserwelt. Große Aquarien mit Tropenfischen vollendeten die Illusion. Die Eingangstür bestand aus Mahagoni und Prismenglas, sodass alles drinnen verschwamm. Als wir die Tür aufzogen, ließen laute – und ich meine Kopfschmerz erzeugende, einen in die Knie zwingend laute – Frauenschreie bei uns eine Gänsehaut entstehen. Vorsicht mit den Gläsern. Achtung Trommelfell! Selbst Celine Dion wäre nicht so hoch gekommen. Und dann stammte der Lärm auch noch von Mr Race höchstselbst. Ja, dort drinnen spielte sich eine Szene direkt aus Dantes Inferno ab, Friseur-Version.

Bud meldete sich mit einem üblichen offiziellen Gedröhne zu Wort. »Hey, Schluss mit dem schrillen Gekreische, Race. Du klingst ja schlimmer als ein abgestochenes Schwein.«

Das schrille Quieken stoppte abrupt und wurde abgelöst durch ein Schluchzen, das zwar ein wenig männlicher klang, aber auch noch nicht unbedingt machohaft. Ich befand, dass dieses Schlamassel Buds Angelegenheit war, also konnte er sich auch selbst darum kümmern. Ich würde herumstehen, Verstärkung spielen, und meine beiden Waffen ziehen, wenn irgendjemand anfinge, mit Bürsten und Pomade nach uns zu werfen.

Mr Race atmete schwer, seine Brust hob und senkte sich unter seinem bekannten schwarzen Seidenhemd, und ja, es stand offen und zeigte seine männliche Brust. Dort war kein einziges Härchen zu sehen, aber die konnten auch unter dem großen Silberanhänger verborgen sein, den er trug, etwa im Format eines kleinen Pfannkuchens. Seine dünnen Lippen zitterten wie verrückt. Ich beobachtete und analysierte die Situation, wie man es mir beigebracht hatte. Seine durchgeknallte Kundin hatte ihn auf seinem eigenen, mit rotem Samt überzogenen thronartigen Styling-Stuhl festgebunden. Einer seiner personalisierten schwarzen Plastikumhänge mit Mr Races schwer zu entziffernder Unterschrift in Silber darauf fesselte ihn an die Lehne. Er schien erleichtert zu sein, dass bewaffnete Gesetzeshüter die Sache nun unter Kontrolle bekommen würden.

»Bud, Bud, o Gott sei Dank, du bist da. Corkie sagt, sie schüttet mir Bleiche ins Gesicht. Und sie hat noch alles mögliche andere hineingeschüttet, richtig starkes Zeug! Du musst sie aufhalten, Bud. Das macht mir die Haut kaputt, und sieh nur, meine neun und neundreißig warten beide. Das ist alles ganz schrecklich für mich!«

Ich schlich mich um Mr Races übergewichtige Nagelspezialistin herum, eine Dame, die man uns noch nicht vorgestellt hatte, deren Namensschild sie jedoch als Flash auswies. Sie trug ein lila-rosa Batikhemd und eine leuchtend gelbe Caprihose und polierte in aller Ruhe die Nägel einer Greisin mit hoch auftoupierten blau schimmernden Haaren, die einen rot-gold glänzenden Trainingsanzug trug. Die alte Dame hatte sich entschlossen, ihre langen Klauen in der Farbe einer sehr reifen Aubergine streichen zu lassen. Alle zehn Nägel waren zudem mit kleinen roten hutförmigen Aufklebern verziert, die sie als Mitglied der berühmten Red Hat Society auswiesen, eine am ganzen See für ihre allmonatlichen wilden Abendessen bei Applebee's bekannten Gruppe, wo alle Mitglieder rote oder lila Federboas trugen und einen Haufen Fotos voneinander anfertigten. Eine gute, freundliche Gruppe, die selten Probleme mit der Polizei bekam.

Flash und die alte Dame ignorierten die ganze Sache mit Mr Race und Corkie. Kein Wunder: *Schatten der Leidenschaft* lief auf einem riesigen Plasmafernseher, der an der gegenüberliegenden Wand hing. Auch er war in roten Samt gewandet. Mr Races Kunden waren offenbar immun gegen die gefährliche Geiselnahme. Andererseits fanden gerade einige sehr romantische Schlafzimmerübungen zwischen Victor und einer Blondine statt, die jung genug war, seine Großenkelin zu sein, vielleicht sogar Urgroßenkelin. Und sie sah wirklich hübsch aus. Nicht, dass ich diese Seifenoper verfolge, höchstens ein oder zwei Mal während meiner Studienzeit am LSU. Ich konnte nicht anders, als einen Moment selbst hinzuschauen. Victor war ein echter Casanova, er bog das Mädchen rückwärts über ein Sofa und versuchte, es zu küssen. Sie machte auch durchaus mit, aber andererseits drückte er ihr eine Pistole an die Schläfe, also was sollte sie tun?

Bud entschied sich, dass Zeit genug war, Brianna auf die Wange zu küssen und sie mit einer ordentlichen Umarmung zu beruhigen. Es schien, als nähmen überhaupt alle Anwesenden Races Probleme ausgesprochen gelassen. Bud sah nicht so aus, als wollte er Finn bald wieder loslassen, was ich als mein Stichwort ansah, mich einzumischen.

Ich sagte: »Okay, also, beruhigen wir uns. Fahren wir die Sache ein wenig runter.« Ich wandte mich an die aufgewühlte rothaarige Zwanzigjährige mit der Waffe. »Was ist denn das Problem, Ma'am? Was auch immer es ist, es ist sicher nicht diesen Aufstand wert.«

»Vielleicht für Sie nicht.« Sie zwinkerte gegen eine Flutwelle der Tränen an, zumindest sah es so aus. Ich ging auf sie zu, wobei ich die weiße Plastikschüssel mit einer gefährlich dampfenden Flüssigkeit, die sie mit einer Hand hielt, genau im Auge hatte. Ich wollte das Zeug ganz sicher nicht auf meinem schwarzen Lieblings-T-Shirt mit Remington-Aufdruck haben. Sie schluchzte ein paar Mal auf, dann sagte sie zu mir: »Schauen Sie sich doch nur meine Haare an. Sehen Sie nur, was er mir angetan hat! So kann ich nicht antreten, und der Wettbewerb geht bald los! Ich habe meinen Auftritt mit dem Tambourstock gute sechs Wochen geübt.« Dann begann sie wieder zu schluchzen.

Ich begutachtete ihr Haar. Es stimmte, auf der einen Seite war es extrem faserig und wirkte wie abgekaut, und das Rot war nicht gerade angenehm fürs Auge. Eher war es ein grelles Kürbisorange. Genau genommen wirkten Haarschnitt und Farbe wie die Halloween-Version von Ronald McDonald nach einem Trinkgelage.

Ganz diplomatisch behauptete ich: »Ich finde, es sieht prima aus, Ma'am.«

»Spinnen Sie? Es sieht aus wie ein gottverdammter Halloween-Kürbis, und er hat die eine Seite komplett verbrannt. Es ist nicht mal mehr fünf Zentimeter lang!«

Das allerdings stimmte. Während ich versuchte, mir etwas Beruhigendes zu überlegen, gelang es Bud, lange genug von Briannas üppigen Kurven zu lassen, um in die Verhandlung einzusteigen. »Ich finde auch nicht, dass es so schlimm aussieht, äh, wie war noch Ihr Name, Miss?«

»Corkie.«

»Corkie? Wirklich?« Man musste es Bud lassen, er grinste nicht mal.

»Ja, na und?«

Ich kannte mal eine Corkie, aber das war ein Hund. Das erwähnte ich lieber nicht. Stattdessen sagte ich: »Wissen Sie was? Ich glaube, Sie reagieren ein wenig zu stark, Corkie. Stellen Sie das Stinkzeug weg, was auch immer das ist, und lassen Sie uns ganz ruhig, wie Erwachsene, darüber reden. Von dem Gestank wird uns ja allen schlecht.«

Corkie zögerte und dachte ein paar Sekunden lang nach. Dann sagte sie: »Sie kapieren das einfach nicht, oder? Sehen Sie sich doch an. Sie sind hübsch ohne das kleinste bisschen Make-up, und Sie haben sich offensichtlich auch nicht die Zeit genommen, irgendwas mit Ihren Haaren anzustellen.« Sie begutachtete mich kritisch und mit der bei Schönheitswettbewerben üblichen Strenge. »Sie würden viel besser aussehen, wenn Sie ein paar Strähnchen hätten, wissen Sie? Vielleicht nicht aschgrau, aber auch nicht zu golden. Das würde wirklich den Honigton herausheben. Sie sollten echt darüber nachdenken.« Dann fiel ihr wieder ein, was ihr Problem war. Sie umklammerte ihre Waffe. »Aber nicht hier. Nicht bei ihm. Sehen Sie mich doch an, ich bin ruiniert!«

»Vielleicht kann Mr Race Ihre Haare in Ordnung bringen. Bud hat mir auf dem Weg hierher gesagt, er sei ein Genie mit Haaren und Nägeln.«

»Ein krankes Genie, meinen Sie.«

Ich dachte darüber nach. Da ich keine Ahnung hatte, zuckte ich mit den Achseln.

»Ich bin *kein* krankes Genie. Mädchen, *wirklich,* wie kannst du es wagen, so etwas zu sagen?« Mr Race kochte vor Empörung und starrte mich an. Dabei war ich es gar nicht gewesen, die das gesagt hatte. Ich ignorierte ihn. Er konnte mir nichts tun, denn er war ordentlich festgeschnürt.

Ich erinnerte mich an meine LAPD-Geiselnehmerausbildung und die Verhandlungstechniken. »Okay, Corkie, im Moment handeln Sie sich nur noch mehr Ärger ein. Sie wollen doch nicht ins Gefängnis, oder? Im Moment handelt es sich schon um Freiheitsberaubung und die Androhung einer Tätlichkeit. Möglicherweise tätlicher Angriff. Und wir müssen Körperverletzung hinzunehmen, wenn Sie ihm das Zeug tatsächlich über den Kopf kippen. Die ganze Nacht mit einem Haufen Säufer und Nutten in der Zelle zu sitzen wird Ihnen nicht dabei helfen, sich auf den Wettbewerb vorzubereiten, oder? Dieses Missgeschick lässt sich beheben. Haben Sie schon einmal überlegt, es ganz kurz zu schneiden? Das werde ich mit meinen Haaren machen.«

Corkie stieß ein enttäuschtes Jaulen aus, in einer ähnlichen Tonhöhe wie Mr Race, schaffte aber nicht ganz seine Intensität, bevor sie aufgab. »Aber die Schiedsrichter hier am See entscheiden sich nie für Teilnehmerinnen mit kurzen Haaren! Die lieben Hochsteckfrisuren oder geflochtene Zöpfe! Und manchmal sogar die hochgefönten Achtziger-Haare!«

»Na ja, aber es gibt für alles ein erstes Mal. Seien Sie anders, positionieren Sie sich individuell. Nick Black ist einer der Juroren, oder? Er hat mir selbst gesagt, dass er mein Haar kurz mag, je kürzer, desto besser, hat er gesagt.« Das stimmte nicht ganz, genau genommen hatte er gesagt, er mochte es, wenn es lang genug war, um mit beiden Händen hindurchzufahren, aber glücklicherweise wusste er auch, was er mit seinen Händen anfangen sollte, wenn es kurz war.

»Sie kennen Nick Black persönlich? Mein Gott, er ist so verdammt heiß.«

Ich nickte, versuchte aber nicht zu arrogant aufgrund meines Männergeschmacks dreinzuschauen.

»Stimmt das wirklich? Er mag kurze Haare? Er ist heiß, und ich meine: *Wow-holt-mir-Eiswasser*-heiß. O mein Gott, diese blauen Augen und das schwarze Haar und die ganze Kohle. Er ist so verdammt heiß.«

Corkie hatte sich plötzlich in Paris Hilton ohne den orangenen Overall verwandelt, aber vielleicht schaffte sie den heute auch noch. Was für ein Elend.

Ich sagte: »Ja, Ma'am, das ist die reine Wahrheit. Und er hat mir gerade neulich erst gesagt, dass die Models in New York und in Mailand dieses Jahr ihr Haar ultrakurz schneiden. Und wie heißt die eine noch? Petra vielleicht, irgendwie so? Ihres ist auch kurz, und ich habe neulich Keira Knightley im Fernsehen gesehen, die hatte einen Pixie Cut. Sie könnten die Erste hier sein, die gegen den alten Trend zu langen Haaren rebelliert. Sie würden auffallen, Corkie, man würde Sie wahrnehmen.«

Bud sagte: »Ja. Ich bin ein Mann, und ich mag kurze Haare. Und das Orange ist auch gut. Cyndi Lauper hat in einem ihrer Videos orange Haare, oder? Und Carrot Top auch.«

Ich warf Bud einen *Bist-du-denn-wahnsinnig*-Blick zu.

Corkie sagte: »Ich weiß, wer Carrot Top ist, und seine Haare sind okay. Aber wer ist Cyndi Lauper?«

Bud schaute entgeistert, dass sie nicht wusste, dass Girls bloß Fun haben wollten, und ich fragte mich, ob ich bloß einen besonders bescheuerten Traum träumte. Brianna mischte sich in unsere bemerkenswert tiefsinnige Konversation ein.

»Oh. Corkie, bitte, sei doch vernünftig. Mr Race kann es neu schneiden und färben, und ich bin sicher, er wird das alles kostenlos erledigen. Er wird mit dir arbeiten, bist du vollkommen zufrieden bist, oder, Mr Race?« Sie gab ihm keine Zeit abzulehnen. »Und ich sage dir was, ich selbst werde dein Make-up drüben bei Swank's Couture übernehmen. Ganz umsonst. Das allein ist 150 Dollar wert.«

Corkie merkte auf. Sie ließ die Dauerwellenmixtur ein wenig sinken. Ja, wir waren gute Verhandler. Zum Schlimmsten ausgebildet.

Aber Corkie war noch nicht fertig. Sie hatte noch nicht geschmollt. »Race hat sich noch nicht einmal entschuldigt. Er hat bloß gesagt, mit meinen Haaren wäre etwas nicht in Ordnung.«

Wir sahen alle Mr Race an. Der guckte nicht einmal reumütig.

Bud sagte: »Mr Race, jetzt wäre ein guter Augenblick, etwas Nettes zu Corkie zu sagen. Immerhin haben Sie ihr Haar auf einer Seite abgefackelt und es orange gefärbt.«

»Okay, okay. Corkie, meine Liebe, es tut mir leid, okay? Ich habe die Inhaltsstoffe falsch geschätzt, oder vielleicht habe ich auch zur falschen Farbe gegriffen, aber diese Woche war es so hektisch hier, weil alle Teilnehmerinnen irgendwelche Extras wollten. Ich bringe das in Ordnung, genau wie sie es vorgeschlagen haben, kostenlos, wir machen es genau so, wie du willst. Wir können auch eine Haarverlängerung ansetzen, wenn du es für den Wettbewerb lang haben willst.«

Jetzt schaute Corkie begeistert. Sie stellte die Schüssel hin, dann band sie den Stylisten los. Die beiden umarmten sich wie alte Liebhaber und küssten sich sogar auf beiden Seiten auf die Wangen wie in Europa. Krise entschärft. Jetzt konnten alle weiter ihre Seifenopern schauen. Gott hatte gute Laune. Gott schütze die Königin.

Als alle wieder Freunde waren und sich beieinander bedankt hatten, brachte Brianna uns zur Tür. Sie nahm Buds Hände in ihre und hauchte: »Bud, du warst wundervoll.«

Ich hatte keine Ahnung, wie sie darauf kam, schließlich waren sie und ich diejenigen gewesen, die Corkie aus ihrem Wahnsinn herausgequatscht hatten, und Bud hätte es beinahe vermasselt, indem er Lauper und Carrot Top erwähnte. Vielleicht bezog sich das wundervoll auf seine Umarmung. Auf alle Fälle war ich jetzt bereit für die wichtigeren Dinge des Lebens.

Bud sagte: »Ich bin froh, dass wir helfen konnten. Wir sind doch noch für heute verabredet, oder?«

Brianna nickte und kuschelte sich für eine zweite Runde an ihn. Wahrscheinlich hatte auch sie *Schatten der Leidenschaft* angeschaut, und Bud hatte immerhin seine .45er, um sie in Stimmung zu bringen. Ich versuchte entspannt zu bleiben, statt genervt zu auszusehenen, während sie sich ein paar Minuten miteinander vergnügten und ich mir wünschte, Black wäre endlich wieder zurück. Er war in San Francisco und hielt in Berkeley ein Seminar über Persönlichkeitsstörungen, von denen ich mehrere klinische Beispiele gerade eben hatte miterleben dürfen. Er würde heute noch zurückkehren. Vielleicht konnten wir dann eine Wiederholung von *Schatten der Leidenschaft* gucken, um uns anzuturnen.

Bud und Finn tauchten endlich zum Luftholen auf. Na wunderbar, meine Geduld war auch am Ende. Sie sagte: »Weißt du was, Bud? Meine Schwester ist doch hier. Du solltest sie kennenlernen.«

»Ja das möchte ich auch. Aber sie ist bestimmt nicht so hübsch wie du.« Bud, der Meistercharmeur.

Finn lachte. »Oh, meine Güte, Hilde war immer die Schönere von uns. Ich bin die Klügere.«

O je, dachte ich. Brianna sah aus wie eine Kreuzung aus Heidi Klum, Nicole Kidman und der bereits erwähnten Jessica Simpson. Niemand auf Gottes weiter Erde war hübscher als sie. Außer vielleicht Rob Lowe in *St. Elmo's Fire*. Und von sich selbst zu behaupten, man wäre klug, war auch irgendwie peinlich, aber Finn schien tatsächlich alle beisammen zu haben, jedenfalls weit mehr als die meisten Models, eine Kaste, über die ich, ehrlich gesagt, ziemlich wenig wusste. Und sie war echt nett. Das wusste ich aus erster Hand, aber sie hatte in der Vergangenheit auch einige Schönheitswettbewerbe gewonnen, und das sprach normalerweise nicht dafür, dass jemand so besonders intelligent war. Aber vielleicht hatte ich ja auch einfach nur was gegen unmenschlich schöne Frauen.

Brianna sah mich an, als hätte sie hören können, was ich gedacht hatte. Ich strahlte breit, um mein schlechtes Gewissen zu verbergen. Sie schaute besorgt. »Ehrlich gesagt, Claire, mache ich mir Sorgen wegen Hilde. Sie ist letzte Woche aus Kansas City gekommen und hat ein Haus in den Royal Bungalows.«

Das war eine von Blacks Anlagen am See, die er vermietete, aber was hier in der Gegend gehörte ihm schließlich nicht? Er kaufte einfach gern Sachen, vor allem Hotels. In der ganzen Welt. Er konnte auch ganz gut Geschenke kaufen. Das hatte ich letzte Weihnachten herausgefunden, bevor am See die Hölle losgebrochen war.

Bud sagte: »Was ist, Bri? Du hast doch gesagt, ihr zwei hättet euch gut verstanden an dem Abend, als sie kam.«

»Ich weiß, aber das ist schon ein paar Tage her. Ich habe sie nicht mehr gesehen, seit sie zum Royal hoch ist. Sie hat gesagt, sie sei kaputt und wollte ein paar Tage ausspannen, also habe ich sie in Ruhe gelassen. Aber jetzt mache ich mir Sorgen. Ich konnte sie letzte Nacht nicht auf dem Handy erreichen, und heute Morgen ist sie auch nicht rangegangen. Sie ist über eine Stunde zu spät für Mr Race und sie kommt sonst nie zu spät zum Friseur, vor allem direkt vor der Generalprobe eines Schönheitswettbewerbes.«

Bud sagte: »Vielleicht ist sie oben in Jeff City im Einkaufszentrum? Oder sitzt einfach nur auf der Terrasse und genießt das warme Wetter.«

»Ich weiß auch nicht. Ich habe ein komisches Gefühl, Bud. In der Vergangenheit hatte sie ein paar unheimliche Verehrer, und sonst geht sie immer an ihr Handy, weißt du, falls es ihr Agent mit einem Job ist. Ich bin schon eine halbe Stunde zu spät zur Arbeit, sonst würde ich selbst hochfahren. Aber Umarbeitungen für den Wettbewerb und Make-up-Termine beschäftigen uns in der Boutique im Moment mächtig. Ich habe die ganze Woche lang nur gearbeitet.«

»Wie wär's, wenn Claire und ich nach ihr sehen?«, schlug Bud vor. »Ich will sie sowieso kennenlernen.«

Ja, ich wollte sie auch kennenlernen, aber wenn sie tatsächlich besser aussah als Finn, war ich nicht sicher, ob ich den Schock überleben würde.

»Was dagegen, Claire?«

»Nee, ist direkt auf dem Weg zum Schießstand, kein Problem.«

»Okay, Bri. Mach dir keine Sorgen. Ich rufe dich an, sobald wir mit ihr gesprochen haben.«

Wir gingen zu unserem Wagen und ließen Mr Race fröhlich an Corkies Kürbishaaren herumschnippeln und über die anderen Teilnehmer lästern, wie in alten Zeiten. High Noon im Winning Locks war vorbei. Bud begleitete Brianna zu ihrer roten Corvette, die sie vor ein paar Jahren beim Miss-Miami-Schönheitswettbewerb gewonnen hatte. Und sie behauptete, sie wäre die Klügere der Schwestern. Die beiden knutschten zum Abschied und ich sah weg. Bud war geliefert, so viel war klar. Er konnte genauso gut seine Junggesellen-Marke abgeben und einen Ring kaufen gehen.

2

Die Royal Bungalows befanden sich hoch oben auf einer ziemlich beeindruckenden Kalksteinklippe, von der aus man tatsächlich in drei Richtungen einen wundervollen Panoramablick über den See hatte. Es handelte sich um sechs gehobene, einzeln stehende Einheiten, jede vollkommen für sich in den schroffen, dem Wind ausgesetzten Steilhang eingefügt. Hilde Swensens war das oberste, von hier aus konnte man die Dächer der Schwester-Bungalows den Berg hinunter sehen. Ganz weit unten befand sich eine der ruhigsten und geschütztesten Buchten am See, dessen olivgrünes Wasser im Frühlingswind leise gegen das verlassene Ufer schlug. Der Ausblick war wirklich toll, und Bud und ich bewunderten ihn beide, während wir den Asphaltweg zu Hildes Rückzugsort entlangfuhren.

Ein knallroter Ford Fusion stand in der Auffahrt, wir hielten hinter dem Wagen und schalteten den Motor aus. An der hinteren Stoßstange war ein Avis-Nummernschild festgeschraubt. Wir blieben vor dem niedrigen weißen Betonbau stehen. Ein wirklich schönes Haus, ultramodern gestaltet, mit einem grünen Metalldach, das bei Regen wahrscheinlich einen tollen Sound erzeugte, und jeder Menge übergroßer Glasfenster. Es war extrem elegant und sah aus, als könnte man es genauso gut an einem sonnigen Strand in Malibu platzieren. Es stand hoch auf der Klippe, aber ein kleines Gehölz trennte es vom nächsten Bungalow. Die Eichen hatten gerade erst in der letzten Woche begonnen auszuschlagen, also war es noch nicht ganz so abgeschieden, wie es in ein paar Wochen sein würde. Der Hartriegel blühte überall, makellose Fleckchen Weiß in all dem Smaragdgrün. Im Sommer würde das Blattwerk dicht und üppig sein, dann verfügte das Haus über die optimale Privatsphäre.

Bud und ich stiegen aus dem Wagen. Die Stille war bemerkenswert. Wir blieben stehen, die Wagentüren offen, und betrachteten den Bungalow. Aus der Ferne konnten wir hin und wieder das leise Murmeln des Verkehrs auf der Brücke hören, und irgendwo auf dem Wasser surrte ein Motorboot wie eine wütende Hummel. Davon abgesehen war es unnatürlich still. Das Haus wirkte verlassen. Die weißen Fensterläden waren geschlossen. Etwas Kaltes, Unangenehmes krabbelte über das Innere meines Magens, und ich erkannte das Gefühl. Unsicherheit. Angst. Mein Bauch sagte mir: *Oh, oh, pass auf, etwas Böses kommt daher.* Es ist ein sechster Sinn, das stimmt, reiner Instinkt, aber ich vertraue ihm mittlerweile. Jetzt bäumte er sich gerade auf die Hinterbeine hoch und streckte wie verrückt die Pfoten in die Luft. Besucher am See verbarrikadieren ihre Bude normalerweise nicht so umfassend, nicht bei diesem Wetter und nicht bei einem solchen Ausblick.

Bud schaute über das Dach des Explorers und sagte: »Du spürst es auch, oder?«

»Ja, allerdings.«

»Vielleicht ist es ganz gut, dass Bri nicht hochgefahren ist.«

»Ja, kann gut sein.«

Ich suchte in den Fenstern nach einem Lebenszeichen in der Hoffnung, dass wir uns irrten. »Hat Brianna dir einen Schlüssel zum Haus mitgegeben?«

»Nein. Aber sie hat mir erzählt, dass Hilde immer alle Türen abschließt, weil sie vor ein paar Jahren von jemand verfolgt wurde. Sie hat gesagt, dass sie sich angewöhnt hätte, in dieser Hinsicht vorsichtig zu sein.«

»Tja, das ist nicht dumm. Das erklärt vielleicht auch die geschlossenen Fensterläden.«

Bud und ich gingen vorsichtig auf das Haus zu. Ich erwähnte ja schon, dass wir in der letzten Zeit ein paar ziemlich merkwürdige Fälle gehabt hatten. Wir gingen nichts mehr locker an. Wir trauten niemand, nirgendwo, zu keiner Zeit. Uns überraschte nichts mehr. Und vielleicht war hier genau das los: nämlich nichts. Ja, vielleicht war es so still, weil die schöne Hilde in ihrem Prinzessinnenbett dort drinnen schlief. Mit Vaseline und Gurkenscheiben auf den Augen. Vielleicht brauchte sie immer viel Ruhe, wenn sie sich im Geiste darauf vorbereitete, bei einem Schönheitswettbewerb auf und ab zu marschieren. *Aber mein Bauch sagte: Ja, klar, und Schweine können fliegen.*

Ich zog meine Glock, als wir die hölzerne Treppe erreichten, die zur Eingangstür führte. Sie in meiner Hand zu spüren beruhigt mich, vor allem, wenn ich vielleicht angegriffen werde. Bud hatte seine Waffe ebenfalls hervorgeholt. Wir waren bereit. Hoffentlich würden wir bloß eine schlafende Urlauberin erschrecken. Wir gingen hoch zur Veranda, ohne einen Laut zu verursachen, und blieben dann auf den beiden Seiten der dunkelgrünen Edelstahlhaustür stehen. Bud klopfte mit einem Knöchel dagegen und rief Hildes Namen. Keine Antwort. Nur Stille und ein Rascheln, als ein Eichhörnchen in einer großen Eiche hinter meinem Explorer davonhuschte, vermutlich, um dem bevorstehenden Schusswechsel zu entgehen. Es grünte so grün, und meine Nervenenden kribbelten.

Ich zog den Saum meines T-Shirts hoch und griff nach dem Türknauf. Er drehte sich problemlos.

Bud sagte: »Oh je. Sie schließt immer die Türen ab.«

»Ja …«

Ich drückte die Tür nach innen auf und rief wieder ihren Namen. Ich identifizierte uns als Polizeibeamte. Keine Antwort.

Wir gingen hinein. Bud rief noch ein paar Mal ihren Namen. Keine Antwort. Niemand da. Die Sache klärte sich. Wohnzimmer und Küche waren total chaotisch. Überall Klamotten, halbleere Flaschen Evian standen auf Tischen und Stühlen und dem Küchentresen. Ein paar gläserne Aschenbecher waren randvoll mit Zigarettenkippen. Jede Menge Zeug auf dem Boden.

Bud sagte: »Die meisten Models sind zu Hause schweinisch unordentlich, wusstest du das?«

Das hatte ich nicht gewusst. Aber er hatte ja auch weit mehr Erfahrungen mit Models als ich, also glaubte ich ihm. Wir schlichen vorsichtig durch das Wohnzimmer. Auf der Bar lag eine gefaltete Zeitung, der *Kansas City Star* von vor sechs Tagen. Ich griff danach. Hilde Swensen lächelte mich aus einem professionellen Porträtfoto an. Sie war wirklich hübsch, das stimmte, da hatte Bri echt recht gehabt. Sie hatte ein mordsmäßiges Lächeln und trug eine dreistöckige glitzernde Krone. Ihr Name stand unter dem Bild, und die Überschrift des Artikels war: »Siegerin im Miss-Springtime-Wettbewerb!«

»Sieh nur, Bud, hier ist ein Foto von ihr. Du hast mir gar nicht erzählt, dass sie Miss Springtime geworden ist. Das ist doch der Wettbewerb unten am Plaza, oder?«

»Oh ja, Bri sagt, dass sie meistens gewinnt.«

Eine schwarze Lackleder-Schultertasche von Gucci stand neben der Zeitung auf dem Tisch. Sie war offen und ich konnte Hildes passende schwarze Gucci-Geldbörse und ihren Schlüsselanhänger darin sehen. Daneben ein paar Fotoalben. Ich rührte nichts an.

»Ihre Geldbörse und ihre Schlüssel sind hier.«

»Vielleicht ist sie hinten auf der Terrasse und hat uns nicht reinkommen hören.«

Ein kurzer Flur führte zum hinteren Ende des Bungalows. Davon gingen zwei Schlafzimmer ab, jeweils mit eigenem Bad. Wir schauten hinein, beide waren sauber und unberührt. Das große Schlafzimmer war eine andere Geschichte. Es war genauso unordentlich wie der vordere Bereich des Hauses, überall Klamotten, Kommoden und Nachttische waren voller Kosmetika, Haarspray, Lockenwickler, Lockenstab, die komplette Ausrüstung von jemandem, der besessen ist von seinem Aussehen. Ein großer Lederkoffer mit Rollen stand offen auf dem Boden, elegante bodenlange Abendkleider hingen auf gepolsterten Bügeln an den Rückseiten jeder Tür. Ein roter einteiliger Badeanzug war neben einem kurzen schwarzen Seidenkimono aufs Bett geworfen worden. Neben dem Bett standen schwarze, fransenbesetzte Hausschuhe. Das burgunderrote und blaue Laken war fast vom Bett gerutscht, als wäre Hilde eilig aufgestanden.

Bud sagte: »Hier ist keiner. Hinten auch nicht. Sieht aus, als wäre sie nicht zu Hause. Sie muss mit einer Freundin losgezogen sein.« Er klang erleichtert, als er die Doppeltür zur hinteren Terrasse öffnete. Frische Luft wirbelte herein, eine Erleichterung in dem muffigen Raum.

Ich ging zur Badezimmertür. Sie war geschlossen. Ich bekam erneut eine Gänsehaut, als ich klopfte. Ich rief Hildes Namen, wusste aber schon, dass sie nicht antworten würde. Ich stand auf der einen Seite der Tür und zielte mit meiner Pistole zu Boden, dann drückte ich die Tür ein wenig auf und warf einen schnellen Blick hinein. Der intensive Geruch von Bleiche ließ mich beinahe würgen. Ein schlechtes Zeichen. Das Bad war verlassen, aber mein Spiegelbild blitzte in dem großen, weiß gerahmten Spiegel mir gegenüber auf. Eine zweite Doppeltür führte vermutlich ebenfalls auf die Terrasse, aber die burgunderroten Vorhänge waren fest zugezogen. Ebensolche Vorhänge verdeckten den Duschbereich, außerdem gab es einen Whirlpool in der Ecke, der so ausgerichtet war, dass man beim Baden einen fantastischen Blick hatte.

Das Bad war makellos. Keine Handtücher auf den Ablagen, keine Gesichtscreme, kein Haarspray auf dem Waschbecken, keine Spur von Nutzung. Mit der Waffe in der Hand näherte ich mich der Dusche, trat zur Seite, riss den Vorgang weg. Die Metallringe quietschten, aber nicht so laut wie ich, als ich sah, was sich dahinter befand. Ich trat zurück, so weit und so schnell ich konnte, bis ich die Wand erreichte und innehalten musste. »Bud, hier drinnen!«

Oh Gott, es war tatsächlich Hilde Swensen. Dieselben blonden Locken, dieselben schönen Züge, aber jetzt wächsern und weiß, verschwendet im Tod. Man hatte sie auf der Rückseite der Dusche positioniert. Sie trug einen schwarzen, einteiligen Badeanzug, und diagonal über die Brust ihre grellrote Miss-

Springtime-Schärpe. Sie war an das nackte Fleisch ihrer linken Schulter und des rechten Oberschenkels getackert. Die dreistöckige Diamantentiara, die ich gerade in dem Zeitungsartikel gesehen hatte, war mit Haarnadeln an dem großen Knoten oben auf ihrem Kopf befestigt worden.

Ihre Hände waren an den Handgelenken mit schwarzem Isolierband gefesselt, auf Hüfthöhe, und in den Fingern hielt sie einen großen Strauß welker roter Rosen und weißen Schleierkrauts. Ein Duft süß wie in einem Bestattungsunternehmen quoll aus der kleinen Duschkabine. Hildes große blaue Augen starrten weit geöffnet und glasig in meine Richtung, ein Ausdruck des Entsetzens, der Angst und des Schreckens für immer in ihre Tiefe gegraben. Aber es war ihr Mund, der für ein gemeines Brennen hinten in meinem Hals sorgte und mich würgen ließ.

Hilde Swensens Lippen fehlten, sie waren komplett weggeschnitten worden, und ich starrte ihre geraden, ultraweißen Filmstarzähne an, die für immer in dem schrecklichsten widerwärtigsten Skelettgrinsen eingefroren war, das ich je gesehen hatte. Blut war in dunklen roten Streifen über ihr Kinn und ihren eleganten langen Hals gelaufen, die bis zur Oberseite ihres Badeanzugs reichten, jede Menge, was hieß, dass sie noch am Leben gewesen war, dass ihr Herz noch geschlagen hatte, als ihr Mund verstümmelt worden war. Ich starrte auf ein weißes, rechteckiges Namensschild, das auf der nackten Haut ihrer rechten Schulter klebte. Jemand hatte uns eine Nachricht hinterlassen, in schwarzen handschriftlichen Großbuchstaben.

DASS EINER LÄCHELN KANN UND IMMER LÄCHELN,
UND DOCH EIN SCHURKE SEIN

Die Worte erinnerten mich an etwas, Shakespeare, vermutlich, aber dann tauchte Bud neben mir auf. Er holte Luft und sank gegen den Türrahmen. O mein Gott, mein Gott, mein Gott …«

Er wiederholte es immer weiter, während er ins Schlafzimmer zurücktrat, und ich konnte noch nichts sagen, ich schluckte meinen Ekel herunter, aber ich brauchte ein paar Minuten, bis mein Herz wieder normal schlug. Ich trat vor, ging in die Knie, und betrachtete die Frau, die der Mörder so sorgfältig auf der Bank in der Dusche positioniert hatte. Es war Hilde Swensen, daran bestand kein Zweifel. Ich suchte auf dem Boden der Wanne nach Blutspuren. Vollständig mit Bleiche gereinigt. Verflucht seien diese endlosen CSI-Wiederholungen, die im Grunde nichts anderes als Anleitungen waren, wie man mit Mord davonkam. Dann bemerkte ich eine kleine Wasserpfütze im Abfluss. Ich beugte mich näher hinüber, sah genauer hin, mochte aber gar nicht, was ich entdeckte.

Ich lehnte mich zurück und wischte mir mit der Hand über den Mund. Bud war zurückgekehrt, er war jetzt ruhiger, und ich sah zu ihm auf. Er war immer noch erschüttert, sein gebräuntes Gesicht ein bisschen grau, und ich hatte das Gefühl, das lag mehr an seiner Wut als dem ersten Entsetzen, die Leiche zu finden. Ich wusste genau, wie er sich fühlte. Und ich wusste, was er vermutlich dachte. Er würde Brianna berichten müssen, dass ihre Schwester nicht einkaufen oder im Nagelstudio war, sondern mausetot, die Lippen weggeschnitten, in den Augen immer noch ungeheures Entsetzen. Es passierte wieder, genau wie immer, ich konnte auch in mir die Wut aufsteigen spüren, hart, tödlich, allumfassend.

Ich reckte das Kinn vor und riss mich zusammen, dann zog ich mein Handy aus der Gürteltasche und drückte die Kurzwahl für Buckeye Boyd. Er war Gerichtsmediziner und Leichenbeschauer von Canton County und regierte über eine großartige Spurensicherung. Er nahm nach dem zweiten Klingeln ab.

»Buck, ich bin's.«

»Das kann nichts Gutes sein, so wie du klingst.«

»Wir brauchen dich hier oben im Royal, so schnell es geht. Eine Leiche.«

»Mord?«

»Ja. Wieder so ein Irrer. Schlimmer noch, du kennst doch Brianna Swensen, Buds Freundin? Es ist ihre Schwester, aber behalt das für dich, denn wir haben noch keine offizielle Identifikation. Aber ich bin neunundneunzig Prozent sicher, dass sie es ist.«

»Meine Güte. Wie schrecklich. Ist Bud auch da?«

»Ja. Wie schnell kannst du hier sein?«

»Zehn, höchstens fünfzehn Minuten. Alle anderen sind sowieso schon zu einer Besprechung hier.«

Ich klappte mein Handy zu. Bud rieb sich mit den Handflächen über sein Gesicht. Er rang immer noch nach Luft, jetzt gelangen ihm ein paar tiefe Atemzüge. »Das wird Bri umbringen, es wird sie umbringen.«

»Ja.«

»O Mann, Bri darf Hilde nie so sehen. Nicht mit den abgeschnittenen Lippen und all dem Blut.«

»Willst du hier bei ihr bleiben oder das Absperrband anbringen?«

»Ich bleibe hier.«

Ich sagte: »Riechst du die Bleiche?«

»Ja.«

»Der Mörder weiß, wie er nach sich sauber machen muss.«

Bud war jetzt wieder kontrolliert und trat hinter mich, als ich mich noch einmal vorbeugte, um das Wasser im Abfluss zu betrachten.

»Irgendetwas verstopft den Abfluss. Siehst du?«

»Was zum Teufel ist das?«

»Ich sage es nur ungern, Bud, aber ich glaube, es sind ihre Lippen.«

»O Gott. Scheiße.«

»Ja, wir halten uns besser zurück und lassen alles in Ruhe, bis Buck hier ist, um den Tatort zu untersuchen. Lass uns mal sehen, ob wir draußen auf der Terrasse etwas finden können.«

Ich erhob mich und betrachtete sorgfältig den schwarz-weiß gefliesten Boden, ich suchte nach Spuren von Blutspritzern. Ich vermutete, dass der Täter das ganze Bad und die Dusche mit Bleiche geschrubbt hatte. Ich fand nichts, außer einem Boden, der sauber genug war, um davon zu essen. Bud riss die Vorhänge vor der Tür zur Seite, die zur Terrasse führte, und trat nach draußen. Ich konnte ihn ein paar tiefe Züge der seefrischen Luft inhalieren hören, dann kam ich hinter ihm her und tat es ihm gleich. Das morgendliche Sonnenlicht blendete mich beinahe. Meine Freude über den Frühlingsbeginn hatte sich inzwischen erledigt. Ich ließ meinen Blick in die Ferne schweifen. Ich konnte das Glitzern und Blitzen des Sees und Nicholas Blacks Fünf-Sterne-Resort ausmachen, Cedar Bend Lodge, das wie ein Leuchtturm auffiel, tausend Fenster spiegelten die Sonne. Um uns herum standen dunkelgrüne gepolsterte Terrassenmöbel, sechs Sessel, zwei Liegen, ein passender Tisch. Sonst nichts. Kein Blut, keine Innereien. Keine Spur des Mörders.

Bud und ich gingen hinüber zum Geländer und schauten in die Tiefe. Manchmal verletzen sich Täter mit dem Messer, das sie verwenden, vor allem, wenn sie in einem Wutanfall töten. Ich beugte mich herunter in der Hoffnung, dass der Täter irgendwo etwas Blut für uns zurückgelassen hatte, und entdeckte tatsächlich welches am Rande der Terrasse außerhalb des Geländers.

»Hier ist Blut, Bud. Das ist sein Fluchtweg, so viel ist klar.«

Bud schüttelte den Kopf, sein Kiefer ruckte vor und zurück. Er dachte immer noch an Brianna. »Warum sollte er hier einfach Blut zurücklassen, wenn er sich so viel Mühe gegeben hat, das Bad zu wischen?«

»Gute Frage. Vielleicht hat er es nicht gesehen.« Ich schaute hoch zu Bud. »Oder vielleicht hatte er es einfach eilig, wegzukommen.«

»Sie ist noch nicht kalt und in der Leichenstarre, also ist sie noch nicht allzu lange tot. Vielleicht einen halben Tag, vielleicht weniger.«

»Ja. Und er muss noch eine Weile hier gewesen sein, um so gründlich sauber gemacht zu haben. Vielleicht haben wir ihn überrascht, als wir vorgefahren sind, und er ist hier hinten abgehauen.«

Die hintere Terrasse hatte vielleicht fünfzig Quadratmeter und ragte über den Abbruch der Klippe hinaus. Dichter Baumbewuchs verdeckte sogar jetzt, zu Beginn des Frühjahrs, das Ufer des Sees unter uns, und es gab jede Menge dichtes Buschwerk und Rankgewächse, hinter denen sich jemand verstecken konnte, der vom Tatort fliehen wollte. Die Dächer der anderen Bungalows waren links und rechts von uns zu sehen, aber keines befand sich direkt unterhalb der Terrasse, bloß Bäume und Unterholz. Wir schauten beide über das Geländer und betrachteten den Boden etwa drei Meter unter uns.

Bud sagte: »Ist das Blut da unten auf diesen Steinen? Siehst du?«

Ich sagte: »Geh du das Absperrband anbringen. Ich klettere da runter und sehe mal, was ich finde. Vielleicht haben wir diesmal Glück.«

»Ich helfe dir runter.«

Ich steckte meine Waffe weg und schwang ein Bein über das Geländer, dann zog ich das andere Bein nach. Ich stand eine Sekunde auf dem äußeren Rand und Bud packte meine Hand, um mich auf den Boden sinken zu lassen. Wir erstarrten beide, als ein scharfer Knall durch die Stille hallte. Natürlich wussten wir beide genau, wie sich ein Pistolenschuss anhörte, und duckten uns instinktiv, aber ich spürte bereits das Brennen, mit dem das heiße Metall einer Kugel über meinen Oberarm schrammte. Der Treffer brachte mich aus dem Gleichgewicht und halb sprang ich, halb fiel ich, ich landete auf dem verletzten Arm und rollte ein paar Meter den Abhang hinunter, bis eine Reihe Hickory-Schösslinge mich stoppte.

Über mir ließ sich Bud auf der Terrasse flach auf den Bauch fallen und schob den Lauf seiner .45er über den Rand. Ein weiterer Schuss drang von irgendwo weit unter uns, rechts von uns, herauf, und Bud erwiderte das Feuer mit vier schnell aufeinanderfolgenden ohrenbetäubenden Schüssen, während ich mich duckte und durch mein zerrissenes T-Shirt die Wunde betastete. Es brannte teuflisch, war aber bloß eine Fleischwunde, also rappelte ich mich hinter den Stahlstützen auf, mit denen die Terrasse im Kalkstein verankert war, und versuchte den Schützen zu entdecken.

Bud hatte bereits sein Handy herausgezogen und orderte Verstärkung, dann rief er zu mir hinunter. »Ist es schlimm?«

»Nein, bloß eine Schramme. Kannst du ihn sehen?«

Ich linste um den Metallträger. Auf halbem Weg den Abhang hinunter erhaschte ich den Umriss einer Figur in dunklen Klamotten, die den Berg halb abwärts rannte, halb rutschte.

»Ich hab ihn. Los!«

Ich rannte auf dem steilen Hang im Zickzack, duckte mich hinter die Bäume. Ich konnte ihn nicht mehr sehen, aber ich konnte ihn gut hören, er brach unter uns durch das dichte Dickicht und ließ Steine purzeln. Er war nicht weit vor mir. Ich konnte ihn kriegen. Bud war jetzt direkt hinter mir, ich konnte auch ihn hören, er rutschte und verursachte seinerseits kleinere Steinschläge, während er im vollen Tempo den Abhang hinunter zu gelangen versuchte.

Vielleicht dreißig Meter weiter kämpfte ich mich aus einem Brombeerdickicht heraus, die scharfen Dornen verfingen sich in meinen Sachen und zerkratzten mein Gesicht und meine Hände, dann stolperte ich über einen Stamm, der mich zu Boden gehen ließ, und trudelte bergab, bis ich gegen einen weiteren Baumstamm prallte. Bevor ich wieder auf den Beinen war, brach Bud aus dem Gebüsch, hielt sich an einem jungen Stämmchen fest und stoppte.

Dann liefen wir beide weiter den Berg hinunter, konnten den Täter aber nicht mehr hören, und ich wusste, er hatte sich vielleicht irgendwo vor uns versteckt, er wartete auf uns. Ich verwarf diese Theorie jedoch wieder, als ich bemerkte, wie der Motor eines Bootes angelassen wurde und die Stille zerriss. Er war also über den See gekommen und wir waren gerade aufgetaucht, als er seine Tat zu Ende brachte. Immer wieder nutzten wir die Bäume, um abzubremsen, und gelangten schließlich zum Ufer, aber zu spät, um ihn zu stoppen. Er war weg, und als ich über das ruhige Wasser der Bucht schaute, sah ich nur die verklingenden Wellen, die sein Boot zurückgelassen hatte. Auf dem See konnte ich mindestens ein halbes Dutzend Motorboote ausmachen, die in alle möglichen Richtungen unterwegs waren. Das uns nächste war rot-weiß, ein kleiner Flitzer, aber es verschwand innerhalb von Sekunden um die bewaldete Nase einer weiteren Bucht.

Ich fluchte, steckte meine Waffe ein, meldete mich bei der Wache und wies sie an, die Wasserpolizei nach verdächtigen Booten auf dieser Ecke des Sees Ausschau halten zu lassen, vor allem nach welchen mit einer einzelnen Person an Bord.

»Verflucht, beinahe hatten wir ihn«, stöhnte Bud wütend, er war nach der Verfolgung außer Atem. »Bist du sicher, dass du okay bist?«

Ich drückte meine Finger fest auf die Fleischwunde, um die Blutung zu kontrollieren. Es war nicht schlimm, kaum der Rede wert. Ich hatte schon Schlimmeres gesehen. Ich würde es überleben.

Bud begann den Aufstieg, er fluchte leise vor sich hin, und ich wandte mich um und stapfte hinter ihm her. Mein Arm begann jetzt doch ziemlich heftig zu pochen und ich blutete ordentlich, aber ich wickelte meinen Ärmel eng genug um die Wunde, dass ich nicht auch noch mein eigenes Blut auf den Tatort tropfte. Als wir den Bungalow erreichten, holte ich für uns beide Latexhandschuhe und Papierüberschuhe, die wir anzogen, bevor wir erneut ins Haus gingen, und genug gelbes Absperrband, um sowohl das Haus als auch den Abhang zu sichern, über den der Täter entschwunden war.

Bud übernahm den Hang und ich sperrte die Vorderseite des Bungalows ab, ich knirschte mit den Zähnen, und meine Wut, ihn davonkommen zu lassen, nahm mit jeder Minute zu. Nach der Arbeit in der Mordkommission des LAPD hätte ich an so etwas gewöhnt sein müssen. Verstümmelungen bei Morden waren nicht so selten, wie sie sein sollten. Dort draußen hatte ich jede Menge Scheußlichkeiten gesehen, die unschuldigen Menschen zuteil geworden waren, und meine letzten paar Fälle hier am See waren auch nicht gerade Leckerlis gewesen.

Im ländlichen Missouri gab es offenbar doch auch ein paar Irre. Ja, in der letzten Zeit machte der Ozarks-See den kalifornischen Psychos durchaus Konkurrenz. Ich versuchte mir zu überlegen, welcher kranke Grund einen Mörder dazu bringen könnte, einer Frau die Lippen abzuschneiden. Er war ein Psychopath, keine Frage, aber wir müssten sein Motiv herausfinden, ihren Mund so zu verstümmeln. Und die Nachricht. Die war verdammt präzise. Ich war ganz sicher nicht wild auf diese Sache. Wut überkam mich; Wut, dass so etwas geschehen war; Wut, dass ausgerechnet die Verwandte einer Freundin das Opfer war; Wut, dass ich den Täter gesehen hatte und er mir entkommen war.

Als ich mit dem Absperrband fertig war, tauchten zwei Kollegen auf und ich ließ sie in dem bewaldeten Bereich unterhalb des Hauses nach der Patronenhülse suchen. Ich setzte mich auf den Fahrersitz des Explorers, nahm den Erste-Hilfe-Kasten aus der Seitentasche der Tür, und reinigte und verpflasterte meine Wunde. Die Kugel hatte eine flache, etwa drei Zentimeter lange Rinne in das Fleisch an der Seite meines Arms gerissen, die echt richtig, richtig wehtat, aber nicht tief und nicht gefährlich war. Ich hatte wieder einmal Glück gehabt. Viel mehr Glück, als Hilde gehabt hatte. Ich zog die Schutzfolie von zwei extra großen Pflastern und drückte sie auf meinen Arm. Es war bloß ein Kratzer im Vergleich dazu, was es hätte sein können, wenn ich nicht weggezuckt wäre, oder im Vergleich zu dem, was ich bei anderen Fällen schon hatte einstecken müssen. Ich lehnte meinen Kopf an die Kopfstütze, schloss die Augen und wartete auf den Leichenbeschauer und seine Leute.

Little Miss New Year war der nächste Wettbewerb, zu dem sie fuhren. Die Ältere wollte nicht mit, aber ihre Mama bestand stets darauf, dass sie Sissy half, ihre schicken, glänzenden Kleider anzuziehen. Stiefvater Russel würde Bubby mit in die Verkaufsscheune nehmen, wo alle möglichen Pferde und Kühe und Kaninchen und sonst was ausgestellt wurden. Dort war es lustig, aber die Ältere durfte niemals mit. Mama schleppte sie immer zu den blöden Wettbewerben, und dort musste sie mit ansehen, wie alle Sissy bewunderten.

Jetzt erwachte sie in ihrem Zimmer im Holiday Inn, wo auch der Wettbewerb stattfinden würde. Es hatte fünfundvierzig Minuten gedauert, von zu Hause hierher zu fahren. Dem Stiefvater hatte es nicht gefallen, hier zu übernachten, weil es Geld kostete, aber Sissy hatte so gebettelt, und schließlich war er doch einverstanden gewesen. Mama ließ sie immer früh aufstehen, damit sie reichlich Zeit hatten und Sissy perfekt aussah. Sissy maulte und beschwerte sich wie immer, und Mama versuchte sie zu beruhigen. Als sie sich an die Ältere wandte, war sie bei Weitem nicht so zärtlich.

»Hey, du, steh auf und zieh dich an. Und versuch zur Abwechslung mal einigermaßen anständig auszusehen. Es gibt wirklich keinen Grund, dass du uns immer so peinlich sein musst.«

Die Ältere stemmte sich hoch und tapste barfuß ins Bad. Sie nahm einen Waschlappen, durchnässte ihn mit kaltem Wasser und drückte ihn auf ihre verschlafenen Augen. Sie war so müde. Sissy hatte sich hin und her gewälzt und bei Mama beschwert, dass sie zu dritt ein Doppelbett teilen mussten, bis Mama schließlich entschieden hatte, dass die Ältere sich mit einem Laken auf den Boden legen sollte. Dort unten war es wirklich kalt und zugig gewesen, und der Verkehr draußen auf der Autobahn hatte sie fast die ganze Nacht wach gehalten.

Gähnend schlüpfte sie in ein T-Shirt und eine Jeans und die

nächste Stunde saß sie da und sah zu, wie Mama Sissys Haar teilte und auf Lockenwickler rollte, sodass es später in goldenen Wellen herunterhängen würde. Danach, wenn Sissy in ihrem speziellen Öl gebadet hatte, das nach süßen Gardenien duftete, würde Mama Sissy reichlich Make-up auf das Gesicht auftragen, bis sie aussah wie ein richtiger Filmstar. Einmal hatte sie Sissy sogar falsche Einsteckzähne gekauft, um Sissys Zahnlücke zu verdecken, als sie die vorderen Milchzähne verloren hatte. Manchmal fragte sich die Ältere, wie es wäre, alle diese Sachen zu bekommen. Vielleicht würde sie dann auch weniger hässlich aussehen. Eines Tages, wenn Mama irgendwo unterwegs wäre, würde sie es ausprobieren.

»Kann ich Zeichentrickfilme gucken, während du Sissy vorbereitest, Mama?«, fragte sie nach einer Weile.

»Nein, kannst du nicht. Du weißt, dass dieser Lärm Sissy nervös macht, bevor sie auf die Bühne geht. Was ist nur mit dir los? Lass Sissys Badewasser einlaufen. Und nicht wieder zu heiß, wie letztes Mal.«

Die Wut stieg in der Älteren auf, aber sie wagte kein Widerwort, nicht jetzt. Irgendwann würde sie es ihnen beiden heimzahlen. Sie würde sie auf entsetzliche, schmerzhafte Weise töten, genau wie Freddy Krueger es so gerne tat. Sie erhob sich vom Fußende des Bettes und ging ins Bad nebenan. An Wettbewerbstagen schrie Mama immer die Ältere an, wenn Sissy zickig oder störrisch war, weil sie nicht wollte, dass Sissy sich aufregte und zu weinen anfing, denn dann röteten sich ihre großen blauen Augen und das würde den Juroren auffallen und die Wertung verschlechtern.

Die Ältere gähnte erneut und drehte das Wasser an, sie überprüfte, ob die Temperatur genau so war, wie Sissy es mochte, dann holte sie einen Waschlappen und legte ihn genau so, wie Sissy es wollte, gefaltet auf den Rand der Wanne. Das duftende Badeöl befand sich in einer hübschen Flasche, die geformt war wie ein blauer Delphin, und die Ältere nahm es von der Ablage, öffnete die Kappe, und ließ ein wenig davon in den

Wasserstrahl tröpfeln. Das Wasser schäumte und der wundervollste Blumenduft stieg um sie herum auf. Es roch so gut. Irgendwann würde sie sich auch so herrliches Öl kaufen und in ihrem eigenen Bad benutzen, aber keine Gardenien. Sie wollte unter keinen Umständen so riechen wie ihre Schwester.

Sissy tauchte plötzlich in der Tür auf und kreischte: »Mama! Sie ist im Bad und geht nicht raus. Ich muss mein Bad nehmen! Schick sie raus!«

Mama rief aus dem anderen Zimmer der älteren Schwester zu: »Komm sofort raus und lass Sissy ihr Bad nehmen! Was ist heute nur mit dir los? Mein Gott, du bist ja wirklich zu nichts zu gebrauchen.«

Die Ältere trat beiseite und Sissy kam herein, sie verzog ihr hübsches kleines Mündchen zu einem gemeinen Grinsen. »Besser, du hörst auf, Sachen zu tun, wegen der ich diese Krone verliere, sonst kriegst du bloß Schläge.«

»Ich habe doch gar nichts gemacht, Sissy«, flüsterte die Ältere, denn sie wusste, wenn Sissy wütend wurde, dann würde sie schreien und weinen und sagen, die Ältere hätte sie geschlagen oder irgendeine andere Riesenlüge, um Mama wütend auf sie zu machen. Und Mama glaubte sowieso immer Sissy, aber jetzt, wo der Stiefvater nicht mit war und es sehen konnte, musste die Ältere besonders vorsichtig sein, denn Mama würde sie mit einem Bügel auf den Rücken schlagen, wenn Sissy sich über sie beschwerte. Ihre Finger krümmten sich und ihre Fingernägel gruben sich in ihre Handfläche und sie hasste ihre Schwester so sehr, dass ihr ein wenig übel wurde.

Als Sissy in dem seidigen Seifenwasser saß, das so wundervoll roch, trat Mama in die Tür und sagte, sie würde nach unten zum Frühstück gehen. Sie fragte Sissy, was sie gern essen wollte, und wies beide Mädchen an, ja nicht nach draußen zu gehen oder Fremden die Tür zu öffnen.

Während Sissy sich mit dem duftenden Wasser wusch, stand die Ältere am Waschbecken und schaute in Sissys Make-up-Köfferchen aus rosa Plastik. Darin befanden sich lauter kleine

Ablagen für Lippenstifte und Rouge und Wimperntusche, und Kosmetikpinsel in allen möglichen Größen. Die verschiedenen Arten von Make-up faszinierten die Ältere, denn nachdem Mama es auf Sissys Gesicht aufgetragen hatte, sah die überhaupt nicht mehr wie ein kleines Mädchen aus, sondern wie ein richtiger kleiner Filmstar, wie die Schauspielerinnen, die im Fernsehen bei den Oscars über den roten Teppich stolzierten. Das erschien der Älteren immer wie ein Wunder, und sie starrte ihr eigenes hässliches Gesicht im Spiegel an und fragte sich zum tausendsten Mal, wie sie aussehen würde, wenn sie all diese wunderbaren Dinge benutzen dürfte. Sie betastete eine kleine Flasche von etwas, das Mama als Make-up-Grundierung bezeichnete, es war von L'Oréal und kostete bei Wal-Mart fast zehn Dollar, und sie wünschte so sehr, sie könnte es ausprobieren.

Hinter ihr erhob sich Sissy und betrachtete sich im Spiegel, während sie sich mit einem großen weißen Handtuch abtrocknete. »Mach nur. Schmier dir was davon ins Gesicht«, sagte sie. »Mama wird's nicht merken.«

»Doch, wird sie. Du wirst es ihr sagen.«

»Nein, werde ich nicht. Ich versprech's. Lass uns doch mal sehen, ob wir diese hässlichen Sommersprossen überschminken können.«

Die Ältere war in Versuchung, wirklich, wirklich in Versuchung, aber sie war auch nicht dumm, und sie würde nicht auf Sissys Lügen hereinfallen. Sie traute Sissy nicht für einen Augenblick. »Nein, ich kriege bloß Ärger, wenn ich das mache, und genau das willst du ja auch.«

»O nein, ich will bloß wissen, wie du damit aussiehst.«

Sissy hatte jetzt ihren kuscheligen weißen Bademantel an, auf dessen Tasche ihr Name eingestickt war, und sie trat neben die Ältere. Sie starrten einander im Spiegel an.

»Jetzt komm schon, du Feigling, probier es.«

»Nein, du brockst mir nur wieder Schwierigkeiten ein.«

Da lächelte Sissy. »Du tust besser, was ich sage, sonst schütte ich die ganze Grundierung ins Waschbecken und sage Mama, du warst es.«

Die Ältere bekam Angst, weil sie wusste, wie wütend Mama dann werden würde. Die Grundierung war das Allerteuerste in Sissys Kosmetiktasche, und sie wusste, das Sissys fähig wäre, ihre Drohung wahr zu machen. Sie hatte in der Vergangenheit schon alles Mögliche getan, um der Älteren Ärger einzuhandeln. »Das kannst du nicht machen, sonst hast du heute keine Grundierung.«

Sissy lächelte und schraubte die Flasche ganz langsam auf. »Ich bin auch ohne hübsch. Das sagen alle. Hier, probier es aus, sonst kippe ich es ins Waschbecken.«

Die Ältere hatte jetzt wirklich große Angst und bettelte: »Nein, Sissy, bitte, Mama wird uns umbringen.«

»Sie wird mich nicht umbringen, nicht direkt vor einem Wettbewerb. Aber dich vielleicht.« Sissy kicherte, als sie die Flasche zu kippen begann und die Ältere das teure Make-up ins Waschbecken tropfen sah.

»Stopp, stopp, Sissy, bitte, sie wird gleich zurück sein!«

»Dann probier es, jetzt sofort. Ich will sehen, ob du damit besser aussiehst. Mach jetzt, oder ich schmeiße die Flasche auf den Boden und zerbreche sie!«

Sissy reckte den Arm hoch und hielt die teure Flasche in die Höhe, und die Ältere schluckte schwer, aber Sissy würde es tun. Sissy liebte es, ihr und Bubby Ärger einzubrocken. Angst umfasste das Herz der Älteren und sie fuhr eilig mit den Fingern durch das Make-up im Waschbecken und rieb es sich auf die Wangen. Tatsächlich verbarg es einige ihrer Sommersprossen und sie starrte sich entgeistert an. Schließlich hatte sie sich immer vorgestellt, dass sie eines Tages so hübsch sein könnte wie Sissy.

Als sie Mamas Schlüssel im Schloss hörte, packte sie ein Handtuch und versuchte, das Make-up zu entfernen, aber dann erstarrte sie entsetzt, als Sissy plötzlich die teure Flasche Make-up auf den Boden schmetterte. Sie zerbarst in eine Million Stücke und braune Flüssigkeit spritzte überall hin, gerade als Mama in die Badezimmertür trat.

»Mama, sieh nur, was sie getan hat!«, heulte Sissy. »Sie hat gesagt, sie will nicht, dass ich heute hübsch aussehe, weil sie so hässlich ist! Sie sagt, ich soll genauso hässlich sein wie sie!«

Mamas Augen huschten zu der Bescherung auf dem Boden, dann sah sie der Älteren ins Gesicht. Wut überkam sie, schwarz und entsetzlich und grausam. Sie ließ eine Tüte mit Puderzucker-Donuts auf die Ablage fallen und packte die Ältere an den Haaren. »Du blödes, missgünstiges kleines Biest, ich werde dich lehren, Sissy in Ruhe zu lassen! Sissy, setz dich auf dein Bett und bleib da.«

Sissy rannte aus dem Bad, wandte sich aber in der Tür um und streckte der Älteren die Zunge heraus, bevor Mama die Tür zuknallte und die Ältere im Bad einsperrte. Kochend vor Wut packte sie sie am Hals und drückte sie mit dem Rücken gegen das Waschbecken, und dann riss sie die ältere Schwester in die Höhe und warf sie in das Badewasser. Die Ältere würgte und stemmte sich gegen den entsetzlichen Griff um ihren Hals, aber Mama hatte einen ihrer Wutanfälle und hielt viel zu fest, als dass sie sich befreien könnte. Sie drückte ihren Kopf unter Wasser und hielt ihn dort.

Die Ältere wehrte sich verzweifelt, konnte sich aber nicht befreien und starrte durch das Seifenwasser, das wie Feuer in ihren Augen brannte, in Mamas Gesicht, das rot war vor Wut und Anstrengung, während die sie unter Wasser hielt. Es war dieser Blick, der am schlimmsten war, dann tat Mama schreckliche Dinge. Die Ältere hielt den Atem an und wand sich verzweifelt, bis Mama sie endlich aus dem Wasser hochriss, und sie keuchte und rang nach Luft, aber Mama drückte sie wieder unter Wasser, egal, wie sehr sie weinte und darum bettelte, dass sie aufhörte. Sie kämpfte mit aller Kraft, aber Mama war zu stark, vor allem, wenn sie so wütend war. Als die Ältere glaubte, sie könnte den Atem nicht mehr länger anhalten, als sie glaubte, sie würde ertrinken, und vielleicht wäre das auch besser, als weiter mit Mama zu leben, riss ihre Mama sie aus dem Wasser, und sie keuchte und rang nach Luft.

Mama knirschte die Worte zwischen zusammengebissenen Zähnen hervor. »Rühr Sissys Make-up nie wieder an, hast du verstanden? Rühr es nicht an, sieh es nicht einmal an, sonst wird es noch schlimmer kommen als eben, hast du verstanden?«

»Das werde ich nicht, Mama, ich verspreche es«, sagte die Ältere geschwächt, aber sie weinte erst, als Mama nach draußen gestapft und die Tür zugeschlagen hatte. Dann saß sie in dem kalten Wasser und weinte in ein Handtuch, damit Mama sie nicht hörte und zurückkam und noch einmal bestrafte.

3

Sechzehn Minuten nach meinem Anruf schob sich Buckeyes weißer Van die Auffahrt entlang und hielt hinter meinem Explorer und zwei weiteren Polizeiautos. Buck fragte, ob es mir gut ginge und wollte sich meinen Arm ansehen, aber ich sagte, das könnte warten. Während sie ihre Schutzanzüge überstreiften und ein paar Aluminiumkoffer aus dem Wagen holten, erzählte ich ihnen, was geschehen war. Als ich Hildes Leiche beschrieb, starrten mich alle an, als hätte ich mir das ausgedacht.

Unglücklicherweise wusste ich ziemlich genau, was sie dachten. Bevor ich aus L. A. hergezogen war, hatte es am See keinerlei Verbrechen gegeben, die auch nur im Entferntesten an diese Art grauenvoller Morde heranreichten. Es hatte letzten Sommer mit einem irren Alptraum aus meiner Vergangenheit begonnen, letzte Weihnachten war es weitergegangen, und jetzt waren wir schon bei Nummer drei. Offenbar war ich es, die Mörder in diese dörfliche, ruhige, wunderbare Idylle lockte, genau wie ich Tod zu allen, die mir in meinem Leben etwas bedeuteten, gebracht hatte. Sie wussten es. Ich wusste es. Alle wussten es.

Buckeye zog seine Handschuhe über und knallte die hintere Tür des Vans zu. Ich beobachtete, wie er seinen Koffer nahm und mir einen Blick zuwarf. Er hatte einen weißen Bart samt Schnauzer, der normalerweise ziemlich kurz getrimmt, im Moment aber ein bisschen länger war. Er erinnerte mich an den Mann in dieser alten *Captain-Kangaroo*-Kindersendung, mit dem weißen Haar und dem etwas rundlichen Körper. Mr Greenjeans war der Kumpel des Captains gewesen, und im Büro des Leichenbeschauers fragten alle immer nur *Wo finde ich Mr Greenjeans?* Aber jetzt war keinem nach Scherzen zumute, und auch er war todernst, als er sagte: »Du willst also sagen, dieser Typ hätte dem Opfer die Lippen abgeschnitten und sie dann in den Abfluss der Dusche gestopft?«

Ich nickte. »Das glauben wir jedenfalls. Er war noch in der Gegend und hat ein paar Mal auf uns geschossen, aber er ist per Boot entkommen, bevor wir ihn erwischt haben.«

»Grundgütiger Gott. Wurde sie noch anderweitig verstümmelt?«

Ich schüttelte den Kopf und zuckte mit den Achseln. »Nicht, soweit wir sehen können. Der Körper weist keine sichtbaren Verletzungen auf. Vielleicht wurde sie erstickt, aber der Mund ist sehr blutig. Das wirst du uns sagen müssen, woran sie starb. Bud sperrt den Bereich hinter dem Haus ab, wo der Täter auf uns geschossen hat und dann geflohen ist.« Erst jetzt fiel mir auf, dass einer von Bucks besten Leuten fehlte. »Wo ist Shaggy?«

Shaggy hieß in Wahrheit John Becker und war unbestreitbar einer der besten Mitarbeiter der Spurensicherung im ganzen Staate Missouri, obwohl er lange Haare hatte und ein Hippie-Typ mit neun Ohrringen auf jeder Seite war. Wir nannten ihn Shaggy, so wie den Typen in *Scooby-Doo.* Er lebte für seine Arbeit, war immer pünktlich und jederzeit bereit, einen Tatort auseinanderzunehmen. Dass er nicht im Leichenschauhaus aufzufinden war, gab es nicht.

»Er hat sich heute krank gemeldet. Gestern auch.«

»Du machst Witze. Shaggy?«

»Ja, wir sind alle entsetzt. Er hat nicht gesagt, was er hat, aber ich weiß, dass er Allergien hat, die sich um diese Jahreszeit melden, wenn er kein Claritin nimmt. Oder vielleicht zeigt TBS auch einen Bruce-Willis-Marathon.«

Shags Begeisterung für den Ex-Mann von Demi war legendär, aber trotzdem lächelte niemand über Bucks Scherz. Nicht, wenn ein solcher Tatort bevorstand.

Buck sagte: »Vicky, du machst Fotos vom Opfer, dann erst

drinnen, anschließend draußen, und danach soll Bud dir zeigen, wo der Täter den Abhang hinuntergelaufen ist. Du musst auch die Videos machen, bis Shag zurück ist.«

Vicky Jackson war unsere Tatortfotografin, sie war Mitte vierzig und hatte drei Kinder, die sie mit Fußballtraining und Schwimmvereinen in den Wahnsinn trieben, und einen Mann, der den Boden küsste, über den sie schritt. Sie war ein beliebtes Gründungsmitglied der angesehenen Red Hat Society in Camdenton, und die lila Boa stand ihr gut.

Ich bat: »Vicky, sei bitte diesmal besonders gründlich, aber ich muss dich warnen, der Kerl hat sehr sorgfältig hinter sich aufgeräumt, du wirst also verdammt aufmerksam sein müssen.«

Buckeye sagte: »Bis Vicky im Haus durch ist, nehmen wir uns den Wagen des Opfers vor. Ist es der da?« Er deutete auf den roten Fusion.

»Ja. Es ist ein Mietwagen, ich wage also zu bezweifeln, dass du irgendetwas darin finden wirst. Ich bin ziemlich sicher, dass alles drinnen im Bad stattgefunden hat.«

Zwei von Bucks Leuten gingen die Auffahrt hoch zu Hildes Auto, während sich Vicky unter dem gelben Band hindurch duckte und die Treppe hochging.

Buck und ich sahen ihr einen Augenblick nach, dann warf er einen Blick auf den blutbeschmierten Ärmel meines zerrissenen T-Shirts. Er schüttelte den Kopf. »Bist du sicher, dass es nicht so schlimm ist?«

»Ja. Ich hatte Glück und habe mich weggeduckt.«

»Glück, ja? Lass mal sehen.«

Ich stand still und versuchte nicht zu zucken, als er vorsichtig die bereits blutdurchtränkten Pflaster abzog und mit einem behandschuhten Zeigefinger auf der Wunde herumdrückte.

»Das ist nicht nur ein Kratzer. Ich schätze, es tut auch ziemlich weh. Das sollte am besten genäht werden.«

Ich zuckte mit den Achseln. »Ja, es tut weh. Na und? Wir

hatten ihn beinahe, Buck. Wenn er kein Boot unten in der Bucht gehabt hätte, hätten wir ihn in flagranti erwischt.«

»Halt still und lass mich das ordentlich säubern, damit es sich nicht entzündet. Meine Güte, Claire, das wird langsam wirklich zu einer schlechten Angewohnheit von dir.«

Ja, als würde ich die Leute bitten, auf mich zu schießen. Ich wollte endlich drinnen im Haus loslegen und nicht darauf warten, dass er seine Medizinsachen holte und meinen Arm verarztete, tat es aber trotzdem. Er hatte recht, und ich wusste es auch. Ich war nicht Batman, nicht mal Robin. Darauf war ich schon vor langer Zeit bei anderen Verletzungen gekommen. Schade auch. Hätte ich ein Cape gehabt und fliegen können, dann hätte ich den Typen auch erwischt, bevor er sein Boot erreichte. Ich sah zu, wie Buckeye einen langen Streifen antibiotische Creme auf die Wunde quetschte und sie dann mit vier Schmetterlingspflastern verschloss. Anschließend reichte er mir eine Flasche Wasser und zwei extrastarke Tylenol. »Die sollten helfen. Glaub mir, du wirst sie brauchen, bevor der Tag vorüber ist. Hast du die Patronenhülsen von der Waffe, mit der er auf dich geschossen hat?«

»Die Jungs sind gerade am Suchen. Ich glaube nicht, dass er Zeit hatte, sie aufzuheben, und wir wissen ziemlich genau, wo er gestanden hat.«

Ich nahm die Tabletten, schluckte beide auf einmal, und kippte ungefähr eine halbe Flasche Wasser hinterher. Buck griff nach seinem Koffer und ging zur Veranda, gerade als Vicky drinnen fertig war und zur Haustür herauskam. Buckeye wies einen neuen jungen Kollegen mit roten Haaren namens Kenny Porter an, mit Vicky gemeinsam die Aufnahmen des Abhangs zu machen. Dann rief Buck einen der Techniker zu sich, die am Fusion arbeiteten, damit er ihm drinnen assistierte.

Ich rieb meinen schmerzenden Arm und sah sie zu ihren jeweiligen Aufgaben gehen. Sie waren extrem gut in ihrem Job, alle von ihnen. Buck engagierte keine Mitarbeiter, die nicht erste Sahne waren. Wenn der Mörder Spuren hinterlassen hatte, würden sie sie finden, ohne dabei den Tatort zu versauen. Aber ich wünschte trotzdem, Shaggy wäre dabei. Ich hielt ihn für den Besten der Besten.

Ich lehnte mich gegen den vorderen Kotflügel meines Geländewagens und wartete auf Bud. Ich wollte, dass die Kollegen dort drinnen etwas Vorsprung hatten, bevor wir anfingen, uns genauer umzusehen. Und ich hoffte, Bud hatte sich, während er das Absperrband anbrachte, etwas beruhigen können. Er war ziemlich mitgenommen gewesen, aber er würde sich schnell zusammenreißen müssen, sonst würde er abgezogen werden. Das würde der Sheriff vielleicht sowieso tun, wenn er erst mal von Buds enger Beziehung zur Schwester des Opfers erfuhr. Zehn Minuten später kam Bud um die Rückseite des Hauses herum und auf mich zu. Sein Ausdruck bestand aus harten, wütenden Zügen. Es ging ihm also besser. Ich sah genauso aus.

Ich fragte trotzdem: »Alles in Ordnung, Bud?«

»Ja. Ich überlege bloß, wie ich es Bri sagen soll. Sie hat vor ein paar Minuten angerufen, aber ich bin nicht rangegangen.« Er starrte in die Ferne, wo das Wasser des Sees bloß einen polierten silbernen Spiegel darstellte. »Was für ein Mist, Claire. Das macht mich krank.«

»Ja.« Damit hatte er allerdings recht. Ich sagte: »Brauchst du noch einen Moment, oder können wir anfangen?«

»Anfangen.«

Ich gab ihm die Schutzkleidung, die ich geholt hatte, und wir trugen sie auf die Veranda, dann zogen wir Handschuhe und Überschuhe an, um keine Spuren zu verwischen. Ich machte schnell, weil ich loslegen wollte, und musste dann warten, bis er seine Latexhandschuhe anhatte und die Papierüberzieher über seine Schuhe stülpte. Er schien nicht ganz so wild darauf zu sein, mit den Ermittlungen zu beginnen, wahrscheinlich dachte er immer noch an Brianna. Er sagte nichts, als wir die Tür öffneten und den Bungalow betraten. Direkt hinter der Haustür blieben wir stehen und sahen uns um.

Eine Mitarbeiterin der Spurensicherung namens Lana Foster

suchte entlang des Küchentresens nach Fingerabdrücken. Sie war eine ziemlich coole Lady, die ich ganz gut von Bucks Einladungen zum Fisch-Grillen am Memorial Day kannte. Sie hatte ihr Haar fast bis auf die Haut kurz geschoren und trug Jeans und eine Bauernbluse unter ihrem Schutzanzug. Sie liebte Pistolen genauso sehr wie ich und kannte sich ausgesprochen gut mit Ballistik aus. Sie war von der Polizei in St. Louis zu uns gekommen und wusste fast genauso gut Bescheid wie Shaggy. Lana warf uns wortlos einen Blick zu, nickte, konzentrierte sich dann wieder auf ihre Arbeit. Buck und der andere Kollege waren nicht zu sehen, aber ich konnte ihre Stimmen hinten hören, es klang so, als wären sie noch immer bei der Leiche im Badezimmer. Es war dämmrig im Wohnzimmer, weil die Rollläden heruntergelassen waren, also schaltete ich eine Messingstehlampe mit schwarzem Schirm neben der Tür ein.

»Bist du hier fertig, Lana?«

»Ja. Bitte sehr.«

Ich sah mich um und befand, dass das Wohnzimmer höchstwahrscheinlich durchsucht worden war. Es war nicht bloß die übliche Model-Unordnung, wie wir anfangs gedacht hatten. »Vielleicht hat der Täter verzweifelt nach etwas gesucht, oder zumindest wollte er, dass wir das glauben.«

Bud sagte: »Ja, vielleicht sollte es aussehen wie ein schiefgegangener Einbruchsdiebstahl. Oder vielleicht hat sie sich auch mächtig gewehrt, bevor er sie ins Bad gezerrt hat.«

Ich sah im Geiste den Mund der Frau vor mir, ohne Lippen, Blutbäche auf dem Kinn, und ich wusste, dass Bud wahrscheinlich dasselbe kranke Bild vor Augen hatte. Ich freute mich nicht sonderlich auf meine Träume heute Nacht, was sowieso eigentlich nie der Fall war.

»Hoffen wir, dass sie seine DNA unter die Fingernägel gekriegt hat, bevor er sie überwältigte.«

Bud sagte: »Ich frage mich, warum er sie mit der Krone und der Schärpe verkleidet hat.«

»Er spielt sein eigenes krankes Spielchen. Du weißt doch,

dass die Psychopathen gerne so was machen, sie spielen Gott mit ihren Opfern und genießen deren Angst.«

Bud schüttelte den Kopf. »Er wollte irgendjemandem mit dem Aufkleber auf ihrer Schulter eine Nachricht hinterlassen, aber er musste auch wissen, dass es ziemlich riskant sein würde, hier lange rumzuhängen, vor allem bei Tageslicht. Sonst wer hätte ihn sehen können. Ich kann gar nicht verstehen, warum er geblieben ist, um auf uns zu schießen, statt einfach so schnell wie möglich abzuhauen.«

»Hätte ich mich nicht geduckt, wäre ich tot. Oder du. Vielleicht wollte er einfach nicht, dass wir ihn verfolgen.«

»Aber warum hat er dann seine Position preisgegeben, indem er auf uns schießt? Warum hat er sie nicht einfach umgebracht und ist abgehauen? Sie saß schön in der Dusche, der Tatort war sauber. Wir hatten ihn nicht gesehen. Das ergibt doch keinen Sinn.«

»Vielleicht wollte er sehen, wie wir sie finden. Vielleicht macht es ihn an zu beobachten, wie die Polizei und die Spurensicherung auftauchen und seine Arbeit bewundern. Oder wir haben ihn tatsächlich überrascht und er hat Panik bekommen. Wer weiß schon, was er denkt? Der Kerl ist verrückt.«

Buds Handy spielte wieder diese blöde Klassiknummer und ich erkannte an seinem Gesichtsausdruck, dass im Display Briannas Name stand. Er ging nicht ran. Es klingelte, bis sein Anrufbeantworter das Gespräch übernahm.

Vorsichtig ging ich um die Bücher, Videobänder, Teller und Klamotten herum, die auf dem glänzend roten Eichenboden lagen, zu der schwarzen Leder-Bar, die das Wohnzimmer von der Küche abgrenzte. Vier schwarze Eisenstühle standen auf der Wohnzimmerseite. Hildes Gucci-Handtasche war noch da und ich entdeckte einen großen Terminplaner auf dem Tresen, dort wo Lana arbeitete.

»Bist du mit der Handtasche fertig?«, fragte ich sie.

»Ja. Auch mit dem Kalender. Und gleich mit der Küche.«

Ich durchsuchte mit behandschuhten Fingern den Inhalt der

Handtasche. Geldscheintasche, noch geschlossen, ein glitzernder, herzförmiger Schlüsselanhänger aus Strass, an dem sieben Schlüssel hingen, eine große durchsichtige Kosmetiktasche aus Kunststoff mit allen möglichen Make-up- und Haarprodukten. Ich zog ein kleines rotes, mit Samt bezogenes Adressbuch hervor, das in einer Seitentasche steckte, dann griff ich nach dem Kalender und blätterte darin.

»Das wird uns helfen, Bud. Hier ist eine Liste all ihrer Termine und Auftritte in den letzten drei Monaten. Und für den nächsten Monat.«

»Gut. Ich habe gerade ihr Portfolio gefunden.«

Bud hielt ein Buch von etwa zwanzig mal fünfundzwanzig Zentimeter hoch, das in schickes Krokodilleder eingebunden war. Hildes Name stand in goldenen Schreibschriftbuchstaben in der unteren rechten Ecke der Vorderseite. Bud öffnete es und starrte das erste Foto an. »Mann, das ist wirklich Dreck. Warum musste ausgerechnet sie dran glauben?«

Ich kam näher und warf einen Blick auf das Bild. Hilde war eine schöne Frau gewesen, vielleicht wirklich hübscher als Finn, obwohl ich das echt nicht für möglich gehalten hätte. Ich blätterte die Seiten durch und fand eine Menge unterschiedlicher Posen, viele der Fotos waren nach Schönheitswettbewerben aufgenommen, und sie hielt ein Zepter, eine Krone, und die üblichen Rosen. Immer trug sie ein breites, nettes Lächeln im Gesicht. Ich dachte an das Zitat des Mörders und mein Magen verkrampfte sich. Ich legte das Buch auf den Tresen. Er betrachtete sie als Schurken. Warum?

»Kennst du das Zitat, das er zurückgelassen hat, Bud?«

»Nein.«

»Es ist aus *Hamlet,* glaube ich.«

»Ich habe keine Ahnung, wo zum Teufel es her ist, aber es klingt ausgesprochen persönlich. Ich wüsste zu gern, warum er sie ausgesucht hat. Es muss um irgendeine Art Verrat gehen. Oder ist es reiner Zufall? Teufel, sie war weniger als eine Woche am See.« Unsere Blicke trafen sich und er schüttelte den Kopf.

»O mein Gott, das wird Bri umbringen. Sie erzählt dauernd von Hilde. Sie war richtig stolz auf sie.«

»Sag Brianna, dass wir diesen Typen fertigmachen, darauf kann sie sich verlassen. Sieh dich doch um, Bud. Der Typ war unachtsam. Vielleicht hat er irgendwas im Bad vergessen, oder vielleicht ist das sein Blut draußen auf der Veranda. Wenn es hier ist, wird Buck es finden. Mein Gefühl ist, dass die Sache überhaupt nicht zufällig ist, sondern sehr persönlich, wie du sagst. Aus irgendeinem Grund hat dieser Typ Hilde gehasst.« Ich griff wieder nach dem Taschenkalender. »Ich wette, sein Name steht irgendwo hier in diesem Buch.«

»Ich muss es Bri sagen.«

»Ja. Wenn wir hier fertig sind, fahren wir zu ihr. Soll ich es ihr sagen?«

»Nein, das muss ich tun.«

»Okay, bringen wir es hinter uns.«

Wir mussten eine Menge persönlicher Sachen durchsehen und blätterten ein paar Alben durch, die sie im Koffer hatte, voll mit Schönheitswettbewerbs-Programmen, gepressten Rosen, Zeitungsartikeln. Sie hatte vielleicht ein Dutzend Videos von Wettbewerben, und ich steckte sie in Beweismitteltüten, um sie zu katalogisieren und mir anzusehen, sobald ich Zeit hatte.

Ich war einigermaßen begeistert, als ich ein Foto von Hilde fand, auf dem sie auf dem Schoß eines dunkelhaarigen, muskulösen, spanisch aussehenden Typen saß, der sie umklammerte, als gehörte sie ihm, und er wollte das auch jeden wissen lassen. Er sah auf eine verschwitzte Machoart gut aus und war zweifelsohne ihr Freund. Ich prägte mir sein Gesicht als Referenz ein, dann steckte ich das Foto in eine Beweismitteltüte und verstaute die in meiner Handtasche. Ich würde Brianna bitten, ihn zu identifizieren, sobald sie dazu in der Lage war.

Es gab alle möglichen Fotos von Hilde und Brianna zusammen, aber die meisten sahen einigermaßen aktuell aus. Sie hielten immer Händchen oder hatten die Arme umeinander gelegt. Sie waren offensichtlich altersmäßig nahe beieinander und eng befreundet. Ich fragte mich nach ihrem Hintergrund, woher sie kamen, in was für einer Familie sie groß geworden waren.

Ich hatte Brianna erst vor ein paar Monaten kennengelernt, am selben Tag wie Bud, als wir in diesen tollen Klamottenladen marschiert waren, in dem sie arbeitete, um mir was zum Anziehen für den Neujahrsball zu kaufen. Sie und Bud schlugen vom ersten Moment an Funken und waren seitdem zusammen. Ich mochte sie auch gleich, aber keiner von uns hatte eine Ahnung, wo sie gesteckt hatte, bevor sie hier am See gelandet war.

»Weißt du was über Bris Vergangenheit, Bud?«

»Nicht viel. Ich weiß, dass sie in Süd-Florida gelebt hat, bevor sie herkam, an irgendeinem kleinen Strand nördlich von Miami. Sie hat gesagt, sie wäre eine Weile bei Schönheitswettbewerben gegen Hilde angetreten, aber es hätte ihr nicht so gut gefallen wie Hilde, also hat sie aufgehört.«

»Was ist mit ihrer Familie?«

»Ich weiß nicht. Wir haben nie viel über ihre Familie geredet.«

»Schien sie es vermeiden zu wollen?«

»Nein, es hat sich einfach nicht ergeben.«

Ich runzelte die Stirn, als ich hörte, wie ein Wagen vorfuhr und anhielt. Ich fragte mich, ob Buckeye Shaggy angerufen hatte, damit der doch noch kam, jedenfalls hoffte ich das, als ich zur Haustür ging. Aber es war nicht Shag. Es war Brianna, die aus ihrer roten Corvette stieg und mit großen Augen das Tatortabsperrband anstarrte. Sie guckte panisch.

»O Dreck, es ist Bri, Bud. Halt sie besser auf. Du willst sie ganz bestimmt nicht hier drinnen haben.«

Bud lief sofort zur Tür heraus und fing Brianna ab, bevor diese sich unter dem Band hindurch ducken konnte. Ich sah zu, wie er sie am Arm nahm und vom Haus wegführte, zurück zu ihrem Wagen. Er hielt sie jetzt an den Oberarmen fest und sie versuchte, sich loszureißen und zum Haus zu laufen. Sie ahnte vermutlich schon, dass irgendwas mit Hilde war, aber dann war es deutlich zu erkennen, als Bud es ihr sagte, denn ihre Beine gaben nach und sie sackte auf die Knie. Bud kniete sich neben sie und versuchte, sie in den Arm zu nehmen, aber sie wehrte sich weiter gegen ihn. Ich konnte sie Hildes Namen rufen hören, aber nach ein paar Sekunden wandelten sich diese Rufe in ein langes, schreckliches, herzerweichendes Jaulen. Lana warf mir einen Blick zu und schüttelte den Kopf.

Ich konnte Briannas todtraurigen Schreien nicht mehr länger zuhören, also ging ich durchs Wohnzimmer in den hinteren Bereich des Hauses. Denn ich wusste genau, was sie durchmachte. Auch ich war einst vor langer Zeit in die Knie gegangen und hatte genau dieselben unmenschlichen Töne von mir gegeben, als ich den leblosen Körper meines kleinen Sohnes in den Armen gehalten hatte. Ich stieß diese Töne immer noch manchmal aus, wenn niemand da war, der mich hörte.

4

Es war fast halb vier, als ich Buck und sein Team am Tatort zurückließ, sie würden die Leiche zur Obduktion mitnehmen. Ich wollte mit Brianna reden und herausfinden, was sie wusste – oder noch besser, von wem sie glaubte, dass er Hilde so sehr gehasst haben konnte, um ihr etwas derart Schreckliches anzutun. Ich wollte sie nicht zu früh zu hart rannehmen, und Bud auch nicht, also rief ich ihn vorsichtshalber an, als ich von den Royal Bungalows aus startete, gen Westen auf die Straße am See entlang bog, um dann zurück gen Camdenton zu fahren. Nach dem zweiten Klingeln ging er ran.

»Ja? Claire?«

»Wie geht es ihr?«

»Besser, als ich erwartet habe, auf jeden Fall. Sie hat sich ein wenig beruhigt.«

»Genug, um ihr ein paar Fragen zu stellen?«

»Vielleicht. Ich glaube, sie tut einfach so, als wäre gar nichts passiert, aber sie sagt, sie will uns gern helfen, wenn sie kann.«

»Passt es jetzt?«

»Klar, warum nicht. Besser, wir bringen es hinter uns, dann kann sie ein Beruhigungsmittel nehmen und schlafen.«

Brianna Swensen bewohnte ein Haus in der Nähe des Highway 54 in einer kleinen Stadt mit dem unglaublichen und unschönen Namen Roach, Missouri. Sie lag etwa fünf Meilen südwestlich Camdentons und ich fuhr auf dem Weg dorthin am Sheriff's Department vorbei, ohne anzuhalten. Ich hatte mich bereits telefonisch bei meinem Boss, Sheriff Charlie Ramsay, gemeldet, der überhaupt nicht begeistert davon war, so schnell schon wieder von einem weiteren spektakulären Mord am See zu hören. Er gab mir nicht offiziell die Schuld, aber ich fragte mich, was er von der Sache hielt. Ach, im Grunde fragte ich mich vor allem, was *ich* von der Sache hielt.

Um Briannas Haus, das auf einem Hügelkamm stand, musste man etwa zwei Meilen eine gewundene Asphaltstraße entlangfahren. Ihre Corvette parkte davor. Bud hatte am Steuer gesessen, als sie bei Hilde losgefahren waren, und vermutlich hatte er sich nicht die Zeit nehmen wollen, den Wagen in die Garage zu stellen. Ich hielt auf dem gekiesten Halbkreis der Auffahrt daneben und schaltete den Motor aus.

Ich saß ein paar Minuten bloß da, lauschte dem Ticken meines Motors und sah die Blätter an der Hecke neben dem Haus im leichten Aprilwind rascheln. Ich war nicht unbedingt wild darauf, hineinzugehen und Brianna noch mehr zu quälen, was letztlich genau das war, was ich tun würde. Es war jedoch von entscheidender Wichtigkeit, sie zu vernehmen, und es war besser, wenn ich sie befragte, als wenn Bud das täte. Sollte er ihre Hand halten, seinen Arm um sie legen, der gute Kerl sein. Er war schließlich auch ein guter Kerl. Ich stieg aus dem Wagen, schloss meine Tür ab und ging einen L-förmigen Weg zur Eingangstür hoch, die himmelblau gestrichen war. Ich klopfte leise, ließ aber die Messingklingel in Ruhe. Briannas Nerven waren vermutlich auch so schon strapaziert genug. Sekunden später öffnete Bud mir die Tür, er sah ein bisschen mitgenommen aus. Naja, ziemlich mitgenommen.

»Kann ich immer noch reinkommen?«

»Ja, sie hat vor einer Weile ein Darvocet genommen. Sie will mit dir reden.«

Ich folgte ihm durch einen kleinen Flur, der frisch gestrichen war, und in dem ein weiß gerahmtes Schwarz-Weiß-Foto einer alten Scheune hing, und dann erreichten wir den Wohnbereich im hinteren Teil des Hauses. Es roch gut, nach Orangen und Zitronen. Ich fragte mich, wie Bri das hinbekam. Bei mir zu Hause roch es nie so gut. Links konnte ich eine Küche ausmachen, die durch einen kurzen Tresen und von der Decke hängende Schränke vom Wohnbereich abgeteilt wurde.

Zwei weiße Doppeltüren gaben den großartigen Blick auf die bewaldeten Hügel um Camdenton frei, aber es war kein ganz so atemberaubendes Panorama wie das aus Hildes Bungalow. Ich konnte gerade eben noch einen kleinen Halbmond des Sees in der Ferne ausmachen.

Brianna saß auf einer rot-blau karierten Couch vor einem weißen Ziegelkamin, in dem Gasflammen an Holzscheitimitaten züngelten. Die Flammen tanzten und wärmten das Zimmer. Ihr Gesicht war unnatürlich gerötet, ihre Augen waren nach mehreren Stunden Weinen geschwollen. Es war kaum zu glauben, aber sie sah immer noch schön aus. Sie schniefte in ein zerknülltes rosa Kleenex, fast als könnte sie nicht einmal mehr die Kraft zum Weinen aufbringen.

Ich stellte meine Lederhandtasche hin und ging vor ihr in die Knie. Ich legte meine Hand auf ihre. »Brianna, es tut mir so leid wegen deiner Schwester.«

Sie nickte und Tränen liefen über ihre Wangen. Sie tupfte sie mit demselben nassen Taschentuch weg, das sie eben noch nervös in der Hand geknetet hatte. Ich warf Bud einen Blick zu, und er bedeutete mir mit dem Kopf, dass ich mich in den passenden Karosessel ihr direkt gegenüber setzten sollte. Das tat ich, während er sich auf dem Sofa neben ihr breit machte und ihre Hand nahm.

»Brianna, ich tue das wirklich nur ungern, aber wir müssen dir ein paar Fragen stellen, okay? Ich wünschte, es wäre anders, ich wünschte, wir könnten warten, aber das geht nicht, nicht, wenn du es irgendwie ertragen kannst.«

Brianna nickte, warf Bud einen Blick zu und begann wieder zu weinen, als er ihre Schultern drückte. Ich wartete ein paar Sekunden, dann begann ich so vorsichtig, wie ich konnte. Das würde nicht leicht werden. Ich fragte mich, ob Bud ihr bereits die scheußlichen Details berichtet hatte. Ich hatte das Gefühl, eher nicht. Und ich würde es auch nicht tun.

»Hast du irgendeine Vorstellung, warum jemand Hilde so etwas antun würde?«

Brianna schluchzte laut, zupfte ein frisches Kleenex aus der Schachtel vor sich und schüttelte den Kopf. Sie hatte ihr langes blondes Haar zu einem Knoten hochgesteckt, wie ihn auch Hilde zum Zeitpunkt ihres Todes getragen hatte. Ein paar Strähnchen hingen ihr ins Gesicht, ebenfalls genau wie bei Hilde, und sie schob sie immer wieder hinter die Ohren. Sie leckte sich über die Lippen, und ich beging den Fehler, an Hildes Lippen zu denken. Ich schluckte und versuchte nicht zu zeigen, wie abstoßend ich das Bild fand.

»Nein, o Gott, nein, Hilde ist wirklich ganz reizend, weißt du, sie ist nett zu jedem, einfach ein guter Mensch, wirklich. Selbst die anderen Mädchen, gegen die sie antritt, schienen nicht allzu eifersüchtig zu sein, dass sie so oft gewinnt.« Sie unterbrach sich, schluckte, wischte noch ein paar Tränen weg. Wimperntusche und Eyeliner liefen trotz allem nicht über ihre Wangen. Sie waren nicht einmal verschmiert. Wasserfest vermutlich.

»Und das ist wirklich sehr ungewöhnlich in diesen Kreisen«, fuhr sie gedämpft und verheult fort. »Es ist wirklich gehässig und angespannt, weißt du, jedes Mädchen kämpft für sich. Aber Hilde fand Freunde und alle schienen sie zu mögen, sie respektierten sie für ihre harte Arbeit, verstehst du? Und sie hat hart gearbeitet, wirklich hart. Sie wird jetzt älter ...«

Brianna fiel ein, dass Hilde nicht mehr älter werden würde, und sie begann richtig zu weinen. Während sie sich beruhigte, zog ich meinen kleinen Notizblock aus der Handtasche und notierte eine Kurzfassung dessen, was sie gesagt hatte, aber ich war ziemlich sicher, dass Bri die Situation und ihre Schwester durch eine sehr rosa Brille betrachtete. Ich konnte mir nicht vorstellen, dass die anderen Teilnehmerinnen ebenso locker damit umgingen, ständig gegen Hilde Swensen zu verlieren. Das passte einfach nicht zu dem stereotypen Bild der zickigen Teilnehmerin eines Schönheitswettbewerbs, das ich im Kopf hatte, aber vielleicht hatte ich ja auch Unrecht, was die Schönen und die Zicken dieser Welt anging. Und überhaupt war ich nie auch nur auf dreihundert Meter an einen Schönheitswettbewerb rangekommen, absichtlich nicht, also was wusste ich schon? Das aber würde sich, wie wenig mir das auch passte, jetzt garantiert ändern.

»Hatte sie irgendwelche Feinde, von denen du weißt? Leute, die eifersüchtig auf sie waren? Irgendwer, der sie bedroht oder beleidigt hat? So etwas passiert schönen Frauen manchmal. Andere Frauen geben ihnen erst gar keine Chance, sie hassen sie einfach auf den ersten Blick.« Ich zum Beispiel bekenne mich dessen schuldig.

Brianna nickte, als wüsste sie ganz genau, wovon ich sprach, als geschähe ihr das jeden Tag, und so war es vermutlich auch. Mein erster Eindruck von ihr war gewesen, dass es sich um eines dieser dürren Models handelte, deren Großhirn auf einem Gesucht-Poster abgebildet werden sollte. Es stellte sich heraus, dass ich auch damit Unrecht gehabt hatte, und dabei war ich doch eine ausgebildete Ermittlerin. Ich weiß, ich weiß, Vorurteile sind eine Pest.

Brianna sagte: »Nein, nicht dass ich wüsste. Dann und wann waren da natürlich Männer, die mit ihr ausgehen wollten, sich mit ihr verabreden und so, aber normalerweise ließ sie sich nicht ein mit Typen, die sich bloß für sie interessierten, weil sie gut aussah und einen Haufen Titel trug. Du weißt schon, Männer, die mit ihr ausgingen, um eine Trophäe im Arm zu haben, wenn sie ins Restaurant oder einen Club kommen. Sobald sie den Verdacht hatte, dass jemand nur darauf aus war, trennte sie sich von ihm.«

»Hatte sie zur Zeit einen Freund, von dem du weißt? Jemand Festes?«

»Ich glaub schon. Unten in Florida. Noch aus der Zeit in South Beach. Er heißt Carlos Vasquez. Ihm gehört dort unten ein angesagter Fitnessclub, außerdem ist er Personal Trainer. Der Laden ist sehr bekannt, einer von denen, in die viele Promis gehen, weißt du, Leute wie Gianni Versace. Der war dort Stammgast, bevor dieser Typ ihn erschossen hat.«

Ich zog das Foto heraus, das ich in Hildes Wohnung gefunden hatte. »Ist er das?«

Brianna nahm das Bild. Sie nickte. »Ja, das ist Carlos. Sieht so aus, als wäre es vor ein paar Monaten aufgenommen worden. Er kennt sich gut aus mit Kameras.«

»Wie heißt Carlos' Fitnesscenter?«

»The Ocean Club.«

»Lebt sie mit diesem Mann zusammen?«

»Sie ist für eine Weile in sein Strandhaus gezogen, aber am Ende war er zu besitzergreifend, also ist sie letzte Weihnachten wieder ausgezogen. Genau genommen am Neujahrsmorgen. Ich weiß das, weil ich an diesem Tag Bud kennengelernt habe.«

Brianna lächelte Bud verheult an und er lächelte zurück, aber als sein Blick auf meinen traf, war klar, dass er dasselbe dachte wie ich. »Ist dieser Carlos ihr gegenüber je gewalttätig geworden, du weißt schon, hat er sie geschlagen, gestoßen, angeschrien?«

»Ich bin ziemlich sicher, dass er sie ein paar Mal geschlagen hat, und ich weiß, dass er sie angeschrien hat, aber Hilde hat gesagt, das stimmt gar nicht, das hätte sie sich nie bieten lassen. Sie hat eine Menge Stolz und Selbstrespekt, und sie ist stark. Sie trainiert jeden Tag mit Gewichten und läuft drei Meilen.« Ich beobachtete ihr Gesicht und konnte genau sehen, als ihr die Tatsache klar wurde, dass ihre Schwester nicht stark genug gewesen war, den Mörder abzuwehren. Sie fing wieder an zu weinen und vergrub ihr Gesicht in den Händen. Es lief nicht gut.

Bud legte einen Arm um sie und zog ihren Kopf an seine Schulter. Ich konnte kaum den schmerzlichen Ausdruck auf seinem Gesicht ertragen. Es zerriss ihn. Ich fuhr fort, versuchte aber, vorsichtig vorzugehen. »Hast du von Carlos Vasquez eine Adresse und Telefonnummer?«

»Ich glaube, es ist dieselbe wie damals, als sie mit ihm zusammenlebte. Sie ist diejenige, die gepackt hat und ausgezogen ist, als sie sich trennten. Wir beide haben zusammen ein nettes kleines Strandhaus an der Küste bei Hollywood, schön weit weg von all dem Kram, der in South Beach läuft. Dort hat sie allein gewohnt, seit ich hierher gezogen bin.«

»Okay.« Ich dachte einen Augenblick nach. »War sie in letzter Zeit hier? Vor dem Wettbewerb in Kansas City, ihrem letzten Sieg?«

Brianna nickte. »Sie hat immer ein oder zwei Wochen zwischen den Wettbewerben eingeplant. Sie war Anfang des Monats in San Diego, dann hat sie, glaube ich, eine Woche in Florida verbracht, bevor sie nach Kansas City geflogen ist. Der einzige Grund, aus dem sie sich zu dem Wettbewerb hier angemeldet hat, war, damit wir Zeit miteinander verbringen könnten. In den letzten drei Jahren hatten wir einander aus den Augen verloren. Sie fand es ein bisschen lächerlich nach den Großstadtauftritten. Ich habe vorgeschlagen, dass sie ein paar Tage früher kommt, damit sie Bud kennenlernen kann, insofern ist im Grunde wohl alles meine Schuld!«

Sie begann wieder zu schluchzen, und ich saß still da und sah zu, wie Bud sie beruhigte. Er machte das ganz gut, ich kam mir vor wie ein Störenfried in einem privaten, intimen Augenblick und wünschte mir, ich könnte aufstehen und gehen, aber das war nicht möglich. Ich hasste es, Freunde zu verhören, vor allem verstörte Freunde. Ich gab ihr noch etwas Zeit, sich zu beruhigen, und das tat sie dann auch.

Ich sagte: »Hatte Hilde denn noch andere Freunde, außer diesem Carlos?«

»Nein. In der Vergangenheit gab es natürlich andere, aber ich glaube, sie ist mit keinem von ihnen in Verbindung geblieben.«

»Waren die auch in Florida?«

»Ja, manche schon. Hilde und ich sind beide nach Miami gezogen, als wir aufs College gingen. Wegen der Strände. Wir haben beide die University of Florida besucht.«

»Wo habt ihr gelebt, bevor ihr nach Florida gezogen seid?«

Sie zögerte. »Maine. In einem kleinen Kaff kurz vor der Grenze zu Kanada.«

Bud schien diese Wendung des Gespräches zu interessieren. Ich ging also davon aus, dass er Dinge erfuhr, die er über Brianna noch nicht gewusst hatte.

»Und ihr zwei standet euch nahe?«

»O ja. Wir waren immer zusammen. Wir haben zusammen gewohnt und so, bis vor ein paar Jahren, als ich hierher gezogen bin.«

»Warum bist du hierher gezogen, Bri?«

Wieder ein kurzes Zögern. »Ich weiß auch nicht. Mir ging die Feuchtigkeit im Süden Floridas auf die Nerven. War nicht gut für mein Haar. Und es war mir auch zu voll, viel zu viele Leute, wohin man auch ging. Ich war mal für ein Modeseminar drüben in der Cedar Bend Lodge und habe mich einfach in den See verliebt. Es war so still und friedlich, und von überall hat man so einen schönen Ausblick. Das erinnerte mich an den Ort, an dem wir groß geworden sind.«

»Warum bist du nicht dorthin zurückgegangen, wenn es dir so fehlte?«

Bud runzelte die Stirn, als gefiele ihm nicht, worauf ich hinauswollte, aber Bris Vergangenheit war im Grunde auch Hildes. Und bislang unbekannt, soweit ich sah. Ich wollte wissen, wer und warum, und was und wo. Da kann ich unnachgiebig sein.

»Ich denke, weil meine Eltern beide tot sind. Auf dem Hof ist niemand mehr. Der steht seit Jahren leer und ist noch abgelegener als diese Gegend.« Sie stoppte, hustete ein wenig und leckte sich dann über die trockenen Lippen. »Bud, könntest du mir eine Flasche Evian holen? Es steht im Kühlschrank.«

»Aber sicher, Baby.«

Ich sah zu, wie er in der Küche verschwand. Er kehrte mit dem Wasser zurück und reichte es ihr, dann sagte ich: »Bud hat heute Morgen erwähnt, dass du gesagt hättest, Hilde hätte vor ein paar Jahren einen Stalker gehabt. Erinnerst du dich noch an seinen Namen?«

»Oh – nein, sie hat nie herausbekommen, wer es war. Die

Belästigungen hörten einfach eines Tages auf, seitdem hat er sie in Ruhe gelassen.«

»Was hat er denn gemacht?«

»Er hat Nachrichten auf dem Anrufbeantworter hinterlassen und Geschenke vor die Tür gestellt, so was. Ich glaube, es war ein Fan, der sie irgendwo einen Titel hat gewinnen sehen, oder so. Ich war schon hier, als das passierte, deswegen weiß ich nicht viel mehr darüber. Nur was sie mir erzählt hat.«

»Hat er je versucht, ihr etwas anzutun?«

»Nein, aber ich glaube auch nicht, dass er ihr je begegnet ist. Eines Tages hat er einfach aufgehört, sie zu belästigen. Wahrscheinlich hat er aufgegeben.«

»Was kannst du mir über Hildes Leben noch erzählen?«

Brianna senkte den Blick und ihre Stimme wurde abwehrend. »Wie meinst du das? Was zum Beispiel?«

Bud wusste, was ich meinte, und schien mit der Frage auch nicht glücklich zu sein.

»Es tut mir leid, Bri, aber ich muss fragen. War sie ein Partygirl? Du weißt genauso gut wie ich, dass South Beach in diesem Ruf steht, vor allem, weil lauter schöne Leute dort unterwegs sind. Soweit ich weiß, kann die Partyszene ganz schön wild werden, und es gibt eine Menge Drogen.«

Ich wappnete mich gegen eine schnelle, empörte Antwort oder gar den Abbruch des Gesprächs, aber Brianna schwieg nur einen Augenblick länger als bisher. Schließlich sagte sie: »Hilde war kein Engel, aber sie war ein wirklich guter Mensch. Ich schwör's.«

Oh-oh. Rotes Warnlicht. Sirene an. Jetzt kamen wir voran. Meine nächsten Worte wählte ich so vorsichtig ich konnte. »Was genau meinst du damit, sie war kein Engel?«

»Sie mochte Männer, ganz einfach. Sie hat gern gefeiert, wie die meisten jungen Frauen unseres Alters. Sie hat auch gern getrunken, aber sie war keine Alkoholikerin oder so, und es gefiel ihr, wenn Männer ihr Aufmerksamkeit schenkten.«

Herrje, das war etwas, was ich wirklich gar nicht gerne hörte.

Und es war etwas, dem ich gar nicht gerne nachgehen würde. Bud schien sich auch nicht sonderlich über diese neue Erkenntnis in Sachen Hilde zu freuen, so viel war klar, aber er kannte mich gut genug, um zu wissen, dass ich es damit weder gut sein lassen konnte noch würde. Freundin oder nicht, ich musste mehr wissen. Ich versuchte es so nett wie möglich. »Sie hat gern gefeiert wie in …«

»Wie in: Sie hat gern gefeiert.« Jetzt klang Brianna wie eine wütende Bärenmutter, die Klauen vorgestreckt, ich sollte es nur wagen, ihrem kleinen Party-Bärchen zu nahe zu kommen. Es tat mir leid, aber ich würde nicht nachgeben.

»Ehrlich, Brianna, ich wäre wirklich überall lieber als hier, um dir lauter persönliche Fragen über deine Schwester zu stellen. Ich weiß, sie war ein toller Mensch, schließlich war sie mit dir verwandt, aber ich muss all das wissen, wenn Bud und ich herausfinden sollen, wer ihr das angetan hat. Ich hoffe, du verstehst das, und ich kann dir versichern, es macht mir nicht den geringsten Spaß.«

Noch mehr Tränen, noch mehr Schmerzen, noch mehr Besänftigung, und ich rutschte ungemütlich in meinem Sessel umher und fühlte mich widerlich. Schlimmer noch, gefühllos und widerlich.

»Ich weiß, ich weiß, es tut mir leid, Claire, ich kann einfach nicht glauben, dass das geschehen ist. Sie kann doch nicht weg sein, mein Gott, warum musste ihr das passieren? Das verstehe ich einfach nicht. Sie ist noch nicht mal von hier. Und es ist mir egal, was sie in der Vergangenheit getan hat. Sie hat es nicht verdient, zu sterben.«

»Nein, nein, das ist schon okay, du musst kein schlechtes Gewissen haben. Es ist schwer, all das zu beantworten, wenn man durcheinander ist. Ich kann das verstehen, glaub mir.« Und ich konnte es wirklich verstehen. Ich hatte so viele liebe Menschen verloren, dass mir überhaupt keine Familie mehr geblieben war. Die Erinnerungen daran waren so tief vergraben, die Falltüren waren zugeschlagen und verriegelt, so dass ich sie nie wieder aufkriegen würde. Black sagte, ich müsste mich meinem Schmerz stellen, ihn durcharbeiten, ich müsste einen Kuhfuß nehmen und diese Verliese aufbrechen, aber er hatte gut reden. Psychologen redeten immer bloß, aber sie waren ja auch nicht diejenigen, die den Pfeil ins Herz geschossen bekamen, oder? Also ließ ich alle diese Erinnerungen schön in den dunklen Ecken meiner Psyche. Brianna würde das auch lernen, wenn sie Glück hatte.

Sie weinte noch ein wenig. Bud und ich warteten noch ein wenig.

Dann richtete sich Brianna etwas auf und sah mich an. Ihre Augen fokussierten nicht mehr wirklich, aber ihr Make-up sah immer noch prima aus. Ich hatte das Gefühl, das Darvocet übernahm jetzt die Führung. Sie sagte, und ihre Stimme klang dabei undeutlicher: »Okay, jetzt geht es mir besser. Es ist ganz einfach. Hilde mochte das Leben in South Beach, ich nicht. Ich fand es zu aalglatt und wild und, ehrlich gesagt, auch blöde. Es ging immer nur um Schönheit und ultradünne, muskulöse Körper. Ich meine, alle dort unten waren halb oder ganz magersüchtig. Das war wirklich scheußlich. Man würde doch denken, die *South Beach Diet* hätte ein paar dieser Leute dazu gebracht, sich gesünder zu ernähren, aber Fehlanzeige. Ich konnte es gar nicht erwarten, diese langweiligen, selbstbezogenen Typen los zu sein, aber Hilde sah das anders. Sie genoss die Action und die angeberischen Männer in den Clubs, die sie anmachten. Vor allem mochte sie Prominente.«

»Nur damit ich das richtig verstehe. Willst du sagen, dass sie viele Liebhaber hatte?« Da war es, die Frage hing jetzt zwischen uns in der Luft wie ein großer, hässlicher Heliumballon, gefüllt mit einem abscheulichen Duft, und seine stinkige Explosion würde unsere sich gerade entwickelnde Freundschaft zerstören.

Brianna holte tief Luft. »Ich will sagen, dass sie wirklich gerne trank und tanzte und sich amüsierte, und wenn sie high war, hatte sie auch gerne Sex, manchmal mit Männern, die sie kaum kannte. Das fand sie richtig scharf – sie nicht zu kennen, meine ich. Manchmal ging sie mit ihnen nach Hause oder ins Hotel, aber sie hat sie nie mit zu uns genommen. So dumm war sie nicht, Gott sei Dank. Ich habe versucht, ihr zu erklären, dass das gefährlich wäre, dass sie sich irgendwann Ärger einhandeln würde, aber sie sagte, sie hätte einen sechsten Sinn bei Männern. Sie sagte, sie könnte die Irren schon nach fünf Minuten aussortieren.«

Ganz offensichtlich hatte sie den Irren nicht erkannt, der sie in den Schönheitsköniginnen-Aufzug gesteckt, ihre Lippen abgeschnitten und eine von Shakespeare inspirierte Warnung auf die nackte Haut gepappt hatte. Nicht rechtzeitig jedenfalls. Diese Information verkomplizierte meine Ermittlung und konnte zu zahllosen Verdächtigen in Hunderten von Meilen Entfernung führen, deren Namen ich nie in Erfahrung bringen können würde. Ich schrieb das meiste dessen, was Brianna mir berichtet hatte, in meinen Notizblock, was mir einen Augenblick zum Nachdenken verschaffte. Bud und Brianna sagten nichts. Ich hatte das Gefühl, dass Bud ebenso schockiert war wie ich.

»Glaubst du, sie ist vielleicht diese Woche feiern gegangen, nachdem sie hier angekommen ist, und hat jemand kennengelernt?« Das klang ziemlich scheußlich. War aber unumgänglich.

Brianna schaute gequält, aber ehrlich. »Das wäre natürlich möglich. Sie hat gern neue Leute kennengelernt, aber es schien mir, als wäre sie etwas ruhiger geworden, seit sie sich von Carlos getrennt hat. Sie hat gesagt, dass er ihr immer noch viel bedeutet.« Sie sah mich an. »Bist du ganz sicher, dass sie es war, die ihr gefunden habt? Keiner von euch hat sie zuvor gesehen. Vielleicht ist es jemand anders, die aussieht wie sie, aber nicht sie ist?«

»Wir haben eine Menge Fotos in der Wohnung gefunden, Bri. Eines war von dem Sieg in Kansas City. Es tut mir leid.«

Das vernichtete im Grunde alle Hoffnung, die sie noch gehabt haben mochte. Sie schloss die Augen. Ihre Wimpern waren lang und schwarz und bildeten einen Halbmond auf ihren geröteten Wangen.

»Ich habe ihren Kalender und ihr Adressbuch mitgebracht. Glaubst du, wir könnten sie schnell durchsehen und du sagst mir, in welcher Beziehung diese Leute zu Hilde stehen?«

»Ich kann es versuchen.«

Zuerst gab ich ihr den Kalender. Sie blätterte die Seiten langsam um und berührte jeden Namen mit ihren elegant manikürten Fingern. »Die meisten dieser Frauen sind andere Models, die sie kennt. Carol Lomberger leitet in New York eine Model-Agentur. Carol ist ihre persönliche Agentin, eine der besten im Land. Eric Dixson ist ein erstklassiger Fotograf, der den Schönheitswettbewerben von Stadt zu Stadt folgt und Verträge mit den Wettbewerbsveranstaltern hat. Er macht für die Dauerteilnehmerinnen auch die Portfolio-Fotos. Er ist wirklich toll. Er hat unsere beiden Portfolios geschossen. Er ist jetzt hier, um die Sache in Cedar Bend festzuhalten.«

Ich notierte mir den Namen. Ich sah, dass Hilde vor drei Tagen mit ihm einen Termin gehabt hatte, und mich würde interessieren, ob sie den eingehalten hatte, und wenn ja, ob ihm etwas Besonders an ihrem Benehmen und ihrem Zustand aufgefallen war, während er seine Fotos machte.

»Mr Races Nummer steht hier auch. Sie war schon mal bei ihm. Er hat einen Laden in South Beach, wusstet ihr das?«

Nein, das hatte ich nicht gewusst, fand es aber äußerst interessant, und ganz davon abgesehen, auch misstrauenerweckend. Bud dachte dasselbe, glaubte man seinem Gesichtsausdruck. Er sagte sehr wenig, was wahrscheinlich gut so war. Brianna würde ihm dann keinen Vorwurf daraus machen können, die persönlichen Vorlieben ihrer Schwester durch den Dreck gezogen zu haben.

»Waren er und Hilde vielleicht Freunde oder Lover, als er in South Beach war?«

Bei dieser Frage zuckte Briannas Kopf hoch und sie schaute entgeistert.

»Oh, Claire, du musst doch bemerkt haben, dass er schwul ist.«

Ja, das hatte ich bemerkt. Das hätte ein Blinder bemerkt. »Auch Schwule töten. Aus allen möglichen Gründen.«

Das erschreckte sie, was vielleicht auch nur an der erneuten Erkenntnis lag, dass ihre Schwester tot war. Wieder rollten ihr Tränen über die Wangen, aber sie schnappte sich ein weiteres Taschentuch und arbeitete sich irgendwie durch den Kalender, bevor Bud befand, dass Brianna genug für uns getan hatte.

»Können wir Schluss machen für heute, Claire? Wir können morgen weitermachen, wenn Brianna ausgeschlafen hat.«

»Klar, sicher. Ich möchte es dir noch einmal sagen, Brianna, es tut mir wirklich leid, was geschehen ist, und du musst wissen, dass Bud und ich alles tun werden, was uns möglich ist, um diesen Kerl zu fassen zu kriegen. Das verspreche ich dir. Wir werden nicht aufhören, bis wir ihn haben.«

Brianna schaute dankbar und ich verabreichte ihr eine kurze Umarmung, dann marschierte ich davon, ich fühlte mich ungefähr fünf Zentimeter groß, weil ich meiner Freundin zusätzlichen Schmerz zugefügt hatte. Aber jetzt wusste ich immerhin, dass Hilde Swensen ein sehr gefährliches Leben mit sehr gefährlichen Leuten geführt hatte, und das machte meine Aufgabe, diesen Fall zu lösen, weit schwieriger, als ich erwartet hatte. Aber, hey, was will man machen?

Als Mama später an diesem Morgen mit Sissy hinter die Bühne ging, um auf deren Auftritt mit der Tanzvorführung zu warten, drängte sich die Ältere unbemerkt durch die Menge von aufgeregten Müttern, Großmüttern und anderer Verwandter der Teilnehmer. Manche Familien trugen T-Shirts mit den Fotos ihrer Teilnehmer auf der Vorderseite. Sie war froh, dass Mama sie nicht auch noch zwang, ein blödes T-Shirt mit Sissys Bild darauf zu tragen. Sie hoffte, dass sie das nie müsste. Sie wünschte, sie würde Sissy nie wieder sehen.

Ihr Haar war noch nass, weil Mama sie in das Badewasser getaucht hatte, und der Duft der Gardenien klebte an ihrer Haut. Sie hasste diesen Geruch und hoffte, sie müsste ihn nie wieder riechen. Der Schönheitswettbewerb fand in der Turnhalle einer Highschool statt, und sie war unterwegs zu den Bänken am weitesten weg von der Bühne. Sie würde unter die Bänke kriechen und sich verstecken, sie würde allein sein und nicht zusehen, wie Sissy noch eine blöde Krone gewann.

Als sie das Ende des Basketballfeldes erreichte, sah sie sich um, ob niemand sie beobachtete, dann beugte sie sich vor und ging unter den Bänken fast bis zur Mittellinie. Die Leute saßen über ihr und redeten und lachten, und sie konnte ihre Füße sehen, aber keiner von ihnen bemerkte sie. So gefiel es ihr. Sie war gern allein. Sie hasste alle andern.

Als sie eine dunkle Stelle gefunden hatte, wo sie ihren Rücken an die Wand lehnen konnte, setzte sie sich und zog die Beine an die Brust. Sie legte die Stirn auf die Knie und schluchzte so laut sie wollte, den sie wusste, dass die Geräusche der Menge und die Musik auf der Bühne ihren Schmerz übertönen würden.

»Was machst du denn hier unten?«

Das tränennasse Gesicht der Älteren zuckte hoch. Ein Junge hatte sich einen Meter vor ihr hingekauert. Er war ein paar Jahre älter als sie. Sie kannte ihn, weil er auf ihre Schule ging.

Ein- oder zweimal im Schuljahr hatte er im Schulbus neben ihr gesessen.

Sie schniefte und wischte sich schnell mit dem Saum ihres T-Shirts die Tränen weg. »Geht dich nichts an. Warum haust du nicht einfach ab?«

»Warum weinst du?«

»Geht dich nichts an, hab ich gesagt.«

Der Junge hatte eines dieser blöden T-Shirts an. Auf seinem war das Foto von zwei kleinen Mädchen, die aussahen wie Zwillinge, beide mit langen lockigen blonden Haaren. Sie erinnerte sich, dass es seine kleinen Schwestern waren. Ihre Mama meldete sie immer abwechselnd zu den Kinder-Schönheitswettbewerben an, aber beide Mädchen verloren jedes Mal gegen Sissy.

»Ich wollte mit dir hier unten sitzen. Das ist echt cool.«

»Nein, geh weg. Ich will alleine sein.«

»Ich auch. Ich hasse die alle.«

Jetzt betrachtete die Ältere ihn mit mehr Interesse. Sie sah, wie er näher kam und neben ihr Platz nahm. Als er seinen Kopf an die Wand lehnte, rutschte sie weg von ihm.

Er sagte: »Du riechst gut.«

»Nein, tue ich nicht. Dieser Gestank ist eklig. Ich hasse ihn, und ich werde ihn immer hassen.«

Darüber lachte er und dann fragte er: »Warum sind deine Haare ganz nass? Hat deine Mum den Fön vergessen?«

»Geht dich nichts an.«

Einen Moment lang sagte er nichts, sondern starrte sie nur still an, dann sagte er: »Dieses T-Shirt ist bescheuert. Meine Mum besteht darauf.«

»Ja, das ist es.«

Er lachte wieder. »Du bist echt lustig.«

»Nein, bin ich nicht.«

Er grinste weiter, und sie sah, dass er eine Zahnspange hatte, so eine durchsichtige, die man nicht unbedingt gleich bemerkte. Sie fand, dass seine Vorderzähne ziemlich gut aussahen und wünschte, sie könnte eine Spange kriegen, weil sie einen schiefen Zahn rechts vorne hatte, von dem Sissy sagte, dass er sie wirken ließ wie ein blöder Vampir.

Der Junge machte es sich gemütlich, streckte die Beine aus und legte die Knöchel über Kreuz. »Ich wette, du hast diese blöden Wettbewerbe satt, oder? Und all den Mist, der hier los ist. Ich hab dich bei den meisten davon gesehen. Du guckst immer traurig, wusstest du das?«

»Ich hasse sie.«

»Ich auch.«

»Und ich hasse meine kleine Schwester sogar noch mehr.«

»Ich hasse meine auch, alle beide.«

Mit zusammengekniffenen Augen starrte sie ihn überrascht an, dann lächelte sie. »Wirklich? Ich dachte, ich wäre die Einzige hier, die ihre eigene Schwester hasst.«

»Nein, jeder, der eine Schwester bei diesen blöden Wettbewerben hat, hasst sie. Das sind einfach nur verzogene Ziegen.«

»Ja, Ziegen. Und ich hasse auch Sissys Lächeln. Alle sagen, sie sieht dann aus wie ein Engel, aber das ist sie überhaupt nicht. Sie ist echt gemein.«

»Ja, wie in ›dass einer lächeln kann und immer lächeln, und doch ein Schurke sein‹.«

»Was soll das denn heißen?«

»Es heißt, jemand kann ganz nett gucken und hübsch lächeln, als wäre alles in Ordnung, aber unter dem breiten Grinsen planen sie schon, dich fertigzumachen. Ein Typ namens Shakespeare hat das in einem seiner Stücke geschrieben. Es heißt *Hamlet.* Der Mann meiner Englischlehrerin ist Schauspieler, und sie hat ihn mal eingeladen und uns eine Szene daraus vorspielen lassen. Es spielt in Dänemark.«

»Wer ist Shakespeare?«

»Bloß so einer, der einen Haufen Stücke geschrieben hat, vor langer Zeit.« Der Junge grinste immer weiter. Die Ältere beobachtete ihn und fand wider Willen, dass er ganz niedlich aussah mit seinen dunklen Haaren, die lang genug waren, um sich um seine Ohren zu kringeln. Er hatte einen Ring im linken Ohr, einen kleinen Goldring, an dem irgendein komischer Anhänger hing. Sie durfte keine Ohrlöcher haben, aber Sissy wohl, damit sie bei den Wettbewerben Mamas tolle Strasshänger tragen konnte.

Die Ältere lehnte wieder den Kopf an die Wand, so wie er, und dachte darüber nach, was der Junge gesagt hatte, und danach fühlte sie sich ein bisschen besser. Es tat gut, dass noch jemand all diese blöden, hübschen kleinen Mädchen hasste, die auf der Bühne rumstolzierten und so taten, als wären sie erwachsen, aber sie sagte weiter nichts zu ihm. Es war eigenartig, mit ihm allein zu sein. Sie war noch nie zuvor mit einem Jungen allein gewesen. Mama ließ sie praktisch nie jemand zum Spielen nach Hause einladen.

Plötzlich sagte der Junge etwas total Irres. »Wieso meldet dich deine Mutter eigentlich nicht in deiner Altersklasse an? Du bist doch auch hübsch.«

Mit aufgerissenen Augen und pochendem Herzen sah sie ihn an, viel zu entgeistert, um etwas zu sagen.

Er runzelte die Stirn. »Was ist? Warum guckst du mich so an?«

»Du hast gesagt, ich bin hübsch.«

»Ja und? Bist du auch. Ich hab ein paar ältere Jungs in der Umkleide über dich reden hören. Sie haben gesagt, du bist schon richtig sexy. Sie haben gesagt, du siehst älter aus, als du bist.«

»Aha.« Die Vorstellung, dass Jungen über sie sprachen, war beängstigend, aber irgendwie auch erregend. Sie wusste, dass die älteren Jungen manchmal auf ihre Brüste starrten. Sie hatte es gesehen. Mama hatte gesagt, sie hätte sich viel zu früh für ihr Alter entwickelt, und ihr Stiefvater hatte Mama BHs für sie kaufen lassen, damit sie nicht so herumlief. Aber der Junge log bestimmt sowieso, wenn er sagte, sie wäre hübsch.

»Ja, haben sie. Ich habe es deutlich gehört«, wiederholte er. Er lachte leise. »Sie haben gesagt, du hast ein paar hübsche kleine Titten.«

»Das ist scheußlich, halt den Mund.«

»Tja, das haben sie nun mal gesagt. Ich erzähle dir bloß, was ich gehört habe.«

»Mama sagt, meine Sommersprossen machen mich hässlich. Und mein Haar sei auch hässlich. Sie sagt, Sissy ist die Hübsche.«

Der Junge nickte und zuckte dann mit den Achseln. »Ja, Sissy sieht ganz niedlich aus, das stimmt, aber ich mag dein Haar lieber. Es hat die hübschere Farbe. Und Teufel auch, du könntest diese Sommersprossen jederzeit loswerden.«

Jetzt war sie ausgesprochen interessiert, aber auch skeptisch, und betrachtete ihn misstrauisch. Sie fürchtete, dass er sich über sie lustig machte. »Unsinn. Ich wurde damit geboren, so wird es mein ganzes Leben lang sein.«

»Doch, kannst du«, sagte er. »Meine Schwestern hatten welche, nicht so schlimm wie du, aber viele. Meine Mutter ist Hautärztin und hat all diese Bleichmittel, die sie ihnen auf die Haut schmiert, Wahnsinn, ihre Sommersprossen sind einfach verblasst und jetzt sieht es so aus, als hätten sie nie welche gehabt. Sie macht das auch bei meiner großen Schwester, aber die ist jetzt auf dem College unten in Florida. Du weißt schon, das ist der Staat mit den Stränden ganz unten im Süden.«

Die Ältere fragte sich, warum seine große Schwester nicht in ihrem eigenen Staat geblieben war, um zur Schule zu gehen, aber sie starrte ihn bloß an, vielmehr interessierte sie sich für die Sache mit dem Bleichen, obwohl sie ihm immer noch nicht glaubte. »Wirklich? Erzählst du mir die Wahrheit oder ist das eine Riesenlüge, damit du nachher über mich lachen kannst?«

»Ach, komm schon, warum sollte ich mir so was ausdenken?«

Ihr Herz begann zu pochen, es war so aufregend, sich auch nur vorzustellen, dass sie ihre Sommersprossen loswerden und hübsch sein könnte wie Sissy.

Neben ihr seufzte der Junge. »Es ist echt bescheuert, immer zu diesen Wettbewerben zu müssen. Meine Mum und meine

Schwestern hassen deine Mum und deine Schwester. Wusstest du das?«

»Nein.«

»Oh ja, das tun sie. Sie nehmen immer abwechselnd teil, weil sie im selben Alter sind, aber sie gewinnen nie, weil deine Schwester immer gewinnt. Sie sind ziemlich eifersüchtig, weil sie nie die Krönchen kriegen. Normalerweise machen sie den dritten oder vierten Platz, aber manchmal auch den zweiten. Ich wette, sie fänden es richtig klasse, wenn Sissy plötzlich tot umfiele.«

»Das fände ich auch.«

Als er zu lachen begann, als hätte sie das Lustigste gesagt, was er je gehört hätte, begann sie ebenfalls zu lachen. Ihr fiel auf, dass sie praktisch nie lachte, und es kam ihr komisch vor, hier unten im Dunkeln zu sitzen und mit einem Jungen zusammen zu lachen. Aber sie fing an, ihn zu mögen.

»Hast du Hunger?«, fragte er, als sie schließlich aufgehört hatten zu lachen. »Ich habe einen KitKat-Riegel, den ich mit dir teilen kann.«

»Okay.«

Sie aßen den Schokoriegel und lauschten dem Applaus über ihnen auf den Bänken. Als Sissys Musik für ihren »Little Bo Peep«-Tanz begann, hielt sich die Ältere die Ohren zu, um sie nicht hören zu müssen. Sie hatte sie eine Million Mal zu Hause gehört, immer und immer wieder, bis sie am liebsten geschrien hätte.

Als Sissys Auftritt vorüber war, fragte der Junge. »Willst du was von dem Zeug gegen die Sommersprossen?«

»Klar. Wo kriegt man das?«

»Also, eigentlich musst du es dir bei meiner Mutter in der Praxis holen, weißt du, mit einem Rezept, aber Mum hat auch alles mögliche Zeug zu Hause. Sie würde es nie merken, wenn ich was für dich abzweige. Warum kommst du nicht nächsten Samstag und wir probieren es mal an deinem Gesicht aus, mal sehen, was passiert?«

»Ich weiß nicht, ob ich kann. Wo wohnst du?«

»Bloß ein paar Blocks von deinem Haus entfernt, durch das große Dickicht hinter eurer Scheune. Weißt du, wo der Bus mich und meine Schwestern direkt vor eurer Einfahrt einsammelt? Mum nimmt sie am Samstagnachmittag um zwei beide mit in die Stadt, Klavierunterricht. Und Dad ist am Wochenende auf einer Ärztekonferenz in einer anderen Stadt. Er ist Schönheitschirurg.«

»Deine Eltern sind beide Ärzte?«

»Ja, aber verschiedene. Also, was meinst du? Komm vorbei und wir probieren die Creme mal bei dir. Und bring ja nicht deine blöde kleine Schwester mit, sonst kannst du es vergessen. Die kann ich nicht ausstehen.«

Die Ältere lachte darüber und dachte, dass endlich, endlich einmal jemand nicht Sissy am liebsten mochte. »Okay, mache ich, aber du musst mir versprechen, es nicht zu verraten. Mama wird es gar nicht gefallen, wenn ich dich besuche. Sie hasst deine Mutter. Sie sagt, sie sei eine hochnäsige Kuh.«

»Ja, das ist sie auch manchmal, aber die Mütter hier hassen einander alle.«

Sie lachten beide und dann sagte sie: »Versprichst du mir, dass du niemandem erzählst, dass ich komme?«

»Wem soll ich es denn erzählen? Aber wir können uns auch woanders treffen, wenn du sonst Ärger kriegst.«

»Nein, nein, ich wüsste nicht wo. Ich komme zu dir, aber ich schleiche mich die kleine Straße hinter eurem Haus runter, damit mich keiner sieht. Mama mag es gar nicht, wenn ich unser Grundstück verlasse.«

»Mach einfach das Tor auf und komm rein. Es ist das große, rot angemalt, und wir haben schicke schwarze Scharniere, die aussehen wie Löwen. Ich warte auf der hinteren Veranda auf dich.«

5

Ein Blick auf meine gute alte Timex verriet mir, dass ich gerade noch genug Zeit hatte, um zur Cedar Bend Lodge zu fahren und mir diese ganze Wettbewerbsgeschichte einmal anzusehen, bevor Blacks Hubschrauber aufsetzte. Der Verkehr war schrecklich und meine schlechte Laune wandelte sich schrittweise von entsetzlich zu übel zu kotzwütend, bis ich durch das große Steintor fuhr, das vor dem Resort meines Schätzchens stand, um die reichen Neurotiker zu beeindrucken. Es war natürlich wundervoll, alles, was Nick gehörte, war ganz großartig und hatte mehr Sterne als Colin Powells Schulterklappen. Ich fuhr zwischen den glatten, unfassbar grünen Golflöchern hindurch und bewunderte die Blumen, die Blumen und noch mehr Blumen. Egal was man wollte – Körbchen, riesige Dekovasen, manikürte Rabatten, gegen Blacks Reich wirkte das Epcot Center wie die Mojave-Wüste. Aber es roch klasse, wenn alles blühte. Das schon.

Kaum hielt ich unter einem auf Steinsäulen aufliegenden Vordach vor den riesigen Glastüren der gigantischen Lobby, trat ein Mitarbeiter vom Valet-Parking in seiner schwarz-goldenen Uniform an mein Fenster, bereit, jeden meiner Wünsche zu ertragen/wahrwerden zu lassen. Meine intime Beziehung zu dem guten Doktor hatte sich zweifelsohne unter seinen Angestellten herumgesprochen, und so wurde ich hier wie eine Königin behandelt. Ein echter Vorteil, an den ich nicht wirklich gewöhnt war, an den ich mich aber vermutlich schnell gewöhnen könnte. Oder in den ich mich vielleicht sogar verlieben könnte.

Der Parkwächter war ein junger Highschool-Schüler namens Rob, den ich schon ein paar Mal im Resort gesehen hatte. Er war groß gewachsen, hatte dunkles Haar und große, kakaofarbene Augen, er sah nett aus, war höflich, und sein Lächeln erhellte sein Gesicht.

Er sagte: »Guten Tag, Detective Morgan. Darf ich Ihren Wagen parken?«

Das war doch nett von ihm, finden Sie nicht? Aber leider war es bislang kein guter Tag gewesen, wenn man die abgesäbelten Lippen bedachte, die ich früher am Tag im Abfluss gefunden hatte, und die mir nicht aus dem Sinn gingen, so viel Mühe ich mir auch gab, und dennoch lächelte ich freundlich. Der Junge konnte ja nichts für mein Leben. »Ist Doktor Black schon aus Kalifornien zurück?«

»Nein, Ma'am, aber sie erwarten ihn jederzeit draußen auf dem Hubschrauberlandeplatz. Alle sind ganz aufgeregt wegen des Schönheitswettbewerbs.«

»Ja, wie schrecklich für Sie, sich um all diese wundervollen Models kümmern zu müssen, deren Wagen geparkt werden müssen.«

»Klar. Bricht mir das Herz. Ich hatte schon die ganze Woche Angst davor.« Er grinste. Ja, aus der Nähe war er wirklich ein ganz Süßer. Er war sechzehn oder siebzehn, aus der Nähe konnte ich die Locken in seinem Haar sehen, und dass seine Augen eher die Farbe von verbranntem Zimttoast hatten, meiner Spezialität. Er redete immer noch. »Ich schwänze heute die Schule, um diese ganzen Schönheiten mal aus der Nähe sehen zu können. Manche von ihnen sind sogar richtige Models. Bis heute habe ich noch nie im Leben ein Model getroffen. Und sie geben gute Trinkgelder.«

Ich lächelte und wünschte mir, sie wären auch wirklich alle noch am Leben, während ich ihn in meinem dreckverkrusteten Explorer davonfahren sah. Dann marschierte ich auf der Suche nach dem Austragungsort des Wettbewerbs durch die Lobby. Es stellte sich heraus, dass die großartigen Festivitäten im Ozark-Ballsaal stattfinden würden, dem größten und glitzerndsten der drei, die allesamt natürlich wunderbar ausgestattet waren. Der

Ozark hatte einfach nur am meisten Glitzer und Glamour, das war alles.

Ich trottete lange Flure entlang, die mit einem eleganten Teppichboden in Schwarz und Braun ausgelegt waren, bis ich schließlich ein halbes Dutzend identischer, mit schwarzem Samt umrahmte Doppeltüren erreichte, durch die Mitarbeiter sausten wie Ameisen um einen Honigflecken. Am einen Ende des riesigen Saals hämmerten einige Tischler wie verrückt an einer Bühne und einem daran anschließenden fünfzehn Meter langen Steg herum, all das unter der schrillen Aufsicht einer jungen Frau, die groß und dünn genug war, um als Twiggys Nachfolgerin durchzugehen. Aufgrund ihrer schrillen Anweisungen ging ich davon aus, dass sie die Wettbewerbs-Koordinatorin sein musste, und marschierte direkt in ihre Richtung.

»Entschuldigen Sie, Ma'am. Sind Sie Patricia Cardamon?«

Die Dame wandte sich um und betrachtete mich mit dem offensichtlichen Wunsch, mich so zügig wie möglich loszuwerden, sie verfügte über die arrogante Überlegenheit, die nur ein gerade ausgestiegenes Ex-Laufstegmodel an den Tag legen konnte. »Ja, das bin ich. Kann ich Ihnen helfen?«

Sie hätte genauso gut noch ans Ende ihrer Frage setzen können: *Du wertloses kleines Dreckstück.* Ich hatte Zeit genug, also musterte ich sie ebenfalls von oben bis unten. Sie schien Mitte dreißig zu sein, schlank auf eine ungesunde, magersüchtige Art, aber mit schöner Haut, schönem Haar, schönen Nägeln, eigentlich nur schönen Sachen. Also, okay, schön auszusehen war eben das Thema des Tages. Manchmal hatte ich den Verdacht, dass es kein Zufall sein konnte, dass *alle* Angestellten von Black aussahen, als wären sie direkt aus *GQ* und *Glamour,* geschmeidig und glänzend. Vielleicht stand auf den Bewerbungsbögen für Blacks Cedar Bend Resort: *Bitte kreuzen Sie an, was Ihr Aussehen am besten beschreibt: atemberaubend schön, wundervoll, hübsch, okay, ordentlich, hässlich, schrecklich. Die letzten sechs müssen sich gar nicht erst bewerben.* Oder vielleicht blieben die hässlichen Leute auch einfach im Keller.

»Ja, Ma'am. Ich bin Claire Morgan, Detective beim Canton County Sheriff's Department. Wir haben vor etwa zwanzig Minuten kurz telefoniert.«

»Oh, ja, ich glaube, ich erinnere mich.«

Na toll. Patricia glaubte, sich zu erinnern. Eines von den klugen Models. Und sie schien sich noch nicht einmal darüber zu freuen. Ich sagte: »Wie ich Ihnen schon am Telefon sagte, benötige ich eine Liste aller Teilnehmer, ebenso wie eine Liste all derjenigen, die in irgendeiner Verbindung mit diesem Schönheitswettbewerb stehen.«

»Also, ich muss schon sagen, Detective, das kommt jetzt wirklich äußerst ungelegen. Ihnen ist klar, dass der Wettbewerb übermorgen stattfindet, und morgen ist die komplette Generalprobe. Wirklich, Sie verlangen sehr viel.«

Okay, die Frau wusste nichts von Hildes schrecklichem Ableben und durfte davon auch nicht erfahren, bevor ich Black informiert hatte, also musste ich freundlich, verständnisvoll und wohlwollend sein. Schleim dich an die patzige Hexe ran. »Ja, Ma'am, das ist mir klar. Aber ich kann Ihnen versichern, dass ich einen sehr guten Grund habe, Ihnen diese Mühe zu machen. Es handelt sich um eine offizielle polizeiliche Angelegenheit.«

Ms Cardamon bedachte mich mit einer leicht hochgezogenen Augenbraue, die mich vermutlich einschüchtern sollte, oder sie zog sie einfach so weit hoch, wie es nach den letzten fünfunddreißig Botox-Injektionen, die ihre Haut glatt und faltenlos hielten, eben noch ging. »Was heißt das, eine offizielle polizeiliche Angelegenheit? Ich gehe davon aus, dass Sie Dr. Black über diese Anfrage informiert haben?« Hatte ich schon gesagt, hochmütig, arrogant, verachtungsvoll? Oder vielleicht handelte es sich um die Nebenwirkungen einer Botox-Vergiftung? Woher sollte ich das wissen.

»Genau deswegen bin ich heute hier, Ms Cardamon. Um mit Dr. Black über diese Situation zu sprechen. Soweit ich weiß, wird er bald zurückerwartet.«

»Wenn Sie mir sagen würden, um was für eine polizeiliche Angelegenheit es sich handelt, und was genau Sie von Dr. Black wünschen, könnte ich es ihm ausrichten lassen. Er ist ein guter Freund von mir und hat sehr viel zu tun. Sie müssen wahrscheinlich einen Termin bei seiner persönlichen Assistentin vereinbaren.«

Oookay, langsam begann diese Tusse mir auf die Nerven zu gehen. Die paar, die noch übrig waren. Ganz offensichtlich wusste sie nicht, dass ich ebenfalls eine recht gute *amiga* des guten Doktors war, eine ganz heiße Nummer, genaugenommen, und das nun schon seit fast einem Jahr. Ich nahm mir vor, zu genießen, wie ihr Gesichtsausdruck in sich zusammenfiel, wenn er zeigte, wie sehr er mich mochte, vermutlich sogar ein wenig mehr als sie, hoffte ich. Aber zum Teufel, bis dahin konnte ich genauso gut höflich sein. Ich würde weder fluchen noch sie von ihren spitzen hohen Hacken treten oder auch nur zischen. »Ich kenne Dr. Black ebenfalls und muss leider auf einem Gespräch unter vier Augen mit ihm bestehen. Aber vielen Dank für Ihr Angebot der Vermittlung.«

Sehen Sie, wie nett ich sein kann, wenn es sein muss? Sie nickte und schaffte es irgendwie, die Augenbrauen noch ein wenig weiter ihre erstarrte Stirn hochzuziehen. Ich überlegte, ob ich einen Witz erzählen sollte, um herauszufinden, was mit ihrem Gesicht geschähe, wenn sie lachte, entschied dann aber, dass ich mich schlecht benahm. Fast schon gemein. »Aber wenn Sie jetzt dafür sorgen könnten, dass ich die Liste erhalte, wäre ich Ihnen dankbar. Es wäre zudem sehr hilfreich, wenn Sie alle Mitarbeiter darüber in Kenntnis setzen könnten, dass ich morgen vor, während und nach der Generalprobe Gespräche führen werde. Sie müssen die Zeit finden, mit mir oder meinem Partner Bud Davis zu sprechen.«

»Oh, meine Liebe, das wird meinen Zeitplan mächtig durcheinander bringen. Könnten Sie es nicht am Tag nach dem Wettbewerb machen?«

Aber sicher. Noch besser wäre bestimmt nächste Weihnachten. Ich verabreichte ihr einen gnadenlosen Blick, ich zwinkerte nicht einmal mehr, bis ich mir ihrer ungeteilten, wenn auch immer noch hochnäsigen Aufmerksamkeit sicher war. »Ich spiele keine Spielchen mit Ihnen, Ms Cardamon. Ich möchte es noch einmal wiederholen: Ich bin hier in einer offiziellen polizeilichen Angelegenheit und wir sind auf Ihre umfassende Kooperation angewiesen.«

Sie stieß ein Geräusch aus, das ziemlich nah an das empörte Schnaufen einer alten Jungfer herankam. Unglaublich, erst recht, solange ich noch direkt neben ihr stand.

Sie sagte: »In Ordnung, Officer. Ich werde sehen, was ich tun kann.«

»Sehen Sie am besten mal gleich, was Sie tun können, in Ordnung?«

Ms Cardamon stapfte beleidigt davon und blaffte einen ihrer Assistenten an, der entgeistert schaute. Sie ließ ihre Wut also an anderen aus, prima. Man darf die drängelige Polizistin nicht anschreien? Dann eben die eigenen Mitarbeiter, und gleich fühlt man sich viel besser. Gut, dass ihr Chihuahua zu Hause in Sicherheit war.

Ich stand noch eine Weile herum und beobachtete möglichst unauffällig, wie die Leute an der Bühne und der Lichtanlage herumwerkelten, um all die Mädchen zehn Jahre jünger aussehen zu lassen. Zweifelsohne würde das einige der teilnehmenden Kinder zurück in die Gebärmutter befördern. Aber noch waren keine Teilnehmer zu sehen. Es sei denn, sie waren als übergewichtige Tischler und alle möglichen Handwerker in Jeans-Overalls und mit John-Deere-Käppis verkleidet. Sie waren wahrscheinlich immer noch alle bei Mr Race und stritten sich mit Corkie um ihre Termine. Die zickige Tusse brauchte etwa fünfzehn Minuten, um mit Kopien ihrer Listen zu mir zurückzukehren. Ich bedankte mich höflich. Sie stolzierte davon, vermutlich, um zu überprüfen, wie gut man in ihren hohen Hacken auf dem roten Teppich umhergehen konnte.

Ich setzte mich auf einen Stuhl in der hintersten Reihe und ging die Namen durch, wobei mir schon klar wurde, dass es eine Menge Zeit kosten würde, all die Leute zu überprüfen, die man nun einmal brauchte, um eine solche Show zu schmeißen. Bud und ich müssten vielleicht die Hilfe einiger Kollegen von der Wache in Anspruch nehmen. Sie würden sicher nichts dagegen haben, die meisten von ihnen waren Männer. Das *flop-flop* eines sich nähernden Hubschraubers ließ mein Herz plötzlich etwa im Tempo der Rotorblätter schlagen. Es war mir peinlich, wie sehr ich mich darauf freute, dass Black zurückkam, und ich traute mich daher nicht einmal, durch die großen Panoramafenster zur Seeseite hin zu schauen, als sein Hubschrauber in seiner ganzen schwarz-braunen Pracht vorbeihuschte. Na gut, ich warf einen ganz kurzen Seitenblick hinaus, aber der Hubschrauber war zu weit weg, als dass ich sehen konnte, ob Nick am Steuer saß. Es war mir doppelt peinlich, wie sehr ich ihn vermisst hatte, also zwang ich mich, still zu sitzen. Ich würde ihm Zeit geben, auszusteigen und nach oben in sein Penthousebüro/Appartement/Utopia zu gehen. Es würde sich garantiert lohnen, ihn nach einer längeren Trennung wiederzusehen. Selbst wenn ich sehr schlechte Nachrichten überbrachte.

Ich brauchte sowieso eine Weile, um durch das riesige, verschlungene Resort zu marschieren, aber ich hatte eine Schlüsselkarte zu seinem ultraprivaten eigenen Fahrstuhl. So wichtig bin ich. Ich und der Zimmerservice. Das war's dann auch schon mit den Schlüsselkarten zum Chef-Penthouse. Und er würde mich hier nicht erwarten. Endlich konnte ich ihn einmal überraschen. Er überraschte mich echt oft genug, nicht dass ich mich beschweren wollte. Normalerweise waren es echt supergute Überraschungen.

Der Fahrstuhl beförderte mich mit einem leisen Flüstern und Zischen nach oben und öffnete sich lautlos zu einem edel ausgestatteten Flur, von dem aus man durch ein weiteres Panoramafenster wieder den glitzernden See sehen konnte, ein Ausblick zum Sterben schön. Wenn Black nach Hause kam, marschierte er normalerweise direkt in den Büroflügel, also ging ich in dieselbe Richtung. Man kann sich vorstellen, wie überrascht ich war, als ich eine große, schwarzhaarige Frau vor der Tür seines Gästezimmers stehen sah, das Gucci-Gepäck wie Bewunderer um sie herum verstreut. Sie wandte sich zu mir um, und mir war augenblicklich klar, dass dies keine Mitarbeiterin war, die nur das Gepäck des Gurus ablieferte.

»Oh, hallo«, sagte sie.

Oh, hallo? Und da erkannte ich sie. Sie sah genauso aus wie auf all den Magazin-Titelseiten, bloß zehnmal besser. Bud hatte sie mal in New York getroffen. Er hatte mir erzählt, dass sie in Person unglaublich toll wäre, mit makelloser Haut und seidenschwarzem Haar, aber jetzt erst glaubte ich ihm. O ja, es war die sagenumwobene Jude, jawohl. Blacks berühmte Supermodel-Exfrau, eine Venus von Milo, die mit beiden Armen gesegnet war, und so, wie sie mich anschaute, hatte er mich ihr gegenüber nicht erwähnt.

»Habe ich vergessen, Ihnen Trinkgeld zu geben?«

Oh, Mann, das tat weh. Aber ich lächelte, und sogar richtig freundlich, nicht bloß eine Grimasse.

»Kein Bedarf. Polizisten dürfen keine Trinkgelder nehmen.«

Erkenntnis flammte in den großen, präzise mit Wimperntusche verschönten, mandelförmigen grünen Augen auf. »Meine Güte. Sie sind Claire Morgan, oder? Jetzt erkenne ich Sie von den Zeitungsfotos. Nicky hat mir nicht gesagt, dass Sie hier sein würden.«

Nein, ich vermute, er hatte überhaupt ganz vergessen, mich zu erwähnen. Und *Nicky*, ja? Okay, Claire, sei so erwachsen, wie du es immer sein wolltest. Sie ist wahrscheinlich richtig nett, sonst hätte Black sie nicht geheiratet. Und sich nicht von ihr scheiden lassen.

»Genau genommen war ich in offizieller Funktion im Hotel und habe den Hubschrauber gehört.« Ich benutzte das Wort *offiziell* im Moment wirklich viel. Das bemerkte selbst ich.

»Das ist wundervoll. Ich hatte gehofft, ich würde Sie diese

Woche kennenlernen. Nicky hat mir von Ihnen erzählt. Sie müssen eine tolle Frau sein, dass er ihretwegen so ga-ga ist.«

Ga-ga? Prompt fühlte ich mich würg-würg. Und das ist ja auch keine leichte Frage. Sollte ich nun ja sagen oder nein dazu, eine tolle Frau zu sein? Schwierig, so viel war klar. Also sagte ich: »Ich finde es auch nett, Sie kennenzulernen, Jude.« Ich streckte ihr die Hand hin. Ich konnte echt höflich sein, wenn es nötig war.

Wir schüttelten einander die Hände, wobei ich darauf achtete, nicht zu schlaff zu bleiben. Sie zuckte nicht wirklich zusammen, und so stand ich bloß da und atmete eine Weile ihr extrem teures und leckeres Parfüm ein. Es war blumig und süß, keine Rosen, aber irgendwas anderes, vielleicht Peonien oder Gardenien. Nach einer Sekunde fragte ich: »Ist Black da?«

»Er musste einen Anruf in seinem Büro entgegennehmen.«

»Sagen Sie ihm doch bitte, ich sei vorbeigekommen, und ich müsste mit ihm reden. Eine polizeiliche Angelegenheit. Ich bin unten im Ballsaal, wenn er Zeit hat.«

Sie musterte mich ziemlich gründlich, versuchte aber, es zu verbergen. Wahrscheinlich war sie neugierig, warum er meinetwegen so ga-ga war. »Er hat gesagt, er würde nicht lange brauchen.«

»Ich habe keine Zeit, zu warten.« Ich wandte mich ab und drückte auf den Knopf des Fahrstuhls, ich wollte bloß weg, bevor sie mich auf beide Wangen küsste, so richtig New-York-City-mäßig.

»Claire? Ich dachte doch, ich hätte dich gehört.«

Das war Blacks Stimme, und ich drehte mich um und er kam durch den Flur auf mich zu, er grinste und war richtig groß und muskulös und schien sich sehr zu freuen, mich zu sehen, auch wenn ich das jetzt selber sage. Er trug einen seiner zahllosen Sechstausend-Dollar-Anzüge, zweifellos handgeschneidert und handgeliefert aus irgendeiner fernen Hemisphäre. Diesmal war es ein schwarzer Nadelstreifen mit dem schneeweißesten Hemd, das jemals auf dieser Seite des Abgeordnetenhauses das Licht erblickt hatte, und einer roten Krawatte, die wahrscheinlich viel zu viel gekostet hatte, gemessen an dem Fetzen Material, aus dem sie bestand. Aber er strahlte freudig und zeigte seine Grübchen, sein tiefschwarzes Haar ein bisschen lang für seine Verhältnisse und leicht zerzaust vom Luftzug der Rotoren, und seine leuchtendblauen Augen waren nur auf mich gerichtet, mich allein. *Ha ha,* Jude.

Unglücklicherweise verspürte ich auch gleich eine Schwäche in meinen Knien, die er verursachte, also drückte ich sie zusammen und versuchte, mich durch sein Auftreten nicht beeindrucken zu lassen. Aber ich hatte ihn ganze zwei Wochen nicht gesehen, man musste also auch meine Hormone verstehen. Ich kam mir komisch vor, vor allem, als er mich packte und mich umarmte, wobei er mich auf die Zehenspitzen hochzog, das gefiel mir sehr wohl, aber ich stoppte ihn, bevor er mich küssen konnte. Immerhin stand seine Exfrau nur ein paar Zentimeter weit weg, umgeben von ihren schicken Koffern voller teurer Logos und einer Wolke Chanel.

»Ich hätte besser vorher anrufen sollen«, sagte ich spitz.

»Nein, ich bin froh, dass du hier bist. Ich habe dich wahnsinnig vermisst.«

Jetzt schaute Jude ein bisschen komisch, aber besser sie als ich, sage ich immer. Ich warf Black einen Blick zu, um ihn etwas zu beruhigen, dann ihr. Heute wurde offiziell ganz schön viel geblickt.

»Jude, das ist Claire. Ich freue mich, dass du sie endlich kennenlernen kannst.«

»Ja, wir haben uns bereits einander vorgestellt. Sie ist reizend.«

Reizend? Ich wette, sie hätte ›knallhart‹ gesagt, wenn meine Jacke nicht die große Glock 9 mm unter meinem Arm in ihrem Schulterholster und/oder meine neueste mit Schmetterlingspflastern verzierte Schusswunde verborgen hätte. Ich sagte zu Black: »Hör mal, ich wusste nicht, dass du jemand zu Gast hat, und ich wollte nicht stören. Aber wie ich Jude bereits gesagt habe, muss ich dich in einer offiziellen Angelegenheit sprechen.«

Black schaute überrascht. Kein Wunder.

Er runzelte die Stirn und sagte: »Du störst nicht im Geringsten. Was soll das heißen, offiziell?«

Warum fragten alle das? »Ich berichte dir das nur ungern, aber du bist zu einem Riesenproblem mit dem Schönheitswettbewerb zurückgekehrt.«

Er schaute erleichtert, aber das würde nicht lange anhalten. »Okay, lass uns in meinem Büro darüber reden. Jude, mach es dir bequem. Wenn du irgendetwas brauchst, ruf an der Rezeption an, die sollen sich darum kümmern.«

Black packte meinen Arm in einem festen, entschlossenen Griff, als erwartete er, dass ich mich losreißen und zum Fahrstuhl rennen würde, dann führte er mich durch den Flur in den großen Büroflügel. Es gefiel mir nicht sonderlich, weil ich mich wie sein Besitz fühlte, aber ich ließ es ihm durchgehen. Der arme Kerl würde eine ziemlich unangenehme Nachricht zu hören bekommen. Da konnte ich ja wohl etwas Mitleid aufbringen.

Wir betraten sein großes, aber doch komfortabel hergerichtetes Büro, selbstverständlich braun und schwarz, und er schloss die Tür hinter uns und presste mich dann mit dem ganzen Körper dagegen. Ich wehrte mich nicht, als sein Mund auf meinen traf, ich wehrte mich vielleicht vier oder fünf Minuten gemeinschaftlichen schweren Atmens lang nicht, unsere erhitzten Zungen küssten sich und erfahrene Hände fanden ihren Weg unter mein T-Shirt. Und ich stöhnte und beschwerte mich auch nicht, als er meine neue Schusswunde gegen die Tür drückte und ein scharfer Schmerz bis in meine Fingerspitzen schoss. Ich habe doch schon gesagt, dass ich ihn vermisst hatte.

Nach ein paar weiteren Minuten Keuchen trat Black zurück und murmelte, und, ja, keuchte, worüber ich mich freute: »Gott, machst du mich an.«

Und das stimmte, glauben Sie mir. Ich konnte es fühlen.

Ich sagte: »Gleichfalls, ehrlich, aber trotzdem müssen wir reden.«

Black trat weiter zurück und ließ mich los. »Okay, erzähl mir, was los ist. Und sei nicht sauer wegen Jude. Sie ist eine der Schiedsrichterinnen, also habe ich ihr gesagt, sie könnte hier oben bleiben, wo die Presse sie nicht nervt.«

Ich richtete meine Kleidung und versuchte meinen Maschinengewehrpuls unter Kontrolle zu bekommen. »Wie nett.«

»Hättest du was dagegen, wenn ich bei dir bleibe, bis sie wieder weg ist?«

»Nicht im Geringsten.« Das stimmte allerdings. »Soll ich meine Zahnbürste und mein T-Shirt wegräumen, bis sie weg ist?«

Black lachte. »Warum solltest du das tun?«

»Ich weiß nicht. Ich dachte, ich frage lieber.«

»Sie weiß, dass ich dich liebe.«

Da wusste sie mehr, als ich wusste. Ich versuchte nicht zu überrascht zu gucken. Er sagte so was nur selten. »Das hast du ihr gesagt?«

»Natürlich. Findest du das so schwer zu glauben?«

»Na ja, du hast es mir gegenüber nicht wirklich gesagt, nicht in letzter Zeit, oder überhaupt.«

»Doch, habe ich. Du willst es bloß nicht hören. Genau genommen wechselst du immer das Thema, wenn ich auch nur in die Nähe komme.«

»Tue ich nicht.«

»Bist du also bereit, dass ich es ab jetzt laut ausspreche?«

»Das ist wirklich eine blöde Frage. Hör mal, ich habe etwas weit Wichtigeres, worüber ich mit dir reden muss.«

»Siehst du, was ich meine?«

»Vergiss uns, verdammt noch mal, ich meine es ernst. Hör mir doch mal zu.«

Er trat zurück und lockerte den Knoten seiner Seidenkrawatte. »Lass mich mich umziehen und eine Tasche packen. Du kannst es mir auf dem Weg zu dir erzählen. Ich habe mich den ganzen Flug über auf etwas Zeit mit dir gefreut.«

Wow, die Vorstellung, dass Jude einfach nur im Staub unseres romantischen Abgangs stand, gefiel mir. Aber dummerweise würde es nicht so kommen. »Wir sollten es besser hier und jetzt besprechen. Und du willst eher die Krawatte anbehalten und dir dann überlegen, was du deinen Mitarbeitern erzählst.«

Black runzelte die Stirn. »Das klingt nicht gut.«

»Es ist auch nicht gut. Eine deiner Teilnehmerinnen wurde ermordet.«

»Oh, mein Gott. Wer?«

»Das ist das Schlimmste. Das Opfer ist Brianna Swensens Schwester.«

»Buds Freundin? Wie ist das passiert? Wie heißt sie?«

»Hilde Swensen. Sie sollte teilnehmen, und ich habe noch mehr schlechte Nachrichten. Sie wurde oben in den Royal Condos umgebracht.«

»Oh, meine Güte, die gehören mir. Warum habe ich davon noch nichts gehört? Jemand hätte mich anrufen müssen.« Er klang ausgesprochen verärgert und sah auch so aus.

»Du hörst doch jetzt davon. Vor allem aber musst du deine Mitarbeiter anweisen, uns mit allen sprechen zu lassen, die auch nur im Entferntesten mit dieser Sache zu tun haben. Deine Aufseherin unten will mich aussperren.«

»Hast du schon eine Spur?«

»Noch nicht. Brianna sagt, Hilde hätte in Florida ein ziemlich wildes und verrücktes Leben geführt, South Beach, war ja klar, und es könnte jemand von dort gewesen sein.«

Black wandte sich um und ging ein paar Schritte weg von mir. Dann marschierte er auf und ab – während ich an der Tür lehnte und ihn ruhig ansah. »Ich kann das nicht glauben. Nicht schon wieder. Guter Gott …«

Als er sich umwandte und mich ansah, sagte ich: »Ja. So was ist hier nie passiert, bevor ich aus L. A. hergezogen bin.«

»Das habe ich nicht gemeint. Und es ist nicht deine Schuld, falls du das glaubst.«

»Ja, klar. Bloß wieder ein riesiger Zufall.«

»Es könnte sein, dass der Mörder durch die Publicity deiner letzten beiden Fälle angelockt wurde, und davon gab es nun wirklich reichlich.«

»Wie auch immer. Im Moment müssen wir in der Sache weiterkommen, bevor morgen die Generalprobe ist. Ich nehme mal an, der Wettbewerb wird trotzdem stattfinden, oder nicht?«

Black schüttelte den Kopf. »Ich weiß nicht. Es wäre schwierig, so spät abzusagen. Lass mich darüber nachdenken. Mein Gott, das ist schrecklich.«

»Lass mich einfach wissen, wie du dich entscheidest. Ich muss zurück ins Büro und mit Charlie sprechen. Die Zeitungen wissen noch nichts davon, aber sobald sie herauskriegen, dass es mit dir und diesem Wettbewerb zu tun hat, werden sie durchdrehen.«

»Was für eine Überraschung.«

»Ich fahre bald. Du tust, was du zu tun hast, und ich erzähle dir mehr, wenn Charlie es mir erlaubt hat.«

»Wir sehen uns später bei dir, sobald ich hier weg kann.«

»Bis dann.«

»Und sei vorsichtig, um Gottes willen. Duck dich, lauf weg, was immer sein muss.«

Es war unser privater kleiner Scherz, aber unglücklicherweise hatten wir ihn beide langsam satt. Ich schien mich nie schnell genug zu ducken. Heute hatte ich mich zwar immerhin überhaupt geduckt, aber trotzdem tat meine Schulter verdammt weh. Ich entschied mich, ihm später von dieser Kleinigkeit zu erzählen, damit er nicht darauf bestand, jetzt auch noch die Wunde zu untersuchen und neu zu verbinden, bevor ich fuhr. Ich verschwand also ziemlich zügig, und war froh darüber, dass Jude im Gästezimmer war, so dass ich nicht gezwungen war, meine Wangenknochen mit ihren zu messen.

6

Aber Charlie war gerade nach Jeff City gerufen worden, also konnte ich mich doch nicht mit ihm zusammensetzen. Und am Telefon wollte ich den Fall nicht im Detail diskutieren. Er würde morgen zurück sein, dann konnte ich mit ihm sprechen. Ich hinterließ bei seiner winzigen, spatzenhaften Sekretärin die Nachricht, dass er sich bei mir melden sollte, sobald er zurück war, und sie versprach, es ihm auszurichten. Außerdem überprüfte ich die Ergebnisse des seeweiten Gesuchs, das ich auf das Boot ausgeschrieben hatte, was schon aufgrund der mangelhaften Beschreibung keine Spur bringen würde, aber vielleicht hatten wir ja auch mal Glück. Vielleicht wurde die Frau des Typen misstrauisch, weil er blutige Klamotten anhatte und überall im Haus Lippen herumlagen, und rief uns an. Andererseits hatte er das Boot vermutlich schon vor Stunden irgendwo weit weg von hier verankert. Unglücklicherweise hatte sich tatsächlich niemand gemeldet.

Vielleicht könnte Black mir dabei helfen, herauszubekommen, was für ein Monster Hilde so etwas antun würde – wenn und falls er sich von Jude losreißen konnte. Seine Erkenntnisse könnten etwas anstoßen, an das ich allein nicht gedacht hatte. Immerhin war er Seelenklempner, und ein guter noch dazu. Er hatte mir schon bei meinen anderen Fällen geholfen. Nicht, dass ich auf ihn angewiesen wäre, aber über den Fall zu reden half meiner Vorstellungskraft, ihren Job zu tun. Und im Moment war alles, woran ich denken konnte, diesen kranken Spinner zu fassen zu kriegen, je früher desto besser.

Nachdem ich mich zwanzig Minuten lang durch den Nachmittagsverkehr gequält hatte, bog ich nach links auf den gekiesten Privatweg, der zu meinem kleinen Häuschen am Seeufer führte. Ich hielt vor dem Sicherheitstor, das mein Freund Harve Lester letzten Sommer aufgestellt hatte, um uns die Presse vom Hals zu halten. Mithilfe meiner tollen kleinen Fernbedienung konnte ich hindurchfahren, und dann sah ich zu, wie das Tor sich hinter mir vollständig schloss und der Riegel einschnappte. Als ich an Harves Haus vorbeikam, warf ich einen Blick hinüber. Ich vermisste ihn. Harve war für ein paar Wochen nach Michigan gefahren, um Verwandte zu besuchen, würde aber bald wiederkommen. Seine Webseiten-Firma hatte richtig eingeschlagen und er hatte viel zu tun mit Layouts und Umsetzungen, ganz zu schweigen von seinen übrigen Geschäften. Er war erstklassig, und das hatte sich herumgesprochen. Aber wenn jemand eine Pause verdient hatte, dann er. Er war im Dienst angeschossen worden und würde den Rest seines Lebens im Rollstuhl verbringen, beklagte sich aber nie über sein Schicksal. Er war, als ich beim LAPD anfing, mein Mentor und Partner gewesen, und der beste Detective, den ich je getroffen hatte. Ich liebte diesen Kerl.

Im Moment aber war alles, woran ich denken konnte, Hilde Swensen. Jedes Mal, wenn ich allein war, sah ich wieder ihren zugerichteten Mund vor mir, und jedes Mal verrenkte sich mein Magen wie ein verrückter Turner. Ich wollte nicht mehr daran denken, und ich wollte auch nicht daran denken, dass Black im Cedar Bend mit seiner wirklich, wirklich gut aussehenden, unfassbar schönen Exfrau herumsaß. Ich wollte einfach nur den Kerl finden, der Hilde so zugerichtet hatte, und ich wollte nicht bis morgen warten, um damit anzufangen. Ich wollte heute jemandem nach Hause folgen und von ihm verlangen, dass er mir alles erzählte, was er wusste. Mein Bedürfnis, diesen Typen zu kriegen, fraß mich auf, und ich konnte die Wut und die merkwürdige Erregung spüren, die ein Mord in mir aufsteigen ließen, eine dunkle und verstörende Form der Erregung, gegen die ich nichts tun konnte. Ich wollte diesen Kerl so sehr, dass ich es geradezu schmecken konnte. Ich hatte ihn im Visier gehabt, um Gottes willen, und entkommen lassen.

Ich umklammerte mein Steuerrad, bis meine Knöchel sich weiß verfärbten. So etwas war mir noch nie passiert. Ich hatte noch nie einen Mörder am Tatort angetroffen, und schon gar nicht hatte ich ihn entkommen lassen. Ich stoppte den Wagen und überließ mich meiner Wut, ich nahm tiefe Atemzüge, so wie Black es mir geraten hatte. Ich wollte auf irgendwas einprügeln, ganz egal worauf, wahrscheinlich wäre das erstbeste, was ich sähe, gut genug. Ich arbeitete mich ein oder zwei Sekunden mit beiden Fäusten am Steuerrad ab, dann ließ ich etwas Kies aufwirbeln, als ich die letzte Kurve nahm, die zu meinem kleinen, A-förmigen Haus führte, das erst vor kurzem als höchst extravagantes Weihnachtsgeschenk von Black komplett renoviert worden war.

Frustriert wurde mir klar, dass ich hoffte, Blacks große Cobalt 360 hätte bereits an meinem lächerlichen kleinen Steg festgemacht, aber sie war nicht dort, und er war also auch nicht da. Stattdessen fiel mir auf, dass eine große schwarze Harley Davidson vor meiner Tür stand.

Ach was, wer hätte das gedacht, Mr Joe McKay hatte mich beehrt und es sich auf meinem kleinen Steg bequem gemacht. Also, das war nun wirklich eine Überraschung, und er war kein Gast, den ich je gebeten hatte, auf einen Tee vorbeizukommen. Das erste, was ich ihn fragen würde, war, wie zum Teufel er an meinem Sicherheitstor vorbeigekommen war, aber dann fiel mir ein, dass er schon einmal ungebeten auf mein Grundstück gefahren war, letzte Weihnachten.

Ich fuhr in meine neue beheizte Garage, auch eine hübsche Kleinigkeit, die meinen Verabredungen mit Nicholas Black entsprungen war, zusammen mit einer Reihe großartiger Feinheiten in meiner bislang eher schäbigen kleinen Hütte. Was soll ich sagen? Multimillionär-Freunde haben was, die können sich gern bei mir einschmeicheln. Aber ohne Exfrauen, bitte schön.

Ich stieg aus, streifte meine Jacke ab und betastete meine Wunde, die zu pochen begonnen hatte, während ich überlegte, ob ich runter zum Wasser gehen und überprüfen sollte, ob McKay nicht versuchte, mein altes Sportfischerboot zu klauen. Genau genommen hatte McKay mir vor nicht allzu langer Zeit geholfen, ein paar ziemlich üble Typen einzubuchten, also hat er wohl eine schnelle Begrüßung verdient. Anfangs hatte ich den Kerl nicht leiden können, aber andererseits konnte ich anfangs eigentlich niemanden leiden. Wie auch immer, er hatte sich in einer ziemlich haarigen Situation als zuverlässig erwiesen und seine beachtlichen Kenntnisse im Kaputtmachen von allem möglichen sehr zu meinem Vorteil eingesetzt, also hatte ich ihn schätzen gelernt. Ich würde ihn auf jeden Fall jederzeit zu Hilfe rufen, wenn ich irgendetwas in Fetzen sprengen wollte.

Und, hey, habe ich schon erwähnt, dass er behauptete, in die Zukunft sehen zu können? Das war zwar etwas, woran ich bis heute nicht zu hundert Prozent glaubte, aber andererseits war es auch schwer zu erklären, woher er Sachen wusste, bevor sie passierten. Vielleicht war er heute gekommen, um mir zu erzählen, wer Hilde Swensen über die Klinge hatte springen lassen. Toll, dann könnte ich losfahren und den Sack festnehmen, und wir hätten es hinter uns.

Oh, und noch was, McKay war ein verdammt gut aussehender Kerl, ein stereotypischer Badboy-Typ, wie er im Buche steht und auch das fand ich irgendwie nervend, ohne sagen zu können, warum genau. Er winkte mich zu sich runter, als wäre ich auf seinem Grundstück, nicht umgekehrt. Dann sah ich, dass er nicht allein war. Elizabeth, seine kleine Tochter, war bei ihm.

Ich knirschte meinen Weg über den Steinstrand, dann stieg ich hoch auf meinen quietschenden Steg, der etwa aus dem Jahr 1955 stammte. Ein paar der Bretter waren wieder lose und ich nahm mir vor, sie festzuschrauben, sobald ich Zeit dafür hatte. Oder vielleicht konnte mir Black ja auch einfach einen neuen Anleger zum Geburtstag schenken.

McKay und Elizabeth hielten lange Angelruten, und zwischen ihnen auf dem Steg stand eine weiße Schachtel mit Würmern. Der Inhalt wuselte wie verrückt vor sich hin, sicher schrien die Viecher auf Wurmisch: *Nimm ihn, nimm ihn, der ist saftiger als ich.*

»Hey, McKay, du kannst jederzeit gern herkommen und fischen. Du musst nicht erst anrufen und mich fragen, ob es passt.«

McKay zeigte mir seine eigene tödliche Waffe, ein derartig langsames Lächeln, so kraftvoll mit Grübchen und voller Charme, dass manche Frauen sicher sofort in die Knie gegangen und noch blaue Flecken davongetragen hätten. Aber ich bin nicht so schwindsüchtig. Er war, wie bereits erwähnt, ein derart typischer Badboy, dass er direkt aus einer Hollywood-Rolle zu stammen schien. Sie wissen schon: *Achtung, alle Colin-Farrell-Möchtegerne sollen sich bitte sofort bei uns melden.* Er verfügte über diesen gewollt schäbigen Look, sonnengebleichtes blondes Haar, zu lang, zu zottelig, gerade genug Bartstoppeln, um einen zu kratzen, eine enge schwarze Levi's, ein schlichtes weißes T-Shirt. Das Einzige, was er vergessen hatte anzulegen, war sein Kettchen mit dem Marlon-Brando-Foto darin.

»Jetzt komm schon, Detective. Ich dachte, du hättest nichts dagegen, dass ich herkomme, nachdem ich letzte Weihnachten deinen hübschen kleinen Arsch gerettet habe.«

»Nicht, dass ich dafür gänzlich undankbar wäre, aber vielleicht erinnerst du dich auch, dass ich diejenige war, die deine Handschellen aufgeschlossen hat, damit du das überhaupt tun konntest.«

»Ach? Aber du warst auch diejenige, die sie mir überhaupt angelegt hat.«

»Das schien mir in dem Moment auch das Richtige zu sein.«

Er betrachtete mich einen Augenblick, als wäre ich ein besonders saftiges Filet Mignon, das ihm das Wasser im Munde zusammenlaufen ließ, und im Geiste griff er schon nach der Steaksoße. Von dem Gedanken wurde ich hungrig, bis mir

Hilde wieder einfiel, und warum ich das Mittagessen ausgelassen hatte. Lippenlose Leichen führen manchmal dazu.

McKay sagte: »Hast du inzwischen Lust, mit mir abzuhauen, oder gehst du immer noch mit dem Seelenklempner?«

»Ich treffe mich immer noch mit Dr. Black, und ich habe nie ernsthaft in Erwägung gezogen, mit dir abzuhauen.«

»Bist du sicher? Ich habe das Gefühl, dass sich ein paar dunkle Wolken zwischen dir und Nick bilden werden. Ich dachte, vielleicht ist da ein bisschen Ärger im Paradies.«

»Nein. Alles sonnig, alles bestens.« Ich fragte mich allerdings, ob er tatsächlich meine Beziehung mit Black in der nahen Zukunft hatte scheitern sehen, oder ob das nur eine weitere von McKays Anmachen war.

Eigentlich waren McKay und ich mittlerweile einigermaßen Freunde. Wir hatten uns bloß angewöhnt, unfreundlich miteinander umzugehen, und konnten nicht mehr aufhören damit.

Die kleine Elizabeth starrte mich bloß an. Sie lächelte nicht, sie schien mich überhaupt nicht zu erkennen. Sie war erst zwei Jahre alt und sehr niedlich mit blondem Haar, großen blauen Augen, und sie ließ mich an mein eigenes Kind denken, Zachary. Ich hatte ihn verloren, als er zwei war, und ich sah von ihr weg, ich blockierte einen Schwarm düsterer Erinnerungen, bevor sie an die Oberfläche drangen. Das tat ich in derartigen Situationen immer.

Ich fragte: »Schon was gefangen?«

McKay schüttelte den Kopf. »Ich hatte gehofft, die Blauen Sonnenbarsche würden beißen, aber nichts.« Er warf einen Blick auf den zerrissenen, blutdurchtränkten Ärmel meines T-Shirts. »Du hast dich wieder anschießen lassen, sehe ich.«

»Bloß ein Kratzer, wie im Fernsehen.«

»Nächstes Mal heißt es vielleicht: ›Peng, Peng, du bist tot, Lady.‹ Auch das passiert im Kino.«

»Danke, McKay, da fühle ich mich gleich viel besser. Also, genug Smalltalk. Warum bist du wirklich heute hier?«

Er betrachtete mein Gesicht, wie er das gerne tat, und er tat es gerne, weil es mir verdammt unangenehm war. Es nervte mich richtig.

»Ich habe letztens von dir geträumt, Detective.«

»Ach ja? Stell dich hinten an.«

Er grinste, langsam und eindrucksvoll, aber dann beruhigte er sich und senkte seine Stimme, um zu zeigen, dass er es ernst meinte. »Du weißt doch von dieser Zukunftsseherei, die ich manchmal habe? Letztens ging es damit wieder los, also dachte ich, ich schaue mal vorbei und sehe nach, ob du noch am Leben bist. So wie dein Arm aussieht, hatte ich auch recht, bin aber ein bisschen spät.«

»Kannst du mir das vielleicht auch normal erklären, statt in diesem Psycho-Geschwafel?«

McKay entschied sich, mir den Gefallen nicht zu tun. Er kniete sich neben seine Tochter und griff nach einem der Würmchen, das aus der Schachtel gekrochen war und dadurch auf sich aufmerksam gemacht hatte. Todessehnsucht auf Wurmart, schätze ich. McKay machte eine große Show daraus, ihn auf den Haken zu spießen, und ich sah zu, wie er sich wie verrückt krümmte, offensichtlich war ihm sein Schicksal ziemlich klar.

»So, meine Süße.« McKay lächelte Elizabeth an, während er ihre Leine mit einem leichten Klatschen zurück ins Wasser fallen ließ. Sie sagte nichts, sondern starrte bloß ins Wasser. Dann rückte er ihren Strohhut zurecht, um ihr Gesicht von der Sonne zu schützen, und Zachs sonnenverbranntes kleines Gesichtchen kam aus den Tiefen meines Herzens angeschossen, zusammen mit einer Schmerzwelle von solchem Ausmaß, dass ich Magensäure spürte. Die Luft war warm, ein milder Wind wehte, das Wasser war glatt und grün und ruhig, und ich schaute die Bäume auf der anderen Seite der Bucht an und versuchte, wieder zu mir zu finden.

McKays Kind war bei unserem gemeinsamen Alptraum in dieser gottverfluchten dunklen Höhle dabei gewesen, und ich hoffte, dass sie alles, was dort vorgefallen war, weggeblockt hatte. Ich wünschte, ich könnte das auch, aber es war noch nicht so weit, zumindest nicht in meinen Träumen.

Als sich McKay entschied, unser Gespräch fortzusetzen, erhob er sich und ging ein paar Schritte von dem schweigenden Kind weg. Er stand nah neben mir und senkte die Stimme. Ich war mir seines maskulinen Auftritts durchaus bewusst, aber er dachte jetzt bloß an seine Tochter. »Lizzie geht es inzwischen ein bisschen besser, aber immer noch nicht gut. Sie sagt nicht viel und träumt manchmal schlimm von diesem Typ und seiner widerlichen Freundin.«

»Ja, ich habe auch ein paar Nächte mit ihnen verbracht.«

»Da sind wir schon drei.«

»Okay, McKay, ich beiße an, also, was hast du von mir geträumt?« Ich wollte die Einzelheiten nicht wirklich wissen, weil Einzelheiten mich normalerweise nicht sonderlich weiter brachten, aber wie ich schon sagte, waren seine Visionen manchmal ziemliche Volltreffer. Lieber sichergehen.

»Ich habe diese großen lächelnden Münder gesehen. Keine Gesichter, wohlgemerkt, außer deinem, und glaub mir, du lächelst nicht, wenn ich dich sehe, du starrst bloß mit glasigen Augen geradeaus, und Süße, ich glaube, das heißt, dass du direkt auf irgendein Riesenproblem zusteuerst.«

Ich starrte ihn an, die Augen glasig, mit einer Gänsehaut, und ziemlich sicher, dass er meine nahe Zukunft vor sich gesehen hatte. Bei meinem letzten Fall hatte sein Wissen über die Tatorte dazu geführt, dass ich ihn verdächtigte. Aber diesmal nicht. Diesmal hatte er komplett recht, und er hätte auf keinen Fall etwas über die Verstümmelung von Hildes Leiche wissen können. »Meine Güte, McKay, du machst mir richtig Angst.«

»Dieses Lächeln bedeutet also etwas für dich?«

»Vielleicht. Noch was, was ich wissen sollte?«

»Noch nicht.«

»Hast du sonst noch jemand in dieser Lächel-Träumerei gesehen?«

McKay schüttelte den Kopf. »Eins noch, das solltest du wissen.«

»Ja? Was denn?«

»Diese lächelnden Münder, die ich sehe? Aus ihnen tropft Blut. Das war's. Deswegen bin ich hergekommen. Du weißt schon, der Ritter in weißer Rüstung, ich versuche das Richtige zu tun und wieder deinen hübschen kleinen Hintern zu retten.«

Ich sah weg, aber ich machte mir ziemliche Sorgen um meinen hübschen kleinen Hintern. McKay hatte in der Vergangenheit oft genug recht gehabt, so dass ich ihm glauben wollte. Vielleicht war es keine tolle Sache, einen Hellseher zum Freund zu haben. Vielleicht sollte ich ihn meiden. »Ich weiß das zu schätzen, wirklich. Du kannst ja mal versuchen, dich mittags hinzulegen, vielleicht siehst du den Täter und kannst mir seine Adresse geben, wie letztes Mal?«

»Das sollte ich vielleicht tun. Warum legst du dich nicht mit mir zusammen hin, nur für den Anfang? Das wäre auf jeden Fall ein Traum.«

Er grinste wieder, diesmal vor allem, um mich in meinen Nike-Schnürstiefeln umzuhauen, es war dasselbe Lächeln, das mich anfangs so auf die Palme gebracht hatte. Aber jetzt nicht mehr. Ich lächelte zurück. Ich begann ihn zu mögen, so viel war klar.

»Sehe ich da wirklich ein Lächeln, Detective? Teufel, du bist noch nicht mal davongestapft oder hast die Pistole gezogen, gar nichts. Heißt das, du denkst darüber nach, demnächst mal mit mir auszugehen?«

»Nein. Nicht im Geringsten.«

»Ich verstehe nicht, was du an diesem Black findest. Der scheint überhaupt nicht dein Typ zu sein.«

Damit hatte McKay mal wieder total recht, auch ohne Traum. Black und ich waren ungefähr so unterschiedlich wie Nicole Kidman und Rosie O'Donnell. Ehrlich gesagt, war ich wahrscheinlich weit mehr wie McKay, T-Shirt, Jeans, Klugscheißerei. Aber Black brachte all meine Glocken zum Klingen, wie man so schön sagt, es war eine irre sexuelle Kakophonie. Die konnte man nur schwer ignorieren.

»Wir verstehen uns bestens. Danke der Nachfrage.«

»Kannst du mir nicht ein klein wenig Hoffnung machen?«

»Du kannst hoffen, so viel du willst, aber ich bin mit Black zusammen, basta, Ende des Gesprächs.«

»Oh, aber ich werde trotzdem hoffen. Und bis dahin: Pass auf dich auf, ja? Wenn es dich nicht stört, bleiben Lizzie und ich vielleicht noch ein bisschen. Es gefällt ihr hier am Wasser. Beruhigt sie, verstehst du?«

Er schaute jetzt ernsthaft und ich konnte sehen, wie besorgt er war. Ich hatte das Gefühl, dem kleinen Mädchen ging es nicht so besonders. »Ja, deswegen wohne ich auch hier, Ruhe und Frieden. Bring sie her, wann immer du willst. War bloß Spaß mit um Erlaubnis fragen.«

Ich betrachtete Elizabeth einen Augenblick lang und fragte mich, ob sie sich wirklich nicht aus der schrecklichen Höhle des Horrors an mich erinnerte. Sie hatte eine Menge üble Sachen durchgemacht, selbst bevor McKay sie nach Missouri geholt hatte, zu viel für ein kleines Kind, aber es war eindeutig, dass McKay sie heiß und innig liebte. Die beiden würden es schon schaffen.

Mein Handy spielte den »Mexican Hat Dance«-Song und ich verabschiedete mich von McKay, wandte mich um und ging zurück zum Haus. Am anderen Ende der Leitung war Black und ich bekam tatsächlich eine Gänsehaut, als ich seine Stimmte hörte. Wie gut, dass McKay das nicht mitbekam, sonst würde er bestimmt wieder einen Spruch reißen.

»Ich bin unterwegs.«

»Hast du dich um alles kümmern können?«

»Ja, Ich habe auch nach ein paar meiner Patienten gesehen, die hier in der Lodge untergebracht sind. Alle sind ziemlich geschockt wegen des Swensen-Mädchens. Wo bist du?«

»Zu Hause.« Ich griff nach meiner Jacke und Handtasche, überquerte die Auffahrt und betrat die Garage.

»Ich sollte in zehn Minuten da sein. Wie klingt das?«

»Super. Übrigens, nur damit zu Bescheid weißt, McKay und Lizzie fischen auf meinem Anleger.« Black hatte so eine kleine Eifersüchtelei mit McKay laufen, also dachte ich mir, ich würde mir ein Problem ersparen.

»Wie nett.«

Sarkasmus. Ich musste grinsen. »Ich habe ihn nicht eingeladen. Er ist einfach aufgetaucht.«

»Schon besser.«

Vielleicht wusste ich jetzt, wie er sich fühlte. Jude war als Konkurrentin ja auch nicht gerade zu verachten. »Okay, bis gleich.«

Ich klappte mein Handy zu, dann tippte ich die Geheimnummer in meine Alarmanlage und betrat das Haus. Nicht, dass ich eine Alarmanlage brauchte, immerhin trug ich zwei Schusswaffen und war außerdem in der Lage, mir meinen Weg mit Kickboxen freizuschlagen. Meine Fingernägel waren auch länger als sonst, so dass ich noch zehn weitere scharfe Waffen in meinem persönlichen Arsenal hatte. Aber Black war sicherheitsbewusster als Donald Trump und hatte mir eine nagelneue Computer-Alarmanlage einbauen lassen, die mir wahrscheinlich auch die Turnschuhe zuschnüren würde, wenn ich sie darum bat. Schade, dass sie nicht kochen konnte.

Drinnen schoss mein kleines Hündchen Jules Verne, ein französischer Pudel, die Treppe herunter und kläffte wie verrückt. Black hatte ihn mir von seinem Weihnachtstrip nach Paris mitgebracht – das mit den Geschenken hat er wirklich drauf. Jules hopste um meine Beine herum, sein Schwanz wedelte wie ein Scheibenwischer im Gewitter, und ich hob ihn hoch und knuddelte mit ihm. Das tat ich nur, wenn keiner zuschaute, aber ich konnte den dummen kleinen Köter wirklich gut leiden. Er war immer hier und begrüßte mich, wenn ich deprimiert und erschöpft hereingeschlurft kam. Selbst Black war nicht immer hier, wenn ich ihn brauchte.

Jules beruhigte sich nach einer Weile, aber sein Schwanz

klopfte weiter auf den Boden, während ich am Fenster stand und McKay und sein kleines Mädchen beobachtete. Zach und ich waren einmal fischen gewesen, und er hatte einen kleinen Barsch gefangen. Er wäre jetzt acht. Ich fragte mich, wie er jetzt aussehen würde, wenn er am Leben geblieben und bei den Pfadfindern oder in einer Baseballmannschaft wäre, und dann schob ich diese Gedanken entschlossen beiseite. Er war tot und begraben, seit fast sechs Jahren, denk nicht an ihn, denk nicht zurück, sonst willst du nur selbst auch sterben.

Stattdessen ließ ich den Ärger wieder aufsteigen, schnell und grell, Wut über meinen toten Sohn, Wut über mein vergangenes Leben und all den Tod, der damit einhergegangen war, Wut über Hilde Swensen und diesen mörderischen Irren, der in meinem Gebiet rumfuhrwerkte.

Ich musste etwas von dem Ärger abbauen, bevor Black nach Hause kam, sonst würde ich es wahrscheinlich an dem armen Kerl auslassen. Ich öffnete die Hintertür und Jules schoss nach draußen und rannte im Kreis, als wäre er sechsunddreißig Stunden in einer kleinen Kiste eingesperrt gewesen, statt auf meinen superweichen, luxuriösen, natürlich von Black gekauften gold-schwarzen Laken zu schlummern.

Ich trainierte ein wenig, so kann ich die Aggression am besten aus meinem System rauskriegen. Das half mir immer nachzudenken, und Yoga, das beruhigte mich. Ich war aber jetzt nicht in der Stimmung für Beruhigung. Ich wollte, dass die Wut sich in mir ausbreitete, dass ich so wütend war, dass ich an nichts anderes denken konnte, als den Fall zu lösen. Und so begann ich mit meiner Routine, ich schonte meinen verwundeten Arm und boxte mit dem guten gegen den Sandsack, der am Ast eines Pecannuss-Baums in meinem hinteren Garten hing. Ich kickte und boxte mit aller Kraft. Ich fühlte mich gut, ich wünschte, es wäre der Kerl, der Hilde umgebracht hatte, ich hatte das Gefühl, als täte ich etwas, um ihn zu fassen zu kriegen, aber das löschte nicht die Tatsache aus, dass ich ihn im Visier gehabt und hatte entkommen lassen.

Blacks schwarze Cobalt 360 donnerte über den See und Jules drehte komplett durch. Er schoss zur Vorderseite des Hauses und runter zum Dock, und ich folgte ihm, bis ich Black aus einem großen Boot steigen sehen konnte, und mein kleiner Pudel kläffte und hopste um ihn herum wie eine mexikanische Springbohne. Ich beobachtete, wie Black das Boot vertäute, sich dann erhob und McKay die Hand hinstreckte. Sie schüttelten einander die Hände, dann sprachen sie eine ganze Weile miteinander, was mir ein wenig unangenehm war. Anschießend nahm Black den Hund hoch, dann kniete er sich neben Lizzie, und ich beobachtete überrascht, wie sie die Hand ausstreckte und den Kopf des Hundes tätschelte. Entgeistert sah ich zu, wie er mit ihr redete, ich war erstaunt, dass das Kind sich ihm überhaupt so weit öffnete.

McKay wandte sich um und warf einen Blick in meine Richtung, fast als wüsste er, dass ich zusah, also wandte ich mich ab und ging ins Haus. Es dauerte nicht lange, bis Black zur Vordertür hereinkam, er trug Jules Verne unter einen Arm geklemmt. Er lächelte und in diesem Moment wurde mir frustrierend klar, dass ich ihn mehr an meiner Seite brauchte, als ich zugeben mochte. Es war eine Schwäche, jawohl, und eine Verwundbarkeit, von der ich nicht sicher war, dass sie mir gefiel.

Grinsend kam er auf mich zu, er trug einen Ausdruck, den ich inzwischen ziemlich gut kannte, aber der Ausdruck veränderte sich, als er den Verband auf meinem Oberarm entdeckte. »Oh, Scheiße. Pistole oder Klinge?«

»Es ist eine kleine Schusswunde. Reg dich nicht weiter darüber auf.«

»Ich freue mich zu hören, dass es keine ernsthafte Kugel war.« Oh, Sarkasmus vom Herrn Psychologen.

»Ich weiß nicht, warum alle sich so darüber aufregen. Es ist bloß ein Kratzer.«

»Ja? Na ja, du weißt ja, wie sehr es mich anmacht, wenn du schwach und verwundet bist.«

»Ich bin nicht schwach und verwundet.«

»Es macht mich auch an, wenn du nicht schwach und verwundet bist.« Er lächelte mich an und in meinem Bauch zitterte irgendetwas, denn ich wusste, was dieser Blick hieß. Er sagte: »Setz dich, ich will mir das ansehen.«

Ich setzte mich. Er sah es sich an. Wir vermieden es, über den Mord, und wie ich angeschossen worden war, zu sprechen.

»Wenigstens hast du es dieses Mal von jemand behandeln lassen, der wusste, was er tut.«

»Ich habe ein paar Pflaster drauf geklebt, aber Buck musste es natürlich so machen. Er ist immer so ein Perfektionist.«

»Das ist für einen Pathologen sicher keine schlechte Eigenschaft. Also, diesmal sieht die Wunde nicht so schlimm aus. Das ist eine positive Veränderung.« Er sah auf mich herunter, die Hände in die Hüften gestemmt. Er hatte sich ein weiches schwarzes Polohemd mit dem Cedar-Bend-Logo angezogen, dazu trug er eine khakifarbene Hose und Bootsschuhe, alles natürlich vom Feinsten. Er trug immer nur vom Feinsten. »Willst du mir erzählen, wie das passiert ist?«

Ich berichtete ihm kurz von der Geschichte auf der Veranda.

»Du hast also den Mörder am Tatort überrascht?«

»Sieht so aus. Er ist trotzdem davongekommen.«

»Was hat Charlie gesagt?«

»Er ist nicht in der Stadt, also habe ich mit ihm telefoniert. Er sagt, ich könnte alles mit dir besprechen, wenn du den Mund hältst. Er traut dir.«

Black war jetzt ernst geworden, er setzte sich mir gegenüber und legte einen Fuß auf sein Knie. Jules Verne sprang auf seinen Schoß und Black streichelte sein weiches, weißes Fell. Black konnte gut streicheln, das kann ich bezeugen. Der Hund mochte ihn immer noch lieber als mich. Wahrscheinlich dachte er zurück an ihre gemeinsame Zeit in Paris.

Ich erhob mich und ging gereizt auf und ab, ich war wieder stinkwütend, dass ich den Mörder hatte entkommen lassen, und außerdem nicht sonderlich wild darauf, Black die Verstümmelungen an Hildes Leiche zu beschreiben.

»Okay, ich kann sehen, dass du nervös bist. Spuck's aus. Wie ist sie ums Leben gekommen? Wurde sie erschossen?«

»Buck hat uns noch keine offizielle Todesursache genannt. Ich vermute, sie wurde erstickt.«

»Wo wurde sie getötet?«

»Wir glauben, im Badezimmer. Er hat sie jedenfalls in der Dusche zurückgelassen.«

»Wie geht Brianna damit um?«

»Nicht so gut. Bud ist bei ihr.«

»Hat sie eine Ahnung, wer es gewesen sein kann?«

»Nein, aber wie ich schon sagte, sie hat uns berichtet, dass ihre Schwester es unten in South Beach etwas wild getrieben hat.«

»Musst du dorthin?«

»Wahrscheinlich.«

»Sag Charlie, dass ich dich mit dem Learjet hinfliegen kann. Ich habe die ganze Woche in meinem Kalender geblockt wegen des Schönheitswettbewerbs.«

Ich hörte, wie die Harley angelassen wurde, und wandte mich ab und sah zum Fenster hinaus. McKay und Elizabeth fuhren heim. Ich war noch immer nicht zum schlimmsten Teil gekommen und freute mich auch nicht darauf. »Es war scheußlich, Black. Er hat sie verstümmelt.«

»Ich verstehe. Was hat er getan?«

»Er hat ihre Lippen abgeschnitten und eine Nachricht mit einem netten kleinen Shakespeare-Zitat darauf auf ihre Schulter geklebt.« Ich wiederholte die Zeile für ihn und er runzelte die Stirn.

»Das ist aus *Hamlet.* Und du hast gesagt, die Leiche wäre hergerichtet worden?«

»Darauf kannst du einen lassen. Er hat sie in die Dusche gesetzt, auf das Bänkchen, und ihre Hände aneinander gefesselt, um ein paar Rosen zu halten. Ich vermute, er hat sie auf eine Art Thron setzen wollen. Das würde auch die Krone erklären. Ich verstehe nur nicht, warum er auf mich geschossen hat. Wir hatten ihn noch nicht mal entdeckt, bis er feuerte. Wir hatten keine Ahnung, dass er noch da war.«

»Und all das passierte mitten am Tag? Heute Morgen?« Er schwieg noch einen Augenblick, dann sagte er: »Vielleicht haben ihn die ganzen Presseberichte aus dem letzten Sommer hergelockt. Und der Schönheitswettbewerb wäre eine ausgezeichnete Gelegenheit, reichlich Medienaufmerksamkeit zu erhaschen. Statistisch ist ein weiteres so grauenhaftes Verbrechen am See nach so kurzer Zeit nicht wahrscheinlich.«

»Was du nicht sagst.«

»Es ist nicht deine Schuld, Claire. Mach dir keine Vorwürfe.«

Wir stürzten direkt in eine Analyse hinein, und danach war mir gar nicht. Ich wechselte das Thema, denn ich wollte nicht mehr über mich reden.

Ich sagte: »McKay und du, ihr scheint euch dort draußen ziemlich gut verstanden zu haben.«

»Ich habe ihn nach Elizabeth gefragt.«

»Sie mochte dich.«

»Du hast uns beobachtet?«

Ich wollte es nicht zugeben, also sagte ich: »Es geht ihr nicht so gut, oder?«

Black nickte. »Ich habe angeboten, mit ihr zu arbeiten. Pro bono. Ich habe vorgeschlagen, dass wir es hier tun, während sie fischt, damit sie keine Angst bekommt.«

Ich starrte ihn einen Augenblick an, begeistert und gerührt, ehrlich gesagt. »Das ist echt cool von dir, Black.«

»Ich kann durchaus cool sein, wenn es passt.«

»Ja, das bekomme ich auch langsam mit. «

Wir lächelten einander an. Er sagte: »Vielleicht kannst du mir mit Elizabeth helfen. Du weißt schon, bei ihr sitzen, wenn sie hier ist, sie auf deinem Schoß halten, ihr helfen, einen Köder auf den Haken zu stecken, damit sie sich dann gut mit mir versteht.«

Ich versteifte mich, weil ich genau wusste, was er bezweckte.

»Glaub ja nicht, ich wüsste nicht, worauf du hinaus willst, Black. Zwei Fliegen mit einer Klappe, was? Du wirst Elizabeth helfen, sich besser zu fühlen, und mich zwingen, mit einem Kleinkind in Zachs Alter umzugehen.«

»Ich habe nie gesagt, du wärst dumm, Claire.«

»Tut mir leid, das kann ich nicht. Noch nicht.«

»Okay.«

»Ich bin noch nicht bereit dazu.«

»Okay.«

»Ist das wieder diese Rückwärts-Psychologie?«

»Ich würde dich nie zwingen, etwas zu tun, was du nicht willst. Das habe ich dir von Anfang an gesagt. Ich mache Vorschläge. Du entscheidest.«

Black war gut, o ja, das musste ich ihm lassen. Zeit für einen Themenwechsel, Teil zwei. »Hast du Hunger?«

»Hinterher bestimmt.«

»Hinter was?«

»Hinter der Begrüßung, die ich verdient habe.«

»Da haben wir einen Deal, Mr Black.«

»Was du nicht sagst.«

Ich war froh, dass wir jetzt nicht mehr reden mussten, froh, nicht an leblose Glotzaugen und blutende Lächelmünder zu denken. Das schaffte Black bei mir allein mit seiner Berührung, das konnte er wirklich sehr gut. Er war ausgesprochen geübt, und zumindest für eine kurze Zeit musste ich nicht daran denken, dass Hilde tot im Leichenschauhaus lag, ihr Mund in einem Plastikdöschen.

Die Ältere konnte den Samstag kaum abwarten. Sie war so aufgeregt, dass sie kaum schlafen konnte. Es störte sie nicht einmal, dass Sissy mit der neuen Tiara herumspazierte, die sie gewonnen hatte, und dauernd erzählte, wie hübsch sie aussah. Die Ältere versuchte einfach nur, sich von ihr und ihrer blöden Krone fernzuhalten. Mama nahm Sissy am Samstag in ihrer neuen blauen Schärpe und der Krone mit zum Fotografen, sodass es noch einfacher sein würde, sich davonzuschleichen und den Jungen zu treffen.

Sie wartete bis gegen halb drei, dann marschierte sie über den kleinen Weg hinter den Häusern und suchte nach dem roten Tor. Sie fand es ohne Probleme, aber an einem derart kalten Wintertag war sowieso niemand draußen, der hätte sehen können, wie sie in den Garten des Jungen schlich. Sie schloss das Tor hinter sich und ging vorsichtig über das gefrorene Gras.

Im Garten befand sich ein Pool-Haus mit beschlagenen Glasfenstern, und sie blieb stehen und schaute hinein, weil sie noch nie einen beheizten Innenpool gesehen hatte. Es gab sogar einen Whirlpool und einen großen Fernseher. Sie wandte sich ab und ging zur hinteren Treppe, die zu einem großen, verglasten Wintergarten hochführte.

Das Haus des Jungen war richtig hübsch, riesig, und viel neuer als ihr altes Bauernhaus, und es war in einem sehr schönen Gelb gestrichen, fast wie ein Kanarienvogel. Der Wintergarten war groß und darin standen Rattanmöbel und Sofas mit orange-blauen Blumenmustern, der Junge saß auf einem Rattan-Schaukelstuhl neben einem orangen, trichterförmigen Kamin. Die Scheite knisterten hinter dem Gitter. Er öffnete die Tür und ließ sie herein, und sie stand eine Minute vor dem Feuer und wärmte sich den Hintern.

»Hier, gib mir deinen Mantel. Wie gut, dass du eine weiße Bluse trägst, falls was von dem Bleichmittel darauf kommt.«

»Bist du sicher, deine Mum kommt nicht zurück und erwischt uns?«

»Oh, ja. Sie geht immer mit zum Klavierlehrer, damit die Zwillinge auch ordentlich üben. Und es wäre ihr sowieso egal. Sie findet es gut, wenn wir Freunde einladen. Willst du eine Cola, oder was essen? Wir haben ein paar Chips und Zwiebeldip, solche Sachen.«

»Nein.« Plötzlich war sie ein wenig nervös und sie betrachtete all die teuren Möbel und edlen Gemälde, an deren Rahmen kleine Lampen befestigt waren, und fragte sich, wie es wäre, eine Mama zu haben, die wollte, dass sie Freunde einlud, und die sie zum Klavierunterricht fuhr.

»Dad hat Bier unten im Kühlschrank im Keller. Willst du eins probieren?«

»Nein. Mama wird mich umbringen, wenn sie das wüsste.«

»Scheiß auf deine Mama.«

Der Klang dieses Satzes gefiel der Älteren. »Ja, scheiß auf Mama.«

Der Junge nahm ihre Hand und führte sie in ein großes Esszimmer, in dem ein gewaltiger Kristallleuchter hing, und dazu passend gab es jede Menge andere Kristallsachen und -schalen, die auf Glasregalen standen, aber dann blieb er mitten im Wohnzimmer stehen und sah ihr ins Gesicht. »Sie schlägt dich, oder? Ich habe einmal ein paar blaue Flecken an deinem Hals gesehen, als ich im Bus hinter dir gesessen habe.«

Die Ältere nickte und war überrascht, als ihr Tränen in die Augen stiegen. Sie hatte es noch nie jemandem erzählt, es war das größte und dunkelste Geheimnis ihrer Familie. Nicht einmal ihr Stiefvater wusste, was Mama tat, wenn er bei der Arbeit war. Irgendwie fühlte es sich gut an, dass jemand anders davon wusste und sie mitfühlend anschaute.

»Das muss dir nicht leid tun. Mein Vater hat mich auch mal geschlagen.«

»Wirklich? Warum?«

»Ich bin wütend geworden und habe meine Mutter einmal

gehauen, als ich ungefähr neun war, und er hat mich gut durchgeprügelt. Das habe ich nie wieder getan.« Er lachte. »Ich weiß auch nicht warum, aber sie und ich verstehen uns jetzt viel besser. Ich war bloß ein blöder Junge, damals.«

Sie konnte sich nicht ganz dazu bringen, darüber zu lachen, was ihre Mutter ihr antat.

»Komm mit, Mama hat ihre Sachen oben im Badezimmer.«

Die Ältere folgte ihm durch das Haus. Sie betrachtete dieses wundervolle Heim fasziniert. Es war echt cool, total schön, wie die Zimmer in den Häusern in den Fernsehserien, die sie schaute. Alles war schön eingerichtet und an seinem Platz, jede Menge hübsche Teller standen auf kleinen Holztischchen. Die Teppiche waren so dick, dass ihre Schuhe ein wenig hineinsanken, sie waren von einem cremigen Beige, und sie konnte nirgends auch nur ein Fleckchen Staub sehen, nicht einmal zwischen den Geländerstäben. Das Haus war ganz still und irgendetwas ließ sie am unteren Ende der Treppe innehalten und zögern.

»Können wir es nicht hier unten irgendwo machen?«

»Nein. Vielleicht kommt jemand an die Tür und sieht uns.«

Oben führte er sie durch einen langen Flur in ein großes Schlafzimmer, das in Hellblau und Braun eingerichtet war. Das Bett hatte vier Pfosten und war so hoch, dass man mit einer kleinen Minitreppe auf die Matratze steigen musste. Sie blieb am Fußende stehen und bewunderte es.

»Kann ich mich mal auf das Bett setzen?«, fragte sie.

»Klar, leg dich drauf, wenn du willst. Wegen der Überdecke wird das sowieso keiner merken.«

Sie stieg die Stufen hoch und versank in dem seidig weichen, braunen Satin. »Das fühlt sich so weich an wie Samt.«

»Ja, es ist aus Seide. Aber auf der anderen Seite ist Samt.«

Der Junge rannte die Stufen hoch und sprang dann aufs Bett. Ihr ganzer Körper wurde hochgeschleudert und sie lachte, bis er sich auf sie drauf fallen ließ und ihre Hände oberhalb ihres Kopfes fest hielt.

»Hey, lass los.«

»Ach, komm schon, gib mir einen kleinen Kuss. Ich erlöse dich von deinen Sommersprossen. Du schuldest mir was.«

»Oh-oh. Geh runter von mir, du bist schwer!«

»Gib mir 'nen Kuss, dann gehe ich.«

»Nein.«

»Dann wirst du wohl deine Sommersprossen behalten müssen, oder?«

»Das ist gemein.«

»Hey, willst du die Bleiche, oder nicht?«

Sie wollte sie, sie wollte sie wirklich unbedingt, und sie war sich ziemlich sicher, dass sie ihn auch küssen wollte. Ihr Körper fühlte sich ganz komisch an, jetzt wo der Junge auf ihren Hüften saß. Seine Nase berührte beinahe ihre, und sie konnte Nacho-Käse und Kartoffelchips in seinem Atem riechen. »Komm schon, ich will bloß einen winzig kleinen Kuss. Ich habe noch nie ein Mädchen geküsst und will wissen, wie es ist. Hast du je einen Jungen geküsst?«

»Nein, und ich glaube, ich will auch nicht.«

»Versuch's doch mal, es wird dir bestimmt gefallen. Du bist jetzt alt genug dafür. Ich wette, du hast sogar schon deine Periode.«

»Was ist das denn?«

Er lachte und rollte sich von ihr herunter. »Hat deine Mama dir etwa auch nichts über die Periode erzählt?«

»Nein, was ist das?«

»Ich weiß das wegen meiner älteren Schwester. Es ist, wenn du da unten ein bisschen blutest. Das passiert einmal im Monat, glaube ich.«

»O nein, du lügst.«

»Du wirst schon sehen.«

Sie setzte sich auf und starrte ihn an. Er lag auf der Seite, den Kopf in die Hand gestützt. Er lächelte und sah sie an. Sie fand, dass er wirklich sehr niedlich aussah. Fast wie die Jungs, die sie sich in den Teen-Magazinen in der Schulbibliothek anschaute.

»Lass mich dich da anfassen.« Er deutete auf die Vorderseite ihrer Bluse.

»O nein. Du bist ja eklig.«

»Nur einmal. Und nicht mal unter die Bluse. Dann holen wir das Zeug aus dem Bad.«

Sie dachte nach und kam zu dem Schluss, dass es ja kaum schaden konnte. »Okay, das geht in Ordnung.«

Der Junge streckte die Hand aus und legte seinen Zeigefinger auf ihre Brustwarze, und sie spürte ein Kribbeln durch ihren ganzen Körper. Er zog den Finger sofort zurück und lächelte, und dann sagte er: »Jetzt müssen wir wohl heiraten, oder?«

Lachend sprang er vom Bett und sie kletterte ebenfalls herunter und folgte ihm, sie fragte sich, wie sein Kuss sich wohl anfühlen würde. Sie wusste, dass eine Menge Mädchen hinter der Hecke auf dem Schulhof Jungen küssten, aber sie hatte das noch nie getan. Sie hatte auch nie geglaubt, ein Junge würde das wollen.

»Hier ist es. Leg dir ein Handtuch um den Hals. So macht Mum das auch bei den Mädchen.«

Sie gehorchte und er zog einen kleinen Applikator aus der Schachtel und drückte etwas blaues Gel darauf. »Okay, halt still. Du hast ein paar mehr als die Mädchen, also müssen wir es vielleicht ein paar Mal machen.«

Sie beobachtete im Spiegel, wie er vorsichtig das Gel in ihrem Gesicht verteilte. »Wird es wehtun?«

»Nicht sehr. Du musst es eine Weile drauf lassen, und dann musst du ein Baseball-Käppi tragen, wenn du raus in die Sonne gehst, oder so was.«

»Ich habe aber kein Baseball-Käppi.«

»Ach, du kannst eins von meinen leihen. Dad bringt mir ein Käppi mit von überall, wo er geschäftlich hin muss. Komm, ich zeige dir meine Sammlung.«

Sie gingen durch den Flur in sein Zimmer, und als er die Tür öffnete, sog sie erstaunt den Atem ein.

»Wow«, war alles, was ihr einfiel.

»Gefällt es dir?«

»Es ist ein bisschen unheimlich.«

»Ach was, es sind bloß Filmposter und so. Und ich mag dieses Spiel, es heißt Dungeons & Dragons. Hast du davon schon mal gehört?«

»Nein.«

»Es macht Spaß. Man kann ein Ritter sein oder ein Zauberer oder eine Prinzessin, so was, und dann muss man Missionen erfüllen.«

»Wie bei König Arthur?«

»So ähnlich. Willst du es spielen, während das Zeug in deine Haut einzieht?«

»Warum nicht?«

Sein Zimmer war groß und dunkelblau gestrichen, und an den Wänden hingen alle möglichen Poster und Bilder von Drachen und Schlössern und mit Schwertern kämpfenden Rittern. Aber noch mehr Poster warben für Horrorfilme wie *Nightmare – Mörderische Träume* und *Freitag, der 13.* und *Halloween – Die Nacht des Grauens.* Als sie sah, dass er ein Freddy-Krueger-Kostüm hatte, lächelte sie und erinnerte sich an ihren Schwur, Sissy zu töten.

»Hast du dich zu Halloween als Freddy verkleidet?«

»Ja. Mum und Dad hatten eine große Halloween-Party für all ihre Freunde und haben mir das Kostüm gekauft. Ich liebe es. Sieh nur, da sind die Handschuhe mit den Klingen als Finger.«

Sie griff danach. »Das sind echte Messer, oder?«

»Ja. Aber ich werde dir nichts tun.«

Sie lachten beide.

»Hast du jemals *Nightmare – Mörderische Träume* gesehen?«

»Ja. Manchmal schaut mein Stiefvater sich spätabends solche Filme an und ich verstecke mich dann auf der Treppe und sehe zu.«

»Ich habe die alle auf Video. Wir können sie ansehen, wann

immer du willst. Ich liebe diese Slasher-Filme, musst du wissen, mit dem Blut und den Innereien.«

Auf seinem großen Schreibtisch standen ein IBM-Computer und ein großer Farbfernseher, der lief, aber ohne Ton. Außerdem hatte er eine tolle Stereoanlage und Dutzende von Musikkassetten. Er hatte eigentlich alles, was die Ältere je hatte haben wollen.

»Mann, deine Eltern müssen richtig viel Geld haben.«

»Ja, Mum und Dad kaufen uns so ziemlich alles, was wir wollen.«

Er ging hinüber zu einem Regal an der Wand, in dem sich Baseball-Käppis in allen möglichen Farben befanden. Er warf ihr eine Grüne zu, auf der in gelben Buchstaben FLORIDA GATORS stand. »Hier, die kannst du behalten. Meine Schwester hat sie mir letzten Sommer aus Florida mitgebracht. Sie geht in ein paar Monaten nach Europa, um als Model zu arbeiten. Das will meine Mutter auch für meine kleinen Schwestern. Dass sie große Supermodels werden.«

»Ihr seid richtig reich, oder?«

»Ja, mein Vater hat eine Menge Geld von seinen Großeltern unten in Miami geerbt, und jetzt ist er Arzt, außerdem macht er eine Menge Kohle mit Aktien und so. Deswegen hat meine Mum ihn geheiratet, weil er so reich ist. Und er hat sie geheiratet, weil sie so hübsch ist. Ich habe gehört, wie sie das gesagt haben, aber sie lachen hinterher, also ist es wohl nur ein Witz. Ich werde eines Tages auch reich sein. Meine Schwestern und ich werden alles erben, so wie es bei meinem Vater war.«

»Wir sind überhaupt nicht reich. Meine Mama konnte mir nicht mal ein Weihnachtsgeschenk kaufen. Mein Stiefvater hat den anderen Kindern was gekauft, aber mir nicht.«

Das ließ ihn aufhorchen. »Blöd. Das ist ja richtig mies. Nicht mal Weihnachten, ja? Ich habe dieses ›Dungeons & Dragons‹-Spiel zu Weihnachten bekommen. Ich habe noch nicht viel damit gespielt. Willst du es mit mir zusammen lernen?«

Vor den Fenstern stand ein runder Tisch mit vier Drehstühlen, er setzte sich in einen davon und sie nahm den daneben. Er zog das Spielbrett hervor und erklärte ein wenig die Regeln, und sie hörte zu, aber viel mehr interessierte es sie, wie lange es dauern würde, bis sie ihre Sommersprossen los war.

»Glaubst du, meine Sommersprossen gehen heute schon weg?«

»Wer weiß? Ich bezweifle, dass es so schnell gehen wird, aber Mum hat es einfach immer wieder draufgeschmiert, bis die meiner Schwestern verblasst waren. Wir können uns jeden Samstag hier treffen, wenn Mum mit den Mädchen unterwegs ist, bis es genauso ist, wie du es haben willst. Wir können Spiele spielen und Musik hören und ab und zu musst du dich von mir auch mal küssen lassen. So zahlst du dafür, dass du das Zeug von mir umsonst kriegst, aber es wird nicht so schlimm sein, du wirst schon sehen. Vielleicht können wir Freunde werden. Und vielleicht wird es dir sogar gefallen, das Küssen und so, okay?«

Sie beobachtete, wie seine Finger die Seiten der Spielanleitung umblätterten, und sie dachte an das merkwürdige, süße Kribbeln, das sie in ihrem Inneren verspürt hatte, als er ihre Brust berührte. Sie fragte sich wieder, ob sie so hübsch sein würde wie Sissy, wenn sie ihre Sommersprossen los war, und ob dann auch andere Jungen sie so anfassen wollen würden wie er. Und dann sagte sie: »Okay, ich komme wieder, aber du darfst es niemand sagen. Das musst du schwören.«

»Und du küsst mich ab und zu?«

Sie nickte, und er lächelte und schaute sehr zufrieden.

7

Früh am nächsten Morgen stiegen Black und ich in seine große, luxuriöse Cobalt 360 und sausten über den See in Richtung Cedar Bend Lodge. Am Steuer war er in seinem Element, er strahlte über das reine Vergnügen, eine so große massive Maschine unter Kontrolle zu haben, der kalte Wind fuhr durch sein schwarzes Haar, die Fliegersonnenbrille spiegelte die grelle Sonne. Genauso schaute er, wenn er seinen Helikopter steuerte oder in seinem riesigen Hummer herumfuhr. Ich stand neben ihm und konnte seine gute Laune nicht teilen. O ja, die Vögel zwitscherten, der Himmel war blau, die Blumen dufteten, aber Hilde war immer noch tot. Als wir den Privatanleger des Hotels erreichten und Black sein Boot vertäute, wartete Bud bereits auf den makellosen Planken des Docks.

»Wie geht es Brianna?« fragte ich Bud, als ich an Land trat.

»Sie schläft. Sie hat genug Stoff genommen, um die ganze Woche bewusstlos zu bleiben.«

»Das ist vermutlich das Beste.«

Black marschierte los, ausgeruht und einsatzbereit, und er sah verdammt gut aus, und aus irgendeinem Grund entschied ich mich, ihn nicht zu einem Treffen mit der Königin des Laufsteges, alias der Frau vor mir, nach oben zu begleiten. Nicht, dass ich glaubte, zwischen ihnen liefe etwas. Damit war ich durch. Das hatte Black letzte Nacht auf eine Myriade einfallsreicher Wege im Bett ziemlich klar gemacht. Ja, im Bett ist er echt ein Genie, das muss ich zugeben. Besser noch, heute Morgen war er vermutlich zu erschöpft, sich an andere Frauen heranzumachen, selbst an die perfekte Jude. Klinge ich eifersüchtig? Ich? Ach was. Aber andauernd all diese perfekt aussehenden Frauen um mich herum zu haben, begann mir auf die Nerven zu gehen.

Zurück zu Brianna. Ich sagte zu Bud: »Ich habe sie gestern wirklich nur ungern befragt. Ehrlich gesagt, dachte ich, sie würde gar nicht mit uns reden können.«

»Da bist du nicht allein. Sie hat echt Rückgrat, mehr, als die Leute denken. Was ist mit Buck? Weiß der schon mehr?«

»Noch nicht. Vielleicht heute. Hoffentlich schon am Vormittag.«

»Nick ist sicher nicht begeistert, wegen des Wettbewerbes.«

»Nein. Er ist nicht begeistert. Er wird jetzt entscheiden, ob er ihn verschieben soll.«

Bud nickte, blieb einen Augenblick am Eingang zum Hotel stehen und atmete tief durch. »Okay, bringen wir es hinter uns.«

»Black hat die Wettbewerbs-Koordinatorin gebeten, uns ihre Leute zu Gesprächen zur Verfügung zu stellen. Die Dame heißt Patricia Cardamon. Teilen wir uns die Mädchen und vernehmen sie getrennt. Das dauert länger, aber wir können wahrscheinlich die meisten von ihnen ziemlich schnell ausschließen.«

»Okay. Meinetwegen.«

Ehrlich gesagt war Bud ziemlich neben der Spur, und wer konnte ihm daraus einen Vorwurf machen? Seine Augen war rot unterlaufen, er schaute müde, und eine Manschette seines gestärkten Anzughemdes wies eine kleine Falte auf. So was war einfach nicht seine Art. Immerhin, davon abgesehen sah er makellos aus in dem weißen Hemd, einer dunkelblauen Hose und dem gelben Seidenschlips, den ich ihm zu Weinachten geschenkt hatte. Hey, aber mein T-Shirt und meine Jeans waren auch sauber und rochen frühlingsfrisch nach Waschmittel, ich fühlte mich also nicht so schlecht. Wir waren beide erleichtert, dass Charlie ihn von dem Fall noch nicht abgezogen hatte, und auch deutlich überrascht darüber. Der hatte so was früher schon getan, wenn sich auch nur eine enge Beziehung zwischen einem seiner Detectives und einem Verdächtigen andeutete, selbst bei mir, als ich einem ehemaligen Verdächtigen zu nahe kam. Black, genau genommen, ein Fehlverhalten, das ich hätte bereuen sollen, aber nicht im Geringsten bereute.

In dem bereits erwähnten riesigen, glitzernden Ozark-Ballsaal herrschten Entsetzen und Verwirrung. Kleine Grüppchen Schönheiten saßen beisammen, umarmten einander und schauten noch dümmer als sonst. Alle schnieften. Sah aus, als wäre Hilde unter den Mädchen tatsächlich beliebt gewesen.

Normalerweise wäre es für Bud eine kleine Sensation gewesen, einen Haufen hübscher Frauen zu verhören. Aber heute zauberte ihm das kein Lächeln ins Gesicht, und er würde auch noch eine ganze Weile nicht lächeln, vermutete ich. Wie mir erschienen auch ihm jedes Mal, wenn jemand lächelte, vor dem geistigen Auge Hildes abgeschnittene Lippen. Aber die meisten Wettbewerbsteilnehmer, das musste man ihnen lassen, verspürten wenigstens auch nicht das Bedürfnis zu lächeln. Aber niemand schluchzte so offen und mit der emotionalen Dringlichkeit wie Mr Race. Er näherte sich uns wie ein düsteres, unheilverheißendes Donnerwetter.

»O Gott, das ist schrecklich, unglaublich. Die arme kleine Hil. Die arme Bri. Die beiden sind so reizend, also wirklich, ganz ganz süße Dinger.« Ich reichte ihm ein Tuch aus einer Riesenpackung Puffs, es war mit Aloe behandelt, um die zarte Haut um die Augen der Schönheiten um uns herum nicht zu beschädigen. Meine jetzt plötzlich ganz freundliche Freundin Ms Cardamon hatte sie mir unaufgefordert in die Hand gedrückt. Heute morgen war sie tatsächlich hilfreich, und das von Anfang an. Vermutlich hatte sie mittlerweile herausgefunden, dass Nicholas Black mich lieber mochte als sie.

Bud und ich angelten uns Stühle aus der Reihe vor Race und drehten sie in seine Richtung. Wir setzten uns. Er weinte weiter. Ich reichte ihm noch ein Taschentuch und sagte: »Ich habe gehört, dass Sie mal einen Laden in South Beach hatten. Das wusste ich nicht.«

Er nickte. Bud und ich sahen zu, wie er seine Tränen abwischte. »Ja, da habe ich die beiden kennengelernt.«

»Wie lange ist das her?«

»Ich habe meinen Laden hier fast fünf Jahre, diesen Sommer, im August. Eine Weile habe ich versucht, beide Läden zu behalten, aber ich konnte niemanden finden, der den unten in Florida leitet. Niemanden, dem ich vertraute, also habe ich ihn am Ende zugemacht und meine Kraft hier am See gebündelt. Es war aufregend dort unten, das stimmt schon, aber es gab zu viel Verbrechen und Einbrüche, unangenehme Sachen, deswegen gefiel es mir hier besser. Aber nun das. Niemand ist sicher, nirgends, nicht mehr.«

»Sie waren also schon am See zu Hause, bevor Brianna sich entschied, herzuziehen?«

Er nickte, er riss sich jetzt zusammen. Gut für uns. »Sie war unten in South Beach auch meine Kundin, die Süße.« Er wandte sich Bud zu. »Sie ist ganz verrückt nach dir, mein Jungchen. Du hast so ein Glück. Sie ist ein echter Fang. So wie Hilde es war.«

Ich hatte in meinem ganzen Leben noch niemanden Bud ein Jungchen nennen hören, nicht einmal seine Mutter. Ich warf Bud einen Blick zu, um zu sehen, ob er Race eine reinhauen würde, aber Bud nickte bloß und schaute weg. Seit dem Mord war er definitiv nicht mehr er selbst.

Ich sagte: »Frauen haben doch die Tendenz, sich ihrem Stylisten anzuvertrauen, oder, Mr Race? Sie erzählen von ihrem Privatleben und gestehen ihre Probleme.«

»Aber sicher, absolut. Ich weiß Sachen, die Sie sich gar nicht vorstellen können.«

O doch, das konnte ich. Nach gestern hielt ich alles Unmenschliche auch hier am See für möglich. »Hat Hilde Ihnen je einen Grund gegeben, zu glauben, sie fürchtete sich vor jemand? Oder dass sie verfolgt oder bedroht würde?«

Race holte tief Luft, dann nickte er.

»Sie hat mir mal von einem Stalker erzählt. Ein echter Irrer, der sie nervte. Glauben Sie, er ist wieder aufgetaucht und hat ihr das angetan?«

»Das wissen wir noch nicht. Was können Sie uns über diesen Mann erzählen?«

»Nicht viel, wirklich. Ich weiß noch, dass sie seinen Namen nie herausbekommen hat, aber sie sagte, er schien immer zu wissen, was sie täte, manchmal sogar, bevor sie es selbst wusste. Sie hat ihn nie gesehen, das war das Unheimlichste, muss ich sagen. Er schickte ihr lauter Geschenke, das war eigentlich ganz nett, zum Beispiel rosa Briefpapier mit ihrem Initial darauf, einem H, und einmal ein Duftblumengebinde mit einer rosa Samtschleife. Darauf dachten wir uns, dass er wusste, dass ihre Lieblingsfarbe rosa war. Na ja, eigentlich Malve.«

Duftblumen? Wo zum Teufel kriegte man denn Duftblumen her? Genau genommen – was waren eigentlich Duftblumen?

Race war noch nicht fertig. »Und er schickte ihr auch Briefe, in denen er alles Mögliche über sie beschrieb, alles, und ich meine wirklich alles, Kleinigkeiten, wo sie zum Mittag gegessen hatte, was sie gegessen hatte, bis zum Salatdressing. Er wusste, wann sie zu mir kam, um ihr Haar machen zu lassen. Ich sage Ihnen, ich fand das schrecklich und habe mir wirklich Sorgen gemacht, bevor er verschwand und sie in Ruhe ließ.«

Bud fragte: »Hat sie bei der Polizei Anzeige erstattet?«

»O ja. In Miami. Sie haben mich befragt, als hätte ich es sein können, was mich nun wirklich beleidigt hat, das kann ich Ihnen sagen. Aber Hilde hat ihnen gleich gesagt, dass ich zu so was ganz sicher nicht fähig wäre. Ich glaube, sie haben auch eine Weile ihr Telefon abgehört, aber das hat nichts gebracht. Sie haben ihn nie erwischt. Er hat einfach aufgehört, sie zu belästigen. Ich weiß nicht, vielleicht hat er ein anderes Mädchen gefunden, dem er folgte.«

»Können Sie sich noch erinnern, wie lange das ging und wie es endete?«

»Die letzte Nachricht, die er getippt hat – und er hat sie immer getippt, manchmal auf Klebezettel oder Namensschilder, ob man es glaubt oder nicht. Sie wissen schon, mit diesen alten Schreibmaschinen, bevor sie Computer erfunden haben, noch ohne Löschen und Einfügen, nehme ich an.«

Bud und ich sahen einander an, während Race fortfuhr: »Darauf stand einfach nur, das wäre sein Abschied, und etwas in der Art, dass er nun alles zu Ende bringen würde, oder sich umbringen, irgend so etwas. Hilde und ich glaubten das nicht für eine Sekunde. Er wollte bloß, dass sie ihn bemitleidete. Sie war ein guter Mensch, und wissen Sie was? Er tat ihr wirklich leid, das hat sie mir gesagt. Sie sagte, sie wünschte, sie könnte ihm helfen, er müsste ein sehr trauriger, unglücklicher Mensch sein, wenn er einer Fremden Liebesbriefe schickte. Ich sagte ihr, sie sollte ihr Mitgefühl nicht an einen Irren wie den verschwenden.«

»Sie hat ihm also nie geantwortet oder irgendetwas getan, was ihn hätte ermutigen können?«

»Sicher nicht, jedenfalls nicht, soweit ich weiß. Ich habe ihr geraten, das alles zu ignorieren und nicht auch noch eine große Sache daraus zu machen, das würde ihn nur ermutigen.«

»Hat dieser Mann auch zu ihr Kontakt aufgenommen, wenn sie nicht in der Stadt war? Ich meine, wenn sie an Wettbewerben außerhalb Floridas teilnahm oder Model-Jobs hatte?«

Race dachte einen Augenblick nach, er nahm die Beine auseinander und legte sie andersherum über Kreuz, dann lockerte er das Haar an seinem Hinterkopf mit den Fingerspitzen auf. »Ich kann mich noch erinnern, dass sie Briefe und Blumen und so bei anderen Wettbewerben erhalten hat, ja.«

»Bei welchen?«

»Ein anonymer Bewunderer hat ihr einen Strauß gelbe Tausendschön und weiße Orchideen geschickt, als sie in Houston antrat. Daran kann ich mich erinnern, weil ich das nun wirklich eine merkwürdige Zusammenstellung fand. Hilde war kein Tausendschön-Mädchen, wissen Sie, was ich meine? Sie war elegant und selbstsicher, zu ihr passten Lilien oder Rosen oder vielleicht Gardenien, aber Tausendschön? Niemals.«

Na gut. »Fällt Ihnen noch etwas ein, was uns vielleicht helfen könnte, Mr Race?«

»Nein. Ich weiß nur, dass ich sie wie verrückt vermissen werde.«

»Hatten Sie jemals eine Beziehung zu ihr?«

»O nein, niemals. Wir sind bloß Freunde. Wie mit Brianna. Natürlich stehe ich Brianna näher, jetzt, wo wir beide hier leben. Früher kannte ich Hilde besser. Sie kam öfter und ich sah sie auch häufiger in den Clubs als Bri. Brianna mag es lieber ruhiger. Sie liebt die Natur. Ich wette, sie geht sogar wandern und so. Sie hat mir einmal erzählt, dass sie sich diese schrecklich unattraktiven Wanderstiefel mit lila Schnürsenkeln gekauft hat. Ekelhaft. Aber sie liebt es hier.«

»Wussten Sie, dass Hilde einen Freund unten in South Beach hat?«

»Meinen Sie Carlos Vasquez? Was für ein Idiot. Ein schrecklicher Angeber. Er hat sie schlecht behandelt, er wollte ganz und gar über sie bestimmen, bis sie es satt hatte und auszog. Ich meine, er hat ihr gesagt, was sie essen soll, was sie anziehen soll, was sie denken soll. Brianna und ich waren beide erleichtert, als Hilde sich von ihm getrennt hat.«

»Wissen Sie, ob er, nachdem sie ihn verlassen hat, versuchte, mit ihr Kontakt aufzunehmen?«

»Ich glaube schon. Ich glaube, man kann sagen, dass er wirklich von ihr besessen war, vor allem, nachdem sie ihn verlassen hatte. So sind diese Kerle, wissen Sie? In mich war auch mal jemand so verliebt, schrecklich.«

»Aha. Hat sie Vasquez vor oder nach dem Stalker kennengelernt?«

»Danach, glaube ich. Ja, genau, nicht lange danach, denn ich dachte damals noch, gut, er könnte sie beschützen, wenn der Stalker zurückkehrte. Er ist ziemlich muskulös. Sie sollten mal seine Bauchmuskeln sehen. Ich muss zugeben, er hat wirklich einen tollen Körper, aber das ist ja auch klar. Er ist Personaltrainer in seinem eigenen Fitnessclub und trainiert jeden

Tag mit seinen Kunden. Schade nur, dass er so besitzergreifend ist.«

Ich zögerte, aber ich musste es wissen: »Wie würden Sie Hilde Swensens Lebensstil beschreiben?«

Race köchelte fast, zumindest schien er zu erzittern. Er schaute genervt. »Sie war ein gutes Mädchen. Okay, sie hat ein bisschen herumgeschlafen, aber normalerweise hat sie sich nur mit irgendjemand eingelassen, wenn sie high war. Und den Großteil der Zeit war sie nüchtern, ob Sie es glauben oder nicht, aber manchmal musste sie einfach entspannen, ein bisschen feiern, den Stress der Wettbewerbe eine Weile abschütteln. Alle glauben, diese toll aussehenden Frauen hätten so ein Glück, aber die haben genauso viele Probleme wie andere Leute, bloß andere. Ich weiß es, sie erzählen mir ständig von ihren Schwierigkeiten.«

Und ich dachte immer, es ginge bloß darum, welchen Lidschatten sie nehmen sollten. »Was für Probleme meinen Sie?«

»Männer sind wegen ihres Aussehens hinter ihnen her und versuchen, sie ins Bett zu kriegen, verstehen Sie? Sie sind nur Trophäen. Aber ich kenne so viele schöne Mädchen, die wirklich überhaupt kein Selbstbewusstsein haben – und ich meine, wirklich gar keines.«

»Wie können Sie sich das erklären?«

Er zuckte mit einer Schulter. »Wer weiß? Ich vermute, Sie sind der Meinung, sie würden bloß gut aussehen. Das stimmt bei manchen von ihnen auch, aber andere, wie Hilde und Bri, sind auch klug. Sie mussten sich nur nie darauf stützen, um voranzukommen. Was glauben Sie denn, warum ich so viel Geld verdiene? Im Moment geht es nur um das Aussehen, schauen Sie doch nach Hollywood. Gutes Aussehen und Jugend. Man kriegt dort keinen Job, wenn man über fünfundzwanzig ist und mehr als 52 Kilo wiegt. Es sei denn, man ist Diane Keaton und will eine neurotische Mutter spielen. Das kann sie wirklich gut.«

»In Ordnung, Mr Race, dann sind wir jetzt wohl fertig. Vielen Dank für Ihre Zeit.«

»Kein Problem, Schätzchen. Ich will doch, dass ihr das Biest findet.«

»Werden wir. Und wenn Ihnen noch etwas einfällt, was für unsere Ermittlungen wichtig ist, rufen Sie uns bitte an.«

»Okay. Glauben Sie, der Wettbewerb wird stattfinden? Hat Dr. Black schon eine Entscheidung getroffen?« Er sah mich an, die gewachsten Augenbrauen fragend hochgezogen.

»Weiß ich noch nicht. Er wird vermutlich in den nächsten paar Stunden eine Entscheidung treffen. Was meinen denn Sie?«

»Ja. Hilde hätte das gewollt. Das weiß ich ganz sicher.«

»Sicher? Wie kommen Sie darauf?«

»Weil einmal direkt vor einem anderen Wettbewerb ein Mädchen umgebracht wurde, und alle fanden, der Wettbewerb sollte trotzdem stattfinden. So war es auch, und alle haben ihn ihr gewidmet.«

Ich merkte auf. Mein Herz schlug schneller. Bud beugte sich vor, wir waren auf derselben Wellenlänge und er fragte: »Wann war das?«

»Vor etwa zwei Jahren, denke ich. Ich war unten in Miami und habe Freunde besucht. Sie haben sie in ihrem Auto in der Nähe des Okeechobee-Sumpfes gefunden, nackt und erdrosselt. Es war etwa eine Woche vor dem Wettbewerb.«

»Erinnern Sie sich noch an den Namen des Opfers?«

»Ja. Sie war auch eine Kundin von mir. Sie hieß Reesie Verdad. Kubanischstämmig, wunderschön, mit langem ebenholzfarbenen Haar und leuchtenden, großen, tiefschwarzen Augen. Ein nettes Mädchen. Es war schrecklich, aber es hieß, sie nähme Koks und hätte sich mit den falschen Leuten angelegt.«

Ich schrieb mir den Namen und das Jahr auf. Ich würde das überprüfen müssen, vor allem wenn Charlie mich nach South Beach schickte, um Vasquez auszuchecken, und da war ich mir ziemlich sicher. Ich bedankte mich bei Mr Race und sah ihm nach, während er hinter die Bühne ging, wo sich die Umkleideräume befanden. Buds Handy klingelte und er entfernte sich, um den Anruf anzunehmen.

»Entschuldige, Claire, aber ich hatte gehofft, du hättest einen Moment Zeit für mich.«

Ich wandte mich um und sah in Judes mandelförmige grüne Augen und mein Innerstes zog sich zusammen, als hätte ich gerade einen Wurm gegessen. Meine Güte, was war denn jetzt los? Ich hatte das Gefühl, es ging um einen verdammt gut aussehenden Seelenklempner mit den blauesten Augen seit Frank Sinatra. Und es schien, als würden Jude und ich uns nicht nur beim Vornamen nennen, sondern auch duzen. Wundervoll.

»Ach so, ich bin heute hier in einer offiziellen Angelegenheit.« Schon wieder. Mein alter Freund *offiziell* half immer, das Unerwünschte, Unnötige, Unerfreuliche zu verscheuchen.

Judes Brauen furchten sich mitfühlend, aber sie sah immer noch verdammt gut aus. »Ich weiß, Nicky hat mir gesagt, dass du hier unten Vernehmungen durchführst, deswegen bin ich gekommen, ich hatte gehofft, dass du einen Augenblick Zeit hast. Wie schrecklich, was diesem jungen Mädchen zugestoßen ist! Ich kannte sie nicht gut, ich habe sie nur mal auf einem anderen Wettbewerb getroffen. Ich fand, sie war jemand ganz Besonderes.« Sie schaute durch den Saal zu Bud hinüber. »Ich würde auch gern Detective Davies Hallo sagen. Er hat mich letzten Sommer in New York vernommen, und Nicky sagte, er unterhielte eine enge Beziehung zu Hildes Schwester. Ich habe meine eigene Schwester verloren, als ich noch ein Kind war, also kann ich mir vorstellen, wie sie sich fühlen muss.«

»Es tut mir leid, das zu hören.« Ich wollte nichts über den Verlust von Familienmitgliedern hören, also gab ich mich freundlich.

»Jedenfalls freue ich mich, dich wiederzusehen, Jude.« Sehen Sie, ich bin durchaus großherzig. So lange sie sich nicht in meiner Gegenwart an Black ranschleimte, würden wir bestens klarkommen.

Sie lächelte. Ich lächelte. Ich versuchte, über diese Nicky-Sache hinwegzukommen. Ich weiß nicht, wieso es mich so nervte, dass sie ihn so nannte. Okay, ich hatte ihn auch ein paar Mal so genannt, aber ich meinte es dann meist sarkastisch. »Nicky« passte überhaupt nicht zu meinem Bild von ihm, schätze ich. Es klang wie ein Name, mit dem Steven Seagal in seinen blöden Filmen angesprochen wird. Außer dem einen, den ich mochte, wo er ungefähr hundert Jahre im Koma liegt und dann über Nacht seine Muskeln zurückkriegt, indem er Duftkerzen auf seinem Körper anzündet. »Black«, das war ein passender Name für meinen Kerl.

»Wollt ihr auch mit mir sprechen? Nicky war nicht sicher. Er meinte, ich soll dich fragen.«

»Du kanntest Hilde Swensen, oder?«

»Ja. Aber nicht besonders gut. Sie war im selben Business und durchaus erfolgreich, unter Kollegen kannte man also ihren Namen.«

»Soweit ich weiß, hat sie nicht nur an Schönheitswettbewerben teilgenommen, sondern auch gemodelt.«

»Das glaube ich auch. Vor allem in Miami und South Beach. Ich habe sie nie in New York gesehen. Aber vielleicht war sie auch nur von Zeit zu Zeit da.«

»Vielleicht sollte ich dir ein paar Fragen stellen, wenn du die Zeit hast.« Ich zog meinen Notizblock und meinen Bleistift heraus. Sie setzte sich neben mich und legte sehr lange, wohlgeformte Beine über Kreuz, die im Moment in sehr schicken schwarzen Seidenhosen steckten. Ihre schwarze Seidenbluse war weit genug aufgeknöpft, um mich darüber in Kenntnis zu setzen, dass sie keinen BH trug, und dass *Nicky* vermutlich eine Menge Spaß zwischen ihren Brüsten gehabt hatte, als sie noch das Ehebett teilten.

»Ich hoffe wirklich, wir können Freunde werden, Claire. Ich kann dir sagen, und vielleicht überrascht dich das, aber ich wünsche dir und Nicky nur das Beste. Ich habe ihn seit langer, langer Zeit nicht so glücklich gesehen.« Was zum Teufel sollte ich damit denn jetzt wieder anfangen? »Danke, Ma'am, dass Sie mich wissen lassen, wo ich auf Ihrer persönlichen Hitliste stehe«, oder lieber: »Ja, so geht das meinen Freunden immer«? Also sagte ich: »Wirklich?«

Sie lachte leise, und ich stellte überrascht fest, dass es tatsächlich ehrlich klang, und ich erkenne ein ehrliches Lachen, wenn ich eines höre. »Allerdings. Ich habe es versucht, aber ich konnte ihn nie so für mich einnehmen wie es dir gelingt.«

Für mich einnehmen, ja? Ich fragte mich, ob das Sarkasmus sein sollte, und entschied mich, darüber zu scherzen. »Er steht einfach auf meine Schusswunden.«

Sie lachte wieder und wirkte überhaupt nicht zickig oder judasgesichtig, wobei ich mir in dieser Hinsicht allerdings noch nicht sicher sein konnte. Ich habe bisher nicht viel Zeit mit den Exfrauen meiner Lover verbracht, und genau genommen hatte ich bisher auch noch nicht sonderlich viele Lover, aber ich bin ziemlich gut darin, Lügner und Snobs zu erkennen, denn die finde ich schlimmer als einen Becher voll Arsen. Jude war auch nicht hochnäsig. Aber im Grunde überraschte es mich auch nicht, dass Black eine nette Frau geheiratet hatte. Er war auch nicht schlecht darin, Persönlichkeiten einzuschätzen und sich Freundinnen auszusuchen, auch wenn ich das selbst sage. Aber unser Gespräch wurde langsam viel zu persönlich, also kehrte ich zu den offiziellen Angelegenheiten zurück.

»Hast du jemals privat Zeit mit Hilde Swensen verbracht, Jude? Seid ihr zum Beispiel mal zum Abendessen ausgegangen oder habt ihr euch einen Film angeschaut? Du weißt schon, einfach Zeit miteinander verbringen, reden, so was in der Art?«

»Nicht wirklich. So gut kannten wir einander nicht. Wir haben einmal am selben Tisch zu Mittag gegessen, im Miami Four Seasons. Es war eine Veranstaltung im Rahmen des Schönheitswettbewerbes, aber wir haben über nichts auch nur im Entferntesten Persönliches gesprochen. Sie wollte von mir wissen, wie man sich als Model in New York durchschlägt, daran kann ich mich erinnern.« Sie sah mir in die Augen. Ihre waren, na ja, man könnte sagen: exotisch, und die Pupillen waren groß und dunkel, weil es so dämmrig war. Ich konnte beinahe mein Spiegelbild darin sehen. Sie lächelte wieder. »Ich hoffe, es war dir nicht unangenehm, über Nicky zu sprechen.«

Jude war also auch noch aufmerksam. »Keine Sorge, bis mir etwas unangenehm wird, das dauert.«

»Er spricht wirklich in höchsten Tönen von dir. Und ich kann dir gar nicht sagen, wie sehr ich dich bewundere.«

»Mich?«

»Ja. Ich habe alle Zeitungsberichte über deine Karriere gelesen. Du bist ausgezeichnet in deinem Job. Ich wäre immer gern Polizistin gewesen. Modeln kann so öde sein. Es ist harte Arbeit, versteh mich nicht falsch, aber ganz sicher helfen wir nicht Menschen in Not, so wie Bud und du.«

Das klang mir jetzt doch ein bisschen zu kitschig, aber ich zwang mich, nicht allzu laut und aus vollem Herzen zuzustimmen. Ich stellte sie mir als Starsky zu meinem Hutch vor. Passte nicht gut. Wahrscheinlich würde sie ein marokkanisches Lederholster mit lila Seidenpolster tragen, von Prada natürlich, und allen ihren Tätern mit Diamanten verzierte Handschellen aus massivem Gold anlegen. Ach, wahrscheinlich würden sich die Täter anstellen, um von ihr verhaftet zu werden, nur damit jemand ein Foto mit ihr machte.

Aber sie zu hassen, womit ich eigentlich gerechnet hatte, fiel im Moment aus. Sie war ehrlich, das war mir klar, und sie bewunderte Polizisten. Was wollte ich mehr? Verdammt noch mal, ich konnte nichts Schlechtes an der tollen Jude finden, was sehr ungewöhnlich für mich war. Wahrscheinlich hätten wir tatsächlich Freundinnen sein können, hätten wir nicht einen braungebrannten und muskulösen Kerl gemeinsam.

Jude war noch nicht fertig. »Ich bin sicher, ich muss dir das nicht sagen, denn ganz offensichtlich bist du ausgesprochen selbstbewusst, aber ich wollte trotzdem, dass du weißt, dass Nicky total verrückt nach dir ist. Ich meine, seine Augen beginnen zu strahlen, wenn er von dir redet. Er hat gesagt, du machst ihn glücklich. Er hat gesagt, sein Leben hätte erst angefangen, als er dich traf.«

Meine Güte, das war mir jetzt aber schon etwas peinlich, denn die Geschichte, dass sein Leben jetzt erst angefangen hätte, war ja nicht so toll für sie, die erste Frau, oder? Andererseits war es echt nett von ihm, so über mich zu reden, oder nicht? Ich sah mich um in der Hoffnung, dass Bud endlich auflegen und Jude bewundern kommen würde. Ich wusste nicht, was ich sagen sollte, also kam ich zum Geschäft zurück. »Tja, dann sind wir wohl mit allen Fragen durch, die ich habe. Wenn dir noch etwas einfällt, ruf doch bitte beim Sheriff an.«

Genau da kam Black in den Saal, eine Entourage höchst attraktiver Angestellter hinter sich. Als er unser kleines Tête-à-Tête entdeckte, kam er direkt auf uns zu, sicher befürchtete er, dass sie mir all seine sirupsüßen Komplimente weitererzählte.

»Ich habe beschlossen, den Wettbewerb auf nächste Woche zu vertagen. Ich habe den Teilnehmern angeboten, bis dahin kostenlos in Cedar Bend zu wohnen. So können die Mädchen, die Interesse haben, an Hildes Trauerfeier teilnehmen.« Er schaute mich an, als wollte er wissen, ob ich einverstanden wäre.

Also sagte ich: »Okay.«

Jude sagte: »Ich muss vielleicht einen Auftritt in Los Angeles verschieben und ein oder zwei Tage zurück nach New York, aber ich werde mein Bestes tun, um als Jurorin dabei zu sein.«

Toll. Eine Extrawoche mit der Exfrau in Blacks Bude. Aber andererseits blieb Black dann bei mir, stand mir zur Verfügung, was auch seine Vorteile hatte.

»Claire und ich haben gerade begonnen, uns kennenzulernen«, sagte Jude und lächelte, als stimmte das.

Black sagte: »Das ist prima.« Dabei sah er allerdings mich an und sein Blick fragte: *Oder nicht?* Ich sagte: »Jude kannte Hilde. Wusstest du das?«

Black schaute überrascht. »Wirklich? Wie?«

Jude zuckte mit den Schultern. Das ließ ihre großen, münzrunden Diamantenstecker in den Ohrläppchen in meine Richtung blitzen und blinken. »Wir haben uns bei einem Wettbewerb-Bankett kennengelernt. Ich kannte sie wirklich kaum.«

Eines von Blacks Handys klingelte und er trat zur Seite, um den Anruf anzunehmen, und ich begann mir zu wünschen, dass mich auch mal jemand anrief. Ich fand, es war Zeit zu gehen. »Also, es war nett, mit dir zu reden, Jude. Bud und ich müssen jetzt die Gespräche zu Ende führen und zurück auf die Wache.«

»Ich hoffe, wir sehen uns bald wieder. Vielleicht können wir drei mal zusammen Abendessen, während ich hier bin.«

Ja, klar, davon hatte ich schon immer geträumt. Ich sagte: »Das wäre wirklich sehr nett. Wenn du mich jetzt entschuldigen würdest, ich muss mich an die Arbeit machen.«

Nach diesem ersten Mal traf die ältere Schwester den Jungen öfter. Später, als sein Vater nach Hause zurückgekehrt war und nicht am Wochenende Golf spielte, trafen sie sich heimlich in einem großen Winnebago-Campingwagen, mit dem sein Vater manchmal Jagen und Fischen fuhr. Er stand in einer extra dafür errichteten Garage hinter dem Poolhaus. Die Besuche im Haus des Jungen waren für die Ältere wie Urlaub, und es war wundervoll, mit jemanden zusammen zu sein, der sie mochte und der ihr half, hübsch auszusehen. Niemand wusste, wo sie nach der Schule und am Wochenende hinging, und es schien auch niemanden zu kümmern. Bald wären Sommerferien und sie konnten noch mehr Zeit miteinander verbringen.

An einem Tag hatten sie wieder vor, Dungeons & Dragons zu spielen, weil es ihr Lieblingsspiel geworden war, aber als sie kam, stellte sie überrascht fest, dass die Zwillingsschwestern des Jungen mit ihm am Esstisch des Winnebago saßen.

»Es ist okay, sie werden Mum und Dad nichts erzählen.«

Der Junge starrte seine kleinen Schwestern als Warnung düster an und sie nickten ernsthaft. Sie waren hübsche kleine Dinger, aber es half nichts – sie waren nicht so hübsch wie Sissy. »Ich bin Sissys Schwester, wisst ihr, die euch immer bei den Schönheitswettbewerben schlägt. Wusstet ihr das?«

»Ja. Wir hassen sie.« Sie sagten es gemeinsam, fast gleichzeitig.

»Ich weiß, das tut jeder. Sie ist ein ekliges kleines Biest.«

Alle drei Mädchen lächelten, und dann sagte der Junge: »Okay, lasst uns spielen. Wir müssen uns neue Figuren für alle überlegen. Ich bin natürlich der Spielleiter. Und ich habe mir schon einige neue Aufgaben überlegt. Es wird Spaß machen, ihr werdet sehen.«

Statt Magier und Monster zu sein, entschieden sie sich für Filmfiguren. Der Junge bestand darauf, Freddy Krueger zu sein.

»Er ist meine Lieblingsfigur, und ich habe schon das Kostüm. Ihr anderen könnt Jason und die anderen üblen Kerle sein, oder wer ihr wollt. Ihr werdet Leute verängstigen, die wir nicht mögen.«

Sie waren alle einverstanden und die Ältere stellte fest, dass die zwei kleinen Mädchen überhaupt nicht wie Sissy waren. Sie waren eigentlich ziemlich süß und schienen sie zu mögen. Sie bewunderten sogar, wie ihre Sommersprossen zu verblassen begannen.

»Vergiss nicht, dass du nicht raus in die Sonne darfst, sonst kommen sie zurück«, sagte eine von ihnen zu ihr. »Mum gibt uns immer Sonnencreme, die wir uns ins Gesicht schmieren müssen.«

Der Junge lächelte die Ältere an, so wie er es inzwischen oft tat. Sie spürte, wie ihr Gesicht heiß wurde, und wusste, dass sie errötete. Er sagte: »Ich habe eine Idee. Stellen wir uns doch eine Aufgabe, um Sissy Angst einzujagen. Wir hassen sie alle und sie ist ein elendes kleines Biest. Los, erzähl meinen Schwestern, was sie dir alles antut.«

Also begann die Ältere ihnen von der Badewanne und dem Make-up zu erzählen, und von den Barbiepuppen, und von dem einen Mal, als Sissy den kleinen Bubby die Treppe heruntergestoßen hatte und die Ältere von ihrem Stiefvater entsetzlich verprügelt worden war. Sie erzählte dem Jungen und den Zwillingsschwestern Sachen, die sie noch nie jemandem erzählt hatte, und die schauten immer mitfühlender.

»Sie ist wirklich gemein«, sagte die eine Zwillingsschwester.

»Sie hat eine Tracht Prügel verdient«, sagte die andere.

Der Junge runzelte die Stirn und sagte: »Okay, überlegen wir uns, wie wir ihr richtig Angst machen können, so dass sie glaubt, sie müsste wirklich sterben.« Er wandte sich an die Ältere. »Sie ist immer fies zu dir und bringt dir nur Ärger ein. Mal sehen, wie ihr das gefällt.«

Sie begannen nachzudenken, was sie Sissy antun konnten, und der Junge hatte eine Menge guter Ideen, die er in Aufgaben für jedes der Mädchen umsetzen konnte. Als sie den Ablauf festgelegt hatten, war die Ältere glücklicher als seit langer, langer Zeit. Endlich würde sie sich an Sissy rächen für all die Bosheiten, die sie ihr angetan hatte. Sie konnte es gar nicht abwarten.

Die erste Aufgabe musste der Junge selbst durchführen, aber die Ältere würde ihm dabei helfen, Sissy allein zu erwischen. Also hörte sie seinen Anweisungen aufmerksam zu und ging mit einem Grinsen nach Hause, denn bald schon würde Sissy bekommen, was sie verdient hatte.

Kaum war sie daheim, begann Mama sie von oben anzubrüllen. »Wo warst du? Du weißt doch, dass Russel und ich heute zum Abendessen ausgehen. Du sollst auf Sissy und Bubby aufpassen, komm sofort her und bade sie, während ich mich fertig mache. Russel kommt gleich, um mich abzuholen.«

Die Ältere ging ins Bad und Sissy schnitt ihr eine Grimasse. Die beiden kleineren Kinder saßen zusammen in der Wanne und die Ältere kniete sich daneben und begann Bubbys Arme und seinen Rücken abzuseifen. Er lächelte sie an und sie lächelte zurück.

»Wo warst du?«, fragte Sissy. »Ich weiß, dass du dich dauernd wegschleichst, um etwas Böses zu tun, erzähl mir besser, was es ist.«

Die Ältere lächelte immer noch ihren Bruder an und ignorierte sie. Bald wäre Zahltag und Sissy würde alles leid tun, was sie Bubby und ihr angetan hatte.

»Erzähl es mir besser, sonst denke ich mir etwas aus und erzähle es Mama, und dann sperrt sie dich in die Scheune.«

»Schon gut, ich sag's dir ja. Ich gehe runter an den Fluss und lese ein Buch. Ich lese ein Stück von Shakespeare. Ich bin sicher, du weißt, wer das ist.«

So wie Sissy glotzte, wusste die Ältere genau, dass Sissy keine Ahnung von dem englischen Stückeschreiber hatte, und auch das bereitete ihr Freude. Der Junge brachte ihr viele Sachen bei, von denen sie nie auch nur geträumt hatte. Sachen, die auch ihre Mama und ihr Stiefvater nicht wussten.

»Du lügst. Sag mir die Wahrheit, sonst wird es dir leid tun.«

Die Ältere ignorierte ihre Schwester und spülte sorgfältig die Seife aus Bubbys rotblonden Löckchen. Er saß ruhig da und ließ es zu. Er war ein braver Junge und bereitete niemals jemandem Ärger.

»Du bist ein guter Junge, Bubby«, flüsterte sie leise. »Ein guter Junge. Ich liebe dich, und du liebst mich auch, nicht wahr?«

Der kleine Junge nickte, aber Sissy war so schnell, dass die Ältere kaum Zeit hatte zu reagieren. Sie packte Bubby am Haar und drückte seinen Kopf unter Wasser. Sie lachte darüber, wie seine Beinchen spritzten, und die Ältere packte sie und schubste Sissy, bis die los ließ und selbst rücklings ins Wasser plumpste. Beide Kinder kamen keuchend und schreiend hoch, und dann kam Mama hereingeschossen und Sissy brüllte: »Sie hat versucht, Bubby und mich zu ertränken. Sie hasst uns, sie hasst uns!«

Mama packte die Ältere an den Haaren und zerrte sie die Treppe hinunter und hinaus in den Hof. Die Ältere schrie und wehrte sich, aber Mama war zu stark. Sie stieß sie in die Scheune, knallte die Tür zu und verriegelte sie, dann griff sie nach der ledernen Reitgerte des Stiefvaters, die neben der Tür hing.

»Nein, Mama, nein, bitte ... Sissy war es, sie war es, ich habe nicht ...«

»Halt den Mund, du kleine Nutte.«

Mama hob die Gerte und das Mädchen fühlte, wie sie auf ihre nackten Schenkel traf. Sie spürte den entsetzlichen Schmerz, sie sah das Blut aus einem langen, dünnen Schlitz sickern und kroch auf Händen und Knien davon, aber ihre Mutter kam hinterher, und sie schlug wieder und wieder und wieder nach ihr. Ihre weiße Bluse war auf dem Rücken ganz zerfetzt und sie konnte das Blut über ihren Rücken laufen fühlen.

»Bitte, Mama, nicht ... ich bin auch immer brav ...«

Mama packte sie am Haar und zwang sie die Stufen zum

Heuboden hoch. »Du gehst jetzt in die Strafkiste und bleibst da, meinetwegen für immer.«

Das Mädchen beeilte sich zu gehorchen, bevor die Gerte noch einmal auf sie niederfuhr, sie kroch eilig in die niedrige Holzkiste. Mama ließ das Vorhängeschloss einrasten und das Mädchen schaute durch die Gitterstäbe. Sie war hier schon einmal eingesperrt worden, als Mama herausgefunden hatte, dass ihr wahrer Daddy sie nicht haben wollte. Aber jetzt war sie froh, hier zu sein, sicher vor der Gerte und Mamas Wut.

Mama ging die Stufen hinunter und die Ältere konnte sie das Scheunentor abschließen hören. Sie begann zu weinen, während sie versuchte, die Blutung auf ihrem Oberschenkel zu stillen. Sie fühlte sich so schlecht, dass sie sich zu wünschen begann, sie wäre tot. Das wäre besser, dann könnte Mama ihr keinen Schmerz mehr zufügen.

Mama ließ sie die ganze Nacht und den ganzen nächsten Tag dort. Sie konnte Sissy und Bubby auf der Schaukel spielen hören, und einmal rief Sissy etwas Gemeines durch das Fenster in ihre Richtung, aber es war ihr egal. Sie hatte sich schließlich vollgepinkelt, sie war hungrig, und ihre Beine schmerzten, weil sie so lange gebeugt waren. Als Mama sie schließlich holen kam, ging sie langsam hinter ihr zum Haus und Mama sagte: »Ich hoffe, du hast deine Lektion gelernt, Mädchen. Und denk ja nicht, du könntest dich bei Russel, wenn er nach Hause kommt, über deine Strafe beschweren. Er ist schon wütend genug, dass wir deinetwegen gestern das Abendessen verpasst haben.«

Die Ältere weinte nicht, und sie reagierte auch nicht auf Sissys bösen Blick, oder auf Bubbys ängstlichen. Sie ging nach oben und schloss die Badezimmertür und wusch sich. Sie starrte ihr dreckiges Gesicht im Spiegel an und schwor sich, dass sie eines Tages Sissy und ihre Mama umbringen würde, so schmerzhaft wie möglich, und sie würde laut lachen, während sie es tat.

***

Die Ältere traf sich etwa eine Woche später wieder mit dem Jungen und seinen Schwestern. Sie hatte es nicht gewagt, noch einmal in Schwierigkeiten zu geraten. Selbst der Stiefvater war jetzt streng zu ihr, weil er glaubte, dass sie versucht hatte, seinem wundervollen Sohn ein Leid anzutun. Er warnte sie, sich von ihm und seinen Kindern fernzuhalten, sonst ...! Also blieb sie lieber für sich.

Als sie endlich die Gelegenheit fand, ging sie zum Haus des Jungen und kletterte in den Winnebago. Die anderen spielten das Spiel und er trug sein Freddy-Kostüm. Sie freuten sich, sie zu sehen, und sammelten sich um sie, und sie war so gerührt von ihrer Freundschaft, dass Tränen in ihren Augen aufstiegen und sie zu weinen begann.

Dann erzähle sie ihnen alles, die Geschichte quoll in ihrer ganzen Schmutzigkeit und Hässlichkeit heraus, und sie starrten sie nur an, entsetzt, dann wütend, als sie die langsam verheilenden Narben auf ihren Beinen und ihrem Rücken betrachteten.

»Deine eigene Mama hat das getan?«, fragte eine der Schwestern ungläubig. »Sie hat dich wirklich mit einer Reitgerte geschlagen?«

Aber der Junge war am wütendsten. Er nahm ihre Hand und hielt sie fest und sagte: »Das werden wir Sissy heimzahlen. Und deiner Mama auch. Wir werden gleich eine Aufgabe überlegen, wie wir es ihnen heimzahlen können. Wir werden sie bestrafen dafür, was sie dir angetan haben.«

»Mama wird es deinen Eltern erzählen, und sie wird mich wieder schlagen. Sie hat jeden in der Familie gegen mich aufgehetzt. Sie hassen mich alle. Und ich hasse sie alle. Ich wünschte, ich könnte sie töten.«

Der Junge sah erst sie an, dann seine Schwestern. »Okay, lass mich überlegen, wie wir das am besten anstellen können.«

Sie starrte ihn an und fragte sich, ob er es wirklich ernst meinte. »Du meinst, sie umbringen, wirklich?«

»Ja, das willst du doch, oder nicht?«

Sie war ein wenig entsetzt, dass er es so beiläufig sagte. Und dann stellte sie sich vor, wie es sein würde ohne Sissy und Bubby und ihre Mama und den Stiefvater. »Dann wäre ich ganz allein.«

»Nein, du hättest uns.«

»Wie könnten wir sie töten?«

»Wir lassen es wie einen Unfall aussehen. Leute kommen andauernd bei Unfällen ums Leben. Ich habe das in der Zeitung gelesen, und es kommt auch in den Abendnachrichten.«

»Aber wie? Wir sind doch bloß Kinder. Ich weiß nicht, wie man jemand umbringt.«

»Ich auch nicht, aber lass mich darüber nachdenken. Ich bin ja nicht umsonst andauernd Klassenbester, musst du wissen.«

Seine kleinen Schwestern lachten und klatschten und sagten, sie würden die Mama gern töten und nie wieder sehen. Aber die Ältere runzelte die Stirn, sie war am Ende doch nicht sicher, ob sie ihre Mutter wirklich töten wollte, denn obwohl sie sie hasste, liebte sie sie auch manchmal, manchmal wollte sie einfach nur, dass Mama sie auch liebte und nett wäre und ihr sagte, dass sie hübsch sei.

»Ich glaube, ich will sie gar nicht umbringen, aber ich will es Sissy heimzahlen.«

Der Junge schaute einen Augenblick enttäuscht, dann sagte er: »Dann jagen wir ihr doch einfach einen Höllenschreck ein. Ich habe gerade eine gute Idee gehabt. Das kann unsere nächste Aufgabe sein – ein Rachefeldzug gegen deine Schwester.«

Also setzten sich die vier hin und planten, und je mehr sie darüber sprachen, desto aufgeregter wurde die Ältere. Es könnte klappen. Es könnte wirklich klappen, und so ging sie mit einer Videokassette und ein paar Klamotten in ihrem Rucksack nach Hause, und ihr Herz war von einer eigenartigen, dunklen Freude erfüllt.

In der Nacht, als ihre Eltern zum Bingospielen weg waren, zog die Ältere das Videoband heraus und nahm es mit ins

Wohnzimmer. Sie schloss die Tür und warnte Sissy, sie dürfte das nicht sehen. Und genau wie der Junge vorhergesagt hatte, platzte Sissy herein und sagte, das könnte sie sehr wohl, sonst würde sie Mama davon erzählen.

»Okay, dann muss ich dich wohl lassen, aber du wirst Angst bekommen«, sagte sie. Sie schob die Kassette rein und *Nightmare – Mörderische Träume* begann. Am Ende hatte Sissy Todesangst, ihre blauen Augen waren rund und panisch, und die Ältere lächelte vor sich hin, denn sie wusste, das war noch lange nicht alles.

»Ich habe dir ja gesagt, du sollst es nicht anschauen.«

Zur Schlafenszeit waren sie beide müde, Bubby schlief bereits in seinem Bett. Die Schwestern gingen in ihr Zimmer und legten sich hin, und wenig später schnarchte Sissy mit offenem Mund. Aber die Ältere blieb wach und wartete. Um ein Uhr nachts kamen ihre Eltern nach Hause und sie konnte sie eine Weile unten hören, bis Mama nach oben kam, um Sissy einen Gute-Nacht-Kuss zu geben. Dann wurde es still, aber die Ältere lag da, sie grinste und wartete darauf, dass die Zeiger der Uhr auf drei zeigten.

»Zeit für einen kleinen Alptraum, liebe Sissy«, flüsterte sie. Sie erhob sich aus ihrem Bett und öffnete leise das Fenster. Sie sah nach draußen und entdeckte den Jungen unten auf dem Hof. Sie winkte und konnte seine Zähne weiß im Mondlicht schimmern sehen. Sie zog schnell das Freddy-Krueger-Kostüm des Jungen über, zog den orange-blau gestreiften Pullover über ihr Nachthemd, setzte die Maske auf und stülpte dann den schrecklichen Handschuh mit den Klingen als Finger über. Sie schlich zur Tür, lauschte, aber sie wusste, dass ihre Eltern hinter einer geschlossenen Tür im ersten Stock schliefen.

Dann begann sie in einem heiseren Flüstern Freddys kleinen Reim zu summen, genau wie der Junge es vorgeschlagen hatte. Sie wartete, bis Sissy sich im Bett aufrichtete, und dann schaltete sie die Taschenlampe direkt unter ihrem Kinn ein. Sissy stieß einen unvorstellbar entsetzten Schrei aus, und die Ältere ließ den mörderischen Handschuh auf sie zu schießen. Sissy sprang aus dem Bett und rannte durch den Flur, sie schrie um ihr Leben, und die Ältere lachte vor sich hin, riss sich das Kostüm herunter, und warf es zum Fenster hinaus zu dem Jungen. Sie warf die Videokassette hinterher, schloss das Fenster und stieg ins Bett.

Minuten später war Sissy zurück, in den Armen des Stiefvaters, sie zitterte und weinte, und die Ältere richtete sich auf und rieb sich die Augen, als wäre sie im Halbschlaf. »Was ist denn mit Sissy los?«

»Sie sagt, du hättest sie einen Freddy-Krueger-Film sehen lassen, und jetzt sei er gekommen, um sie zu holen.«

»Häh? Wer ist Freddy Krueger?«

Mama starrte mich an. »Hast du das deiner Schwester angetan?«

»Nein. Wo sollte ich denn so einen Film herkriegen?«

Darauf hatten sie keine Antwort und der Stiefvater sagte schließlich: »Sie hatte einfach bloß einen Alptraum, das ist alles. Das ist bald wieder vorbei.«

Aber nachdem sie Sissy nach unten gebracht hatten, um sie in den Schlaf zu wiegen, durchsuchte Mama mit gerunzelter Stirn die Kommodenschubladen der Älteren und sah sogar unter ihrem Bett nach. Die Ältere tat, als schliefe sie, aber innerlich lachte sie so sehr, dass sie es kaum aushalten konnte.

8

Ich verbrachte die nächste Stunde damit, meinen Anteil der Teilnehmerinnen zu verhören. Das brachte mir ziemlich wenig, außer mächtig Kopfschmerzen. Und die Wunde an meinem Arm nervte mich inzwischen auch, aber nur halb so sehr wie das halbe Dutzend schwachköpfiger Frauen, die alle nach Blacks glitzerndem Strasskrönchen und -zepter gierten. Sie hatten natürlich alle wasserdichte Alibis, eine Menge der Mädchen verbrachten ihre Freizeit bei den verschiedenen Wettbewerben gemeinsam, entweder mit Einkaufen oder Essengehen, wahrscheinlich Salat und Mineralwasser, so wie sie aussahen.

Jetzt gerade sprach ich mit einer besonders durchgeknallten Schönheit namens Bettina Long. Sie war keine der üblichen blonden Göttinnen, sondern ein dunkelhaariges kleines Ding mit großen, leuchtend braunen Augen und Zähnen, die so weiß waren wie Santas Bart. Sie zeigte sie mir das ganze Gespräch über, als wäre ich ein Wettbewerbsschiedsrichter, der sie nach ihren Lebensplänen befragte, statt nach einer toten Kollegin.

»Wie gut kennen Sie die Verstorbene, Ms Long?«

»Ganz gut, schätze ich. Wir waren in ähnlichen Kreisen unterwegs. Sie hat allerdings öfter gewonnen als ich. Die Schiedsrichter mögen ihren Typ einfach lieber, Sie wissen schon, lange Beine und hellblondes Haar.« Wenn ihr Lächeln noch strahlender würde, dann würde sich mein Kopfschmerz von *Au* in *Auauau* wandeln. Wahrscheinlich war sie einfach darauf programmiert, nach jedem Satz, den sie sagte, breit zu grinsen. Oder vielleicht übte sie auch nur.

»Okay. Hat sie Ihnen gegenüber je von einem Stalker gesprochen, oder von persönlichen Problemen mit anderen Teilnehmerinnen?«

Strahlend verkündete sie: »O ja, sie hat einen Stalker erwähnt, und sie hat mir einmal erzählt, dass sie ihre Schwester mehr als jeden anderen Menschen auf der ganzen weiten Welt hasste.« Mehr Strahlen.

Oh-oh. »Ihre Schwester?«

»Genau. Sie heißt Brianna Swensen, und sie haben eine Weile zusammengelebt, bis Hilde sie rausgeworfen hat, weil sie immer stritten. Hilde sagte, sie seien wie Katze und Hund.«

Wieder lächelte sie, lange und ausführlich. Das brachte mich dazu, die Stirn runzeln zu wollen, also folgte ich diesem Impuls. Vielleicht würde sie es mitkriegen.

»Hat sie erwähnt, worüber sie stritten?« Ich starrte sie finster an und hoffte auf eine entsprechende Entgegnung. Aber sie strahlte wie eine höchst zufriedene Lavalampe.

»Sie hat bloß gesagt, dass Brianna eifersüchtig wurde, wenn sie gewann. Sie hätte aufgehört, an den Wettbewerben teilzunehmen, weil sie es satt hatte, gegen Hilde zu verlieren. Hilde hatte einfach einen entspannteren Gang und ein viel natürlicheres Lächeln. Man sagt mir nach, das sei bei mir ebenso.« Sie demonstrierte es.

Ich konnte nicht mehr, also sagte ich: »Ich habe immer gehört, ständig zu lächeln würde die Wangen faltig werden lassen.«

Ihr Lächeln erschlaffte und mein Kopfschmerz dankte es ihr.

»Hat Hilde jemals angedeutet, dass diese Streitigkeiten mit ihrer Schwester gewalttätig wurden?«

»Nein. Also, sie hat gesagt, Brianna sei jähzornig und würde manchmal mit Sachen nach ihr werfen. Ich glaube, sie sagte, Brianna würfe Teller und Becher, Sachen die zerbrechen, so dass Hilde dauernd Zeugs bei Pier One nachkaufen musste.« Das Lächeln war zurück, so viel zu ihrer Angst vor dem Alter. Kein Wunder, das Mädchen konnte ja kaum über einundzwanzig sein. Altern interessierte die sicher überhaupt nicht.

»Okay. Irgendetwas anderes, was Ihnen bemerkenswert erscheint?«

»Bemerkenswert? Sie benutzen aber wirklich tolle Worte!«

Ich starrte sie an und überlegte, wie ich das jetzt auf Vorschulniveau herunterbrechen sollte. Ich sprach möglichst langsam und deutlich. »Wissen Sie noch was, was uns weiterhelfen kann, Ms Long? Zum Beispiel, wer Ms Swensen umgebracht hat?«

Sie zeigte mir erneut ihre Zähne, dann lachte sie, ein kleines, ausgesprochen melodisches Trillern, sie hörte sich an wie Kelly Ripa. »Sie sind richtig lustig für einen Polizisten.«

Ich ließ ihr die männliche Form durchgehen. Für diese Mädchen sah ich wahrscheinlich sowieso aus wie ein Kerl. Immerhin hatte ich kein Lipgloss drauf, um meinen Schmollmund zu betonen. Das allein würde wahrscheinlich reichen, dass ich in ihren Augen keine Frau war.

Nach einer Weile erhörten die Mobilfunk-Götter meine Bitte nach einem Klingelton, um mich von dieser ständig lächelnden Schönheitskönigin zu erlösen, und ich ließ Ms Long weiter über die Problematik des gebrochenen Nagels an ihrem rechten Zeigefinger plappern, während ich mein Telefon herauszog. Ich konnte Bud sehen, der mit einer vollbusigen, braunhaarigen, drittklassigen Teilnehmerin auf der anderen Seite des Saals sprach. Er hatte noch ein paar Mädchen vor sich und sah sehr ernsthaft aus. Er war sehr ernsthaft. Er war auf alle Fälle total konzentriert, aber ich hatte das Gefühl, dass er nicht mehr lange an diesem Fall mitarbeiten würde, vor allem, wenn Charlie erst mal begriffen hätte, dass Bud mit der Schwester des Opfers schlief.

Ich schaute mich um und sah Black in Ms Cardamons Richtung marschieren, während die hübsche Jude allein zum Penthouse-Fahrstuhl ging. So weit, so gut. Er mied ihre Falle. Ich versuchte herauszufinden, ob ich mich durch das Model bedroht fühlte, und die Vorstellung gefiel mir gar nicht. Dann dachte ich an letzte Nacht. Nee. Black konnte nicht im Bett so begeistert sein, wenn er sich in Wahrheit nach Ehefrau *numero uno* sehnte. In meinem Display blinkte Buckeye Boyds Nummer, also ging ich zügig ran, weil ich die Obduktionsergebnisse hören wollte.

»Hi, Buck. Hast du schon eine Todesursache?«

»Das Opfer wurde erstickt. Die einzige Verstümmelung war am Mund. Und die ist nicht besonders gut ausgeführt. Es sieht aus, als hätte er ihre Lippen einfach mit einer Schere abgeschnitten. Von den Schnittkanten her würde ich sagen, mit einer dieser kleinen Nagelscheren, und er hat sich Zeit gelassen. Ich behalte die Lippen als Beweisstück, also würde ich sehr zu einem geschlossenen Sarg raten.«

»Hat er Spuren hinterlassen?«

»In der Hinsicht haben wir bislang noch nicht so viel Glück. Er ist in der Lage, Bleiche zu verwenden und hinter sich aufzuwischen, also bezweifle ich, dass wir irgendetwas Nützliches finden werden. Vielleicht unten am Hang, als ihr ihm dicht auf den Fersen wart. Sie haben noch keine Patronenhülsen gefunden. Ich vermute, falls das weiterhelfen sollte, dass er schon früher gemordet hat und weiß, wie er sich schützen muss. Wir haben auch keine Fingerabdrücke oder DNA auf dem Duschvorhang gefunden, und keine Haare.«

»Was ist mit dem Blut auf der Veranda?«

»Vom Opfer.«

»Wurde sie sexuell missbraucht?«

»Es gab keine Vaginalverletzungen oder -traumata, die für eine Vergewaltigung sprechen, aber wir haben Proben genommen, die auf Geschlechtsverkehr hindeuten, allerdings kann ich nicht sagen, ob der einvernehmlich erfolgte. Wie gesagt, er hat sie ziemlich gut gewaschen und wahrscheinlich alle körperlichen Spuren vernichtet. Wir wären bereit, die Leiche freizugeben. Hat Bud gesagt, wo die Schwester sie hinhaben will?«

»Warte mal.« Ich hatte beobachtet, wie Bud sich von der jungen Frau verabschiedete und in meine Richtung kam. Als er mich erreichte, sagte ich: »Buck möchte die Leiche freigeben. Er will wissen, ob Bri schon etwas wegen der Trauerfeier entschieden hat.«

»Sie will sie hier am See begraben. Das ist alles, was sie bisher gesagt hat.«

»Buck, wir werden uns deswegen bei dir melden müssen.«

»Okay. Wir werden die letzten Tests machen, sobald Shaggy zurück ist.«

»Der ist immer noch weg? Du machst doch Witze?«

»Heute Morgen am Telefon klang er richtig krank. Er hat gesagt, morgen sei er hoffentlich wieder da.«

»Was ist denn mit ihm?«

»Irgendeine Magensache, glaube ich. Ich kriege gerade noch einen Anruf, wir sprechen uns später.«

Wir legten auf und ich setzte mich neben Bud. Black stand jetzt am Mikrofon und verkündete die Verschiebung des Wettbewerbs. Die Neuigkeit wurde mit einem leisen Flüstern mädchenhafter Unzufriedenheit entgegengenommen, zumindest bis er erklärte, dass alle Anwesenden eine Woche umsonst in der Cedar Bend Lodge wohnen konnten. Höchstzufrieden widmeten sich die Models wieder ihrem Aussehen.

»Wie läuft's mit den Mädels, Bud? Irgendwelche Spuren?«

»Ein paar von ihnen kannten den Typen, mit dem sie zusammengewohnt hat, und sagten, er sei ein echtes Arschloch. Offenbar hat er den Großteil der Damen hier irgendwann mal angegraben. Sie sagen, deswegen sei Hilde ausgezogen. Nachdem ein paar der anderen Mädchen ihr klar gemacht hätten, dass er sie betrog.« Er schüttelte den Kopf und seufzte schwer. »Sieht so aus, als müssten wir doch noch die Reise ins sonnige Florida antreten«

»Black hat sein Privatflugzeug für den Trip angeboten, und ich bin ziemlich sicher, dass Charlie damit einverstanden sein wird, vor allem, wenn es dem Department Geld spart. Glaubst du, Charlie wird dich zurückpfeifen?«

»Ich kann objektiv bleiben, Claire.«

»Ja, ich weiß das, aber Charlie sieht das vielleicht anders. Und er kassiert deine Marke ein, wenn du nicht nachgibst, genau wie bei mir letztes Jahr.«

Bud runzelte die Stirn, sein ganzer Körper war verspannt. Er war sauer und erschöpft und sah aus, als würde er explodieren, wenn ich auch nur ein weiteres Wort sagte. Also erwähnte ich lieber nicht Bettina Longs unerfreuliche Beschreibung von Briannas Beziehung zu ihrer toten Schwester. Ich würde es ihm später sagen, wenn er besser damit umgehen konnte.

Er fragte: »Was machen wir jetzt?«

»Ich fahre in die Stadt und verhöre diesen Fotografen. Ich hatte gedacht, er würde heute hier sein, aber Ms Cardamon hat gesagt, er würde erst am Tag des Wettbewerbs aufmarschieren.«

»Wie heißt er?«

»Eric Dixson. Cardamon sagt, er hätte ein Studio in dieser kleinen Ladenzeile in der Nähe des Bagnell-Damms. Ich werde dahin fahren, sobald wir hier fertig sind.«

»Soll ich mitkommen?«

»Ich schaff das schon. Mach du die Mädchen, mit denen ich noch nicht gesprochen habe, dann fährst du nach Hause und siehst nach Bri. Vielleicht ist ihr inzwischen etwas Wichtiges eingefallen, nachdem sie Zeit hatte, alles zu verdauen.«

Bud nickte und ich sah ihn zurück in Richtung der Wettbewerbsteilnehmerinnen gehen, die noch auf ein Gespräch warteten. Black stand am Eingang, telefonierte und sah mich an. Er legte auf, als ich näher kam.

Er fragte: »Wo willst du hin?«

»Ich muss mit Eric Dixson sprechen, dem Typen, der den Wettbewerb dokumentieren soll. Kennst du ihn persönlich?«

»Ich bin ihm letztes Jahr begegnet, als wir ihn engagiert haben. Du hast deinen Wagen nicht hier. Ich fahr dich im Hummer.«

»Du willst nur eine Entschuldigung, mit dem Ding rumzurasen.«

»Allerdings. Patricia kann sich um die Pressemitteilung kümmern, dass sich das Veranstaltungsdatum geändert hat, also lass uns abhauen, bevor irgendwelche Reporter auftauchen. Ich habe das Gefühl, das Ganze wird sich als PR-Katastrophe erweisen.«

Ein paar Minuten später standen wir unter dem massiven Vordach und sahen zu, wie Rob, der niedliche kleine Parkwächter, in Blacks neustem Kauf angerumpelt kam, einem gigantischen Fahrzeug in schwarz und chrom, das aussah wie direkt aus dem Krieg im Irak. Blacks neustes Spielzeug. Ich liebte es, ehrlich gesagt, auch. Es war richtig cool. Ich hatte ziemlich offen zum Valentinstag nach meinem eigenen gefragt, aber Black hatte den Köder nicht geschluckt. Wahrscheinlich fürchtete er, mich nie wieder zu sehen. Wir stiegen ein und Black rutschte auf den Fahrersitz, bevor ich ihm den streitig machen konnte. Heute war ich wohl nur die Ansagerin.

Black sah ein bisschen unpassend am Steuer aus, schließlich trug er einen weiteren teuren Anzug, diesmal dunkelblau, und sein Hemd war gestärkt und weiß und betonte ausgezeichnet seine gebräunte Haut. Er setzte eine Designer-Sonnenbrille auf, die wahrscheinlich ungefähr so teuer war wie meine gesamte Garderobe, und warf mir dann einen Blick zu. »Also, Claire, was ist dein ehrlicher Eindruck von Jude?«

Ich hatte die Frage nicht erwartet, spielte aber mit. »Sie ist wohl ganz okay. Vielleicht muss ich sie doch nicht umlegen.«

Black lachte. Er setzte zurück und dann fuhren wir die Auffahrt in Richtung von Cedar Bends massivem Steintor entlang. Er bog nach links in Richtung der Innenstadt Camdentons. »Sie mag dich auch. Sie konnte es gar nicht erwarten, dich kennenzulernen. Sie will unbedingt, dass wir mit ihr zu Abend essen.«

»So weit wird es nicht kommen.«

»Das habe ich ihr auch gesagt.«

Gute Antwort, aber die Vorstellung, Brot – oder sonst was – mit Jude zu brechen, war mir tatsächlich unangenehm. Ich wechselte das Thema zu etwas, das mich aktuell deutlich mehr beschäftigte. »Buck ist bereit, die Leiche freizugeben.«

»Ja? Ich wollte fragen, weiß Brianna schon von dem verstümmelten Mund?«

»Nein. Das habe ich Bud überlassen, und der sagt, sie würde damit jetzt noch nicht klarkommen. Er wird versuchen, Brianna zu überreden, den Sarg geschlossen zu lassen.«

»Gut, vielleicht muss sie dann die grausamen Einzelheiten nie erfahren.«

»Ich hoffe es.«

Wir schwiegen eine Weile und jeder hing seinen eigenen morbiden Gedanken nach, während der kraftvolle Motor unter uns ein sanftes Schnurren ausstieß. Ich mochte dieses Riesenfahrzeug wirklich lieber als alle, die ich in den letzten zehn Jahren gesehen hatte. Vielleicht würde Charlie, wenn wir diesen Fall knackten, so ein Ding für seine Mitarbeiter kaufen.

»Haben die Wettbewerbsteilnehmerinnen dir etwas Nützliches verraten können?«

»Sehr wenig. Ich werde dich wohl für den Flug nach South Beach in Anspruch nehmen müssen.«

»Ich bestelle den Learjet auf Standby.«

»Du musst nicht mitkommen, wenn du zu viel zu tun hast.«

»Ich habe die Zeit. Und ich muss mich dort unten sowieso um etwas Geschäftliches kümmern.«

»Okay, lass mich raten. Du hast ein Hotel in South Beach, oder? Fünf Sterne, vielleicht sechs. Am Meer, toller Ausblick, so ein Ding, in dem die Clintons und die Bushs und andere Präsidententypen absteigen, wenn sie in der Stadt sind.«

Black wandte sich um und verpasste mir das Grinsen, das mich normalerweise umhaute. Es ließ mich wirklich jedes Mal dahinschmelzen, das muss ich schon zugeben. »Nein, mir gehört dort kein Hotel. Aber ich überlege, eines zu kaufen. So habe ich die Gelegenheit, dort ein paar Nächte zu bleiben, mal sehen, ob es den Preis wert ist, den sie verlangen.«

»Du mixt also mal wieder das Geschäftliche mit dem Vergnügen, was?«

»Tun wir das nicht normalerweise immer?«

Allerdings, aber im Moment dachte ich vor allem an meinen Fall, und wie er mir dabei helfen konnte, ihn zu lösen. »Ist dir schon was zu dem Täter eingefallen?«

»Ich hatte noch nicht viel Zeit, darüber nachzudenken. Im Moment und mit dem, was ich weiß, würde ich sagen, er ist nicht der übliche Psychopath, wie die, über die ich veröffentlicht habe. Ich schätze, die Leiche des Opfers macht ihn an. Deswegen wählt er eine hübsche Frau und kleidet sie in Krone und Schärpe. Vermutlich findet er die Tote selbst erotisch. Ich wäre nicht überrascht, wenn er Fotos von der Leiche gemacht hätte, um sie sich später anzusehen. Vielleicht sogar ein Video. Es wäre auch denkbar, dass er die Leiche mitnähme, um sich später daran zu vergnügen.«

Ein kalter Schauer fuhr über meine Haut wie ein eisiges Feuer. »Du sprichst doch nicht von Nekrophilie?«

Er nickte.

»Doch – vielleicht. Er ist ein ziemlich kranker Kerl. Das ist die Art Täter, der sich auch an einer Leiche vergeht. Die Nachricht, die er hinterlassen hat, ist schwer zu erklären. Es sieht nicht so aus, als würde er uns eine Nachricht schicken. Und er fordert auch nichts. Das Zitat ist durchaus bekannt, aber ich vermute, es bedeutet in seinem kranken Hirn etwas ganz Besonderes. Es ist ziemlich offensichtlich, dass er auf eine perverse Weise auf ihren Mund und das Lächeln fixiert ist, so wie es klingt. Ich habe noch nie von einem anderen Fall gehört, bei dem die Lippen entfernt wurden. Hast du es in euren Datenbanken überprüft?«

»Als allererstes. Keine Treffer. Ich habe heute früh auch mit Harve in Michigan gesprochen, und er wird nach ähnlichen Fällen und Opfern mit abgetrennten Lippen suchen, hat sich aber noch nicht bei mir gemeldet. Die Vorgehensweise dieses Typen ist wirklich reichlich speziell. Wenn ein ähnlicher Fall auftaucht, ist es vermutlich derselbe Täter.« Ich warf Black einen Blick zu. »Was ist mit dem Motiv?«

»Ich würde sagen, er meint es persönlich. Die Lippen sind etwas, was er mit dem Opfer gleichsetzt. Vielleicht mochte er Hildes Lächeln, oder er wollte, dass sie *ihn* anlächelt, oder das Lächeln triggert ein traumatisches Erlebnis in seiner Vergangenheit. Wer weiß? Vielleicht war es auch nur seine Art, sie zu zwingen, nett zu ihm zu sein, ihn positiv in einer Weise zur Kenntnis zu nehmen, die sie zuvor verweigert hat. Oder, wenn man das Zitat dazu nimmt, könnte es auch sein, dass sie ihn verraten hat und er sie bestraft. Ich frage mich, warum er sie in ihrer Unterkunft ermordet hat. Es wäre wahrscheinlich wesentlich einfacher gewesen, sie zu entführen oder in sein Haus zu locken und den Mord dort zu begehen. Das ergibt nicht viel Sinn, was wiederum auf ein Verbrechen aus Leidenschaft hindeutet, etwas sehr Persönliches.«

»Wer weiß schon, wie die Irren ticken.« In Wahrheit aber hoffte ich, dass Black recht damit hatte, dass es sich um ein persönliches Verbrechen handelte. Noch ein Serienmörder, der einfach nur seine Opfer hier am See suchte, war das Letzte, was ich brauchte.

Black verlangsamte vor einer Ampel und warf mir einen Blick zu. »Du kannst nichts dafür, falls du das immer noch glaubst. Hör auf, dir Vorwürfe zu machen.«

»Und ich dachte, McKay wäre der Hellseher.«

»Ich weiß, was du denkst. Du gibst dir immer die Schuld, wenn jemand in deiner Nähe zu Schaden kommt.«

»Na ja, meine persönliche Geschichte unterstützt diese Theorie ja durchaus, findest du nicht?«

Ob nun Seelenklempner oder nicht, darauf hatte Black auch keine tolle Antwort. Tja, auf die Frage gab es eben einfach keine geschmeidige Antwort. Er kannte meine scheußliche persönliche Geschichte. Und er hatte keine alternative Theorie, die standhalten würde.

Eric Dixsons Laden erwies sich als ganz schön touristisch. Es war einer dieser angesagten Fotoläden, die sich an die verrückten Touristen wandten, die ihren Urlaub am See für immer festhalten wollten. Na toll. Sie überfluteten während der Frühjahrs- und Sommermonate unser kleines Eckchen der Welt. Zudem wurden in den eleganten Hotels, allen voran in der Cedar Bend Lodge, eine Menge Konferenzen abgehalten. Die meisten der Teilnehmer waren Geschäftsleute, die ihre Zeit damit verbrachten, Fotos von sich mit Kollegen zu machen, die teure Aktentaschen trugen und/oder irgendwelche Auszeichnungen mit ihren Namen darauf hochhielten.

Es stellte sich heraus, dass Dixson eine Menge farbenfroher Kostüme hatte, in die seine Kunden schlüpfen konnten. Black und ich blieben direkt hinter der Eingangstür stehen, und ich entdeckte eine lange Reihe Federboas. In Regenbogentönen auch noch, lila und rot am häufigsten. In einer weiteren Reihe gab es Unionisten- und Konföderierten-Uniformen mitsamt goldgesäumter Schärpen und fieser Säbel. Möchtegern-Südstaatenschönheiten würden sich hier ebenfalls gut aufgehoben fühlen, es gab üppige Rüschenkleider in jeder Farbe, jedem Stoff, und alle konnte man einfach über die Klamotten streifen und auf dem Rücken zuschnüren, eine Größe für jeden. Bestimmt sechstausend Porträts derartig historisch interessierter Touristen hingen an den Wänden in den braun-goldenen Papierrahmen des Ladens. Eric war offensichtlich verdammt gut im Geschäft.

Wir konnten einen Mann sehen, der in einem großen, mit goldenem Samt ausgeschlagenen Bereich hinten im Laden arbeitete. Etwa ein Dutzend Damen saßen vor seiner altmodisch unter einem Tuch verborgenen Kamera, alle in breitkrempigen Strohhüten und weiten Vorkriegskleidern, dazwischen – der Mischung wegen – ein paar tief dekolletierte Saloon-Girls. Sie kicherten und neckten einander und amüsierten sich königlich. Ich überlegte kurz, ob ich sie wegen Trunkenheit in der Öffentlichkeit drannehmen sollte, entschied mich dann aber, dass sie ruhig ihren Spaß haben sollten. Eine der Damen in der ersten Reihe hatte beide Hände auf einen geschlossenen Rüschenschirm gelegt und schaute ganz matriarchalisch.

Eric stachelte sie auf, er lachte mit ihnen und sorgte dafür, dass sie auf ihrer nächsten tollen Urlaubsreise wieder bei ihm vorbei kämen. Ich schaute einen Augenblick still zu und fragte mich, wie es wäre, so viele Freundinnen zu haben. Ich freundete mich nicht schnell mit jemandem an. Aus irgendeinem Grund waren die meisten meiner Freunde zudem Männer – meine Partner und Expartner normalerweise, und außerdem war da Black, der sich, was nicht unbedingt sinnvoll erschien, als weit mehr als ein Freund erwiesen hatte. Vielleicht könnte Jude meine beste Freundin werden. Ich stellte sie mir in ihrem weit aufgeknöpften schwarzen Seiden-Outfit vor. Nein, die Idee konnte ich gleich wieder streichen.

Black und ich standen still da und beobachteten den Spaß. Black, der ursprünglich aus New Orleans kam, würde natürlich eine Konföderiertenuniform wählen, darauf hätte ich gewettet. Wahrscheinlich General Lee, damit er alle herumkommandieren konnte, wie im richtigen Leben. Und ich? Ich gäbe das Flittchen.

Wie ich es vorhergesagt hatte, begann Black die golden eingefassten Schulterklappen an einer grauen Konföderiertengeneral-Uniform zu betasten. »Wir könnten genauso gut für ihn Modell sitzen, wo wir schon hier sind. Siehst du den roten Salon dort drüben, der passt doch prima zu dir.« So weit war es also. Merken Sie, wie gut wir einander schon kannten?

»Ich habe ein paar von diesen Saloon-Outfits zu Hause, die kann ich gerne heute Abend für dich anziehen.«

»Muss nicht sein. Ich bleibe lieber bei dem Schulterholster und den hohen Absätzen von letzter Nacht.«

Ein paar ziemlich erotische Bilder tanzten durch meinen Kopf, bis ich Eric Dixson den Damen zurufen hörte: »Jetzt alle schön lächeln!« Hildes Gesicht schoss mir als grauenvolle Todesmaske ins Hirn, und ich kam ausgesprochen unangenehm schnell wieder zu mir.

Die kichernden Damen brauchten ein wenig, um genug Bargeld zusammenzukratzen, dass jede ihren ganz eigenen XL-Abzug des wundervollen Gruppenportraits mit nach Hause tragen konnte, ein wahres Schnäppchen für bloß fünfundzwanzig Dollar das Stück. Dann verschwanden sie in einem Wirbel aus Gelächter und teuren Düften, und Mr Dixson schloss seine Registrierkasse und schaute ziemlich hochnäsig und zufrieden, als er auf uns zukam: das nächste Pärchen einfältiger Urlaubstrottel.

»Entschuldigen Sie, dass Sie warten mussten. Je mehr Leute auf dem Bild sind, desto länger dauert es, die Beleuchtung genau richtig einzustellen.«

Bei den Fotoaufnahmen in meinem Job handelte es sich normalerweise um eine Leiche nach der anderen, also hatte ich in dieser Hinsicht nicht viel zu sagen. »Kein Problem. Sind Sie Eric Dixson?«

Sein Ausdruck, der bisher signalisiert hatte: *Wie nett, Fotos von Ihnen machen zu dürfen,* verblasste zu einem: *Wer zum Teufel seid ihr?* »Ja, Ma'am, das bin ich. Was kann ich für Sie tun?«

Ich zeigte ihm die Marke, die an meinem Gürtel hing. Er zeigte mir sein entgeistertes Gesicht. Ich sagte: »Ich bin Detective Claire Morgan vom Canton County Sheriff's Department. Ich muss Ihnen ein paar Fragen stellen, wenn Sie einen Moment Zeit haben.«

Er schaute, als hätte er einen Haufen Marihuana in seiner Kameratasche versteckt. »Ich verstehe das nicht, Detective. Ich habe einen Gewerbeschein, um Fotos zu machen, und alle meine Genehmigungen sind erteilt. Darauf achte ich jeden Morgen, bevor ich hier die Türen öffne.«

»Es ist leider ein bisschen schwerwiegender als das, Mr Dixson.«

Dixson schaute immer wieder zu Black, der hinter mir stand, groß, eindrucksvoll und überlegen wie immer, und der ganz sicher vergebens versuchte, mit seinen massivgoldenen

Manschettenknöpfen und in einem Seidenanzug des besten Schneiders in Hongkong möglichst unauffällig auszusehen. Der riesige Hummer vor dem Panoramafenster half dabei nicht im Geringsten. Dixson hatte sich wahrscheinlich im Geiste schon die Hände gerieben, weil er davon ausging, dass Black genug Kohle hatte, um das komplette Frühjahrspaket in der Deluxe-Ausführung zu ordern, zweifache Abzüge, einen für jeden von uns.

»Kennen Sie eine Frau namens Hilde Swensen, Mr Dixson?«

»Natürlich. Ich habe mehrfach mit ihr gearbeitet. Genau genommen habe ich vor ein paar Tagen ihr Wettbewerbs-Portfolio für den Cedar Bend Spring Dogwood Schönheitswettbewerb geschossen. Letzten Dienstag, glaube ich. Sie hat mich gebeten, zu ihr zu kommen und es bei ihr oben im Royal zu machen. Warum fragen Sie?«

»Sie kannten sie also gut?«

»Ja, das könnte man wohl sagen. Ich meine, wir haben nichts miteinander, falls Sie darauf hinaus wollten. Sie ist ein nettes Mädchen. Ich kenne sie schon lange. Verstehen Sie, ich habe sie bei den Wettbewerben gesehen und so.«

Toll. Und er hatte nicht die geringste Ahnung, dass sie tot war. Also würde ich es ihm sagen müssen. Na wundervoll. »Mr Dixson, wir haben leider schlechte Nachrichten wegen Ms Swensen.«

»O mein Gott, es geht ihr doch gut, oder?«

»Es geht ihr leider nicht gut, Sir. Sie wurde gestern tot in ihrem Ferienhaus aufgefunden, ermordet. Und wir haben Grund zu der Annahme, dass Sie möglicherweise der Letzte waren, der sie lebendig gesehen hat.«

Dixson wurde blass, und zwar richtig, als hätte ihm jemand einen Stöpsel aus dem Hals gezogen. Geisterhaft weiß, und er begann zu zittern, dann taumelte er ein oder zwei Schritte rückwärts, bis er gegen einen Ständer mit weißen viktorianischen Spitzenkleidern stieß. »O mein Gott, nein. Was ist passiert? Wer könnte so etwas getan haben? Und warum, warum?«

»Es tut mir leid, dass ich es Ihnen so sagen musste, Mr Dixson. Ich kann verstehen, dass es Sie mitnimmt. Möchten Sie sich setzen? Vielleicht gibt es einen ruhigeren Ort, an dem wir einen Augenblick reden könnten?«

Dixson hatte beide Hände vor den Mund gehoben und ich hegte den Verdacht, dass er sich gleich von seinem Frühstück verabschieden würde.

Ich sagte: »Holen Sie ein paar Mal tief Luft, Sir. Ich verstehe, dass es ein Schock für Sie ist.«

»O mein Gott! Ich war doch neulich erst bei ihr! Es ging ihr so gut, sie war fröhlich und lächelte andauernd, sie genoss das Frühlingswetter.«

Ich warf Black einen Blick zu, als Dixson das Lächeln erwähnte. »Setzen wir uns irgendwohin, Mr Dixson. Ich habe ein paar Fragen, aber es sollte nicht zu lange dauern.«

Dixson stützte sich mit einer Hand ab und ging auf wackeligen Beinen durch den schmalen Gang, in dem die ganzen Kostüme standen. Ich betrachtete im Vorbeigehen die aufgehängten Fotos und war fasziniert, wie viele Familien der Meinung waren, ein Verkleidungsfoto wäre eine tolle Erinnerung an ihre Reise zum Ozarks-See.

Ein brauner Samtvorhang in einem Durchgang am hinteren Ende des Ladens verbarg Dixsons Büro. Er schob ihn zur Seite und führte uns hinein. Ein großer, verschrammter Eichenschreibtisch mit Rolldeckel stand in einer Ecke, ein länglicher rechteckiger Tisch neben einem dreckigen Fenster, durch das man ein Ziegelgebäude auf der anderen Seite einer schmalen Gasse sehen konnte. Das Gebäude war sehr alt, mindestens hundert Jahre, schätzte ich, und eine einzelne nackte Glühbirne hing mittig von der Decke herunter, so dass das Büro einen eigenartigen Schwarz-Weiß-Look hatte, es erinnerte mich an den zweiten Teil von *Der Pate*.

Eric Dixson marschierte direkt zu einem geschlossenen Schrank, öffnete eine Tür und nahm eine halbvolle Flasche Jack Daniel's heraus. Er schraubte sie auf und kippte eine ordentliche Ration in ein kleines Glas, wobei etwas davon auf dem Tisch landete.

»Tut mir leid, ich brauche einen Drink. Wollen Sie auch einen?«

Black schüttelte den Kopf.

Ich sagte: »Nein, danke.«

Dixson kippte den Whiskey, als wäre es bloß Großmutters Root Beer, dann bedeutete er Black und mir, dass wir uns an den Tisch setzen sollten. Er schenkte sich noch ein zweites ein, und mir fiel auf, dass seine Hände immer noch zitterten. Vielleicht würde Nummer drei helfen.

Dixson setzte sich, das Glas in der einen Hand, die Flasche in der anderen. Er starrte Black einen Augenblick an. »Ich habe einen Moment gebraucht, aber Sie sind doch dieser Doktor, Nicholas Black, oder?« Er wandte sich mir zu. »Und Sie sind die Polizistin, die in der Zeitung war, weil Sie den Serienmörder gefasst haben.«

Ich nickte, wollte aber diese ausreichend dokumentierte Geschichte nicht noch einmal durchgehen. Black sagte wie immer nichts und sah dabei blendend aus.

Dixson sackte auf dem Stuhl mir gegenüber in sich zusammen und stellte die Flasche vor sich auf den Tisch. Er tröpfelte noch etwas Alkohol in sein Glas. Ich zog wie gewohnt Bleistift und Block heraus. Ich würde ihn fragen müssen, was er wusste, bevor er sich bewusstlos getrunken hatte. Er fragte: »Wie ist sie gestorben? Können Sie mir das sagen?«

Ich war überrascht, dass er nach dem deutlich erkennbaren Schrecken, dem wir vor ein paar Sekunden hatten beiwohnen dürfen, mehr scheußliche Einzelheiten wissen wollte. »Das kann ich nicht wirklich mit Ihnen diskutieren, Sir. Im Moment möchte ich, dass Sie mir von dem letzten Treffen mit Ms Swensen erzählen. Können Sie ihr Verhalten an diesem Tag beschreiben?«

Dixson leerte noch ein Glas, schenkte sich nach, seufzte, starrte mich an. Offensichtlich wollte er seine Sorgen ertränken, und zwar sofort, nicht später, und seinetwegen konnte die Polizistin dabei ruhig zusehen.

»Vielleicht könnten Sie etwas langsamer machen, bis wir unser Gespräch beendet haben, Mr Dixson.«

Als die vordere Tür klingelte, schauten Black und ich in Richtung des Samtvorhangs, dann zurück zu Dixson. Der rührte sich nicht.

Schließlich sagte er: »Ignorieren sie sie. Die gehen wieder, wenn ich nicht komme.«

»Das kann doch nicht gut fürs Geschäft sein.« Das war Black, im Herzen Unternehmer.

»Nichts, was ich tun könnte, würde diesem Geschäft schaden. Alle wollen in die Kamera grinsen und ihr eigenes Gesicht mitnehmen, um es zu Hause anzuglotzen.«

Okay, Schluss mit den Freuden der Fotografie. »Ich habe Sie nach Hilde Swensen gefragt, Mr Dixson. Warum machen wir damit nicht weiter, und dann können Sie zu Ende trinken?«

Wut stieg in Dixson auf, schnell und groß, blitzartig erschien sie auf seinem geröteten Gesicht. »Können Sie mir mal einen verdammen Augenblick Zeit lassen, ja? Herr im Himmel, Sie war meine Freundin und jetzt ist sie tot. Sie können das vielleicht beiseite schieben und als Fall sehen, eiskalt. Aber ich nicht.«

Ich sah ihn an. Black schaute zu mir herüber, um herauszufinden, ob ich ihn abknallen würde.

Glücklicherweise riss Dixson sich ziemlich schnell zusammen. »Tut mir leid, Detective. Es ist ja nicht Ihre Schuld.« Er kippte ein weiteres Glas Whisky. Mittlerweile musste er sich ganz ordentlich fühlen. Vielleicht würde das seine Zunge lockern. Also wartete ich. Die geduldige, aber eiskalte Polizistin.

Dixson sagte: »Okay, okay. Hilde ging es gut, sie hatte ausgezeichnete Laune. Wir lachten und hatten Musik an, während ich die Aufnahmen machte, die Beatles – können Sie das glauben? Hilde liebte die Beatles, vor allem die frühen Alben. Ja, wir hörten *A Hard Day's Night.* Gott, haben wir uns amüsiert.

Sie hat eine ganze Karaffe Margaritas gemacht und wir haben sie ausgetrunken.«

Ach? Überraschung!

»Hat Hilde viel getrunken?«

Dixson zuckte mit den Achseln. Erleichtert sah ich, wie er nach dem Verschluss griff und die Flasche zuschraubte. »Ich wünschte wirklich, Sie würden mir sagen, wie sie ums Leben gekommen ist. Sie musste doch nicht leiden, oder? Sie konnte nicht gut Schmerz ertragen, wussten Sie das? Sie sagte, sie hätte nur eine sehr geringe Schmerztoleranz. Selbst mit Kopfschmerzen musste sie in die Notaufnahme. Und sie war nicht besonders tapfer, nicht wenn es um Schmerzen ging, verstehen Sie?«

»Ihre Beziehung klingt nach mehr als dem Standard zwischen Fotograf und Kundin.«

»Wir waren nicht miteinander im Bett, falls Sie darauf hinauswollen. Aber ich bin auch nicht viel anders als andere Männer. Ich hätte meinen rechten Arm gegeben, um mit ihr auszugehen. Ja, es stimmt, sie hat mir vertraut, manchmal hat sie mir sogar Geheimnisse verraten. Die meiste Zeit war sie eine ziemlich unglückliche Frau.«

»Wie meinen Sie das?«

»Ich schätze, sie war schrecklich unsicher. Sie hatte eine schlimme Kindheit, das hat sie mir ein paar Mal gesagt, wenn sie zu viel getrunken hatte. Es muss ziemlich schlimm gewesen sein, als sie klein war, so viel ist mir klar geworden.«

Black rutschte ein wenig auf dem Stuhl neben mir hin und her und ich wusste, dass sein Psychologenhirn in Höchstgeschwindigkeit analysierte und alle möglichen Diagnosen durchging. Meines ebenfalls. Er würde wahrscheinlich nur zu gerne selbst ein paar bohrende Fragen stellen. Aber das hier war mein Job, ich musste das erledigen. Er würde sich nicht einmischen, jedenfalls nicht jetzt.

»Hat Hilde Ihnen gegenüber angedeutet, dass sie als Kind misshandelt wurde?«

»So habe ich es verstanden. Sie hat es, glaube ich, nie ausdrücklich gesagt aber sie hat immer geweint, wenn sie daran denken musste. Ich weiß noch, einmal hat sie wie verrückt geheult, aber wie ich schon sagte, sie war total besoffen. Wir haben immer etwas getrunken, wenn ich sie fotografierte. Sie hat gesagt, es würde sie entspannen. Und das stimmte auch.«

»Hat sie jemals eine Schwester erwähnt?«

»Sie meinen Brianna?«

»Ja, kennen Sie sie?«

»Oh, ja. Sie ist die Klügere der beiden.«

Schon wieder diese Geschichte. »Die Klügere?«

»Bri hat einen Abschluss in Psychologie von der Universität Miami. Insofern halte ich sie für ziemlich klug.«

Das stimmte. Ich auch. Buds Freundin konnte es also fast schon mit Black und seinen ganzen Psychologen-Diplomen aufnehmen.

Black konnte nicht anders, und er verbarg nicht einmal sein Erstaunen. »Brianna Swensen hat einen Abschluss in Psychologie? Das hat sie mir gegenüber nie erwähnt.«

»Ja, also, sie hat das gern verschwiegen, weil Hilde sich dann schlecht fühlte.«

Ich sagte: »Es gab also durchaus nennenswerte schwesterliche Eifersüchteleien zwischen den Geschwistern?«

Dixson stieß ein kurzes Lachen aus. Es klang barsch, fast verächtlich. »Teufel, was dachten Sie denn? Sie sind Frauen, oder etwa nicht? Sie standen jahrelang miteinander im Wettbewerb. Glauben Sie nicht, das würde jede Beziehung kaputt machen?«

»Ich kenne keine von beiden gut genug, um darüber zu urteilen. Andere Leute haben mir gegenüber angedeutet, dass die beiden sich sehr nahe standen.« Außer Bettina Long.

»Dann wussten diese anderen, wer zum Teufel sie auch sein mögen, nicht das Geringste über sie.«

Ich schaute hinunter auf meinen Block, dachte einen Augenblick nach, und wählte dann einen anderen Weg. »Was können Sie mir über Carlos Vasquez erzählen?«

»Nicht viel. Er ist Hildes Ex. Aber es gefiel ihm gar nicht, wie sie ihn hat sitzen lassen. Er hat mit jedem Trick versucht, wieder mit ihr zusammenzukommen, glauben Sie mir. Er ist ein echter Wichser. Da können Sie jeden fragen, der mit ihm zu tun hatte.«

»Inwieweit hatten Sie mit ihm zu tun, Mr Dixson?«

»Ich kannte ihn nur durch Hilde. Aber das reichte, um zu wissen, dass er ein übler Kerl war, glauben Sie mir. Ich habe gehört, dass er sogar mit der Mafia zu tun hat.«

»Haben Sie Beweise dafür?«

»Nein. Es ist bloß ein Gerücht, aber es würde mich nicht überraschen.«

»Wissen Sie, wann er das letzte Mal Kontakt zu Hilde Swensen hatte?«

Dixson schüttelte den Kopf. »Während der Aufnahmen hat sie nicht viel über ihn gesprochen.«

»Worüber hat sie gesprochen?«

»Sie hat gesagt, sie könnte nicht aufhören, ihn zu lieben, aber er hätte sie betrogen und das könnte sie ihm nicht verzeihen. Ich habe ihr gesagt, sie sollte sich Zeit geben und ihn vergessen und jemand finden, der es wert wäre.«

Mir kam es vor, als spräche er über Hilde, als wäre sie noch am Leben, aber ich sagte nichts dazu. »Wissen Sie, wo wir Mr Vasquez finden können?«

»Ich würde annehmen, Sie haben die größte Chance in seinem Fitnessstudio. Er war früher vierundzwanzig Stunden am Tag dort, zumindest, wenn er nicht in irgendwelchen Clubs versuchte, jemand anders die Frau auszuspannen.«

»Es ist ziemlich deutlich, dass Sie den Mann nicht mögen. Gab es Schwierigkeiten zwischen Ihnen beiden?«

»Wir hassen einander leidenschaftlich, falls Sie das mit Schwierigkeiten meinen.«

»Warum das?«

»Er verabscheut mich, weil Hilde mich zu ihren Freunden zählte. Es gefiel ihm gar nicht, dass sie männliche Freunde hatte, oder auch Freundinnen, letztlich. Ich hasse ihn, weil er sie wie Dreck behandelt. Reicht das?«

»Ich stelle Ihnen diese Fragen, weil ich muss, Mr Dixson. Es tut mir leid, wenn ihnen das unangenehm ist oder Sie das Gefühl haben, dass ich in Ihre Privatsphäre eindringe.«

Dixson entspannte sich ein bisschen, aber wirklich nur ein kleines bisschen. »Ja, ich weiß. Tut mir leid. Die Sache nimmt mich einfach nur ziemlich mit. Es ist so plötzlich, und ich hätte nie damit gerechnet. Wie gesagt, Hilde und ich sind lange befreundet.«

»Hat Hilde Ihnen gegenüber etwas erwähnt, was Sie eigenartig oder ungewöhnlich fanden?«

Dixson dachte einen Moment nach, während er sich einen weiteren Drink einschenkte. Diesen trank er aber wenigstens nicht auf Ex, sondern nippte nur daran, insofern machten wir also offenbar Fortschritte. »Ich kann mich erinnern, dass sie sagte, dass Bri und sie sich verstünden, sie wären zur Abwechslung mal nicht im Krieg. Sie sagte mir allerdings auch, es würde nicht so bleiben, denn Brianna hätte sie angerufen und ihr wieder mal die Hölle heiß gemacht, direkt bevor ich mit meiner Ausrüstung aufgetaucht war.«

Black stürzte sich darauf. Er mischte sich in meine Befragung ein, weil er wahrscheinlich nicht anders konnte. »Hat Hilde angedeutet, womit Brianna unzufrieden war?«

Ich starrte ihn weder an, noch warf ich ihn aus dem Zimmer. Das wäre sowieso auch meine nächste Frage gewesen.

»Brianna schimpfte immer mit Hilde, dass die so viel feiern ging. Offensichtlich ist Bri ein bisschen prüder geworden, seit sie hergezogen ist und begonnen hat, mit diesem Polizisten auszugehen. Hilde gefiel es gar nicht, dass Bri in so einer Beziehung steckte.«

Aha. Jetzt wurde es spannend. »Warum das?«

»Sie mochte Polizisten nicht, gar keine. In Miami ist sie ein paar Mal wegen Drogenbesitzes festgenommen worden. Von Undercover-Typen, die sie in den Clubs angegraben haben, aber das meiste war Blödsinn. Ihr Anwalt hat es normalerweise geschafft, sie da rauszuhauen.«

»Was hat Hilde sonst noch über Briannas Beziehung zu dem Polizisten gesagt?«

»Sie hat gesagt, Bri würde sich bloß etwas vormachen, dass er überhaupt nicht ihr Typ wäre und es nicht lange halten würde.«

»Wie kam Hilde darauf, dass Bri sich – oder dem Mann – etwas vormachte?«

»Das weiß ich nicht. Hilde hat das nicht weiter ausgeführt. Sie hat bloß gesagt, Bri würde ihn benutzen, aber sie wüsste auch nicht, warum.«

»Es klingt so, als wären Hilde und Brianna zwei sehr unterschiedliche Frauen.«

»Eigentlich nicht, wenn man sie so gut kannte wie ich. Meine Meinung? Bri spielt einfach nur, ein normales Mädchen mit einem anständigen Freund zu sein, mit einem weißen Lattenzaun vor dem Haus und einer rosigen Zukunft. Hilde hat gesagt, sie würde diese Langeweile früher oder später satt bekommen und wieder zurück nach Florida gehen, wo ihre wahren Freunde wären.«

Das gefiel mir nun ganz und gar nicht. Genau genommen nervte es mich tierisch. Mir gefiel die Vorstellung überhaupt nicht, dass Brianna Bud – aus welchem Grund auch immer – benutzte, und schon gar nicht, wenn sie mit ihm bloß spielte, und mir gefiel es ebenso wenig, dass die beiden Schwestern möglicherweise aus demselben fauligen Holz geschnitzt waren.

Andererseits war ich auch nicht sicher, ob ich alles glauben sollte, was Dixson mir erzählte. Etwas an dem Mann störte mich. Nein, eigentlich störte mich so ziemlich alles an ihm.

»Was für eine Beziehung haben Sie zu Brianna, Mr Dixson?«

»Ich habe vor drei Jahren ihr Portfolio fotografiert, und es ist toll geworden. Sie ist ein viel besseres Model als Hilde, ruhiger, wissen Sie, geduldiger darin, was ich von ihr verlange. Hilde betrinkt sich bei unseren Sessions ein wenig und gibt zu schnell auf. Bri ist Perfektionistin und willens alles zu tun, was nötig ist, um es richtig hinzubekommen.«

»Ich verstehe.« Aber ich verstand es überhaupt nicht, stattdessen hatte ich das Gefühl, dass das Ablegen von Kleidung irgendwas damit zu tun hatte, was nötig wäre, um es richtig hinzubekommen. »Wenn Sie nichts dagegen haben, könnten Sie mir kurz darlegen, wo Sie sich in den letzten beiden Tagen befunden haben, Mr Dixson?«

Er ließ mich zusammenfahren, weil er urplötzlich aufsprang, so dass sein Stuhl rückwärts gegen die Wand knallte. Er starrte mich an, die Fäuste in die Hüften gestemmt. Der war aber empfindlich. Und ich hatte gedacht, *ich* wäre empfindlich. »Teufel, ja, dagegen habe ich etwas«, sagte er. »Es gefällt mir gar nicht, wenn man mir vorwirft, eine Freundin ermordet zu haben.«

Black erhob sich ebenfalls, die ganzen einsneunzig. Reine Höflichkeit, vermutlich.

Oder vielleicht auch nicht, so wie er die Zähne zusammenbiss. Er sagte mit tödlicher Ruhe: »Der Detective wirft Ihnen gar nichts vor, Dixson.«

Erwähnte ich bereits, dass Black unnötigerweise der Meinung war, mich beschützen zu müssen? Und sein kultivierter Schein konnte täuschen. Ich hatte ihn einmal so wütend erlebt, dass er fast jemanden mit bloßen Händen ertränkt hätte, und das war noch nicht so lange her. Gut, dieser Jemand hatte versucht, uns beide umzubringen, aber darum geht es nicht. Ich kann für mich selber sorgen. Er weiß das, aber er vergisst es manchmal.

Ich blieb ruhig. »Setzen Sie sich, Dixson, und tun Sie nichts Dummes.«

Dixson versuchte, mich niederzustarren, kam damit aber nicht weit, also setzte er sich wieder. Black blieb stehen, damit er beeindruckend aussehen konnte, was ihm bestens gelang. Ich machte mir Notizen, als wäre nichts geschehen.

»In Ordnung. Gibt es irgendetwas, was Sie mich wissen

lassen wollen, Mr Dixson? Etwas, von dem Sie denken, es könnte meinen Ermittlungen zugute kommen?«

»Ich habe nichts Unredliches getan. Ich würde Hilde nie etwas zuleide tun.« Er gab ein leises Schluchzen von sich, unterdrückte dann aber das Gefühl, das Anzeichen seiner Verwundbarkeit schien ihm peinlich zu sein. Außerdem erschien es wohl selbst ihm gekünstelt, also versuchte er es anders. »Um Gottes willen, ich habe sie geliebt wie eine Schwester. Ich habe ihr Gesicht geliebt, ihr Lächeln, ihr Lachen, alles an ihr. Ich würde nie im Leben darauf kommen, ihr wehzutun.«

Jetzt klang er, als würde er ein schlechtes Seifenoperndrehbuch zu *Reich und Schön* einüben, aber ich nickte, als klänge seine Beteuerung höchst glaubwürdig. »Klasse. Was glauben Sie, wer das dann getan haben könnte?«

»Was getan haben könnte?«

Ich sah ihn an, als wollte er mich veräppeln. Das tat er nicht, also wurde ich deutlicher. »Wer sie umgebracht haben könnte.«

»Ich glaube, Brianna könnte es gewesen sein.«

Black sagte: »Das ist absurd.«

»Ist es das, Dr. Black? Vielleicht würden Sie das anders sehen, wenn Sie sie besser kennen würden.«

Diese Kerle konnten sich alle beide einfach nicht benehmen. »Wo waren Sie gestern, Mr Dixson?«

»Ich war den Großteil des Tages hier. Ich habe gearbeitet. Am Nachmittag war ich drüben in Cedar Bend, um zu sehen, wie alles läuft. Zwischen drei und vier oder so, schätze ich.«

»Könnten Sie mir eine Liste von Zeugen geben, die Ihre Anwesenheit dort bestätigen könnten, Sir?«

»Auf jeden Fall die Wettbewerbs-Koordinatorin. Patricia Cardamon, glaube ich, hat sie gesagt, ist ihr Name. Sie hat mit mir ausführlich darüber gesprochen, wo und wie sie mich Aufnahmen machen lassen wollte. Fragen Sie sie, wenn sie mir nicht glauben.«

»Noch jemand?«

»Einige der Teilnehmerinnen und Tischler haben mich

wahrscheinlich mit ihr sprechen sehen, aber ich kenne deren Namen nicht. Und gestern waren auch mehrere Touristengruppen für Porträtfotos im Studio, aber auch von denen kann ich Ihnen nicht die Namen sagen. Und sie haben bar bezahlt, also habe ich keine Kreditkartenbelege.«

»Was ist mit letzter Nacht und der Nacht davor?«

»Ich war beide Nächte hier. Nachts belichte ich die Filme in meiner Dunkelkammer.«

»Das haben Sie in beiden Nächten die ganze Nacht gemacht?

»Bis ich ins Bett gegangen bin. Ich wohne oben über meinem Studio.«

»Allein?«

»Ja, ich lebe allein.«

»Okay, ich danke Ihnen, Mr Dixson. Ich denke, damit sind wir jetzt erst mal fertig. Vielleicht habe ich später noch weitere Fragen an Sie.«

»Jederzeit, Detective. Ich habe nichts zu verbergen.« Er warf Black einen Blick zu, der immer noch nicht besonders glücklich aussah. »Ich entschuldige mich dafür, wütend geworden zu sein und Sie angeschrien zu haben. Ich schätze, ich bin immer noch ganz entgeistert von dieser Sache. Das ist die Wahrheit, ich schwöre es.«

»Das ist vollkommen verständlich, Mr Dixson. Ich nehme Ihnen das nicht übel. Sie sind nicht der Erste, dem es missfällt, wenn ich ihn befrage.« Ich lächelte, damit er mir glaubte, und warf Black einen deutlichen Blick zu, damit der ja nicht vergaß, dass er von einigen meiner Fragen, die ich ihm einmal gestellt hatte, selbst ziemlich genervt gewesen war.

Draußen blieben Black und ich einen Moment stehen, damit unsere Augen sich an die Helligkeit gewöhnen konnten. Dixsons Studio war definitiv ganz schön düster. Black setzte seine Sonnenbrille auf. Ich blinzelte ihn an. »Wenn du nicht den Mund halten kannst, nehme ich dich beim nächsten Mal nicht mit.«

»Ich mag es nicht, wenn jemand dich bedroht.«

»Ich auch nicht. Dann nehme ich Druck raus, so oder so. Wenn du jemanden für mich zusammenschlagen sollst, sag ich dir Bescheid.«

Black lachte. »Gleichfalls.«

Ich lächelte und sah zu, wie ein paar Touristen auf der anderen Straßenseite eine Reihe Souvenir-T-Shirts mit Ozarks-Aufdruck durchsahen, während ihre Kinder Go-Kart fuhren. »Was hältst du von Dixson?«

»Ich glaube, dass er wahrscheinlich in Hilde verliebt war, so lange er zurückdenken kann, und dass er eifersüchtig ist auf jeden, der von irgendeiner Wichtigkeit in ihrem Leben ist, darunter auch und ganz besonders Brianna.«

»Meine Güte, du klingst ja wie ein Seelenklempner, der es gewöhnt ist, verstörte Persönlichkeiten zusammenzufassen.«

»Was hältst du von ihm?«

»Ziemlich genau dasselbe, aber es ist interessant zu hören, dass Brianna und Hilde nicht unbedingt Mary-Kate und Ashley Olsen waren. Und ich sage dir noch was, es würde mich sehr interessieren, was dieser Vasquez über die Swensen-Schwestern zu sagen hat.«

»Mich auch. Vielleicht sollten wir ihn unten in South Beach überraschen, mal sehen, wie er auf die Info über Hildes Tod reagiert.«

»Du liest meine Gedanken.«

»Ich wünschte, das könnte ich. Das würde so vieles so viel einfacher machen.«

Blacks Handy zirpte nervtötend und er zog es hervor und warf einen Blick auf das Display. »Es ist die Lodge.« Er meldete sich, hörte zu, runzelte die Stirn, und ich wartete, bis er auflegte und mir die schlechte Nachricht verkündete. »Die Presse ist draußen in Cedar Bend, völlig außer Rand und Band, und sie fordern, dass ich mit ihnen rede. Ich muss zurück. Was glaubst du, wie viel Charlie mir erlaubt, ihnen zu sagen?«

»Nicht viel, denke ich.«

»Frag ihn, sobald du kannst, und lass es mich wissen. Ich fahre jetzt zurück. Kommst du mit?«

»Nein, setz mich an der Wache ab, damit ich mit Charlie sprechen kann.«

Wir stiegen in den Hummer, wir waren beide nicht wild darauf, was uns in der nächsten Stunde oder so erwartete. Aber selbst wenn Charlie schlechte Laune hatte, während ich ihm von dem Fall erzählte, war ich immer noch besser dran. Nichts ist so beknackt, wie vor die gierigen Medien-Monster zu treten und ihre bescheuerten Fragen beantworten zu müssen.

Nachdem sie Sissy mit dem Freddy-Krueger-Kostüm einen riesigen Schrecken eingejagt hatten, wandten sich fast alle ihre Aufgaben als Rachemissionen gegen Sissy. Es war wundervoll für die Ältere, eine Reihe loyaler Verbündeter zu haben, die ihr halfen, und sie fühlte sich gut, zum ersten Mal im Leben war sie machtvoll genug, um Sissy leiden zu lassen. Sissy hatte immer noch Schwierigkeiten, nachts zu schlafen, und die Ältere war froh darüber. Sie war dem Jungen unendlich dankbar für seine gerissenen Pläne, Sissy zu verletzen und zu verängstigen. Die Ältere war so begeistert von ihm, dass sie sich von ihm küssen und streicheln ließ, und sie begann es zu mögen, und ihn auch, und vor allem die Zeit, wenn sie mit ihm allein im Winnebago war.

Einmal, als sie ihre nächste Aufgabe planten, meldete sich einer der Zwillinge und sagte: »Weißt du, was ich als meine Mission haben möchte, Spielleiter?«

»Was denn, Prinzessin Leia?«

»Ich will dafür sorgen, dass Sissy den Wettbewerb am 4. Juli verliert, so dass ich gewinnen kann. Ich möchte, dass du dir einen Plan überlegst, der sie verlieren lässt.«

»Und ich will den danach gewinnen, wenn ich dran bin«, sagte ihre Zwillingsschwester.

Sie alle sahen zu, wie der Junge aufstand und begann, vor dem Esszimmertisch, an dem sie saßen, auf und ab zu gehen. Er konnte am besten nachdenken, wenn er auf und ab ging, und er war so klug, dass ihm immer gute Pläne einfielen. Diesmal aber verließ er den Winnebago ohne ein Wort und ging ins Haus, also tranken sie ihre Limonade und schauten Wiederholungen von *Erwachsen müsste man sein* im Fernsehen, bis er zurückkehrte.

»Okay, Leute, ich hab's. Und sie werden uns nicht erwischen.«

Die Ältere lächelte und dachte, wie wundervoll es sein würde, wenn Sissy tatsächlich einen Wettbewerb verlor und keine neue Krone bekam, um sie ihrer Sammlung hinzuzufügen. Es würde sie umbringen. Und Mama würde wahrscheinlich auch gleich tot umfallen.

»Nun sag schon, schnell«, bat sie den Jungen.

»Abrakadabra, da ist es«, sagte er und zog ein kleines rundes Döschen aus der hinteren Hosentasche seiner Levi's.

»Was ist das?«, fragte sie.

»Das ist eine Chemikalie, mit der Mum bei Patienten die oberste Hautschicht entfernt. Wir können es in etwas hineinmischen, dass Sissy auf ihr Gesicht aufträgt, dann sieht sie am Tag des Wettbewerbes ganz entsetzlich aus.«

»Was genau macht das?«

»Wie ich schon sagte, ihre Haut wird sich abschälen, als hätte sie einen schlimmen Sonnenbrand, oder vielleicht bekommt sie auch Pickel. Ich habe Mum sagen hören, dass das manchmal passiert. Du weißt schon, als Nebenwirkung.«

»Pickel! Oh, das wäre toll«, jubelte einer der Zwillinge.

Sie lachten alle zusammen, denn Sissy hatte die wundervollste Haut der Welt.

»Ja, das würde sie fertig machen, und Mama auch.«

»Okay, hebt die Hände, wenn ihr es machen wollt.«

Alle drei Mädchen hoben die Hände und der Junge grinste triumphierend. »Okay, also los.« Er wandte sich an die Ältere. »Aber du musst es in etwas mischen, was Sissy auf ihr Gesicht aufträgt, und du musst es in der Nacht vor dem Wettbewerb am 4. Juli machen.«

»Ich kann es in ihr Oil of Olaz mischen. Mama lässt sie das immer nachts auftragen. Oder wir könnten die Grundierung nehmen. Davon nimmt sie eine Menge, wenn sie auf die Bühne geht.«

»Wahrscheinlich würde die Nachtcreme besser funktionieren, dann wacht sie am nächsten Morgen auf, sieht in den Spiegel – und peng! Hässliche Sissy!«

Sie johlten alle vor Lachen, und die Ältere nahm das Cremedöschen und steckte es in die Tasche. Sie konnte richtig spüren, wie die Macht sich in ihr ausbreitete, und es war toll, ganz, ganz toll, und sie konnte gar nicht abwarten, bis der Tag kam, an dem sie sehen dürfte, wie hässlich Sissy aussah, wenn sich ihre Haut abschälte.

Sie sagte: »Ich nehme diese Aufgabe an und werde die grausame Prinzessin entstellen, und unsere liebenswerte Prinzessin Leia wird die Krone tragen.«

Die kleinen Schwestern des Jungen hüpften vor lauter Aufregung auf und ab, und der Junge und die Ältere lächelten einander an, denn diesmal würde es Sissy richtig erwischen und sie würden zuschauen können.

Die Aufgabe ließ sich wie geplant und ohne Probleme durchführen. Die Ältere mischte am Tag vor dem Wettbewerb insgeheim ein wenig der Arznei in Sissys Oil of Olaz, und dann benahm sie sich Sissy und Mama gegenüber so süß, so kooperativ, so unterwürfig, dass niemand auch nur den Verdacht hegen könnte, dass sie dabei war, Sissy so etwas Schreckliches anzutun. Es war perfekt. Der Junge war perfekt, der beste Freund, den die Ältere je gehabt hatte. Er würde den Rest ihres Lebens ihr bester Freund sein. Sie würde alles für ihn tun, alles, was er wollte. Zum ersten Mal im Leben war sie sogar tief in ihrem Innersten glücklich.

Sie erwachte früh und schlich durchs Zimmer, um das Ergebnis ihrer Mission zu begutachten. Sie starrte auf Sissy herunter, und zuerst war sie erschrocken über die roten Flecken, an denen sich die Porzellanhaut ihrer kleinen Schwester abschälte. Einen Augenblick lang schämte sie sich dafür, was sie getan hatte, aber dann erinnerte sie sich an all die Lügen, die Sissy über sie erzählt hatte, all die Schläge, die sie ihr eingetragen hatte, und das Schuldgefühl verflog schnell. Sie stieg zurück ins Bett, zog die Decke hoch und wartete beruhigt auf den Beginn des Feuerwerks.

Es dauerte nicht lange. Mama kam früh, gegen sieben, um Sissy zu wecken, damit sie sie waschen und ihr Haar aufdrehen konnte. Diesmal war Mama diejenige, die einen schrillen Horrorschrei ausstieß, laut genug, um jedem die Trommelfelle platzen zu lassen. Die Ältere setzte sich im Bett auf und tat, als sei sie noch halb im Schlaf, während sie murmelte, was denn los sei. Jetzt, seit sie das Spiel spielte, wurde sie eine immer bessere Schauspielerin. Der Junge und die Zwillinge wären stolz auf sie gewesen. Wenn sie nur sehen könnten, wie unschuldig sie schaute!

Mama heulte und schrie nach dem Stiefvater, und der donnerte die Treppen hoch und rannte ins Zimmer. Er blieb abrupt neben dem Bett stehen und sagte ungläubig: »O mein Gott, was ist denn mit ihrem Gesicht passiert?«

Die Ältere fragte immer wieder: »Was ist los? Was ist denn los?«, bis Mama sich ihr zuwandte und sie anblaffte: »Halt den Mund. Sissy ist krank.«

Sie ließen Bubby in der Obhut der Älteren zurück und brachten Sissy in die Notaufnahme. Währenddessen tauschte die Ältere das Fläschchen Oil of Olaz im Badezimmer gegen ein neues aus, das der Junge bei Wal-Mart gekauft hatte. Sie entnahm genauso viel, wie in dem anderen gefehlt hatte, dann trug sie das vergiftete Fläschchen nach draußen hinter die Scheune und vergrub es in einem zwanzig Zentimeter tiefen Loch. Der Junge und seine Schwestern warteten dort auf sie und sie berichtete ihnen aufgeregt, dass die Mission ein voller Erfolg gewesen war.

»Eine neue Prinzessin wird gekrönt werden«, verkündete sie und umarmte das strahlende kleine Mädchen.

Als Mama und Sissy aus dem Krankenhaus zurückkehrten, weinte sich Sissy die Augen aus, weil sie so schrecklich aussah. Die Ältere runzelte die Stirn und schaute mitfühlend, als Sissy sich beschwerte, dass es brannte und sehr wehtat. Der Arzt wusste auch nicht, was daran schuld war, dachte aber, es wäre vielleicht eine allergische Reaktion auf etwas, das sie gegessen oder im Gesicht aufgetragen hatte, und Mama sammelte alle Kosmetika und Gesichtscremes ein und steckte sie in eine

Tüte, um sie analysieren zu lassen. Die Ältere lachte sich innerlich tot und war überglücklich. Mama war doch nicht so klug, bei weitem nicht so klug wie der Junge. Es gab keine Grenzen dessen, was sie Sissy und Mama in der Zukunft antun könnten. O ja, die Zukunft war herrlich.

Und dann geschah etwas Unerwartetes. Gegen Mittag kam Mama ins Kinderzimmer, wo die Ältere *Romeo und Julia* las, und sagte: »Also, ich sage dir eins. Ich werde die fünfzig Dollar Anmeldegebühr nicht abschreiben. In letzter Zeit siehst du ein bisschen besser aus. Los, geh dir die Haare waschen. Du wirst Sissys Platz einnehmen. Du wirst eben in deinem Jahrgang antreten.«

Die Ältere war entgeistert und konnte ihren Ohren kaum glauben. »Mach schon, habe ich gesagt. Spring in die Wanne. Ich werde ewig brauchen, um deinen wilden Haarmob zu bändigen.«

Die Ältere gehorchte, aber sie war immer noch überzeugt, dass sie träumte, und sie genoss es, dass Sissy draußen vor der Badezimmertür stand und weinte und wimmerte und heulte, weil die Ältere nun an ihrer Stelle an dem Wettbewerb teilnehmen durfte. Mama öffnete den Kosmetikkoffer und trug sorgsam Grundierung und Rouge auf, so wie sonst bei Sissy, und als die Ältere in den Spiegel schaute, fand sie sogar, dass sie Sissy recht ähnlich sah.

»Du siehst nicht halb so schlimm aus, wie ich gedacht hätte. Und als Talent kannst du eines dieser komischen Gedichte vorlesen, die du immer aufsagst. Das ist nicht so gut wie Sissys Tanz, aber es wird reichen müssen. Die Mädchen in deiner Altersklasse sind bei Weitem nicht so hübsch wie die in Sissys Klasse, aber ich will dir keine großen Hoffnungen machen. Du hast keine Chance zu gewinnen. Glaub mir.«

Der Stiefvater starrte die Ältere an, als sie die Treppe herunterkam. Er sagte nichts, aber er hatte sie noch nie zuvor so angesehen. Er schaute wie der Junge, wenn sie einander küssten, und es gefiel ihr gar nicht, dass der Stiefvater sie so ansah.

Es gefiel ihr überhaupt nicht. Mama ebenfalls nicht, denn sie stieß die Ältere in den Rücken und sagte, sie sollte sich beeilen und in den Wagen steigen. Oben kreischte und heulte Sissy und schmiss ihre Spielzeuge gegen die Wand, aber keiner kümmerte sich um sie.

Beim Wettbewerb hatte die Ältere Todesangst, auf die Bühne zu gehen, aber der Junge trat neben sie, als Mama bei der Registrierung beschäftigt war und ihn nicht sah.

»Du siehst zum Anbeißen aus«, sagte er ihr.

Die Ältere lächelte. »Sissy nicht mehr. Von der würdest du Sodbrennen bekommen.«

»Ich habe dir doch gesagt, deine Mutter sollte dich teilnehmen lassen. Du wirst gewinnen, wart's nur ab.«

Die Ältere gewann tatsächlich und wurde fast ohnmächtig vor Schreck, als sie ihren Namen hörte. Sie ging bis ans Ende des Laufsteges und lächelte den Jungen an, der unten im Publikum saß, während sie die schönste Tiara auf ihren Kopf setzten.

Mama lief zu ihr und umarmte sie, wie sie sie noch nie umarmt hatte, und die Ältere war so überwältigt, dass sie fast die ganzen schrecklichen und gemeinen Dinge vergaß, die ihre Mutter ihr in der Vergangenheit angetan hatte. Ihre Mutter liebte sie, jetzt wo sie hübsch war, und das war alles, was sie sich je gewünscht hatte.

Die kleine Schwester des Jungen gewann ebenfalls in ihrer Altersklasse, und später saßen sie mit ihren Tiaras zusammen im Winnebago und tranken Bier, das der Junge aus dem Kühlschrank seines Vaters stibitzt hatte. Sie prosteten sich auf den Erfolg ihrer Aufgabe zu, und auf die Siege beim Schönheitswettbewerb, und als die kleinen Schwestern gegangen waren, liebte der Junge die Ältere im hinteren Schlafzimmer des Winnebagos zum ersten Mal, und es gefiel ihr. Sie liebte es, die Tiara zu tragen, als er ihre Jungfräulichkeit beendete, und sie liebte ihn. Er hatte ihr Leben von großem Elend in eine wundervolle Märchenwelt verwandelt, hell und großartig und glücklich. Sie liebte ihn und würde alles auf der Welt für ihn tun, immer und ewig.

Von diesem Tag an und die nächsten Jahre lang war die Ältere so glücklich wie nie zuvor. Zwischen ihr und Mama war jetzt alles anders. Jetzt war sie diejenige, die Krönchen gewann, und selbst der Stiefvater kümmerte sich nun um sie und nahm sie in den Arm. Sissy war diejenige, die jetzt immer Ärger mit ihnen bekam. Ihr Gesicht hatte sich nie ganz von den Chemikalien in ihrem Oil of Olaz erholt, und sie behielt einige flache Narben zurück, die nicht wirklich schlimm aussahen, aber mit Grundierung nicht zu verbergen waren. Deshalb ließ Mama sie nicht mehr bei Schönheitswettbewerben antreten, und wenn Mama wütend wurde, war es jetzt immer Sissy, die Prügel bekam. Der Stiefvater liebte Bubby immer noch am meisten, weil er ein Junge war, und weil er inzwischen mit ihm im Garten Baseball spielen konnte, und Bubby mit einem Schläger sogar den Ball traf.

Das Beste an allem aber war der Junge. Er war der Älteren ergeben und sie liebten einander sehr. Sie spielten immer noch das Spiel und erledigten ihre geheimen Aufgaben. Einmal mischten sie einer anderen Teilnehmerin eines Wettbewerbs ein Abführmittel in das Essen, damit sie nicht gegen eine der Schwestern antreten konnte. Ihr wurde schlecht und sie musste ins Krankenhaus. Manchmal tat es der Älteren leid, Menschen wehzutun, aber der Junge sagte, dass sie ihre Aufgaben nur gegen böse, gemeine Menschen richteten. Und bislang hatte er Recht gehabt. Die Mädchen, die sie sich als Ziel auserkoren hatten, waren wirklich gemein und schrecklich, und jeder, der sie kannte, hasste sie.

Mehr noch, als das Spiel zu spielen, gefiel es der Älteren, mit dem Jungen zu schlafen. Er war so klug, so gerissen, und er wusste, wie man ein Kondom benutzte, damit sie nicht schwanger wurde. Er interessierte sich mittlerweile sehr für Fotografie und machte manchmal Fotos von ihnen zusammen im Bett. Einmal hatte er eine Videokamera benutzt, die seine Eltern ihm zu Weihnachten geschenkt hatten. Sie schauten sich ihren selbstgemachten Porno immer und immer wieder an, und jedes Mal, wenn sie das taten, erregte es sie beide sehr. Sie verbrachten jeden Augenblick, den sie hatten, zusammen, und sie liebten sich jedes Mal und sprachen über die Zukunft, die vor ihnen beiden lag, wenn der Junge Highschool und College hinter sich hatte. Er sagte, eines Tages würde sie Miss Amerika oder sogar Miss Universum sein. Und sie glaubte ihm. Sie glaubte alles, was er sagte, weil seine Vorhersagen immer eintrafen.

9

Buds Ford Bronco stand vor der Wache, als Black mich absetzte. Gut, dann konnte Bud mich nach Hause fahren, nachdem ich mit Charlie gesprochen hatte. Kaum war ich zur Eingangstür hereingekommen, hörte ich Charlie auch schon meinen Namen blöken. Eine Minute später schoss Bud um die Ecke und hastete auf mich zu.

»Charlie hat gesehen, dass Nick dich gerade abgesetzt hat, gehen wir. Er hat mich dazugebeten, weil er mit uns beiden reden will. Ich wollte dich schon anrufen. Beeil dich. Er ist auf dem Kriegspfad.«

Ach was? Wirklich?

Als wir Charlies Büro betraten, rauchte er seine Pfeife, sah aber nicht im Geringsten so aus, als wollte er damit Friedenszeichen von sich geben.

»Setzen«, befahl er, aber er wirkte insgesamt bei Weitem nicht so beunruhigt, wie ich erwartet hatte, was mir nur recht war.

Wir setzten uns. Charlie paffte einen Moment an seiner Pfeife, bis sie genauso in Flammen stand wie er. »Was zur Scheiße ist hier los, wenn ich fragen dürfte?«

Ich wappnete mich für etwa zwanzig Sch-Worte, sein üblicher Durchschnitt, wenn er frustriert war, und hoffte, dass er die Frage Bud gestellt hatte.

»Und, Detective Morgan, ich warte?«

»Selbstverständlich, Sir. Wir haben die Leiche gestern Morgen gefunden, nachdem wir von der Schwester des Opfers, Brianna Swensen, gebeten worden waren, nach ihr zu sehen. Sie konnte sie telefonisch nicht erreichen und bat Bud, einmal in ihrer Ferienwohnung nachzusehen. Wir waren ohnehin unterwegs zum Schießstand, also bin ich mitgekommen. Da haben wir das Mordopfer entdeckt.«

»Tja, was für ein Zufall, oder?« Er wandte Bud seinen Blick zu. »Ich entnehme Morgans Aussage, dass Sie mit diesen beiden Frauen wohl bekannt sind, oder, Davis?«

Bud entschied sich zur Ehrlichkeit. »Ich gehe mit Brianna Swensen aus, Sir, seit Neujahr.«

»Ach was? Sie sind mit der Schwester des Opfers zusammen? So viel dazu. Sie lassen ab sofort die Finger von diesem verfickten Scheißfall. Wieso bin ich eigentlich der letzte beschissene Idiot, der überhaupt erfährt, was zur Hölle hier los ist?«

»Ich glaube, Sie waren bis eben nicht in der Stadt, Sir.« Ich ging so dezent vor, wie ich konnte, aber ich war eben nicht der dezente Typ.

»Ja, ich war nicht in der Scheißstadt, Detective, aber ich habe ein Handy, das tatsächlich auch anderswo klingelt, wenn ich nicht hier bin. Warum zur Scheiße habe ich all das nicht früher erfahren?«

Man muss das erklären. Charlie ist ein Südlicher Baptist, der den Namen des Herrn niemals beschmutzen würde, aber andere Schimpfworte, die seine religiösen Ansichten nicht berühren, sind ihm seiner Meinung nach offenbar sehr wohl erlaubt. Er verwendet bestimmte Obszönitäten oft und gern – und ausgesprochen gekonnt, möchte ich hinzusetzen. Bud und ich sind das gewöhnt. Wir zucken normalerweise nicht mal mehr zusammen. Charlie kochte jetzt allerdings, wandte sich zum Fenster und murmelte einige erstaunlich einfallsreiche Varianten mehr oder weniger derselben Aussage. Ich wappnete mich und drückte die Schultern durch. Ich wollte Bud an meiner Seite wissen und war bereit, das darzulegen und den Ärger dafür zu kassieren.

Wie sich herausstellte, als Charlie sich uns wieder zuwandte, erfreute sich das Sch-Wort bester Gesundheit, wenn es auch etwas überstrapaziert wirkte. Ich hatte keine Gelegenheit, auch nur eine einzige Silbe von mir zu geben, weil sein Gesicht innerhalb von zwei Sekunden von rot/wütend zu weiß/erschrocken wechselte.

Charlie starrte in scheinbar unbegrenztem Schrecken an, was immer in der Tür hinter uns stand. Bud und ich drehten uns gleichzeitig um, um herauszufinden, was um alles in der Welt ihm derart die Sprache verschlagen hatte. Dann konnte ich spüren, wie auch ich weiß wurde, denn hinter uns, keinen Meter entfernt, stand Charlies reizende, liebenswerte Frau Ellie Lynn Ramsay, Mitglied der Erweckungsbewegung. Schlimmer noch, sie hatte ihren gleichermaßen anständigen, moralisch einwandfreien und gottesfürchtigen Priester dabei. Ich würde ihre Gesichtsausdrücke als durchaus entsetzt bezeichnen, fast schon entgeistert. Das Sch-Wort kam in den Sonntagsandachten wahrscheinlich weit seltener vor als eben hier im Raum, nahm ich an.

Charlie schluckte. Er schaute dumm. Ich habe ihn noch nie in meinem Leben so dumm schauen sehen. Ich brauchte ein paar Sekunden, um meine Verblüffung darüber zu verdauen. Schließlich räusperte sich Charlie, lächelte schwach und sagte: »Oh, Ellie Lynn und Bruder Arnold. Ich habe euch gar nicht dort stehen sehen.«

Ja, davon konnte man *definitiv* ausgehen. Bruder Arnold war wohlbekannt als herzensgut und großzügig, aber ich war ziemlich sicher, dass wildes Fluchen nicht auf seiner Aufgabenliste stand. Bud und ich hatten genug Verstand, um den Blick abzuwenden und die Wand hinter Charlie anzustarren. Ich versuchte sogar, unsichtbar zu werden. Charlie schaute jetzt mit einem rot angelaufenen Gesicht beschämt. Auch das hatte ich noch nie gesehen. Und es stand ihm nicht gut.

Ellie Lynn Ramsay fand schließlich ihre Stimme wieder, klang aber durchaus erschüttert. »Ja, Charles, ich kann sehen, dass du dir unserer Anwesenheit nicht bewusst warst. Offenbar sind wir in einem unglücklichen Moment gekommen. Wir werden jetzt wieder gehen und dich deiner Arbeit überlassen.«

Sie verließen uns, wobei die Tür weit offen blieb und kein

Zweifel daran herrschte, was sie vom Betragen ihres Ehemannes hielt. Ich wagte es nicht, Charlie anzusehen. Oder Bud. Ausdruckslos fokussierte ich meinen Blick auf den Boden, während Charlie in seinem Bürostuhl heruntersank und etwas zumindest ein bisschen weniger Obszönes vor sich hin murmelte. Es war dennoch ziemlich grafisch.

Schließlich sagte er: »Tja, da bin ich ja wohl voll reingetreten.«

Wir verweigerten jeden Kommentar. Charlie erhob sich, umrundete seinen Schreibtisch, schaute durch den Flur seiner Frau hinterher, schloss dann leise die Bürotür. »Ich schätze, Ihnen ist klar, dass ich durch die Hölle gehen werde, wenn ich heute nach Hause komme.«

Ich betrachtete das als rhetorisch und sagte nichts. Bud ebenfalls.

Der Sheriff fuhr jetzt in einem normaleren Ton fort. »Okay, das ist mein Problem und ich werde mich später damit befassen. Also – berichten Sie mir, was Sie unternommen haben, um den Fall zu lösen.«

Ich berichtete. Er hörte zu, wobei er seinen uralten Schreibtischstuhl in Richtung Fenster drehte. Während ich den Fall darlegte, wippte er vor und zurück und amüsierte uns mit quietschenden Stuhlfedern, wobei sein Blick auf dem blauen Himmel draußen haftete.

»Und, Sir, man hat mich vor Kurzem darüber in Kenntnis gesetzt, dass sich die Reporter nunmehr in Cedar Bend zusammengefunden haben und fordern, zu erfahren, was geschehen ist. Dr. Black hat mich gebeten, Sie um Ihre Erlaubnis zu bitten, eine Pressekonferenz abzuhalten. Er möchte wissen, was genau er sagen darf.«

Charlie dachte eine Weile über die Anfrage nach, er war jetzt deutlich ruhiger. Sein Gesicht hatte den üblichen Rotton, sein Atem ging fast normal. »Teufel, ich habe doch heute schon mit ihnen geredet und ich dachte, ich hätte ihnen genug gegeben, um sie ein paar Tage zufriedenzustellen, aber offenbar ist das nicht der Fall. Soll Nick es doch versuchen. Er ist verdammt gut darin, die Aufmerksamkeit von Leuten zu fesseln. Das muss ich ihm lassen. Ich habe ihn neulich im Court TV gesehen, es ging um den Fall, wo dieser Exschauspieler, wie hieß er noch, seine Freundin erschossen hat. Wann will er das machen? Bald?«

»Ja, Sir. So bald wie möglich. Er hat mich gebeten, ihn anzurufen, sobald Sie sich entschieden haben.«

»Sagen Sie ihm, er soll ruhig loslegen, dabei aber nicht mehr verraten, als unbedingt notwendig ist, so wenig wie irgend möglich also. Los, rufen Sie ihn ruhig an. Ich wette, Sie haben seine Privatnummer auf Kurzwahl, oder?«

Das hatte ich natürlich, aber das zu erwähnen war jetzt unnötig. »Ja, Sir, aber er ist Nummer fünf. Sie und Bud sind eins und zwei.«

Charlie runzelte ein wenig die Stirn. Bud grinste leise. Es tat mir gut, zu sehen, dass er trotz allem noch zu vernünftigen Gesichtsausdrücken fähig war. In der letzten Zeit hatte ich nicht viele davon mitbekommen dürfen. Ich drückte die Fünf und Black ging fast sofort ran, offensichtlich wartete er auf das Okay. »Charlie hat es gerade genehmigt. Er sagt, du sollst es mit den scheußlichen Einzelheiten nicht übertreiben. Mach die Ansage kurz, süß, auf den Punkt.«

»Verstanden. Wann wirst du heute Abend zu Hause sein?«

»Ich weiß noch nicht. Nicht besonders früh.«

»Warum kommst du nicht heute mal zu mir?«

»O nein, oh-oh. Ich denke nicht.«

»Jude beißt nicht.«

»Aber ich vielleicht.«

»Ja, ich erinnere mich.«

Ich lächelte ein wenig, als ich daran zurückdachte, bis ich Charlies genervten Blick bemerkte. Er zwinkerte noch nicht mal. »Es bringt mich um, Ihr privates Geplauder unterbrechen zu müssen, Detective, aber wir reden hier über einen verdammten Fall.«

Verdammt? Bud und ich warfen einander von Charlie unbemerkt einen Blick zu, hielten aber keinen Augenkontakt. Es sah aus, als hätte Charlie sich entschieden, eine neue und weniger blasphemische Lebensphase zu beginnen. Ich fragte mich, wie lange er eine so drastische Verhaltensänderung durchstehen würde.

»Ja, Sir.« Seine Ungeduld störte mich nicht. Charlie war ein guter Kerl, ein ausgezeichneter Sheriff, und die meiste Zeit blieb er ruhig, er wurde bloß ein wenig zickig, wenn es am See blutige, scheußliche, ungelöste Mordfälle gab. So wie jetzt. Ich sagte: »Ich muss jetzt auflegen. Wir sitzen bei Charlie. Ruf mich später wieder an.«

Zehn Minuten darauf ging ich hinaus und stieg auf den Beifahrersitz von Buds Bronco. Ich freute mich keineswegs darüber, was ich ihm sagen musste. Ich hielt erst mal die Klappe, bis wir auf dem Highway unterwegs zu mir waren, dann holte ich tief Luft.

»Wir müssen reden, Bud.«

»Wieso? Was ist?«

Okay, vielleicht konnte es noch eine Minute warten. »Wie geht es Brianna?«

»Ziemlich gut, glaube ich. Abgesehen davon, dass sie der Meinung ist, dass sie die Leiche sehen will.«

»Das wäre nicht so toll.«

»O ja, ich versuche ihr das sehr nachdrücklich auszureden.« Er warf mir einen Blick zu. »Okay, was ist mit dir? Ich merke es, wenn du dich vor etwas drückst. Sag's mir einfach, bring es hinter dich. Teufel, ich bin sowieso vom Fall abgezogen, was für einen Unterschied macht es?«

So ist das, wenn man lange mit jemandem zusammenarbeitet. Sie kennen einen und kriegen so ziemlich alles mit. Aber das hier würde sehr wohl einen Unterschied für Bud darstellen. Es würde ihn sogar nerven. »Okay, Bud, aber es wird dir nicht gefallen.«

»Wahrscheinlich nicht. Na und? Mir hat überhaupt noch

nichts gefallen, was heute passiert ist. Scheiße, meine Stimmung könnte kaum schlechter sein.«

Au contraire. »Ich habe mir sagen lassen, dass Briannas Beziehung zu Hilde nicht besonders gut war.«

Buds senkrechte Falten zwischen den Augenbrauen gruben sich tiefer in seine Stirn. Ich war es nicht gewohnt, ihn so wütend und gereizt zu sehen. Normalerweise war er ein freundlicher Typ, der grinste und freche Sprüche klopfte und lustige Storys erzählte. »In welcher Hinsicht?«

»Die Leute sagen, dass sie sich nicht gut verstanden hätten. Manche sogar, dass sie einander richtig hassten.«

Bud murmelte etwas und mir fiel auf, wie seine Finger das Lenkrad umklammerten. »Wer zum Teufel hat das behauptet?«

»Dixson, der Fotograf, schien sich ziemlich sicher zu sein, und ein paar der Mädchen haben erwähnt, dass die Schwestern sich viel stritten.«

»Das ist reiner Blödsinn. Bri hat mir gegenüber nie ein schlechtes Wort über Hilde verloren.«

»Aber warum sollte sie auch?«

Bud war jetzt wütend, riss das Steuer nach rechts, fuhr an den Straßenrand, hielt an und starrte geradeaus, den Wagen im Leerlauf. »Was zum Teufel soll das, Claire? Willst du sagen, Bri ist jetzt eine Verdächtige?«

»Ich sage nicht, dass sie eine ist. Aber ich kann auch nicht sagen, dass sie keine ist.«

»Ich schon.«

»Ja, na ja, das könnte der Grund dafür sein, dass Charlie dich abgezogen hat. Ich will dir nicht zu nahe treten, aber es ist offensichtlich, dass du nicht objektiv bist, wenn es um Brianna geht.«

Bud war jetzt mehr als nur beleidigt und versuchte auch gar nicht mehr, es zu verbergen. Er haute den Gang rein und fuhr wieder los. »Bri ist absolut unfähig, jemandem ein Leid zuzufügen. Um Gottes willen, Claire, du kennst sie doch auch. Du weißt, wie süß sie ist. Kannst du dir vorstellen, dass sie Hildes

Mund absäbelt und auf uns schießt? Also wirklich. Teufel, sie hat uns doch selbst dort hochgeschickt. Das hätte sie sicher nicht getan, wenn sie gerade ihre Schwester umgebracht hätte.«

»Vielleicht ja, vielleicht nein. Es ist auch nicht schlecht, findest du nicht, wie sie uns hochgeschickt hat, um das Opfer zu finden? Damit hat sie ein ziemlich gutes Alibi.«

»Okay, du kannst ja glauben, was immer du willst. Ich sage, sie hatte weder die Zeit noch die Gelegenheit.«

»Vielleicht hatte sie einen Komplizen.«

»Nun komm schon, Claire, diese Theorie ist doch lächerlich. Das ergibt überhaupt keinen Sinn. Wenn jemand das mit ihr zusammen getan hätte, warum sollte sie uns dann hochschicken, bevor er weg ist?«

»Vielleicht war sie hin- und hergerissen? Oder es dauerte einfach länger, als er erwartet hatte, sauber zu machen und die Leiche in Position zu bringen?«

»Blödsinn. Ich sage dir, sie kann es nicht gewesen sein. Du hast sie gesehen, nachdem ich ihr davon erzählt habe, sie ist total durchgeknallt.«

»Okay. Ich sage bloß, wenn du darüber nachdenkst, Bud, dann musst du objektiv bleiben.«

»Das sagst du mir? Nachdem du mit Nick Black ins Bett gesprungen bist, als er unser Verdächtiger Nummer eins war?«

Damit hatte Bud mich. »Ja, und das hätte ich nie tun sollen. Aber ich war zu dem Zeitpunkt schon von dem Fall entbunden, das ist ein großer Unterschied. Jetzt komm schon, Bud, lass uns nicht darüber streiten. Bleib einfach offen und behalt sie im Auge. Wenn es jemand anders war und die Sache persönlich ist, wer weiß, dann hat er es vielleicht auch auf beide Schwestern abgesehen. Vielleicht nimmt er sich als nächstes Brianna vor.«

»Glaubst du, darauf bin ich noch nicht gekommen? Was denkst du denn, warum ich die Nächte bei ihr verbringe?«

»Okay. Sag ihr schöne Grüße von mir. Und dass ich an sie denke.«

»Ja? Bloß lieber nicht, was du denkst, oder?«

Bud war wütend und fuhr mich in vollständigem, unangenehmen Schweigen zu meinem Haus. Er setzte mich ohne ein Wort ab, wendete und ließ beim Abfahren Kies spritzen. Großartig, das hatte ich dringend gebraucht. Aber ich machte mir keine allzu großen Sorgen. Wir hatten uns schon öfter gestritten. Tief drinnen wusste er sicher, dass ich recht hatte. Ich hätte es wahrscheinlich nicht einmal erwähnen müssen. Mit der Zeit wäre er auch allein zu genau denselben Schlüssen gekommen.

An einem ruhigen Sommertag, draußen war es sehr heiß und die Bienen summten über die Weide hinter der Scheune, lagen die Ältere und der Junge nackt, ineinander verschlungen, hinter ein paar Heuballen auf dem Heuboden. Der Junge hatte seine Kamera auf einem Brett über ihnen aufgestellt und er verwöhnte das Mädchen sexuell, sie hatte die Augen geschlossen und genoss das Gefühl seiner zärtlichen Finger, sie war sicher, sie könnte nie glücklicher sein als in diesem Augenblick. Doch der Bann brach, als jemand unter ihnen die Scheunentür aufstieß. Der Junge packte sie, legte seine Hand über ihren Mund und zog sie tiefer in den Schatten.

Sie konnten von unten Mamas Stimme hören. Sie zerrte Sissy am Kragen ihres T-Shirts herein und Sissy kreischte so laut sie konnte nach ihrem Papa. Aber der Stiefvater war mit Bubby zu einem Baseballspiel gefahren, also würde ihr niemand zu Hilfe kommen. Sie griffen schnell nach ihren Sachen und zogen sich an, und der Junge nahm die Kamera herunter und richtete sie auf Mama, während die Sissy die Stufen hochzerrte.

»Dann können wir beweisen, wie sie euch behandelt, wenn ihr Mann weg ist«, flüsterte er.

Mama hielt die Reitgerte in einer Hand und sagte die schlimmsten Dinge über Sissy. Schreckliche Dinge, noch schlimmer als das, was sie immer zu der Älteren gesagt hatte. Sissy wehrte sich, sie wollte nicht in die Strafkiste gesperrt werden, sie schrie, dass sie Angst hätte, dass sie es nicht ertragen könnte, eingesperrt zu sein, aber Mama begann sie immer wieder mit der Reitgerte zu schlagen, auf den Rücken und die Beine, bis Sissy sich wie ein Baby zusammenkrümmte, stöhnte und weinte.

»Ich kann sie nicht so auf sie einschlagen lassen, das kann ich einfach nicht«, flüsterte der Junge. Bevor die Ältere ihn stoppen konnte, sprang er mitsamt der Kamera auf und befahl

Mama, aufzuhören. »Hören Sie sofort auf, sie zu schlagen. Ich habe jetzt auf Video, was Sie Ihren Kindern antun!«

Mama wirbelte überrascht herum, die Augen immer noch schwarz vor Wut, und dann kam sie auf ihn zu, sie schlug sich mit der Reitgerte in ihre Hand. »Was machst du denn hier, du kleiner Scheißer? Vögelst meine Tochter? Dachtest du, ich wüsste nicht, dass du immer hinter ihr her bist? Aber damit ist jetzt Schluss. Du wirst sie nie wieder sehen, also verschwinde von meinem Grundstück, bevor ich deine hochnäsige Doktor-Mami anrufe und ihr erzähle, was du so treibst.«

Der Junge schob die Ältere hinter sich, als Mama mit der Reitgerte auf sie zukam, er war bereit, sie zu beschützen, aber bevor sie abhauen konnten, hatte Sissy sich aufgerappelt und stürzte sich mit gesenktem Kopf von hinten gegen Mama. Sie traf sie seitlich und stieß sie in Richtung der Kante des Heubodens. Sissy stürzte kurz vor der Kante auf die Knie, aber Mama konnte sich an nichts festhalten und schrie, als sie vom Heuboden in Richtung des Scheunenbodens sieben Meter unter ihnen fiel.

»O mein Gott«, weinte die Ältere und lief zur Leiter.

Mama lag dort unten auf dem Betonboden auf dem Rücken, den Hals in einem merkwürdigen Winkel abgeknickt, und umklammerte immer noch die Reitgerte. Die Ältere wollte eilig die Leiter herunterklettern, aber der Junge packte sie am Arm und hielt sie auf. »Geh nicht. Sie ist schon tot. Sieh dir nur ihren Kopf an. Sie hat sich das Genick gebrochen.«

Die Ältere begann zu weinen, aber Sissy robbte auf Händen und Knien an den Rand des Heubodens und schaute hinunter auf die Leiche ihrer Mutter. »Gut. Ich hoffe, sie ist tot. Ich hoffe, ich habe sie umgebracht. Ich hasse sie.«

Die Ältere starrte sie an und der Junge wandte das entsetzte Gesicht der Älteren mit den Händen in seine Richtung. Er lächelte. »Jetzt haben wir Sissy genau, wo wir sie haben wollen, Baby. Sie hat deine Mama umgebracht, und dafür wird die Polizei sie für immer wegsperren. Du bist sie beide los.«

Sissy sah auf und die Ältere starrte die roten, schrecklichen Striemen auf ihren Armen und Beinen an, und dann lief Sissy auf sie zu und klammerte sich an ihre Knie. »Nein, bitte, bitte, verratet mich nicht, bitte. Ich werde alles tun, was ihr wollt. Ich werde brav sein. Ich werde euch bedienen und euch alles von mir geben, was ihr haben wollt. Bitte, bitte, sagt Daddy nicht, dass ich sie gestoßen habe.«

Die Ältere weinte, weil Mama tot war, und am Ende hatte die sie doch geliebt. Mama hatte sie jetzt schon seit langer Zeit gut behandelt, aber sie wusste auch genau, warum Sissy das getan hatte. Wie oft hatte sie selbst Mama wehtun wollen, sie auf die schrecklichste, schmerzhafteste Weise töten wollen?

Der Junge packte Sissy bei den Schultern und schüttelte sie. »Du tust besser, was ich sage, alles, was ich will, denn ich habe auf Band, wie du deine Mutter umbringst. Ich habe es alles gefilmt. Von jetzt an wirst du unsere kleine Sklavin sein und du wirst alles tun, was ich will, sonst schicke ich das Band direkt der Polizei.«

Sissy starrte zu ihm hoch, die blauen Augen ängstlich weit aufgerissen. Sie nickte langsam und der Junge lächelte. »Braves kleines Sklavenmädchen. Jetzt müssen wir es nur noch wie einen Unfall aussehen lassen.« Er tigerte zwischen den Heuballen hin und her, dachte nach, und dann trat er vor die Ältere. »Wann kommt Russel mit Bubby zurück?«

»In ein paar Stunden, vermute ich.«

»Okay, ich weiß, wie wir es machen. Sissy, steig in die Kiste, wir schließen sie ab. Dann werden die Bullen glauben, du kannst sie nicht geschubst haben. Ich werde die Treppe ein wenig demolieren, so dass es aussieht, als wäre das Geländer abgebrochen, deswegen ist sie gestürzt. Wir zwei gehen zurück zu mir nach Hause und erzählen meinen Eltern, dass wir den ganzen Nachmittag im Winnebago Spiele gespielt hätten. Meine Schwestern werden das bezeugen. Den Rest der Zeit bleiben wir bei meinen Eltern und meinen Schwestern im Haus, so haben wir ein wasserdichtes Alibi. Dein Daddy wird sie finden, wenn er nach Hause kommt, und denken, sie sei versehentlich die Stufen heruntergefallen, und dann werden alle herausbekommen, dass sie Sissy in die Strafkiste gesperrt hat, und sie werden erfahren, wie sie euch beide misshandelt hat. Es ist perfekt.«

»Ja, perfekt!«, rief Sissy, und dann kletterte sie tatsächlich lächelnd in die Kiste und ließ sich von dem Jungen einsperren.

Die Ältere brach wieder in Tränen aus und sackte auf die Knie, die Gefühle übermannten sie, aber sie war gar nicht sicher, warum. Der Junge nahm sie in seine Arme und beruhigte sie, er küsste ihr Haar, und als er ihr sagte, alles würde gut ausgehen, glaubte sie ihm.

10

Hilde Swensens Beisetzung fand bereits wenige Tage nach dem Mord in den Räumen von Lohmans Bestattungsunternehmen statt, für meinen Geschmack ein bisschen schnell, aber so wollte Brianna es. Mir war nicht ganz klar, warum sie es so eilig hatte, aber vielleicht wollte sie es einfach hinter sich bringen. Black bestand darauf, mich zu begleiten, und wir trafen auf eine überraschend große Trauergemeinde in dem plüschigen, viktorianisch eingerichteten Bestattungsunternehmen. Die Erste, der wir begegneten, war Jüdin, wie wunderbar. Sie verabreichte mir eine schnelle, unnötige und unerwünschte Umarmung, und ich lächelte die ganze Zeit und versuchte, nicht an ihrem Parfüm zu ersticken. Wahrscheinlich stammte es direkt aus Coco Chanels Chemiewerkstatt in Paris, dasselbe Zeug, das Black mir zu Weihnachten geschenkt hatte. Ich fragte mich, ob er ihres auch bezahlte.

Jude sagte: »Das ist alles so schrecklich traurig, oder?«

»Stimmt.« Ich nickte und zwang mich, betrübt auszusehen, obwohl ich nicht sicher war, dass Jude tatsächlich so mitgenommen war. Black sah ungemütlich aus wie immer, wenn wir drei uns miteinander vergnügten. Was hatte er denn erwartet? Dass ich sie in den Schwitzkasten nahm oder zum Schlammringen herausforderte? Beides klang durchaus verführerisch, das muss ich zugeben. Hey, ich könnte es mit ihr aufnehmen, kein Problem.

Er sagte: »Setzen wir uns. Es geht gleich los.«

Ich ging vor in die Kapelle, weil ich einen Platz haben wollte, von dem aus ich alles gut überblicken konnte, vielleicht würde ja jemand die Tränen nur heucheln oder halb versteckt arrogant grinsen, weil er oder sie glaubte, mit einem Mord davongekommen zu sein. Bud saß in der ersten Reihe, direkt links vom Gang. Brianna neben ihm war von Kopf bis Fuß in Schwarz gehüllt. Ein breitkrempiger schwarzer Filzhut mit einem schwarzen Spitzenvorhang verdeckte ihr Gesicht. Sie war offensichtlich ein großer Fan traditioneller viktorianischer Trauerbekleidung. Wahrscheinlich hatte sie sich deswegen für Lohman's entschieden, mit all den Spitzendeckchen auf den Möbeln.

Ich führte das früher verheiratete Duo auf die andere Seite des Saals, wo eine Reihe kurzer Bänke quer zu den anderen stand. Ich trat höflich zurück und ließ Black und Jude an mir vorbeigehen, aber in Wahrheit wollte ich nur am Ende der Bank sitzen, um schnell aufspringen zu können, wenn es nötig wäre. Vor allem aber wollte ich nicht neben Jude enden.

Als ich mich setzte, beugte sich Black nahe genug an mich heran, dass ich sein sexy Aftershave riechen konnte. Es erinnerte mich an süße Dinge. »Wonach genau suchst du?«

»Nach allem, was mir helfen könnte.«

Über die Reihen hinweg traf mein Blick auf Buds, und er lächelte zwar nicht, nickte aber kurz zum Gruß. Was hieß, dass er nicht mehr sauer war. Gut. Wenn ich ihn richtig einschätzte, und da war ich sicher, würde er Brianna auf verdächtiges Verhalten hin beobachten, ob ihm die Vorstellung nun passte oder nicht. Er war ein guter Polizist. Und so was machen gute Polizisten nun einmal. Ich war ja selbst nicht sicher, ob sie etwas mit der Sache zu tun hatte, wahrscheinlich konnte sie ihrer eigenen Schwester nicht so etwas Brutales angetan haben, selbst falls sie sie insgeheim auf den Tod hasste. Wie Bud konnte ich mir Brianna nicht dabei vorstellen, wie sie eine Schere herauszog und an den Lippen ihrer Schwester herumschnippelte.

Aber es gab die merkwürdigsten Dinge. Andauernd. Vielleicht hatte sie eine gespaltene Persönlichkeit. Black würde es eine dissoziative Identitätsstörung nennen, aber der ist ja auch Seelenklempner, und ich nenne es, wie ich will. Solche Irren werden in meiner Welt immer gespaltene Persönlichkeiten bleiben.

Bud beugte sich jetzt vor und flüsterte Brianna etwas zu, dann schaute er ganz besorgt, als sie antwortete. Anschließend warf er mir einen Hilfe suchenden Blick zu. Ich kannte ihn genauso gut wie er mich.

»Bin gleich wieder da«, flüsterte ich Black zu, ohne ihm Zeit zu geben zu widersprechen.

Ich durchquerte den Raum, wobei ich mir ziemlich blöd vorkam in meinem schwarzen Hosenanzug aus der Unizeit und den Kampfstiefeln, aber irgendwie musste ich ja meine Knarren verstecken. Alle anderen, die hier waren, sahen aus, als wären sie direkt den Seiten des Beerdigungs-Specials in *Mademoiselle* entstiegen. Ich setzte mich auf Briannas andere Seite. Sie nahm meine Hand und drückte meine Finger, aber ich konnte ihre Gesichtszüge durch die feine schwarze Spitze kaum ausmachen.

»Danke, dass du hier bist, Claire. Das bedeutet mir viel.«

Ich musterte sie weiter und versuchte, ihre Augen durch den Schleier zu erkennen, aber es gelang mir nicht. Es macht mich nervös, wenn ich jemand nicht in die Augen sehen kann.

»Es tut mir wirklich leid, Bri. Ich weiß, wie schwer das für dich sein muss.«

Dann begann Brianna leise zu weinen, schob ein schwarzes Taschentuch unter den Schleier und tupfte ihre Tränen weg. Wo zum Teufel kriegte man schwarze Taschentücher? So was hatte ich im Leben noch nicht gesehen. Wahrscheinlich musste man sie bei eBay bestellen. Ihre Schultern zuckten und ich fühlte mich ziemlich mies, sie verdächtigt zu haben, vor allem, weil Bud mich auch noch vorwurfsvoll anstarrte.

Dann sagte Bud: »Brianna möchte etwas zu ihrer Schwester in den Sarg legen.«

Oh, Scheiße. Damit hatte ich nicht gerechnet. Jetzt verstand ich sein SOS-Signal.

»Ich möchte das wirklich gern tun«, sagte Brianna zu mir, sie war heiser und verheult. Sie öffnete die Hand, in der sie nicht das Taschentuch hielt, und zeigte mir einen kleinen goldenen

Anhänger in Form eines Herzchens, der auf ihrer Handfläche lag. »Ich möchte, dass Hilde ihn trägt. Ich weiß, sie würde es gern so haben. Wir haben diese Herzen ausgetauscht, als wir die Highschool abgeschlossen haben. In meinem ist ihr Foto, in ihrem ist meines. Wir haben immer geglaubt, dass sie uns Glück bringen, verstehst du, wir haben sie bei besonderen Anlässen getragen, in schweren Zeiten. Als Glücksbringer.«

Ich fand, es war ein bisschen spät für Hildes Glück, hielt aber lieber den Mund. »Könnte Bud das vielleicht für dich erledigen, Bri? Ich glaube wirklich, das wäre besser. Und du kannst dennoch sicher sein, dass sie ihn bei sich hat, denn darum geht es doch.«

»Nein, wirklich, ich habe das Gefühl, ich muss das selbst machen. Nur noch einmal. Sie sehen und mich verabschieden. Verstehst du?«

Bud sagte: »Hör mal, Bri, glaub mir, du willst sie nicht so in Erinnerung behalten. Es ist besser, du denkst so an sie, wie sie das letzte Mal aussah, als ihr euch gesehen habt.«

»Bud hat recht, Bri. Sie wird nicht so aussehen wie im Leben.«

Brianna erhob sich plötzlich. »Es tut mir leid, aber ich muss es tun. Ich bin stärker, als ihr glaubt, wirklich. Ich möchte, dass sie das für immer trägt, und ich werde es ihr selbst um den Hals legen.«

»Wir müssen es ihr sagen, Bud«, sagte ich.

»Mir was sagen?« Brianna sah Bud an. Davon ging ich jedenfalls aus. Wegen des verdammten Schleiers war es schwer, sicher zu sein.

Bud sagte mit sehr leiser Stimme: »Okay, Bri, ich wollte nicht, dass du das erfahren musst, aber jetzt lässt du mir keine andere Wahl.« Er zögerte und schaute einen Augenblick unsicher umher. »Sie wird nicht so aussehen wie früher. Der Mörder hat ihr Gesicht verletzt.«

Brianna stieß ein Stöhnen aus, ein tiefes und schreckliches Geräusch. Ihre Finger krampften sich ineinander, die Knöchel waren weiß. »Ich will sie trotzdem ein letztes Mal sehen. Ich muss sie sehen.«

Ihre Stimme war laut genug, um das leise Murmeln im Saal ersterben zu lassen.

Bud erhob sich und flüsterte: »Okay, ganz ruhig, Bri, dann lass es uns wenigstens jetzt tun, bevor sie den Sarg hereinholen. Nebenan, wo der Sarg steht, ist es ruhiger.«

Bud nahm sie am Ellenbogen und führte sie durch eine Seitentür ins Nebenzimmer. Ich blieb, wo ich war. Ich hatte genug Särge mit Leichen darin gesehen. Am liebsten würde ich das nie wieder durchmachen müssen. Ich sah sie zu dem geschlossenen weißen Sarg gehen, den jemand am besten hätte abschließen und dann den Schlüssel wegwerfen sollen. Ich dachte an Hildes schreckliches Skelettgrinsen und wusste, dass Brianna diese Entscheidung den Rest ihres Lebens bereuen würde.

Clarence Lohman, der Leiter der Zeremonie und Besitzer des Beerdigungsinstitutes, stand neben dem Sarg Wache, er wartete auf das Signal, ihn in den großen Saal zu schieben. Klein, dünn, spitze Züge, Bleistiftbärtchen wie Don Ameche in den *Cocoon*-Filmen und etwa im selben Alter, Anfang achtzig, vielleicht etwas älter. Er trug einen traurigen Anzug und den passenden Gesichtsausdruck. Er hörte sich Buds leise Bitte an, schaute extrem besorgt, schüttelte vehement den Kopf. Auch er wollte nicht, dass Brianna die Leiche ihrer Schwester sah. Brianna trat näher und sprach einen Augenblick mit Lohman, dann nickte der zögernd, bevor er wieder den ernsthaften, mitfühlenden Ausdruck mit gesenktem Kopf annahm, den sie einem offenbar am ersten Tag der Ausbildung zum Beerdigungsunternehmer beibrachten. Ich fragte mich, was er in Wahrheit dachte, wenn er auf den Beerdigungen irgendwelcher Fremder herumstand und besorgt schaute, vielleicht an das Baseballspiel der Cardinals heute Nacht oder ob seine Frau zum Abendessen Lasagne machte, oder vielleicht war er auch wirklich so mitfühlend, wie er aussah. Die Orgel spielte leise und herzerweichend »In the Sweet By and By«. Gott helfe mir, ich hasse Beerdigungen.

Ich wollte Briannas Gesicht nicht sehen, wenn sie Hildes lippenlose Grimasse anstarrte, also konzentrierte ich mich auf Black und Jude und versuchte, stattdessen an die beiden zu denken. Sie sahen verdammt gut zusammen aus, zu gut, unglücklicherweise. Statt ein toller Psychologe zu sein, hätte Black es auch als Dressman schaffen und auf den Laufstegen unterwegs sein können. Die Zuschauerinnen würden wahrscheinlich schon aufgrund seines reinen Sexappeals ohnmächtig werden. Im Moment sah er mich mit einem *Was-zum-Teufel-ist-los*-Blick an. Jude hingegen bedachte ihn mit einem *Du-bist-meine-Seele-und-meine-größte-Lebensfreude*-Blick. Also verpasste ich ihr meinem *Verpiss-dich-Alte-du-hattest-deine-Chance*-Blick. Oh, bahnte sich hier etwa ein Liebesdreieck an?

Black musste mein Interesse bemerkt haben, denn er erhob sich, durchquerte den Saal und setzte sich neben mich. »Was ist los, Claire?«

»Sie will unbedingt die Leiche sehen, selbst nachdem Bud ihr von den Verstümmelungen erzählt hat. Ich möchte ihre Reaktion nicht sehen. Ich wünschte, ich könnte einfach gehen.«

Ich wartete immer noch auf einen entsetzten Schrei, der aber nicht kam, und Black beobachte Brianna und Bud. Er runzelte die Stirn und sagte: »Sie haben den Sarg geöffnet, aber Brianna scheint überhaupt nicht mitgenommen.«

Etwas entsetzt darüber wandte ich mich um und sah, wie Brianna den Anhänger zu ihrer Schwester in den Sarg legte, aber weder Schrecken noch Ekel zeigte, jedenfalls nicht hörbar. Überrascht bemerkte ich, dass Bud und der Bestattungsunternehmer dreinschauten, als hätten sie einen Geist gesehen. Ich erhob mich und ging, Black dicht hinter mir, ins Nebenzimmer. Ehrlich gesagt, das Letzte, was ich auf der Welt sehen wollte, war noch einmal Hildes verstümmeltes Gesicht, aber Briannas entspannte Reaktion war einfach ein bisschen zu bizarr, um sie zu ignorieren.

Als ich den Sarg erreichte, begriff ich sofort, warum Brianna nicht verstört reagiert hatte und warum Bud und der Beerdigungsmensch so blöd guckten. Ich starrte Hilde Swensen in ihrem mit weißem Satin ausgestatteten Sarg und auf dem wundervoll bestickten Kissen, unter dem mit Seide ausgeschlagenen Deckel ungläubig an. Denn ihr Mund war nicht mehr verstümmelt. Ihre Lippen waren angenäht und gekonnt mit feuerwehrrotem Lippenstift geschminkt worden. Sie sah friedvoll und liebenswert aus, und nicht, als hätte ein durchgeknallter irrer Mörder sich daran aufgegeilt, ihr die Lippen abzuschneiden.

»Ich danke Ihnen, Mr Lohman. Sie sieht aus, als würde sie bloß schlafen«, sagte Brianna zu dem Beerdigungsunternehmer, dann nahm sie Buds Arm und ging langsam zurück in die Kapelle. Bud starrte mich an und runzelte die Stirn.

»Wie haben sie es geschafft, dass ihr Mund so gut aussieht?«, fragte ich Mr Lohman.

Er sah mich an. »Habe ich nicht.«

»Was soll das heißen, haben Sie nicht?«

Er zuckte mit den Achseln und wirkte ehrlich verlegen. »Der Sarg sollte geschlossen bleiben. Wir haben natürlich die Leiche vorbereitet und drapiert, aber wir haben keinerlei Gesichtsrekonstruktion vorgenommen. Wir hatten auch überhaupt keine Lippen zur Verfügung, mit denen wir hätten arbeiten können. Ich weiß nicht, wie das geschehen konnte. Es ist unmöglich.«

Black sagte: »Heilige Maria.«

Ich fragte: »Wer könnte das gewesen sein?«

»Ich weiß es nicht«, sagte Mr Lohman. »Aber wer immer es war, wusste, was er tut. Sie haben keine Ahnung, wie schwierig es ist, einen Mund zu rekonstruieren, so dass er auch nur akzeptabel aussieht, vor allem, wenn die Lippen abgetrennt wurden. Deswegen empfehlen wir in solchen Fällen immer einen geschlossenen Sarg.«

»Also, ich will auf jeden Fall wissen, was zum Teufel hier los ist, und wer sich an der Leiche zu schaffen gemacht hat.«

»Ja, Ma'am. Bitte, ermitteln Sie das. Niemand hätte Zugriff auf die Leiche haben sollen, nicht ohne meine Erlaubnis.«

»Teilen Sie Ihren Mitarbeitern mit, dass ich mit ihnen sprechen möchte, sobald die Feierlichkeiten vorüber sind.«

Wir standen da, während zwei von Lohmans Angestellten Hildes Sarg in die Kapelle schoben, und Mr Lohman versicherte Black und mir erneut, dass er genauso entsetzt wie wir darüber sei, dass ein Phantom-Schönheitschirurg ein solches Wunder mit der Leiche zustande gebracht hatte. Unglaublich! Das Beerdigungsunternehmen befand sich seit fünfundsiebzig Jahren im Besitz seiner Familie und so etwas war noch nie geschehen. Er wusste ganz sicher, darauf bestand er, dass die Verstorbene sich am Abend zuvor, als der Sarg für die Trauerfeier zurechtgemacht worden war, ordnungsgemäß allein und ungestört darin befunden hätte. Gott sei ihm gnädig, so etwas wäre noch nie zuvor geschehen, wiederholte er, aber immerhin war es gute Arbeit, so war den Angehörigen großes Leid erspart geblieben, aber es hatte sich noch nie jemand an einem seiner Toten zu schaffen gemacht, niemals, also wirklich, Gott sei sein Zeuge. Na ja, dachte ich, etwas anderes wäre auch nicht besonders gut für sein Geschäft.

Black und ich kehrten auf unsere Plätze zurück und die Trauerfeier begann. Wir hörten eine Menge hübscher Mädchen hübsche Geschichten über das hübsche Mordopfer erzählen, und ein verstörter Friseur heulte laut in den hinteren Reihen, Mr Race natürlich. Als ich zu ihm hinüberschaute, bemerkte ich, dass ausgerechnet Corkie es war, die ihn beruhigte, ihr Haar war jetzt lang und dunkelrot. Brianna ging nicht nach vorn, um ihre Schwester zu würdigen, sondern tupfte nur ihre Tränen weg, die offensichtlich hinter dem dunklen Spitzenvorhang wie aus einem Wasserhahn quollen.

Ich sah zu Black und Jude und fragte mich, wie es möglich war, dass jemand sich an Hildes Leiche zu schaffen gemacht hatte, und dann auch noch so fachmännisch, ohne dass jemand es bemerkt hatte. Das war keine schlechte Leistung, und ich wollte wissen, wer dahintersteckte, und vor allem, warum. Der Täter wäre die logischste Erklärung dafür, wer vielleicht herumgeisterte und den Körper des Opfers wieder instand setzte – sieht doch ganz gut aus. Aber das ergab für mich wenig Sinn, eigentlich gar keinen. Warum sollte irgendein Verrückter Hilde Swensens Lippen erst abschneiden, während sie noch am Leben war, und sich dann einschleichen und sie wieder annähen, damit sie bei der Beerdigung hübsch aussah? Nur, wenn es nicht der Täter gewesen war, wer zum Teufel dann? Die ganze Geschichte war verrückt, aber ich würde es herausbekommen, und wenn es mich umbrachte.

Ich sah zu, wie Brianna aufstand und sich bei den Leuten, die an ihr vorbeigingen, bedankte, dass sie gekommen waren, um ihren Respekt zu erweisen. Zwei granitgesichtige Mitarbeiter des Beerdigungsunternehmens rollten den Sarg nach draußen zum wartenden Leichenwagen. Bud hatte endlich einen Augenblick Zeit und kam zu mir.

»Was ist los? Lohman ist kalkweiß.«

»Ja, und aus gutem Grund. Er sagt, seine Leute hätten die Lippen nicht wieder angenäht, und er weiß auch nicht, wer es gewesen sein könnte, oder warum.«

»Das verstehe ich nicht.«

»Ich auch nicht, deswegen werde ich auch hierbleiben und seine Leute vernehmen. Das Ganze hat einen Grund, so viel kannst du mir glauben.«

»Willst du etwa sagen, der Täter sei hier eingebrochen und hätte das getan?« Bud runzelte wieder die Stirn. »Warum sollte er?«

Ich zuckte mit den Achseln. »Geh du mit Brianna, sie braucht dich. Zumindest muss sie jetzt ihre Schwester nicht so in Erinnerung behalten wie wir.«

Ich sagte Black, dass er Jude auf den Friedhof begleiten und dann zurück ins Cedar Bend fahren müsste, und er zankte sich ein paar Minuten mit mir herum, denn er wollte bei mir bleiben, erklärte sich aber schließlich doch einverstanden. Ich wartete, bis die Kapelle leer war, dann nahm ich mir einen Raum voll rotgesichtiger, entgeisterter Bestattungsmitarbeiter vor und las ihnen die Leviten.

Ich begann mit dem Chef, Mr Lohman selbst. Bislang hatte er sich ziemlich affendumm gestellt: nichts gewusst, nichts gesehen, nichts gehört. Allerdings sah er so aus, als würde er gleich einen ernsthaften Nervenzusammenbruch bekommen, vermutlich weil ihm langsam klar wurde, was für ein Drama aus so einer Sache werden konnte. Seine Hände zitterten, als er ein Päckchen Marlboro und ein Bic-Feuerzeug aus der Innentasche seines Anzugs hervorzog. Er hielt sie bereit, zündete sich aber keine an, obwohl er das sicher gern gewollt hätte.

»Mr Lohman, bitte denken Sie nach und erklären Sie mir, wie das passiert sein kann. Ich gehe davon aus, Sie haben die Leiche vor der Trauerfeier nicht noch einmal überprüft?«

»Nein, Ma'am, nicht, wenn der Sarg geschlossen bleibt. Wir legen die Verschiedenen in den Sarg und verschließen ihn, nachdem wir sie vorbereitet haben.«

»Wann hat das letzte Mal jemand den Sarg geöffnet?«

»Wir haben die Vorbereitung gestern Morgen abgeschlossen. Dann haben wir den Sarg verschlossen, und heute haben wir ihn zur Trauerfeier geholt.«

»Wird das Gebäude nachts überwacht? Haben Sie einen Wachmann? Einen Nachtwächter?«

»Wir haben einen Nachtwächter. Ich habe ihn angerufen, direkt nachdem wir herausgefunden haben, dass Ms Swensens Leiche …« Er suchte nach dem richtigen Wort und fuhr fort: »… gestört wurde. Dort ist er, er sitzt auf dem grünen Stuhl neben der Tür. Er heißt Walter Costin.« Er winkte den Mann heran. Costin hatte uns bereits im Auge gehabt, als fürchtete er, dass ihm Ärger bevorstünde, und da lag er ja auch nicht falsch. Er erhob sich eilig und kam in unsere Richtung. Auch er sah nervös aus.

Walter Costin war um die dreißig, kleidete sich aber mehr wie ein Sechzehnjähriger. Er hatte dunkelbraunes, lockiges

Haar, das ihm fast bis auf die Schultern reichte, und große, ausdrucksstarke Augen mit langen schwarzen Wimpern. Er war etwa einsachtzig groß und eher schlaksig, trug ein schwarzes T-Shirt, eine ausgefranste Jeans und ein großes silbernes Hakenkreuz an einer Kette um den Hals. O Mann, wie cool darf's denn sein? Mir fiel auf, dass er zudem noch ein Hakenkreuz auf das rechte Handgelenk tätowiert hatte.

»Sind Sie Hitlerfan, Costin, oder wie?«

Er lächelte und wirkte plötzlich gar nicht mehr so besorgt. Er begann mit einer tiefen Grabesstimme zu sprechen, ähnlich wie Darth Vader, bloß redete Costin rasend schnell in abgehackten, überdeutlichen Worten. »Nein, Ma'am. Das ...« – er zog das Hakenkreuz an der Kette hoch – »gab es lange, bevor die Nazis an die Macht kamen. In Wahrheit ist es fast dreitausend Jahre alt und war meist ein Symbol für das Gute. Man hat Münzen und Töpferwaren mit Hakenkreuzen darauf gefunden, die zurück ins alte Troja datieren, bis auf eintausend vor Christus, glaube ich.«

Okay, er hielt sich also für Indiana Jones. »Was Sie nicht sagen. Troja, wirklich? Das große Holzpferd und so weiter?«

»Genau, Ma'am. Die Bezeichnung für Hakenkreuz – *swastika* – kommt aus dem Sanskrit, von dem Wort *su.* Das heißt ›gut‹. Ganz schön ironisch, was?«

»Ja, ironisch. Haben Sie Geschichte studiert, oder wie?«

»Genau, Ma'am, das tue ich. Ich pendle rüber zur Missouri State in Springfield. Ich habe einen Abschluss in Alter Geschichte und bereite meine Doktorarbeit vor. Ich habe diesen Anhänger bei einer Ausgrabung letzten Sommer in der Türkei gefunden. Von der Uni gesponsert.«

»Achten Sie besser drauf, wo Sie das Ding tragen, Walter. Ein paar Leute sind immer noch empfindlich wegen der Sachen, für die es in den Vierzigern stand, und ich gehöre dazu.«

»Ja, Ma'am. Ich verstehe genau, was Sie sagen wollen. Und alle nennen mich Walt.« Breites Grinsen.

Walter war ein richtig netter Kerl und überhaupt nicht, wie ich mir einen Bestattungs-Nachtwächter vorgestellt hatte, nie im Leben hätte ich gedacht, dass ein solcher Typ sich auskannte mit den Trinkgefäßen und finanziellen Gewohnheiten Helena von Trojas.

»Wie lange arbeiten Sie schon hier?«

»Bloß ein paar Wochen. Ich wollte ein bisschen dazuverdienen für die nächste Ausgrabung. Die ist in Griechenland.«

»Sie passen in der Nacht auf, oder?«

»Genau, Ma'am. Ich komme um acht Uhr abends und bleibe bis gegen halb acht am nächsten Morgen, wenn Mr Lohman kommt.«

»Und Sie waren letzte Nacht hier?«

»Ja, Ma'am.«

»Allein?«

»Ja, Ma'am.«

»Haben Sie etwas Ungewöhnliches gesehen oder gehört?«

»Nein. Es war sehr ruhig, genau wie immer, nichts los.«

»Wo befand sich die Leiche, als Sie gestern herkamen?«

»Der Sarg stand hier im Nebenzimmer der Swensen-Trauerfeier, bereit für den Beginn der Zeremonie, genau wie es bei allen unseren anderen Kunden der Fall ist. Niemand hätte sich Zutritt zu einem dieser Säle verschaffen können, ohne dass die Alarmanlage anspringt.«

»Aber es ist ziemlich offensichtlich, dass irgendjemandem genau das gelungen ist, oder etwa nicht?«

Er zuckte ein wenig mit den Achseln, nickte, schien aber nicht sonderlich besorgt, nur weil jemand sich in aller Seelenruhe an einer seiner Kundinnen zu schaffen gemacht hatte.

»Es ist überhaupt nichts Ungewöhnliches vorgefallen? Keine merkwürdigen Anrufe, unerklärlichen Geräusche, komischen Gefühle?«

»Nein, Ma'am.«

»Was ist mit den Außentüren? Wie werden die verschlossen?«

»Die haben alle automatische Schlösser. Wenn ich hier bin,

kann ich sie so einstellen, dass sie sich verriegeln, wann immer die Türen zugehen. Man kann einen Hebel drücken, um rauszukommen, aber niemand kann ohne einen Schlüssel rein.«

»Und wer hat diese Schlüssel?«

»Ich und Mr Lohman, sonst niemand. Er kommt immer früh und schließt die Eingangstür für alle anderen auf. Alle anderen Türen verriegeln sich immer automatisch, wenn jemand das Gebäude verlässt.«

»Und Sie sagen, niemand war hier bei Ihnen? Sie waren die ganze Nacht allein?«

Als er zögerte, wusste ich, dass ich ihn hatte.

»Okay, Walt, Sie müssen mir die Wahrheit sagen. Die Sache ist wirklich ernst. Wer war hier bei Ihnen?«

Walter Costin warf seinem Boss, der zur Seite getreten war und leise telefonierte, und so aussah, als stünde er kurz vor einem hysterischen Anfall, einen kurzen Blick zu. Das Ganze war nicht unbedingt eine Paradevorstellung für das Bestattungsunternehmen. Marke: »Kostenloses Sargspray, wenn jemand sich an Ihrem Toten zu schaffen macht! Ein Paar Lippen gefunden!«

Walter senkte die Stimme, endlich schien er unser gemeinsames Problem zu begreifen. »Ich will Sie nicht anlügen, Detective. Ich habe einen Freund, der manchmal nachts hierherkommt. Wir schließen meine Playstation 2 an und spielen dann auch mal die ganze Nacht. Es schadet niemand, aber Mr Lohman wird mich sofort rausschmeißen, wenn er erfährt, dass ich jemanden nach Ladenschluss hereinlasse. Ja, und meine Freundin war letzte Nacht auch hier, und wir waren beisammen, wenn Sie wissen, was ich meine.« Er wackelte vielsagend mit den Augenbrauen, aber ich biss nicht an.

»Beisammen? Was soll das heißen?«

»Wir hatten Sex.«

Klar. Natürlich. Wahrscheinlich auch noch in einem geschlossenen Sarg, so wie hier alles lief. »Okay. Und wo hat dieses Zusammentreffen mit Ihrer Freundin stattgefunden?«

»Hinten, im Lager. Sagen Sie's Lohman nicht, aber ich habe dort eine alte Matratze, auf der ich pennen kann, wenn ich nicht meine Runden drehe. Wir haben nichts gemacht, ich schwöre es bei Gott. Niemand außer uns war hier. Sehen Sie, es ist so, wir haben nicht viel Zeit miteinander, weil sie nachts in einem dieser Männerclubs tanzt und ich tagsüber zur Uni gehe, also treffen wir uns hier und tun's, verstehen Sie? Es ist die einzige Zeit, zu der wir uns treffen können.«

»Was ist mit dem anderen Typen? Von dem Sie gesagt haben, dass er mit Ihnen Computerspiele spielt? War der hier, als Sie mit Ihrer Freundin hinten waren?«

»Er hat im Pausenraum gespielt. Er stand kurz davor, unser beider Highscores zu brechen, und wollte nicht aufhören.«

»Sie sagen also, dass diese beiden Personen letzte Nacht mit Ihnen hier waren?«

»Ja, Ma'am. Es tut mir wirklich leid, was geschehen ist. Es ist mir sehr unangenehm, dass jemand sich an dem Sarg der Dame zu schaffen machen konnte, aber Mr Lohman hat gesagt, wer immer es war, hat sich sehr geschickt angestellt, wie ein Fachmann. Ich habe wirklich keine Ahnung, warum jemand das tun würde.«

»Ja, das frage ich mich auch. Ich benötige die Namen ihrer beiden Freunde. Jemand ist letzte Nacht hier eingedrungen und hat sich an der Leiche zu schaffen gemacht, wahrscheinlich während Sie gerade Ihre Freundin gebumst haben.«

Costins Blick huschte jetzt noch ein wenig mehr umher, langsam wurde er nervös. »Okay, okay. Ich sag Ihnen die Wahrheit. Manchmal vergesse ich, hinten abzuschließen, ab und zu, aber ich habe mir deswegen nie wirklich Gedanken gemacht. Wer zum Teufel sollte in ein Bestattungsunternehmen einbrechen wollen?«

Ja, genau: Wer sollte das wollen?

»Und ich hätte jeden gehört, der durch die Hintertür reinkommt, das schwöre ich. Pam und ich waren im Zimmer direkt neben der Tür – bloß fünfzehn Minuten, höchstens zwanzig.«

Fünfzehn Minuten waren nicht unbedingt die sechsstündigen tantrischen Sexorgien, die es bei Sting zu Hause gab, reichten aber bestimmt, um zu erledigen, was dieser Irre mit der nächstbesten Leiche anstellen wollte.

»Also gut, ich muss mit Pam und ihrem anderen Freund reden. Geben Sie mir ihre Namen und sagen Sie mir, wie ich sie erreichen kann.«

»O Gott, nein, bitte nicht. Pam wird durchdrehen.«

»Pech. Sie können sie anrufen und sie bitten herzukommen. Oder ich kann sie anrufen und sie auf die Wache bitten. Aber ich will sofort mit ihr reden, verstanden?«

»Ja, Ma'am. Wahrscheinlich schläft sie noch, aber ich kann sie anrufen.«

»Was ist mit dem anderen Typen? Dem Spieler?«

»Scheiße, dem wird es auch gar nicht gefallen, in diese Sache verwickelt zu werden. Verstehen Sie, er arbeitet beim Leichenbeschauer. Alle hier nennen ihn Shaggy, aber eigentlich heißt er John Becker.«

Ich erstarrte, einen Moment lang war ich komplett entgeistert. Was? Shaggy? Shaggy war hier gewesen? Ich runzelte die Stirn. »Inwieweit sind Sie bekannt mit John Becker, Mr Costin?«

»Wir haben uns getroffen, nachdem ich diesen Job bekommen habe. Er war im Kühlraum des Leichenbeschauers, als ich dort Leichen holen musste. Wir haben eines Tages angefangen, über Playstation-Spiele zu reden, und dann begannen wir, uns zu treffen. Kennen Sie Shaggy?«

»Ja, ich kenne ihn. Und ich weiß auch, wo ich ihn finden kann. Hängen Sie sich ans Telefon und bestellen Sie Pam hierher.«

Ich setzte mich, während Walt seine Freundin anrief, und versuchte mir zu überlegen, was zum Teufel Shaggy mit all dem zu tun hatte. Aber eines war klar. Dass er damit zu tun hatte, gefiel mir nicht im Geringsten.

Am Tag von Mamas Beerdigung regnete es, und es war wolkig und Windböen peitschten über die Grabsteine und schüttelten den Regen aus den Bäumen auf die Köpfe der Trauergäste. Alle waren ganz ernst und flüsterten etwas über die armen, kleinen, misshandelten Kinder und wie niemand wirklich gewusst hatte, was in diesem Haus geschah, nicht einmal der Vater, und dass die Mutter doch ein solches Interesse an ihren Mädchen an den Tag gelegt hatte, sie hatte sie bei all diesen Schönheitswettbewerben angemeldet und unermüdlich an ihren Kostümen und Tanzaufführungen gearbeitet. Und dann kamen die Erwachsenen auf sie zu und umarmten die Mädchen und sagten ihnen, dass sie jetzt in Sicherheit waren, dass ihnen so etwas nicht wieder zustoßen würde, und sie sollten tapfer sein und sich auf ihre Zukunft freuen.

Nach der Beerdigung, als sie nach Hause zurückgekehrt waren, saß die Ältere auf dem Sofa im Wohnzimmer und sah zu, wie die Trauergäste umhergingen und sich die Teller mit Essen voll luden, das auf dem Wohnzimmertisch stand. Vor allem sah sie den Jungen an. Er redete mit einer Freundin aus der Highschool, einem hübschen und beliebten Mädchen. Die Andere schaute zu ihm auf, sie lächelte und schien an seinen Lippen zu hängen. Die Ältere fragte sich, was er zu ihr sagte, und ob er den Rock des hübschen Mädchens hochschieben und sie zwischen den Beinen berühren wollte, so wie er es bei ihr tat. Sie verspürte eine Welle der Eifersucht in ihrem Innersten wie niemals zuvor, aber dann setzte sich ihr Stiefvater neben sie. Er hielt Sissy auf dem Schoss und legte den Arm um die Ältere und zog ihren Kopf auf seine Schulter. »Es tut mir so leid, Mädchen, dass sie euch so wehgetan hat. Ich wusste nicht, wie schlimm es war, das schwöre ich. Ich wusste nicht, dass sie euch mit der Reitgerte geschlagen hat, und all die anderen Sachen.«

Sissy kuschelte sich tiefer in seine Arme und er küsste sie auf den Kopf, danach küsste er die Ältere auf die Schläfe. Sie fühlte sich jetzt sicherer, wo Mama tot war, und der Stiefvater hatte versprochen, sich gut um sie zu kümmern. Er hielt sie beide lange Zeit in den Armen, und als Bubby auf sie zugelaufen kam, zog die Ältere ihn auf ihren Schoß, und so saßen sie beisammen, eine ganz normale Familie – endlich.

In den Tagen und Monaten, nachdem Mama begraben worden war, benahm sich der Stiefvater sehr nett der Älteren gegenüber. Er sagte, sie wäre jetzt alt genug, ihr eigenes Zimmer zu haben, und verlegte Sissy nach unten in Bubbys Zimmer. Sissy beklagte sich nicht, sie sagte gar nichts, sondern half bloß, ihre Sachen zu tragen. Sie sagte nie irgendwas Schlechtes oder Unhöfliches über die Ältere, sondern tat alles, was die ihr befahl. Der Junge hatte die Videokassette in eine Kiste in seinem Schlafzimmer eingeschlossen und trug den Schlüssel an einer Kette um den Hals, und Sissy wusste, dass er sie nur zur Polizei bringen musste, dann würde sie für immer weggesperrt werden, weil sie ihre eigene Mutter umgebracht hatte.

Manchmal nahmen sie Sissy mit in den Winnebago und ließen sie ihr Spiel mitspielen. Sie wurde zur Sklavin von allen und musste bei ihren Aufgaben Dinge tun, die niemand sonst erledigen wollte. Sissy tat immer, was sie ihr befahlen, vor allem die bösartigen, geheimen Sachen, und es schien ihr sogar zu gefallen. Sie sagte, ein Sklave zu sein wäre gar nicht so schlecht.

Aber das Leben war trotz allem nicht perfekt. Der Stiefvater weigerte sich, die Ältere mit dem Jungen ausgehen zu lassen, oder auch mit irgendjemand sonst, obwohl sie sechzehn war und all die anderen Mädchen bei den Wettbewerben schon Freunde hatten. Also trafen sie und der Junge sich weiterhin heimlich und schliefen miteinander, wann immer sie konnten, und jetzt, wo sie ihr eigenes Zimmer hatte, konnte der Junge einfach den Baum hinter dem Haus hochklettern und über das Dach hinweg bis direkt zum Fenster neben ihrem Bett krabbeln. Und die Tatsache, dass der Stiefvater begonnen hatte, mehr zu trinken als früher, half ihnen ebenfalls. Er wirkte einsam und trank oft, wenn die Kinder ins Bett gegangen waren. Er saß dann allein unten im Dunkeln, trank zwölf Budweiser und schaute Horrorfilme. Aber es schadete ihm erstaunlicherweise nicht, am nächsten Morgen war er immer wach, machte Frühstück und schickte sie zur Schule, sein Trinken tat also niemandem weh.

Eines Nachts, als der Junge im Bett der Älteren war und sie beim Sex filmte, lagen sie, nachdem sie fertig waren, atemlos und zufrieden nebeneinander, sie flüsterten davon, dass er bald aufs College gehen würde und sie mit seinen Eltern zu Besuch kommen könnte. Dann hörten sie schwere Schritte die Treppe hochkommen, und sie wussten, es war ihr Stiefvater. Kaum hörte der Junge, wie sich der Türknauf drehte, glitt er dicht an der Wand auf den Boden. Die Ältere tat, als schliefe sie, und als der Stiefvater neben ihr Bett trat, konnte sie den Alkohol in seinem Atem riechen und wusste, so wie er schwankte, war er sogar noch betrunkener als sonst.

»Hey Baby«, flüsterte er leise und undeutlich. »Bist du wach?«

Die Ältere tat, als erwachte sie seinetwegen. »Ja, Daddy. Was ist?«

»Gar nichts, ich hab bloß gedacht, dass du hier ganz allein bist. Alles okay? Du bist nicht einsam, oder?«

»Mir geht es gut. Mir gefällt es hier oben.«

»Das ist gut, du sollst glücklich sein. Weißt du das? Ich will, dass du glücklich bist.«

»Ich bin glücklich, Daddy.«

Er setzte sich auf ihr Bett und legte seine Hand auf ihren Schenkel. »Drück mich mal, Baby.«

Die Ältere setzte sich auf und legte ihre Arme um ihn, aber er roch schrecklich, nach Camel-Zigaretten und Bier und dem Motoröl von seiner Arbeit. Er umarmte sie ebenfalls, er hielt sie viel zu fest und strich mit den Fingern durch ihr Haar. »Du siehst echt gut aus, weißt du das? Besser als Sissy.«

»Danke, Daddy«, flüsterte sie.

Ihr Stiefvater hielt sie weiter fest in den Armen, und sie wünschte, er würde verschwinden. »Du bist gar nicht meine richtige Tochter, du kannst mich also küssen und da wäre gar nichts Schlimmes dran.«

Sie begann sich zu wehren. »Nein, ich will nicht, bitte, Daddy, geh, du bist betrunken.«

»Gib mir erst 'nen Gutenachtkuss.«

Hinter dem Rücken ihres Stiefvaters sah die Ältere, wie der Junge neben ihrem Bett auf die Knie hochging, aber sie stieß ihren Stiefvater weg und griff nach dem Telefon auf ihrem Nachttisch. »Geh und lass mich alleine, sonst rufe ich die Polizei! Ehrlich! Das mach ich!«

Als sie die Nummern zu wählen begann, erhob er sich und taumelte davon. »Ich will dich bloß lieb haben, das ist alles«, sagte er groggy von der Tür aus. »Du würdest es mögen. Du würdest gern bei mir sein.«

Zitternd rannte sie zur Tür und lauschte, wie er die Treppen hinuntertaumelte, er grummelte vor sich hin und wäre beinahe gestürzt. Der Junge trat hinter sie, er war so wütend, dass seine Stimme zitterte. »Dieses Arschloch. Er wollte dich vergewaltigen. Ich bringe ihn um, wenn er dich je wieder anfasst!«

»Pst, sonst hört er dich. Er ist bloß betrunken. Er hatte keine Ahnung, was er tut. Morgen früh wird er sich nicht mal erinnern, dass er hier oben war. Wenn er mich hätte vergewaltigen wollen, hätte er es versucht.«

»Blödsinn. Er wird ab jetzt jeden Abend hochkommen, und ich kann nicht immer hier sein, um dich zu beschützen.«

Der Älteren gefiel es, dass der Junge sie beschützen wollte, und sie warf sich in seine Arme und zog ihn auf den Boden. »Lieb mich jetzt, ich liebe dich«, flüsterte sie.

Sie lagen da und küssten und streichelten einander, bis das Mädchen sich in seinen Armen verspannte, als sie ein Geräusch von unten zu ihnen hochdringen hörte. »Moment mal, Moment mal, ich höre Bubby weinen ...«

Der Junge hörte auf, sie zu küssen, und sie lagen einen Moment still da, sie atmeten schwer. Von unten klangen die Schreie des Jungen die Treppe hoch. »O mein Gott, er tut Bubby etwas an.«

Sie griff nach ihrem Bademantel und er zog seine Jeans an und sie rannten nach unten und durch den Flur in Bubbys und Sissys Schlafzimmer. Bubby stand neben seinem Bett und weinte, aber er war allein. Sissys Bett war leer.

»Wo ist Sissy?«, flüsterte sie.

Bubby schniefte. »Er hat sie geholt, so wie er es immer macht. Ich darf nie bei ihm schlafen, aber Sissy immer.«

Der Älteren wurde eiskalt und der Junge fluchte leise. Sie schlichen durch den Flur zum Elternschlafzimmer und stießen die Tür auf. Sissy lag auf dem Bett und ihr Vater drückte ihre Beine auseinander, er hatte eine Hand auf ihren Mund gepresst, eine Hand unter ihrem Nachthemd. Sie konnten sie gedämpft unter seiner Hand um Hilfe flehen hören.

»Stopp!«, rief die Ältere, rannte auf ihn zu und versuchte, ihn von ihrer kleinen Schwester herunterzuzerren. Der Junge half ihr, und mit geballter Kraft gelang es ihnen, den Mann vom Bett zu reißen. Der Stiefvater war auf den Angriff nicht im Geringsten vorbereitet gewesen, er war so betrunken, dass er auf den Boden fiel und sich nicht erheben konnte. Er murmelte immer weiter, wie hübsch seine Mädchen waren, bevor er zur Ruhe kam und laut zu schnarchen anfing.

Sissy warf sich der Älteren in die Arme, die sie festhielt und versuchte, ihre hysterisch weinende Schwester zu beruhigen. »Hat er das schon einmal getan, Sissy?«

Das jüngere Mädchen nickte, das Gesicht im Nachthemd der Älteren vergraben, und der Junge verabreichte dem Mann einen kräftigen Tritt in die Seite. Sissy schluchzte: »Er sagt, alle Väter machen das mit so hübschen Töchtern wie mir.«

»O Gott, was für ein Tier«, murmelte der Junge wütend.

Der Älteren wurde übel. »Sissy, warum hast du uns nichts gesagt?«

»Ich hatte Angst. Er hat gesagt, er würde Bubby nehmen, wenn ich nicht bei ihm im Bett schlafe.«

Der Junge und die Ältere sahen einander an und sie erzitterte vor Entsetzen darüber, was geschehen war. Dann rannte Bubby ins Zimmer und klammerte sich an den Jungen, er weinte und sagte, sein Daddy hatte das Auto im Wald abgestellt, wo niemand sie sehen konnte, und auch mit ihm Dinge getan. Wut stieg in der Älteren auf, so schnell und mächtig, dass sie sich vor sich selbst fürchtete. Sie sagte: »Bringen wir ihn um. Jetzt gleich. Während er zu betrunken ist, sich zu wehren.«

Die anderen drei Kinder starrten sie an.

Dann sagte der Junge: »Meinst du das ernst? Du willst ihn wirklich umbringen?«

»Ja.«

»Ich auch«, sagte Sissy.

»Ich auch«, sagte Bubby.

»Lasst mich nachdenken«, sagte der Junge. Sie entfernten sich von dem schnarchenden Mann auf dem Fußboden und gingen alle zusammen hinaus in den Flur, wo ein kleines Nachtlicht ihre Gesichter erhellte. Der Junge tigerte nervös auf und ab, er schlang die Finger ineinander und drückte sie, so wie er es immer tat, wenn er sich interessante Aufgaben ausdachte.

»Okay, aber ich werde das nicht alleine machen. Ihr müsst mir alle helfen. Wir stecken da zusammen drin, ja? Ich werde für niemanden von euch ins Gefängnis gehen, wenn jemals herauskommt, was wir getan haben, verstanden? Ihr müsst es selbst machen und ihr könnt niemals jemandem davon erzählen, sonst kommen wir alle auf den elektrischen Stuhl.«

Alle drei nickten, dann begannen sie zu weinen. Die Ältere packte die beiden Jüngeren und drückte sie fest an sich, während der Junge weiter auf und ab ging und überlegte.

»Wir könnten ihn mit seinem Kissen ersticken. Er ist zu betrunken, um sich zu wehren. Dann gibt es keine Wunden und kein Blut, nichts, was wir aufwischen müssten. Und es gibt auch keine Spuren an der Leiche. Niemand wird irgendeinen von euch verdächtigen. Warum sollten sie? Und niemand wird je erfahren, was geschehen ist. Sie werden vermutlich einfach denken, er hätte aus irgendeinem Grunde aufgehört zu atmen. Ihr wisst schon: Aus unbekannter Ursache im Schlaf verstorben.«

Der Junge ließ sie auf dem Boden um ihn herum Platz nehmen und sagte ihnen ganz genau, was sie jetzt machen würden, und dann ganz genau, was sie am nächsten Morgen zu tun und zu sagen hatten. Sie würden aufstehen, die Ältere würde die anderen beide für die Schule fertig machen, als wäre nichts geschehen. Später würde sie der Polizei sagen, dass sie davon ausgegangen wäre, ihr Stiefvater sei einfach wieder einmal vom Trinken bewusstlos geworden, wie in jeder Nacht, seit seine Frau gestorben war.

Sie nickten alle zum Einverständnis und der Junge ging nach oben und holte seine Videokamera. Dann kehrten sie gemeinsam zurück ins Schlafzimmer, zerrten den betrunkenen Mann vom Boden aufs Bett und stopften ihn unter die Laken. Er stöhnte und drehte den Kopf ein wenig, wehrte sich aber nicht. Der Junge filmte vom Fuße des Bettes aus, wie die anderen drei ein Kissen ergriffen, ihm über das Gesicht legten und zudrückten, so fest sie konnten, bis er aufhörte zu atmen. Der Junge schaltete die Kamera ab, führte sie nach draußen, schloss die Tür und sagte ihnen, dass sie nicht vergessen durften, was am nächsten Morgen zu tun wäre. Dann schlich er sich aus dem Haus und ging nach Hause. Die Ältere nahm Sissy und Bubby mit hoch in ihr Bett und hielt sie in den Armen, bis sie einschliefen. Keiner von ihnen weinte. Keiner von ihnen wachte am nächsten Morgen auf, bis der Wecker zur Schule klingelte.

11

Unglücklicherweise erwies sich Walter Costins Stripper-Freundin Pam Letassy, oder auch Smokin' Hot Wildcat, wenn man ihren Bühnennamen bevorzugte, als zu jung und zu dumm, um mir viel zu bringen. Sie sagte, sie hätte nichts gehört oder gesehen und weder jemanden noch etwas bemerkt, außer Walter, der die Liebe ihres gerade einmal volljährigen jungen Lebens war.

Ich neigte schon aufgrund der rehäuigen, zombiehaften Begeisterung, die sie ihm entgegenbrachte, dazu, ihr zu glauben. Außerdem zitterte sie in ihren hochhackigen Schuhen schon, wenn sie daran dachte, dass ihr Priester-Vater herausbekäme, dass sie in einem Bestattungsunternehmen Sex gehabt hatte, ganz zu schweigen davon, dass sie als Smokin' Hot Wildcat in einem Stripclub tanzte, was beides wohl wirklich einen ziemlichen Schock für jeden anständigen Kirchenmann im mittleren Westen darstellen würde.

Noch unglücklicherer Weise war Shaggy der nächste Kandidat auf meiner Verhörliste, also rief ich im Leichenschauhaus an, um ihn darüber zu informieren, dass ich unterwegs war, um mit ihm zu reden. Buck sagte mir, Shaggy sei noch immer nicht zurück zur Arbeit, was in meinem Kopf alle möglichen unerfreulichen Gedankenprozesse in Gang setzte. Es ließ ihn zumindest verdächtig dastehen, so war das einfach, und das gefiel mir überhaupt nicht.

Ich musste nach ihm sehen, um auszuschließen, dass er mit der Sache zu tun hatte, und auch das gefiel mir gar nicht. Shaggy könnte ganz sicher keiner Fliege etwas zuleide tun, das war unmöglich. Er war ein selbsternannter Hippie-Peacenik. Das war's. Shaggy zu besuchen, um ihm gute Besserung zu wünschen, war nicht völlig aus der Luft gegriffen, also hielt ich beim nächsten Quickstopp, angelte mir eine Literflasche kaltes Montain Dew und ein Päckchen Himbeer-Zingers, zwei seiner Lieblinge, wenn sie auch nicht unbedingt wahnsinnig gesund waren.

Shaggy Becker wohnte in einem kleinen weißen Häuschen am Rande von Osage Beach, in dem ich schon öfter zu Besuch gewesen war, normalerweise, um einen Bruce-Willis-Film anzuschauen oder ein Mizzou-Basketballspiel. Es lag ganz am Ende einer Straße, die ziemlich dörflich wirkte, denn sie war auf beiden Seiten gesäumt von großen, Schatten spendenden Ulmen. Sie wirkte vollkommen menschenverlassen, während ich hindurchfuhr, offenbar waren immer noch alle bei der Arbeit. Shaggys alter, senfgelber Volkswagenbus stand in der Auffahrt, die Rückscheibe war voll mit Surfboard-Aufklebern. Er hatte, soweit ich wusste, selbst nie auf einem Surfbrett gestanden, aber das hinderte ihn nicht daran, so zu tun, als ginge er mit Gabrielle Reece. Sein Sportfischerboot stand seitlich neben dem Haus unter einer dunkelblauen Plane.

Ich stieg aus und sah mich um – im Westen nichts Neues. Ich wartete darauf, ob mein sechster Sinn Gefahr meldete, wie im Royal, aber nichts riet mir zu Anspannung und einem Finger am Abzug. Ich wandte mich um und schaute nach rechts, als ich ein leises Rumsen hörte, aber es war nur der Wind, der ein kleines Vogelfutterhäuschen auf der vorderen Veranda eines Hauses ein wenig die Straße hinunter bewegt hatte. Ein alter Mann saß mit dem Rücken zu mir daneben in einem Schaukelstuhl, rührte sich aber nicht und schaute auch nicht in meine Richtung, also ließ ich meine Waffe stecken.

Ich ging die paar Stufen zu dem ungeschützten Eingang hoch, wobei ich einen großen Topf Geranien umrundete, die nach Luft schnappen zu schienen, ohne damit viel Glück zu haben. Shaggy hatte nicht gerade einen grünen Daumen, so wie sein Garten und die zahllosen toten Topfpflanzen aussahen. Ich zögerte, als ich bemerkte, dass Shaggys uralte Haustür, die ich ihm erst vor sechs Monaten geholfen hatte, rot zu streichen, offen stand. Es ist nur selten gut, wenn man feststellt, dass jemandes Tür aufsteht. Das hatte ich zahllose Male auf die unangenehmste nur mögliche Weise erfahren müssen. Ich öffnete meine Jacke, legte meine Hand auf den Griff der Glock, und hoffte, dass Shaggy noch im Besitz seines kompletten Mundes war. Ich trat zur Seite und klopfte mit dem Knöchel gegen die mitgenommene Fliegengittertür. Shaggys Stimme kam von drinnen, altbekannt und ohne jede Angst, und ich war deutlich erleichtert, obwohl er mir zurief, ich sollte mich zur Hölle scheren.

»Ich bin's, Shag. Claire. Ich hab dir was Schönes mitgebracht.«

Ich drückte die Tür auf und fand ihn mit dem Gesicht nach unten auf seinem braunen Sofa, eines von denen, in die man bis zu den Ellenbogen einsank. Sein riesiger Sechzig-Zoll-Fernseher war das dominanteste Möbel im Raum und reproduzierte gerade alle Knall- und Donnereffekte von *Stirb langsam – Jetzt erst recht.* Es gab noch eine weitere Couch, blauer Samt, zum Ausziehen, zwei uralte, unterschiedliche Sessel und einen Couchtisch aus einer Glasscheibe, die auf einer dieser großen Holztrommeln für Elektrokabel lag. Zwei Playstations standen darauf, daneben ein paar leere Wendy's-Tüten und eine offene und fast leere Flasche Pepto-Bismol. Erfreut stellte ich fest, dass er wirklich so krank aussah, wie ich es erhofft/befürchtet hatte, und dann empfand ich Scham, dass ich mir überhaupt hatte vorstellen können, dass ein derart guter Freund irgendwo einstieg und jemandes Sarg knackte. Was war aus der Welt nur geworden?

Shaggy war offensichtlich überrascht, mich zu sehen, setzte sich auf und glotzte mich an. Barfuß und benommen trug er sein übliches graues T-Shirt und ausgebeulte, verblasste Radlerhosen, und seine rötlichen Dreadlocks waren ziemlich verzottelt, um es mal nett zu formulieren. Er schob sein Haar mit beiden Händen hinter die Ohren, wobei er ungefähr zwanzig

Piercings freilegte. Er war echt ein richtiger Penner. »Was willst du denn hier, Claire? Stimmt was nicht?«

Ich ging durchs Wohnzimmer und stellte die Papiertüte mit meinen exquisiten kulinarischen Gaben vor ihn auf den Couchtisch. »Nee, ich wollte nur mal sehen, ob du dich bloß vor der Arbeit drückst.«

»Gott, Claire, ich fühl mich so schlecht wie'n überfahrener Hund.«

Wenn man mich fragt, ist das ziemlich schlecht.

»Ich kann überhaupt nichts unten behalten. Irgendein Infekt, schätze ich, komm also besser nicht zu nahe. Was ist denn in der Tüte?«

»Montain Dew und Zingers. Ich hätte dir wohl besser Rolaids besorgen sollen.«

»Das Mountain Dew ist okay, aber die Zingers hebe ich mir für später auf. Wie läuft's bei der Sache mit der toten Schönheitskönigin? Buck hat mir davon erzählt, aber ich konnte nicht viel helfen. Ich war einmal da, aber musste dann doch wieder kotzen.«

»Wir arbeiten noch dran.« Ich zögerte. Ich wollte ihn nicht vernehmen. Er würde sofort merken, was ich vorhatte, aber andererseits, auf derselben Seite der Medaille, wusste er, wie Ermittlungen funktionierten, und dass ich bloß meinen Job machte. Warum sollte er beleidigt sein? Doch wie immer lag ich mit meiner Einschätzung komplett falsch. »Hey, Shag, jetzt wo du es sagst, ob du es glaubst oder nicht, dein Name ist genau in dieser Ermittlung gefallen. Ich schätze, ich muss dir ein paar Fragen stellen. Ist das okay?«

»Häh? Ich? Was meinst du damit, mein Name ist gefallen?«

»Also, erstens, wo warst du letzte Nacht?«

Ich grinste, als wäre es bloß eine blöde Frage, die ich eben stellen musste, aber mein Humor war verschwendet. Shaggy starrte mich ernüchtert an, dann sah er auf die Flasche hinunter, während er die Kappe von dem Mountain Dew abschraubte. Ohne etwas zu sagen nahm er einen Schluck. Ich wartete, langsam wurde ich nervös und fragte mich gegen meinen Willen, ob er versuchte, sich zu überlegen, wie er meine Frage am besten beantworten konnte, ohne den Verdacht auf sich zu lenken. Meine Güte, ich ging wirklich nicht gerne vom Schlimmsten aus, nicht bei einem guten Freund wie dem Shagman. Aber mein Bauch riet mir das Gegenteil, es fühlte sich echt an, als bereitete er sich darauf vor, mir einen Haufen Lügen zu erzählen. Und wenn das stimmte, wollte ich gern wissen, warum.

Schließlich sah Shaggy zu mir hoch. »Was ist wirklich los, Claire? Machen Bud und du mich zum Hauptverdächtigen? Ist es das? Schönen Dank auch.«

Ich hatte nicht damit gerechnet, dass er so früh schon so defensiv reagieren würde. Ich hatte ihm noch gar nichts vorgeworfen. Noch. Aber ich schätze, seine Reaktion war verständlich. Es würde mir auch nicht passen, wenn jemand zu mir nach Hause käme und andeutete, dass ich ein kranker Scherenmörder wäre.

»Hey, Shaggy, jetzt komm schon, stell dich nicht so an. Wie ich schon sagte, dein Name ist gefallen, also bin ich hergekommen, um rauszukriegen, was du weißt, das ist keine große Sache.«

»Für dich vielleicht nicht. Tut mir leid, aber ich finde das überhaupt nicht cool. Es fühlt sich eher an, als würdest du mir einen Mord anhängen wollen. Wenn es wirklich keine große Sache ist, warum hast du mich dann nicht angerufen und am Telefon gefragt?«

Gute Frage. Warum hatte ich das nicht getan? »Ich wollte sehen, ob du okay bist. Du fehlst sonst nie bei der Arbeit. Wir sind alle noch ziemlich entsetzt darüber.« Ich kleisterte mir wieder mal ein breites Grinsen ins Gesicht, das sicher ziemlich lächerlich aussah. Sein Gesichtsausdruck verriet mir, dass ich mit dieser Annahme richtig lag.

»Klar, oder du wolltest mal sehen, ob ich wirklich krank bin, vielleicht ist es auch das? Glaubst du, ich wüsste nicht, wie Bud und du Fälle bearbeiten? Ich habe eine Million Mal gesehen, wie du tickst, und im Moment glaubst du, ich hätte die Frau umgebracht.« Er unterbrach sich plötzlich und schüttelte den Kopf. »Mann, das ist doch Dreck. Was denkst du denn von mir? Dass ich drauf stehe, Frauen zu erwürgen und ihnen die Lippen abzuschneiden?«

»Woher weißt du, dass die Lippen abgetrennt wurden, Shag?«

Er warf mir einen Blick zu, aufgrund dessen ich mich zusammenkrümmen und entschuldigen wollte. Aber ich tat keines von beidem.

»Weil Buckeye es mir erzählt und mir die Leiche gezeigt hat, als ich da war, deswegen. Frag ihn doch, wenn du mir nicht glaubst. Willst du mir jetzt vielleicht mal erzählen, wer meinen Namen erwähnt hat, oder ist das ein Problem für deine Ermittlungen?«

Oh, seinem Sarkasmus ging es also bestens. »Der Nachtwächter bei Lohman's sagt, du wärst letzte Nacht dort gewesen und hättest Playstation mit ihm gespielt. Ich gehe davon aus, du willst mir sagen, das stimmt nicht?«

»Das ist Blödsinn, das kann ich dir versichern. Ich war letzte Nacht hier auf der Couch, ich hab gekotzt wie ein überfahrener Hund, die ganze Nacht, hab ich doch schon gesagt. Was ist das für ein Blödsinn, Claire? Ich kenne nicht mal jemand bei irgendeinem Bestattungsunternehmen. Und wer hat überhaupt gesagt, dass ich da gewesen wäre, ich habe doch ein Recht, das zu wissen, oder etwa nicht?«

»Ein Typ namens Walter Costin. Klingelt da was bei dir?«

»Nicht im Geringsten.« Wütend setzte Shaggy wieder die Limo an und trank ein paar Schlucke, und dann sah ich, wie der Name ihm doch etwas zu sagen begann. Er ließ die Flasche sinken und starrte mich an. »Das ist der Typ, der für eines der Unternehmen Leichen abholt. Jetzt erinnere ich mich, aber ich habe ganz bestimmt nicht mit ihm abgehangen. Wieso glaubst du mir nicht zur Abwechslung mal?«

Er ließ sich wieder auf den Rücken sacken und legte den Unterarm über seine Augen. Ich setzte mich auf einen schwarzen Kordsessel und fühlte mich wie ein dreckiges, mieses Aas. Ich glaubte ihm natürlich. Auf keinen Fall könnte Shaggy ein solches Verbrechen begehen, aber warum sollte Costin seinen Namen nennen, wenn sie einander kaum kannten?

»Hast du irgendeine Vorstellung, warum Costin gesagt haben könnte, du wärest da gewesen, wenn du es nicht warst?«

»Vielleicht wollte er von sich selbst ablenken, wäre das eine Möglichkeit? Ich weiß bloß, dass ich nicht dort war. Wieso zum Teufel soll das wichtig sein?«

»Weil irgendjemand gestern Nacht Hilde Swensens Sarg geöffnet und ihren Mund wieder zusammgenflickt hat, und keiner weiß, wer.«

Shaggy zuckte hoch, starrte mich eine Minute lang an und brach dann zu meinem Entsetzen in Tränen aus. Sprachlos starrte ich ihn an, während er ein oder zwei Minuten in seine Hände schluchzte, aber er bekam sich ziemlich schnell wieder unter Kontrolle. Er rieb sich mit dem Rücken einer Hand die Tränen vom Gesicht und schaute ehrlich beleidigt. »Und du glaubst, ich hätte das tun können? Bloß weil der Typ sagt, ich sei da gewesen? Darauf läuft's raus, was?«

»Nein, natürlich nicht. Ich wüsste bloß gern, warum er auf dich verweist, wenn du ihn kaum kennst.«

»Ich habe nicht die geringste Ahnung. Um seinen Arsch zu retten und dich loszuwerden vielleicht? Oder er hatte Schiss, dass er seinen Job verliert. Ich kann dir nur sagen, dass ich letzte Nacht nicht dort war, Punkt. Und ich fahre ganz sicher nicht auf Särge mit toten Mädchen ab. Meine Güte, das ist so ein Riesenquatsch. Teufel, ich kann das echt nicht glauben.« Shaggy lehnte sich zurück und verschränkte die Finger auf seinen Rastalocken. Dann starrte er mich verärgert und unfreundlich an. »Ich dachte, wir wären Freunde, Claire, und jetzt kommst du mir mit diesem kranken Scheiß.«

»Ach, Shaggy, du weißt doch selbst, dass ich jeder Spur

nachgehen muss, die sich zeigt. Dein Name wurde von einem Hauptverdächtigen genannt. Ich musste überprüfen, was er gesagt hat. Mehr ist nicht dran. Wieso regt dich das so auf?«

»Wo ist Bud? In der Stadt, um einen Durchsuchungsbefehl für mich und meine Bude zu holen?«

Ich lächelte, und diesmal war es ehrlich. »Nein. Du würdest mich doch rumgucken lassen, wenn ich wollte, oder?«

Ich sah, wie sich Shaggys Hals rötete, und dann sein Gesicht. Er sah aus, als würde er mich gleich an der Gurgel packen und mir das Lebenslicht ausdrücken wollen. »Schnüffel durch meine Sachen, so viel du willst, Claire. Tut mir leid, aber ich habe keine Lust, dir die große Tour zu bieten. Ich dachte, wir wären Freunde, aber da habe ich wohl falsch gelegen, was?«

Das lief gar nicht gut, o nein, und es wurde immer schlimmer. Meine Güte. »War irgendjemand letzte Nacht hier bei dir, der deine Version bestätigen kann, Shaggy? Hat jemand angerufen oder ist vorbeigekommen?«

»Meine Version?« Er kniff die Augen zusammen und seine Lippen bildeten eine schmale Linie. »Nein. Ich habe keine Zeugen, die ich dir für meine *Version* anbieten kann. Wahrscheinlich will niemand sich mit jemandem abgeben, der magenkrank ist. Und wenn du's jetzt kriegst, dann bin ich echt todtraurig.«

Das war kindisch, aber typisch Shaggy. Vor allem, wenn er sich aufregte. So wie im Moment. Ich hörte auf mit der freundlichen Nummer. Er nahm die Sache ernst, und inzwischen war ich auch mehr als nur ein bisschen genervt. »Hör mal, ich musste zu dir kommen, und du weißt das genau. Tut mir leid, dass es dich verärgert hat, aber ich muss den Spuren folgen, wohin sie mich führen.«

»Ja, verstehe. Vielen Dank für dein Mitgefühl.«

Shaggy war richtig sauer, okay. »Na gut, ich verstehe. Sag mir einfach, was du über diesen Typen weißt, Costin, und dann verschwinde ich und lasse dich in Ruhe.«

»Ich weiß praktisch nichts, das ist alles. Ich erinnere mich, dass er echt freundlich ist und immer reden will, wenn er ins Leichenschauhaus kommt. Er ist neu und vielleicht haben wir uns einmal in den Pausenraum gesetzt und eine Cola getrunken oder so, nachdem wir die Leichen eingeladen haben. Mehr kann ich dir nicht sagen.«

»Kannst du dich noch daran erinnern, worüber ihr gesprochen habt?«

»Er hat erzählt, dass er gern Playstation spielt. Ich glaube, ich habe gesagt, das täte ich auch, und wir haben darüber gesprochen, wie weit wir in ein paar Spielen gekommen sind, so was in der Art. Ehrlich gesagt, ich weiß es nicht mehr wirklich. Es war nicht wichtig genug, bloß normales Gerede.«

»Kannst du dich erinnern, ob er dir irgendetwas von sich erzählt hat?«

»Gott, Claire, ich muss gleich kotzen, lass mich in Frieden.« Er legte sich wieder hin und packte sich ein Handtuch auf das Gesicht. Nach ein paar Sekunden sprach er weiter. »Er hat gesagt, er besucht die Missouri State in Springfield, irgendwas mit Geschichte, Alte Geschichte, glaube ich, oder vielleicht auch Archäologie. Ich weiß nicht mehr.«

»Noch etwas? Versuch dich zu erinnern. Hatte er eine Freundin? Hat er davon erzählt?«

»Ja. Er hat gesagt, sie sei Stripperin und heiß wie Lava, daran erinnere ich mich, weil ich dachte, wow, das ist ziemlich heiß, Lava. Ich glaube, sie hieß Patsy oder Pammy oder so, irgendwas mit P. Und er hat gesagt, ihre Eltern würden es gar nicht mögen, dass sie sich mit ihm trifft, also müssten sie es heimlich tun.«

»Warum mögen Sie ihn nicht?«

»Keine Ahnung. Das ist alles, woran ich mich erinnere. Ich sage dir doch, wir haben nicht viel geredet.«

»Hat er dir erzählt, wann er angefangen hat, bei Lohman's zu arbeiten?«

»Nee. Wie ich schon sagte, ich glaube, er ist neu hier, aber wer weiß, ich kenne ihn schließlich kaum. Ich kann echt nicht glauben, dass du wirklich hergefahren bist, um mich zu vernehmen. Meine Güte, lass mich doch in Frieden. Du bist ja eine tolle Freundin.«

Okay, jetzt fühlte selbst ich mich langsam ziemlich mies. »Na ja, ich hab dir immerhin Mountain Dew mitgebracht, oder?«

»Ach, und deswegen soll ich es besser finden, dass du mich an den Eiern packst?«

»So war es gedacht.«

»Tja, tut mir leid, aber ich bin sauer. Ich würde nie schlecht von dir denken. Und ich würde dir ganz sicher nicht so was wie das hier vorwerfen. Hey, du hast jetzt, was du wolltest, also warum verpisst du dich nicht einfach und lässt mich in Frieden?«

»Okay.« Ich erhob mich. »Wenn dir noch was zu diesem Costin einfällt, ruf mich an. Bitte.«

»Ja, klar. Als allererstes.«

»Hey, Shag, findest du nicht, dass du ein bisschen überreagierst? Ich wollte nach dir sehen und dich um Hilfe bei meinem Fall bitten. Was ist denn daran so schlimm?«

»Weil wir Freunde sind, Claire, aber ich schätze, davon verstehst du nicht viel, was? In deinen Augen sind eben alle gleich, du bist die knallhärteste Polizistin aller Zeiten, und ob Freunde oder nicht, mach sie platt, schmeiß den Schlüssel weg, ist doch egal, ob es Freunde oder Nachbarn oder Verwandte sind. Mach sie platt, lös den Fall, trampel auf Leuten rum, die dir nie etwas getan haben. Hey, warum machst du jetzt nicht hin und verschwindest endlich? Oder sollte ich vorher noch einen Anwalt verständigen?«

»Jetzt lass mal gut sein, Shaggy, du sagst eine Menge dumme Dinge, die du wahrscheinlich bereuen wirst, wenn du dich besser fühlst.«

»Hau ab, verdammt noch mal. Lass dich von mir ja nicht aufhalten.«

Ich gab nach und ging, aber ich wusste, Shaggys gereiztes Benehmen war sehr ungewöhnlich und sehr unangemessen. Er war ein ziemlich gutmütiger Kerl, mehr noch als Bud, und er hatte so oder so mit den meisten meiner Ermittlungen zu tun gehabt. Er wusste, wie so was lief.

Unglücklicherweise fühlte ich mich trotzdem mies, und seine letzten Worte trafen mich sehr. Er hatte nämlich recht. Freunde zu haben war nicht gerade meine starke Seite, es war etwas, was ich immer wieder vermieden hatte, und sie zu behalten, gelang mir auch nicht immer. Shaggy war eine der Ausnahmen gewesen. Wir hatten uns immer prima verstanden. Er war ein Superkerl, ich mochte ihn richtig gerne. Ich fragte mich, ob er etwas vor mir verbergen könnte, und wenn ja, was. Sein Leben war immer so ziemlich ein offenes Buch gewesen. Vielleicht sollte ich mal mit Buck sprechen, um in Erfahrung zu bringen, ob mit Shaggy irgendwas los war, von dem ich nichts wusste. Oder vielleicht war er auch wirklich nur krank und schlecht drauf.

Wie auch immer, ich fühlte mich ungefähr zehn Zentimeter klein, als ich in meinen Explorer stieg und aus Shaggys Auffahrt zurücksetzte. Heute lief nicht wesentlich besser als gestern oder vorgestern oder genau genommen auch das ganze letzte Jahr. Ich vertrieb all meine Freunde, einen nach dem anderen, und fühlte mich auch nicht im Geringsten wie Miss Superpolizistin, als ich zurück zur Wache bretterte, um Charlie und Bud zu informieren. Im Anschluss würde ich nach Hause fahren und eine Weile meine Wunden lecken. Wenn Jude sich nicht allzu sehr an Black klammerte, könnte wenigstens der mir vielleicht helfen, mich besser zu fühlen, nachdem ich meinen guten Freund in die Mangel hatte nehmen müssen.

12

Ich fuhr in die Stadt, parkte meinen Wagen und ging zum Vordereingang des Sheriffbüros. Bud war schon da, er wartete am Empfang und wirkte ungeduldig.

Er sagte: »Charlie überlegt bereits wieder, mich doch an den Fall ranzulassen. Du musst dafür sorgen, dass er das tut. Ich drehe durch, wenn ich hier bloß rumsitze und nichts tue, während dieser Psychopath frei rumläuft.«

»Charlie hat es sich schon anders überlegt?«

Bud nickte, er war ganz aufgeregt wegen Charlies möglicher Entscheidung, ihm den Fall erneut zuzuweisen, und ich kannte das Gefühl. Als ich von einem Fall entbunden worden war, hatte Charlie sogar meine Marke einkassiert, und zwar unter ganz ähnlichen Umständen. Das hatte mir auch nicht gefallen. Ich war richtig genervt gewesen. Hatte mich nackt gefühlt.

»Was ist mit Brianna? Geht es ihr besser?«

»Nein. Sie schläft jetzt, aber sie hat, glaube ich, endlich kapiert, was eigentlich passiert ist, sie hat sich dann eine Weile zurückgezogen. Als sie wiederkam, war sie total hysterisch und hat zwei Stunden geweint. Aus dem Blauen heraus ist sie einfach in sich zusammengebrochen. Mann, und jetzt sagt sie, sie will sich von mir trennen.«

»Was?«

»Sie sagt, sie will mich nicht mehr sehen. Sie will, dass ich sie in Ruhe lasse. Ich glaube, Hilde bei der Beerdigung zu sehen, war zu viel für sie. Sie benimmt sich total komisch, und ich weiß nicht recht, was ich davon halten soll.«

Ich runzelte die Stirn. Warum um Himmels willen sollte sich Brianna jetzt von Bud abwenden, so gut, wie er sie bisher behandelt hatte?

»Sie meint das nicht so. Sie hat viel durchgemacht. Das ist bloß der Schmerz. Sie trauert.« Und in dieser Hinsicht wusste ich, wovon ich redete.

»Glaubst du, Nick wäre bereit, sich mit ihr zu treffen? Ich sage dir, sie ist plötzlich richtig daneben.«

»Möglicherweise. Du kannst ihn ja fragen. Aber gib ihr ein wenig Zeit, das braucht sie mehr als alles andere. Sie ist immer noch unter Schock. Das gilt ja sogar für mich.«

Bud sah nicht überzeugt aus. »Ja, vermutlich. Aber sie benimmt sich jetzt ganz anders. Fast schon verängstigt oder so. Gott, ich wünschte, ich wüsste, was zu tun ist.« Er schaute weg, schüttelte den Kopf, dann sah er mich wieder an »Was ist bei dir? Gibt es da etwas Neues?«

»Nicht viel. Ich erzähl's dir, nachdem ich bei Charlie war. Mal sehen, ob ich ihn dazu überreden kann, dir den Fall zurückzugeben.«

Nachdem ich in das innere Heiligtum eingelassen worden war, setzte ich mich Charlie gegenüber und begann zügig mit einem Bericht meiner bisherigen Gespräche, bevor Charlie wieder anfangen konnte zu fluchen. Laut Bud, der mehr als ich gezwungen gewesen war, auf der Wache herumzuhängen, hatte der Sheriff seine wilden Wortkaskaden deutlich abgemildert, seit seine Gattin ihm wegen unangemessenen Benehmens in der Öffentlichkeit offenbar den Kopf gewaschen hatte. Im Moment wirkte er erstaunlich ruhig und konzentriert. Nicht schlecht, für seine Verhältnisse.

Als ich mit meiner Schnellsprech-Aufführung zu Ende war und die Fakten dargelegt hatte, so wenig zufriedenstellend die auch waren, sagte er: »Genau genommen haben Sie also nichts rausgefunden, was auch nur einen geharnischen Penny wert ist?«

Ich nickte, obwohl ich nicht die geringste Ahnung hatte, was ein geharnischter Penny sein sollte. »Also Sir, ich hatte noch nicht viel Zeit für die Ermittlungen. Sie wissen, ich versuche, diesen Fall alleine im Griff zu behalten. Und es gibt nun einmal viel zu tun. Ich habe noch nicht einmal meinen Hauptverdächtigen gesprochen, Hildes Exfreund. Das ist der Typ, der das Fitnessstudio in South Beach hat.«

Charlie dachte nach. Sein Gesicht war nicht rot angelaufen, er fluchte nicht und zeigte auch keinen bulldoghaften Winston-Churchill-Blick. Ich begann hohe Dosen Xanax und einen Hauch Beruhigungsmittel zu vermuten. Vielleicht sollte ich mir auch mal ein paar Löffel von dieser Mischung genehmigen. »Na gut. Am besten fliegen Sie runter und sehen mal, ob er ein Alibi für die letzten paar Tage hat. Wenn Sie ein Vorstrafenregister zu Gesicht bekommen, fragen Sie den entsprechenden Officer, was er Ihnen verraten kann. Weiß der Kerl, dass Hilde tot ist?«

»Nein, Sir. Und ich möchte ihn gern mit dieser Neuigkeit konfrontieren, bevor er sich ein prima Alibi beschaffen kann, das nur auf mich wartet. Vielleicht haben wir ja Glück und er erfährt nichts davon, bis ich da bin.«

»Okay, lassen Sie mich mal einen Augenblick drüber nachdenken.«

Charlie drehte sich zurück zum Fenster und starrte eine Weile hinaus. Ich wartete. So war er eben. Ich war es gewohnt und genoss die Stille manchmal sogar. Heute aber war ich ungeduldig und genoss sie nicht sonderlich lang. Ich rutschte auf meinem Stuhl umher, und wartete vielleicht noch eine, höchstens zwei Minuten, bevor meine Geduld gegen eine Ziegelmauer lief und in sich zusammenbrach.

»Ich brauche Buds Hilfe bei dieser Sache, Sheriff, und Sie wissen, dass Bud sehr professionell ist, ein erfahrener Ermittler. Er wird nicht einfach wie ein Wilder losziehen, bloß weil er mit Bri zusammen ist. Sie kennen ihn gut genug.«

Charlie wandte sich mir zu, sagte aber nichts. Ich versuchte es noch einmal. »Ich kann den Großteil der Gespräche allein führen, aber er könnte sich um diese Lippen-Annäh-Sache kümmern, während ich in Florida bin. Ich brauche wirklich Hilfe bei der Geschichte, Sir, und Bud sitzt bloß auf seinen Händen und tut nichts.«

Ich machte wieder eine Pause in der Hoffnung, dass er mich unterbrechen und mir aus ganzem Herzen zustimmen würde. Nichts. Stille. Aber ich gab nicht auf. »Okay, außerdem habe ich das Gefühl, dass Walter Costin aus dem Bestattungsunternehmen irgendwie mit der Sache zu tun hat, ich bin nur noch nicht sicher, wie oder warum. Ich glaube, wenn wir den eine Weile beschatten, wird er vielleicht nervös und führt uns zu irgendetwas Interessantem. Soll ich dem die oberste Priorität einräumen, oder soll ich nach South Beach fliegen, wie ursprünglich geplant?«

»Kommt Nick mit Ihnen mit?«

Ich nickte. »Black hat mir die Nutzung seines Privatflugzeuges angeboten. Er hat gesagt, er müsste sich dort unten um irgendeine Hotelsache kümmern und ich könnte mitfliegen.«

»Gut. Fragen Sie ihn nach dem psychologischen Profil des Täters. Er hat sich in der Vergangenheit schon als nützlich erwiesen.«

»Ich werden ihn mir auf dem Flug vorknöpfen.« Erst zu spät wurde mir klar, wie unpassend das klang, aber dass es wahrscheinlich genau so kommen würde. Glücklicherweise bemerkte Charlie die lustvolle Doppelbedeutung nicht.

»Er soll uns helfen, wenn er kann. Wie ich schon sagte, ich traue ihm.«

»Ja, Sir. Ich auch.«

Ich saß da und wartete höchst ungeduldig, und konnte beinahe Buds Stiefel im Flur draußen auf und ab trotten hören, während er ganz sicher vor sich hin dampfte.

Charlie wandte sich wieder der Straße zu und starrte hinaus. Ich fragte mich, wie er das tun konnte, ohne sich zu langweilen. Oder einzuschlafen.

»Okay, ich werde Bud eine Chance geben, mal sehen, ob er neutral bleiben kann. Er kann Costin beschatten, aber ich will zur Scheiße noch mal, äh, ich meine, es wäre Scheibenkleister, wenn Bud außerhalb meines Zuständigkeitsbereiches in Florida irgendetwas Dummes tut."

Scheibenkleister? Aus Charlies Mund? O Mann, das war doch wohl ein Witz.

Charlie runzelte die Stirn.

»Sehen Sie mich nicht so an, Claire. Ich habe Ellie Lynn versprochen, dass ich meine Ausdrucksweise hier bei der Arbeit mäßigen würde.«

»Ja, Sir. Das verstehe ich.« Ich wechselte schnell das Thema, aber: Scheibenkleister, wirklich? Ich konnte es kaum glauben. »Bud dem Fall wieder zuzuweisen wird eine riesige Hilfe sein, Sir. Vielen Dank.«

»Wann fliegen Sie?«

»Heute, wenn möglich. Spätestens morgen. So schnell Black es möglich machen kann.«

»In Ordnung, okay, verschwinden Sie und halten Sie mich auf dem Laufenden, verflixt und zugenäht.«

»Ja, Sir.«

Obwohl ich entlassen war, befand sich noch ein großer weißer Elefant im Zimmer, den ich nicht erwähnt hatte, oder er würde zumindest bald hier herumstehen. »Eines noch, Sir, und ich spreche das nur ungern an.« Das ließ ihn aufmerksam werden, aber wirklich.

»Ja? Was denn?«

Ich wollte es nicht sagen, aber ich wusste, dass ich musste. »Na ja, die Sache ist die, also, Shaggys Name ist in einem meiner Gespräche gefallen.«

Jetzt hatte ich seine vollständige Aufmerksamkeit. Mit dem Fensterglotzen war Schluss, sein Stuhl wippte und quietschte zurück in meine Richtung. »Sie meinen, Shag aus Bucks Büro? Johnny Becker?«

»Ja, Sir. Leider.«

»Wie das?«

Ich räusperte mich, leckte über meine trockenen Lippen, wappnete mich gegen die komplette Sheriffswut. »Also, Sir, ich glaube nicht, dass Shaggy mit dieser Angelegenheit zu tun hat, natürlich nicht, aber Costin hat gesagt, Shaggy sei in der Nacht, in der sich jemand an der Leiche zu schaffen gemacht hat, im Bestattungsunternehmen gewesen.«

Tiefliegende Brauen und gerötetes Gesicht, die ganze Latte. »Was zur Scheiße soll das heißen?«

Ups, der Scheibenkleister hatte nicht lange gehalten. »Offensichtlich kennen sie einander ein wenig. Costin hat gesagt, Shaggy wäre am Abend dagewesen, um mit ihm Videospiele zu spielen.«

O du meine Güte, musste ich einem finsteren Starren standhalten.

»Was ist denn das für ein Scheibenkleister?«

Froh darüber, dass Charlie wieder auf Ellies geradem, schmalen Weg war, sagte ich: »Ich habe bereits mit Shaggy gesprochen, und er streitet ab, dort gewesen zu sein, kann es aber nicht beweisen. Er war mit einem verdorbenen Magen zu Hause, also kann niemand seine Version bestätigen.«

»Scheiß doch auf diesen Scheibenkleister. Sie wollen mich doch wohl verarschen.«

Rückfall Nummer zwei, und sicher nicht der letzte. »Nein, Sir.«

»Scheiße. Das ist ja toll. Wenn die Zeitungsfritzen das erfahren, drehen sie durch. Was hat Buckeye dazu zu sagen?«

»Ich habe noch nicht mit Buck gesprochen, Sheriff.«

»Lassen Sie's. Ich werde ihn selbst anrufen. Ich kann nicht glauben, dass Shaggy blöd genug war, sich in so einen Scheiß verwickeln zu lassen.«

»Er streitet es ab, Sir. Er kann bloß nicht beweisen, dass er in der Nacht allein zu Hause war.« Ich machte eine Pause. »Ich glaube ihm, Sir. Wir kennen Shaggy beide. Er wäre einfach gar nicht in der Lage, sich an einer Leiche zu vergehen.« Ich lachte. Gewollt, aber trotzdem. Der Junge war immerhin bei der Spurensicherung. Er verging sich tagtäglich an Leichen.

»Ja, aber aller möglicher Scheiß passiert. Sagen Sie Bud, er soll das überprüfen und mal sehen, ob er irgendeinen Dreck in Shaggys Vergangenheit finden kann.«

»Sir, glauben Sie wirklich, das ist jetzt notwendig? Wir reden immerhin über Shag.«

Die gerunzelten Brauen wandelten sich im Nu in ein finsteres Starren. Ich verwandelte mich im gleichen Zeitraum in zitternde Götterspeise.

»Ja, ich halte es allerdings für verflucht noch mal notwendig, Detective. Noch Fragen?«

»Nein, Sir. Danke, dass Sie Bud den Fall wieder zugewiesen haben. Sie werden es nicht bereuen.«

»Na ja, das werden wir ja sehen, oder?«

Ich ließ Charlie nicht besonders gut gelaunt zurück. Aber immerhin würde ich Buds Laune jetzt heben, insgesamt war die Situation also sozusagen neutral. Bud wartete draußen im Flur. Er unterbrach seinen Marsch und starrte mich erwartungsvoll an.

»Du bist wieder dabei. Er will, dass du Walter Costin beschattest und rauskriegst, ob der etwas zu verbergen hat.« Ich senkte meine Stimme und berichtete ihm von Shaggys möglichem Zusammenhang mit der Sache. »Er will auch, dass du Shags Vergangenheit überprüfst und mal siehst, was du rauskriegen kannst.«

»Oh, Mann, das ist übel. Shaggy wird sauer auf mich sein.«

Der ist sowieso schon sauer, mach dir keine Sorgen. Und du wirst nichts finden. Shaggy ist sauber. Hör mal, ich muss nach Miami und mich mit Hildes Exfreund treffen.« Ich sah mich um, wartete, bis eine Verwaltungsmitarbeiterin an uns vorbei war, dann senkte ich die Stimme. »Du kriegst das hin, ohne auszuflippen, oder?«

»Ja. Kein Problem. Ich habe bloß etwas Zeit gebraucht, um zu akzeptieren, dass all das wirklich passiert ist. Mann, es kommt mir immer noch unwirklich vor.«

»Okay, genau das habe ich Charlie gesagt. Also, halt mich auf dem Laufenden, was mit Costin wird. Ich sollte nicht mehr als ein paar Tage in South Beach brauchen.«

»Hey, übrigens, Bri hat gesagt, wir sollen uns in Hildes

Strandhaus umsehen, wenn wir dort sind, falls wir glauben, das könnte helfen. Sie haben dort zusammen gelebt, aber Hilde ist allein dort wohnen geblieben, nachdem Bri hier hochgezogen ist. Es stehen aber ihre beiden Namen in der Besitzurkunde, und sie hat mir gesagt, wo der Schlüssel zu finden ist. Ich kann dir eine Wegbeschreibung geben. Es liegt dreißig, vierzig Minuten von Miami entfernt. Vielleicht hast du Glück und findest dort eine Spur.«

»Ja, vielleicht. Wie lange wohnte Hilde dort schon allein?«

»Seit sie diesen Vasquez verlassen hat. Bri sagt, das Haus sei ziemlich abgelegen. Sie will sicher sein, dass dort alles in Ordnung ist. Vielleicht wird sie das etwas beruhigen.«

»Logisch. Sag mir, wie ich dort hinkomme.«

Ich hörte mir die Wegbeschreibung an, die sich als ziemlich einfach und leicht zu merken erwies, ebenso wie das Versteck für den Extraschlüssel. Hinter der Leuchte auf der vorderen Veranda. Nicht unbedingt sehr sicherheitsbewusst, aber einfach für mich zu finden.

»Bud, bist du sicher, dass es für Bri okay ist, wenn ich mich dort umsehe?«

Bud nickte und sagte, er würde sich auf die Suche nach Walter Costin machen, mal sehen, wohin das führte. Er lächelte, denn er war froh, wieder dabei zu sein, und ich lächelte deswegen ebenfalls, während ich noch ein paar Berichte fertigstellte, die auf meinem Schreibtisch herumlagen. Bri war jetzt die alleinige Eigentümerin des Hauses und hatte mir ihre Erlaubnis erteilt, also konnte ich die Bude legal und ohne Begleitung der Polizei von Miami betreten. Ja, so konnte ich mir richtig Zeit lassen, nach irgendwelchen Hinweisen zu suchen, was Hilde in den Tagen und Monaten vor ihrem Tod so getrieben hatte. Denn bislang führten bloß Sackgassen zu neuen Sackgassen.

Fünf Minuten später verließ ich meinen Schreibtisch relativ aufgeräumt für meine Verhältnisse, ging raus zu meinem Explorer und wählte Blacks private Handynummer. Er ging nach dem zweiten Klingen ran.

»Wir fliegen nach South Beach. Wie schnell kannst du weg?«

»Das Flugzeug sollte bald aus JFK zurückkommen. Jude musste zu irgendeiner Model-Sache zurück, aber sie kommt zum Wettbewerb wieder her.«

Also, das war so ziemlich die beste Nachricht, seit ich Hilde ohne ihren Mund gefunden hatte. Black gelang es eben immer wieder, mich aufzuheitern. Außer, dass Jude zurückkam. Das fand ich blöd.

»Wie schade, wie schade. Ich werde den kleinen Frechdachs ganz doll vermissen.«

»Sie mag dich, Claire. Sie hat gesagt, sie fände dich wirklich sehr nett.«

»Wow, ich bin ganz begeistert, und das von einer, die weltberühmt und superdünn ist.«

Black lachte. »Ich werde versuchen, dich auf dem Flug von ihr abzulenken.«

»Gleichfalls, glaub mir.«

»Ich freue mich darauf, ein paar Stunden mit dir alleine zu sein. Ich muss bloß noch nach ein paar Patienten hier in der Lodge sehen, dann kann ich los. Mein Terminkalender ist wegen des Wettbewerbs sowieso ziemlich leer. Ich kann also gut mal nach diesem Grundstück in South Beach sehen, das ich im Auge habe. Und ich habe auch ein paar Freunde in der Gegend.«

»Ich kann nicht länger als ein paar Tage weg. Und ich muss vor dem fünfzehnten zurückkommen und meine Einkommensteuer abgeben.«

»Bring alles mit, dann schicke ich es rüber zu Coffman & Company in Springfield. Bill, der Typ, der das Büro hat, ist ein Steuergenie. Ich gebe ihm all meine Sachen, und er spart mir einen Haufen Geld.«

»Ach, ich will bloß eine ordentliche Steuerrückzahlung, das ist alles. Und außerdem muss ich mich noch um diese Lippensache im Bestattungsunternehmen kümmern.«

»Irgendwelche Fortschritte?«

»Ich glaube, der Mörder hat an ihr herumgespielt, während der Nachtwächter und seine Freundin es im Hinterzimmer getrieben haben. Der Typ heißt Walter Costin, ein komischer Vogel, das kann ich dir sagen. Das Merkwürdige aber ist, dass Costin sagt, Shaggy sei in der Nacht ebenfalls da gewesen.«

Black schwieg ein paar Sekunden. »Shaggy, dein Spurensicherungs-Freund?«

»Genau der.«

»Warum sollte Shaggy spät nachts in einem Bestattungsunternehmen sein? Oder überhaupt?«

»Er sagt ja auch, er war nicht da. Er sagt, dass er diesen Walter Costin kaum kennt, und dass er die ganze Nacht krank zu Hause im Bett gelegen hätte.«

»Ich setze auf Shaggy. Warum sollte der lügen?«

»Das ist auch meine Einschätzung, aber irgendetwas stimmt nicht.«

»Das könnte möglicherweise die Untertreibung des Jahres sein.«

Damit hatte Black Recht. Ich sagte, ich würde mich in einer Stunde mit ihm auf dem Hubschrauberlandeplatz des Cedar Bend treffen. Dann fuhr ich nach Hause, packte eine ausreichende Menge Bootcut-Jeans und schwarze T-Shirts in meine Reisetasche, und dazu ein blaues Jeans-Shirt, das weit genug geschnitten war, um mein Schulterholster zu verbergen. Ich schlief in meinen T-Shirts, aber die blieben normalerweise nicht lange an, wenn Black dabei war. Ich stopfte meine Zahnbürste und einen großen Umschlag voll mit Steuerzeug, von dem ich sehr froh war, es loszuwerden, in die Tasche, dann schnappte ich mir Jules Verne, um den sich Blacks exzellente Haushälterinnen kümmern würden, während wir uns im Land der sonnigen Strände befanden, und schaffte es zur Cedar Bend Lodge bevor die Stunde um war.

Zwanzig Minuten später machten Black und ich es uns in den schwarzen Ledersitzen seines luxuriösen Learjets bequem, umgeben von der edlen schwarz-braunen Ausstattung und dem ebenso gekleideten Personal. Black war für seine Verhältnisse lässig gekleidet mit einer braunen Dockers und einem makellos weißen Oberhemd mit Monogramm, das seine gebräunte Haut, die weißen Zähne und die harten Muskeln betonte. Ich fand, er sah gut aus, vor allem, als er vorschlug, dass wir uns in das schwarz-braun eingerichtete Schlafzimmer hinten im Flugzeug zurückzogen, kaum dass die Stewardessen in der Küche verschwunden waren. Wir hatten einander seit heute Morgen nicht gesehen, was hätte man also erwarten können?

Wir warteten, bis das Anschnallzeichen erlosch, über so viel Kontrolle verfügten wir gerade noch, aber dann fanden wir zügig unseren Weg zu dem bereits erwähnten romantischen Aufeinandertreffen in einem sehr großen Bett mit dem üblich schwarzen Seidenlaken, und dort knöpften wir uns einander schön langsam vor. Unser kleiner sexueller Frachtzug nahm in dem Moment Fahrt auf, als Blacks Lippen meine nackte Haut berührten, und donnerte mit so viel Schmackes durch uns hindurch wie eine Amtrak-Lokomotive, die über eine Eisenbahnkreuzung in Montana raste.

Insgesamt waren es zwei durchaus abenteuerliche und vergnügliche Stunden in der Luft. Eines ist klar, am Ende waren wir nackt und ineinander verschlungen, atemlos, zufrieden und ein bisschen benommen von der schieren Gier, mit der wir bei der Sache gewesen waren. Nach einer schaumigen gemeinsamen Dusche waren wir schließlich, gut fünfundzwanzig Minuten vor der Landung, glücklich und entspannt, das Haar noch feucht und die Muskeln gelockert, unsere gemeinsamen Bedürfnisse äußerst befriedigt, was immer gut war. Jetzt konnten wir zur Sache kommen, ein paar Kriminelle schnappen und ein paar Hotels kaufen.

Nach dem Tod des Vaters überredete der Junge seine Eltern, die drei heimatlosen kleinen Waisenkinder bei sich aufzunehmen. Das war nicht schwer. Seine Mutter und sein Vater mochten die Ältere bereits sehr gern, und seine Mutter war vermutlich der Meinung, dass sie jetzt vier hübsche Mädchen hatte, die sie für Wettbewerbe aufbrezeln konnte, und mit deren Hilfe sie ihre eigenen Träume wahr werden lassen konnte. Die Beerdigung des Stiefvaters verlief ziemlich einsam. Das Jugendamt suchte ohne großen Erfolg nach anderen Blutsverwandten der Kinder. Bislang schien der Stiefvater allein auf der Welt zu sein, und die Sozialarbeiter hatten es nicht geschafft, den leiblichen Vater der Älteren ausfindig zu machen. Das war der nur recht, sie hasste ihn sowieso.

Die Sozialarbeiter waren begeistert, sie bei so einer guten Familie unterbringen zu können, zwei Ärzte als Eltern, ganz abgesehen von dem Wohlstand und dem Prestige. Und so wurde die Entscheidung gefällt und die Kinder waren alle so glücklich, wie sie nur sein konnten. Das Haus des Jungen war groß, aber die Mama steckte Sissy in das Schlafzimmer der ältesten Schwester des Jungen, weil die immer noch in Europa arbeitete und nur selten nach Hause kam, und Bubby bekam sein eigenes Zimmer neben dem Elternschlafzimmer. Der Junge bestand darauf, dass er nur zu gern in den Winnebago rausziehen würde, jetzt, wo er fast schon alt genug fürs College war. Er brauchte seine Privatsphäre, sagte er, bei so vielen Mädchen im Haus. Die Eltern waren einverstanden und gaben der Älteren sein Zimmer.

Alles verlief wunderbar und keines der Kinder sprach je wieder davon, was in jener Nacht geschehen war. Sissy war so dankbar, von den schrecklichen Dingen, die ihr Vater ihr angetan hatte, gerettet worden zu sein, dass sie freiwillig weiterhin ihr aller Sklave war, einschließlich der Zwillinge. Bubby war schüchtern und zurückgezogen, aber er tat den Eltern des

Jungen wirklich leid und sie umarmten ihn immer und versuchten, ihn zum Lächeln zu bringen.

Der Älteren gefiel es im Haus des Jungen sehr. Ihr neues Zimmer verfügte über einen kleinen Balkon, sodass er hereinklettern konnte, wann immer er wollte, und sie liebten sich jede Nacht, bevor sie einschliefen. Der Junge hatte Pornoseiten im Internet gefunden und war ganz begeistert davon, sie anzusehen, und er wollte, dass sie das auch tat, aber ihr gefielen die nicht sonderlich. Dennoch liebte sie ihn mit ganzem Herzen. Er hatte sie so oft vor so vielem gerettet. Und jetzt ging Sissy auch anders mit ihr um, unterwürfig und stumm, und sie konnten sie immer alles machen lassen, was sie wollten.

Eines Nachts sagte der Junge, dass er wollte, dass Sissy zu ihnen ins Bett käme, zu einem Dreier, aber die Ältere sagte: »Nein, unter keinen Umständen«, und er wurde wütend und schlug ihr ins Gesicht. Erschrocken rannte sie zurück ins Haus und weinte in ihrem Bett, aber es dauerte nicht lange, bevor er auf ihren Balkon kletterte und sie in die Arme nahm und anflehte, ihm zu vergeben. Er sagte, es wären all die Sexvideos, die ihn auf die Idee des Dreiers gebracht hatten, und er hätte es gar nicht wirklich machen wollen.

Alle vier Mädchen nahmen weiter an Schönheitswettbewerben teil, aber inzwischen konnte der Junge sie hinfahren, wann immer die Mutter Dienst in der Klinik hatte. Normalerweise gewannen die Ältere und eine der Schwestern des Jungen in ihren jeweiligen Altersgruppen, denn Sissy hatte immer noch ein paar Narben, die ihre Chancen verschlechterten. Sie verlor gegen die Zwillinge und ein hochnäsiges Mädchen aus der Nachbarstadt, das immer ganz arrogant guckte, wenn sie einen von ihnen erblickte. Also sagte Sissy eines Nachts, als sie um das Spielbrett herum saßen und ihre Aufgaben planten: »Ich wünschte, diese Kelly wäre tot. Sie gewinnt immer gegen mich, wenn ich dran bin, an einem Wettbewerb teilzunehmen.«

Der Junge starrte sie an und der Älteren passte es gar nicht, als er hinter Sissy trat und ihre Schultern rieb. Sissy lehnte sich gegen ihn und schloss die Augen, als gefiele es ihr richtig gut.

Der Junge sagte: »Nun, wir können sie umbringen, wenn du das willst.«

Alle erstarrten und sahen ihn an, aber diesmal lachte er nicht, wie er es sonst tat, wenn er sie zum Narren hielt.

»Was glotzt ihr so? Wir haben es doch schon öfter getan, nicht wahr? Und niemand hat es herausbekommen. Warum sollten wir diesmal erwischt werden?«

»Wir können sie doch nicht einfach umbringen?«, sagte die Ältere vorsichtig.

»Wir können jeden umbringen, den wir umbringen wollen. Das haben wir bereits bewiesen. Wir müssen bloß zusammenhalten. Ein Team sein. Außerdem hat Sissy seit langer Zeit nicht mehr gewonnen und das macht sie traurig. Sie ist Teil unserer Familie, sie spielt jetzt mit uns das Spiel, und wir schulden ihr ein bisschen Rücksicht. Oder, Sissy?«

»Ja«, sagte Sissy. Sie lächelte ihn bewundernd an.

»Dann werden wir diese Kelly los werden, nur für dich. Ich werde eine Aufgabe finden, die nicht schief gehen kann. Etwas Schnelles und Einfaches, das sie aus der Welt schafft.«

»Das will ich nicht«, sagte die Ältere. »Das ist nicht recht. Es ist zu riskant. Es ist eine schreckliche Idee.«

Der Junge sah sie mit gerunzelter Stirn an und etwas in seinem Blick ließ sie erschauern. In letzter Zeit benahm er sich eigenartig, er verschwand ganz allein und sagte ihr nicht, wo er gewesen war. Das machte ihr Sorgen und gab ihr das Gefühl, dass etwas Schreckliches geschehen würde, aber sie liebte ihn so sehr. Sie alle liebten ihn so sehr.

»Okay, aber vergiss eines nicht. Ich habe ein Band, das euch alle hinter Gitter oder auf den elektrischen Stuhl befördern wird. Ich muss es nur den Bullen zeigen.«

Die Ältere sah zu Boden, aber auf einmal hatte sie Angst davor, was sie planten, und vor dem Jungen ebenfalls. Er hatte sich verändert. Er sah sogar anders aus, und er machte Fotos von allem. Er machte gern Fotos von ihnen, wenn sie nackt waren, und Videos, wenn sie einander liebten. Sie fürchtete sich immer mehr und mehr vor ihm, aber dann flüsterte er ihr ins Ohr und berührte sie so zärtlich, dass sie wieder dahinschmolz und sich an ihn klammerte.

Der Junge plante die Aufgabe für eine Nacht unter der Woche. Er hatte herausgefunden, dass das Mädchen dienstagabends um sieben Ballettunterricht in der Highschool nahm und danach immer die Straße herunter zu sich nach Hause ging. Bloß die Straße herunter. In jener Nacht versammelte er alle Kinder in seinem Wagen, ließ sie Handschuhe anziehen und fuhr zum nächsten Wal-Mart. Er hatte die Angestellten eine Woche lang beobachtet und wusste, welche von ihnen um sieben kamen und die ganze Nacht arbeiteten. Er parkte in einiger Entfernung und ging zu einem Wagen auf dem rückwärtigen Parkplatz, den er sich ausgeguckt hatte. Niemand war zu sehen, also knackte er ihn und schloss schnell die Zündung kurz. Als er nach vorne fuhr und neben seinem eigenen Auto hielt, stiegen die anderen ein und sie fuhren davon. Sie lachten und klatschten einander ab.

Dann warteten sie kurz vor dem Haus, in dem das Mädchen wohnte. Es war ziemlich einsam, aber es war ein gehobener Stadtteil mit vielen teuren Häusern, die zwischen Bäumen und weit von der Straße entfernt lagen. Die Familie des Jungen wohnte nur zwei Straßen weiter. Als das hübsche Mädchen über die Kreuzung ging, schoss er vom Bürgersteig los und auf sie zu. Sie ging weiter, den Rücken dem Wagen zugewandt, und als er sie fast erreicht hatte, trat er noch fester aufs Gas und fuhr genau in ihre Richtung. Er traf das Mädchen mit einem schrecklichen Rumsen und sie flog in die Luft und landete auf der anderen Straßenseite. Die Ältere schaute zurück, aber das Mädchen blieb liegen, wo es gestürzt war, und rührte sich nicht.

»Du hast sie umgebracht! Oh, mein Gott, sie ist tot.«

»Nein, ist sie nicht. Aber selbst wenn, na und? Sie war eine Hure. Sie hat es nicht verdient zu leben.«

Sissy und die kleinen Schwestern des Jungen klatschten Beifall, aber Bubby schaute die Ältere an und begann ein leises Stöhnen aus dem tiefsten Inneren von sich zu geben. Der Junge fuhr zur nächsten Ecke vor ihrem Haus und bremste. »Okay, steigt aus und beruhigt den Kleinen, sonst werden Mum und Dad misstrauisch werden. Beeilt euch, ich muss den Wagen los werden und dann zu Wal-Mart gehen, damit ich ein Alibi auf ihren Überwachungskameras habe! Beeilt euch. Raus! Und haltet ja den Mund!«

Während die anderen Kinder über den Bürgersteig nach Hause rannten, blieb die Ältere an der Straßenecke stehen und sah den Jungen davonfahren. Er war völlig außer Kontrolle. Sie musste sich etwas überlegen, um ihm seine bösen Aufgaben auszureden, oder sie würden alle zur Hölle fahren.

13

Auf dem Miami International Airport wartete eine Limousine auf uns, und sie war natürlich lang und weiß und luxuriös, fast schon angeberhaft. Habe ich bereits erwähnt, dass Black gern nobel reiste? Wir stiegen aus der schwülen, feuchten Hitze der Rollbahn in die angenehme Klimaanlagenluft. Während Black einen Anruf beantwortete und in schnellem Französisch mit jemandem in seiner Pariser Klinik sprach, wurde mir klar, dass ich mich an seinen teuren Lebensstil zu gewöhnen begann. Ich, die McDonald's liebte und Klamotten von Kmart trug. Eigentlich bevorzuge ich das goldene M noch immer, aber mittlerweile esse und trinke ich auch Blacks Vier-Sterne-Köstlichkeiten, wenn es sein musste. Und er tat mir denselben Gefallen mit Big Macs und Pommes.

Das Hotel, für das Black sich interessierte, hieß Hotel Imperial. Es schien, als würde er wie eine Motte von Namen angezogen, die Wohlstand und Prestige und Affigkeit implizierten. Es war ein zwanzigstöckiger Bau, Art déco und natürlich höchst exklusiv. Er musste mit der Andeutung eines Zig-Millionen-Dollar-Angebots angerufen haben, denn wir wurden am Ende des roten Teppichs wie der Maharadscha von Marrakesch und seine Freundin von der Polizei empfangen. Ich war ganz überrascht, dass die beiden sonnengebräunten jungen Geschäftsleute, die uns erwarteten, sich nicht auch noch auf den Boden warfen und dann rückwärts in Richtung der verspiegelten Chromfahrstühle robbten. Ich kümmerte mich so wenig es ging um die Schleimerei. Aber glauben Sie mir, irgendwer in der Geschäftsleitung dieses Hotels wollte wirklich, *wirklich* gerne, dass Black auf der gepunkteten Linie unterzeichnete.

Wir bekamen natürlich das Penthouse, die so genannte Präsidentensuite. Überraschung. Wir waren wirklich ein lustiges Pärchen, ganz normale Leute eben. Dort oben warteten mit Schokolade überzogene Erdbeeren, eine eisgekühlte Flasche Dom Pérignon und ein riesiger Obstkorb auf uns sowie eine Gemüse-Snack-Platte und mehrere Dutzend Vasen mit roten Rosen, aber keine Cheeseburger. Und sogar ein großes silbernes Tablett mit Blacks Lieblingen, Oreos und Chocolate Chip Cookies. Vielleicht saßen im Badezimmer auch noch Harem-Sklavinnen mit nacktem Bauch und vorgewärmten Schwämmen, wer konnte es wissen?

»Ich glaube, sie wollen dich beeindrucken, Black, und vielleicht sollst du die Bude sogar kaufen.«

»So weit, so gut. Wir werden sehen.« Mr Arrogant, und dann würde er ihnen ein paar Krumen hinwerfen, wenn sie auf dem Bauch lagen und bettelten.

Ich sagte: »Willst du einen Gauner mit mir auschecken kommen?«

Black sagte: »Ich dachte schon, du fragst nie.«

»Gut, aber lass uns erst mal Hildes Hütte angucken. Bud hat mir gesagt, wie wir dorthin finden.«

Während wir über der Stadt gekreist waren, hatte ich telefonisch die Kollegen in Miami informiert, dass ich in der Stadt war und später bei ihnen vorbeischauen würde, um ihre Unterstützung bei einem Gespräch mit einem Bürger der Stadt zu erhalten. Ich klärte, dass meine Genehmigung, als Polizist aus einem anderen Staat eine verborgene Waffe zu tragen, mit ihnen okay war, ebenso wie mit den Flughafen-Sicherheitsleuten. Danach überprüfte ich, dass meine beiden Waffen geladen waren, die Glock versteckt unter meinem übergroßen Shirt, die .38er an meinem Knöchel, Extramunition steckte in meinen Taschen.

Ja, Leute, ich war ziemlich selbstsicher, als wir aus der Eingangstür der burgunderroten-dunkelblauen Hotellobby in die grelle Nachmittagssonne hinausspazierten. Ich werde immer paranoider in meiner Befürchtung, von irgendwem angegriffen zu werden. Kaum nachvollziehbar, oder?

Der Strand erstreckte sich auf der dem Hotel gegenüberliegenden Straßenseite hell und sandig und warm, und ich wollte mich nur zu gern hinlegen und mich mal in Ruhe sonnen. Der Tag wäre perfekt, die Luft geschmeidig, die Sonne hell, die Temperatur betrug wunderbare 26 Grad. Das Paradies, o ja, so konnte man es ruhig nennen. Schade auch, dass ich noch dringender, als mich zu sonnen, einem gewissen Carlos Vasquez auf die Nerven gehen wollte.

Die weiße Stretchlimousine von vorhin wartete am Bürgersteig auf uns. Ich blieb stehen und starrte sie einen Augenblick an, dann stemmte ich die Absätze meiner schwarz-orangenen Nikes endgültig in den Boden. Black stoppte neben mir.

»Was ist?«, fragte er.

Ich sagte: »Findet du nicht, dass wir in dem Ding ein bisschen auffällig unterwegs sind?«

»Könnte schon sein.«

»Wie wär's, wir nehmen einfach ein Taxi? Oder mieten für ein paar Stunden einen unauffälligeren Wagen?«

»Ich bin sicher, es gibt im Hotel einen Wagen, den wir nehmen können. Ich habe in meinen Resorts jedenfalls immer Fahrzeuge für die VIPs. Lass mich mal fragen.«

Ach was? Er schnipst mit den Fingern und es geht?

Innerhalb von Minuten fuhr ein mit einer weißen Weste bekleideter Parkwächter einen Lincoln Continental vor, schwarz mit braunen Ledersitzen. Okay, immer noch ein bisschen protzig, aber bei Weitem nicht so auffällig wie ein riesiger Hummer, es würde gehen. Blacks Handy klingelte zum zigsten Mal, seit wir Missouri verlassen hatten. Er sah aufs Display und sagte dann: »Da muss ich rangehen. Warte einen Augenblick.«

Er trat ein paar Schritte zur Seite und redete sehr leise und höchst ernsthaft mit jemandem, also genoss ich einfach die Gegend. Das Meer erstreckte sich kobaltblau bis zum Horizont, verziert mit helleren Streifen Türkis und Aquamarin, und große Wellen schlugen schaumig an den Strand. Ich liebte dieses

Geräusch, ich hatte es schon immer geliebt. Ich kannte mich in Miami gut aus, ich hatte hier sogar einmal sechs Monate lang gelebt, in einem der wenigen Pflegeheime, die ich nicht gehasst und/oder aus denen ich weggelaufen war.

Black klappte sein Handy zu und kam zu mir zurück. Ohoh, er runzelte die Stirn und schüttelte den Kopf, ein Sturm braute sich zusammen.

»Es ist etwas passiert, um das ich mich kümmern muss. Ich suche mir einen anderen Fahrer und du nimmst den Lincoln. Ich die Limo. Treffen wir uns hier – wann? Reichen dir zwei Stunden?«

Ich fragte nicht, was geschehen war. Er lebte sein Leben, ich meines. Manchmal trafen sich die Stränge, manchmal nicht.

»Es könnte etwas länger dauern. Wie wäre es mit drei Stunden? Und ich kann selbst fahren. Ich kenne mich aus und weiß den Weg zu Hildes Haus.«

Black schaute überrascht. »Du kennst dich in Miami aus?«

»Ja, ich habe hier mal gelebt. Sieht nicht so aus, als hätte sich viel verändert.«

»Warum hast du mir nicht erzählt, dass du hier gelebt hast?«

Ich zuckte mit den Achseln. »Ich weiß nicht. Warum sollte ich?«

»Weißt du noch, was passiert ist, als du das letzte Mal alleine losgezogen bist? Schwierigkeiten folgen dir wie dein verfluchter Schatten.«

Ich wollte gerade beleidigt sein, aber er hatte ja recht. So was war in der Vergangenheit durchaus mal vorgekommen, eigentlich ständig. Ich beruhigte ihn. »Ich wühle bloß ein bisschen in Hildes Sachen rum. Dann packe ich ein paar Dinge für Brianna ein und komme wieder hierher zurück. Oh, und ach ja, habe ich ganz vergessen: Ich bin bis an die Zähne bewaffnet und eine ordnungsgemäß ausgebildete Gesetzeshüterin.«

»Warte, bis ich mit meinem Termin fertig bin, bevor du dich auf Vasquez stürzt, okay?«

»Kein Problem. Ich muss mich sowieso bei der hiesigen Polizei melden und mich von einem von ihnen begleiten lassen. Entspann dich, Black, du tust einfach, was du tun musst. Ich kann mich um mich selbst kümmern.«

Black gab mir einen schnellen Kuss zum Abschied und eine nicht ganz so schnelle Umarmung, die verdammt peinlich war vor all den neugierigen Hotelangestellten, die herumstanden, und dann begleitete er mich auf die andere Seite zur Fahrertür. In dieser Hinsicht war er superhöflich, egal wie reich er war. »Wir sehen uns später, Claire. Ruf mich an, wenn du mich brauchst. Und duck dich, wenn's sein muss, tu mir den Gefallen, ja?«

»Klar. Du auch. Man kann ja nie wissen, wie solche Hotelverhandlungen laufen.«

Black lächelte und marschierte in Richtung der weißen Limousine, die unter dem Hotelvordach auf ihn wartete. Ich drehte den Schlüssel und hörte, wie der Motor ansprang und schnurrte, als wüsste er, wie klasse er ist. Klang nicht ganz so wie mein Explorer, aber mir gefielen vor allem die dunkel getönten Scheiben. Ich hatte meine Sonnenbrille im Flugzeug vergessen und bekam bereits einen Anflug von Kopfschmerzen von Sonne, Sand und Wasser.

Hilde und Briannas gemeinsames Strandhaus lag tatsächlich nördlich der Stadt Miami, in einer ordentlichen Entfernung von South Beach und den meisten anderen Touristenfallen, genau genommen befand es sich bereits in der Nachbarstadt Hollywood. Ich kannte mich in dem Bereich ziemlich gut aus, also nahm ich den netten Weg nördlich des Highway One, der am blauglitzernden Meer entlangführte. Im Wagen war es kühl und ruhig, und draußen strahlend schön, und nichts gegen Black, aber es tat ganz gut, mal eine Weile mit meinen Gedanken allein zu sein. Ich musste über den Fall nachdenken und das Wer und Warum und Wie herausbekommen, also rang ich die dreißigminütige Fahrt mit einer Reihe hässlicher Dämonen, die sich in meinem Hirn herumtrieben. Unglücklicherweise hielten sie mich im Moment ziemlich im Schwitzkasten.

Es stellte sich heraus, dass Hilde und Brianna Swensens Häuschen wahrhaftig ein kleines Eckchen vom Paradies war. Wenn Brianna sich entschied, es zu verkaufen, dann könnte ich mir durchaus vorstellen, ein Gebot abzugeben. Ich mochte mein abgelegenes kleines A-förmiges Häuschen am See, das so schön ruhig war, aber diese Bude war wirklich auch nicht zu verachten. Das Strandhaus lag direkt an der Küstenstraße, am einen Ende einer großen, geschützten Bucht und in einer Reihe mit etwa sieben oder acht weiteren Privathäusern, die an der Krümmung der Bucht angenehm weit auseinander standen. Seegras und einige niedrige Dünen trennten die Häuser vom Meer, etliche von ihnen hatten kleine Bretterwege runter zum Wasser. Es waren keine erstklassigen floridianischen Strandimmobilien, aber wirklich auch kein Schund. Hilde und Brianna hatten eine ganze Menge Laufstege entlangmarschieren müssen, um sich diesen Fluchtpunkt leisten zu können. So viel war klar.

Hinten gab es einen überdachten Carport und eine Art Lagerhäuschen, aber keine Garage, also fuhr ich in den Carport und stieg aus dem Lincoln. Ich ließ den Wagen im Schatten abkühlen und stapfte durch den tiefen Sand ums Haus herum zur Vordertür, die zum Meer hin lag. Der Sand war so warm, dass ich am liebsten meine Socken und Nikes ausgezogen hätte, um barfuß zu gehen. Doch ich widerstand dem Drang. Erst das Geschäft, danach konnte man weitersehen.

Das Haus war nicht groß und außen mit Holzlatten in einem blassen Gelb-Grün vertäfelt. Die Fensterläden waren weiß gestrichen und standen offen. Die Fenster waren altmodisch zum Hochschieben, typisch für Florida in den Fünfzigern. Es war ein älteres Haus, das allerdings, so wie es aussah, in den letzten Jahren mal renoviert worden war. Vorne gab es eine Holzveranda, aber keine Strandmöbel. Hilde verstaute die wahrscheinlich in dem kleinen Gartenhäuschen, wenn sie weg war. Und diesmal war sie wirklich weg.

Ich wandte mich um und schaute den Strand hinauf und

hinunter in Richtung der anderen Häuser. Niemand schien draußen zu sein, um das Wetter zu genießen, was ich schwer nachvollziehbar fand. Ich fragte mich, wer die Nachbarn waren, und ob die Swensen-Schwestern sie gut kannten, und ob irgendeiner von ihnen ein durchgeknallter Stalker wäre. Dann wandte ich mich wieder zum Wasser und sah ein paar Minuten die hereinrollenden Wellen an. Ich erlaubte es dem Wind vom Meer, meine Haare zu zerzausen, und lauschte dem Rascheln der steifen Palmwedel über mir. Auch dieses Geräusch gefiel mir. Ich mochte den Duft des Meeres, ich mochte die Wärme in meinem Gesicht. Mann, ich mag einfach Florida, und wie es dort ist. Vielleicht kann ich doch irgendwann hierherziehen.

Ja, ich würde so ein Haus für mich kaufen, wenn ich ein Konto wie Blacks hätte, aber der hatte schon Strandhäuser da und dort in aller Welt, also wäre er vermutlich überhaupt nicht interessiert an dieser kleinen Bude. Er würde sie mir wahrscheinlich kaufen, wenn ich ihn darum bäte, aber das würde ich nie tun und ich wollte auch sowieso niemandem derartig verpflichtet sein – so groß die Versuchung auch war.

Es war ein ruhiger Strandabschnitt, genau wie ich es mochte. Kein Wunder, dass die arme Hilde nicht zu ihrer Schwester nach Missouri hatte ziehen wollen. Es war ein Wunder, dass Brianna aufgegeben und dieses Eden verlassen hatte. Ich tastete, wie sie mir gesagt hatte, hinter der vorderen Leuchte herum, bis meine Fingerspitzen den Schlüssel spürten. Ich schob ihn ins Schloss und öffnete die Tür.

Drinnen erschien das Haus sehr ordentlich, aber zugleich auch sehr bewohnt und belebt. Mehr als Briannas makelloses Heim in Roach, Missouri. Mit den Fünfzigern hatte ich richtig gelegen, wie schon die Ausziehgriffe der Schiebefenster bestätigten. Ich mochte ältere Strandhäuser lieber als die schicken neuen mit den unbeweglichen Panoramafenstern und den mehrstöckigen Terrassen. Die älteren haben mehr Charakter, finde ich. Und schienen zugleich standhafter.

Das Wohnzimmer war nicht besonders groß, aber gemütlich, eher schmal als breit, mit zwei zueinander passenden türkis-gelb geblümten Sofas, weißen Tischchen mit vier weißen Lampen, und hellen Wänden, eine ziemlich typische Einrichtung in Florida. Daneben die Küche, ebenfalls Weiß, mit weißem Tresen und schwarz-weißen geometrischen Fliesen. Sehr sauber und ordentlich. Alle Geräte waren neu und aus glänzendem Edelstahl.

Ich berührte nichts – Gewohnheit, vermute ich. Aber es war kein Tatort und ich hatte die Erlaubnis, hier zu sein. Trotzdem kam es mir vor, als wäre ich eingebrochen. Ich ging durch einen kurzen Flur, vorbei an einem kleinen Schlafzimmer, das als Büro genutzt wurde, und dann in ein größeres, das die gesamte Rückseite des Hauses einnahm. Es sah aus, als hätte man zwei Schlafzimmer zu einem zusammengelegt, von dem aus ein Badezimmer abging. Die Vorhänge waren zugezogen und es roch ein wenig staubig, aber das Bett war ordentlich gemacht. Auf dem dunkelorange, blau und salbeigrün gestreiften Laken waren eine Menge Fotos und Briefumschläge verstreut. Ich beugte mich vor und nahm eines an der Ecke hoch. Es sah aus wie ein Foto von Brianna und Hilde, vielleicht mit vier und sechs. Auch damals waren sie niedlich gewesen.

Ich schaute mich um und hatte plötzlich das Gefühl, in der stickigen, warmen Luft nicht atmen zu können. Der Duft von Hildes Parfüm lag in der Luft, kaum wahrnehmbar, Fendi, glaubte ich. Dann erinnerte ich mich daran, wie er hinter dem Duschvorhang hervorgequollen war, als Bud und ich ihre Leiche gefunden hatten, und mir wurde ein wenig übel. Ich beschloss, dass ich ein wenig frische Seeluft brauchte, ging also zum Fenster und zog die weißen Vorhänge beiseite.

Der Mann schoss so schnell und unerwartet dahinter hervor, dass ich nicht schnell genug reagieren konnte. Er knallte mit gesenktem Kopf gegen meine Schulter und warf mich rücklings aufs Bett. Ich wehrte mich sofort und stemmte ihm meinen Handballen gegen die Schläfe, während ich zugleich panisch versuchte, meine Waffe unter meinem Hemd hervorzuziehen. Er schlug zurück, ein harter Treffer auf meinem linken Wangenknochen, aber nicht ausreichend, um mich außer Gefecht zu setzen, außerdem hatte ich inzwischen meine Glock gezogen und drückte sie ihm in den Bauch.

»Keine Bewegung. Verstanden, rühr dich ja nicht.«

Er musste seine Geschlechtsteile zu schätzen wissen, denn er erstarrte. Ich stand auf, ich keuchte und mir war ein wenig schwindelig von dem Schlag, aber es reichte nicht, um unachtsam zu werden. Ich erkannte ihn jetzt, selbst mit dem ängstlichen Ausdruck auf dem Gesicht. Carlos Vasquez höchstpersönlich. Sah aus, als würde ich gar nicht nach ihm suchen müssen.

»Auf den Boden, Vasquez. Auf den Bauch.« Dummerweise hatte ich meine Handschellen nicht mit. Na toll.

Er ging auf die Knie, den Rücken zu mir, dann drehte er sich um und sah mich an. Beim Sprechen vernahm ich einen leisen spanischen Akzent. »Wer zum Teufel sind Sie? Sie sind eingebrochen.«

»Falsch. Ich bin hier mit Erlaubnis der Besitzerin, und Sie stecken tief in der Scheiße, weil ich Sie wegen Einbruchs der Polizei Miami überstellen werde, ganz zu schweigen von einem tätlichen Angriff. Haben Sie vielleicht deren Nummer?«

»Warten Sie, nein, Moment, hören Sie, bitte nicht. Sie verstehen nicht. Bitte. Warten Sie bloß einen Augenblick. Ich bin bloß hier, um rauszukriegen, wo Hilde ist. Sie sollte inzwischen zu Hause sein, ist aber nicht gekommen, und ich kann sie nirgends erreichen. Ich habe die Wohnung oben in Missouri angerufen, wo sie wohnt, aber auch da geht keiner ran. Ich habe das Hotel angerufen, in dem sie den Wettbewerb abhalten, und ich habe versucht, ihre Schwester zu erreichen, aber niemand sagt mir irgendwas. Ich mache mir wahnsinnige Sorgen.«

»Okay, halten Sie einfach eine Minute den Mund, dann klären wir das. Aufstehen. Langsam.«

Er mühte sich auf die Beine und zuckte dann plötzlich nach rechts und schlug den Arm mit meiner Pistole in die Höhe.

Ein Schuss löste sich, die Kugel traf die Zimmerdecke, und dann war er weg, er rannte durch den Flur und zur offenen Tür hinaus. Ich folgte ihm über den Strand und gab einen Warnschuss in die Luft ab, was ihn jedoch nicht weiter kümmerte. Ich fluchte, rannte hinter ihm her, und machte sogar Boden gut, als ich auf dem Sand hinter mir schwere Schritte hörte. Ich wandte mich um und sah einen großen Schwarzen mit langen jamaikanischen Dreadlocks hinter mir, aber bevor ich meine Waffe in seine Richtung wenden konnte, packte er mich schon um die Hüfte. Wir stürzten gemeinsam, er auf mir drauf, und ich rang nach Luft. Eine Sekunde später drückte ich ihm meine Pistole gegen die Wange. Das Problem war nur, dass er seine .45er gegen meine rechte Brust presste. Wir starrten einander in die Augen und sagten dann gleichzeitig: »Polizei! Lassen Sie die Waffe fallen.«

Dasselbe atemlose Knurren, auch diesmal fast gleichzeitig. Wir waren ja ein tolles Team. Er schaute beinahe genauso überrascht wie ich, da war ich sicher.

»Sie zuerst«, schlug ich höflich vor.

»Keinesfalls. Ladies first«, widersprach er. Auch er hatte irgendeinen Akzent, vielleicht jamaikanisch, er sagte *keinesfalls* in einem Singsang wie eine Calypso-Ballade. Er trug ein schwarzes Leinenhemd mit blutroten Orchideen darauf, wie das Mitglied einer Steeldrum-Band, und sein ärgerlich gerunzeltes Gesicht hatte fast dieselbe Farbe wie die Orchideen.

»Nehmen Sie die linke Hand und zeigten Sie mir langsam Ihre Marke, und vielleicht könnten Sie sich auch verdammt noch mal von mir runterrollen«, schlug ich, diesmal nicht ganz so höflich, vor.

Der Kerl drückte mich mit seiner Brust in den Sand, während er seine Marke aus der hinteren Hosentasche seiner Jeans zog und sie direkt vor mir aufklappte. Seine Pistole rührte sich nicht, und ebenso wenig änderte sich die Intensität seiner karamellbraunen Augen.

»Okay, legen Sie jetzt die Waffe hin«, sagte er.

Er sagte *dia Waffa,* aber da ich definitiv im Nachteil war, legte ich dia Waffa in den Sand und tastete nach der Polizeimarke, die um meinen Hals hing. Ich zog sie unter meinem T-Shirt hervor und sagte: »Okay, ich glaube Ihnen. Hier ist meine.« Ich hob sie, damit er sie anschauen konnte. Er steckte seine Waffe nicht weg und warf kaum einen Blick auf meine Marke. Stattdessen schmiss er meine Waffe ein paar Meter weiter weg und zielte weiterhin auf meinen Kopf.

»Umdrehen, Lady. Ich lege Ihnen Handschellen an und buchte Sie ein.«

»Ihnen ist wohl die Marke nicht aufgefallen, die ich Ihnen vors Gesicht halte?«

»In jeder Pfandleihe in Florida kriegt man gefälschte Marken. Vor allem Killer laufen mit welchen rum, die super aussehen, genau wie Ihre.«

»Killer? Sie glauben, ich wäre ein Killer?« Ich lachte ebenso herzlich wie verächtlich. »Oh, das ist ja toll, Officer. Und vielen Dank auch, denn Sie haben gerade meinen Mordverdächtigen entkommen lassen. Gute Arbeit.«

»Halten Sie den Mund. Drehen Sie sich um. Hände hinter den Rücken, *Mann,* und machen Sie nichts Dummes.«

»Tut mir leid, *Mann,* aber der einzig Dumme hier sind Sie. Ich kann beweisen, dass ich Detective bin, ich bin wegen einer Mordermittlung aus Missouri hier. Fragen Sie doch in der Stadt, wenn Sie mir nicht glauben.«

»Ach ja? Ganz schön weit weg von zu Hause, oder? Lustig, niemand auf der Wache hat mir erzählt, dass Sie auf Besuch kämen. Tut mir leid, Sie haben einfach Scheißpech mit dieser Lügengeschichte.«

»Glauben Sie mir, Sie Arsch, es stimmt. Und steigen Sie von mir runter.«

Er schob sich ein wenig zur Seite, bis ich wieder atmen konnte, und sagte dann: »Umdrehen, sonst dreh ich Sie um.«

»Seien Sie doch nicht blöd, ich bin Polizist.« Ja, ich wiederholte mich, weil mir keine Worte mehr einfielen, die einfallsreicher waren als *blöd.* Ich begann mich umzudrehen, vor allem, weil er mir immer noch seine Waffe ins Gesicht drückte und weil ich nicht in der Lage war, ihm das Knie in die Eier zu rammen, aber jamaikanische Amerikaner waren offenbar ungeduldig. Er packte die Vorderseite meines Hemdes und zerrte mich hoch, dann schmiss er mich mit dem Gesicht nach unten wieder in den Sand. Ich stöhnte, als er mir sein Knie in den Rücken drückte und mich zu Boden presste, während er meine Handgelenke mit Handschellen fesselte. So viel zur kollegialen Zusammenarbeit der unterschiedlichen Dienststellen.

Er zerrte mich hoch und drehte mich wieder auf den Rücken, tastete mich zügig und gekonnt ab, wenn auch nicht unbedingt dezent, und fand die .38er an meinem Knöchel.

»Wahrscheinlich haben Sie auch noch zwei Handgranaten im BH«, murmelte er und schmiss die zweite Waffe in Richtung der ersten. Zufrieden, dass ich nun endlich unbewaffnet war, stand er langsam auf und starrte auf mich herunter. Ich erwartete beinahe, dass er seinen Stiefel auf meinen Bauch stemmte und wie ein Safarijäger mit einem toten Rhinozeros für Fotos posierte, allerdings hatte er Ledersandalen in Größe fünfundfünfzig an. Wahrscheinlich würde er mich auch noch auf dem Kühler seines Wagens transportieren: *Hey, seht mal, ich hab 'ne Polizistin gefangen!* Stattdessen starrte er mich unfreundlich an, während er seine Waffe in einem Holster unter seinem lockeren und, jawohl, scheußlichen tropischen Hemd verstaute. Er ging meine zwei Waffen holen und steckte sie in den Bund seiner schwarzen Jeans.

»Sieht aus, als hätte Vasquez ein paar Treffer gelandet, bevor er abgezwitschert ist.«

»Er ist tätlich geworden, ja.«

Meine Fresse, war ich sauer. Das merkte ich schon daran, dass ich mit derart zusammengebissenen Zähnen sprach wie eine Auster, die ihre Perle schützt. Ich erkundigte mich: »Wo zum Teufel sind Sie eigentlich hergekommen? Es ist ein Riesenfehler, dass dieser Typ abgehauen ist.«

»Ja, klar, Sie können mir ja auf dem Weg in die Stadt davon erzählen.«

Er war also auch noch ein Klugscheißer. Wahrscheinlich wäre ich unter anderen Umständen prima mit ihm klargekommen. Herrje, der Kerl war mindestens zwei Meter groß und wog sicher hundertzwanzig Kilo, er zog mich in den Stand wie eine Puppe und zerrte mich dann mit seiner Pranke hinter sich her, als wäre ich ein ungezogenes Kind, dass er zum Nachsitzen verdonnert hatte. Gedemütigt, und immer noch mit Sand zwischen den Zähnen, schlurfte ich neben ihm her über den Strand, eine grasbewachsene Düne hoch, und dann die andere Seite wieder runter, wo ein roter Jeep Cherokee wartete. Ganz sicher ohne jedes Polizeiabzeichen. Ich sagte: »Wollen Sie mir erzählen, warum Sie Vasquez beschattet haben?«

»Nö.«

Der Vollidiot öffnete die Beifahrertür, stopfte mich rein, ging dann vorne um den Wagen herum und setzte sich auf den Fahrersitz. Er war so groß und breit, dass seine Schultern praktisch nicht auf den Sitz passten. Er sah aus wie ein NBA-Spieler, vielleicht war er ja Shaqs jüngerer Bruder. Die Heats hätten ihn anheuern sollen, also wirklich. Aber er sah eher aus wie ein größerer, besser gebauter Denzel Washington, und ich und die meisten anderen Frauen würden zustimmen, dass das an sich nichts Schlechtes war. Er drehte den Schlüssel und ließ den Motor an, dann warf er mir einen Blick zu. Sein Singsang klang inzwischen auch ganz schön ärgerlich.

»Sie haben gerade eine wichtige Ermittlung vermasselt, Lady, und meinem Boss wird das gar nicht gefallen.«

»Gleichfalls, und zwar in jeder Hinsicht, *Mann.*«

Plötzlich grinste er und zeigte mir seine sehr großen weißen Zähne. »Süße, Sie halten sich für richtig hartgesotten, was?«

O bitte, lass ihn kein Macho-Mann sein, das wäre der Tropfen, der das Fass zum Überlaufen brachte. »Ja, klar bin ich hartgesotten. Deswegen trag ich auch all diese Waffen. Aber süß bin ich ganz sicher nicht.«

»Das stimmt.«

»Besten Dank.«

»Sie bluten im Gesicht.«

»Vielen Dank für Ihr Mitgefühl. Ganz abgesehen von dem riesigen blauen Fleck auf meinem Rücken in der Form ihrer knochigen Kniescheibe.«

Er grunzte und fuhr los, und unser Trip in die Stadt verlief dann auch so unangenehm, wie man erwarten konnte. Ich saß vornübergebeugt auf dem Sitz, die Arme hinter dem Rücken gefesselt, meine Hände schmerzten in den zu engen Handschellen, meine Schulter tat weh und Blut sickerte aus dem Schnitt auf meiner linken Wange. Er hatte mich nicht einmal angeschnallt. Man musste nicht betonen, dass wir nicht sonderlich nett plauderten. Nach etwa drei Minuten Fahrzeit schaltete er einen Radiosender direkt von den Bahamas ein, vermutete ich. Unglücklicherweise sang er die Calypsomusik mit, als wäre er Harry Belafonte auf einem Bananenboot, aber ohne das nötige Talent. Ich saß regungslos da und lauschte einer Menge schräger *day-os,* und ließ mir zur Ablenkung möglichst viele Wege einfallen, diesen Blödmann umzubringen, und danach überlegte ich mir, was ich diesem Schwachkopf wenigstens alles Schreckliches antäte, wenn er mir endlich die Handschellen abnahm.

Kelly, ihr Autounfallopfer und Sissys Konkurrentin, starb nicht, doch ihr Rückgrat war so schwer verletzt, dass sie im Rollstuhl sitzen musste. Die Ältere fand das krank, aber Sissy war außer sich vor Freude, weil der Junge versprach, dass er seine Schwester beim nächsten Wettbewerb nicht mitmachen lassen würde, damit Sissy gewinnen könnte. Der Vater des Jungen hatte beschlossen, eine schönheitschirurgische Operation an Sissys Narben vorzunehmen, irgendeine neue Technik mit Laser. Bald waren die Narben unsichtbar und Sissy war wieder schön und sie gewann tatsächlich! Aber die Ältere war traurig und es gefiel ihr gar nicht, wie der Junge die anderen behandelte. Er nannte sie jetzt seine Sklaven und Dienstboten und sagte ihnen jeden Tag, was er von ihnen verlangte, sonst würde er der Polizei das Mordvideo zeigen.

Einmal versuchte die Ältere, die belastenden Aufnahmen zu finden, um sie zu verbrennen, aber er hatte sie zu gut versteckt. Jedes Mal, wenn sie ärgerlich wurde und sich ihm widersetzte, schmeichelte er ihr und griff unter ihre Bluse und küsste dann ihre Brüste, bis sie nicht mehr klar denken konnte. Sie liebte ihn so sehr, sie konnte einfach nicht anders, egal wie sehr sie es versuchte.

Und so ging das Leben im Haus des Jungen lange weiter. Sie wurden alle größer, aber die Aufgaben des Jungen blieben bestehen und seine Drohungen ebenfalls. Aber dann geschah eine Katastrophe, mit der niemand gerechnet hatte. Eine Frau vom Jugendamt stand eines Morgens vor der Tür und sagte, sie hätte den leiblichen Vater der Älteren gefunden. Er lebte in Florida und verlangte das Sorgerecht für seine Tochter. Die Ältere starrte die Frau bloß ungläubig an und die Eltern des Jungen sagten: Nein, sie wollten sie adoptieren, sie wollten alle drei Kinder adoptieren, aber die Sozialarbeiterin schüttelte den Kopf und sagte, das sei wundervoll für Sissy und Bubby, aber nunmehr unmöglich für die Ältere. Sie sagte, sie würde die Ältere am nächsten Morgen abholen, sie müsste packen, was sie im Flugzeug mitnehmen wollte, den Rest würde man nachschicken.

In dieser Nacht lag die Ältere in den Armen des Jungen und schluchzte an seiner Brust.

»Aber er hasst mich. Mama sagte, er hasst mich und wollte mich nie wieder sehen. Ich will nicht gehen.«

»Psst, Süße, es ist in Ordnung. Ich werde ihn töten, dann kannst du wieder bei uns leben.«

Die Ältere schüttelte an seiner Brust den Kopf, aber ihr war klar, dass es vielleicht das Einzige war, was ihr noch übrig bliebe. Ihr gefielen die Morde nicht, aber dies war etwas anderes. Der Mann holte sie weg von dem Jungen und allen Menschen, die sie liebte. Inzwischen mochte sie sogar Sissy.

Sie redeten die ganze Nacht darüber und der Junge sagte, er würde seinen Eltern erzählen, dass er es sich anders überlegt hatte wegen der Vanderbilt University, er wollte jetzt lieber ein College in Miami besuchen. Sie hatten dort sowieso ein Strandhaus, erzählte er ihr, es hatte seinen Großeltern gehört und er könnte dort wohnen, und sie ebenfalls, wenn er ihren Vater getötet hatte und sie das College besuchte. Es klang gut, aber sie weinte, als die Mutter und der Vater des Jungen sie zum Abschied umarmten und ihr sagten, sie würden sie mit den anderen Kindern oft besuchen kommen.

Die Sozialarbeiterin begleitete sie im Flugzeug zum Miami International Airport und die Ältere fürchtete panisch das Treffen mit ihrem wahren Vater. Sie hatte nur einmal ein Foto von ihm gesehen, das war alles, aber ihre Mama hatte ihr schreckliche Geschichten von seinem furchtbaren Jähzorn und den trunkenen Wutausbrüchen erzählt. Ihre Hände zitterten und ihr Magen verkrampfte sich, als sie und die Sozialarbeiterin das Flugzeug verließen und den Flughafen betraten. Und dann sah sie ihn. Er sah ganz ähnlich aus wie sie, und er stand neben einer blonden Frau und einem kleinen, vielleicht acht Jahre alten Jungen. Der kleine Junge hielt ein Schild, auf dem stand: WILLKOMMEN ZU HAUSE. WIR LIEBEN DICH. Daneben waren ein Regenbogen und jede Menge Smileys gemalt.

Der Mann trat vor und sah auf sie herunter. Er lächelte und sagte: »Ich habe so viele Jahre auf diesen Augenblick gewartet. Ich bin so froh, dass du hier bist.«

Die Ältere starrte ihn bloß an, sie wusste nicht, was sie sagen oder denken sollte. »Danke, schätze ich.«

Der Mann lachte und stellte ihr seine Frau und seinen Sohn vor. Die Sozialarbeiterin setzte sich zu ihnen und berichtete ihnen ausführlich über alle nötigen Vorgänge, aber in einer Stunde musste sie zurückfliegen, also verabschiedete sie sich bei der Älteren. »Es wird dir gut gehen. Ich weiß, dass du wahrscheinlich Todesangst hast, aber wir haben sie wirklich gründlich überprüft und sie werden beide gut zu dir sein. Trotzdem, hier ist meine Visitenkarte mit meiner Handynummer, falls du je Hilfe brauchst oder reden willst. Schaffst du das?«

»Ich denke schon.«

Das Mädchen nahm die Karte und hörte zu, während ihr Vater erzählte, wo sie jetzt wohnten, und dass sie ihr eigenes Zimmer haben würde. Sie stiegen alle in seinen Mercedes und fuhren die Küste hinauf zu seinem Haus. Sie fühlte sich komisch, als wäre es ein eigenartiger Traum, aber sie hatte keine Angst. Sie wusste bloß nicht, was sie sagen oder tun sollte, wie sie sich verhalten sollte, und sie vermisste den Jungen ganz schrecklich.

Sie aßen draußen auf einem mit Fliegengitter geschützten Patio, den sie als »Florida-Zimmer« bezeichneten, und in dem sich auch ein Swimmingpool befand, der allerdings nicht so groß war wie der des Jungen. Sie saß auf einem gepolsterten Terrassenstuhl und sah zu, wie ihr kleiner Halbbruder eine Taucherbrille aufsetzte und nach Centstücken tauchte, die ihr Papa ins Wasser warf. Sie lächelte, war immer noch überwältigt, und hätte am liebsten geweint, weil sie diese Leute gar nicht kannte und nun bei ihnen leben musste.

Nach einer Weile brachte die Mutter den kleinen Jungen ins Bett und die Ältere saß auf ihrem Stuhl und schaute in den großen, grasbewachsenen Garten. Ihr Vater kam zu ihr nach draußen und setzte sich neben sie. Er war sehr höflich.

»Stört es dich, wenn ich mich zu dir setze?«

Sie schüttelte den Kopf. Er brachte ihr eine eiskalte Dose Pepsi, aber er hielt einen Cocktail in der Hand und sie fragte sich, ob er nun stundenlang hier sitzen und sich betrinken würde, wie ihr Stiefvater es getan hatte. Aber er trank bloß die Hälfte davon und stellte ihn dann auf den Tisch zwischen ihnen.

»Ich wollte dir sagen, dass ich nach dir gesucht habe. Jahrelang habe ich überall gesucht, aber deine Mutter hat dich so weit weggeschafft, dass ich dich nicht finden konnte.«

»Wirklich?«

»Ja. Ich habe Privatdetektive engagiert, mehrere, aber du schienst einfach verschwunden zu sein.«

»Mama hat gesagt, du hättest wieder geheiratet und wolltest mich nicht.«

»Sie hat gelogen. Ich habe vom Gericht in Florida das Sorgerecht bekommen, deswegen ist sie mit dir geflohen.« Er schwieg ein paar Minuten, dann sagte er: »Ich weiß, dass es schwer für dich sein muss. Sie haben mir erzählt, du seist glücklich bei deinen Pflegeeltern gewesen.«

»Ja. Ich liebe sie und ihre Kinder.«

»Ich will nicht, dass du unglücklich bist, aber ich brauche die Chance, dich kennenzulernen. Ich habe all die Jahre verpasst, in denen du groß geworden bist, und sieh dich jetzt an. Du bist nun eine junge Frau, und eine sehr hübsche dazu.«

Sie schaute hoch zu ihm und sah die Tränen in seinen Augen. Er meinte es ernst, das konnte sie spüren. Sie war erschrocken.

»Ich habe mich immer gefragt, warum du mich nicht haben wolltest.«

»Ich wollte dich haben. Bitte, glaub mir das. Ich kann dir die ganzen Berichte meiner Ermittler zeigen, aber sie konnten nie eine Spur von dir finden. Deswegen bin ich hier geblieben, statt nach Europa zu gehen. Es ist ein Wunder, dass die Sozialarbeiter zwei und zwei zusammengezählt haben, als sie nach deiner Geburtsurkunde suchten. So haben sie meinen Namen gefunden. Ich habe das Gefühl, dass Gott endlich meine Gebete erhört hat.«

Die Ältere starrte ihn schweigend an und ihr war klar, dass seine Gefühle echt waren. Sie glaubte ihm, aber er war immer noch ein Fremder und sie fühlte sich wie ausgesetzt auf einem fremden Planeten.

»Kann ich irgendwann zu Hause anrufen und mit meinen Brüdern und Schwestern sprechen?«

»Natürlich. Ich besorge dir ein eigenes Handy, dann kannst du sie jederzeit anrufen. Ich weiß, wie sehr du sie vermisst. Und ich werde dich mit zu ihnen hochnehmen, damit du sie besuchen kannst, wann immer ich kann.«

Er lächelte, und sie lächelte zurück, weil sie ihm wirklich glaubte. Später am Abend gab er ihr sein Handy und sie lag im Bett und wählte die Nummer des Jungen. Er meldete sich sofort und fragte: »Wie ist er? Er hat dir doch nicht weh getan, oder?«

»Nein, bislang sind sie okay. Ich habe ein wirklich hübsches Zimmer mit einem eigenen Bad.«

Der Junge verstummte. »Es gefällt dir also jetzt schon besser als hier, ja?«

Die Ältere war entsetzt über seinen ärgerlichen Ton. »Nein, natürlich nicht. Aber es ist nicht so schlimm, wie ich befürchtet hatte. Mein Daddy sagt, er hätte mich immer bei sich haben wollen, und dass meine Mum gelogen hat, wenn sie sagte, dass er mich hasst.«

»Glaub ihm ja nicht. Er will dich wahrscheinlich bloß im Bett haben, wie dein Stiefvater.«

»Das glaube ich nicht. Er und seine Frau sind beide sehr nett, und ich habe noch einen kleinen Bruder.«

»Sei nicht dumm. Du gehörst hier zu mir, und du weißt es.«

»Ja, ich vermisse dich.«

Seine Stimme wurde sanfter. »Ich vermisse dich auch. Ich habe an nichts anderes gedacht, seit du weg bist. Und du hättest meine Mutter sehen sollen, nachdem du gefahren bist. Sie hat eine Stunde geheult, und Bubby auch. Für ihn ist es schlimmer als für alle anderen.«

»Ich wünschte, ich wäre jetzt im Bett mit dir.«

»Ich auch. Und das wirst du auch bald wieder sein. Dafür werde ich sorgen.«

»Wann?«

»Ich habe noch nicht alles geklärt, aber ich habe Dad schon gesagt, dass ich in Florida aufs College gehen will, um dich dann und wann zu sehen, und er hat gesagt, er fände das in Ordnung. Er hat gesagt, ich könnte in unserem Strandhaus wohnen. Also, das ist bloß in ein paar Monaten, dann bin ich unten bei dir und wir können wieder beisammen sein.«

Eines Tages, als die Ältere besonders unglücklich war und den Jungen und seine Familie sehr vermisste, ging sie ans Ende des Gartens, wo sich ein kleiner Goldfischteich befand. Sie saß auf einer Hollywood-Schaukel unter einem blumenbewachsenen Rundbogen und schluchzte. Die Schule hatte noch nicht angefangen, sie hatte also noch niemanden in ihrem Alter kennengelernt, und obwohl ihr Daddy und seine Frau sehr nett zu ihr waren, war sie einsam. Manchmal konnte sie den Jungen nicht erreichen, wenn sie anrief, und sie fürchtete, er hätte sie schon vergessen.

»Ich hasse es, dich so unglücklich zu sehen«, sagte ihr Vater aus der Nähe.

Alarmiert schaute sie zu ihm auf und er kam näher und setzte sich neben sie. »Vermisst du deine andere Familie so sehr?«

Die Ältere nickte, sie konnte gar nichts sagen, war aber entgeistert von dem, was er als Nächstes sagte.

»Ich habe darüber nachgedacht und mit meiner Frau gesprochen, und uns ist klar geworden, dass es nicht gerecht war, dich so herzuholen, wie wir es getan haben. Ich wollte dich einfach so gern wiederhaben, meine Süße, und ich hatte dich so lange gesucht. Ich hatte bloß Angst, dass wieder etwas schief gehen und ich dich erneut verlieren würde.«

»Ich weiß. Es liegt nicht an dir. Du bist sehr nett zu mir. Es ist bloß, ich bin, ich glaube, irgendwie deprimiert. Weißt du, was ich meine?«

»Ja, das verstehe ich.« Er schaute in Richtung des Hauses. »Wie ich schon sagte, ich habe darüber nachgedacht, und ich denke, na ja, ich dachte, ich nehme dich vielleicht mit auf Besuch dorthin, wenn du möchtest. Bloß wir zwei, wir können dieses Wochenende hochfliegen. Als Überraschung, wenn du möchtest. Aber du musst mir versprechen, dass du nach dem Besuch wieder mit mir hierher zurückkommst. Machst du das?«

Die Ältere strahlte und wollte ihn zum ersten Mal wirklich fest drücken. Das tat sie und sie konnte hören, wie er freudig den Atem ausstieß. »Ja, ich komme mit. Danke! Danke! Und ich möchte sie gerne überraschen. Das wird ihnen gefallen.«

»Okay, dann fliegen wir morgen, sobald ich einen Flug gebucht habe.«

Der Flug dauerte ewig, aber sie und ihr echter Vater redeten die ganze Zeit und sie erzählte ihm, wie es mit ihrer Mutter gewesen war und wie die sie behandelt hatte, und ihrem Vater traten Tränen in die Augen. Er sagte ihr, wie leid es ihm täte, dass er sie nicht hatte finden können, und dass sie so hatte leiden müssen, und dass sie in der Zukunft niemals, niemals wieder so würde leiden müssen. Und dann hatten sie einander umarmt und er hatte sie auf die Stirn geküsst und sie glaubte, dass er es wirklich alles ernst meinte.

Sie mieteten am Flughafen einen weißen Toyota Camry, und je näher sie dem Haus des Jungen kamen, desto aufgeregter wurde sie.

Als sie früh am Morgen dort ankamen, rannte sie zur Haustür, und als die Mutter des Jungen sie überrascht und erfreut begrüßte und herzlich umarmte, weinte sie wieder und fragte, wo der Junge wäre.

»Er schläft noch im Winnebago, aber er wird sich so freuen. Ich sage ihm Bescheid.«

»Nein, nein, ich will ihn überraschen.«

»Er hat dich die letzten paar Monate sehr vermisst. Beeil dich, er wird sich wirklich freuen, dich zu sehen.«

Die Ältere ließ ihren richtigen Vater mit einem Kaffee am Küchentisch zurück, in Gesellschaft der Mutter des Jungen, und rannte in den Garten hinaus.

Die Tür zum Wohnwagen war abgeschlossen, aber sie hatte immer noch ihren Schlüssel, und sie wusste, so früh am Samstagmorgen lag der Junge bestimmt noch im Bett. Sie schlich sich hinein, sie strahlte und ging in Richtung des hinteren Schlafzimmers, wo er immer schlief. Sie riss die Tür auf und rief: »Überraschung!«

Der Junge schoss hoch und sie lachte fröhlich, aber dann sah sie, dass er nicht allein war, dass Sissy mit ihm im Bett lag. Beide waren nackt und der Junge schaute so schuldbewusst, so erschrocken, sie zu sehen, dass er sie bloß sprachlos anstarren konnte.

»Warte, bitte«, rief er, sprang aus dem Bett und griff nach seiner Jeans. »Du verstehst das nicht, lass mich erklären.«

Die Ältere war ihrerseits so entgeistert, dass sie nur dastand und die beiden anstarrte.

Sissy zog das Laken hoch über ihre Brüste und schaute verängstigt. Irgendwie brachte die Ältere heraus: »Na dann – erklär es mir.«

»Ich habe dich bloß so vermisst, das ist alles. Und Sissy sieht aus wie du und sie sagte, sie wollte es gern, und ich dachte, es würde dich nicht stören …«

Die Ältere hatte genug gehört und sie rannte aus dem Wohnwagen und durch den Garten zu ihrem Daddy, der in der Küche plauderte. Sie sagte ihm, sie wollte wieder weg, sie wollte nie wieder hierher zurückkehren, und er schaute erleichtert und sagte, das wäre gut, er wäre froh, dass sie so dachte, und dann stiegen sie in ihren Wagen und fuhren zurück zum Flughafen. Sie weinte den ganzen Weg über und ihr wahrer Vater tätschelte ihre Hand und reichte ihr Taschentücher, bis sie schließlich erschöpft im Flugzeug einschlief.

14

In der Stadt führte mich der Calypso-Mann in eine überbevölkerte Polizeiwache, die aussah wie in einer *Miami-Vice*-Wiederholung, bloß ohne die pastellfarbenen T-Shirts unter weißen Leinenjacketts mit hochgekrempelten Ärmeln, steckte mich in einen Vernehmungsraum und befestigte mich mit Handschellen an einem Haken, der an einen Stahltisch geschweißt war. Er nahm meine Marke und meine Waffen und meinen Selbstrespekt mit und ließ mich dort alleine sitzen und vor mich hinköcheln, was ich mit großer Begeisterung und Gehässigkeit und unter leisem heiseren Knurren auch tat.

Fast eine Stunde später kam der Riesenblödmann mit seinem dämlichen, aber grellweißen Denzel-Grinsen zurück.

»Okay, Ihre Geschichte stimmt. Ihr Sheriff will mit Ihnen reden. Und ich warne Sie, er ist nicht besonders glücklich.«

Ich rieb mir meine steifen Handgelenke, nachdem er mich losgemacht hatte. »Ich auch nicht. Wo ist das verdammte Telefon?«

»Hier entlang.«

Er führte mich einen Flur entlang und dann durch ein geräumiges Großraumbüro für jede Menge Detectives. Ich schaute mich nach den zahllosen gut gebauten Mitarbeiterinnen der Spurensicherung um, die mit ihrem glänzend blonden Haar und den tiefen Ausschnitten in *CSI Miami* wie Nutten rumliefen, entdeckte aber bloß ein paar ganz normal aussehende Detectives, die sich offenbar köstlich über mich amüsierten. Aber immerhin verspotteten sie mich nicht lautstark. Das Telefon stand auf einem Schreibtisch neben einer getönten Fensterscheibe, durch die man eine breite, sonnige Straße sehen konnte, auf der jede Menge Leute in Shorts und Tanktops und mit Sonnenbrillen herumspazierten.

»Ja, Sheriff?«

»Was zum Teufel treiben Sie denn da unten?«

Ich senkte meine Stimme. »Ich habe mich in Hildes Haus umgesehen, als ihr Exfreund mich angegriffen hat. Er hatte sich hinter einem Vorhang versteckt. Vasquez rannte davon, und als ich ihn verfolgte, hat dieser beschissene Polizist aus Miami, groß wie der Mount Everest, mich zu Boden geworfen und den Verdächtigen entkommen lassen.«

Keine Antwort. Kurze Stille. »Die haben gesagt, Sie wären verletzt. Wie schlimm?«

»Bloß eine kleine Beule am Kopf und ein paar Schnittwunden und blaue Flecke, Sir. Aber Sie sollten mal sehen, wie groß dieser Kollege aus Miami ist, Sheriff.«

»Lassen Sie das behandeln und machen Sie sich wieder an die Arbeit. Jetzt, wo die wissen, dass mit Ihnen alles koscher ist, haben sie gesagt, sie würden Sie auf den neuesten Stand bringen und Ihnen bei Ihrer Ermittlung helfen. Warum zur Scheiße haben Sie sich nicht bei den Kollegen gemeldet, wie ich es gesagt habe, bevor Sie nach diesem Typ gesucht haben? Gott verflucht, Sie sollten die Vorgehensweise doch besser kennen.«

»So war es ja gar nicht, Sir. Ich habe angerufen und gesagt, dass ich später herkäme und mir jemand von der MPD holen würde, bevor ich zu Vasquez gehe. Woher sollte ich wissen, dass Vasquez mich bei Hilde zu Hause angreifen würde?«

»Quatsch, Sie hätten von Anfang an einen Officer als Begleitung beantragen sollen, aber ich vermute, Sie wollten Hildes Bude durchsuchen, bevor die anderen das taten. Eines weiß ich, Detective, ich bin es wirklich leid, dass Bud und Sie dauernd die Regeln verbiegen und unser Department dumm dastehen lassen. Dieser Mist muss aufhören, haben Sie das verstanden? Ich habe schon genug damit zu tun, dass die Presse Details über den Swensen-Fall haben will und Bud nicht das

Geringste über Costin herausfindet. Ich will, dass Sie einen Zahn zulegen, die Sache dort unten zu Ende bringen und zum Teufel noch mal wieder hierher zurückkommen.«

»Selbstverständlich, Sir.«

Ich legte auf und wandte mich um, wobei ich versuchte auszusehen, als wäre ich nicht gerade komplett zusammengeschissen worden. Die Detectives arbeiteten jetzt alle brav. Keiner grinste. Keiner spottete. Ich kam mir trotzdem blöd vor. Außerdem hätte ich am liebsten zumindest einem von ihnen in seinen stählernen Bauch geboxt, mitten in den Solarplexus, wenn ich nur so hoch gekommen wäre.

Ich sah ihn auf mich zuschlendern, grinsend und blumig. »Raten Sie mal, Detective? Wir sollen uns zusammensetzen und die Sache klären, nur wir beide. Sehr lustig. Aber erst mal müssen wir den Schnitt in ihrem Gesicht behandeln.«

»Vergessen Sie den Schnitt in meinem Gesicht.«

»Ja? Um mich dann wegen der Verletzung einer Kollegin verklagen zu lassen?« Er grinste, plötzlich war er voll freundlich. Und wieso gab er denn jetzt den Komiker? Hielt der Kerl sich für Bernie Mac?

Ich knurrte. »Okay, wir haben einander zu Boden geschmissen und uns große Waffen an wichtige Körperteile gedrückt. Aber nachdem wir das nun hinter uns haben, können wir vielleicht zur Sache kommen.«

»Lassen Sie mich den Schnitt säubern, dann haben wir einen Deal.«

Ich seufzte. Meine Güte. Und ich dachte, Black stellte sich an bei Wunden und Pflastern.

»Okay. Wo können wir reden? Irgendwo in Ruhe.«

»Folgen Sie mir.«

Ich folgte ihm und wir marschierten in unzufriedenem, unnachgiebigen Schweigen ein paar weitere mit grauem Teppich ausgelegte Flure entlang, bis wir einen Konferenzsaal erreichten, in dem ein langer weißer Tisch stand, umgeben von meergrün gepolsterten Stühlen. An einer Wand befanden sich zwei gemütliche gelb-rosa karierte Sofas. Sehr floridianisch. Ich setzte mich an das eine Ende der nächstgelegenen Couch und wartete, bis der Riese den Erste-Hilfe-Koffer seiner Abteilung organisiert hatte.

»Hey, Sie können echt ganz cool sein, wenn Sie wollen«, sagte ich. »Richtig schneidig.«

»Ja, bin ich. Bei Ihnen bin ich mir da nicht so sicher.«

»O nein, jetzt haben Sie meine Gefühle verletzt und ich bin innerlich ganz zerrissen.«

Calypso-Denzel tröpfelte etwas Desinfizierungsmittel auf ein Wattebäuschchen und sagte: »Vielleicht sollten wir uns einander mal vorstellen.«

»Das wäre doch nett. Warum habe ich daran nur nicht gedacht, als Sie mir am Strand die Hölle heiß gemacht haben?«

Er grinste ungerührt, was mich nervte. »Detective Lieutenant Mario Ortega, demnächst zweiundzwanzig Jahre hier im Miami-Dade.«

Verdammt, er hatte auch noch den höheren Rang. »Detective Claire Morgan, Canton County Sheriff's Department.«

»Vorher waren Sie beim LAPD, oder? Und ziemlich hochdekoriert, habe ich mir sagen lassen.«

»Das ist doch nur geraten.«

»Ich hab Sie überprüft.«

Ich wollte gar nicht wissen, was er noch herausbekommen hatte. Nichts Gutes, das war klar. »Okay, ich finde, jetzt wissen wir genug voneinander. Ich wüsste gern, wieso Sie hinter den Sanddünen auf der Lauer gelegen haben und es nötig fanden, mich umzunieten wie ein Verteidiger der Miami Dolphins.«

Mario tupfte mit dem Desinfektionsmittel auf meine offene Wunde und wartete, dass ich aufschrie. Es brannte höllisch, aber ich presste die Lippen aufeinander und ertrug es wie eine hartgesottene Süße. Vermutlich enttäuscht darüber, dass ich mit Schmerz einigermaßen gut umgehen konnte, sagte er: »Ich war Vasquez auf der Spur. Wir haben den Tipp bekommen, dass er Opfer eines Auftragsmordes werden soll.«

»Sie wollen mir erzählen, diese Killer-Geschichte, mit der Sie mir gekommen sind, stimmt?«

Ortega nickte. »Es soll noch diese Woche passieren. Das haben wir aus einer ziemlich zuverlässigen Quelle, aber wir wollen nicht, dass es so weit kommt.«

»Warum nur fürchte ich mich, nach dem Warum zu fragen?«

»Weil Vasquez undercover für uns tätig ist, müssen wir ihn beschützen, bis das durch ist. Das Gerücht könnte bedeuten, dass er entlarvt wurde. Das versuchen wir rauszukriegen.«

Ich wusste nicht, was ich davon halten sollte, und sah zu, wie er gewissenhaft mit Fingern in der Größe von Hotdog-Würstchen das Schutzpapier von einem Pflaster abzog. »Also, Ortega, ich erzähle Ihnen das nur ungern, aber Vasquez ist der Hauptverdächtige in meinem Mordfall. Deswegen bin ich hier – um mit ihm zu sprechen und sein Alibi zu überprüfen.«

»Bedrohen Sie Ihre Verdächtigen immer mit einer Waffe, wenn Sie sie vernehmen?«

»Natürlich, wenn sie hinter einem Vorhang hervorspringen und mir ins Gesicht schlagen. Sie nicht?«

Ein langsames, breites, weißes Grinsen. »Okay, das ist nachvollziehbar. Warum hat er sich auf Sie gestürzt?«

»Das sollten Sie ihn vielleicht selbst fragen. Er ist doch Ihr Informant.«

»An der Sache ist noch mehr dran.«

»Na dann los.«

»Carlos Vasquez hat mit den Leuten zu tun, die das organisierte Verbrechen hier in der Hand halten. Die Familie Rangos, schon mal von denen gehört?«

»Toll. Und: Nein, ich habe nicht von denen gehört. Sollte ich?«

»Die Rangos halten Carlos für ein kleines Licht, aber sie lassen ihn in seinem Fitnessstudio Ocean Club ein bisschen Geld für sie waschen.«

»Er dealt mit Drogen, schätze ich.«

Ortega nickte, ließ sich dann auf einen Stuhl nieder und drehte ihn in meine Richtung. »So haben wir ihn dazu bewegt, mit uns zu kooperieren.«

»Was ist mit seiner Freundin, Hilde Swensen? Hat sie mit diesem Mist zu tun?«

»Nein. Er versucht sie zu finden. Er sagt, er kann sie nicht erreichen, das würde ihn wahnsinnig machen.«

»Er kann sie nicht erreichen, weil sie tot ist. Jemand hat sie ermordet und verstümmelt. Hat ihre Lippen abgeschnitten und sie dann erwürgt.«

Ortega richtete sich gerade auf und betrachtete mich mit gerunzelter Stirn. »Haben Sie gesagt, der Täter hätte ihr die Lippen abgeschnitten?«

»Allerdings. Mit einer Nagelschere, und dann hat er ihr den ganzen Krimskrams angezogen, den sie bei einem Schönheitswettbewerb gewonnen hat. Haben Sie was Ähnliches?«

»Ein Fall von vor ein paar Jahren erinnert mich daran.«

Ich horchte auf. »Dieselbe Sache mit dem Mund?«

»Ja.«

»Wann?«

»Zwei oder drei Jahre her. Wir haben die Leiche drüben in den Everglades gefunden. Ein Teil des Gesichts war weggebissen.«

»Weggebissen?«

»Das vermutete jedenfalls die Leichenbeschauerin. Die Alligatoren haben ihn vor uns gefunden, also hatte sie nicht viel, womit sie arbeiten konnte. Und raten Sie mal, wer es war. Einer von José Rangos' Neffen. Ein junger Kerl, erst vor Kurzem aus Mexiko gekommen. Hieß Esteban Rangos. Sie ließen sich die Leiche überstellen, haben eine private Trauerfeier abgehalten und nicht im Geringsten mit uns kooperiert, genau genommen schien es ihnen sogar ziemlich egal zu sein, ob wir den Täter fanden oder nicht, also ist die Sache kalt geworden.«

»Damit sie den Typen selber schnappen konnten, schätze ich?«

»Genau. Und wenn sie den finden, wow, das gibt 'ne Show. Die Rangos lassen sich nicht lumpen, wenn es um Blutrache geht. Die hinterlassen ihre eigene kleine Visitenkarte.«

»Ich frage nur ungern.«

»Sie schneiden beide Ohrläppchen ab und lassen dem Opfer das Blut auf die Brust tropfen, hat irgendwas zu tun mit einem Maya-Symbol für Opferungen, glaube ich.«

»Nette Sache. So ein bisschen wie dieser sizilianische tote Fisch?«

»Ja. Oder die kolumbianische Krawatte. Das bekommen wir hier auch manchmal zu sehen.«

»Was ist mit einem Opfer namens Reesie Verdad? Sagt Ihnen der Name was? Ein Freund unseres Opfers hat sie erwähnt.«

»Ja, an die erinnere ich mich. Junges Mädchen, kubanisch, glaube ich, hübsch, aber auf Koks. Der Täter hat gestanden. Hatte mit Drogen zu tun. Eifersüchtiger Exfreund. Sitzt lebenslänglich.«

»Okay, dann kann ich sie streichen, aber der Typ im Sumpf klingt nach demselben Täter.«

»Wollen Sie sich mal die Mordakte von Esteban Rangos ansehen?«

»Allerdings.«

»Okay, gehen wir.«

Ich schluckte noch zwei der Excedrins, die er mir in die Hand gedrückt hatte, dann folgte ich ihm nach draußen und hinunter in den Keller, wo sie die neuesten kalten Fälle aufbewahrten. Wir meldeten uns beim diensthabenden Officer, dann setzten wir uns an einen Tisch um zu warten, während der arme Junge zwischen den Regalen herummarschierte und unter Hunderten von Pappschachteln auf Metallregalen nach der richtigen suchte. Ich hasse Lagerräume für kalte Fälle. Jede Kiste steht für ein Opfer, dem keine Gerechtigkeit widerfahren ist, und das fraß mich auf. Vielleicht würde ich eines Tages meinen ganz persönlichen Kreuzzug gegen ungerächte Opfer durchziehen. Mir würde nichts besser gefallen, als jemandem Handschellen anzulegen, der jahrelang geglaubt hatte, mit einem Mord davongekommen zu sein. Das wäre wie jeden Tag Weihnachten.

Der diensthabende Kollege war ein junger Mann mit dunklem Haar und einer makellosen Uniform. Er sah fit und gesund aus, mit natürlich geröteten Wangen und einem Hang zum Gewichtheben. Seine kurzen Ärmel schmiegten sich eng um beeindruckende Bizepse. Kein Vergleich mit Ortegas, aber wer konnte da schon mithalten, außer Arnold Schwarzenegger damals in *Conan, der Barbar.* Er kam zu uns zurück, er hatte die Kiste bei sich, nach der wir gefragt hatten. Ich schätzte ihn als eine Neueinstellung ein, der Junge saß hier in diesem staubigen Verlies seine Zeit ab, bis er endlich an grausamen Tatorten Spaß haben konnte. Wahrscheinlich würde es nicht allzu lange dauern, bis er sich wünschte, wieder hier unten zu sitzen, ohne Blutspritzer und aufgedunsene Leichen und überall Fliegen. Er sagte: »Hier, bitte schön, Mario. Viel Glück.«

Der Officer nickte in meine Richtung, wollte aber nicht mehr wissen. Er vertraute offenbar Mario, wenn der mich mitlesen ließ. Ortega nahm den Deckel von der Kiste und zog alles heraus. Ich schaute mir zuerst die Obduktionsfotos an, was nicht besonders klug war.

»Guter Gott.«

»Ja. Die Leichenbeschauerin geht davon aus, dass er zuerst verstümmelt und ermordet wurde, dann hat ein Alligator ihn erwischt, als er im Sumpf lag.«

Ich breitete die Bilder auf dem Tisch aus und betrachtete eines nach dem anderen, ich suchte nach Ähnlichkeiten. Der Mann sah aus, als wäre er jung gewesen, kräftig, gleichmäßige Züge, lange dunkle Haare, soweit man das noch beurteilen konnte. Ich griff nach einer Nahaufnahme des Mundes. Dieselben ungleichmäßigen Schnittkanten wie bei Hilde. Keine Finesse, einfach abgesäbelt. Ich erinnerte mich daran, wie bei

Hilde das Blut über den Hals bis zu ihren Hosen heruntergelaufen war, was hieß, dass sie am Leben gewesen war und schrecklich gelitten hatte, als er ihre Lippen abtrennte. Höchstwahrscheinlich hatte dieses Opfer dieselben Schmerzen ertragen müssen wie Hilde. Ich fragte mich, ob er noch am Leben gewesen war, als der Alligator ihn unter Wasser gezogen hatte.

Ein weiteres Foto zeigte den gesamten Kopf. Ein Teil war abgebissen worden, darunter das linke Ohr und eine Seite vom Hals. Eine Ganzkörperaufnahme enthüllte, dass vom rechten Bein alles unterhalb des Knies fehlte, ebenso wie der linke Fuß. Bisswunden am Oberkörper deuteten darauf hin, dass mehr als ein Alligator an der Leiche herumgezerrt hatten. Reichlich Verwesungsspuren.

»Mein Bauch sagt mir, dass es derselbe Täter ist.«

»Lag Ihr Opfer im Wasser?«, fragte Ortega.

»Nein. Sie trug die Krone eines Schönheitswettbewerbes und einen Strauß Rosen. Er hat sie in eine Duschkabine gesetzt. Er wollte uns eine Nachricht zukommen lassen, oder irgendjemandem. Hat mit Bleiche hinter sich sauber gemacht. Was sagt Ihnen das?« Ich sah Ortega an.

»Dass er besser wird.«

»Genau. Haben Sie noch mehr Fälle mit der gleichen Vorgehensweise?«

»Nein. Wir finden eine Menge Tote im Sumpf, aber keine ohne Lippen. Irgendwo hier drin hab ich Fotos von dem Opfer.«

Er suchte zwischen den Berichten und Bildern, bis er das Foto fand, nach dem er suchte. »Da ist es ja.«

Ich betrachtete Esteban Rangos. Er war dunkelhäutig, gut aussehend, und jünger, als ich anfangs gedacht hatte. Vielleicht ein College-Schüler. Er kam mir irgendwie bekannt vor, aber ich wusste nicht, warum. »Wie alt war er?«

»Gerade einundzwanzig. Unser Undercover-Kollege sagt, die Rangos haben nach dem Mörder des Jungen gesucht, angeblich haben sie eine große Belohnung für Informationen darüber ausgesetzt, wer es war und wo er zu finden wäre. Soweit ich weiß, ist nie etwas daraus geworden. Es sei denn, natürlich, sie hätten den Täter gefunden, im Stillen umgelegt und niemand hätte je etwas davon erfahren.«

»Könnte ich eine Kopie davon bekommen?« Ich hob das Foto in die Höhe.

»Kein Problem. Glauben Sie wirklich, die beiden stehen in einem Zusammenhang?«

»Ja, vielleicht. Unser Opfer ist auch aus dieser Gegend. Das ist mir ein bisschen viel Zufall, um es zu ignorieren.«

»Und Sie glauben, Carlos könnte der Täter sein?«

»Kann man nicht wissen. Vielleicht ist das der Grund für dieses Auftragsmordgerücht. Deswegen bin ich hier, um zu klären, wo er steckt. Haben Sie ihn vierundzwanzig Stunden am Tag im Auge gehabt?«

»Den Großteil dieser Woche. Donnerstag habe ich ihn ausfindig gemacht und bin dann an ihm dran geblieben.«

»Er hätte also hoch zum See fliegen und sie umlegen können?«

»Vielleicht. Soll ich mal die Passagierlisten für Flüge aus Miami für die letzte Woche anfordern?«

»Klasse.«

Ortega griff nach dem Foto. »Diese Geschichte hat mich verfolgt, so wie alle hier. Es war merkwürdig, dass jemand den Mumm hatte, jemanden, der José Rangos so nahe stand, zu ermorden. Das ist im Grunde ein Todesurteil.«

»Da haben Sie vielleicht Recht. Vielleicht haben sie ihn gefunden, ihm ein oder zwei Ohrläppchen abgesäbelt, und dann die Leiche draußen ins Meer geschmissen.«

»Ja, das wäre möglich. Aber wir versuchen einigermaßen informiert zu bleiben und haben die Rangos ziemlich genau im Auge. Dann und wann hören wir, dass sie immer noch daran interessiert wären, Informationen über den Mörder des Neffen zu kaufen.«

»Was ist mit einem Motiv?«

Ortega zuckte mit seinen breiten Schultern.

»Wir glauben, der Hilde-Swensen-Mord war vielleicht eine Art Rache, der Nachricht nach zu urteilen, die der Täter an der Leiche zurückgelassen hat. Vielleicht war das bei Ihnen auch so.«

»Was für eine Nachricht?«

»Ein Aufkleber an der Schulter des Opfers. Darauf stand: ›Dass einer lächeln kann und immer lächeln, und doch ein Schurke sein.‹«

»Hamlet«, sagte Ortega ohne zu zögern.

Wow, ich hatte ein paar Sekunden gebraucht, um mich daran zu erinnern, aus welchem Stück das Zitat stammte. »Das stimmt. Sind Sie Shakespeare-Kenner?«

»Klar. Mel Gibson hat das gesagt, oder?« Dann lachte er. »War nur Spaß. Nein, ich bin in einer Amateur-Theatergruppe. Ich werde immer als Othello besetzt.«

Immerhin, an *Othello* erinnerte ich mich aus der Highschool. Und Ortega würde einen verdammt guten Othello geben, selbst mit seinem melodischen Akzent. »Das kann ich nachvollziehen.«

»Vielleicht hat der Täter irgendetwas mit Theater zu tun, möglicherweise ist er Schauspieler? Oder Englischlehrer?«

»Denkbar. Würde es Ihnen etwas ausmachen, wenn ich mir ein paar dieser Sachen kopiere? Ganz offiziell. Ich unterschreibe dafür. Ich möchte gern das Mordbuch lesen, vielleicht fällt mir etwas auf.«

»Kein Problem.«

»Sie sind kein schlechter Typ, Ortega. Es sei denn, Sie wollten mich bald wieder in den Dreck werfen.«

»Das kann ich ja in nächster Zeit lassen, wenn Sie sich einigermaßen benehmen.«

Wir teilten unser allererstes Grinsen. Freunde fürs Leben. Außerdem wollte ich von ihm eine Kopie von Esteban Rangos' Akte.

»Soll ich Jake mal fragen, ob er Ihnen eine Kopie macht?«

Oh, bittet und euch wird gegeben. »Das wäre cool, Mario.«

Er lachte. »Kein Problem.«

Ortega sammelte den Kram zusammen, legte ihn zurück in die Kiste, und marschierte zu Jakes Schreibtisch. Sie sprachen ein paar Sekunden miteinander, dann nahm Jake die Kiste und ging nach hinten. Ich sah, wie Ortega sich umwandte, als ein dicker Mann mit einem Bart in den Raum kam, dann flüsterten sie ein paar Minuten lang in der Nähe der Tür miteinander. Das Flüstern gefiel mir gar nicht. Flüstern hieß normalerweise, dass etwas Blödes bevorstand. Und wie immer hatte ich recht.

Ortega setzte sich mir gegenüber und sagte: »Wir haben ein Problem.«

Da ich an Probleme gewöhnt war, sagte ich nichts, machte mich aber auf das Schlimmste gefasst.

»Oben ist ein Typ, der wissen will, wo Sie sind und was los ist. Er will Ihre Kaution stellen, falls man Ihnen irgendetwas vorwirft.«

Ich runzelte die Stirn. »Wer?«

»Er heißt Black. Kennen Sie den?«

Oh, das ist mein Schätzchen, der wedelt immer gern mit seinem dicken Scheckbuch. Kein Wunder, dass ich ihn so mag. »Der ist okay. Ich bin mit ihm hergeflogen. Woher wusste er, dass ich hier bin?«

»Keine Ahnung, aber das war nicht die schlechte Nachricht.«

Mist. »Was ist die schlechte Nachricht?«

»Ihr Freund Black da oben? Der hat José Rangos' persönlichen Drecksanwalt bei sich.«

Ich sackte auf meinem Stuhl zusammen, bis man mich wahrscheinlich in einen Fingerhut hätte quetschen können. Kein Wunder, dass Black sofort losgesprintet war, als er den Anruf im Hotel bekommen hatte. Ich wusste, dass er ein paar Verbindungen zur Unterwelt in New Orleans hatte, aber ich hatte ihn niemals erwähnen hören, dass er mit jemandem namens Rangos dicke war.

»Er ist voll in Ordnung, Ortega. Ich verbürge mich für ihn. Er ist ein Psychiater, den mein Sheriff manchmal bei unseren Fällen zu Hilfe zieht.«

Ortega sah mich an und sein skeptischer Ausdruck veränderte sich. »Hey, Mann, er ist doch nicht dieser Typ, Nicholas Black, oder?«

Aha, Black und sein berühmtes Gesicht. Ich nickte. »Sie kennen ihn?«

»Ich habe ihn in den Nachrichten gesehen, als dieser Seifenopernstar letztes Jahr in seinem Hotel umgebracht wurde.« Dann sah ich Erkenntnis in seinem Gesicht dämmern. Er war ziemlich durchschaubar für einen Detective der Mordkommission.

»Sie wollen mir doch nicht erzählen, dass Sie die Kollegin sind, die den Fall geknackt hat? Sylvie Sonstwas, die Schauspielerin?«

»Doch, das bin ich. Ich bin jetzt superberühmt. Deswegen haben Sie mich auch gleich als Auftragsmörderin identifiziert, mir Handschellen angelegt und mich eingebuchtet.«

»Meine Güte, ich hätte Sie erkennen müssen. Ihr Foto war oft genug in der Zeitung, selbst hier unten. Meine Güte, das war eine ziemlich scheußliche Sache.«

»Ja.« Zeit für einen Themenwechsel, bevor er noch ein paar der scheußlichen Details wissen wollte, also fragte ich: »Können Sie ein Treffen mit mir und Vasquez arrangieren?«

»Das können wir, aber Sie müssen mir Zeit geben, ihn wieder aufzutreiben. Ich vermute, er hat Sie angegriffen und ist abgehauen, weil er dachte, Sie kämen in Rangos' Auftrag, um ihn kalt zu machen.«

»Vielleicht sollten Sie sich mal nach dem Zeugenschutzprogramm erkundigen, Mario.«

»Sobald diese Nummer zu Ende ist, wird er genau dorthin verschwinden.«

»Was ist mit ihm? Hat er irgendwelche Gewaltverbrechen im Vorstrafenregister?«

»Nein. Er hat eine Menge Kleinstdelikte auf dem Kerbholz, aber nichts so Blödes, wie sich mit den Rangos anzulegen.«

»Ich habe gehört, dass er seine Freundin manchmal geschlagen hat.«

»Vielleicht. Ich weiß nichts davon. Auf jeden Fall sind keine häuslichen Tätlichkeiten in seiner Akte verzeichnet.«

»Okay, ich gebe Ihnen meine Karte. Rufen Sie mich auf dem Handy an, sobald sie Vasquez ausfindig gemacht haben. Ich kann hier nicht weg, bis ich mit ihm geredet habe.«

»Alles klar.« Er zog seine eigene Karte hervor und gab sie mir. »Halten Sie mich auf dem Laufenden über Ihren Fall. Und vielleicht sollten Sie Ihrem Freund da oben, Black, sagen, dass er nicht unbedingt mit dem Anwalt der Rangos abhängen soll, wenn er in der Stadt ist. Das könnte seiner Gesundheit nicht sonderlich zuträglich sein.«

Als hätte Black vor irgendetwas Angst, vor allem Mafiatypen wie denen, mit denen er aufgewachsen war. »Das werde ich an ihn weitergeben. Kann ich jetzt meine Waffen und meine Marke wiederhaben? Ich fühle mich nackt ohne sie, richtig verwundbar. Miami steht in dem Ruf, ganz schön gefährlich zu sein.«

Ortega grinste. »Kein Problem.«

Wir fuhren mit dem Fahrstuhl nach oben zurück und innerhalb von Minuten hatte ich meine Knarren wieder. Ortega trat einen Schritt zurück und sah zu, wie ich sie wegsteckte. Jetzt fühlte ich mich weit besser.

»Ich will nochmal zurück zu dem Strandhaus und mich umsehen. Brauche ich dazu die Erlaubnis Ihres Departments? Ich habe das Okay der Besitzerin.«

»Soll ich Sie begleiten, um Sie vor Typen wie mir zu beschützen?«

Ich warf ihm einen arroganten Blick zu, den man nun wirklich nicht missverstehen konnte.

»Also, nachdem der Chief mit Ihrem Sheriff gesprochen hat, hat er gesagt, Sie können das Haus Ihres Opfers allein durchsuchen, aber Sie dürfen nicht an Vasquez rangehen, nicht ohne dass ich Sie begleite.«

»Kein Problem. Finden Sie ihn und rufen Sie mich an.«

»War nett, sie kennenzulernen, Detective.«

»Ja. Ich liebe einfach das Gefühl floridianischer Handschellen an meinen Handgelenken.«

Er grinste und streckte seine Riesenpfote aus, wir waren schon zwei exzellent zusammenarbeitende Gesetzeshüter. Es war, als hätte er einen Baseballhandschuh an. Seine Ringgröße war garantiert fünfundvierzigeinhalb.

Draußen vor den getönten Fenstern der Lobby fand ich Black zusammen mit dem eben erwähnten Anwalt, der aussah, als wäre er mitsamt seinen Troddelslippern direkt aus dem juristischen Jahrbuch Harvards gestiegen, und offensichtlich kaufte er seine dunklen Anzüge beim selben Schneider in Hongkong wie Black. Sie hätten in einem dieser Doublemint-Kaugummiwerbespots auftreten können, als angesagte, reiche, mächtige Tycoon-Zwillinge.

»Alles in Ordnung?«, fragte Black, als ich neben ihn trat. Er musterte das Pflaster auf meiner Wange mit offenem Misstrauen.

»Mir geht es bestens. Lass uns hier verschwinden, bevor einer von uns tatsächlich noch verhaftet wird.«

Auf dem Weg nach draußen stellte mich Black seinem praktischen Anwaltsfreund vor. Robert Bannington senior, der gottverdammt beste Verteidiger in Süd-Florida, na klar, aber ich sorgte dafür, dass wir uns direkt vor der Ausgangstür verabschiedeten, und zwar so schnell, dass man hätte glauben können, der Kerl hätte Windpocken. Er stieg in einen schwarzen Rolls Royce Phantom mit livriertem Fahrer, offensichtlich war er kein Pflichtverteidiger. Wir spazierten zu unserer eigenen kleinen weißen Stretchlimousine, unser Fluchtfahrer wartete mit laufendem Motor auf uns. O du meine Güte, das

Leben der Reichen. Wir stiegen ein, schlossen die Tür, ließen die Scheiben zwischen uns und dem Fahrer hochsurren, und Black verschwendete keine Worte.

»Herr im Himmel, Claire, was ist denn diesmal passiert?«

Ich runzelte meinerseits die Stirn und äußerte mich ebenso abschätzig. »Was passiert ist, war, dass Vasquez sich in Hildes Haus versteckt hatte. Er hat mich angegriffen, ist aber entkommen, als ein übereifriger Bulle auftauchte und mich aus dem Verkehr zog.«

»Ich hätte mit dir gehen sollen.«

»Ach ja? Wieso erzählst du mir denn nicht, was so wichtig war, dass du nicht konntest?«

Black schaute ein wenig überrascht über meine spitze Bemerkung und meinen ärgerlichen Gesichtsausdruck. Dann wurde er plötzlich sehr misstrauisch. »Mir gefällt dein Ton gar nicht.«

»Pech. Mir gefallen deine Freunde nicht.«

»Woher weißt du, wo ich war?«

»Vielleicht, weil du mit einem wohlbekannten schleimigen Gauneranwalt bei der Polizei Miami aufgekreuzt bist.«

»Er ist der einzige Anwalt, den ich in Miami kenne, also habe ich ihn angerufen.«

»Warum macht mich das bloß so nervös?«

»Er vertritt eine Menge Leute in dieser Stadt, wichtige Leute. Klingt so, als hättest du dich prächtig verstanden mit dem Typen, der dich verhaftet hat.«

»O ja, wir haben unter dem Verhörtisch, an dem ich mit Handschellen gefesselt war, gefüßelt, und er hat mir sogar ein Pflaster auf die Wunde geklebt, die er verursacht hat, das ganze Programm. Ich glaube, ich bin verliebt.«

Black schaute ein wenig genervt über meinen Sarkasmus, blieb dann aber doch seinem üblichen ungerührten Seelenklempner-Selbst treu. »Okay, wohin jetzt, wo die Aufregung vorüber ist? Ich nehme an, du willst zurück zu Hilde und fertig machen, was du begonnen hast?«

»Allerdings, und diesmal sind die Kollegen hier auch einverstanden. Willst du mit oder gibt's noch ein paar andere Mafia-Kumpels, mit denen du dich zum Abendessen triffst?«

In den letzten paar Monaten, die wir viel Zeit miteinander verbracht haben, war Black ziemlich gut darin geworden, mich zu ignorieren, wenn es ihm passte. »Nach dem, was dir heute zugestoßen ist? Da werde ich wohl besser mitkommen, und sei es nur, um deine Verletzungen zu verarzten.«

»Sehr lustig.« Sehen Sie, Black selbst konnte auch schön sarkastisch werden.

Dreißig Minuten später bogen wir vom Ocean Highway auf das Grundstück der Swensen-Schwestern. Die Aussicht war in der Dunkelheit verschwunden, deswegen konnten wir das Meer nicht sehen, wir konnten nur das ärgerliche Rauschen der Wellen hören. Hildes Haus war jetzt schwarz wie ein Grab, und ich vermutete, dass auch keine verzweifelten Freunde mehr darin herumlungerten. Ich fühlte mich besser, mit meinen Waffen am Mann, und hatte das Gefühl, dass auch Black ein oder zwei Waffen irgendwo an sich versteckt hatte. So war es meistens. Aber seine Bekanntschaften waren mir nicht ganz geheuer, das musste ich zugeben.

Wir blieben vor der Haustür stehen, die nach meinem hastigen Abgang hinter Vasquez vor ein paar Stunden immer noch offen stand.

»Okay, Black, du weißt Bescheid. Es ist kein Tatort, außer dass ich hier angegriffen worden bin, und das tut nichts zur Sache. Wir dürfen hier sein, also können wir so viel schnüffeln, wie wir wollen.«

Ich drückte die Tür auf und betätigte den Lichtschalter drinnen. Eine Leuchte in der Ecke ging an.

Black trat herein und sagte: »Das Haus steht hier schon eine Weile. Das wurde in den Vierzigern oder Fünfzigern gebaut, wette ich.«

»Kann ich mir gut vorstellen. Willst du mir helfen, ihre Sachen zu durchsuchen?«

»O ja. Ich war bei der Armee mal eine Weile bei der Militärpolizei. Habe ich dir das je erzählt?«

Ich hatte das Gefühl, dass es eine Menge an Black gab, was ich noch nicht wusste. Mit seinem Hintergrund tat er ziemlich geheimnisvoll, und ich wusste jetzt auch, dass es dafür gute Gründe gab.

Es störte mich, dass er immer wieder so enge Verbindungen zu Kriminellen unterhielt, ich versuchte aber, es nicht zu zeigen. Er konnte ja nichts dafür, in welche Familie er hineingeboren worden war. »Nein, wie lustig, das musst du vergessen haben. War das vor oder nach deinen Tagen beim Sondereinsatzkommando?«

»Vor. Lange vor.«

»Dann weißt du ja, wie man ein Zimmer durchsucht, nehme ich an.«

»Ja. Ich bin ziemlich gut darin.«

»Du nimmst Wohnzimmer und Küche. Ich kümmere mich um Schlafzimmer und das Büro. Leg alles so zurück, wie es war. Brianna wird vermutlich jemandem herkommen lassen, der am Ende Hildes persönliche Dinge packt, und wir müssen die Bude ja nicht komplett durcheinander hinterlassen.«

»Durcheinander war nicht mein Ziel.«

Er begann mit einer Kommode, auf der Hildes schnurloses Telefon stand. Ich wartete, während er das blinkende rote Lämpchen an dem schwarzen Gerät betätigte. Zwei Sekunden später durchbrach eine Männerstimme die Stille.

»Hey, Mädchen, bist du aus Missouri zurück? Ruf mich an, sobald es geht, dann erzähle ich dir das Neueste.« Kein Name, aber vielleicht würden wir den in der Rufnummernanzeige sehen.

Zwei verschiedene Männerstimmen hinterließen ähnliche Nachrichten, aber ebenfalls keine Namen. Der vierte Anruf stammte von ihrem ehemaligen Freund, alias dem Doofkopf, der mich angegriffen hatte. Ich erkannte seinen leichten Akzent, obwohl wir während unserer Schlägerei nicht viel geredet hatten. Er klang wie ein echter Latin Lover. Und kämpfte auch wie einer. Mehr Flucht als Kampf.

Black und ich sahen einander an, als seine Stimme ein zweites Mal ertönte. »Okay, ich gebe auf. Bitte, Hilde, ich will dich zurück. Sag mir, was ich tun muss. Ich werde alles tun, was du sagst, aber komm zurück nach Hause.« Es folgte eine Pause und Black und ich starrten einander weiter an. »Bitte, Hilde, es geht mir schlecht ohne dich. Es tut mir leid. Ich mache so was nie wieder. Versprochen. Aber ruf mich an und lass mich zu dir kommen. Ich mache alles wieder gut, ich schwöre es bei Gott.«

Während die Maschine zurückspulte, klickte ich mich durch die Rufnummernanzeige und schrieb Namen und Nummern auf. Zwei von ihnen waren als unbekannt gelistet, eine stammte von einem Schönheitssalon in South Beach. Carlos Vasquez hatte aus dem Ocean Club angerufen, aber ich bezweifelte, dass er sich im Moment dort aufhielt, dann wäre er viel zu leicht zu finden, vor allem für einen erfahrenen Killer. Wir würden später trotzdem nachsehen. Kein offizieller Besuch, nur einmal umschauen, falls wir irgendwann mal Mitglieder in einem angesagte Spa in South Beach werden wollten.

Ich ging ins große Schlafzimmer und blieb in der Tür stehen. Es sah jetzt aus, als hätte sich jemand dort drinnen geschlagen.

Ja, ach ja, das war ja ich gewesen. Mein Kopf fühlte sich auch immer noch ein bisschen nach Prügel an. Ich dachte an Hilde und wie ihr Gesicht ohne ihre Lippen ausgesehen hatte, und wie sehr ich ihren Mörder schnappen wollte. Tod oder lebendig, das war mir egal.

Ich durchbrach Hildes Privatsphäre erneut, indem ich ihre persönlichen Gegenstände durchsuchte, aber an diese zweite Verletzung der Opfer durch die Mordermittlung war ich gewöhnt. Das Zimmer war ultrafeminin, weit mehr als der Rest des Hauses. Viel Spitze, Blumenmuster, sogar weiße Rattanmöbel. Ich hasse Rattan natürlich, ob nun weiß oder in jeder anderen Farbe. Es gab sogar ein geschwungenes Rattanregal, knallvoll mit gerahmten Fotos und Schönheitswettbewerbs-Pokalen und -Trophäen in jeder Größe und Form, alle auf glänzend verspiegelten Böden.

Ich blieb vor dieser Schatzkiste stehen und begutachtete die Fotos. Das meiste waren Schnappschüsse von Hilde und Brianna.

Ich versuchte festzustellen, welches der beiden Mädchen besser aussah, aber ich fand sie ziemlich gleich. Jedes Mal, wenn ich Hildes Gesicht erblickte, sah ich ihren zerfleischten, blutigen Mund vor mir. Insofern hatte Brianna einen gewissen Vorteil.

Ich fragte mich, wo dieser verrückte Psychopath steckte und was er gerade trieb. Dann wünschte ich mir, ich hätte das nicht getan.

Auf dem Nachttisch stand ein silberner Rahmen mit Hilde und einem Mann, den ich als Vasquez erkannte. Er sah auf dem Foto besser aus als in Wirklichkeit, tief gebräunt, sehr männlich und schick in einem weißen Abendanzug. Fast schon arrogant. In natura war er muskulöser, und ich wusste, dass es ihn nicht im Geringsten störte, einer Frau eine Ohrfeige zu verpassen. Ich hatte das Gefühl, dass er auch seine Freundin anging, wenn die ihm nicht passte, und dass er bestimmt Sachen sagte wie: »Jetzt mach schon, du Nutte« und: »Du hast Glück, dass ich dich überhaupt angucke« – weit entfernt von dem schniefenden Typen am Telefon oder dem Flüchtling am Strand.

Auf dem Foto hielt er Hilde auf dem Schoß, eine Hand hinten in ihrem langen blonden Haar, er zog ihren Kopf an seine Schulter, und ich fragte mich, warum Hilde so ein Bild neben dem Bett stehen haben wollte. Der Kerl misshandelte sie offensichtlich, es sei denn, sie mochte es, ein bisschen an den Haaren gezogen zu werden, und vielleicht auch S und M, wenn es leidenschaftlich zuging. War es vielleicht das? War er ein bisschen zu wütend auf sie geworden? Ein bisschen zu schlagkräftig? Aber das passte nicht zum Tatort oder dem Abschneiden der Lippen.

Black kam hinter mir ins Zimmer und sagte: »Also, so wie es hier aussieht, warst du kein leichtes Opfer, als Vasquez auf dich losging.«

»Ich bin selten ein leichtes Opfer.« Ich sah, dass er ein Buch in Händen hielt. »Was hast du gefunden?«

»Fotoalben, etwa ein Dutzend in ihrem Schrank. Das hier ist das Älteste und zeigt, wo Hilde und Brianna gelebt haben, als sie klein waren.«

Black hob einen Brief hoch. »Und ich habe das hier von einer Anwaltskanzlei in Poplar Bluff gefunden. Bloodworth Law Office. Das ist die beste Kanzlei im Staat, keine Frage. Und ich weiß das, weil sie ein paar Sachen für mich erledigt haben. John Booker ist aus der Gegend und hat sie mir empfohlen. Die Anwälte da kennen sich aus.«

John Booker war ein alter Sondereinsatzkommando-Kumpel von Black und momentan sein Privatermittler. Einmal hatte er einen Haufen scheußliche Sachen über mich ausgegraben, von denen ich wirklich nicht wollte, dass sie bekannt wurden. Er hatte sie trotzdem gefunden. Er war gut. »Brianna hat uns gegenüber nie erwähnt, dass sie in diesem Teil des Staates gelebt oder gearbeitet hat. Was steht in dem Brief?«

»Der Brief fehlt, aber vielleicht willst du die Kanzlei anrufen und fragen, was sie uns sagen können. Frag nach Scott Dale. Er ist Bookers Kontakt und ein toller Anwalt, und er wird dir helfen, wenn er kann.«

»Mache ich.«

Wir setzten uns nebeneinander auf die Bettkante und ich blätterte das Fotoalbum durch. Es war vor langer Zeit zusammengestellt worden und enthielt jede Menge Zeitungsausschnitte, alt und vergilbt, und die Seiten knisterten und zerfielen an den Rändern bereits.

»Das hatte sie schon lange.«

»Es sieht aus, als hätten sie an jeder Menge Kinder-Schönheitswettbewerben teilgenommen, als sie klein waren. Kein Wunder, dass sie so begeistert von Wettbewerben waren.«

»Ja. Viel zu viele, so wie es aussieht.«

Ich blätterte weiter, und fand das Foto eines alten Hauses im Cape-Cod-Stil, komplett mit Dachgaubenfenstern. Ein weiteres verblasstes Foto war eine Familienaufnahme. Es sah aus wie Mutter, Vater und drei Kinder um sie herum.

Ich fragte mich, welches davon Brianna war. Die Mädchen sahen einander schon als Kinder schrecklich ähnlich. Das dritte Kind schien ein jüngerer Bruder zu sein. Weitere Fotos zeigten, dass es auf der Farm eine alte Scheune gab und jede Menge verwachsene alte Bäume im Hof.

Auf den nächsten Seiten waren die Kinder beim Fischen mit einfachen Stöcken am Flussufer zu sehen. Auf einem anderen standen sie in Rüschenkleidchen mitten auf der Bühne eines Schönheitswettbewerbes für Kinder und zeigten beide ein breites, falsches Grinsen. Was für ein komisches Leben für kleine Mädchen. JonBenet Ramsay und ihr Schicksal kamen mir in den Sinn.

»Ich werde ein paar dieser Alben mit zu Brianna nehmen. Ich habe ein paar Fragen zu ihrer Familie, vielleicht werden die Bilder sie zum Reden animieren.«

»Glaubst du, Hildes Mörder kennt sie schon so lange?«

»Vielleicht. Wer weiß? Es sieht nicht so aus, als wären die Mädchen unter normalen Umständen groß geworden. Ich bin überrascht, dass Brianna so vernünftig ist, wie sie scheint.«

»So wird es nach dieser Geschichte nicht unbedingt bleiben.«

Ich beendete die Durchsuchung der Schlafzimmer und stellte fest, dass Black sich tatsächlich mit ermittlerischen Durchsuchungstechniken auskannte. Vielleicht könnten wir im Team arbeiten, wenn ich ihn je dazu bringen würde, seine herzlichen Verbindungen zu allen möglichen Gaunern aufzugeben.

Aber dann unterbrach uns das Zirpen von Blacks rotem Handy und ich hatte gleich ein ganz unangenehmes Gefühl. Er murmelte ein paar Minuten kryptisch vor sich hin, dann klappte er das Handy zu.

»José Rangos möchte dich kennenlernen.«

»Oh, nein, nein, nein, auf keinen Fall. Ich weiß, wer das ist, und ich werde mich ihm nicht nähern. Ich habe schon genug Ärger mit der Polizei Miami.«

»Du wirst es leider tun müssen.«

Das gefiel mir gar nicht. Und man konnte mir das sicher ansehen. »Ach wirklich, ich *muss?* Und warum?«

»Weil er dich kennenlernen will.«

»Wie schade, wie traurig.«

»Ich habe ihm gesagt, dass wir jetzt zusammen sind, und er besteht darauf, dich zu treffen.«

»Rangos ist ein Großgangster, Black, und das weißt du ganz genau. Ich bin Polizistin. Das passt nicht zusammen. Vor allem nicht für mich.«

»Er ist ein guter Freund von mir und meiner Familie. Genau genommen bin ich sein Lieblingspatenkind.«

»Patenkind? Oh, bitte, Black, hör mit diesen Mafia-Sprüchen auf. Ich komme mir vor, als würde ich mit Tony Soprano ausgehen.«

»Du weißt genau, dass ich sauber bin. Aber José will dich eben kennenlernen. Und hier in der Gegend sagt man José nicht ab.«

»Ich bin nicht von hier. Ich sage Nein und meine Nein.«

Black sah mich lange an. »Nein, Claire, tut mir leid, aber auch du wirst ihm nicht absagen. Außerdem hat er ein Geschenk für dich.«

»Bist du verrückt? Ich kann nichts von ihm annehmen. Und ich will auch nichts von ihm haben.«

»Er sagt, das wirst du haben wollen. Bitte, Claire, ich weiß, das passt dir gar nicht, aber tu es mir zuliebe. Ich bitte dich nicht um viel, aber das ist mir wichtig. Wir bleiben bloß ein paar Minuten und niemand wird je erfahren, dass wir dort waren.«

Black wurde normalerweise nicht so ernst und hatte mich noch nie zuvor um einen Gefallen gebeten. Unglücklicherweise konnte ich dasselbe nicht von mir sagen. Wie zum Beispiel in seinem Learjet hier runterzufliegen.

Ich dachte an Ortegas Warnung. Ich dachte an Charlies Warnung. Ich dachte an all die Warnglocken, die in meinem Kopf schrillten.

Ich wusste, dass ich so etwas nicht zustimmen durfte, aber was soll's, ich bin eben neugierig. Ein Geschenk ist ein Geschenk. Was keiner weiß, macht keinen heiß. Und so weiter, und so weiter.

Lauter Ausreden, ich weiß. Black hätte mich nicht in diese Lage bringen sollen.

Wir schlossen das Haus ordentlich ab. Bevor wir in den Wagen stiegen, beugte Black sich nah zu mir und flüsterte leise, sehr geheimnistuerisch und CIA-mäßig: »Und versuch den Fahrer nicht zu beleidigen. Felipe ist einer von Josés persönlichen Bodyguards und kümmert sich um Leute, die den Geschäften der Familie Probleme bereiten, wenn du verstehst, was ich meine.«

»Nein, ich verstehe nicht, was du meinst. Warum erklärst du es mir nicht?«

»Beleidige ihn einfach nicht, okay?«

Wir stiegen ein und Black nannte Señor Felipe, den man nicht beleidigen durfte, eine Adresse. Felipe schaute mich über die Schulter an und ich versuchte mir sein Gesicht für zukünftige »Gesucht: tot oder lebendig«-Poster aus Florida einzuprägen. Er war mittleren Alters, klein und schlank, Halbglatze, ordentlich gestutzter Schnauzer und Kinnbart, und dazu kleine schwarze Fuchsaugen, die einen beobachteten, ohne viel zu zwinkern. Josés Lieblingskiller, kein Zweifel, der mich umlegen würde, wenn ich mich weigerte, seinem Meister bei Tacos Gesellschaft zu leisten. Er grinste und zeigte mir eine

Reihe scharfer Fuchszähne, meine Analogie war also nicht schlecht.

Wir fuhren schweigend den ganzen Weg, was mir gut passte. Ich war immerhin Polizistin, schon vergessen? Obergauner zu Hause zu besuchen, ganz zu schweigen davon, von ihnen Geschenke anzunehmen, war nicht gut, unter Polizisten sah man das sehr ungern. Andererseits würde ich vielleicht etwas Nützliches über meinen Fall rauskriegen, oder Ortegas Fall. Ich bezweifelte es, aber unmöglich war es nicht.

15

Der Oberboss lebte in dem alten, wohlhabenden Viertel Coconut Grove. Warum überraschte mich das bloß nicht? Sein Haus war nicht so angeberisch, wie ich erwartet hatte, ganz sicher nicht so wie die Villa des Bruders von Blacks anderem Paten unten in New Orleans. Aber es war pastellrosa, was ich natürlich ziemlich schwer zu verdauen fand.

Als wir aus der Limo stiegen, schaute ich mich nach ein paar Flamingos um. Aber es war keiner zu sehen. Und Sonny Crockett auch nicht. Das Einzige, was ich erblickte, war ein dunkelhäutiger Schlägertyp ganz in Schwarz, der eine kleine, aber effektive Maschinenpistole hielt. Meine Güte, Black und seine Freunde, was will man machen?

»Sag mal, Black, ist das unser Empfangskomitee? Dann hätte ich wohl besser meine Kevlar-Weste anlegen sollen.«

»Er ist ein Empfangskomitee, das schon, aber nicht unseres.«

»Okay. Jetzt fühle ich mich besser. Vor allem, da Ortega mir ja auch meine Pistole und Marke zurückgegeben hat.«

»Ich bin ebenfalls bewaffnet. Nicht, dass wir in Anwesenheit von Josés Männern Waffen brauchen würden.«

»Black, ich schwöre, irgendwann wirst du mich noch in Schwierigkeiten bringen.«

»Meine Pistole ist hier unten registriert. Alles ganz legal.«

»Ja, aber auf wen?«

»Auf mich.«

»O Gott.«

»Ich habe dir doch gesagt, José ist mein Patenonkel, und zwar der echte, der bei meiner Taufe war. Es freut ihn, wenn ich bei ihm wohne, wenn ich Miami besuche, und er stellt mir zur Verfügung, was immer ich brauche. Ich sehe ihn nicht oft, also ist es schön, dass ich mit dir hier runterkommen konnte.«

»Ja? Hoffen wir bloß, dass Charlie und meine neuen Freunde hier in der Stadt nicht mitkriegen, mit wem wir unsere Abende verbringen.«

»Werden sie nicht. Gehen wir. José wartet.«

Die riesigen Höhlenräume im Haus waren vor allem in Wasserblau, Gold und Braun gestrichen. Sehr Süd-Florida, mit sich drehenden Deckenventilatoren, deren Rotorblätter wie Palmwedel geformt waren, die ganze Show. Natürlich hatte die Hütte trotzdem eine Klimaanlage, was mir gut passte.

José Rangos saß auf einer großen gefliesten Terrasse in der Nähe eines beleuchteten Pools im Garten. Die gesamte Terrasse war von einem Fliegengitter umgeben, neben dem Pool brannten ein paar Fackeln. Er trug komplett weiß, ein lockeres Seidenhemd und eine Hose, Gürtel und Segelschuhe, und außerdem hatte er buschiges weißes Haar, das zu einem Pferdeschwanz zusammengefasst war, vermutlich stilisierte er sich mir zuliebe zum Engel. Ich fand, dass er mehr wie Albert Einstein aussah. Er rauchte eine dicke Zigarre, die nicht weiß war und die Illusion irgendwie kaputt machte, ganz zu schweigen von der Luftqualität. Aber es ging eine angenehme abendliche Brise, die unsere Haut wärmte und den Tabakgestank zum Nachbarn rübertrieb. Kein Meer in Sicht.

»Das ist also die berühmte Polizistin, von der ich so viel gehört habe.«

Ich verpasste Black einen erstklassigen *Das-zahl-ich-dir-heim-du-wirst-schon-sehen*-Blick, woraufhin er entschuldigend die Augen aufriss. Aber ich spielte mit.

»Es ist sehr nett, Sie kennenzulernen, Mr Rangos.« Beinahe hätte ich wegen des gesamten mexikanischen Dekors Señor gesagt, aber das ließ ich dann doch lieber.

»Und wie nett, Ihnen zu begegnen, *Chica*.«

Chica? Wo war ich denn jetzt gelandet? Vera Cruz? Ich lächelte, als amüsierte ich mich prächtig. Immerhin hatte er mir ein Geschenk gekauft. Vielleicht eine neue Pistole mit abgefeilter Seriennummer, irgendwas, was man immer brauchen konnte, vor allem hier und jetzt.

»Nicky sagt, Sie sind hier, um an einem Fall zu arbeiten. Sind Sie damit schon vorangekommen?«

Ich nickte, gab aber keine weiteren Details preis. Irgendwo muss Schluss sein.

»Ich glaube, ich kann Ihnen vielleicht helfen, aber wo bleiben meine Manieren. Möchten Sie etwas trinken? Eine Piña Colada vielleicht?«

»Ich trinke nicht, aber trotzdem vielen Dank.«

»Nicky?«

»Im Moment nicht.«

»Nun, dann setzt euch, *por favor*. Damit wir uns kennenlernen können.«

Wir setzten uns. Er rauchte. Keiner sagte etwas. Das war ja ein tolles Kennenlernen.

Rangos stieß eine Wolke stinkigen Rauch aus und betrachtete mich, als wäre ich ein seltenes Exemplar der Gattung »Gesetzeshüter«. »Ich habe gehört, meine Liebe, dass Sie heute von einem unserer Männer angesprochen wurden.«

Oh-oh. »Wie kommen Sie denn darauf, Mr Rangos?«

Er sah mich an, wobei er sich unangemessen lange auf mein Pflaster konzentrierte, und dann legte er seinen grauen Kopf mitsamt der Löwenmähne in den Nacken und lachte dröhnend, was mich ein bisschen nervös machte, musste ich zugeben.

»Wir haben ein Auge auf alles, was hier in der Gegend geschieht. Und das Pflaster in ihrem Gesicht und das geschwollene Auge bestätigen meine Informationen, oder?«

»Ich will wirklich nicht unhöflich sein, aber ich arbeite hier unten an einem Fall und kann darüber leider keine Auskünfte geben.« Obwohl ich das Gegenteil beteuerte, klang ich unhöflich, das war mir klar, also setzte ich Black zuliebe mit einem breiten Grinsen hinzu: »Aber ich weiß Ihre Sorge um mein

Wohlergehen zu schätzen. Und meine Kopfschmerzen sind schon fast abgeklungen.«

»Ich habe eine hübsche Überraschung für Sie.«

Oha. Ich sah plötzlich vor mir, wie meine Füße in einen Eimer mit Beton sanken und hörte ein Motorboot in Richtung Bermudadreieck röhren. »Wie aufmerksam von Ihnen.«

»Ich fühle mich dafür verantwortlich, was Ihnen heute zugestoßen ist.«

»Darüber sollten Sie sich keine weiteren Gedanken machen.« Ich warf Black einen Hilfe suchenden Blick zu. Er war plötzlich wirklich ganz schön still geworden, lächelte mich aber an und nahm meine Hand. Ich runzelte die Stirn und nahm sie ihm weg. Ich mochte ihn sehr, aber ich würde ganz bestimmt nicht hier mit ihm kuscheln, um seinen »wahren« Patenonkel zu beeindrucken.

»Kommen Sie, ich zeige es Ihnen.«

Wir erhoben uns alle und José stützte sich schwer auf einen weißen Gehstock mit einem silbernen Knauf in Form eines Löwens, dessen Mähne fast so aussah wie Josés eigene. Wir gingen um den Pool herum in einen üppigen Blumengarten voller Geranien und Springkraut, alle möglichen interessanten Düfte lagen in der Luft, und José hielt mir kleine Vorträge über alle seine Elefantenohren und Bougainvillea-Pflanzen an dem künstlerisch beleuchteten Weg. In seiner Freizeit war er Gartenbaukünstler, berichtete er mir, und ich schätzte, das sollte heißen, wenn er gerade niemanden über die Klinge springen ließ. Black schien plötzlich unheimlich interessiert an diesem Gartenkram, und ich fragte mich, wie viele andere Verbrecher er noch derart gut kannte. Vielleicht waren seine Verbindungen auf die südlichen Bundesstaaten beschränkt, möglicherweise mochte er nur tropische Gangsterbosse.

Wir spazierten etwa fünf Minuten auf gewundenen Wegen durch üppiges Grün, das gut roch, hin und wieder kamen wir an glucksenden Brunnen vorbei und unsere Füße knirschten über weiße Muscheln. Unterwegs fiel mir durchaus die über zwei Meter hohe Mauer um den Garten herum auf, natürlich in rosa, auf deren Oberkante sich irgendwelche scharfen Spikes sowie gewundener Stacheldraht befanden, ganz zu schweigen von den sieben Dänischen Doggen, die in ihrem Maschendrahtkäfig knurrten. Ich fragte mich, wie viele unglückliche Leute diesen Weg entlanggegangen waren, und ob sie jetzt auf dem Grunde des Ozeans herumstanden und ihr Haar sich im Golfstrom wiegte. Black lächelte immer noch, also standen wir wohl nicht auf der Liste, oder vielleicht lächelte er auch nur, weil er nicht darauf stand.

Nach einer Weile begann ich mich zu fragen, ob wir am Ende bis nach Key West marschieren würden, aber dann tauchte vor uns ein verputztes Gästehaus auf, das halb hinter einer Menge Palmen und Ranken und manikürter Blumen verborgen war. Das Licht im Haus war an, und als wir eintraten, umgaben uns sehr kühle Luft und ein sehr hübscher, geschmackvoll eingerichteter kleiner Bungalow, von dem ich annahm, dass er Josés ganz besonderen Gästen vorbehalten war, also Patenkindern und ihren Polizei-Freundinnen. Vielleicht würde er ihn mir ja für weitere Ermittlungen in Florida zur Verfügung stellen.

Schließlich wandte José sich mir zu und sagte: »Ich wünschte, Nicky hätte mir die Ehre erwiesen, hier bei mir Unterkunft zu finden. Es wäre mir eine Ehre gewesen, Sie beide als meine Gäste zu begrüßen.«

»Ganz herzlichen Dank«, sagte ich. Ganz herzlichen Dank, aber nein danke, dachte ich.

Dann gingen wir durch einen kurzen Flur, der zu einer großen, mit dem Haus verbundenen Garage führte. »Hier drin ist mein Geschenk für Sie. Bitte nehmen Sie es mit meinen besten Wünschen entgegen.«

José strahlte, während er zur Seite trat, er stützte sich auf seinen Gehstock, ganz Gentleman, und erlaubte mir, vor ihm in die Garage zu treten.

Carlos Vasquez saß auf einem Stuhl, der mitten auf dem

Betonboden stand. Er hatte einen Knebel im Mund, aus einer tiefen Platzwunde an seinem Haaransatz lief ihm Blut über die Schläfen, und seine Augen fielen fast aus ihren Höhlen, so entsetzt sah er drein. Zwei schwergewichtige Gangster mit Pistolen und fröhlichen Blumenhemden standen hinter ihm. Ich hatte das Gefühl, ihre Knöchel wären vermutlich verschrammt und blutig. All seine Work-outs und seine modellierten Sixpack-Bauchmuskeln hatten Vasquez nicht viel geholfen, als er an zwei übergewichtige Gauner geraten war, die sich vermutlich ausschließlich von Bier und Tamales ernährten.

»Hören Sie, Mr Rangos. Ich bin Polizistin. Ich will damit nichts zu tun haben.«

Black sah nicht sonderlich zufrieden mit dem demolierten Zustand meines Mordverdächtigen oder meiner offenen Einschätzung der Situation aus, aber José versicherte uns eilig seine besten Absichten. »Sie müssen sich keine Sorgen machen, *Chica.* Wir werden ihn nicht töten. Er wollte bloß nicht herkommen, also mussten wir ein bisschen nachhelfen.«

Er wollte nicht auf Besuch kommen? Und warum wohl? Aber ich war durchaus erleichtert. Und ich bin sicher, Carlos war noch viel erleichterter, zu hören, dass er noch nicht so gut wie tot war. Seine Augäpfel zogen sich ein paar Millimeter zurück in seinen Kopf.

Black, immer ganz Diplomat, sagte: »José wusste, dass du mit ihm sprechen wolltest, also hat er dir eine Gelegenheit dazu verschafft.«

Das hatte er allerdings. Ich betrachtete all meine neuen, bewaffneten Kriminellenkumpels und fürchtete, schon wieder unhöflich werden zu müssen.

»Ich weiß das wirklich zu schätzen, Mr Rangos …«

»*Por favor,* nennen Sie mich José.«

»José. Aber ich muss allein mit ihm sprechen. Und mir wäre lieber, wenn er dabei nicht vor sich hin bluten würde. Sie wissen, wie ungesund so was heutzutage sein kann.«

José lächelte. Er hatte ein nettes Lächeln, wie ein freundlicher alter Großvater, der es gern allen recht machen wollte. »Ich verstehe. Enrico, mach ihn für die Polizistin zurecht.«

»Hey, vielleicht können Sie ihn auch losbinden und den Knebel rausnehmen, Sie verstehen schon, dann hätte er es bei unserem Gespräch ein bisschen bequemer?«

»Aber sicher, wenn Sie der Überzeugung sind, das ist für Sie in Ordnung.«

»Oh, für mich ist das prima. Ich bin ja groß und habe auch eine Pistole, wissen Sie, so eine von der Polizei.«

Er musterte mich lange, warf schließlich einen Blick auf meine Wange und sah dann Black an.

Black hatte die Frage erwartet. »Sie kann sich um sich selbst kümmern, José. Mach dir keine Sorgen darum.«

Das war eine Überraschung, und auch noch von ihm, wo er mir doch immer auf die Nerven ging, weil ich mir dauernd irgendwas aufschrammte. Und dann sagte Black: »Vielleicht könnte ich jetzt doch etwas zu trinken habe, José. Und Claire kann ihren Job alleine erledigen.«

»Aber sicher.« José war wirklich zu freundlich.

Einer seiner großen, hässlichen Schlägertypen holte einen nassen Waschlappen, um Carlos das Blut aus dem Gesicht zu waschen, danach verschwand er mit einem freundlichen, zweifingrigen Salut in meine Richtung. Ich wartete, bis die Tür zugefallen war, dann suchte ich an Decke und Wänden nach verborgenen Kameras und Aufnahmegeräten. Ich fand keine, aber ich würde mich bei Rangos trotzdem nicht darauf verlassen, dass wir unsere Ruhe hatten.

»Okay, Carlos. Wie wär's, wenn wir zum Nachmittag sagen, Schwamm drüber, und uns jetzt dem Wesentlichen zuwenden?«

»Okay.« Seine Unterlippe war aufgeplatzt und sah aus, als würde sie sauweh tun. Er drückte den Waschlappen dagegen und sah mich an, als wäre ich eine gut verkleidete Kobra. Alle paar Sekunden huschte sein Blick zur Tür. Er hatte Todesangst, und das aus gutem Grund.

»Ich wusste nicht, dass Sie die Rangos kennen«, begann er.

»Ich kenne die Rangos nicht. Ich hatte bis heute noch nicht mal von ihnen gehört. Ich bin hergekommen, um mit Ihnen über Hilde Swensen zu reden.«

Er richtete sich auf und leckte etwas Blut von seinem Kinn. Er konnte die Blutung nicht stoppen, und seine beiden Augen begannen zuzuschwellen. »Geht es ihr gut? Ich kann sie nirgends erreichen.«

Ich entschied mich, es ihm einfach hinzuhauen. »Hilde ist tot.«

Sein Entsetzen war echt, da war ich sicher. Sein Gesicht wurde unter all den blauen Flecken und dem Blut kalkweiß, wie eine Zwiebel, und er begann am ganzen Körper zu zittern. »Nein, nein, was? Wie?«

»Ich dachte, das könnten Sie mir vielleicht erzählen.«

»Wie, ich? Nein, ich habe mir Riesensorgen um sie gemacht. Sie hat mich nicht angerufen, obwohl sie es mir versprochen hatte, und wir wollten es doch noch einmal miteinander versuchen, wenn sie nach Hause kommt.« Er fing an zu weinen, merkwürdige stille Tränen, die sich ihre Bahn durch das getrocknete Blut auf seinen Wangen bahnten. Dann begann er mit lauten, herzerweichenden Schluchzern und einem tiefen Stöhnen wirklich zu trauern.

Ich sagte nichts und ließ ihn eine Weile vor sich hin heulen. Er hatte einen harten Tag hinter sich. Ich stand auf und zog einen langsamen Kreis im Raum, fand aber immer noch keine versteckten Mikros oder Gucklöcher, und auch keine Zementsäcke und blutigen Kettensägen. Was nicht hieß, dass es keine gab. Hey, ich war ein bisschen paranoid, aber wer könnte mir daraus einen Vorwurf machen?

»Wie ist sie ums Leben gekommen? Ein Autounfall? Sie fährt so schnell, ich habe sie immer gewarnt, vor allem wenn sie etwas getrunken hatte, und am See gibt es all diese Hügel und Klippen …«

Ich horchte auf. »Sie waren am Ozarks-See?«

»Ja, einmal.« Er wischte sich ein paar Tränen und noch etwas Blut mit dem Waschlappen aus dem Gesicht. »Wir haben ihre Schwester besucht. Aber wir sind nicht lange geblieben, weil Brianna mich nicht ausstehen kann.« Er unterbrach sich und biss auf den nassen Waschlappen. Seine nächsten Worte waren gedämpft und schwer zu verstehen. »Sie hat gesagt, ich müsste woanders unterkommen, sie hätte nicht genug Platz für uns beide. Also habe ich mir ein Zimmer in dieser großen Lodge genommen.«

Ich fand und entfaltete einen passenden Gartenstuhl, der offenbar für ein zweites Opfer gedacht war, wenn Leute paarweise hergebeten wurden. Ich überprüfte ihn nach Blutspritzern und andere Körperausscheidungen, bevor ich mich setzte. Da bin ich eigen. Ich sah Vasquez direkt in die geschwollenen, blutunterlaufenen Augen. »Hilde wurde ermordet. Der Mörder hat erst ihre Lippen abgeschnitten und sie dann erstickt.«

Der entsetzte Ausdruck, den sein Gesicht zeigte, war nicht nachzuahmen. »Oh, *dios,* mein Gott im Himmel, wer würde ihr so etwas antun?«

»Genau das will ich wissen. Es war eine ziemlich scheußliche Sache, glauben Sie mir. Wo waren Sie letzten Dienstag und Mittwoch, Carlos?«

»Sie glauben, ich war das? Dass ich ihr so etwas Schreckliches antun könnte? Nein, niemals. Wir haben einander geliebt. Wir wollten wieder zusammenkommen. Ich habe ihr gesagt, ich würde alles tun, was sie will, ich würde so sein, wie sie es sich wünschte.« Sein Schluchzen wandelte sich in untröstliches Heulen und ich musste dem Drang widerstehen, ihm auf die Schulter zu klopfen und ihm zu versichern, es würde schon alles wieder in Ordnung kommen. Denn das würde es nicht, niemals, nicht für ihn, offensichtlich, und auch nicht für Brianna, und ganz sicher nicht für Hilde. Ich ließ ihm etwas Zeit, sich zusammenzureißen. Als er die Tränen mit dem blutigen Waschlappen abzutupfen begann, fragte ich weiter.

»Können Sie nun ein Alibi für diese beiden Tage vorweisen oder nicht?«

»Ja, ich habe an beiden Tagen in meinem Fitnessstudio gearbeitet, den ganzen Tag, und sogar am Dienstagabend, die ganze Woche, genaugenommen. Meine gesamte Kundenliste kann das bezeugen.«

»Wie gestaltet sich Ihr Verhältnis zu Mr Rangos?«

Es war keine präzise Frage, und es konnte auch keine sein. Ich wusste, dass er ein Polizeispitzel war, aber er wusste nicht, dass ich das wusste. Er schaute ängstlich zur Tür. »Ich bin ein kleines Licht. Ich wasche etwas Geld für sie, verkaufe ein bisschen Koks im Club, sonst nichts. Ich schwöre es. Sie können sie fragen. Sie hatten nichts gegen mich, sie haben keinen Killer auf mich angesetzt, sonst wäre ich schon tot. Sie hätten mich wahrscheinlich nicht so in die Mangel genommen, wenn ich Sie heute nicht angegriffen hätte.«

»Warum sind Sie auf mich losgegangen?«

»Ich hatte Angst. Es heißt, dass irgendjemand mich tot sehen will. Ich dachte, jemand hätte Sie geschickt, um mich umzulegen.«

Dieser Jemand wäre dann Rangos. Und gehört hatte er das nicht auf der Straße, sondern direkt beim Miami PD, von Ortega, um genau zu sein. Er dachte vielleicht, alles wäre ganz prima und die Sache mit Rangos und seinen Schlägern würde nun auch super enden, weil er eben noch nicht tot war. Aber ich war da nicht so sicher. Wenn sie je herausfanden, dass er mit der Polizei geredet hatte, ganz zu schweigen von seinen Spitzeleien, dann würde er Betoneimer in seiner Schuhgröße anhaben, bevor er zweimal zwinkern konnte.

»Sie spielen ein gefährliches Spiel, Carlos«, sagte ich sehr leise. »Es könnte Sie das Leben kosten.«

Er tupfte noch etwas mehr Blut ab und nickte. Aber sein Blick war wachsam und vorsichtig.

»Die haben mir eine Menge Fragen gestellt, warum Sie bei Hilde herumgeschnüffelt haben, wo sie war, was mit ihr passiert ist. Sie wollten wissen, was ich über Ihren Fall weiß und was Hilde damit zu tun hat. Aber ich wusste nichts. Ich wusste nicht einmal, dass sie tot ist.«

Carlos drückte sein Gesicht in den Waschlappen und weinte wie ein Baby.

Aber diese kleine Information fand ich hochinteressant. Vielleicht teilten die Rangos unsere Theorie, dass Hildes Tod in Verbindung zu dem Mord an Esteban Rangos stand, aber woher sollten sie wissen, dass Hilde tot war, ganz zu schweigen von der schrecklichen Verstümmelung des Opfers? Ortega war der Einzige, dem ich es erzählt hatte, und er hatte sicher zumindest seinen Chief darüber in Kenntnis gesetzt, aber Gerüchte breiteten sich in den Fluren von Polizeiwachen aus wie Waldbrände. Die Rangos hätten bestimmt einen schmutzigen MPD-Bullen auf der Gehaltsliste. Vielleicht hatte ihnen auch ihr schmieriger Anwalt irgendwie die Information besorgt? Oder Black hatte es erzählt – der wusste alles von mir. Nein, auf keinen Fall. Das konnte ich gleich wieder streichen, es war lächerlich. Er bestand vielleicht darauf, dass wir dann und wann seinen Lieblingspatenonkel besuchten, aber er würde niemals die Details eines meiner Fälle verraten. Auf keinen Fall. Darauf würde ich mein Leben wetten. Aber fragen würde ich ihn trotzdem.

»Okay, wir werden rüber in den Ocean Club gehen und die Leute fragen, von denen Sie sagen, dass sie Ihr Alibi bezeugen können. Haben Sie damit ein Problem?«

Er schüttelte den Kopf und ich wusste, dass er einfach nur froh war, dass jemand ihn aus dieser Garage/Folterkammer rausholte. »Fällt Ihnen irgendjemand anders ein, der Hilde vielleicht ermorden wollte?«

Er begann wieder zu weinen und tat mir fast leid, bis ich mich daran erinnerte, dass Brianna hatte mit ansehen müssen, wie er Hilde behandelte. Psychopathische Mörder gaben gute Trauernde, wenn Tränen gefragt waren.

»Eine Menge der anderen Mädchen waren eifersüchtig auf

sie, und viele Männer wollten sie, das hat mich ja so verrückt gemacht. Überall, wo sie hinging, hingen sie um uns herum und versuchten, sie auf sich aufmerksam zu machen. Einige von ihnen waren echte Freaks, Perverse. Vor allem einer.«

»Wer war das?«

»Ich kenne ihn nicht. Ich habe ihn bloß einmal mit ihr erwischt, und sie hat gesagt, er sei ein Verwandter.«

»Ist Ihre Eifersucht der Grund für Ihre Trennung gewesen?«

»Ja. Sie ist ausgezogen, hoch an die Küste, wo sie mir nicht begegnen würde.«

»Und ist mit anderen Männern ausgegangen?«

»Ja, das hat mich fast umgebracht. Ich liebe sie, ich schwöre es.«

»Vielleicht haben Sie sich gedacht: Wenn Sie sie nicht haben können, soll niemand sie haben. Oder?«

»Nein, *dios,* bitte glauben Sie mir, ich habe sie vermisst. Ich habe Scheiße gebaut, ich habe ihr ein paar Mal wehgetan, als ich betrunken war, ich habe sie etwas herumgestoßen, aber das ist vorbei. Ich wollte es einfach nur wieder so haben, wie es war.«

Ich war nicht sicher, ob ich viel von dem glaubte, was er mir erzählte. Er hatte in Hildes Strandhaus ziemlich heftig nach mir geschlagen. Das leise, offenbar gegen Excedrin resistente Pochen in meinem Schädel zeugte davon. Und er war nicht unbedingt vertrauenswürdig. Sehr üble Gangstertypen hatten ihre Zweifel an ihm.

»Eines noch, Hildes Schwester hat gesagt, Hilde sei eine Weile von einem Stalker verfolgt worden. Sie hat gesagt, das wäre gewesen, kurz bevor Sie beide zusammenkamen. Wissen Sie etwas darüber?«

Sein Blick huschte zur Seite. Oh, ja. Er wusste etwas darüber. Mal sehen, ob er mich anlügen würde.

»Okay, das war ich. Ich wollte mit ihr ausgehen. Das ist alles. Und ich dachte, ich mache ihr ein paar hübsche Geschenke und lade sie dann ein und erzähle ihr, dass ich es war.«

»Keine gute Idee, Vasquez. Sie haben ihr Angst gemacht.«

»Ich weiß. Deswegen habe ich ja auch aufgehört. Ich habe sie einfach geradeheraus gefragt, ob sie mit mir ausgehen will, und sie hat ja gesagt.« Er legte die Hände vor das Gesicht und weinte einen weiteren Trog voll echter Tränen. Vielleicht aus Liebe zu Hilde, wie er mich glauben machen wollte, oder vielleicht auch, weil Rangos' Henker ihn zu Mus geschlagen hatten. Ich musste nur rausfinden, was von beidem nun richtig war.

»Okay, Carlos, jetzt muss ich Sie nur noch lebend hier rausschaffen. Kommen Sie einfach mit mir mit, tun Sie genau, was ich sage, und machen Sie nichts Dummes, okay?«

Black und José nahmen ihre Drinks auf der Terrasse. Alles ganz zivilisiert und nobel. Sie erhoben sich beide höchst höflich, als ich den blutenden Carlos anschleppte. Was für Gentlemen, wirklich.

»Wir fahren zum Ocean Club und überprüfen Vasquez' Alibi, und dann bringe ich ihn zum Miami PD und beende mein Verhör mit ihm dort.«

Schweigen. Ich beschreibe es nur ungern als Totenstille, aber das war es. Überall standen die Bodyguards ein bisschen gerader, Finger spannten sich um Maschinengewehre, Schaufeln wurden in die Kofferräume von Pkws geworfen, alle guckten entgeistert.

Black, der immer schön ruhig bleiben konnte, sagte: »Wir würden es als eine große Gefälligkeit ansehen, wenn du ihn uns überlassen würdest, José.«

Gefälligkeit, ja? Aber ich war klug genug, einfach den Mund zu halten. Black war besser darin, die verletzten Gefühle mörderischer, empfindlicher Obergauner zu berücksichtigen als ich. O ja.

»Aber natürlich, Nicky. Was immer Claire und du für das Beste halten.«

Carlos sackte erleichtert in sich zusammen. Ich glaube, er hatte den Atem angehalten.

José sagte: »Felipe wird natürlich bei euch bleiben, aber möchtet ihr noch ein paar Männer für unterwegs haben, nur um sicherzustellen, dass er keinen Ärger macht?«

Klar, genauso gerne wie zwei Löcher im Kopf. »Nein, Sir, Mr Rangos, ich komme mit ihm klar. Ich bin darin ausgebildet, Verbrecher auf die Wache zu schaffen.« Wieder lächelte ich freundlich. Ja, das kann ich, wenn es sein muss, selten natürlich, aber es ist möglich. »Ich glaube, er hat seine Lektion gelernt, was passiert, wenn man Gesetzeshüter aus anderen Bundesstaaten angreift.«

José Rangos lachte fröhlich, ich amüsierte ihn köstlich, vermutete ich. »Ich hoffe, Sie werden uns bald wieder mit Nicky besuchen, und erweisen Sie mir dann bitte die Ehre, als meine Gäste hier auf meinem Grundstück zu residieren. Es wäre wirklich ein großes Privileg für mich.«

Das hatte ich mir schon immer gewünscht, einen Urlaub in einem Haus mit einer praktischen inquisitionsmäßigen Folterkammer in der Garage. »Das klingt wundervoll.« Manchmal lüge selbst ich.

Wir gingen. Ich muss nicht betonen, dass das Gespräch auf dem Weg zum Ocean Club wortlos ausfiel. Wir drei hatten nur wenig, worüber wir hätten plaudern können. Und auch der kleine Fuchs Felipe schien jetzt wie auf den Mund gefallen, aber dafür konnte er sicher super mit Garotten und Schlagringen umgehen. Es stellte sich heraus, dass Carlos' Alibi höchst solide war. Er konnte nicht nach Missouri und zurück geflogen sein, nicht wenn zwanzig Zeugen das Gegenteil behaupteten, deren Bauchmuskeln noch immer von den Crunches und Ausfallschritten, zu denen er sie gezwungen hatte, schmerzten. Ich entschied mich, ihn nicht mit zur Polizei Miami zu nehmen, da die meisten Undercover-Spitzel nicht sonderlich gern mit den Bullen rumhängen, für die sie arbeiten, also ließ ich ihn einfach im Ocean Club laufen, so konnte er seine Wunden lecken, und das meine ich durchaus wörtlich.

Es war deutlich nach Mitternacht, als wir zurück zum Hotel

Imperial fuhren, in unser superluxuriöses Penthouse, und ich versuchte nicht zu bemerken, wie kumpelhaft Black mit Felipe, unserem Bodyguard/Auftragsmörder/Chauffeur, umging. Ich hatte keine gute Laune. Genau genommen war meine Stimmung so düster, wie es nur ging. Und ich meine wirklich tiefschwarz wie Teer. Mir gefielen weder Blacks Unterweltfreunde noch zu ihnen nach Hause gebeten zu werden, um Polizeispitzel retten zu müssen. Im Penthouse überraschte mich Black mit einem tollen Mitternachts-Dinner samt Kerzen und Champagner und Hummer und Kaviar und Rosen, die ultimative Romantik.

Lächelnd sagte er: »Ich dachte, wir würden früher zurückkommen, aber sie haben das Essen für uns warmgehalten.«

»Ich bin nicht besonders hungrig.« Meine Ablehnung klang eher, als wäre ich für den Rest der Ewigkeit allergisch gegen Essen.

Black ignorierte meinen unfreundlichen Ton. »Du solltest vermutlich trotzdem versuchen, etwas zu essen. Ich gehe davon aus, du hast den ganzen Tag keinen Bissen zu dir genommen.«

Hatte ich auch nicht, aber na und? Ich war sauer. Aber er hatte sich eine Menge Mühe gegeben und ich versuchte mich genug abzuregen, um so zu tun, als könnte ich seine Überraschung genießen. Überraschungen, Überraschungen, ich hasste Überraschungen, und er wusste das genau. Der Tisch stand draußen auf dem Balkon, mit Blick aufs Meer, und überall Vanillekerzen, ganz sinnlich und verträumt. Ich war bloß leider überhaupt nicht in der Stimmung für belangloses Geplauder oder einen Ausflug in das große Bett hinter dem weißen Leinenvorhang, der sich in der leichten Meeresbrise bewegte.

Ich aß ein wenig. Black aß, als gäbe es kein Morgen. Ihn störte mein Schweigen nicht, und das störte mich noch mehr.

»Geht es dir gut?«, fragte er nach etwa fünfzehn Minuten Schweigen.

»Bestens.«

Weitere zehn Minuten vergingen, dann reichte es mir damit, herumzusitzen und nichts zu tun.

»Ich sehe eine Akte durch. Danke fürs Essen.«

Ich erhob mich und ging ins Wohnzimmer. Dort griff ich mir die Unterlagen über den Mord an Esteban Rangos und setzte mich in einen der Sessel vor dem Couchtisch. Black folgte mir, schenkte sich an der Bar einen Drink ein, nahm einen Roman aus dem Bücherregal und machte es sich in einem braunen Ledersessel in der Nähe bequem. Er begann zu lesen.

Wahrscheinlich *Der Pate* oder die wahre Lebensgeschichte von Donnie Brasco. Ihn schien es nicht weiter zu stören, dass ich ihm die kalte Schulter zeigte. Eisige Schulter, genau genommen. Dasselbe war schon einmal geschehen, als ich gezwungen gewesen war, mich mit seinen Unterweltkumpels einzulassen, und ich vergegenwärtigte mir, dass immerhin mein Gespräch mit Vasquez aufgrund von Blacks unglückseliger Verbindung zu Rangos zustande gekommen war. Aber ich war immer noch sauer und mir war auch nicht danach, es zu verbergen.

Die Zeit verging stumm. Das Zimmer war bald so frostig wie ein sibirischer Weihnachtsmorgen. Es wurde immer kälter und ich tastete an meiner Nasenspitze nach Eiszapfen, während Black ungerührt dasaß und sich in seinem Buch verlor. Ich versuchte zu sehen, was er las. Einen Michael Connelly, aber ich konnte den Titel nicht ausmachen. Ich war gar nicht glücklich, und je länger ich darüber nachdachte, dass Black mich zu einem Besuch bei Mr Miami Scarface gezwungen hatte, desto zorniger wurde ich auf ihn.

Ich starrte den Bericht an, der die Umstände beschrieb, unter denen Esteban Rangos' Leiche gefunden worden war. Jemand, der eines Morgens fischen gegangen war, hatte den Kadaver mit dem Gesicht nach oben schwimmen sehen, er hatte sich in irgendwelchen Unterwassergewächsen verfangen. Ich versuchte darauf zu achten, was ich las, und überlegte, ob ich Black fragen sollte, ob er etwas über den scheußlichen Tod dieses Jungen wusste, tat es dann aber doch nicht. Aus irgendeinem Grunde störte das wütende Hexenfeuer in meinem Schädel meine Konzentration, aber am Ende gelang es mir, darauf zu kommen, was mich am meisten störte. Ich fühlte mich verraten.

Black hätte mir von seinen faulen Verbindungen in Miami erzählen sollen, bevor ich den Flug mit ihm hier herunter akzeptierte. Ich hatte klar gemacht, dass ich nicht mit der Welt seines Bruders in Kontakt kommen dürfte. Ich hatte diese Verbindungen einmal übersehen, als wir einander kennenlernten, aber jetzt steckten wir schon wieder mit einem Haufen grinsender, hilfreicher Paten direkt mitten in einer meiner Ermittlungen.

»Willst du mir erzählen, was dich beschäftigt?«

Ich sah auf. Black betrachtete mich in aller Ruhe, dann nahm er einen Schluck von seinem Chivas. Wahrscheinlich hatte er einen langweiligen Teil des Buches erreicht. Er saß da, entspannt und zuversichtlich, das Whiskey-Glas auf dem über Kreuz gelegten Knie, wie es seine Angewohnheit war. Er starrte mich direkt an und lächelte, mit Grübchen und sehr sexy. Ich gab mir Mühe, nicht aufzuspringen und ihn zu erwürgen. Das hier war eine ernste Sache, ich konnte das nicht tolerieren, und zur Abwechslung war das auch mal etwas, was wir nicht lösen konnten, indem wir vögeln gingen.

»Ich mag es gar nicht, derart überrumpelt zu werden. Ich habe dir gesagt, dass ich nicht im Entferntesten in Verbindung mit den Geschäften deines Bruders oder irgendwelcher anderer Krimineller gebracht werden darf. Ich dachte, das wäre klar genug gewesen.«

Black sah mir ruhig wie eine narkotisierte Katze in die Augen. »Ich verstehe das und es tut mir leid, was geschehen ist. Aber diese Leute sind für mich wie meine Familie, vor allem José. Und du wusstest fast von Anfang an, womit mein Bruder sich beschäftigt. Das war zwischen uns nie ein Geheimnis.«

»Aber du hast mir nicht davon erzählt, bevor wir in Miami gelandet sind. Ich darf mich nicht mit solchen Leuten einlassen, nicht während ich diese Marke trage. Niemals.«

Blacks Stimme blieb ruhig. »Ich bin kein Krimineller, Claire. Ich habe hart für alles gearbeitet, was ich besitze. Ich war nie ein Teil von Jacques' Geschäften und bin auch kein Teil von Josés. Ich habe all das mit achtzehn hinter mir gelassen, als ich zur Armee gegangen bin, und seit diesem Tag hatte ich nicht mehr damit zu tun. Sie haben meine Entscheidung akzeptiert und respektiert. Ich besuche sie dann und wann, weil sie meine Familie sind, das ist alles. Jacques ist mein Bruder, und ich liebe ihn. José ist mein Patenonkel, und auch er liegt mir am Herzen. Ich habe sie nie gebeten, mir irgendwelche Gefälligkeiten zu erweisen, und sie haben mich auch nicht gebeten, für Sie irgendetwas zu riskieren. Es tut mir leid, wenn das eine unglückliche Situation für dich ist, aber ich werde keinen von ihnen im Regen stehen lassen. Weder für dich noch für sonst jemand.«

»Noch eine Sache, Black, du hast nicht zufällig José erzählt, wie Hilde verstümmelt wurde, oder?«

Augenblicklich runzelte Black die Stirn und wurde wütend. »Teufel, nein. Du solltest es besser wissen.«

»Ich wollte bloß sicher gehen.«

»Du weißt, dass du mir vertrauen kannst.«

Das wusste ich, und ich schämte mich, ihm den Vorwurf gemacht zu haben, aber ich sagte nichts, sondern widmete mich einfach wieder dem Polizeibericht über Esteban Rangos. Ich umklammerte die Seiten, konnte mich aber nicht ausreichend konzentrieren, um sie zu lesen. Ich wollte im Moment über nichts davon reden, denn ich war ziemlich sicher, das würde zu keinem guten Ende führen. Aber es war nun einmal so, dass er hätte mich nie hätte bitten sollen, ihn zu Rangos zu begleiten, und schon gar nicht hätte er mich einfach mitnehmen sollen. Inzwischen wusste wahrscheinlich jeder Bulle in der Stadt, dass ich mich mit ihrem Obergauner angefreundet hatte.

Black aber war noch nicht bereit, das Thema fallen zu lassen. »Ich will darüber genauso wenig diskutieren wie du, Claire, aber es wird uns nichts helfen, es zu ignorieren in der Hoffnung, dass die Sache sich von allein erledigt.«

»Ich ignoriere gar nichts. Soweit ich sehen kann, haben wir ein Riesenproblem. Und ehrlich gesagt bin ich nicht sicher, ob wir es überstehen können.«

Blacks azurblauer Blick hielt meinem stand, intensiv, ohne zu zwinkern, aber auch fragend. Okay, jetzt hörte er mir aufmerksam zu, na wunderbar. Und nun? Black stellte sorgsam seinen Drink auf den Tisch neben sich. Ich konnte sehen, wie wütend er war. Er zeigte seine Gefühle nicht, aber er spannte immer seinen Unterkiefer an, wenn er wütend wurde, und die Muskelspannung jetzt würde ausreichen, um seine Backenzähne bis aufs Zahnfleisch plattzumachen. Er erhob sich und seine Bewegungen wurden ganz langsam, bedächtig, tödlich. Auch das war seine Art, wenn er sauer war. Angespannt und bereit – wie ein Panther.

»Vielleicht ist es nicht meine Familie, die dich wirklich stört, Claire. Vielleicht ist es die Tatsache, dass wir schon eine Weile zusammen sind. Vielleicht weißt du, dass es an der Zeit wäre, dass du dir überlegst, wo du stehst, oder wir gehen besser getrennte Wege. Vielleicht willst du dich einfach nur diesem kleinen Problem nicht stellen.«

Ich runzelte die Stirn. Diesen Themenwechsel fand ich blöd. Was hatte es mit den Rangos zu tun? »Ich habe dir nie irgendwas versprochen, Black.«

»Ja. Und genau das könnte das Problem sein.«

Mir gefiel überhaupt nicht, wohin das jetzt führte. Im einen Augenblick sprachen wir über seine Familie, dann plötzlich stand alles auf dem Spiel. »Hör mal, lass uns ein andermal darüber reden. Ich muss diese Akte lesen und herauskriegen, ob ich eine Spur finde. Unsere persönliche Beziehung wird warten müssen.«

Black nickte. »Siehst du, und ich weiß genau, wo deine

Prioritäten liegen. Du hattest in der Vergangenheit nicht viel Privatleben, und jetzt sieht es für mich so aus, als hättest du das Gefühl, eines zu haben, würde dich ganz schön einengen.«

»Kannst du bitte mal mit diesem Analysedreck aufhören?«

»Nein, denn ich finde, es ist Zeit, dass wir dieses Gespräch führen. Ich habe selbst ein paar Dinge, die mir nicht gefallen, und es ist an der Zeit, sie auf den Tisch zu bringen.«

Das überraschte mich, ja, normalerweise hatte er an mir nicht viel herumzumeckern. Ich sah ihn an, ich war nicht sicher, was jetzt kam, und wollte es nicht unbedingt zu hören kriegen. Wir hatten, seit wir zusammen waren, nur selten gestritten, aber ich hatte das Gefühl, jetzt würde es richtig losgehen, o ja. »Okay, Black, wie du willst. Ich zuerst. Es gefällt mir gar nicht, dass du mich als eingeschworene Gesetzeshüterin zu Treffen mit stadtbekannten Kriminellen schleppst. Nervt's schon? Du bist dran.«

»Erstens nervt es mich, dass du manchmal einfach losmarschierst, ohne auf Verstärkung zu warten, und dabei fast draufgehst. Ja, das nervt mich allerdings. Zweitens nervt mich, dass du Risiken eingehst, die du nicht eingehen solltest, du bist einfach wahnsinnig unvorsichtig, und eines Tages wirst du kein Glück mehr haben und dabei draufgehen. Das will ich aber nicht. Und es gefällt mir nicht, mich vor dem Anruf zu fürchten, dass ich dich im Leichenschauhaus abholen kann.«

Ich lachte, und: Ja, das klang garantiert total verächtlich. »Also wirklich, Black. Ich bin Polizistin. Ich habe einen gefährlichen Job und bin verdammt gut darin. Wenn du eine Hausfrau suchst, die dir Chocolate Chip Cookies backt und deine tollen Seidenhemden bügelt, dann bin ich sicher, die Frauen werden von hier bis Alaska anstehen, um dir die Ehre zu erweisen.«

Nach diesem Ausbruch wurde Black ganz still und wechselte mit voller Intensität in seine Therapeutenrolle. »Was willst du damit wirklich sagen?«

Ich sprang auf, ich war stinksauer. »Ich will genau das sagen, was ich sage, und wenn du mir mal einen Augenblick zuhören würdest, statt jedes gottverdammte Wort, dass ich sage, gleich zu analysieren, würdest du mich vielleicht sogar hören können.«

Mann, das traf ihn. Blacks Kiefer arbeitete unter seiner gebräunten Haut, aber er behielt sich definitiv stählern unter Kontrolle. Er behielt sich immer unter Kontrolle. »Okay, dann frage ich dich offen, damit wir beide wissen, wo wir stehen. Ich will eine Ansage von dir, Claire. Ich habe es satt, immer zu dir nach Hause zu kommen, wenn du mit den Fingern schnipst. Ich will, dass du bei mir einziehst, damit wir zumindest einen Hauch von normalem Leben haben und ein wenig Zeit miteinander verbringen können, wie ein normales Paar. Ich habe immer wieder meine Pläne geändert und meine Arbeit vernachlässigt, um es dir recht zu machen. Aber wann hast du dasselbe mal für mich getan? Ich will keine beiläufige Affäre mehr mit dir. Ich will mehr als das. Aber was willst du?«

Ich wusste nicht, was ich sagen sollte. Ich wusste auch nicht, was ich tun sollte. Ich wusste nicht, was ich wollte. Das Gespräch gefiel mir gar nicht und ich wollte ganz sicher nicht irgendwelche Ansagen machen. Ich wollte eine ganze Menge *nicht.* Ich wich seinem gnadenlosen Blick aus. »Mir gefällt es, so wie es jetzt ist.«

»Meinst du?!«

Ich wandte mich um und sah ihn an. Auch ich konnte ruhig bleiben. »Wieso reden wir eigentlich plötzlich darüber, was dir nicht passt? Es gefällt mir ganz und gar nicht, wenn deine Freunde meine professionelle Integrität beschädigen. Darum geht es hier und jetzt, und das solltest du begreifen. Das hat nichts mit irgendwelchen Ansagen zu tun. Ich war mit niemand anders zusammen, seit wir uns getroffen haben, und ich habe es auch nicht vor. Ich will es gar nicht.«

»Tja, ich will mehr als das. Du musst dich entscheiden, ob du das auch willst.«

»Ich brauche Raum zum Atmen. Ich werde nicht gern erdrückt.«

»Hast du das Gefühl, das tue ich? Dich erdrücken?«

Ich wollte es nicht sagen, aber manchmal fühlte ich mich so, so unschön es klang. »Manchmal. Ja.«

Wieder ein Gefecht der Blicke. Angespannte Kiefer. Black war nicht in der Stimmung, nachzugeben.

Und ich auch nicht.

»Ich will wissen, wo wir stehen, und zwar jetzt. Ich will, dass du bei mir einziehst, wo ich weiß, dass du in Sicherheit bist, wenn ich nicht da bin.«

»Ich kann mich um mich selbst kümmern.«

»Meine Güte, Claire, wie oft warst du im Krankenhaus, seit ich dich kennengelernt habe?«

»Ich habe gesagt, ich kann mich um mich selbst kümmern. Ich atme noch, oder? Wenn du so unglücklich damit bist, wie es ist, dann sollten wir vielleicht eine Weile getrennter Wege gehen. Vielleicht gefällt dir das ja besser.«

Mein Ultimatum hing in der Luft und ich bereute, es ausgesprochen zu haben, noch bevor die Worte verklungen waren, aber ich schien auch nicht in der Lage zu sein, sie zurückzunehmen. Ich wartete, ich war wütend darauf, dass er all das erzwungen hatte, obwohl es gerade völlig unnötig war, aber irgendwie war ich auch erleichtert, dass es nun so weit gekommen war.

»Willst du das wirklich? Dich trennen?«

»Jetzt komm schon, Black. Du weißt genau, was ich für dich empfinde, aber ich bin nicht so weit, bei dir einzuziehen. Ich mag mein Haus. Ich mag meine Privatsphäre, Ruhe und Frieden, und bei dir gibt es so etwas nicht, weil deine Angestellten immer herumlungern wie eine verdammte Gefolgschaft.«

Zuerst sagte Black nichts. Und zwar ziemlich eloquent. Dann nickte er. »Okay, bitte. Vielleicht wird eine kurze Pause voneinander uns helfen, die Dinge klarer zu sehen.«

Black wandte sich ab und ging durch den Flur in das Schlafzimmer. Er schloss die Tür und ein paar Minuten später konnte ich leise seine Stimme hören. Er telefonierte. Wahrscheinlich rief er Felipe an, damit der mich umlegen sollte. Ich setzte mich hin und starrte die Akte vor mir an, ich war nicht sicher, wie ich mich fühlte. Entgeistert vielleicht, wie schnell das eben alles gegangen war. Ein bisschen im Stich gelassen vermutlich auch. Aber ich wusste, was ich zu tun hatte. Ich musste Black eine Weile vergessen und über Hildes Mord nachdenken, bevor der Killer wieder zuschlug. Mein Job musste im Moment Priorität haben, und vielleicht würde etwas Abstand zwischen Black und mir dem Fall neuen Schwung geben. Außerdem gefielen mir Erpressungen genauso wenig wie ihm.

Das ging auch eine Weile ganz prima. Ich dachte immer wieder an ihn in dem anderen Zimmer, er schmollte natürlich, aber ich zwang mich jedes Mal, weiter über den Fall nachzudenken. Als ich mich endlich auf den Bericht des leitenden Detectives über die Ermittlungen in Sachen Esteban Rangos konzentrieren konnte, stellte ich fest, dass sie nicht viel herausbekommen hatten.

Ohne die Kooperation der Familie Rangos war es von Anfang an ein ziemlich schwieriges Unterfangen gewesen. Die Spurensicherung hatte natürlich auch nichts gefunden, nicht nach so langer Zeit im Wasser.

Mein Telefon begann zu klingeln und ich warf einen Blick auf die Uhr über dem Kamin. Es war fast drei Uhr nachts. Das konnte nichts Gutes sein

»Ja, hier ist Morgan.«

»Ich bin's. Ortega.«

Ich versuchte eilig, mir zu überlegen, wie ich ihm beibringen könnte, dass ich bereits mit Carlos Vasquez gesprochen hatte, ohne dass Ortega vom MPD mich begleitet hatte, wie wir es vereinbart hatten. Also sagte ich: »Sie haben Vasquez gefunden, schätze ich.«

»Ja, ich habe ihn gefunden. Jemand hat ihn angegriffen und am Schluss zurückgelassen, weil er dachte, er wäre schon tot.«

Ich bin selten sprachlos. Aber diesmal war ich es.

Black musste das Klingeln meines Telefons gehört haben, denn er kam ins Zimmer, sah den Ausdruck auf meinem Gesicht und fragte: »Was ist jetzt?«

Ich sagte zu Ortega: »Er ist nicht tot?«

»Noch nicht. Aber sein Zustand ist kritisch. Ich habe ihn in seiner Wohnung gefunden.«

»Wer ist nicht tot?«, fragte Black. Er runzelte die Stirn, weil ich ihn ignorierte.

»Sind Sie sicher, dass es Vasquez ist?«, fragte ich Ortega.

»O ja. Ich habe Sie angerufen, weil ich dachte, Sie würden vielleicht wissen wollen, dass jemand ihn zusammengeschlagen, gefesselt, und dann seine Lippen abgeschnitten hat.«

»Oh, mein Gott. Wie bei den anderen beiden?«

»Ja. Ich muss ziemlich kurz nach der Tat aufgekreuzt sein. Er blutete wie Sau aus dem Mund und kam gerade zu sich. Ich hatte die Sanitäter in fünf Minuten vor Ort. Sie haben die Lippen gefunden, es ist kaum zu glauben, und die Ärzte haben sie wieder angenäht, aber er hat so viel Blut verloren, dass es ihm nicht sonderlich gut geht. Der Arzt hat gesagt, vielleicht könnte er etwas reden, wenn er wieder zu sich kommt, also dachte ich, Sie würden vielleicht herkommen und ihm ein paar Fragen stellen wollen.«

»Wo sind Sie?«

»Ich stehe in meinem Jeep vor Ihrem Hotel.«

»Ich bin gleich da.«

Ich klappte das Handy zu und sah Black an. »Jemand hat versucht, heute Nacht Vasquez zu ermorden, indem er ihm die Lippen abschnitt und ihn zurückließ, um zu verbluten. Vielleicht war das sogar dein Freund Felipe. So viel zu den Ehrenwörtern deines sogenannten Patenonkels.«

»Wenn José mir sagt, er würde ihn nicht umbringen, dann hatte er nichts damit zu tun. Er hat mich noch nie angelogen.«

»Ja, klar. Er ist ein echter Billy Graham, was? Egal, ich brauche jetzt weit mehr als dein Wort, um Rangos zu trauen.«

Ich nahm meine Handtasche und lief zur Tür.

»Wo willst du hin?«

»Ortega wartet draußen. Wir fahren ins Krankenhaus, mal sehen, ob Vasquez den Angreifer identifizieren kann.«

»Ich komme mit.«

»Bestimmt nicht. Und ich weiß nicht, wann ich zurück bin. Wenn du nach Hause fliegen musst, bitte. Ich kann einen regulären Flug aus Miami nehmen.«

»Ich warte.«

»Flieg zurück und kümmere dich um den Wettbewerb. Du musst nicht noch mehr in diese Carlos-Vasquez-Sache verwickelt werden, als du schon bist.«

»Ich habe mit Carlos nichts zu tun, abgesehen davon, vorhin neben dir gestanden zu haben. Und wie ich schon sagte, ich werde auf dich warten. Hier. Wir fliegen nach Hause, wenn du fertig bist.«

Dabei beließen wir es und ich knirschte frustriert mit den Zähnen, während ich mit dem Fahrstuhl nach unten fuhr. Rangos war natürlich meine erste Wahl als Verdächtiger, aber warum sollte er Vasquez die Lippen abschneiden lassen? Ich hatte keine Verbindung zwischen Rangos und Hilde finden können, abgesehen davon, dass sie mit Vasquez ausgegangen war, aber Vasquez hatte gesagt, sie hätten ihn nach ihr befragt. Oder vielleicht wollte irgendein anderes Gangstersyndikat sich irgendwie rächen? Die Rangos hatten diese kleine Ohrläppchen-Geschichte, vielleicht nahmen ihre Konkurrenten die Lippen. Trotzdem passte das alles nicht zusammen. Und warum brachte der Täter Carlos Vasquez nicht einfach um und hatte es hinter sich? Sie hatten ja auch die beiden anderen Opfer nicht am Leben gelassen, um den Angreifer preiszugeben. Ich hoffte bloß, dass Carlos nicht seinen Verletzungen erlag, bevor ich mit ihm sprechen konnte.

Vasquez war, als Ortega und ich das Krankenhaus erreichten, aus dem Aufwachraum raus und auf der Intensivstation. Der Chirurg traf sich mit uns in der Schwingtür zur Intensivstation und erteilte uns zögerlich die Erlaubnis, hineinzugehen und ein paar Fragen zu stellen, aber nur, wenn er persönlich dabei sein durfte. Wir folgten ihm hinein und gingen an mehreren verglasten Bereichen vorbei, in denen sehr kranke Patienten litten und stöhnten. Vasquez lag im Bett, angeschlossen an alle möglichen Bildschirme und Schläuche. Sie gaben ihm Blut. Ich dachte an Bud, und wie er ausgesehen hatte, als er fast draufgegangen war, an Harve in seinem Krankenhausbett, an eine Menge Leute, die es gerade eben geschafft hatten, und dann schob ich diese Gedanken aus meinem Kopf und konzentrierte mich auf die Aufgabe, die vor mir lag.

Carlos Vasquez war kein schöner Anblick. Der Chirurg hatte seine Lippen wieder angenäht, doch sie waren geschwollen und lila und sahen schrecklich aus. Aber er atmete. Das ist mehr als man von Hilde sagen konnte. Er war halb bei Bewusstsein und schwer auf Drogen, aber der Arzt sagte, er könnte mich verstehen, wenn ich mit ihm sprach. Er sagte, ich sollte Vasquez nicken oder mit dem Kopf schütteln lassen, statt zu reden. Ich beugte mich dicht an sein Gesicht und konnte das Desinfektionsmittel und seinen stinkigen Atem riechen. Sein zusammengeflickter Mund war mit einer glänzenden vaselineartigen Creme bedeckt.

»Carlos? Können Sie mich hören?«

Vasquez öffnete die Augen und starrte glasig hoch in mein Gesicht. Ich konnte sehen, dass er schreckliche Schmerzen litt.

»Nicken Sie, wenn Sie mich hören können, Carlos.«

Er nickte ein wenig und Ortega und ich sahen einander an. Vielleicht würden wir Glück haben, gleich jetzt.

»Wissen Sie, wer ich bin?«

Wieder nickte er.

»Können Sie mir sagen, wer Ihnen das angetan hat?«

Er rührte sich nicht und schloss die Augen.

»War es ein Rangos-Auftrag, Carlos?«

Er schüttelte den Kopf und ich stieß erleichtert den Atem aus. Black hatte recht gehabt, Gott sei Dank.

»Haben Sie gesehen, wer es war?«

Er schüttelte den Kopf und versuchte zu sprechen, die Worte waren undeutlich und verschwommen. »Angesprungen … dunkel …«

»Woher wissen Sie, dass es nicht Rangos war?«

»Stimme … die Stimme …«

Ortega sagte: »Nennen Sie uns seinen Namen, Vasquez. Wir kriegen ihn.«

Vasquez schüttelte den Kopf ein wenig. Er versuchte seine blutunterlaufenen, geschwollenen Lippen zu lecken. Er fuhr mit seiner Zunge über die großen schwarzen Stiche, als wären sie fremde Gegenstände, die er nicht erkannte. Ich schaute auf seinen Herzmonitor. Sein Puls stieg schnell in die Höhe, der Arzt schaute ebenfalls auf den Bildschirm und runzelte die Stirn. Er würde uns nicht mehr viel Zeit genehmigen. Ich musste noch etwas aus Vasquez herausholen.

»Versuchen Sie uns zu sagen, wessen Stimme es war. Wissen Sie seinen Namen nicht? Woher kennen Sie ihn dann?«

»Hilde ...«, hauchte er.

»Es war ein Mann? Ein Freund von ihr?«

Er nickte und dann bewegten sich seine Lippen erneut. »Er … ängstigte … sie … er.«

»Ist er ein Exfreund?«

Seine Augen waren geschlossen, aber er zuckte mit den Achseln.

»Hat er etwas gesagt? Hat er mit Ihnen gesprochen, während er Ihnen das angetan hat?«

Carlos zuckte ein wenig, nickte leicht, wirkte aber vor allem aufgeregt und ängstlich. Der Arzt legte seine Hand auf meine Schulter und versuchte mich wegzuziehen.

»Detective, Sie müssen jetzt gehen. Sie gefährden seine Genesung.«

»Bitte, Doktor, nur noch ein paar Minuten. Es ist wichtig.«

Das gefiel dem Arzt nicht, aber er nickte.

»Beeilen Sie sich, er muss zur Ruhe kommen.«

Ich beugte mich näher. »Was hat er gesagt, Carlos? Bitte versuchen Sie es mir zu sagen. Wir wollen diesen Kerl erwischen.«

Carlos' Zunge leckte über seinen verstümmelten Mund, aber sein glasiger Blick klebte an meinen Gesicht. Seine Worte waren heiser und abgehackt. Er sagte: »... ich ... sterbe ... lächelnd ...«

Dann begann er zu weinen, Tränen quollen aus seinen geschwollenen Augen und rollten zwischen den Stichen herunter. Der Arzt zog uns beide vom Bett weg und wir gingen hinaus auf den Flur, beide ziemlich erschüttert.

»Tja, jetzt wissen wir zumindest, dass es ein Mann ist, und ein Freund von Hilde«, sagte ich. »Besser als nichts. Ich würde das als Spur bezeichnen, und Sie?«

»Was glauben Sie, warum ist er auf Carlos losgegangen?«

Ich schüttelte den Kopf. »Keine Ahnung. Vielleicht war er eifersüchtig auf ihn oder dachte, Carlos wüsste etwas über ihn, könnte ihn anschwärzen wegen irgendetwas. Seine Stimme muss etwas Besonderes sein, wenn Carlos sie erkannt hat. Mann, das ist echt übel und wird immer schlimmer.«

»Ich brauch einen Kaffee. Wollen Sie auch einen?«

»Ja. Meinen schwarz.«

Während Ortega zum Kaffeeautomaten am anderen Ende des Flurs ging, zog ich mein Handy heraus und wählte Buds Nummer. Er ging schnell ran, aber seine Stimme war benommen. Warum nur? Es war doch bloß viertel vor drei nachts bei ihm. Er fragte: »Claire? Bist du schon zurück?«

»Nein, aber bald. Bist du immer noch an Costin dran?«

»Ja, aber der ist superanständig. Geht zur Arbeit, dann früh am Morgen zurück nach Hause, um zu schlafen, dann fährt er am Nachmittag nach Springfield zum Unterricht. Ich bin nach Hause gekommen, um etwas zu schlafen. Ich werde mich wieder an ihn dranhängen, wenn er zum Unterricht zur Missouri State fährt.«

»Glaubst du, er hat dich bemerkt?«

»Machst du Witze? Ich bin der Beste. Der hat keine Ahnung, dass ich ihm folge.«

Ich lächelte. Das klang schon mehr nach meinem Bud. »Ist sonst noch was passiert, seit ich weg bin?«

»Nein, es ist ziemlich ruhig. Bri ist immer noch komisch drauf, sie sagt, sie würde eine Weile wegfahren wollen. Sie versucht mit allem, was vorgefallen ist, klarzukommen.«

Vielleicht war ich pessimistisch, aber für mich klang das sehr nach einer bevorstehenden Trennung. Ich wartete darauf, dass er das bestätigte, aber er schwieg. »Wie steht es mit dir und ihr?«

»Sie sagt, sie liebt mich, aber vielleicht müsste sie ein wenig Zeit haben, um alles zu überdenken, jetzt, wo Hilde tot ist. Sie sagt, allein die Zeit könnte ihr helfen, damit klarzukommen.«

Oh-oh, gar nicht gut. »Na ja, falls es dir was nützt, Black und ich machen es gerade genauso.«

»Nicht wirklich. Du hast dich von dem Guru getrennt?«

»So ungefähr. Keine Ahnung, ehrlich gesagt. Es war unser erster Streit, ich weiß also nicht, ob er es ernst gemeint hat oder nicht, aber darüber können wir später reden. Erinnerst du dich an den Typen, mit dem Hilde hier unten zusammengelebt hat?«

»Carlos Vasquez? Hast du ihn gefunden?«

»O ja, aber leider nicht am Stück, kann ich dir sagen. Jemand war heute Nacht bei ihm, hat seine Lippen abgeschnitten und ihn für tot liegen lassen, genau wie bei Hilde, aber ohne das Ersticken und das Zurechtmachen der Leiche. Er hatte verdammtes Glück, dass ein MPD-Detective ihn gefunden hat, bevor er verblutet ist.«

Bud pfiff leise: »Du hast also nicht mit ihm gesprochen?«

»Doch, früher am Tag. Sein Alibi ist aber solide, also habe ich ihn laufen lassen. Offenbar hat der Typ, als er nach Hause kam, mit der Schere in der Hand auf ihn gewartet.«

»Weiß er, wer ihn angegriffen hat?«

»Er kennt ihn nicht, aber wir haben aus ihm herausbekommen, dass es ein Freund von Hilde ist, ein Mann. Er hat seine Stimme erkannt.«

»Hat er euch einen Namen genannt?«

»Nein. Er ist noch ziemlich benommen. Hat bloß über die Stimme geredet. Sagt dir das was?«

»Costin?«

»Genau. Darth Vader persönlich.«

»Aber Carlos hat ihn nicht gesehen?«

»Ne. Er sagt, es wäre zu dunkel gewesen, aber egal, eine Spur ist eine Spur. Wir müssen alle ihre ehemaligen Freunde überprüfen, und wenn Vasquez durchkommt, und ich glaube, er packt es, kann er seinen Angreifer vielleicht identifizieren. Zumindest wird er uns eine Idee geben, gegen wen wir ermitteln können. Wir müssen uns irgendwie eine Aufnahme von Costins Stimme beschaffen, die er sich anhören soll, vielleicht kann er ihn so identifizieren.«

»Ja. Wann kommst du zurück?«

»Wahrscheinlich am Morgen. Ich bin immer noch im Krankenhaus, aber Black wartet im Hotel auf mich. Ich habe meinen Wagen in Cedar Bend gelassen, da muss ich also zuerst hin.«

»Wir können uns dort treffen, bevor ich mich wieder an Costin ranhänge.«

»Dann bis später.«

Wir legten auf und ich sprach noch einmal mit den Ärzten, bevor Ortega und ich davonfuhren. Sie sagten, Vasquez sei auf Schmerzmitteln und sein Zustand wäre stabil. Sie schienen ziemlich sicher, dass er überleben würde. Im Hotel versprach mir Ortega, er würde weiter wegen des Mordversuchs ermitteln und mich auf dem Laufenden halten, und vielleicht würde Vasquez ja noch etwas einfallen, wenn die Betäubungsmittel nachließen.

Oben in der Penthouse-Suite saß Black im Wohnzimmer und wartete. Er war voll bekleidet, und so wie er mich zur Begrüßung anstarrte, immer noch sauer. Ich war es nicht gewöhnt, ihn so unfroh zu erleben, wenn ich hereinkam. Und es gefiel mir nicht sonderlich.

Er fragte: »Können wir los?«

Ich sagte: »Ja.«

Er sagte: »Dann pack deine Sachen. Ich rufe die Limo.«

Ich packte. Er rief die Limo. Wir fuhren schweigend zum Flughafen. Wir flogen schweigend nach Missouri. Was für ein Spaß. Meine Güte. Mit anderen Worten: Die ganze Welt war zum Kotzen.

Nach jenem Tag konzentrierte die Ältere sich darauf, ein neues Leben aufzubauen, sie wollte den Jungen und Sissy und all die anderen vergessen.

Der Einzige, den sie je vermisste, war Bubby, und manchmal gab sie auf und rief ihn an. Er sagte immer, dass es ihm gut ginge und dass alle ihn ordentlich behandelten, aber manchmal fragte sie sich, ob der Junge immer noch seine Spiele spielte und die anderen seine bösen Taten tun ließ.

Der Junge selbst rief oft an und hinterließ Nachrichten, und Sissy meldete sich einmal und sagte, es täte ihr leid, der Junge hätte sie zu seiner Sklavin gemacht, er hatte sie gezwungen, zu tun, was er ihr befahl, und dann weinte sie sehr und bat um Mitleid, aber die Ältere blieb ungerührt und glaubte ihr nicht. Sie wollte mit ihnen allen nichts mehr zu tun haben, nicht einmal, als der Junge nach Florida zog, um dort auf das College zu gehen, und sie besuchen kam.

Mittlerweile war ihr biologischer Vater mit seiner Frau und seinem Sohn nach Europa zurückgekehrt, aber sie hatte schon mit dem College angefangen und wollte erst wieder bei ihnen leben, nachdem sie fertig war. Also blieb sie in ihrem Haus und begann wieder an Schönheitswettbewerben teilzunehmen, und zwar sehr erfolgreich.

Sie war glücklich und zufrieden und hatte zudem am College einen Austauschstudenten kennengelernt, den sie sehr mochte. Er sah gut aus und war sexy, und sie gingen lange miteinander aus, bevor sie ihn fragte, ob er bei ihr einziehen wollte.

Dann, eines Tages, kam der Junge, als ihr neuer Freund in einer Vorlesung war, und er versicherte ihr, wie leid es ihm täte, wie sehr er sie immer noch liebte, und sie sagte ihm, es sei vorbei, und zwar schon seit Langem.

Sie sagte, sie sei glücklich mit ihrem neuen Leben, er sollte sie allein lassen.

»Sag das nicht«, sagte der Junge und zog ein großes, scharfes Messer heraus.

»Ich habe keine Angst vor dir«, sagte sie zu ihm.

»Solltest du aber«, erwiderte er.

»Dann bring mich doch um«, sagte sie, denn sie wusste, dass er das nicht tun würde, er liebte sie zu sehr.

Da lachte er, aber es war ein böses Lachen, eines, an das sie sich aus der Nacht erinnerte, als er in dem gestohlenen Wagen das Mädchen überfahren hatte.

»Oh, ich werde dir nie wehtun, meine Süße, und das weißt du auch, oder? Ich werde den Mann verletzen, mit dem du zusammenlebst, und ich habe immer noch all meine kleinen Helfer dafür. Oder vielleicht werde ich auch ein bisschen an Bubby herumschnitzen. Vielleicht schneide ich ihm die Nase ab, oder besser noch, die Lippen, und schicke sie dir, als ein Geschenk, schön verpackt.«

Der Älteren wurde eiskalt, denn sie wusste, das würde er tun, und es gab keine Möglichkeit, wie sie ihn daran hindern konnte.

»Ich rufe die Polizei. Ich sage ihnen alles, was ich über dich weiß. Du wirst nie damit durchkommen.«

»Mach doch. Dann zeige ich ihnen das Video, das ich von dir habe, auf dem Sissy und Bubby und du euren Vater umbringen. Ihr armen Dinger, ihr werdet für immer ins Gefängnis gehen.«

»Und du auch.«

»Vielleicht, vielleicht auch nicht. Ich habe die ganze Zeit, während ich gefilmt habe, wie ihr den armen Kerl erstickt, kein Wort gesagt. Ich werde ihnen erzählen, ich hätte das Band in Bubbys Zimmer gefunden.«

Die Ältere wusste, dass er die Wahrheit sagte, und sie wusste auch, dass er es tun würde, und es würde ihm sogar Spaß machen. Und er war so klug, ihm würde etwas einfallen, wie er sie alle ins Gefängnis bringen konnte, ohne selbst Zeit absitzen zu müssen.

»Wir waren Kinder, sie werden uns nicht anklagen, denn er hat uns sexuell missbraucht.«

»Das kannst du ja riskieren, wenn du willst, aber ihr werdet alle im Gefängnis enden, glaub mir.«

»Was willst du von mir?«

»Ich will, dass du dieses Arschloch verdammt noch mal aus dem Haus schmeißt, und dann ziehst du mit mir zusammen. Und es wird genauso sein wie früher, bevor du fandest, dass ich nicht mehr gut genug für dich bin. Hast du das verstanden? Und jetzt zieh dich aus, ich fick dich wund, und dann wirst du mich anbetteln, es noch einmal zu tun. Du gehörst jetzt mir, genauso wie es war, aber jetzt wirst du meine Sexsklavin sein, so wie Sissy, und es wird dir gefallen, oder Bubby zahlt den Preis. Erinnerst du dich noch an mein Lieblingszitat: ›Dass einer lächeln kann und immer lächeln, und doch ein Schurke sein‹? Wenn einer von euch mich je betrügt, dann werdet ihr lächeln, oh, ihr werdet lächeln. Ihr werdet lächelnd sterben, denn ich werde euch die Lippen abschneiden und sie euch in den Rachen stopfen. Und du weißt genau, dass ich das wirklich tue, oder, Süße?«

Die Ältere starrte ihn an, denn sie wusste, er würde es tun. Er war dazu in der Lage, und zu noch viel Schlimmerem. Er kam mit dem großen Messer auf sie zu. Er lächelte, als er es ihr zwischen die Brüste schob und dann mit einem Ruck ihre Bluse herunterfahren ließ.

Er riss sie ihr vom Leibe, dann schnitt er ihren BH auf und warf ihn beiseite. Tränen liefen ihr über die Wangen, als er sie auf das Bett stieß und begann, seinen Gürtel zu öffnen. Er lächelte.

»Mach dir keine Sorgen, es wird genauso zwischen uns sein, wie es war. Du wirst schon sehen.«

Er kniete neben ihr auf dem Bett, das Messer gegen ihre Oberlippe gedrückt. »Was ist denn, Baby, du lächelst ja gar nicht mehr? Du weißt doch, wie sehr ich dein Lächeln liebe. Vielleicht sollte ich dir gleich jetzt die Lippen abschneiden und für ein dauerhaftes Lächeln sorgen. Wie klingt das, hm? Vergiss nicht: Niemand betrügt mich und kommt damit davon, niemand. Vor allem du nicht. Vergiss das ja nicht.«

Die Spitze seines Messers durchstach die Haut oberhalb ihres Mundes gerade genug, dass es zu bluten begann, und sie zwang ihre zitternden Lippen zu dem Lächeln, von dem er sagte, dass er es liebte, und lag widerstandslos da, während er sie vergewaltigte.

16

Wie versprochen wartete Bud am Anleger auf mich, als wir am nächsten Tag auf dem Hubschrauberlandeplatz des Cedar Point aufsetzten. Wir hatten im Flugzeug ein wenig geschlafen, aber nicht viel. Wir duschten und zogen uns saubere Sachen an, aber diesmal nicht zusammen. Keiner von uns war besonders gut gelaunt, und das war noch freundlich formuliert. Ich war froh, Bud zu sehen, froh, eine Weile Blacks kaltem, kontrollierten Ärger zu entgehen. Und Black schien es ähnlich zu gehen. Er nickte Bud steif zu, dann marschierte er zügig davon in Richtung des Privatfahrstuhls zu seiner Wohnung

»Black sieht gar nicht glücklich aus. Was zum Teufel ist passiert?«

»Frag nicht.«

»Hey, bevor du losfährst, ich hätte gern, dass du mit Brianna redest, und dann will Charlie uns beide auf der Wache sehen, pronto.«

»Was will er?«

»Hat er nicht gesagt. Er hat bloß gesagt, wir sollen uns beeilen, verdammter Scheibenkleister.«

Bud grinste und ich musste ebenfalls lächeln, trotz meiner Laune.

»Warum willst du, dass ich mit Brianna spreche?«

Bud schüttelte den Kopf. »Ich komme nicht zu ihr durch. Aber du vielleicht.«

Ich? Wohl eher nicht. »Na ja, es ist verständlich, dass sie echt durcheinander ist, Bud. Meine Güte, sie hat viel durchgemacht.«

»Tu mir einfach den Gefallen, okay? Komm rein und rede mit ihr. Sie ist im Ballsaal.«

Wir begannen in Richtung des Hotels zu gehen. »Warum ist sie hier?«

»Davon rede ich doch. Sie hat auf einmal beschlossen, dass sie Hildes Platz im Wettbewerb einnehmen will. Und die Aufseherin, diese Cardamon-Frau, ist damit einverstanden.«

»Das ist nicht wahr, oder? Was soll das denn?«

»Sie sagt, Hilde hätte es so gewollt. Ich sage dir, sie ist total durcheinander. Benimmt sich wie eine Fremde. Ich erkenne sie kaum noch.«

Als wir den Ballsaal betraten, wurde schnell klar, dass Bud mit der Einschätzung seiner Freundin verdammt recht hatte. Sie hielten gerade die Generalprobe ab und Brianna war die nächste Teilnehmerin, die auf den Laufsteig musste. Als sie durch den Vorhang kam, trug sie ein 1000-Watt-Lächeln und einen kleinen schwarzen Bikini, der wahrscheinlich problemlos in eine Espressotasse gepasst hätte. Sie winkte fröhlich, als sie Bud und mich entdeckte.

Bud sagte: »Siehst du, was ich meine? Es ist, als hätte sie komplett vergessen, dass sie vor ein paar Tagen ihre Schwester begraben hat.«

»Hm. Vielleicht sollte Black mal mit ihr reden. Er ist der Seelenklempner, nicht ich.«

»Glaubst du, das würde er tun?«

Ich nickte, war aber nicht sicher, was Black noch tun würde, vor allem für Freunde von mir. Wir standen stumm da, während Brianna von der Bühne trat und direkt auf uns zu kam. Die Hotelmitarbeiter, die Tische und Stühle aufstellten, unterbrachen ihre Arbeit und glotzten sie mit offenem Mund an, als sie an ihnen vorbeiging. Ein echtes Girl aus Ipanema. Ich wünschte mir plötzlich, ich hätte einen Bademantel, um ihn über ihr nacktes Fleisch zu decken.

»Hi, Claire. Ich freue mich, dass du zurück bist. Ich hatte gehofft, dass du den Wettbewerb nicht verpasst. Hat Bud dir erzählt, dass ich an Hildes Stelle antrete?«

Sie strahlte, die Wattzahl war immer noch tierisch hochgedreht, und ich sah mir ihre Pupillen an, um herauszukriegen, wie stark die geweitet waren. Sie wirkten unnormal, das stimmte schon, und zudem tänzelte ein kleines Licht des Wahnsinns in ihnen. Wenn sie nicht high auf Medikamenten war, dann sollte sie es sein.

Ich lächelte zurück, blieb aber reserviert. »Bist du sicher, dass das eine gute Idee ist, Bri?«

»Aber natürlich. Hilde hätte es sich so gewünscht. Die Idee ist mir erst gestern gekommen, als ich versucht habe zu schlafen und mir klar wurde, was für ein angemessener Abschied das wäre, vor allem wenn ich gewinne. Ich bin so aufgeregt, ich könnte sterben.«

Ich zuckte innerlich zusammen. Bud schaute entsetzt. Briannas unsensible Bemerkung schien ihr aber offensichtlich selbst nicht einmal aufzufallen. Ich beschloss, dass Black unbedingt Zeit für eine ernsthafte, konzentrierte Session mit dieser Frau haben musste, und zwar möglichst zügig.

Mein Handy klingelte und ich trat ein paar Schritte zur Seite, denn im Display sah ich, dass es Charlie war. Ich war nicht bereit für den Ärger, hatte aber auch nicht den Mut, es klingeln zu lassen, ohne ranzugehen.

»Ja, Sir.«

»Wo zum Teufel sind Sie?«

»Cedar Bend Lodge. Wir sind erst vor ein paar Minuten gelandet.«

»Kommen Sie sofort her. Ich habe Bud schon gesagt, dass er sich melden und Sie mitbringen soll. Ich weiß nicht, wo zum Teufel der Kerl steckt.«

»Ja, Sir, er ist auch hier, aber …«

Klick. Und das war's. Charlie war nicht immer der Höflichste.

»Lass uns gehen, Bud. Charlie will uns sehen, und zwar gestern.«

Wir verzogen uns eilig, ich fuhr mit Bud in seinem Bronco. Er würde später zurückkommen, um Brianna zu holen, dann würde ich meinen Explorer wiederkriegen. Ich berichtete ihm, was in Florida vorgefallen war, selbst den Teil mit Rangos und seiner fröhlichen Schlägerbande.

»Gar nicht gut, Claire. Charlie zerfleischt dich bei lebendigem Leibe, wenn er rauskriegt, dass du bei Rangos zu Gast warst, um Vasquez zu vernehmen.«

»Was du nicht sagst.«

»Und das ist auch das Problem zwischen dir und Black, nehme ich an?«

»Genau.«

Danach fuhren wir schweigend weiter, und als wir im Büro waren, dauerte es auch nicht lange, bis wir erfuhren, was da los war. Charlie sah aus, als würde er gleich ein ganzes Feuerwerk an schlechter Laune abbrennen.

»Setzt euch und seht euch das an.«

Wir nahmen Platz und starrten einen dunklen Fernsehbildschirm an, während er eine Videokassette einlegte und auf Play drückte. Statik. Dann das Bild eines halbdunklen Raums, in dem zwei Leute es mächtig trieben. Mit anderen Worten, sie hatten wilden, ungenierten Sex. Als ich sicher war, dass es nicht Black und ich waren, lehnte ich mich zurück und wartete auf die Pointe. Nach ein paar Minuten durchaus beeindruckenden Geschnaufes und Geraufes und begeistertem Gestöhnes auf dem Bildschirm sagte ich: »Sheriff, äh …«

»Warten Sie eine Minute, verdammt.«

Bud und ich rutschten ungemütlich auf unseren Stühlen herum, wir hatten noch nie zusammen Pornos geguckt, und ich hoffte bei Gott, dass Mrs Ramsay jetzt nicht wieder mit Charlies Prediger auftauchen würde. Kein Wunder, dass Charlie die Tür abgeschlossen und die Jalousien heruntergelassen hatte.

Da klopfte es in dem wunderbaren Filmchen laut, und alle unsere Gesichter liefen tomatenrot an und wurden heiß, und auf dem Band wurde panisch geflüstert und eilig nach Klamotten gegriffen.

»Wer ist da?«, rief der Mann der Stunde in grabestiefer, knarziger Stimme, während er sich das Hemd über den Kopf zerrte. Er wandte sich der Frau zu und legte einen Finger auf seine Lippen, damit sie still blieb, aber ich hatte ihn in dem Moment erkannt, als er den Mund aufgemacht hatte. Das war Walter Costin, der nachlässige Nachtwächter bei Lohmans Beerdigungsinstitut, und derzeit mein Hauptverdächtiger für den Angriff auf Vasquez.

Ich erstarrte, als ich die darauffolgende Stimme hörte. Sie sagte deutlich und erkennbar: »Hier ist Johnny. Lass mich rein, und zwar zackig.«

Bud sagte: »Oh, Scheiße.«

Charlie sagte: »Alle beide: Schnauze, zuhören.«

Wir sahen Walter Costin aus dem Zimmer in den Flur gehen und eine Tür nach draußen öffnen. Er blieb im Bild, während Shaggy Becker hereinkam und einen Blick in den Raum warf, wo sich das Mädchen außerhalb des Bildfeldes versteckte, aber nur kurz, nicht lange genug, als dass wir sein Gesicht sehen konnten. Dann gingen die beiden aus dem Aufnahmewinkel heraus und führten ein unverständliches, aber hitziges Streitgespräch. Nach etwa zehn Minuten kehrte Costin in die Tür zurück und sagte leise: »Alles in Ordnung, Pam, er hat dich nicht gesehen.« Dann ging er durchs Zimmer zur Kamera und beendete die Aufnahme.

Charlie schaltete den Fernseher aus und starrte uns an.

Ich sagte: »Ich habe Shaggy danach gefragt, Sheriff, und er hat geschworen, dass er in jener Nacht nicht dort war.«

»Ja? Aber wissen Sie was, er hat gelogen! Deswegen werdet ihr beide ihn jetzt noch einmal vernehmen, und diesmal werdet ihr es richtig machen.«

Dreck. Das war doch nicht zu glauben. Warum hätte Shaggy mich anlügen sollen? Ich sagte: »Selbstverständlich, Sir. Sollen wir ihn holen und auf die Wache bringen?«

»Er ist schon hier. Vernehmungsraum zwei. Genauso wie Walter Costin, der ist in eins. Sie haben nicht miteinander gesprochen und werden das auch nicht tun. Geht runter und findet raus, was zum Teufel los ist. Buck ist höllisch sauer und Shaggy hat bereits seine Kündigung angeboten. Und wisst ihr was? Costin sagt, er hätte das Band auch noch der Lokalpresse zugespielt. Es würde um sechs Uhr auf Kanal 7 laufen. Außerdem hat er die Aufnahme an Steve Grant bei KY3 in Springfield geschickt. Er hat gesagt, es sei die einzige Möglichkeit, die Polizei davon zu überzeugen, dass er die Wahrheit sagt, weil wir einen unserer eigenen Leute aus dem Büro des Leichenbeschauers schützen wollten.«

Ich begann ein unangenehmes Gefühl in meinem Magen wahrzunehmen, was nie ein gutes Zeichen war, und so wie Bud dreinschaute, hätte der auch ein paar Alka-Seltzer brauchen können.

Zuerst mussten wir mit Costin reden. Wir betraten den Vernehmungsraum und fanden ihn am Tisch sitzend vor, Beine über Kreuz, Arme über Kreuz, ich hoffte nur, seine Finger waren nicht ebenfalls über Kreuz gelegt.

»Hallo, Mr Costin«, sagte ich höflich.

»Hallo, Detectives.« Er lächelte. Ich runzelte die Stirn, weil mir seine Grabesstimme auffiel, und wie unverwechselbar sie war. Carlos' Angreifer hatte eine unverwechselbare Stimme gehabt. Das konnte kein Zufall sein. Bud setzte sich an den Tisch. Ich lehnte an der Wand, zog den kleinen Kassettenrecorder heraus, den ich immer in meiner Ledertasche hatte, und legte ihn auf den Tisch. Dann könnte ich Carlos die Stimme übers Telefon vorspielen. Vielleicht würde er sie identifizieren. Es war unwahrscheinlich, aber den Versuch wert.

»Es macht Ihnen doch nichts aus, wenn wir unser Gespräch aufnehmen, oder, Costin?«

»Doch, das tut es. Ich vertraue diesen Dingern nicht. Wissen Sie, mit Bändern kann man rumspielen, um Leute schuldig aussehen zu lassen, die unschuldig sind wie Neuschnee.«

»Wie Neuschnee, ja?« Das war Bud. »Oder vielleicht auch welche, die tierisch Dreck am Stecken haben?«

»Nein, Sir. Ich bin nicht schuldig, genau deswegen habe ich eine Kopie des Videos an Sheriff Ramsay übergeben. Ich habe erfahren, dass Johnny Becker Ihnen erzählt hat, dass er in jener Nacht nicht dort gewesen ist, und ich wusste, ich konnte das Gegenteil beweisen. Ich kassier doch nicht die Strafe dafür, mit der Leiche dieser Lady rumgespielt zu haben, wenn ich so einen Beweis in Händen halte.«

»Worüber haben Shaggy und Sie gestritten, als er in jener Nacht kam?«

»Was glauben Sie? Ich hatte Sex mit meiner Freundin. Er hat uns gestört.«

Bud sagte: »Er war sozusagen der Sargnagel, was?«

Ich sagte: »Wir würden gern bei Ihnen zu Hause mal die Nähsachen durchsehen, vielleicht haben Sie ja Nadel und Faden und sogar eine scharfe Nagelschere. Das macht Ihnen doch nichts aus, oder?«

»Bitte, aber Sie werden nichts finden. Ich steh nicht auf Näharbeiten. Ich bin Fachmann für Geschichte.«

»Ach ja, jetzt erinnere ich mich, das alte Troja und die ganzen Hakenkreuze, die sie so gern tragen.«

Bud sagte: »Was haben Sie gesagt, wo Sie leben?«

»Das habe ich nicht, aber Sie sollten es doch wissen – Sie sind mir schließlich die ganze Woche hinterhergefahren.«

Bud war sauer, dass er erwischt worden war, aber Costin war kein Idiot. Man merkte es an seinem ruhigen Auftreten und diesen stillen, viel zu stillen Augen. Er war einfach ein bisschen zu geschmeidig für einen normalen Nachtwächter eines Bestattungsunternehmens. Ich hatte das Gefühl, dass er randvoll mit Geheimnissen steckte.

»Hören Sie, ich habe nichts getan, und Sie behandeln mich wie einen Axtmörder.«

Bud und ich sahen einander an. Wir hatten durchaus Erfahrung mit Axtmördern, vor allem ich. Keine schöne Erinnerung. Ich fragte mich, ob Costin davon wusste und es genau deswegen gesagt hatte.

Costin fuhr fort: »Ich habe nichts zu verbergen. Ihr solltet euren guten alten Kumpel Shaggy herholen und den verhören. Wenn ich mich an der Leiche dieses Mädchens nicht zu schaffen gemacht habe, und das habe ich nicht, dann ist er der Einzige, der noch bleibt, der es gewesen sein könnte. Aber ihr nehmt wohl lieber mich in die Mangel, als einen Freund von euch unter das Mikroskop zu legen.«

»Werfen Sie uns etwa Strafvereitelung im Amt vor, Costin?«, fragte Bud.

Costin zuckte mit den Achseln. »Ich denke bloß, Sie beide sind diejenigen, die Vorwürfe erheben, nicht ich. Ich versuche Ihnen bloß zu beweisen, dass ich unschuldig bin und nichts damit zu tun hatte, was mit dieser Leiche passiert ist. So was würde ich nie machen. Da zu arbeiten war sowieso krank. Es war unangenehm genug, einfach zu wissen, dass lauter Leichen in diesen Särgen lagen.«

»Sie sind kein großer Fan von Stephen King, nehme ich an.«

»Ich lese bloß Geschichtsbücher.«

Bud sagte: »Das klingt mächtig langweilig.«

»Nicht so langweilig wie das hier«, sagte Costin.

Die beiden starrten einander wütend an. Aber Costin ging auch mir mittlerweile auf die Nerven.

Ich sagte: »Also, Sie sind damit einverstanden, dass wir uns bei Ihnen umsehen?«

»Überhaupt nicht, aber ich habe ja wohl keine Wahl, oder? Gehen Sie bloß nicht davon aus, dass ich auch noch einen Kuchen backe.«

»Ha ha«, sagte Bud.

Noch mehr Gestarre, aber es schien Costin tatsächlich nicht allzu sehr zu stören, wenn wir seine Bude durchsuchten. Und er hatte ja durchaus recht. Wir wollten ganz sicher nicht Shaggy verhören. Wir wollten, dass Costin gestand, dass er es gewesen war, damit Shaggy vom Haken war. Wer konnte uns einen Vorwurf daraus machen? Shaggy war ein cooler Typ, Costin war höchst unangenehm.

Bud sagte: »Warum haben Sie es für nötig gehalten, den Medien das Band zuzuspielen, Costin? Das wird bloß einen Riesensturm verursachen, der den Fall verkompliziert.«

»Für mich nicht, nicht im Geringsten. Es wird allen genau zeigen, was ich nachts tue, und mit wem, und dass ich garantiert keine Lippen an irgendwelche toten Tussen genäht habe.«

Bud sagte: »Ja, Sie haben bewiesen, was Sie in der Nacht getrieben haben, in einem feinen Amateur-Porno. Ich bin überrascht, dass die so was überhaupt im Fernsehen zeigen können.«

Ich sagte: »Tote Tusse? Wie respektvoll. Mr Lohman ist bestimmt froh über Angestellte wie Sie.«

»Ich gehe nicht dahin zurück. Hier zu wohnen gefällt mir plötzlich überhaupt nicht mehr. Scheint meiner Gesundheit nicht allzu zuträglich.«

Bud sagte: »Ja, vor allem, nachdem alle im County Sie in Ihrem eigenen Porno haben bewundern dürfen.«

Ich sagte, und ja, es lag jede Menge Sarkasmus darin: »Oh, bitte, Costin, verlassen Sie nicht die Stadt. Wir würden Sie so sehr vermissen.«

»Klar.«

Dann wurde ich deutlicher. »Nein, verlassen Sie wirklich nicht die Stadt, Costin, jedenfalls nicht, bis diese Ermittlung vorbei ist. Verstanden?«

»Klar. Aber machen Sie ein bisschen hin, ja? Ich habe eine Ausgrabung in Athen im Frühsommer.«

Bud sagte: »Wir tun unser Bestes. Wir sind ziemlich gut, müssen Sie wissen. Vielleicht kriegen wir Sie sogar dran, wenn sie schuldig sind.«

Ich sagte: »Ja, wir melden uns, Costin, glauben Sie mir. Bleiben Sie in der Nähe Ihres Telefons.«

Er grinste höhnisch, sagte aber nichts.

Als Bud und ich den Raum verließen, hatten wir beide einen sauren Geschmack im Mund und schauten frustriert. Und es würde bloß noch schlimmer werden. Wir schlurften nach nebenan zum Vernehmungsraum zwei, in dem sich Shaggy befand, und betraten den Raum wie verurteilte Gangster eine Gaskammer. Nichts ist schlimmer, als einen guten Freund auseinanderzunehmen. Selbst Costin wusste das.

Shaggy saß am Tisch und schaute besorgt und erschöpft und als wäre er noch immer nicht gesund. Er sah zu uns auf, grinste ein wenig und sagte: »Hi, Leute.«

Hi, Leute? Wir setzten uns ihm gegenüber und ich holte tief Luft. »Du sitzt tief in der Scheiße, Shaggy. Keine Frage.«

»Erzähl mir was Neues.«

»Warum hast du mich angelogen?«

»Was glaubst du wohl?«

Bud war nicht besonders geduldig. »Hör auf mit dem Scheiß, Shag. Du sitzt echt in der Tinte und wir haben dich in der Nacht, in der an Hildes Swensens Leiche rumgedoktert wurde, im Bestattungsunternehmen auf Band. Plus zwei Augenzeugen. Was zum Teufel hast du da gewollt?«

»Es war blöd. Ich hätte es nie tun sollen, aber woher hätte ich wissen sollen, dass irgendjemand den Sarg noch mal öffnen würde?«

»O Gott, Shaggy, warum bist du da aufgelaufen und hast dich in diese Sache eingemischt? Du musst uns sagen, warum du an der Leiche dieses Mädchens rumflicken wolltest. Und was du in dieser Nacht noch getan hast.« Ich wartete, aber ich war nicht einmal sicher, ob ich seine Erklärung hören wollte. Das Pornoband war verstörend genug gewesen.

Shaggy kapierte gleich, worauf ich hinauswollte, und sagte: »Quatsch, Claire, ich bin doch nicht pervers.«

»Du kannst es ja altmodisch finden, aber ich finde es durchaus pervers, Schlag Mitternacht irgendwelchen Frauen, die schon im Sarg liegen, einen geheimen Besuch abzustatten.«

»Ich habe es nur gut gemeint.«

»Du hast es gut gemeint?« Das war Bud. Er hatte jetzt die Verachtung eingeschaltet, seine Worte waren davon durchtränkt. »Na, dann ist ja alles Bestens, oder? Was zum Teufel hast du da getrieben, Shaggy? Und hör auf zu lügen oder du wirst wegen krimineller Entweihung einer Leiche im Knast sitzen.«

»Ich habe sie nicht entweiht. Ich wollte ihr helfen, das ist alles.«

Ich sagte: »Erzähl uns, was passiert ist, Shaggy. Von Anfang an. Du bist unser Freund. Wir wollen dir helfen, wenn wir können, aber du machst es uns wirklich nicht leicht.«

Lange Zeit saß er bloß da und sagte nichts. Bud, nicht gerade Mahatma Gandhi in Sachen Geduld, wurde wütend und marschierte nach draußen. Er knallte die Tür zu. Ich wusste, dass er sauer war, weil er Shaggy genauso sehr mochte wie ich. Wir drei waren gute Freunde, nein, mehr als das. Wir hatten im Grunde angenommen, dass der Täter sich an der Leiche zu schaffen gemacht hatte, aber ich glaubte keinen Augenblick, dass Shaggy derjenige gewesen sein konnte, der Hilde umgebracht hatte, und schon gar nicht, dass er ihren Mund verstümmelt hatte. Aber jetzt war ziemlich offensichtlich, dass er irgendetwas mit der Sache zu tun hatte. Warum sonst hätte er dort auftauchen sollen, und warum hätte er mit Costin streiten sollen, einem Mann, von dem er behauptete, ihn kaum zu kennen?

»Shaggy. Sieh mich an.«

Shaggy schaute auf, wich aber meinem Blick aus. Kein gutes Zeichen.

»Komm schon, Mann, was ist los? Du kannst mit mir reden.«

»Du warst bei mir zu Hause und hast mir vorgeworfen, sie umgebracht zu haben. Warum sollte ich dir vertrauen?«

»Weil wir jahrelang gute Freunde waren vielleicht? Weil wir einander mögen, einander vertrauen?«

»Ich habe es nur gut gemeint.«

Ich spürte, wie meine Nägel sich in meine Handflächen gruben. Ich wollte über den Tisch hechten und ihn an seinen Dreadlocks ziehen, bis er mir die Wahrheit sagte. Er schaute wieder auf, als Bud zurück ins Zimmer kam, ruhiger jetzt, er hatte eine Dose Mountain Dew und eine Tüte Barbecue-Fritos dabei. Oh, toll, ein Friedensangebot. Bud war ein noch engerer Freund von Shaggy als ich, und sie kannten einander auch länger. Sie waren sogar ein paar Mal gemeinsam in Las Vegas im Urlaub gewesen. Es musste Bud wirklich fertig machen. Er wurde bei diesem Fall von allen Seiten in die Mangel genommen.

Wir saßen schweigend da und sahen zu, wie unser Freund seine Limo trank und sich durch eine Tüte Fritos arbeitete. Es war jetzt ein paar Minuten nach sechs. Das Sex-Band war in den Nachrichten gelaufen und uns stand eine entsetzlich lange Woche bevor.

»Du kennst mich, Shag. Ich sitze hier einen Monat, wenn es sein muss.« Meine Drohung schien ihn nicht zu beeindrucken. Wir saßen noch etwas länger da. Shaggy aß die Fritos auf und knüllte die Tüte zusammen. »Ich habe es gut gemeint.«

»Vielleicht, aber es ist nicht gut gegangen. Du bist erwischt worden. Warum dieses Interesse an dem toten Mädchen, das wüsste ich gern.«

»Buck hat mir von dem Mord erzählt, als ich mich krankgemeldet habe, und es hat mich total gestört. Wisst ihr, was er ihr angetan hat, also bin ich ins Leichenschauhaus gegangen, um die Leiche zu sehen.«

Bud und ich rührten uns nicht. Er war bereit zu reden und wir wollten nichts tun, um ihn davon abzubringen. Wir schwiegen also.

»Sie war so schön. Ich glaube, ich hatte einfach das Gefühl, ich müsste noch einmal bei ihr sein, bevor sie sie begruben.«

»Oh, Gott, nein«, sagte Bud.

Shaggy sprang auf einmal auf und begann, in dem kleinen Raum umherzugehen, er rieb die Handflächen aneinander und schüttelte seine Dreadlocks. »Ich weiß, was du denkst, Bud, und so war es überhaupt nicht, also vergiss es. Sie tat mir leid, richtig leid, dass ihr Mund so abgeschnitten worden war. Gott, das war nicht fair. Es war schrecklich, entsetzlich. Ich wollte kotzen. Ich ging nach Hause, aber ich konnte an nichts anderes mehr denken, als dass dieses Arschloch ihr die Lippen abgeschnitten und sie so für alle zurückgelassen hatte. Ich fand das ganz schrecklich, so war das. Wirklich. Ich wollte es irgendwie in Ordnung bringen, ich wollte sie besser aussehen lassen.«

Ich warf Bud einen Blick zu. Er schaute so entgeistert, wie ich mich fühlte. Er übernahm das Fragen.

»Du bist also zum Bestattungsunternehmen gegangen. Was ist dann passiert? Was genau hast du mit der Leiche getan?«

»Ich habe überhaupt nichts Schlimmes getan! Was glaubt ihr denn, dass ich pervers bin? Ich kann wirklich nicht glauben, dass ihr so etwas von mir denken würdet.«

»Warum überhaupt etwas tun? Hilde Swensen ist doch eine völlig Fremde für dich, oder? Warum hast du dich entschlossen, an ihr rumzufummeln und dafür deinen Job zu riskieren?«

»Ich wollte bloß, dass sie bei der Beerdigung besser aussah, das ist alles. Ich schwöre es bei Gott.«

Ich sagte: »Der Sarg war zu, Shaggy. Niemand sollte sie sehen. Du hast es für nichts und wieder nichts riskiert, ins Gefängnis zu wandern.«

Bud sagte: »Sie sollte besser aussehen für die Beerdigung? Das ist alles, was du uns zu sagen hast?«

»Es stimmt! Und deine Freundin Brianna, die hat sie doch am Ende gesehen, oder etwa nicht? Also war es richtig von mir, sie zusammenzunähen. So, da habt ihr's, das war's, mehr ist nicht dran.«

Bud wiederholte entgeistert: »Du bist dort hingegangen und hast einer Frau, die du noch nie zuvor gesehen hattest, die Lippen wieder angenäht, weil du fandest, sie sieht hübsch aus, und dachtest, jemand könnte auf die Idee kommen, den Sarg zu öffnen, obwohl der zubleiben sollte. Wirklich?«

»Ja, wirklich. Wieso ist denn das so schwer zu glauben?«

Ich hatte langsam das Gefühl, in einem meiner unerfreulicheren Alpträume zu stecken, in einem von denen, wo ich Richtung Hölle abstürze. »Wie ging das überhaupt? Was hast du als Lippen genommen?«

»Ich habe ihre Lippen genommen, ganz einfach. Buck wollte sie als Gewebeprobe behalten. Also bin ich ins Leichenschauhaus gefahren und habe sie aus dem Kühlschrank geholt. Und dann habe ich sie mit rübergenommen und angenäht. Und ich habe gute Arbeit geleistet, oder? Ihr habt sie doch gesehen. Ich wette, ihr konntet die kleinen Einstiche, die ich gemacht habe, kaum bemerken, und dann habe ich sie mit dem Make-up aus dem Bestattungsunternehmen geschminkt, damit sie hübsch aussieht bei ihrer Beerdigung.«

Ich traute meinen Ohren kaum. Er war sogar noch stolz darauf, er wollte, dass wir seine Arbeit bewunderten. »Meinst du das ernst?«

»Ja! Du musst mir glauben. Es war nicht richtig, sie so zu begraben, ohne diesen Teil von ihr. Aber das ist alles, was ich getan habe, ihr müsst mir glauben. Ich würde sie nie entehren, indem ich etwas anderes täte.«

»Sie entehren?«

Ich starrte Shaggy an, ich konnte nicht glauben, dass er sich so viel Ärger für so etwas Bescheuertes eingehandelt hatte. Bud stand wieder auf und ging raus. Seine Geduld reichte nicht weit, aber das kannte ich ja. Ich lehnte mich zurück und schüttelte den Kopf. Ich brauchte Schlaf. Ich brauchte eine Beruhigungstablette. Ich brauchte einen neuen Job.

»Shaggy, hast du eine Vorstellung davon, wie viel Ärger du dir eingehandelt hast?«

»Ja, klar, ich bin doch nicht blöd.«

»Buck wird dich wahrscheinlich direkt feuern, nachdem du zugegeben hast, dass du Beweisstücke aus seinem Büro gestohlen und dir an einer Leiche zu schaffen gemacht hast. Und Charlie wird dich wegen irgendwas vor Gericht bringen müssen. Keine Ahnung, was das sein könnte.«

»Es tut mir leid. Es ist wirklich so, wie ich gesagt habe. Ich habe gehört, dass der Sarg geschlossen bleiben soll, und bin nicht davon ausgegangen, dass es jemals jemand herausfinden würde. Ich musste es einfach tun. Ich kann nicht erklären, warum. Dass er die Lippen abgeschnitten hatte, hat mich einfach fertig gemacht. Ich konnte das nicht ertragen.«

»Und du hast die Leiche nicht bewegt oder irgendetwas anderes damit getan?«

»Nein, verdammt noch mal.« Er schaute äußerst beleidigt. »Du kennst mich doch. So etwas würde ich nie tun.«

»Ich hätte auch nicht gedacht, dass du das hier tun würdest, Shaggy.«

Ich nahm einen tiefen, reinigenden Atemzug, nach dem ich mich jedoch nicht im Geringsten besser fühlte.

Bud kehrte mit steinernem Gesicht zurück und sagte: »Was ist mit Costin? Woher kennst du den Kerl? Was für ein Arsch.«

»Ja, das ist er. Das habe ich Claire alles schon erzählt. Ich habe ihn bloß ein paar Mal getroffen.«

»Worüber habt ihr gestritten, als du in jener Nacht zum Bestattungsunternehmen gekommen bist?«

»Er wollte nicht, dass ich reinkomme, weil er seine Freundin da hatte.«

»Okay, diese Sache ist so verdreht, das muss Charlie entscheiden. Bleib einfach hier, während er sich überlegt, was er mit dir anstellt.«

Nach einer langen, profanen Tirade brachte Charlie den Staatsanwalt dazu, Shaggy wegen Fälschung beweiserheblicher Daten anzuklagen und so lange wie möglich in Haft zu behalten, möglichst zumindest, bis der Pressewahnsinn wegen des Mordes vorüber war. Bud und ich verzogen uns, sobald wir konnten, wir wollten bloß weg. Ich hatte die Schnauze voll. Es war mehr als genug für einen Tag.

Draußen auf dem Parkplatz hinter der Wache sah ich überrascht Black auf mich warten und war sehr froh darüber, muss ich sagen. Er lehnte am vorderen Kotflügel seines riesigen schwarzen Hummers mit reichlich Chromzierrat. Ich war so froh, ihn dort zu sehen, so froh, dass er den ersten Schritt auf mich zu getan hatte, dass ich mir ganz blöd und gefühlig vorkam und beinahe angefangen hätte zu heulen.

Bud sagte: »Deine Mitfahrgelegenheit ist hier und sieht bei Weitem nicht mehr so sauer aus wie beim letzten Mal, als ich ihn gesehen habe. Wir sehen uns vermutlich morgen beim Wettbewerb.«

»Okay.«

Ich ging hinüber zum Hummer. Black sagte: »Willst du fahren?«

Ich war großzügig und vor allem ultra-erleichtert, ihn zu sehen, daher sagte ich: »Fahr du.«

Ich setzte mich auf den Beifahrersitz und sah ihm beim Einsteigen zu, er drehte den Zündschlüssel und ließ den Motor an. Er starrte einen Augenblick geradeaus, dann lehnte er sich gegen das Steuer und schaute zu mir herüber.

»Ich dachte, ich bleibe vielleicht heute Nacht bei dir, wenn es dir recht ist.«

Ich wollte ihn auf halbem, notfalls sogar auf dreiviertel des Weges treffen und sagte: »Nein, du musst nicht immer zu mir kommen. Ich würde mich freuen, auch mal zu dir zu kommen, wenn du möchtest. Vielleicht kann ich auch ganz schnell noch lernen, Chocolate Chip Cookies zu backen, und welche mitbringen.«

Black grinste und zeigte all diese verdammten Grübchen, die mich so anmachen. Ich lächelte zurück, schon ziemlich erregt und gierig, fürchte ich, und das war's. Streit beendet. Kein Problem, bis ihn weitere Gangsterkohorten heimsuchen würden. Erleichterung überflutete mich wie eine Art warme Vanillecreme, und ich fragte mich, wie verliebt in diesen Mann ich eigentlich war.

»Du willst dir das vielleicht noch mal überlegen«, sagte er. »Jude ist zurück wegen des Wettbewerbs morgen, und ich bin ganz sicher nicht in der Stimmung, heute Abend meine Exfrau zu vergnügen.«

»Das ist also der wahre Grund, dass du hier bist, kein Olivenzweig.«

»Ja. Es wird mich umbringen, wieder in deinem Bett schlafen zu müssen.«

Ich lachte und er legte den Gang ein und fuhr los. Ich überlegte, ihm zu sagen, wie froh ich war, ihn zu sehen, und wie froh ich war, dass er zu mir gekommen war, zumal ich mich richtig mies wegen Shaggy fühlte, und wegen des Falles insgesamt, und wegen Hundert anderer Sachen, aber ich konnte mich dann doch nicht dazu bringen, derart verwundbar zu sein. Er würde es überleben.

Er war an mich gewöhnt. Ich wusste, dass seine enge familiäre Bindung an bekannte Kriminelle und meine Weigerung, mich so zu ihm zu bekennen, wie er es wollte, immer noch zwischen uns stand wie eine dicke Glasmauer, wir würden darüber reden und uns etwas überlegen müssen, wir würden sie irgendwie wegschaffen müssen, aber nicht jetzt. Wir konnten uns an einem anderen Tag um dieses große Fragezeichen kümmern, wenn nicht alles andere in meiner kleinen Welt auch gerade zur Hölle fuhr, so wie heute. Er brachte die Themen auch nicht zur Sprache. Offensichtlich war er ebenfalls bereit, ein bisschen zu warten.

Also fuhren wir in friedlichem Schweigen ein paar Minuten, bevor Black sagte: »Ich habe Costins Sexvideo auf Kanal 7 gesehen. Ziemlich pikanter Stoff. Sie mussten das meiste verpixeln und einiges rausschneiden, aber am Ende war Shaggy ziemlich deutlich zu sehen. Willst du darüber reden?«

Ich muss schon zugeben, er hat eine schöne Psycho-Art, Themen anzusprechen. »Nett, oder? So richtig Paris-Hilton-mäßig.«

»Was hat Shaggy jetzt zu sagen?«

Ich erzählte ihm, dass Shaggy die Lippen angenäht hatte, und dass Bri sich aufführte, als hätte sie den Verstand verloren. Die üblichen Plaudereien zwischen einem Mann und seiner Freundin eben.

»Die letzten paar Tage waren nicht so toll für dich, oder, Claire?«

»Nee. Überhaupt nicht.«

»Lass uns doch einen Big Mac mitnehmen, dann fühlst du dich vielleicht wieder besser.«

Ich nickte und entspannte mich ein wenig mehr. Black kannte meine Schwachstellen, aber ehrlich gesagt, fühlte ich mich bereits besser, weil wir weitermachten, zumindest im Moment, und ich nicht alleine nach Hause musste. Er war ein guter Gesprächspartner, der viele Einsichten brachte, und hatte einen schönen starken, muskulösen Körper, an den ich mich nachts ankuscheln konnte, und das war genau das, was ich brauchte.

Wir nahmen eine Tüte Fast Food mit zu mir und ich erzählte ihm alles, was im Krankenhaus mit Carlos Vasquez vorgefallen war, und heute mit Shaggy und Costin. Ich fragte ihn, was er über den Mord an Esteban Rangos wusste, und er berichtete mir, dass der Junge Josés Lieblingsneffe und spezieller Schützling gewesen war, der vor mehreren Jahren von einem Unbekannten ums Leben gebracht worden war. Er sagte, das hätte Rangos das Herz gebrochen und er hätte geschworen, den Mörder zu finden. Aber Black enthüllte dann doch nicht, ob Rangos einen immer noch bestehenden Mordauftrag ausgesprochen hatte. Ich fragte nicht nach weiteren Details, und er gab freiwillig keine preis. Wir wechselten das Thema und er saß da und lauschte schweigend, während ich vor ihm auf und ab tigerte. Nach einer Weile erhob er sich.

»Okay, lass uns zusammen trainieren. Vielleicht wirst du dann einen Teil deiner Anspannung und, ich sage es nur ungern, Aggression los. Das habe ich jedenfalls getan, als ich heute Morgen aus dem Flugzeug stieg. Danach ging es mir besser.«

Wir gingen in den hinteren Garten und er hielt meinen Boxsack, während ich vielleicht fünfzehn Minuten dem Ding das Lebenslicht ausblies. Nach einer Weile sackte ich auf der Matte zusammen, ich atmete schwer und mein Gesicht war rot, meine Oberarme schmerzten und ich schwitzte wie ein Schwein. Black ließ sich neben mir fallen und schob seine Hand unter meinen Kopf.

»Fühlst du dich besser, Süße?«

»Nein.«

»Aber du wirst dich besser fühlen, nachdem wir im Whirlpool waren und einander für ein paar Stunden massiert haben.«

»Klingt nach einem Plan.«

Er beugte sich zu mir herunter, küsste mich und dann murmelte er mir ins Ohr: »Du wirst ihn kriegen, wer auch immer das ist. Er wird einen Fehler machen und du wirst ihn finden.«

»Da hast du recht. Aber dieser Fall führt ins Nichts. Nichts ergibt Sinn, nichts passt zueinander. Eine Menge bizarre Sachen, wohin ich auch schaue. Irgendwas übersehen wir. Etwas Wichtiges. Es liegt direkt vor mir, das kann ich spüren, aber ich komme nicht drauf.«

»Du brauchst mehr Zeit, das ist alles. Es waren erst ein paar Tage. Was ist mit Morgen? Ich nehme an, dass Charlie den Wettbewerb überwachen lässt?«

»Wir werden das Publikum beobachten. Vielleicht benimmt sich irgendjemand verdächtig. Es ist unwahrscheinlich, aber es sind schon merkwürdigere Dinge geschehen. Wir filmen auch alles, falls wir was übersehen.«

»Gute Idee.«

Er starrte mich mit seinem berühmten Blick an, das Blitzen, das zeigte: Ich will dich jetzt vögeln, ob du willst oder nicht. Dann erhob Black sich und zog mich in den Stand. Ich folgte ihm nach drinnen und ließ mich von ihm ausziehen, und dann ließ ich mich in das heiße, schaumige Wasser sinken und sah durchaus erfreut zu, wie er dasselbe tat. Er war wirklich ein ausgezeichnetes Exemplar muskulöser Männlichkeit, da gab es keinen Zweifel. Er ließ sich bis zur Mitte der Brust heruntergleiten, wobei er immer noch sein mörderisches Lächeln lächelte, und ich warf mich direkt auf ihn, unser Fleisch flutschte ineinander wie zwei Teile eines sinnlichen Puzzles, Yin und Yang, also wirklich, glitschig und nass und wahnsinnig erregt, und ich schloss meine Augen und spürte, wie sich meine Anspannung auflöste und mein Körper unter dem Einfluss seiner warmen Lippen und zärtlichen Finger und neugierigen Zunge schlaff wurde, aber meine letzten Gedanken, bevor ich mich von der Magie davontragen ließ, war, dass ich nicht so sicher war, dass morgen irgendetwas besser aussehen würde. Genau genommen hatte ich das intensive Gefühl, dass am nächsten Tag etwas richtig Schlimmes geschehen würde.

17

Mit Kinder-Schönheitswettbewerben geht es mir so: Ich hasse sie noch mehr als eine Woche Lebensmittelvergiftung. Ehrlich. Ich finde sie blöd, falsch, widerlich, sie nutzen Kinder schamlos aus und sollten gegen die Gesetze von Gott und der Menschheit verstoßen, fast schon Straftaten sein, aber das ist ja bloß meine bescheidene Meinung. Ich amüsierte mich in diesem Moment also nicht besonders. Ich stand an der Rückwand von Blacks größtem, glänzendsten Ballsaal und sah schrecklich angemalte Mamas ihre schrecklich angemalten kleinen Mädchen wie Preisponys mit Blumenkränzen um den Hals umhertreiben.

Direkt vor der Tür, und unglücklicherweise nah genug, dass ich es hören konnte, befahl eine der durchgeknallten Mütter ihrem Baby, es solle die Klappe halten und lächeln, es müsse gewinnen, denn sie brauche die Kohle für die Miete. Ich hatte Mühe, die A-Loch-Mama nicht tätlich anzugreifen, aber ihre Kommentare erinnerten mich an die Nachricht, die der Mörder an der armen Hilde hinterlassen hatte, und ihre schrecklichen Totenmaske, ganz zu schweigen von Esteban Rangos' Obduktionsbildern und Vasquez' mit schwarzen Stichen vernähtem, grotesk geschwollenen Mund, lauter Gründe, aus denen ich gezwungen war, mir diese Perversion anzusehen. Die Kinder führten jetzt die so genannte Talentshow auf, und zwar nicht besonders gut, aber die Eltern riefen lauthals Oh und Ah. Ich wünschte bloß, es wäre vorbei.

Bud kümmerte sich um die Aufregung vor der Bühne und genoss das Ganze wahrscheinlich genauso wenig wie ich. Und, ja, Brianna sollte tatsächlich immer noch teilnehmen, war aber noch nicht aufgekreuzt. Auf der anderen Seite des Saals war

Connie O'Hara, meine einzige Kollegin in der Abteilung, damit beschäftigt alles zu filmen. Sie hatte vor zwei Monaten selbst ein Baby, und dies war ihr erster Tag zurück im Dienst. Ich fragte mich, ob es Schönheitswettbewerbe für zwei Monate alte Babys gibt? Wahrscheinlich, und deren »Talent« bestand vermutlich darin zu rülpsen und die Windeln voll zu machen.

Eric Dixson hatte ebenfalls gut zu tun, er schoss so schnell wie menschenmöglich Bilder am Ende des Laufsteges, wo er bessere Nahaufnahmen für die Portfolios der Mädchen hinbekam. Meine neuste Freundin, Jude, saß zwischen den anderen Juroren und wartete vermutlich mit angehaltenem Atem darauf, dass Black auftauchte, damit sie so tun konnte, als würde sie ihn nicht mehr mögen.

Wahrscheinlich lungerte auch irgendwo noch jemand vom *Star*-Magazin herum, um exklusiv über die Versöhnung des berühmten Duos zu berichten. Sie würden dann wahrscheinlich einen schwachsinnigen Spitznamen für sie erfinden, wie *Brangelina* und *Bennifer.* Mal sehen, Nick und Jude zusammen, ja, die Idioten würden sie wahrscheinlich *Nude* nennen. Und was Black und mich angeht, so würden Claire und Nick vermutlich *Click* ergeben. Ich konnte mir schon die Überschrift anlässlich der Wiederkehr des Superpaares vorstellen: »Nude endlich wieder zusammen. Arme Click Liebesopfer.«

Ich beobachtete die Leute. Mein Bauch sagte mir, dass der Täter ein großes Interesse an Schönheitswettbewerben hatte, vielleicht besonders an diesem, vielleicht auch nicht. Er war möglicherweise hier und plante seinen nächsten Coup, oder vielleicht war es auch eine Sie, schön aufgebrezelt in ihrem Glitzerkleid oder einem winzigen Badeanzug, die jetzt in der Lage wäre, das begehrte Krönchen zu gewinnen. Eine Mitbewerberin für eine Strass-Tiara ums Leben zu bringen, kam mir ein bisschen weit hergeholt vor, aber andererseits galt das für die meisten Mordmotive.

Anwesend war die übliche Mischung irgendwie besessener, verrückter Mütter, nahm ich an, obwohl ich nicht an vielen solcher Ereignisse teilgenommen hatte. Der Ballsaal war voll, alle verrenkten sich die Hälse und überall flammten Blitze auf, wenn die jeweiligen Lieblinge aus dem Vorhang traten. Ich ging jede Reihe durch und suchte nach etwas, nach irgendetwas, was mein Misstrauen weckte, nach einem bekannten Gesicht oder einem schuldbewussten Blick. Die meisten Familien saßen beisammen, manche mitsamt Vater und ein oder zwei älteren, gelangweilten Geschwistern von Mamas süßer kleiner Prinzessin, aber das meiste waren eiskalte Ehrgeizmütter, die höchstens noch Tanten mütterlicherseits und Großmütter im Schlepptau hatten, ihre Gesichter waren straff vor Anspannung, die sich auf ihre Kinder übertrug und garantiert dafür sorgte, dass die sich beschissen fühlten, wenn sie nicht gewannen.

Dann entdeckte ich jemanden, den ich erkannte, nämlich Joe den Hellseher McKay. Er marschierte neben mir zur Tür herein und ich zuckte zusammen, ich hoffte nur, dass er Lizzie nicht durch die Kleinkindhölle der Kinderwettbewerbe schicken wollte. Er sah sich im Saal um, und als er in meine Richtung schaute und mich entdeckte, war gleich ziemlich offensichtlich, dass er hergekommen war, um mit mir zu sprechen, was bestimmt auch nichts Gutes verhieß.

»Hallo, Detective, ich habe mir doch gedacht, dass du dich vielleicht hier herumtreibst.«

»Hey. Wie bist du denn darauf gekommen? Eine Vision?«

»Nein. Nick Black hat es mir erzählt.«

»Und? Was ist los?«

»Nichts Besonderes, ich wolle bloß mal nach dir sehen.«

Ich schaute zurück zur Bühne, während ein kleines Mädchen im Angesicht des glotzenden Publikums erstarrte, sich umdrehte und zurück hinter den Vorhang huschte, um nicht wieder herauszukommen. Die Mutter weinte lauter als das Mädchen. »Bitte, McKay, sag mir, dass du nicht hier bist, weil du Lizzie in diesem schwachsinnigen Zirkus angemeldet hast.«

»Unsinn, aber sie würde natürlich gewinnen, keine Frage,

und nicht etwa, weil ich das sage. Nein, sie ist grade oben und verbringt ein wenig Zeit mit deinem Lieblingskopfdoktor. Ich habe sie bei ihm vorbeigebracht, weil sie nicht so gut schläft, mal sehen, ob ihm dazu etwas einfällt, und er hat gesagt, er hätte eine Stunde, die er mit ihr arbeiten könnte, bevor er hier unten als Schiedsrichter auftauchen muss. Ich habe sie in seinem Büro gelassen, sie spielen Barbies und bauen was aus Bauklötzen. Er macht es auch noch *pro bono.* Er hat gesagt, er schuldet mir was, weil ich dir letzten Winter aus diesem kleinen Schlamassel geholfen habe. Netter Mann, so ungern ich das zugebe.«

»Ja, ist er.« Abgesehen von seinen maschinengewehrtragenden, geheimen Verwandten von den »Gesucht«-Plakaten. Ich sah zurück zum Laufsteg, wo ein Kleinkind in einem Cowgirl-Outfit über die Planken hopste und verdammt schief »Home on the Range« sang. »Lizzie kann also nicht schlafen?«

»Nicht gut. Sie wacht oft schreiend auf, bis ich zu ihr komme und sie beruhige. Sie scheint Nick zu mögen, mal sehen, ob das anhält. Ich muss jetzt wieder rauf, aber ich wollte erst mit dir reden.«

»Warum?«

Wir starrten einander ein bisschen zu lange an, aber er schien zögerlich, sein Geheimnis zu verraten, was mich wiederum zögern ließ, ihn rauszuschmeißen. Schließlich hatte ich es satt, darauf zu warten, was er zu sagen hatte, zumal es wahrscheinlich sowieso eher unschön zu hören wäre. »Okay, leg los, McKay. Du hattest einen weiteren schrecklichen Alptraum mit mir in der Hauptrolle, oder?«

»Genau genommen ja.«

»Na toll. Erzähl schon. Wie blutig ging es diesmal zu?«

»Es ist dieselbe alte Geschichte, Detective. Ich habe das Gefühl, du bist in Gefahr. Ich sehe immer wieder kleine Mädchen aufblitzen, so wie die da« – er deutete in Richtung der Bühne, wo die Kinder nun alle in einer Reihe zur Krönung standen – »die alle diese rüschigen Petticoats tragen, aber die

Sachen sehen ziemlich retro aus, und zwei von den Mädchen sehen einander ziemlich ähnlich.«

»Du siehst mich mit kleinen Mädchen bei Kinder-Schönheitswettbewerben?«

»Ja. Keine Ahnung warum, aber du stehst genau zwischen ihnen. Weißt du vielleicht, warum ich das vor mir sehe?«

»Meine Güte, McKay, warum kannst du kein ordentlicher Hellseher wie John Edward sein? Dann wäre mein Job viel einfacher. Der würde einfach sagen: ›Neben dir steht ein kleines Mädchen mit einem Bowie-Messer in der Hand. Pass auf, denn sie wird dich am ersten Mai damit in deinem Badezimmer erstechen.‹ So etwas in der Art.«

McKay grinste, was beeindruckende Grübchen zeigte. Warum stand ich nur so auf Männergrübchen? Meine Gänsehaut konnte davon gar nicht genug bekommen. »Ja, das wäre klasse. Dann hätte ich auch wesentlich mehr Kohle. Aber ich kann nicht steuern, was ich sehe, es kommt einfach, und dieses Mal kooperiert es auch nicht so, wie ich es gerne hätte. Ich sehe manchmal auch Bud, mit dir zusammen, aber da ist etwas zwischen euch. Irgendwelche Stäbe oder Grenzen, hat das was zu bedeuten?«

»Nee. Bud ist dort drüben rechts. Er arbeitet auch an diesem Fall.«

McKay folgte meinem Blick zu Bud, der an der Wand gegenüber lehnte und die Mädchen auf der Bühne beobachtete, wobei er unendlich gelangweilt dreinschaute. »Vielleicht, wenn du mir etwas Persönliches des Opfers geben könntest, um es in Händen zu halten, und mich den Tatort sehen lassen kannst, wie letztes Mal? Das könnte mir helfen, die Sache einzukreisen.«

»Vielleicht musst du dir einfach einen Hellseher suchen, der gut genug ist, schon eine eigene Fernsehshow zu haben, und ein bisschen Unterricht nehmen.«

»Auch eine Idee. Und dann mache ich einen Beruf daraus und werde reicher als Nick.«

Niemand ist reicher als Nick, dachte ich, außer vielleicht J. K. Rowling und der Königin von England. »Mal sehen, was Charlie sagt. Es kann nicht schaden, und letztes Mal war er total dafür. Vielleicht morgen? Passt dir das?«

»Ruf mich einfach an und sag mir, wann und wo.«

Die hinteren Plätze wurden von einem Typ verkündet, der fast so übel aussah wie David Hasselhoff, und ein hübsches kleines Mädchen zeigte ein schmerzhaft falsches Strahlen darüber, einen tollen dritten Platz belegt zu haben, und der zweite Platz sackte in ihrem Röckchen zusammen und heulte wie ein hungriges Kälbchen. Diese Dinger sollten verboten werden, ich sage es Ihnen. Offenbar war McKay derselben Ansicht, denn er runzelte die Stirn und wollte los.

Er sagte: »Ich gehe jetzt besser. Lizzie kriegt vielleicht Angst, wenn ich zu lange weg bin. Wir werden uns heute einen Film leihen. *Shrek.* Ich würde dich ja einladen, den mit uns zu sehen, aber du kommst sowieso nicht. Wenn mir noch was anderes auffällt, melde ich mich bei dir und sage Bescheid.«

»Danke. Ehrlich, McKay.«

Als er weg war, stand ich wieder allein da und hoffte, dass es Black gelingen würde, Lizzie irgendwie mit ihren schrecklichen Qualen zu helfen, sie war ganz offensichtlich verloren in ihrer eigenen kleinen, von Monstern bevölkerten Welt. Ich sah entsetzt zu, wie der Wettbewerb sich durch alle Altersgruppen arbeitete, erst wurden Grundschulkinder verheizt, dann Junior High, schließlich die Highschool, und schließlich wurde von der Grinsekatze das größte Ereignis überhaupt angekündigt.

Connie O'Hara kam zu mir und ließ einen Augenblick die Videokamera sinken. »Hast du genauso viel Spaß wie ich?«

»O ja. Ich sehe wahnsinnig gerne glitzernde kleine Mädchen rumspazieren. Wie geht's dem Baby?«

»Oh, prima. Vielen Dank für den kleinen Strampler mit dem Cardinal-Logo. Du musst irgendwann mal zu Besuch kommen und ihn dir darin ansehen. Mum ist runter nach Osage Beach gezogen, also kann er bei ihr sein, während ich Dienst habe. Sie mochte Kansas City sowieso nicht. Sie ist wie ich eher eine Kleinstadtpflanze.«

»Das ist gut. Jemanden zu haben, dem man trauen kann, sich gut um ihn zu kümmern.«

Ich dachte an meinen Zach, und dass er in der Nacht, in der er starb, auch bei einem vertrauenswürdigen Verwandten gewesen war, ihm das aber nicht im Geringsten geholfen hatte. Ich wollte nicht wirklich über ihr Baby reden, oder überhaupt über Babys, also wechselte ich das Thema. »War's schwer, wieder zur Arbeit zu kommen?«

»Nein. Mit hat die Arbeit mehr gefehlt, als ich dachte. Ich bin bloß nicht davon ausgegangen, dass mein erster Auftrag darin bestünde, einen bescheuerten Schönheitswettbewerb zu filmen.«

»Das sehe ich genauso, glaub mir.«

»Tja, da sind die nächsten Schönheiten, also zurück an die Arbeit. Wir sehen uns später.«

Ich sah ihr hinterher, dann wurde das Licht runtergefahren und das Hauptprogramm begann. Ich hatte immer noch Probleme damit, mir vorzustellen, dass Brianna tatsächlich Hildes Platz in dieser lächerlichen Show einnehmen würde, aber ich neigte zu der Annahme, dass sie an einer Art posttraumatischem Stresssyndrom litt. Ich hoffte, sie würde sich ebenfalls bereit erklären, eine Therapie bei Black zu machen, und lieber früher als später. Wenn ich so weitermachte, würde er bald alle analysieren, die ich am Ozarks-See kannte. Was sagt das wohl über meine Freunde und Nachbarn? Ich sah mich in der Menge um, aber niemand benahm sich komisch oder glotzte irgendjemandes Lippen mit einer Schere in der Hand an. Ich schaute auf die Uhr und fragte mich, ob dieser Mist jemals vorbei wäre. Immerhin lief der Wettbewerb reibungslos, also verstand die alte Zimtschnecke Patricia wohl wenigstens ihr Geschäft.

Ich wusste, dass Brianna die letzte war, und sie ging mit langen, lockeren Schritten und diesem eigenartigen Hüftschwung, den diese klapperdürren Models immer haben, den Laufsteg entlang. Sie lächelte locker und entspannt und ich fragte mich, wie um alles in der Welt sie so ruhig dreinschauen konnte nach allem, was sie in den letzten paar Tagen durchgemacht hatte. Vermutlich hatte sie auf der Schönheitswettbewerbsschule gelernt, hübsch, cool und völlig normal auszusehen. Ich bin ja der Meinung, so was kann gar nicht gut für die geistige Gesundheit sein.

Brianna gewann das Ding und wurde zur Miss Spring Dogwood gekürt, und auch zu Recht, schätze ich, und dann hielt sie ihre leise hingehauchte Dankesrede mit einer Stimme, die überhaupt nicht wie ihre klang, sie sprach über ihre Schwester und die wundervollen Erinnerungen an sie, und dass sie die Krone ihr zu Ehren entgegennahm. Das Publikum war still und gerührt, und da wurde mir klar, dass ich mich in den äußeren Bereichen einer dieser *Unglaublichen Geschichten* aus dem Fernsehen befinden musste, mit etwas Nebel um mich herum, oder vielleicht auch in der Vorhölle. Nach einer letzten Parade der Schönheiten gingen die Vorhänge herunter, alle erhoben sich, packten ihren Krempel und zogen weiter zum nächsten Wettbewerb, die heulenden Kinder im Schlepptau.

Eine Weile später kamen Bud und Brianna hinter der Bühne hervor und ich sah, wie Eric Dixson sie ansprach, um Siegerfotos zu machen. Einige Zeitungsfotografen hingen ebenfalls herum und warteten darauf, ebenfalls an die Reihe zu kommen. Bud kam zu mir herüber, während Brianna mit der riesigen Tiara und den Rosen auf ihrem Thron posierte. Er schien nicht besonders glücklich darüber zu sein, dass sie gewonnen hatte. Ich versuchte nicht daran zu denken, wie sehr sie gerade aussah wie die tote Hilde in der chlorgebleichten Duschkabine.

»Ist dir etwas aufgefallen?«, fragte er mich.

»Nee. Bloß die üblichen schönheitsbegeisterten Typen.«

»Mir auch nicht. Und hinter der Bühne ist nichts passiert, was uns weiter bringt. Ich dachte, unser Mann würde vielleicht irgendwas Dramatisches abziehen wollen.«

»Vielleicht war er hier.« Ich hörte mein Telefon klingeln und im Display stand Miami Police Department. »Warte mal, Bud, das ist Ortega, der muss was gefunden haben.«

Ich meldete mich eilig. »Ja? Ortega?«

Er sagte: »Vasquez redet wieder. Er sagt, ihm wäre noch was über den Täter eingefallen.«

»Schießen Sie los.«

»Er sagt, der Typ hätte ein Hakenkreuz an einer Kette um den Hals hängen. Sagt Ihnen das was?«

Mein Herz begann zu rasen. »Worauf Sie einen lassen können. Wir haben hier einen Verdächtigen, der sich mit Hakenkreuzen prima auskennt. Und wissen Sie was? Er hat auch eine sehr bemerkenswerte Stimme.«

»Glauben Sie, das ist er?«

»Ich werde es herausbekommen. Wie geht es Carlos? Wird er es schaffen?«

»Ja. Sie sagen, sie müssen wahrscheinlich noch ein paar Schönheitsoperationen durchführen, um seinen Mund wieder hinzubekommen, Hauttransplantationen und so. Immerhin geht es ihm viel besser, als sie erwartet hatten, weil er so viel Blut verloren hatte. Aber jetzt kommt das Interessanteste. Passen Sie auf. Ein paar Typen von Rangos haben ihn auf der Intensivstation besucht und gesagt, sie wollten ihn nur wissen lassen, dass sie es nicht waren, sie sagten, sie gingen davon aus, es wäre derselbe Typ, der Carlos' Neffen auf dem Gewissen hat. Das Dumme ist, er hat ihnen gesagt, er glaubt, es sei dieser Freund von Hilde Swensen gewesen, den er einmal gesehen hat, und er hat ihnen auch von der Stimme erzählt, alles, was er uns gesagt hat. Jetzt müssen wir also versuchen, den Kerl vor denen zu finden.«

»Das ist ja eine tolle Nachricht. Aber wenn es Costin ist, dann schaffen sie es nie schneller. Wir gehen ihn gleich einsacken, mal sehen, was er zu sagen hat.«

»Halten Sie mich auf dem Laufenden.«

»Klar. Danke, Ortega.«

Ich steckte mein Handy zurück in meine Handtasche. »Okay, Bud, jetzt haben wir was Gutes. Carlos Vasquez hat gesagt, sein Angreifer hätte ein Hakenkreuz um den Hals hängen gehabt. Kommt dir das bekannt vor?«

»Costin? Scheiße, lass ihn uns schnappen. Ich sage bloß schnell Bri Bescheid. Sie muss noch ein paar Stunden hierbleiben, wegen der Pressekonferenz und der Fotos. Ich hole sie dann später ab.«

Er ging in ihre Richtung und ich ging zu Black, der Brianna gerade einigen Reportern vorstellte. Ich blieb ein wenig abseits der Schakale stehen und bedeutete ihm, dass ich ihn später sehen würde. Wir hatten für so etwas unsere geheimen Signale, und auch für andere Sachen. Er sah nicht besonders glücklich aus darüber, dass ich ohne ihn abhaute, aber wer würde schon glücklich sein, wenn die Presseidioten einen anbrüllten. Jude, die selbst ihren ordentlichen Teil der medialen Aufmerksamkeit abbekam, lächelte und winkte mir zu, sie war die bewundernde Aufregung gewöhnt, vermutete ich. Ich duckte mich hinter eine Säule, bevor die Schreiberlinge mich bemerkten, und verdrückte mich dann.

Bud war zurück und bereit loszufahren, er war genauso aufgeregt wie ich. Zehn Minuten später saßen wir ins Buds Geländewagen und ich hatte Charlie am Telefon.

»Wir glauben, es ist Costin, Sheriff. Wir brauchen einen Durchsuchungsbefehl für seine Wohnung.«

»Was haben Sie gegen ihn in der Hand?«

»Laut Miami PD hatte der Täter in Florida ein Hakenkreuz um den Hals hängen, und das hatte Costin auch, als ich ihn das erste Mal gesprochen habe. Das kann kein Zufall sein. Das Opfer hat zudem ausgesagt, der Täter hätte eine sehr ungewöhnliche Stimme, das passt also auch. Und er ist derjenige, der Shaggy in das Bestattungsinstitut gelassen hat. Das sollte genug für hinreichenden Verdacht sein.«

»Okay, Sie kriegen Ihren Durchsuchungsbefehl. Ich lasse ihn unterschreiben und zustellen. Wo wohnt er?«

Ich ließ mir von Bud die Adresse sagen und gab sie weiter, dann brauste Bud in Richtung von Walter Costins Bude, wobei er sich keine Mühe machte, die Geschwindigkeitsbegrenzung zu beachten. Er sagte nichts, sondern fuhr einfach, aber sein Kiefer war verspannt vor Wut und ich wusste, dass seine zu enge Verbindung mit dem Fall seine Unparteilichkeit ins Wanken brachte. Ich dachte an McKays Vorhersage, und dass vielleicht die Gitterstäbe, die er zwischen Bud und mir gesehen hatte, Bud im Gefängnis zeigten, weil er Walter Costin mit bloßen Händen umgebracht hatte. Vielleicht hätte Charlie ihn doch nicht wieder auf den Fall ansetzen sollen. Er schien momentan nicht sonderlich objektiv sein zu können. Ich entschied mich, ihn ein bisschen runterzufahren, bevor wir unseren Verdächtigen erreichten. Einfach ein bisschen Small Talk, um das wilde Tier in seinem Inneren zu beruhigen, es konnte ja nicht schaden. »Brianna ist glücklich, dass sie gewonnen hat, oder? Hilde zu Liebe und so.«

Bud löste den Blick nicht von der Straße. »Sie tut, als wäre nichts passiert, sie ist beinahe glücklich. Vielleicht hat es ihr wirklich gut getan, wer weiß? Aber mir kommt es vor, als würde sie alles bloß spielen.«

»Warum sollte sie das tun?«

»Wer weiß?«

»Ich verstehe auch nicht, wie sie das durchgestanden hat, ohne zusammenzubrechen.«

»Jeder trauert anders, oder?«

Das stimmte. Ich wusste es aus eigener Erfahrung. Brianne schoss echt den Vogel ab, wenn man mich fragte, aber Bud fragte mich nicht. Und deshalb hielt ich meine Klappe.

Walter Costin lebte in einer recht neuen Apartmentanlage in Camdenton. Sie hieß Berkshire Gardens und verfügte über Tennisplätze, einen Swimmingpool und einen kleinen malerischen See, um den sich ein Joggingpfad wand. Eine Reihe Haarnadelkurven führten zwischen beleuchteten Parkplätzen und Blumenbeeten voller roter Tulpen und gelber Osterglocken hindurch. Es schien ein bisschen auf der teureren Seite für einen Studenten/Nachtwächter eines Bestattungsunternehmens zu sein, merkwürdig.

Wir erreichten bereits nach ein paar Minuten die angegebene Adresse. Bud wollte nicht im Wagen warten, bis der Durchsuchungsbefehl da war. Ich ebenso wenig. Costin hatte eine Einheit im Erdgeschoss, dunkel und abweisend, und wir näherten uns mit gezogenen Pistolen, als hätte sich Osama bin Laden darin verschanzt. Kein Auto, niemand öffnete die Tür, aber ein paar der Nachbarn schauten zu den Fenstern heraus und ihre Finger schwebten bereits über den Ziffern 911, keine Frage.

Bud ging zum Büro des Managers, um seine Marke zu zeigen, und ich blieb mit auf die Tür gerichteter Waffe zurück, nur falls Walter doch noch öffnete und uns zu Tee und Nazi-Törtchen hereinbat. Als Bud mit dem Manager zurückkam, war auch unser Kollege Doug Obion aufgetaucht, den unterschriebenen Durchsuchungsbefehl in Händen. Charlie kann schnell sein, wenn ein Fall danach verlangt. Ich bat Obion, als Verstärkung draußen zu warten, dann reichte ich dem Manager die offiziellen Papiere. Daraufhin schloss er die Tür auf und schaltete das Licht ein, und Bud und ich traten ein, bis an die Zähne bewaffnet und super vorsichtig.

Es war niemand da, also ließen wir Obion draußen auf dem Parkplatz, falls Walter zurückkehrte, und begannen mit unserer Durchsuchung. Es sah so aus, als hätte Costin nicht viele Möbel oder überhaupt viele Sachen, oder er hatte die Bude nach unserem kleinen Gespräch auf der Wache leer geräumt. Ich allerdings hegte langsam den Verdacht, dass er irgendwo anders wohnte und diese Adresse nur benutzte, um treuherzige Arbeitgeber und Gesetzeshüter an der Nase herumzuführen. Er musste ein ziemlich gerissener Kerl sein, wenn es ihm gelungen war, runter nach Florida zu zischen, Vasquez die Visage zu zerschlitzen und ihn als tot liegen zu lassen, aber dann rechtzeitig zu dem Gespräch, das wir mit ihm geführt hatten, wieder hier zu sein. Aber er konnte es hinbekommen haben, es war genug Zeit gewesen.

Ich wies Obion an, im Bestattungsunternehmen anzurufen und in Erfahrung zu bringen, ob Costin seinen Job gekündigt hatte. Mich beschlich das Gefühl, er wäre schon lange weg. Obion kehrte ziemlich zügig mit der Information zurück, dass Costin seit zwei Tagen nicht zur Arbeit erschienen war. Lohman hatte keine Ahnung, wo er steckte. Bud durchsuchte gerade die Küchenschränke und ließ seine Frustration an einigen unglückseligen Messingscharnieren aus, aber ich stürzte mich wie immer auf den Telefonanrufbeantworter. Erfreut stellte ich fest, dass Costin sowohl eine Rufnummernanzeige als auch einen Anrufbeantworter mit drei Nachrichten darauf hatte, und drückte auf den Abspielknopf. Die erste Nachricht war ein Aufleger, und ich fürchtete bereits, so würde es weitergehen. Aber ich hatte Unrecht, das zweite war die Jammerstimme seiner Stripper-Freundin, die wissen wollte, wo er war, und warum er sie hatte sitzen lassen. Nummer drei jedoch war der Jackpot.

»Wir müssen reden. Du weißt wo. Wir werden beide dort sein.«

Das war's, aber verrückt, es war Shaggy Beckers Stimme, eindeutig. Bud und ich sahen einander an, und dann blätterte ich durch die Rufnummernanzeige zurück. »Er hat aus dem Gefängnis angerufen.«

Bud knallte eine Schranktür zu. »Komm, los. Shaggy weiß offensichtlich weit mehr, als er uns verrät, und er wird uns diesmal die Wahrheit sagen, und wenn ich sie aus ihm rausprügeln muss. Hör mal, ich muss zurück in die Lodge und Bri abholen. Ich fahre sie nach Hause und wir treffen uns in der Stadt.«

»Okay. Ich schnüffle hier noch ein bisschen weiter. Shaggy kann ja schließlich nicht weg.«

Ich sah Bud sein Handy herausholen und Briannas Nummer wählen. Aber sehen Sie, was ich mit Buds Stimmung meine? Jähzorn, Jähzorn, meine Güte, und ich dachte, meiner wäre schon schlimm.

Die Ältere tat, was der Junge forderte, obwohl ihr neuer Freund versuchte, sie davon zu überzeugen, sich nicht von ihm zu trennen, und sich sogar weigerte zu gehen, als sie ihn am Ende darum bat. Er verstand das alles nicht. Und sie fürchtete sich, ihm die Wahrheit zu sagen, sie hatte Angst, was der Junge dann tun würde. Und diese Angst war wohlbegründet. Wenige Tage später verschwand ihr Freund einfach, und niemand wusste, wo er war. Er war einfach weg. Nur sie wusste, sie war ganz sicher, der Junge hatte ihn umgebracht, selbst bevor er ihr das Geschenk vor ihrer Haustür zurückließ.

Es war eine hübsche rosa Geschenktüte mit drei langstieligen Nelken vorne drauf, und schon als sie das zerknüllte weiße Dekopapier zur Seite schob, wurde ihr kalt vor Angst. Als sie dann die blutigen abgetrennten Lippen unten in der Tüte liegen sah, rannte sie ins Badezimmer und übergab sich. Sie verbrannte die Tüte mitsamt den Lippen darin, und als die Familie ihres Freundes nach ihm zu suchen begann, sagte sie ihnen, dass er einfach eines Tages nicht wiedergekommen wäre, sie wüsste auch nicht, wo er war, sie fürchtete um sein Leben, und sie glaubten ihr. Nach einiger Zeit wurde seine Leiche gefunden, doch selbst danach kam die Polizei nicht, um sie zu vernehmen. Sie hatten keine Spuren, keine Ahnung, wer so etwas Schreckliches getan haben könnte. Die Ältere wusste es, sie wusste tief in ihrem Herzen, dass der Junge ihn getötet hatte, aber sie konnte nichts dagegen unternehmen, weil er gedroht hatte, Bubby und ihr etwas anzutun. Er hatte wieder einmal unter Beweis gestellt, dass er zu kaltblütigen Morden fähig war. Und er würde sie beide töten, ohne mit der Wimper zu zucken. Er hatte kein Gewissen, keinen Sinn für Richtig und Falsch. Er war zum personifizierten Bösen geworden.

Da traf sie die Entscheidung. Sie musste davonlaufen und Bubby mitnehmen. Sie mussten dem bösen Einfluss des Jungen entkommen und sich verstecken. Also sagte sie dem Jungen, dass ihr jetzt klar geworden wäre, wie sehr sie ihn liebte, und alles sei wieder wie früher zwischen ihnen, genau wie er es gewollt hatte, doch während sie unter seiner Nähe litt, plante sie ihre Flucht. Auch Sissy zog in das Haus, aber sie sagte Sissy nichts von ihrem Plan, denn Sissy war dem Jungen gegenüber loyal, sie liebte ihn. Sissy würde immer noch alles für ihn tun, Sissy würde es wahrscheinlich sogar gefallen, wenn die Ältere verschwände und nicht länger um seine Leidenschaft buhlte. Dann würde Sissy ihn für sich haben, und am Ende würde Sissy wahrscheinlich sterben.

Bubby war gerade achtzehn geworden und wollte aufs College gehen. Er wollte auf jeden Fall bei seinen Adoptiveltern ausziehen, denn die beiden Ärzte wollten ihre Praxen nach Seattle verlegen und sich dort mit den Zwillingen niederlassen. All ihre älteren Kinder waren bereits selbständig, aber sie liebten Bubby wirklich und baten ihn mitzukommen. Als sie ihren Fluchtplan vorbereitete, besprach sich die Ältere heimlich mit Bubby und sagte ihm, dass sie untertauchen würde und er dasselbe tun müsste. Sie erzählte ihm von ihrem Freund, und dass sie ihm genug Geld schicken würde, um einen sicheren Ort zu suchen, an dem er seine Ausbildung beenden und ein neues Leben beginnen könnte. Erst weigerte er sich, aber sie sagte ihm, wenn er sich erst einmal irgendwo niedergelassen hätte, würde sie fliehen und zu ihm kommen, dann könnten sie zusammen sein. Dann wären sie sicher vor dem Jungen und könnten versuchen, all die schrecklichen Dinge zu vergessen, die in ihrer Kindheit geschehen waren.

Bubby erklärte sich einverstanden und eines Tages verließ er einfach sein Zuhause und sagte seinen Eltern, er würde jetzt um die Welt reisen und überlegen, was er als Nächstes tun wollte, sie sollten sich keine Sorgen machen, er würde schon durchkommen. Keiner wusste, wohin er gefahren war. Die Ältere tat so, als wäre sie genauso entsetzt wie Sissy und der Junge über seine Entscheidung. Aber in ihrem Inneren war sie unglaublich erleichtert. Bubby war außer Gefahr, außer Reichweite des Jungen, und bald würde sie es auch sein. So begann ihr eigener geheimer Plan, zu fliehen. Sie wartete, sie überlegte alles ganz genau, sie plante jede Eventualität ein und achtete gewissenhaft darauf, dass der Junge und Sissy keine Ahnung hatten, was sie vorhatte.

Sie hasste den Jungen jetzt, sie hasste ihn für alles, was er getan hatte, dafür, ihren Freund getötet zu haben, der nichts getan hatte, außer sie zu lieben. Sie hasste es, ihn anzusehen, sie hasste es, wenn er sie in sein Bett zwang, aber sie lächelte und tat so, als würde sie ihn wieder lieben. Sie ging weiter zur Uni, als wäre nichts geschehen, sie machte ihren Abschluss und verdiente etwas Geld, und die ganze Zeit hielt sie insgeheim Kontakt zu Bubby.

Und dann kam der Tag. Bubby hatte den Weg bereitet, er hatte einen wundervollen Ort gefunden, einen Ort, über den sie ein wenig wusste, aber niemand würde dort nach ihnen suchen. Er war glücklich dort, hatte einen guten Job, den er liebte und in dem er sehr gut war. Sie wartete, bis der Junge und Sissy eines Nachts tanzen gingen, und dann ließ sie alles, wie es war, und ging für immer zur Tür hinaus.

18

Ich stocherte noch eine Weile in der Wohnung herum und fand ein paar Sachen, darunter ein altes Foto einiger Kinder, zwei Jungen und vier Mädchen. Ich machte Walter sofort als den Ältesten der Gruppe aus. Sie standen vor etwas, das wie ein verglaster Swimmingpool aussah. Der andere Junge auf dem Foto wirkte verdammt wie eine Miniausgabe Shaggy Beckers. Ein weiterer guter Grund, Shaggy in seiner Zelle zum Schwitzen zu bringen, das musste ich sagen. So wenig mir die Vorstellung gefiel, Shaggy entwickelte sich immer mehr zum Verdächtigen, oder zumindest zum Komplizen eines Verdächtigen.

Ich sah ein paar Bücher und Notizblöcke durch, fand aber nichts, außer dass Walter Costin Shakespeare mochte, was ziemlich gut zu unserem Zitat vom lächelnden Schurken passte. Ich zog die Matratze vom Bett und hätte beinahe das Stückchen durchsichtiges Klebeband übersehen, das auf dem weißen Überzug klebte. Ich riss es ab und stellte fest, dass jemand ein etwa fünfzehn mal zwanzig Zentimeter großes Rechteck ausgeschnitten hatte. Ich zog es heraus und fand drei Videokassetten in dem Versteck. Ich lächelte höchst zufrieden und zog sie heraus. Schlichte VHS-Bänder, keine Aufschrift, keine Aufkleber, aber sehr misstrauenerweckend.

Ich suchte in der Wohnung nach einem Abspielgerät, fand keines, war aber ziemlich sicher, wir würden, was Costin in seinem Bett versteckt hatte, mindestens mal interessant finden. Andererseits hatte er sich und seine Freundin beim Sex in einem Bestattungsunternehmen gefilmt, und es störte ihn nicht einmal, das im Fernsehen zu zeigen, also vielleicht stand er einfach darauf, irgendwelche Frauen aufzunehmen. Aber dann würden wir ihn wenigstens auch dafür noch drankriegen.

Nach etwa einer Stunde versuchte ich, Bud anzurufen und ihm von den Bändern zu erzählen, aber meine Handybatterie war fast leer. Ich lieh mir Obions Streifenwagen, wobei ich ihm versprach, den Wagen sofort zurückbringen zu lassen, wenn ich das Büro des Sheriffs erreicht hatte, und ließ ihn in Berkshire Gardens Wache schieben, nur für den Fall, dass Walter Costin doch noch blöd genug wäre, dort aufzukreuzen, wovon ich nicht ausging, es sei denn, die Videobänder bedeuteten ihm etwas Besonderes und/oder belasteten ihn. Ich hängte mein Handy an das Ladegerät im Auto und fuhr in die Stadt, wobei ich mich fragte, ob ich wirklich wissen wollte, wie tief Shaggy in dieser Geschichte drinhing. Er war einfach nicht der Typ, der jemanden umbrachte, das konnte mir niemand einreden, und ich hatte ihn auch nicht als jemanden eingeschätzt, der einen Täter beschützen würde. Vor allem einen Killer wie Costin, falls Costin wirklich unser Killer war. Auf jeden Fall kamen wir der Sache jetzt näher, bald würde ein Teil des Puzzles hoffentlich eine Glühbirne in meinem Kopf zum Leuchten bringen und ich konnte verkünden: »Du bist verhaftet, Arschloch.«

Die Polizeiwache war so spät am Abend praktisch menschenleer, nur ein paar Vermittler in der Zentrale und die Aufseher unten waren da. Charlie war nicht hier gewesen, er musste den Richter von zu Hause aus angerufen haben. Ich ließ Obions Streifenwagen zu ihm zurückbringen, dann ging ich nach oben und schaltete den Videorekorder in unserem Konferenzsaal ein. Ich steckte das erste Band hinein, ein weiterer Porno, na toll. Dieser war nicht halbdunkel wie der, den Charlie uns gezeigt hatte. Hier standen überall Scheinwerfer. Es waren Hilde Swensen und Walter Costin bei heftigen SM-Spielchen mit Peitschen und Gürteln und schwarzen Lederfesseln. Es ging bis aufs Blut, aber sie hatten beide Spaß daran, kein Zweifel. Das Band zeigte etwa zehn Sekunden Statik, dann schob ich das zweite hinein.

Eine weitere Sexszene begann, aber diesmal waren es Brianna und Walter Costin. Guter Gott, was war mit diesen Leuten bloß los? Es war viel zärtlicher, ein Pärchen auf einem Heuboden, und sie waren auch wirklich jung, nicht viel mehr als Teenager, so wie es aussah. Sie sagten immer wieder, wie sehr sie einander liebten, aber ich hatte genug gesehen. Ich drückte die Auswurftaste und schob Nummer drei rein, ich fragte mich, wer Walters nächster Lover sein würde. Diesmal bekam ich ein dunkles Schlafzimmer zu sehen, und auf dem Bett lag ein großer Mann und schnarchte, aber es war nicht Walter.

Im Hintergrund wurde leise geflüstert, dann schaltete jemand die Leuchte an der Kamera ein und richtete sie auf den Mann. Drei Kinder erschienen um das Bett herum, doch ihre Gesichter lagen teilweise im Schatten und ich konnte nicht sicher sagen, wer sie waren, aber ich bekam eine Gänsehaut, denn die Größte sah verdammt wie Brianna Swensen aus. Sie griff nach einem Kissen und drückte es dem Mann auf das Gesicht. Die beiden anderen beugten sich vor und halfen ihr, es herunterzudrücken, dann schauten sie alle drei seelenruhig in die Kameralinse und erstickten den Mann. Das Band schaltete auf Statik und ich starrte entsetzt auf den Bildschirm, bis das Ende erreicht war und das Band zurückzuspulen begann.

Ich hatte gerade einen Snuff-Film und/oder einen tatsächlichen Mord gesehen, und zwar einen äußerst kaltblütigen, den ein paar Kinder begangen hatten. Ich runzelte die Stirn und versuchte mir zu überlegen, wie das alles zusammengehörte. War das andere Mädchen Hilde? War der Junge Shaggy? Das ergab überhaupt keinen Sinn. Aber alles deutete darauf hin. Trotzdem konnte ich immer noch nicht glauben, dass einer von ihnen jemanden so umbringen würde, nicht jetzt, und schon gar nicht, als sie Kinder gewesen waren.

Mit gerunzelter Stirn nahm ich die drei Bänder und ging die Treppe hinunter zum Gefängnis, ich hatte es zu eilig für den Fahrstuhl. Ein Deputy ließ mich durch die schwere Stahltür und führte mich dann in Shaggys Zellenblock. Zu meiner Überraschung war Bud bereits dort. Ich dachte, er würde mehr

Zeit brauchen, um Brianna nach Hause zu befördern und ruhigzustellen. Shaggy lag voll bekleidet auf seiner Pritsche, was für sich genommen schon ein bisschen merkwürdig war, aber vielleicht schlief Shaggy ja in seinen Sachen. Schließlich war Shaggy eben Shaggy.

Bud stand außerhalb der Gitterstäbe. Er drückte sich nicht sonderlich gewählt aus. »Okay, Shaggy, ich habe die Schnauze voll. Wir haben einen Durchsuchungsbefehl für Walter Costins Wohnung und haben deine Nachricht auf seinem Anrufbeantworter gehört. Was läuft zwischen dir und ihm? Wo wolltest du dich mit ihm treffen?«

Shaggy schien über die Neuigkeiten nicht überrascht zu sein, was mich wiederum überraschte. Etwas stimmte an diesem Szenario nicht, ich konnte zwar meinen Finger nicht darauf legen, aber es machte mich nervös. Shaggy starrte mich bloß an, dann sah er die Bänder an, die ich in der Hand hielt. Er fragte: »Was sind das für Bänder? Hast du die bei Costin gefunden?«

»Ja. Warum?«

»Reine Neugier.«

»Ich habe sie in Costins Matratze versteckt gefunden. Weißt du etwas darüber?«

Er setzte sich eilig auf. »Hast du sie angesehen?«

»Allerdings. Bist du auf einem davon drauf, Shaggy?«

»Was für Bänder?« Das war Bud.

»Zwei Sexbänder, eines mit Costin und Hilde, und, tut mir leid, Bud, aber eines mit Costin und Brianna, als sie sehr jung waren.«

»Was zum Teufel?«, fragte Bud.

»Und eines, das sehr nach einem Snuff-Film aussieht. Aber da es drei Jugendliche zeigt, die einen Mann ersticken, denke ich, es ist vielleicht ein selbstgemachter Horrorfilm, den sie zum Spaß gedreht haben.«

»Was zum Teufel?«, fragte Bud wieder.

Shaggy wurde weiß und wich in eine Ecke seiner Zelle zurück, so weit von uns weg, wie es ihm nur möglich war.

»Bist du der kleine Junge in dem Film, Shaggy? Oder ist das Walter Costin?«

Shaggy hob seine Hände vor das Gesicht und begann vor und zurück zu wippen. Bud und ich sahen einander an, dann packte Bud die Gitterstäbe, seine Stimme war angespannt, aber kontrolliert.

»Shaggy, du musst damit aufhören und ehrlich mit uns sein. Wir versuchen herauszubekommen, was passiert ist. Wir wissen, dass du irgendwas mit Costin zu tun hast. Er ist der Täter, oder nicht? Er hat Hilde umgebracht, oder? Warum beschützt du ihn?«

»Ich weiß gar nichts.«

»Blödsinn.« Das war ich. Ich war jetzt richtig sauer.

Vielleicht sollten Bud und ich guter Bulle/böser Bulle spielen – wie im Fernsehen. Bloß kannte Shaggy uns beide zu gut, um den Bluff nicht zu durchschauen. Und im Moment waren wir sowieso beide böse Bullen.

Bud sagte: »Wo ist Costin jetzt? Du musst es uns sagen!«

»Warum sollte ich?«

Ich musste zugeben, dieses unschuldige Getue von Shaggy ging mir immer mehr auf die Nerven.

»Lass mich ein paar Minuten mit ihm allein«, sagte Bud, ohne mich anzusehen.

Ich hatte Bud noch nie zuvor so gesehen. Er versuchte nicht einmal mehr, unparteiisch zu bleiben. Er musste von dem Fall entbunden werden, dringend.

»Was willst du tun, Bud? Ihn mit einem Gummischlauch verprügeln?« Ich lachte, ha ha, aber ich hoffte sehr, dass er das nicht wirklich tun wollte.

Bud verpasste mir einen Blick, der sagte, ich sollte mich zusammenreißen. Ich glaubte ihm und dachte, es wäre vielleicht ein Trick, den er im Ärmel hatte, um Shaggy dazu zu bewegen, sich auszukotzen. Es ging mir gegen den Strich, rauszugehen, selbst für ein paar Minuten, aber ich spielte mit. Bud war ziemlich gut in solchen Sachen, selbst wenn er wütend war. Und er hatte sich inzwischen einigermaßen beruhigt. Er knirschte nicht mal mehr mit den Zähnen.

»Okay, ich gehe nach oben und hole uns Kaffee und melde mich bei Obion in Costins Wohnung. Vielleicht hat der ja doch noch irgendwas mitbekommen. Benehmt euch anständig, ihr beiden. Nicht vergessen, wir sind alle Freunde.«

Oder waren das jedenfalls.

Ich ging Kaffee holen, meldete mich bei Obion und erfuhr, dass in den Berkshire Gardens völlige Ruhe herrschte, was ich auch erwartet hatte. Walter Costin war klug genug gewesen, abzuzwitschern, und jetzt mussten wir Shaggy eben dazu bewegen, uns zu erzählen, wo er sich mit ihm treffen sollte. Und warum. Und wann. Und wer auf dem Band wen umgebracht hatte.

Ich wollte sie nicht allzu lange allein lassen, also wartete ich noch fünf Minuten und betrat dann wieder den Zellenblock. Bud hatte die Schlüssel vom Aufseher geholt und öffnete gerade Shaggys Zelle. Das kam mir nicht wie eine gute Idee vor.

»Was zum Teufel treibst du da, Bud?«

»Er wird uns zeigen, wo Costin sich versteckt hält.«

»Und der Sheriff hat das abgenickt, nehme ich an?«

»Klar.«

»So ein Unsinn.«

Der Gefängniswärter saß nebenan, ignorierte uns und las ein Automagazin. Ich konnte ihn durch das Beobachtungsfenster sehen. Ihm schien nicht einmal aufzufallen, dass Bud die Schlüssel hatte und seinen Gefangenen frei ließ. Ich runzelte die Stirn.

»Bud, das ist eine blöde Idee.«

Er war jetzt in der Zelle und legte Shaggy Handschellen an. »Er will es mir nicht sagen, aber er hat gesagt, er kann es mir zeigen.«

Shaggy sagte: »Ich sage euch alles, was ich weiß, aber nur, wenn ich mitfahren darf. Ihr könntet den Ort sowieso nicht finden. Es ist ganz weit draußen.«

Ich zögerte. »Wir brauchen Charlies Erlaubnis für so was.«

»Er will uns zeigen, wo Costin sich mit ihm treffen soll, Claire. Was ist denn los mit dir?«

»Was ist mit *dir* los? Du hältst dich an keine Regeln mehr. Dafür können sie uns die Marken wegnehmen. Das will ich nicht riskieren.«

»Dann bleibst du eben hier. Das halte ich sowieso für die bessere Idee. Aber ich hole ihn raus und werde meine Vernehmung mit ihm zu Ende bringen. Und dann kann er mir zeigen, wo der Täter steckt oder bald sein wird. Das ist nicht so ungewöhnlich. Teufel, Claire, wir haben solche Sachen schon öfter gemacht.«

Ich schwankte, denn wir hatten so was in der Vergangenheit tatsächlich schon mehrfach gemacht, aber meine Instinkte warnten mich, dass diese Geschichte ganz schnell ganz schief gehen würde. »Ich bleibe nicht hier. Und ich gehe nicht ohne Charlies Einverständnis.«

»Okay, verdammt noch mal, ich rufe ihn an.«

Bud zog sein Handy heraus und ich war augenblicklich erleichtert. Lynchjustiz geht mir gegen den Strich, selbst wenn der Henker nur ein wütender, durchgeknallter Polizist war. Er wählte die Nummer des Sheriffs und verwandelte sich augenblicklich in einen ruhigen und freundlichen Mitarbeiter. Wie erfreulich. »Sheriff, tut mir leid, Sie noch einmal zu stören, aber ich hätte gern die Erlaubnis, Shaggy aus seiner Zelle zu holen. Er glaubt, er wüsste, wo Costin sich versteckt, aber er sagt, er kann es uns nicht beschreiben, er muss es uns zeigen, sonst würden wir es nie finden.«

Während er Charlie zuhörte, starrte er mich wütend an, in Bezug auf mich war er nicht so ruhig und freundlich. »Ja, Sir.« Pause. »Ja, Sir, sie steht neben mir.«

Er reichte mir das Handy.

Ich nahm es. »Ja, Sir.«

»Ist damit alles in Ordnung, Detective?«

»Es sieht so aus, Sir. Er redet nicht, wenn wir ihn nicht mitnehmen.«

»Worin besteht Shaggys Verbindung zu Walter Costin?«

»Da bin ich nicht sicher. Das versuchen wir herauszufinden. Es gibt definitiv eine, Sir. Ich glaube, sie kennen einander alle, seit sie Kinder waren, einschließlich Brianna. Ich habe in Costins Wohnung einige Videobänder gefunden, die das zu beweisen scheinen. Ich weiß nur noch nicht genau, wie alles zusammenhängt.«

Ich zögerte, ich wollte es ihm nicht sagen, tat es dann aber doch. »Eines davon scheint einen Mord zu dokumentieren, aber ich denke mir, vielleicht ist es auch nur ein Amateurfilm von Jugendlichen. Ich bin nicht sicher.«

»Wollen Sie mich verarschen? Sie sind nicht sicher?« Eine Menge leiser, gedämpfter Flüche, dann: »Dann holt ihn eben raus, wenn es sein muss. Aber legt ihm Handschellen an, verstanden? Und vermasselt die Sache nicht, sonst werfe ich euch alle drei in den Knast.«

Vielleicht war das McKays Bud-hinter-Gittern-Vision, aber jedenfalls hatten wir jetzt Charlies Einverständnis. In Wahrheit konnte ich mir natürlich gar nicht vorstellen, dass Shaggy uns irgendwelche Schwierigkeiten bereiten würde oder versuchen sollte, zu entkommen. Er war doch sowieso nur zeitweilig in Haft, um Gottes willen. Soweit ich wusste, könnte Charlie ihn ohnehin nicht mehr viel länger festhalten als vielleicht bis morgen früh. Andererseits war er jetzt der Beihilfe des Mordes verdächtig, was ihn gefährlich werden ließ, selbst für Bud und mich.

»Okay«, sagte ich. »Gehen wir.«

Bud verschwendete keine Zeit, sondern packte Shaggys Arm und zog ihn nach draußen. Wir meldeten uns in der Zentrale ab und sagten, es würde nicht lange dauern. Wir setzten Shaggy auf den Beifahrersitz von Buds Geländewagen. Bud fuhr. Ich saß hinter Shaggy, falls der irgendwas Dummes versuchte. Aber was zum Teufel sollte ich machen, wenn er raussprang und davonlief? Ihm in den Rücken schießen? Das war doch lächerlich. Ich könnte niemals auf Shaggy schießen. Aber Shaggy würde uns das nicht antun. Er würde nicht fliehen. Das konnte mir niemand einreden.

Shaggy wies Bud an, die I-44 entlangzufahren. Das taten wir. Alle schwiegen, bis es mir zu den Ohren herauskam.

»Okay, Shag, Zeit zu Reden. Was läuft mit dir und Costin? Wer ist der Mann auf dem Bett in dem Film? Haben diese Kinder ihn wirklich getötet, oder war das nur ein Amateurfilm?«

»Meine Güte«, sagte Bud.

Shaggy starrte geradeaus in das Licht unserer Scheinwerfer, das zwischen dem lichten Wäldchen auf beiden Seiten der Straße den Asphalt erhellte.

»Wir müssen nach Springfield.«

»Springfield!«, sagte ich. »Das ist eineinhalb Stunden von hier.«

»Dort wird er hingehen, früher oder später.«

Springfield war die drittgrößte Stadt in Missouri, mit etwa hundertfünfzigtausend Einwohnern. »Shaggy, wir fahren auf keinen Fall nach Springfield, wenn du uns nicht sagst, warum.«

Shaggy schien diese Vorstellung gar nicht zu gefallen.

»Okay, Bud, wende bitte, mir reicht dieser Mist. Meinetwegen kann er im Knast verrotten.«

Bud bremste und schaltete den Blinker ein.

Shaggy sagte: »Walter Costin ist mein Stiefbruder.«

»Scheiße.« Das war Bud, aber ich hatte dasselbe gedacht.

»Okay. Erzähl uns alles.«

»Mehr ist da nicht.«

»Shag, ich warne dich.«

»Er hat Hilde das angetan, sie so zugerichtet. Ich kann es nicht beweisen, aber ich weiß, dass er es war.«

»Warum ist er in Springfield?«

»Dort sind wir aufgewachsen. Am Stadtrand. Auf so einer Art Farm.«

Bud überließ mir die Führung des Gesprächs, dafür war ich ihm dankbar. Er nahm den Highway 5 gen Süden Richtung Lebanon und fuhr weiter, die Augen starr auf die Straße gerichtet, seine Finger umklammerten das Steuerrad, als wollte er es erwürgen.

»Warum sollte dein Stiefbruder Hilde verstümmeln und ermorden wollen?«

»Das weiß ich nicht. Ich weiß nur, dass er dazu fähig ist.«

»Warum? Hat er so etwas schon einmal getan?«

»Ich weiß nicht, was er alles getan hat. Wir sind ihm eine Weile entwischt, aber dann hat er uns wiedergefunden.«

Ich sagte: »Wer ist wir?«

Bud sagte: »Komm schon, Shaggy, jetzt pack endlich aus. Du hast uns schon von deiner Beziehung zu Costin erzählt. Warum beschützt du ihn?«

»Ich weiß nicht, vielleicht tu ich das, aber nicht aus dem Grund, den du denkst.«

»Dann sag's mir.«

Shaggy wurde wütend. »Ich weiß es nicht. Er ist schlimm, wirklich schlimm, manchmal. Er lässt mich Dinge tun, die ich nicht tun will. Er macht mir Angst. Ihr solltet auch Angst vor ihm haben.«

Shaggy klang panisch. Bud schwieg wieder. Ich war dran.

»Sag mir, warum er dir Angst macht?«

»Was glaubst du, warum?«

»Hat er dir wehgetan?«

»Er tut allen möglichen Leuten weh. Das macht ihn an. So war es schon immer.«

»Willst du sagen, er hätte Menschen umgebracht und du weißt davon?«

»Mehr kann ich nicht sagen. Er wird mich umbringen. Er wird euch umbringen. Er wird Brianna umbringen. Er wird uns alle umbringen. Und er wird damit davonkommen. So ist das immer, immer, jedes einzelne Mal.«

»Wenn du uns zu ihm führst, damit wir ihn verhaften, wie kann er dich dann umbringen?«

»Er kann es einfach. Er ist klug. Er ist so klug, du wirst es nicht glauben. Er überlegt sich alles, er manipuliert alles und jeden. Für ihn ist alles nur ein Spiel. Er spielt gern Katz und Maus, legt Menschen rein, fängt sie in Fallen.«

»Niemand ist so klug.« Aber ehrlich gesagt, begann ich langsam doch etwas unruhig zu werden. »Wird er in diesem Haus am Rande Springfields sein? Will er uns vielleicht in eine Falle locken? Brauchen wir Verstärkung?«

»Vielleicht. Ich weiß nicht genau, wo er ist. Aber dorthin wird er zurückkehren. Er geht immer zurück nach Hause. Und dort sollen wir uns treffen, morgen früh, nachdem ich aus dem Gefängnis raus bin.«

»Hat er dort gewohnt?«

»Nein, ich habe vor ein paar Tagen nachgesehen. Es gehört uns immer noch, aber er hat in Florida gelebt. Er wusste nicht, wo ich war, bis er Hilde gefolgt ist und sie ihn direkt zu mir an den See geführt hat. Sie wusste nicht, dass er ihr folgte. Ich wusste nicht, dass er hier war, bis ich herausfand, dass er bei Lohman's arbeitete, und da war es zu spät.«

»Warum Hilde, Shaggy? Was hat sie damit zu tun?«

»Schnappt ihn euch einfach und sperrt ihn ein, damit wir alle in Sicherheit sind.«

»Ich weiß, dass du mehr weißt, als du uns erzählst.«

»Okay, okay, es ist diese Sache mit dem Lächeln, das Zitat, das er bei ihr zurückgelassen hat. Ich habe es ihn tausendmal sagen hören. Deswegen glaube ich, er war es. Aber es beweist nichts.«

Was Shaggy erzählte, ergab nicht viel Sinn, und ich wusste genau, dass an dieser bizarren Geschichte noch mehr dran war. Er schien wahrhaftig Angst vor seinem Stiefbruder zu haben, falls Costin tatsächlich sein Stiefbruder war. Aber ich hatte das Gefühl, dass wir jetzt nicht viel mehr aus ihm herausbekommen würden.

»Waren Hilde und er ein Liebespaar? Ging es um Eifersucht?«

»Ich nehme es an. Ich bin weggezogen, weil ich wusste, zu was er fähig ist. Ich warne dich, Claire, wir dürfen das nicht vermasseln. Er ist zu gefährlich, er ist gewissenlos und sehr gerissen. Er ist böse.«

»Böse, sagst du. Dein Stiefbruder ist böse.«

»Ja, genau das sage ich. Ja.« Shaggy wandte sich an Bud. »Nimm die I-44, unser Haus geht davon ab. Es ist ganz am nördlichen Rand der Stadt.«

»Alles klar.«

Ich stellte noch mehr Fragen, aber Shaggy hatte nichts mehr zu sagen. Es sah so aus, als würde sein Stiefbruder derjenige sein, dem wir die Antworten abringen würden müssen. Ich war durchaus erleichtert, dass Shaggy ein Familienmitglied in Schutz genommen hatte, statt selbst an dem Mord teilgehabt zu haben. Ich konnte mir immer noch nicht vorstellen, dass er es in sich trug, jemandem wehzutun. All das war trotzdem sehr merkwürdig und nicht ganz koscher. Ich überprüfte meine beiden Waffen, ich wollte sicher sein, dass sie geladen und einsatzbereit waren, mein Handy bis zum Rand voll, bloß falls ich Unrecht hatte und mit einem Kissen im Gesicht endete.

Wir schafften die Strecke in Rekordzeit. Bud kann Vollgas geben, wenn es sein muss. Die Farm war wirklich abgelegen. Wir verließen die Interstate und holperten über eine Kiesstraße, an der alle hundert Meter oder so Häuser lagen, und dann deutete Shaggy etwa eine Meile weiter auf eine überwucherte Auffahrt, die zu einem Bauernhaus führte. Als Bud einbog, huschte das Licht unserer Scheinwerfer über die Vorderseite des Hauses. Es hatte zwei Stockwerke und ich konnte ein Scheunendach hinter dem Haus ausmachen.

»Sieht nicht so aus, als wäre jemand da«, sagte Bud. »Keine Autos. Keine Lichter. Bist du sicher, dass er hierher zurückkommen wird?«

»Ja, garantiert. Morgen zwischen acht und zehn. Er hat mir Zeit gegeben, aus dem Gefängnis freizukommen und hierher zu fahren. Park hinter der Scheune. Er darf deinen Wagen nicht sehen, sonst haut er ab.«

Ich betrachtete das dunkle Haus und den überwucherten

Garten, ließ die schiere Abgelegenheit des Ortes auf mich wirken. »Ich denke, wir sollten besser etwas Verstärkung holen, Bud. Ich kann die Polizei in Springfield anrufen. Hier kriege ich eine Gänsehaut.«

»Noch nicht. Lass uns reingehen und mal sehen, was wir finden können. Vielleicht gibt es Beweise für das, was er getan hat. Oder, Shaggy? Das ist doch sein Nest?«

Shaggy starrte das Haus an. »Ja. Das ist sein Nest, das stimmt.«

Bud und ich stiegen aus. Ich sagte: »Mann, das gefällt mir gar nicht, Bud. Irgendwas ist nicht in Ordnung. Kannst du es fühlen?«

»Lass uns reingehen und von dort aus anrufen. Wenn wir ihn morgen überraschen können, ist es einfacher, ihn einzukassieren. Wenn wir einen Haufen Uniformen bestellen, kommt er gar nicht erst her.«

Bud öffnete die Autotür und half Shaggy heraus. Die Handschellen blieben dran. Shaggy sah mir direkt in die Augen, und sein Gesichtsausdruck gefiel mir gar nicht. Er wirkte verängstigt und schuldig und nervös.

Wir gingen seitlich an der Scheune entlang, Bud und Shaggy voran. Ich folgte, ich hatte die Glock gezogen und hielt sie parallel zu meinem Oberschenkel, den Finger neben dem Abzug. Nichts war zu hören außer ein paar Insekten, die sich liebend gerne paaren wollten, und es war tiefdunkel, bis auf ein paar Strahlen Mondlicht, die zwischen den Ästen hindurch fielen. Das Haus war dunkel und still, scheinbar verlassen.

»Hast du einen Schlüssel, Shaggy?«, fragte ich.

»Es ist nicht abgeschlossen.«

»Das ist dann ja auch kein tolles Nest.«

Bud sagte: »Komm schon, lass uns reingehen, falls er früher kommt.«

Wir gingen die Hintertreppe hoch und Bud drückte die Klinke. Die Tür öffnete sich mühelos, genau wie Shaggy es gesagt hatte.

»Der Strom ist nicht an, aber auf dem Küchentresen steht eine Kerosinlampe. Daneben liegen Streichhölzer.«

Bud ging durch die Dunkelheit zum Tresen und tastete ein paar Sekunden darauf herum, dann hörte ich, wie ein Streichholz angerissen wurde. Die Kerosinlampe flammte auf und ich keuchte und riss meine Waffe hoch, als die Küchentür aufschwang. Ich entspannte mich ein klein wenig, als Brianna in der Tür erschien. Sie warf sich in Buds Arme. Er hielt sie fest, den Blick auf mich gerichtet.

»Oh, Gott sei Dank, du bist da«, sagte sie. »Ich hatte solche Angst, er würde kommen, bevor du hier bist.«

Ich war verwirrt und verunsichert, mir gefiel das alles gar nicht, nicht im Geringsten, daher behielt ich alle drei im Visier, ich wusste wirklich nicht, was ich davon halten sollte. »Okay, Bri, entferne dich von Bud. Ich meine es ernst, Bri.«

Ich sah sie zurücktreten. Dann sah ich Shaggy an. Er lächelte. Auch das gefiel mir nicht. »Leg deine Waffe hin, Claire. Du wirst auf keinen von uns schießen und das weißt du genau.«

Ich sagte: »Bud, was zum Teufel ist hier los?«

Ich wandte mich ihm zu und sah, dass er jetzt ebenfalls seine Waffe gezogen hatte. Dummerweise zielte er damit auf mich. »Bud? Was um Gottes willen machst du da?«

Bud sagte: »Es tut mir leid, Claire, wirklich, ich wollte, dass du im Gefängnis bleibst, aber jetzt musst du deine Waffe auf den Boden legen und mich die Sache klären lassen. Ich will nicht, dass dir etwas passiert, ich schwöre es bei Gott. Ich will auch nicht, dass du gegen deine Prinzipien verstoßen musst oder wegen dieser Sache deine Marke verlierst, aber ich kann nicht zulassen, dass du mich daran hinderst, das zu tun, was getan werden muss. Mach einfach mit, bloß bis wir Costin erledigt haben, dann kannst du mich verhaften, wenn du willst. Du kannst uns alle verhaften.«

Ich versuchte zu kapieren, welcher Teufel in ihn gefahren war, und dass sie offenbar alle drei zusammen in der Sache steckten. Gegen mich. Meine drei guten, loyalen Freunde hatten mich hier rausgelockt und hereingelegt, als wäre ich eine komplette Idiotin. Ich zielte mit meiner Glock auf Brianna. Die sah jetzt auch nicht mehr so hübsch aus, wo sie mit ihrer eigenen Pistole auf meinen Kopf zielte.

Ich sagte: »Das ist ja wohl ein richtiges Matt, oder, Leute?«

»Sei vernünftig, Claire«, sagte Shaggy neben mir. »Du musst nicht zu Schaden kommen. Ich will dir nicht wehtun. Ich will niemandem wehtun. Du hättest mit der Sache heute Abend nichts zu tun gehabt, wenn Ortega dich nicht in der letzten Minute auf Walter angesetzt hätte. Bud sollte mich rausholen, bevor du zum Gefängnis kamst. Du bist einfach nur zu früh gekommen und hast uns gezwungen, dich mitzunehmen.«

»Was habt ihr denn vor? Wollt ihr Costin kaltblütig erschießen?«

»Ja.«, sagte Shaggy ruhig und selbstverständlich.

»Seid ihr verrückt?«

»Wir müssen, es ist unser einziger Ausweg. Er findet uns immer. Er hat Hilde umgebracht, um uns zu warnen. Also werden wir ihn umbringen, Brianna und ich gemeinsam. Als Bud heute Brianna geholt hat, hat sie ihm alles erzählt, wie Walter aufgetaucht ist und sie gezwungen hat, Hildes Platz beim Wettbewerb einzunehmen, er hat sie versprechen lassen, Bud zu verlassen und mit ihm zu kommen. Und als Bud hörte, was Walter uns alles angetan hat, als wir kleine Kinder waren, die schrecklichen Dinge, zu denen er uns gezwungen hat, hat er gesagt, er würde uns nicht aufhalten, er würde uns helfen, es zu vertuschen.«

»Mein Gott! Ihr habt doch den Verstand verloren. Hört euch doch mal an. Das könnt ihr nicht ernst meinen. Bud? Denk doch mal nach. Das kannst du nicht machen.«

Ich schüttelte immer noch den Kopf, ich hoffte, dass ich träumte, und versuchte zugleich, mir etwas einfallen zu lassen, wie ich sie daran hindern konnte, dass sie den Rest ihres Lebens hinter Gittern verbrachten, aber während ich noch Buds Gewissen bearbeitete, warf sich Shaggy plötzlich auf mich und erwischte mich völlig unvorbereitet. Er kam von der Seite, und dann packte Bud auch schon meinen Arm mit der Pistole, er drehte mir die Glock aus der Hand, bevor ich wusste, wie mir geschah. Er steckte sich die Glock in den Hosenbund und zog mir dann die .38er aus dem Knöchelholster und das Handy vom Gürtel, während Shaggy mich festhielt. Er warf Brianna die Schlüssel zu den Handschellen zu.

»Mach Shaggy los. Und leg Claire dann die Handschellen an.«

»Was zum Teufel ist denn los mit dir, Bud? Ich dachte, du hättest mehr Verstand. Du bist ein guter Polizist. Du wirst damit nie durchkommen. Und für was? Wir können ihn in ein paar Stunden festnehmen. Ganz legal, wir können ihn wegsperren. Wir sind im Vorteil. Er weiß nicht, dass wir hier warten. Wir können ihn verhaften und keiner von euch muss dafür ins Gefängnis gehen.«

Brianna kniete sich vor mich hin und fesselte meine Hände aneinander, sie entschuldigte sich wie eine Weltmeisterin. Sie begann sogar ein wenig zu weinen. »Es tut mir so leid, Claire, ich weiß, dass du versucht hast, mir zu helfen, aber du kannst das nicht, verstehst du nicht, du kannst ihn nicht aufhalten. Niemand kann ihn aufhalten. Glaubst du, wir hätten das nicht versucht? Mein ganzes Leben habe ich versucht, ihm zu entkommen. Aber er findet mich jedes Mal. Er hat Hilde getötet, weil sie wusste, wo ich war und es ihm nicht gesagt hatte. Er ist ihr hierher gefolgt. Er hat ihr die Lippen als Warnung an mich abgeschnitten. Damit ich wieder mit ihm zusammenkomme. Er ist besessen von mir.«

Shaggy runzelte die Stirn und überprüfte, dass die Handschellen eng genug um meine Handgelenke schlossen. »Du kennst Walter nicht so wie wir, Claire. Er hat jahrelang Menschen umgebracht. Für ihn ist es ein Spiel und er hat uns, seit wir klein waren, zu seinen Komplizen gemacht. Hilde wollte es nicht, aber sie hat ihn direkt zu uns geführt. Er tötet jeden, der Brianna ansieht. Er will Bud umbringen. Er hat an jenem Tag in den Royal Condos auf Bud geschossen, nicht auf dich. Du standest einfach nur im Weg.«

Ich sagte: »Lasst mich die Sache regeln. Ich kann sofort Verstärkung anfordern. Wir umstellen das Haus und verhaften ihn, wenn er kommt. Bud, du ruinierst dein Leben. Du kannst deine Karriere vergessen und du wirst dafür im Gefängnis verrotten.«

»Nein, nein …« Brianna schluchzte. »Du verstehst nicht, was er uns alles angetan hat. Aber wir können es nicht beweisen. Wir können nichts davon beweisen, was er getan hat. Er wird freikommen.«

Shaggy sagte: »Hilde war unsere Schwester. Wir nannten sie Sissy. Deswegen wollte ich ihren Mund für die Trauerfeier in Ordnung bringen, damit sie besser aussah, weil ich wusste, Brianna würde ihr bei der Beerdigung das Herz umlegen wollen.« Seine Stimme brach, aber dann schüttelte er sich und packte mich am Arm. »Wir werden dich an einen sicheren Ort bringen, bis die Sache vorbei ist, dann kann niemand sagen, dass du etwas damit zu tun hattest. Wir werden dir nichts tun, falls du das glaubst. Das würden wir nie machen. Wir lieben dich, wir alle. Du bist uns einfach nur im letzten Augenblick in die Quere gekommen, und wir können uns von dir nicht aufhalten lassen.«

Ich sah Bud an und hob meine gefesselten Handgelenke. Immerhin schaute er beschämt. »Wie lange hast du das schon geplant, Bud? Du scheinst ein ziemlich guter Schauspieler zu sein.«

»Ich kannte vor heute Nacht nicht die ganze Geschichte. Wie Shag sagte, Brianna hat es mir erzählt, als ich zurückkam, um sie abzuholen. Da habe ich mich entschieden, Shaggy aus dem Gefängnis zu holen, damit er sich wie geplant mit Costin treffen kann. Ich wusste, Bri und Shaggy können ihn nicht allein ausschalten. Sie können das einfach nicht alleine, also werde ich ihnen helfen.«

»Du unterschreibst dein eigenes Todesurteil.«

Sie schauten alle drei schuldig, aber es reichte nicht, um sie daran zu hindern, mich aus dem Haus zu zerren, über den Hof und in die alte Scheune. Brianna und Bud blieben mit der Laterne unten stehen und sahen zu, wie Shaggy mich eine Treppe zum Heuboden hochschleppte. Unsere lang gezogenen Schatten huschten im tanzenden Licht der Laterne umher und warfen dunkle Muster auf die Wände, aber ich bekam eine grobe Übersicht der Scheune. Ich sah eine Art Kiste in einer Ecke stehen, mit einer vergitterten Tür an der Vorderseite. Ich wurde hineingesteckt. Die Tür schloss sich hinter mir und ein Vorhängeschloss klickte zu. Die Kiste war groß genug, dass ich mit gebeugten Knien sitzen konnte, aber es reichte nicht zum Stehen.

»Okay, Claire, streck die Hände durch die Gitterstäbe und ich nehme dir die Handschellen ab. Du musst es nicht ungemütlich haben, bis wir zurückkommen. Es wird morgen früh sein. Dann holen wir dich raus.«

Ich streckte meine Hände aus. Er nahm mir die Handschellen ab. Brianna und Bud warteten am Fuß der Treppe. Ich konnte die Laternenflammen flackern sehen, und ich konnte Brianna weinen und zu mir sprechen hören.

»Claire, bitte hör mir zu, bitte vergib uns dafür. Ich habe Bud heute Nacht in diese Sache hineingezogen, als ich ihm die Wahrheit erzählt habe, aber ich will nicht, dass ihm etwas zustößt. Ich habe es ihm nur gesagt, weil Walter ihn umbringen will. Er musste das wissen, damit er vorsichtig ist. Ich habe gesagt, ich würde wieder mit Walter gehen, damit er Bud in Ruhe ließe, aber Bud hat mich nicht gelassen. Und ich will nicht wieder bei Walter sein. Ich will nicht. Lieber sitze ich für den Mord an ihm im Gefängnis, als mit ihm zu leben und die schrecklichen Dinge zu tun, die er immer von mir verlangt.«

Ich spürte eine entsetzliche, unwillkommene Welle der Resignation in mir. »Ihr kommt damit niemals durch. Ihr seid alle genauso schlimm wie Costin. Ihr werdet alle Mörder sein. Bud, wach auf und beende diesen Wahnsinn, bevor es zu spät ist.«

Dann hörte ich Buds Stimme, wütend und entschlossen. »Du hast das Band gesehen oder, Claire? Wie Costin diese Kinder dazu getrieben hat, Bris Stiefvater umzubringen? Er war älter, sie haben zu ihm aufgeschaut und ihm vertraut. Und seitdem erpresst er sie mit dieser Aufnahme, er lässt sie tun, was immer er will. Am Ende wird er sie alle umbringen, genau wie Hilde. Ihr die Lippen abzuschneiden war eine Warnung an sie. Bri und Shaggy haben seinetwegen die Hölle durchgemacht, seit sie kleine Kinder waren. Ich werde ihnen helfen, das ein für alle Mal zu beenden.«

»Das ist doch verrückt! Tu es nicht.«

Aber dann waren sie weg und ich war allein, eingeschlossen und hilflos in der stockdunklen Scheune. Ich konnte meine Hand vor Augen nicht sehen, also untersuchte ich die Kiste mit meinen Fingern, sie war alt, aber stabil. Vielleicht hatte ich Glück und das Holz würde an den Scharnieren splittern, wenn ich heftig genug gegen die Tür trat. Viel mehr konnte ich nicht tun. Ich konnte nicht glauben, dass Bud bei diesem Mist mitmachte. Und Shaggy und Brianna – Mörder? Niemals. Dann wären sie genauso schlimm wie Costin. Ich legte mich auf den Rücken, zog die Knie an und trat mit beiden Füßen so heftig ich konnte gegen die Tür. Wenn ich aus diesem verdammten Käfig fliehen konnte, bestünde immerhin noch die Chance, dass es mir gelang, sie zu stoppen.

Die Ältere verließ die Scheune an der Seite des Mannes, den sie liebte. Keiner sagte etwas, aber alle dachten an ihre Freundin, die sie gerade in ihre alte Strafkiste eingeschlossen hatten. Bud hatte seine eigene Partnerin verraten, und die ältere Schwester wusste genau, dass es ihn umbrachte. Und es war ihre Schuld, die ganze Sache war allein ihre Schuld. Sie hätte ihm niemals die Wahrheit sagen dürfen, als er sie abholen wollte, nachdem sie den Wettbewerb gewonnen hatte. Sie war so rührselig und ängstlich gewesen und hatte geweint und ihm alles erzählt, von Anfang an, von dem Tag an, als sie den Jungen unter den Turnhallenbänken getroffen hatte.

Bud war entsetzt darüber gewesen, dass Walter sie und Bubby einer solchen Hölle ausgesetzt hatte, und hatte ihnen helfen wollen. Er war derjenige gewesen, der sie vorausgeschickt hatte, während er Bubby aus dem Gefängnis holte, und sie war so erleichtert gewesen, dass er sie nicht hasste, dass jemand wie er, der wusste, wie man schoss, jemand Knallhartes und Erfahrenes und Gutes, ihnen helfen würde, den Jungen zu stellen. Aber sie hätte ihn nie in diese Sache hineinziehen dürfen. Es würde seine Karriere als Detective bei der Mordkommission beenden, und schlimmer noch, es würde Claires Vertrauen in ihn zerstören.

Sie wartete, bis sie im Haus waren, im Wohnzimmer, dann sagte sie: »Bud, es tut mir so leid, dass all das passiert ist. Ich weiß, es bringt dich um, Claire das anzutun.«

Bud starrte ihr in die Augen. Sein Gesicht war angespannt, ernst, gequält. Er sah hinüber zu Bubby, dann ging er ein paar Schritte durchs Zimmer, bevor er sich umwandte und zu ihnen zurückschaute. Er schüttelte den Kopf.

»Bri, ich kann das nicht machen. Ich dachte, ich könnte, aber ich kann nicht zulassen, dass du und Shag ihn kaltblütig abknallen. So schlimm er ist, das kann ich nicht tun. Claire hat mit allem recht. Er wäre tot, das stimmt, aber wir alle auch, denn wir sind nicht wie er und wir können nicht mit so etwas leben. Sie hat recht. Sie hat mit allem recht. Und das wisst ihr beide auch, oder? Ich bin sicher, dass es so ist.«

Die Ältere nickte, denn was er sagte, war die Wahrheit. Sie wandte sich mit Tränen in den Augen Bubby zu. All dies war seine Idee gewesen, er hatte es sich überlegt, während er in seiner Gefängniszelle gesessen hatte. Er hatte die Falle geplant, ursprünglich nur für sie beide, ausgerechnet Bubby, der die Gewalt und die Morde, denen sie als Kinder ausgesetzt gewesen waren, mehr hasste als jeder andere von ihnen.

Sie sagte: »Johnny, wir können das nicht machen. Bud hat recht. Wir werden alle den Rest unseres Lebens im Gefängnis sitzen.«

Shaggy stand schweigend da. »Wir müssen ihn töten, bevor er uns tötet.« Seine Stimme brach. »So wie er Sissy getötet hat.«

Bud sagte: »Wir können ihn immer noch überwältigen. So wie wir es geplant haben, aber wir werden ihn überwältigen und ihn den Mord an Hilde gestehen lassen. Er kann nicht wissen, dass ich hier bin. Er erwartet nur Bri und dich. Und er glaubt, er bekommt sie zurück. Wir können ihn für den Rest seines Lebens hinter Gitter wandern lassen.«

Brianna sagte: »Er wird eine Möglichkeit finden, zu entkommen. Er findet immer eine Möglichkeit.«

»Diesmal nicht. Alles, was du tun musst, Bri, ist, hier im Wohnzimmer zu sitzen und auf ihn zu warten. Ich will nicht, dass dir etwas zustößt. Sag ihm, Shaggy sei noch nicht hier. Bleib einfach lang genug hier, damit er hereinkommt. Ich kann mich oben an der Treppe verstecken, bis ich mich auf ihn werfen kann. Dann legen wir ihm Handschellen an, zwingen ihn zu einem Geständnis und bringen ihn auf die Wache. Dann steht unser Wort gegen seines. Wenn ihr beide gegen ihn aussagt, wenn ihr der Staatsanwaltschaft alles erzählt, was ihr wisst, können wir ihn wegsperren. Shaggy, du versteckst dich mit dem Gewehr im Esszimmer. Wenn er drinnen ist, greife ich ihn von der einen Seite an, du von der anderen. Wenn wir beide unsere Waffen auf ihn richten, wird er nichts Dummes tun.«

Die Ältere und Bubby lauschten Buds Plan und folgten seinen Anweisungen. Aber als sich ihre Blicke trafen, wussten sie, dass Buds Plan nicht funktionieren würde. Der Junge würde sich etwas einfallen lassen, und es würde funktionieren. Er würde davonkommen. So war es immer gewesen, und so würde es immer bleiben.

19

Dagegen zu treten wird Ihnen auch nicht helfen, Detective.«

Die Stimme glitt durch die Dunkelheit des Heubodens, ganz aus der Nähe, eisig ruhig und beängstigend, als hätte sich der Tod höchstpersönlich aus dem Nichts materialisiert. Und ich wusste nur zu gut, wer das war. Walter Costin. Ein Tod ganz eigener Art. Ich erkannte seine Stimme, genauso wie Carlos Vasquez sie erkannt hatte, bevor er ihm die Lippen abgeschnitten hatte. Ich erstarrte, die Muskeln steinhart vor Angst. Ich hatte Mühe, ihn in der Tintenschwärze auszumachen. Plötzlich flammte ein grelles weißes Licht auf und knallte mir ins Gesicht. Für einen Moment war ich blind, ich schloss die Augen und schützte sie mit den Händen.

Dielen quietschten, als er näher kam, und dann hörte ich ihn lachen, leise und ohne Humor. »Wollen Sie wissen, warum Sie da nicht rauskommen? Ich habe die Kiste verstärkt, als ich die liebe kleine Hilde mal ein paar Tage dort einsperren musste. Sie hatte ein kleines Problem damit, sich daran zu erinnern, dass sie mir gehorchen sollte, das kleine Biest. Aber es hat mir nicht viel weitergeholfen. Ich habe später herausgefunden, dass sie sich hinter meinem Rücken hier hoch nach Missouri geschlichen hat, um Johnny und Brianna zu besuchen, und die ganze Zeit hat sie mich angelogen wie einen dummen Hund. Sie hat mir geschworen, sie hätte nicht die geringste Ahnung, wo die beiden anderen sind. Sie hat es mit der Hand auf der Bibel geschworen, sie hat gesagt, sie wünschte wirklich selbst, sie finden zu können. Immer wieder, Sie kennen die Geschichte ja, sie vermisste sie so sehr und hoffte wirklich, es ginge ihnen beiden gut. Alles Lügen, denn die Wahrheit war, dass sie eine verlogene kleine Verräternutte war.«

Jetzt war er nah genug, dass ich ihn sehen konnte, aber nur ein unscharfer Umriss, der sich hinter dem grellen Taschenlampenstrahl befand. Er plauderte weiter, es schien ihm beinahe Freude zu bereiten, mir seine Geschichte zu erzählen, vermutlich war er einsam. Schade nur, dass ich kein Band dabei hatte. Das Dumme war, dass er ohne Zweifel nur deshalb glaubte, er könnte sich mal ausquatschen als wäre ich Oprah Winfrey, weil er sicher war, dass ich nicht die geringste Chance hatte, lebendig aus dieser Kiste rauszukommen.

»Ich muss zugeben, Sie haben ihre Spuren ziemlich gut verwischt. Sie haben es geschafft, mir lange zu entwischen, was ich nie für möglich gehalten hätte. Keiner dieser kleinen Lieblinge ist ein neuer Einstein, außer Johnny, der ist ganz helle, das muss ich ihm lassen. Aber dann bin ich doch zu mir gekommen und wurde ein bisschen misstrauisch, was Hildes komische kleinen Ausflüge nach Missouri anging. Also habe ich mich gefragt: Warum wohl? Unsere Familie ist lange weg, keiner ist mehr hier. Warum also meldete sie sich für diese lächerlichen Wettbewerbe im Hotel Ihres Freundes an? Und ich entschied mich, ihr zu folgen und mal zu sehen, was da so lief. Sie können sich vorstellen, wie überrascht ich war, als ich Brianna vorfahren und aus ihrem Wagen steigen sah. Und wer taucht nur eine Minute später auf? Der kleine Bubby persönlich, aber warten Sie, Sie nennen ihn ja Shaggy, oder? Alle drei zusammen hatten sich gegen mich verschworen. Der Rest ist Geschichte, wie man so schön sagt. Vor allem für Hilde.« Seine Stimme war immer kälter, härter und wütender geworden.

Ich saß ganz still, sagte nichts und versuchte im Geiste meine Möglichkeiten durchzuspielen. Ich hatte keine Waffen, kein Telefon und war hilflos in einer ziemlich stabilen Kiste eingesperrt. Das war's im Grunde. Diesmal gab es keine Möglichkeiten. Vielleicht könnte ich schreien und versuchen, Bud zu warnen. Aber mehr war nicht drin.

Offenbar überlegte sich Costin in etwa dasselbe. »Verschwende deinen Atem nicht mit Schreien. Keiner wird dich hören. Sie verstecken sich im Haus, diese Clowns, sie planen eine Mordsüberraschungsparty für mich. Selbst dein Partner ist darauf angesprungen, all seine Skrupel waren plötzlich unwichtig. Das ist der Effekt, den Bri auf Männer hat. Die meisten tun alles, was sie von ihnen will. Sie werden sogar zu Mördern, wie der arme Bud. Nicht, dass ich nicht wüsste, wie es ist, in ihrem Bann zu stehen. Sie hat mich in ihr Netz gezogen, als ich bloß ein Kind war, lange bevor sie so hübsch wurde, wie sie es jetzt ist. Der Unterschied ist nur, dass ich festgestellt habe, dass es mir Spaß machte, Leute für sie umzubringen. Ich wage zu bezweifeln, dass es Bud genauso gehen wird.«

Okay, wenn dieser Penner plaudern wollte, sollte mir das recht sein. Vielleicht würde es mir genug Zeit einbringen, um mir zu überlegen, wie ich aus diesem Schlamassel herauskam. »Erzählen Sie mir eines, Walter. Was hatten Sie gegen Carlos Vasquez? Es scheint ein bisschen unnötig, fast schon Overkill.«

»Kommen Sie, Detective, Carlos hat mich bei Hilde zu Hause gesehen, er ist mir begegnet, er hätte mich Ihnen sogar beschreiben können. Ich wusste, Sie würden früher oder später runterfliegen und ihn als Verdächtigen überprüfen, und er würde Ihnen erzählen, dass Hilde Todesangst vor mir hatte. Ich musste ihn zum Schweigen bringen, und zwar schnell. Aber trotzdem waren Sie früher an ihm dran als ich. Ich habe ihn verstümmelt, damit Sie von dieser Sache abgelenkt waren. Ich bin davon ausgegangen, Sie würden dann eine Weile unten im Sunshine State bleiben und nach seinem Mörder suchen.«

»Ach? Aber eines ist schief gegangen.«

»Ach ja? Was denn?«

»Carlos Vasquez ist nicht gestorben. Im Gegenteil, er hat uns direkt auf Ihre Spur gesetzt. Detective Ortega in Miami und Sheriff Ramsay wissen beide, dass Sie ihn verstümmelt haben. Sie suchen jetzt beide wegen Mordes nach Ihnen, ganz zu schweigen von dem Mordversuch. Glauben Sie ja nicht, dass Sie damit davonkommen, Costin. Sie sind nicht so klug, wie alle anderen zu glauben scheinen.«

Er lachte wieder, und diesmal klang er wirklich amüsiert. Fröhlich wie der Nikolaus. »Wissen Sie was? Ich bin mit jedem einzelnen Ding, das ich in meinem Leben getan habe, davongekommen, mit allem, egal ob gut oder schlecht. Brianna und Johnny wissen das ganz genau. Deswegen sind sie hier im Haus und wollen mich abknallen. Bloß sind sie nicht so klug wie ich, und Sie sind das auch nicht, wenn man mal berücksichtigt, wo Sie grade sitzen. Sie haben mich ein paar Tage in Atem gehalten, das will ich ja zugeben. Aber glücklicherweise fanden die drei Clowns es sinnvoll, Sie einzusperren, also muss ich mir um Sie keine Sorgen machen. Und die werden bald ihr blaues Wunder erleben, denn raten Sie mal was? Ich habe das Haus schon vor Jahren verwanzt. Ich wusste, dass ich ihnen nicht mehr trauen konnte. Hilde hat lange zu mir gehalten, aber dann hat sie mich schlimmer als jeder von ihnen verraten, als sie auf ihre Seite überwechselte.«

»Mein Rat, Costin? Hauen Sie ab, während Sie noch können. Ich habe schon Verstärkung bei der Polizei Springfield angefordert. Die werden bald hier sein.«

»Ach ja? Haben Sie die angerufen, bevor Ihre Freunde Sie in die Kiste gesperrt haben und Ihr Handy einkassiert haben, oder danach?«

Ich schwieg, aber ich steckte wirklich in der Tinte. Ich versuchte mir etwas einfallen zu lassen, wie ich Bud warnen konnte, aber mir blieb dafür nicht mehr viel Zeit.

»Na also, Detective. Zeit für meine Überraschungsparty, aber sie wird einen wirklich überraschenden Dreh haben. Und Sie werden mir dabei helfen.« Er kniete sich vor die Kiste, das grelle Licht schien mir weiter ins Gesicht. Ich hörte einen Schlüssel knirschen, dann schwang die Tür nach außen auf. Ich hechtete heraus und stieß ihm gegen die Beine, aber er wich mir aus und der Lichtbogen sauste abwärts in Richtung meines Schädels. Die schwere Maglite-Taschenlampe knallte gegen mein Hirn und ich stürzte mit dem Gesicht voran zu Boden. Ein wenig benommen spürte ich, wie er meine Arme hochzog und meine Handgelenke mit einem Seil hinter meinem Rücken fesselte. Ich spannte meine Arme an in der Hoffnung, etwas Luft in den Knoten zu erzeugen, aber er drehte mich um, stopfte mir einen Knebel in den Mund und zerrte mich dann an der Rückseite meiner Bluse hoch. Er drückte mir einen Pistolenlauf ins rechte Ohr.

»Okay, das war ganz lustig, Sie sind richtig tapfer, aber es reicht jetzt. Ich habe gelesen, wie mutig Sie sind, aber ich will Sie jetzt noch gar nicht umlegen, weil Sie nämlich meine Eintrittskarte ins Haus sind. Aber ich schlitze Ihnen den Hals auf, wenn es sein muss, jetzt sofort, wenn Sie noch so was Blödes versuchen. Sie müssen wirklich begreifen, dass ich keine Sekunde zögern werde. Und dann schneide ich Ihnen die Lippen ab und lasse Sie verbluten, so wie Hilde und Carlos, so wie jeden, der mich je verraten hat.«

Mir war immer noch ein bisschen schwindelig und ich taumelte neben ihm her. Er packte mich hinten an meiner Bluse und schubste mich praktisch die Treppe hinunter. Auf einmal ließ er mich los und ich stürzte wie ein Sack Zement und knallte zu Boden. Knurrend kullerte ich in die Richtung, in die ich gestürzt war, und versuchte verzweifelt, wieder auf die Beine zu kommen. Aber er eilte die Treppen herunter und packte mich wieder, diesmal mit einer Hand in den Haaren. Er brachte seinen Mund ganz dicht an mein Ohr und sprach leise und rau.

»Jetzt sei ganz still, verstanden? Wir wollen unsere guten Freunde, die sich im Haus verstecken, doch überraschen.«

Er ging um die Ecke, über den Hof, zerrte mich mit sich. Es war immer noch dunkel draußen und Costins Wagen stand nicht in der Auffahrt. Es stand überhaupt kein Wagen in der Auffahrt. Alle waren versteckt, alle spielten Katz und Maus. Unglücklicherweise war Costin Sylvester und ich war Tweetys unseliger Cousin. Er war die ganze Zeit hier gewesen, er hatte gelauscht und beobachtet, er hatte uns zum Narren gehalten. Ich hoffte nur, dass Bud und die anderen im Haus bis an die Zähne bewaffnet waren und wachsam darauf warteten, dass

Costin an Land kam. Er schubste mich vor sich her um die Rückseite der Scheune. Ich taumelte einmal und wäre beinahe gestürzt, aber er packte mich und zwang mich zwischen ein paar Bäume am Rande des Grundstücks. Am anderen Ende des Wäldchens erreichten wir die gegenüberliegende Seite des Hauses. Es war dunkel und still, aber ich wusste, dass niemand drinnen uns hören konnte. Er drückte mich auf die Knie, während er eine Falltür zum Keller öffnete, sie hochklappte und mit mir einige Stufen zu einer weiteren Tür hinunterging. Er öffnete auch diese und stieß mich hinein.

»Okay, Detective, hören Sie gut zu. Bri wartet oben im Wohnzimmer auf mich, sie wird beteuern, dass sie mit mir durchbrennen möchte. Ist das nicht süß? Johnny und Bud lauern auch irgendwo, sie wollen mir in den Rücken schießen und mich abknallen wie einen räudigen Hund. Das ist weder brillant noch kreativ, aber andererseits war ich ja diesmal auch nicht dabei, um es für sie zu planen. Also los, Sie sind meine menschliche Deckung. Keiner von denen wird es riskieren, Sie zu durchlöchern.«

Wir gingen die Treppe hoch, die ins Haus führte, ich voran, aber in seinem Griff, und dann traten wir hinaus in einen dunklen, kühlen Flur, der von der hinteren Veranda kam. Ich konnte ein kleines Licht im Wohnzimmer ausmachen und versuchte, eine gedämpfte Warnung zu rufen, bis Costin seinen Arm um meinen Hals schlang und mit seinem Unterarm zudrückte. Der Laut verklang. Dann schob er mich in den offenen Durchgang zum Wohnzimmer. Brianna saß in einem Schaukelstuhl neben einem erloschenen Kamin.

»Hallo, Süße, sieh mal, wen ich dir mitgebracht habe.«

Brianna hatte uns noch nicht gesehen und der Klang von Costins Stimme ließ sie aus dem Stuhl hochzucken. Ihr Gesicht verzog sich vor Angst und ihre Augen wurden riesengroß und glänzten im Licht der Kerosinlampe auf dem Tisch neben ihr. »Tu Claire nichts. Walter, bitte, bitte. Ich werde machen, was immer du sagst. Ich schwöre es.«

»Okay, in Ordnung. Sag Bubby und Bud, sie sollen mit erhobenen Händen vortreten, sonst schieße ich ihr das Hirn weg.«

Ich stand schweigend vor ihm, seine Hand immer noch in meinem Haar, mit der anderen drückte er mir eine Pistole an die Schläfe. Ich hoffte bei Gott, Bud hätte den Mumm, auf ihn zu schießen. Wenn sie ihn nicht abknallten, waren wir alle tot.

»Bud, Bud, er hat eine Pistole auf Claires Kopf gerichtet«, rief Brianna. »Er tut es, Bud, er wird es tun!«

Stille, vielleicht zehn Sekunden lang, dann sah ich eine Bewegung auf der Treppe in den ersten Stock. Bud erschien auf dem Absatz. Er hatte die Arme ausgestreckt, die .45er gehoben und auf Walters Kopf gerichtet. Shaggy kam plötzlich hinter der Wand zum Esszimmer hervor. Er hatte seine Waffe bereits sinken lassen.

»Ist das nicht nett? Die ganze Familie wartet darauf, dass ich komme. Das nenne ich echte Loyalität.«

Bud rührte sich nicht, reagierte nicht, zielte weiter auf Walters Gesicht. Walters Atem veränderte sich nicht. Er war so ruhig wie Eis auf einem See. »Na los, schießen Sie auf mich, Detective Davis, töten Sie mich, wenn Sie wollen, aber Ihre Partnerin wird dann noch dran glauben müssen.«

Ich sah, wie Buds Blick in meine Richtung huschte, nur einen Augenblick, und schüttelte den Kopf. »Schieß schon, schieß schon«, versuchte ich trotz des Knebels zu schreien, aber meine Worte waren gedämpft und mein Herz sank, als ich Buds Zögern bemerkte. Ich wusste in diesem Moment, dass wir alle Geschichte waren.

»Okay, Costin, wir legen die Waffen hin. Tun Sie ihr nichts.«

Walter sagte: »Du auch, Bubby, Junge, und dann legt euch auf den Bauch auf den Boden, alle beide.«

Ich kniff die Augen zusammen und überlegte, was ich tun könnte, während die beiden Männer langsam ihre Waffen zur Seite packten und sich auf den Boden legten. Sie hätten das nicht tun sollen, nein, nein, auf keinen Fall, dachte ich panisch, er wird euch umbringen, er wird uns alle töten, deswegen ist er hier.

»Brianna, meine Süße, unter dem Sofa findest du ein Seil. Hol es hervor und fessle sie an diese Esszimmerstühle dort drüben. Und zwar ordentlich. Gib mir keinen Grund, die Polizistin hier abzuknallen.«

»Bitte, Walter, hör mich an. Wenn du mich liebst, wenn du mich wirklich liebst, wirst du niemandem wehtun. Ich habe gesagt, ich gehe mit dir, ich bin ab jetzt bei dir. Du hast gesagt, das ist alles, was du willst. Ich laufe nie wieder vor dir weg. Ich schwör es bei Gott, nie wieder.«

»Das, meine Liebe, ist Musik in meinen Ohren. Fessle sie, wie ich es gesagt habe, und dann verschwinden wir von hier.«

Brianna gehorchte eilig und Walter drückte mich zu Boden und hielt die Pistole gegen meinen Kopf gepresst. Meine Gedanken rasten, fanden aber keine Antwort auf dieses Dilemma. Ich konnte diesmal keinen Ausweg sehen. Vielleicht sagte er die Wahrheit, vielleicht wollte er wirklich nur Brianna entführen und sie zwingen, mit ihm zu leben. Aber wem machte ich etwas vor? Dieser Typ schnitt Leuten mit der Schere die Lippen ab. Würde er wirklich drei Zeugen zurücklassen, die ihn belasten könnten? Unsinn. Wir waren tot.

Nachdem Bud und Shaggy an die Stühle gefesselt waren, stieß Costin mich auf einen dritten und band mich fest. »Okay, jetzt bin ich mir meiner Chancen ein wenig sicherer. Komm her, Brianna, und gib mir einen Kuss.«

Brianna ging zu ihm und drückte ihren Körper fest gegen seinen. Er nahm sie in den Arm, die Pistole hing locker hinter ihrem Rücken. Sie küssten einander lange und fest, fast schon brutal, und ich sah, wie Bud sich verzweifelt bemühte, sich zu befreien. Shaggy schaute entsetzt.

Costin trat zurück, lächelte in Bris zu ihm hochgewandtes Gesicht und schlug ihr dann auf einmal derart heftig mit dem Pistolengriff ins Gesicht, dass es sie von den Beinen riss. Sie stürzte auf den Rücken und lag still, Blut sickerte ihr aus dem

Mund. Bud und Shaggy drehten durch, sie versuchten ihre Arme loszureißen. Ich arbeitete an dem Seil, das meine Handgelenke fesselte. Das war meine einzige Hoffnung.

»Brianna, Brianna, glaubst du wirklich, du kommst mit diesem Scheiß durch? Mich ohne ein Wort zu verlassen und ich sorge mich all diese Jahre? Und dann bist du hier und planst mit diesen beiden Versagern, mich abzuknallen? Ich meine, ich bin wirklich ein entspannter Typ, aber das …«

Brianna begann von ihm wegzukriechen, aber Costin stürzte sich wieder auf sie, er riss sie hoch und schlug ihr erneut so heftig ins Gesicht, dass sie zu Boden ging. Der Knoten, an dem ich mit meinen Fingern zerrte, gab ein wenig nach und ich machte panisch weiter, während Brianna auf Händen und Knien davonzukriechen versuchte. Sie blutete jetzt heftig aus Mund und Nase. Blut lief über ihre Bluse auf den Boden. Bud schrie Flüche, Drohungen, und stemmte sich verzweifelt und beinahe hysterisch gegen seine Fesseln.

Aber Bud und ich erstarrten plötzlich beide, als Costin eine Schere aus seiner Jacke zog, Briannas Kopf am Haar zurückriss, und ihr die Spitze der Schere in die Mulde ihrer Kehle presste. »Du wirst mit einem Lächeln sterben, Baby, genau wie die kleine Hilde in dieser Duschkabine, aber du wirst ein Publikum haben, das dir beim Sterben zusieht.«

Brianna weinte und bettelte um ihr Leben, aber er stieß sie auf den Stuhl mir gegenüber, dann band er sie mit dem Seil fest.

Ich sah panisch zu, aber es gelang mir, ein paar weitere Knoten zu lockern. Die Augen auf Costin gerichtet tastete ich ungeschickt an dem letzten Knoten herum, ich wollte ihn unbedingt stoppen, dann verspannte ich mich komplett, als Costin sich vor Brianna hinkniete und zärtlich die losen Strähnen blutgetränkten Haares hinter ihre Ohren strich.

O Gott, in diesem Moment wusste ich, was er tun würde. Er würde ihr die Lippen abschneiden, genau wie er es bei Hilde getan hatte. Ich wusste es, ich wusste es ganz genau, und ich kämpfte gegen das Seil hinter meinem Rücken. Ich musste mich befreien!

Entsetzt sah ich, wie er mit dem linken Daumen und Zeigefinger ihre Unterlippe vorzog, dann öffnete er die Schere und begann durch das weiche Fleisch zu schneiden, er bearbeitete ihre Lippe wie ein Steak, das er sich braten wollte. Brianna schrie schrill, herzerweichend, entsetzt, und immer mehr Blut schoss ihr aus ihrem verstümmelten Mund und durchtränkte langsam ihre weiße Baumwollbluse. Walter grinste. »Jetzt wird dein beschissener Detective-Freund dich nicht mehr so mögen, was, Bri? Jetzt bist du nicht mehr so verführerisch für das andere Geschlecht. Vielleicht bleibst du dann diesmal doch bei mir, du verlogene Hure. Oder vielleicht will ich dich auch nicht mehr, jetzt wo du zerschnitten und hässlich bist. Ich habe auch meine Standards.«

Plötzlich war meine rechte Hand frei, als er die Schere wieder zu ihrem Mund hob, und ich warf mich nach links, ich knallte samt Stuhl auf den Boden, dann robbte ich panisch in Richtung von Briannas Stuhl und auf den Tisch zu, auf dem die Kerosinlampe stand. Der kippte um und traf mit einem Scheppern und Klirren auf den Boden. Es wurde einen Augenblick dunkel im Zimmer, dann zündete sich das Kerosin und entflammte so schnell, dass Costin und Brianna keine Zeit mehr hatten, aus dem Weg zu gehen. Das Feuer erwischte Costins Hose und Briannas Rock, ich konnte Brianna schreien hören.

Ich robbte und schob mich weiter, bis dorthin, wo Bud seine .45er abgelegt hatte. Ich packte sie, drehte mich zu Costin um und schoss fünf schnelle Runden auf ihn, aber er hatte mich gesehen und tauchte hinter das Sofa, wobei sein Hosenbein immer noch brannte. Brianna lag still, Blut sickerte aus ihrem Gesicht, ihr Rock stand in Flammen. Bud versuchte sie zu erreichen, er lag seitlich auf dem Boden, immer noch an den Stuhl gefesselt, aber robbte auf sie zu. Ich konnte Costin hinter dem Sofa hören. Er rollte sich über den Boden, um seine brennenden Klamotten zu löschen. Ich zielte, schoss noch dreimal durch das Sofa, aber er war bereits unterwegs in Richtung von Shaggys Gewehr. Er packte es und rannte durch den Flur zur Haustür, ich schoss noch einmal und dachte, diesmal hätte ich ihn ins Bein getroffen, so wie er stürzte. Aber er drehte sich auf dem Boden herum und bedachte uns alle mit einem einzelnen Schuss aus Shaggys Schrotflinte. Ich spürte das Brennen, als Schrotkugeln meinen Fuß trafen, und duckte mich hinter einen Sessel, ich drückte auf den Abzug und leerte die Waffe in seine Richtung, Knall um Knall erfüllten das Zimmer mit Lärm und Rauch und dem entsetzlichen Gestank von Schießpulver.

Dann wurde alles still, abgesehen von Briannas Schreien vor Schmerz und Schreck, Buds und Shaggys Schreien der Wut, und dem Knistern der Flammen, als das Sofa zu brennen begann. Rauch erfüllte das Zimmer mit einem grauen Schleier und ich kroch zur Wand und drückte mich daran, während ich nachlud. Ich konnte Costin jetzt hören, seine Schritte auf der vorderen Veranda, dann die Treppe zum Hof hinunter. Er entkam, verdammt, und alles in mir wollte hinter ihm her, ihn stoppen, aber ich wusste, Brianna blutete, ihr Rock brannte, und Bud und Shaggy konnten mir nicht helfen.

Ich schob mich zu Brianna und erstickte die Flammen mit einem Überwurf von der Couch, dann nahm ich die Schere und durchschnitt Buds Fesseln. Er krabbelte auf allen Vieren zu Brianna, riss sein Hemd herunter, und presste es gegen ihren verletzten Mund. Er hob sie in seine Arme und stöhnte verzweifelt. Ich schnitt Shaggy los, aber der war ebenfalls verletzt, das Schrot hatte ihn in Brust und Arm getroffen, er hatte Schwierigkeiten zu atmen. Ich trampelte das kleine verbliebene Feuer auf Teppich und Sofa aus, dann zog ich mein Handy aus Shaggys Tasche, wohin er es vorhin gesteckt hatte. Ich wählte 911, bat um Polizei, Feuerwehr und mehrere Krankenwagen, und versuchte ihnen zu beschreiben, wie sie zum Haus fanden.

20

Die Polizei von Springfield brauchte etwa zehn Minuten bis zu uns, Krankenwagen und Feuerwehr kamen direkt hinter ihnen. Der Schaden durch das Feuer war minimal, aber die Szene war schrecklich und surreal, Rauch, Blut und Schrecken, wir waren alle verletzt oder irgendwie angeschossen. Brianna ging es mit Abstand am Schlimmsten. Den Sanitätern gelang es, die Blutung an ihrem Mund zu stillen, und sie fanden sogar das abgetrennte Material und legten es zum Annähen im Krankenhaus auf Eis. Ich versuchte, Bud mit einem Bericht von Carlos Vasquez' erfolgreicher Operation zu trösten. Er starrte mich bloß mit leerem Blick an. Also hielt ich den Mund.

Shaggys Zustand war stabil, als sie ihn in den Krankenwagen luden. Sie waren noch nicht sicher, aber ich ging davon aus, dass es keine inneren Verletzungen gab, außer vielleicht der Lungen. Bud war ebenfalls getroffen worden, wenn auch nicht schlimm, kümmerte sich aber nicht weiter um seine eigenen Wunden. Ihn sorgte vielmehr, dass Brianna die medizinische Zuwendung bekam, derer sie dringend bedurfte. Er sah aus, als stünde er unter Schock. Ich stand ganz sicher unter Schock.

Walter Costin war entkommen, genau wie er es vorhergesagt hatte, genau wie Bri und Shaggy es vorhergesagt hatten, geschmeidig wie ein Aal. Ich veranlasste eine bundesstaatweite Suche, so bald ich konnte, war aber nicht mal sicher, was für einen Wagen er fuhr. Die Chance, dass er erwischt würde, war klein. Darüber dachte ich nach, und wie ich den ganzen Mist Charlie erklären sollte, ohne Bud und Shaggy reinzureiten, weil die mich eingesperrt hatten, ganz zu schweigen von ihrem gescheiterten und blödsinnigen Plan, Costin zu ermorden.

Nicht unbedingt das, was angestellte Detectives und ihre Freunde von der Spurensicherung in ihrer Freizeit treiben sollten.

Ich konnte nicht behaupten, dass ich ihnen einen Vorwurf machte, nicht mehr, nicht nachdem ich zu sehen bekommen hatte, zu was Costin fähig war, was er Brianna vor meinen Augen angetan hatte, noch dazu jener Frau, die er zu lieben behauptete. Genau genommen teilte ich jetzt ihren Wunsch, sein Ableben zu beschleunigen, denn wenn jemand auf dieser grünen Erde eine Kugel zwischen die Augen verdient hatte, dann Walter Costin. Ich hätte auch nichts dagegen, sie ihm zu verabreichen, die Idee gefiel mir durchaus, ich fantasierte den Großteil der Zeit davon, aber ich musste mich mit der Tatsache zufrieden geben, dass ich ihn überhaupt getroffen hatte. Ich war fast sicher, dass er verwundet sein musste. Vielleicht wäre es tödlich und er würde sich in ein dunkles Loch verkriechen, um zu verbluten, dann konnten wir ein Freudenfeuer veranstalten.

Brianna und Bud wurden gemeinsam im ersten Krankenwagen davongefahren. Bud hielt ihre Hand. Shaggy und ich teilten uns Nummer zwei. Er war jetzt bewusstlos und die Sanitäter überprüften meine Lebenszeichen und untersuchten meinen Fuß und sagten, ich hätte verdammtes Glück gehabt, viel mehr Glück als alle anderen. Ja, ich Glückspilz – die Wunde auf meinem Spann tat fast nicht weh. Mit jaulenden Sirenen spedierten sie uns alle ins St. John's Regional Health Center an der National Avenue in Springfield, wo ich still in einem mit einem grünen Vorhang abgetrennten Bereich in der Notaufnahme saß, während eine junge Ärztin namens Martha Barnes mit ein paar Stichen meinen linken Fuß bearbeitete, schön ordentlich und gleichmäßig, eine richtige Betsy Ross. Aber ich kam mit Stichen klar, meine Güte, ich sollte einfach meine eigene Packung mit Nadel und Faden kaufen und für Tage wie diesen bei mir tragen. Ich hinkte nicht einmal allzu schlimm. Ja, einer von vier hatte richtig Glück gehabt. Schade nur, dass Costin ein paar Löcher in meine brandneuen schwarzen Stiefel geschossen hatte.

Black rief mich an, gerade als Dr. Martha das letzte bisschen Gaze um meinen Fuß wickelte.

»Wo steckst du? Ich warte schon seit einer Stunde bei dir zu Hause darauf, dass du kommst. Das Essen wird kalt.«

»St. John's Regional Health Center.«

»In Springfield? O Gott, was ist passiert? Geht es dir gut?«

»Mir geht's gut. Bud und Shaggy sind okay. Brianna nicht.« Ich erzählte ihm die scheußlichen Einzelheiten, und es klang noch viel schlimmer, wenn man es aussprach. Ich wünschte, ich müsste mir nicht zuhören, wenn ich so was erzählte. Am Ende war ich mit der Geschichte fertig, und mit den Nerven auch.

»Du hast Glück, noch am Leben zu sein.«

Black fing an, das ziemlich häufig zu sagen. Fast wie ein Mantra. Aber er klang ehrlich besorgt, was wohl ganz nett war.

»Der Hubschrauber bringt einen Patienten aus Kansas City, aber ich komme dich in der Lear abholen.«

Das klang gut. Ich war müde und wollte schlafen, irgendwo in Sicherheit und ohne Scheren, vielleicht mit Black an meiner Seite, bewaffnet mit einer geladenen Pistole und auf der Hut. »Danke. Ich fände es wirklich toll, wenn du das tust.«

Wir legten auf und ich wusste, dass ich als Nächstes Charlie über die Sache in Kenntnis setzen musste. Diesen Anruf wollte ich wirklich nicht machen, ehrlich nicht. Vielleicht sollte ich das einfach Bud übernehmen lassen, sollte der doch erklären, wie diese entsetzliche Katastrophe zustande gekommen war. Besser noch, Bud und ich setzten uns ein bisschen zusammen und glichen unsere Geschichten ab, bevor wir irgendjemanden anriefen, der die Möglichkeit hatte, uns zu feuern. Noch viel besser: Ich schaute erst mal, ob es Bud gut ging. Ich konnte den schrecklichen, entsetzten Ausdruck auf seinem Gesicht, als Brianna verstümmelt wurde, nicht vergessen. Und sein normaler Ausdruck war nie zurückgekehrt. Diese sinnlose Brutalität hatte mich auch mitgenommen, und ich durfte nicht an ihr makelloses, schönes Gesicht denken, oder wie es jetzt aussehen musste, oder wie Walter Costin einfach ihre Unterlippe abgeschnippelt hatte, als schnitte er ein Preisschild von einem Kissen.

Nein, emotional ging es Bud sicher nicht gut, und da Black einige Zeit brauchen würde, um nach Springfield zu gelangen, entschied ich mich, nach oben zu humpeln und nach meinem Partner zu sehen. Ich schluckte die Schmerztabletten, die sie mir gaben, und erfragte, dass Bud mit einigen kleinen Schusswunden auf der linken Körperseite ein Krankenhausbett zugewiesen worden war. Brianna und Shaggy befanden sich beide noch in den OP-Sälen.

Die Morgenschicht begann gerade den Dienst und ich wanderte durch eine relativ verlassene Notaufnahme, jetzt wo unsere kleine blutige Bande verarztet war, in einen der großen Krankenhausflure, wo ich etliche Krankenschwestern in einem regenbogenbunten Sortiment von Uniformen miteinander plaudern und Starbucks-Kaffee trinken sah. Ich fragte an der Aufnahme, wo sie Bud hingebracht hatten.

Laut ihres Namensschilds war der Name der Rezeptionistin Cassandra Case und sie trug die coolsten türkisfarbenen Fransen-Wildlederstiefel, die ich je gesehen hatte. Ich bevorzugte normalerweise schwarze Polizeikampfstiefel, aber die standen ihr toll. Sie hatte ein hübsches Lächeln und war freundlich und sah gut genug aus, dass sie sogar bei Black im Hotel hätte arbeiten können. Wie sie alles auf ihrem Schreibtisch geordnet hatte, komplett rechtwinklig, sogar der Kugelschreiber, verriet mir, dass sie vielleicht ein bisschen spießig war. Sie beschrieb mir den Weg zu einem Doppelzimmer im zweiten Stock auf der Westseite.

Die Flure waren flüsterleise, die meisten Patienten schliefen und träumten in abgedunkelten Doppelzimmern. Als ich Buds Tür aufstieß, hörte ich ein Schnarchen, was ich für ein gutes, positives Zeichen hielt, dass sie ihm ein kräftiges Sedativum gegeben hatten, um ihn zu beruhigen und den schrecklichen Ausdruck auf seinem Gesicht verschwinden zu lassen. Es wäre besser für ihn, wenn sein Geist vollständig ausgeschaltet wurde, sein Hirn wäre einfach nur eine wirre graue Masse, die nicht an das Blut denken musste, das aus Bris Mund geströmt war. Aber als ich den Vorhang zur Seite zog, war es ein Junge, der aussah wie achtzehn, er schnarchte mit offenem Mund, ein Bein in einer Schlinge hochgelegt.

Ich hinkte an dem ersten Patienten vorbei und zog den Vorhang zum zweiten Bett zur Seite. Das Bett war leer, weiße Laken beiseite geschlagen, die Nadel des Tropfes am Boden, der Beutel noch halb voll.

Ich verzog mich eilig und fragte bei der Stationsschwester, ob Bud Davis entlassen worden wäre. War er nicht. Sie hatten zuletzt vor etwa einer Stunde nach ihm gesehen. Meine Sorge nahm zu und ich fuhr mit dem Fahrstuhl nach unten. Mein Magen verkrampfte sich. Ich wählte seine Handynummer, wusste aber nicht einmal, ob er es bei sich hatte, oder ob es bloß irgendwo in dem blutbespritzten Bauernhof aus der Hölle endlos klingelte. Er wartete nicht im OP-Flügel, und Brianna war auch noch nicht raus, wo zum Teufel war er also hin? Und dann dämmerte mir, wo er steckte. Er war hinter Walter Costin her.

Alle meine Alarmglocken schrillten wie verrückt. Ich rief beim Canton County Sheriff's Department an und erklärte dem diensthabenden Officer den Stand des Falles, dann fragte ich ihn, ob er Bud gesehen hätte. Er sagte, niemand hätte ihn gesehen, ich sollte es auf dem Handy versuchen. Ich ging wieder nach oben und wählte erneut Buds Handynummer. Ich ließ es die ganze Zeit klingeln, während ich durch den Flur zum Aufwachraum ging. Shaggy war jetzt aus dem OP raus und ich wollte mit ihm reden. Ich zeigte meine Marke und die Schwester ließ mich rein, sagte aber, ich könnte nur ein paar Minuten bleiben. Ich kam in Übung mit Verbrechensopfern in Aufwachräumen, seit ich diesen Fall hatte.

Shaggy war noch ziemlich benommen, erkannte mich aber, als ich mich nah an ihn heranbeugte und meine Hand auf seine Stirn legte. Er schien Fieber zu haben.

»Wie geht es dir, Shag?«

»Nicht so toll.«

»Sie sagen, du kommst wieder in Ordnung.«

»Fühlt sich nicht so an. Bri okay?«

»Sie ist im OP. Es klingt ziemlich gut. Sie können inzwischen Wunder wirken.« Na ja, das war eine große Lüge, aber er musste ja nicht die andere, weniger rosige Seite der Medaille hören. Er schloss die Augen und stellte meine Behauptung nicht in Frage. Als er sie wieder öffnete, brauchte er eine Sekunde, um scharf zu stellen, dann sagte er: »Es tut mir leid, wir hätten dich nicht einsperren sollen. Wir hätten es so machen sollen, wie du wolltest. Du hättest es hinbekommen.«

Ich schaute mich um nach der Krankenschwester, die sich um einen anderen Patienten kümmerte, dem schlecht war von den Narkosemitteln, die er bekommen hatte. Ich blockte die Würgegeräusche aus. »Hör mal, Shag, du musst mir sagen, was du glaubst, wo Costin hingeht.«

»Ich weiß nicht.«

»Ich vermute, Bud ist hinter ihm her. Hat Brianna ihm gesagt, wo Walter sich verstecken könnte, wenn etwas schief geht?«

Shaggy war benommen und hatte Mühe, sich auf mich zu konzentrieren. »Wir haben darüber gesprochen, ihn uns in Florida vorzunehmen, wenn er nicht auf den Hof käme. Er hat dort ein Haus den Strand hinunter von Bris und Hildes. Hilde hat gesagt, er hätte es gekauft, nachdem Bri abgehauen ist. Er hat ihr Haus ständig überwacht, um zu sehen, ob sie je zurückkäme.«

Das überraschte mich. Ich fragte mich, ob er dort gewesen war, ob er mich Carlos über den Strand hatte jagen sehen, an dem Tag, an dem Ortega mich geschnappt hatte. »Du musst mir genau sagen, wo es ist. Ich glaube, Bud wird versuchen, ihn sich alleine zu schnappen.«

Shaggys Augen waren glasig, beinahe geschlossen, er konnte kaum noch und nun schüttelte er den Kopf. Er sprach undeutlich. »Walter ist zu klug. Bud kriegt ihn nie. Er wird Bud umbringen. Du hast es gesehen. Du hast gesehen, wie er ist.«

»Ich glaube, ich habe ihn angeschossen. Glaubst du, er wird wirklich zurück nach Florida gehen und sich dort verstecken?«

Er nickte. »Eine Weile, vielleicht. Wahrscheinlich denkt er, niemand außer Hilde weiß, dass er das Haus hat.«

Es gelang Shaggy, mir zu erzählen, dass Costins Haus das letzte an Hildes Strandbucht in Richtung Süden war, ein älteres Haus mit einer Einzelgarage hinten im Garten, grau von der Witterung und heruntergekommener als ihres. Er sagte, es hätte eine Hollywoodschaukel auf einer mit einem Fliegengitter geschützten vorderen Veranda, und ein großes chinesisches Windspiel. Danach döste Shaggy ein. Die Krankenschwester bat mich zu gehen. Das war okay, Shaggy hatte mir genug verraten. Ich konnte mich an Fotos in Hildes Album erinnern, sie saß auf einer Hollwoodschaukel. Ja, genau dorthin würde er fliehen, vor allem weil er glaubte, dass wir nichts davon wussten. Er würde sich dort für ein paar Tage sicher fühlen, und dann würde er nach Bolivien fliegen, wenn er klug war, und das war er.

Ich schleppte mich durch den Flur in einen leeren Warteraum, von dem aus man die Vorderfront des Krankenhauses im Auge behalten konnte. Ich sah noch keine langen schwarzen Limos auf den Parkplatz brausen, um mich zu retten, also holte ich tief Luft und wählte Charlies Nummer. Er meldete sich nach dem zweiten Klingeln und klang so genervt wie immer. Ich erzählte ihm, was vorgefallen war, und er schwieg und sagte dann: »Es geht also allen einigermaßen gut.«

Ich sagte: »Ja, aber wir haben ein Riesenproblem und nicht viel Zeit, uns darum zu kümmern. Ich bin ziemlich sicher, Bud ist hinter Walter Costin her, und wenn das stimmt, dann steckt er wahrscheinlich in der Tinte. Ich brauche Ihre Erlaubnis, ihm zu folgen.«

»Wo ist er hin?«

Ich zögerte. »Florida. Er geht wahrscheinlich davon aus, dass Costin dorthin fliehen wird.«

»Das ist allerdings ein Problem. Dort haben wir nichts zu melden. Rufen Sie Ortega an, der soll sich darum kümmern.«

Ich log. »Also, ich bin nicht hundert Prozent sicher, dass Bud dorthin unterwegs ist, aber ich weiß, er ist verletzt und aufgewühlt, er denkt nicht geradeaus. Ich bezweifle, dass er es schaffen würde, Costin zu finden, bevor ich ihn einhole. Aber wenn ja, dann fürchte ich, er wird verletzt werden, bevor er ihn verhaftet hat. Ich muss dort runter, Sheriff.«

»Miami soll sich darum kümmern.«

»Er hat ihr vor unseren Augen die Unterlippe abgeschnitten, Charlie, während sie am Leben war und ihn anflehte. Deswegen will Bud Costin selbst drankriegen.«

»Sie reden über einen anderen Polizeibezirk, Claire.«

»Sheriff, wir können in Hollywood landen, wo Costin angeblich ein Haus hat. Dorthin ist Bud, glaube ich, unterwegs. Ich werde Ortega anrufen und ihn die Passagierlisten überprüfen lassen. Er soll in Miami International auf Bud warten. Einer von uns muss ihn dann abfangen.«

»Ich kann Ihnen dafür keine Genehmigung geben, und das wissen Sie genau.«

Ich fluchte leise, ich war wütend über die Zeit, die wir verschwendeten. »Dann bitte ich um einige freie Tage, Sir, aus persönlichen Gründen.«

Schweigen. Dann sagte Charlie: »Genehmigt.«

»Danke, Sir.«

»Rufen Sie unbedingt Ortega an, wenn Sie landen, ich meine es ernst, Claire. Und seien Sie vorsichtig, gottverdammt noch mal.«

Es war das erste Mal, dass ich Charlie den Namen des Herrn hatte missbrauchen hören, aber ich vergab ihm. Dann legte ich auf und wählte Black auf Kurzwahl. Er meldete sich schnell.

»Wir nähern uns dem Flughafen Springfield-Branson. Wir setzen in ein paar Minuten auf.«

»Du musst mich nach Miami fliegen, so schnell es geht.«

»Was? Warum?«

»Ich glaube, Bud ist Costin dorthin gefolgt, und wir verlieren Zeit.«

»Verdammt, Claire.« Schweigen. »In Ordnung, ich lasse meinen Piloten einen Flugplan aufstellen. Wo bist du jetzt?«

»Immer noch im Krankenhaus. Ich nehme mir ein Taxi und treffe mich mit dir am Flughafen. Das geht schneller.«

Wir legten auf, und zwanzig Minuten später waren wir in der Luft. Ich erklärte Black die Einzelheiten und er runzelte reichlich die Stirn, aber er hörte zu, bis ich fertig war. Dann sagte er: »Das ist keine gute Idee. Genau genommen ist sie schweinedumm. Wir sprechen davon, einen Mörder außerhalb deines polizeilichen Einsatzgebietes festnehmen zu wollen.«

»Nein. Wir wollen bloß Bud erwischen. Wir wollen ihn daran hindern, etwas Dummes zu tun.«

»Du wirst dir Ärger einhandeln, Claire.«

»Bud ist auf einem Rachefeldzug, und ich fürchte, dass er dabei zu Schaden kommt.« Das war nicht alles, was ich fürchtete, aber mehr sagte ich nicht. »Das kann ich nicht zulassen.«

»Also, Teufel, ich würde sagen, Bud hat gute Gründe, blutrünstig zu sein. Ich würde diesen Hurensohn auch gerne umlegen, schon dafür, was er dir angetan hat.«

»Lass den Piloten einfach so nah wie er kann an Hollywood in Florida landen. Mehr will ich gar nicht. Ich kann Bud diese Sache ausreden und ihn zur Vernunft kommen lassen. Da bin ich sicher.«

Black war gar nicht glücklich. Ich konnte es an seiner dauerhaft gerunzelten Stirn erkennen und daran, wie er umherging und den Kopf schüttelte und missbilligend knurrte. »Nur wenn du deine Waffen mitnimmst, wie letztes Mal. Gott, ich kann gar nicht glauben, dass ich mich zu so was überreden lasse.«

Ich ließ ihn mit dem Piloten konferieren und für eine Landeerlaubnis sorgen, dann wählte ich Mario Ortegas Nummer.

Er meldete sich und sagte: »Haben Sie ihn?«

»Nicht wirklich.« Ich erklärte ihm, was in Springfield geschehen war und was gerade ablief.

Er sagte: »Heilige Scheiße.«

Ich stimmte ihm zu. In den gleichen Worten.

Er sagte: »Wann landet Ihr Partner in Miami?«

»Ich weiß nicht. Können Sie die Passagierlisten für mich überprüfen? Er müsste aus St. Louis, Kansas City oder Springfield, Missouri, fliegen. Können Sie das rauskriegen und ihn sich vornehmen, wenn er aussteigt? Wir landen die Küste hoch in der Nähe Hollywoods und fahren dann runter zu Costins Haus. Und können Sie rauskriegen, ob der in einem Flieger irgendwo nach Süd-Florida sitzt?«

»Ja. Wird nicht einfach, aber das kriege ich hin.«

»Und können Sie mir eine Erlaubnis besorgen, in Ihrem Staat eine Waffe zu tragen, nachdem ich gelandet bin?«

»Ja, das geht klar. Aber knallen Sie niemand ab.«

Wir legten auf und ich war sehr erleichtert. Charlie würde es genauso gehen. Und Bud, wenn der endlich zu Sinnen kam. Und dann, hurra, wären alle unsere Sorgen vorüber.

Wir landeten am Ende auf dem Fort Lauderdale-Hollywood International Airport, Black hatte bereits einen Mietwagen bestellt. Ich hatte noch nichts von Ortega gehört. Im nebligen Morgenlicht fuhren wir die Küstenstraße gen Süden, Black saß wegen meines blöden Fußes am Steuer, und wir brauchten fast zwanzig Minuten bis zu der Straße, die vom Highway abging und uns zu Hildes Strand führte. Als ich glaubte, dass wir in der Nähe des Hauses waren, das Shaggy uns beschrieben hatte, hielten wir am Straßenrand und starrten den Mietwagen auf der anderen Straßenseite an. Bud hatte uns doch irgendwie geschlagen. Wie, hatte ich keine Ahnung. Oder vielleicht war es Costins. Wem auch immer der Wagen gehörte, der Fahrer hatte sich offensichtlich von hinten an das Strandhaus heranschleichen wollen, vermutlich zu Fuß. Wir kletterten über einen niedrigen Hügel und erhaschten einen ersten Blick auf

Costins Versteck. Es sah ziemlich genauso aus, wie Shaggy es beschrieben hatte. Still und verlassen. Grau, wettergegerbt. Der Ozean flutete und ebbte davor, die Wellen laut und drohend. Ein grüner Concord parkte hinter dem Haus. Langsam hatte ich ein ziemlich flaues Gefühl im Bauch.

Das wurde noch schlimmer, als ich sah, dass die hintere Tür zum Haus offen stand. Black und ich kamen näher, die Waffen gezogen. Ja, er hatte auch wieder eine, genau wie beim letzten Mal. Das gefiel mir nicht, überhaupt nicht. Wir standen rechts und links der Tür. Ich linste hinein. Der Eingang führte in eine Art Waschraum. Kein Laut von drinnen. Nichts sah ungewöhnlich aus. Kein Anzeichen menschlichen Lebens, abgesehen von den beiden Autos.

Also gingen wir hinein, ich zuerst. Wir vollführten denselben vorsichtigen Tanz vor der Tür zur Küche. Ich warf einen Blick hinein und entdeckte einen Küchentisch und zwei Stühle. Darauf stand ein Teller. Halb gegessene Makkaroni mit Käsesoße. Ein Glas war umgefallen, ein Milchsee auf dem Tisch. Eine Menge weiße Bandagen und antiseptische Brandsalben lagen herum. Also hatte doch eine meiner Kugeln Costin erwischt. Zerbrochene Teller auf dem Boden knirschten unter unseren Füßen. Durchs Wohnzimmer konnten wir sehen, dass auch die Vordertür offen stand. Es schien, als hätte entweder Bud Costin hinten rausgezerrt, oder umgekehrt. Da ich wusste, dass Bud das Überraschungsmoment auf seiner Seite hatte, fürchtete ich, es wäre ersteres. O Gott.

Draußen hörten wir wieder das Meer rauschen. Wind im Seegras. Niemand zu sehen.

Black schaute zu der alten Garage. »Sie müssen da drin sein.«

Wir gingen hinüber und standen wieder an beiden Seiten, die Pistolen gezogen. Wir wurden ein immer besseres Team. Ich drückte die Tür mit meiner linken Hand auf. Wegen des folgenden Quietschens wirbelte Bud herum und sah uns an. Er saß auf einem Stuhl. Sein Gesicht war aschgrau. Er umklammerte seine .45er mit einer Hand, aber sie lag in seinem Schoß. Er sagte nichts.

Costin war mit Klebeband an einen Stuhl einen Meter vor Bud gefesselt, Knöchel, Arme, Stirn. Er hatte Klebeband über dem Mund. Seine Augen waren offen und starrten geradeaus. Er hatte ein Einschussloch zwischen den Augen.

Ich sagte: »O Gott, Bud, was hast du getan?«

Bud starrte mich an. Er wirkte erstaunt, aber schrecklich ruhig. Black und ich traten vor, mein Herz schlug in meinem Hals. Wenn Bud die Kontrolle verloren und Costin ermordet hatte, dann war seine Karriere vorüber, sein Leben zu Ende. Er würde sehr, sehr lange im Gefängnis sitzen.

Bud sagte: »Er war tot, als ich hier ankam.«

»Bud, das wird nicht funktionieren. Charlie weiß, dass du hergekommen bist. Ortega weiß es. Wie konntest du das tun?«

»Ich war es nicht.«

Black war direkt auf die Leiche zugegangen. Er ging vor Costin in die Knie, berührte ihn aber nicht. »Claire, sieh dir das an.«

Ich gesellte mich zu ihm, starrte die Leiche an und erkannte, dass Bud es tatsächlich nicht getan hatte. Costins Ohrläppchen waren beide verschwunden, sorgfältig abgeschnitten, das Blut an den Schnittkanten geronnen. Erleichterung überkam mich.

»Die Ohrläppchen abzuschneiden ist das Zeichen der Rangos«, sagte Black zu mir. »Das ist ihr Mord, keine Frage.«

Black wartete, ob ich ihm widersprach, aber ich nickte bloß. Ich wusste bereits, wessen Visitenkarte das war. Ortega hatte mir erzählt, was die Rangos ihren Opfern antaten, als ich auf der Wache Esteban Rangos' Akte durchgesehen hatte. Als ich nichts erwiderte, hob Black beide Hände, als wollte er mich abwehren. »Ich hatte damit nicht das Geringste zu tun«, sagte er. »Ich schwöre es bei Gott. Ich habe nicht mit José gesprochen, seit wir bei ihm zu Hause waren.«

Ich glaubte ihm natürlich. »Das weiß ich. Sie haben erfahren, dass Costin Esteban getötet hat, deswegen haben sie ihn umgelegt. Ortega hat gesagt, Vasquez hätte ihnen berichtet, dass Costin derjenige war, der seinen Mund verstümmelt hatte, als sie zu ihm ins Krankenhaus kamen.«

»Woher wussten sie, wo sie ihn finden?«

Das war eine gute Frage, ich zuckte mit den Achseln.

Black beantwortete sie selbst. »Egal, José hat seine Mittel und Wege.«

Ich nickte, das war sicher richtig, aber ich war so froh, dass Costin tot war, und so verdammt erleichtert, dass Bud es nicht getan hatte, dass mir ziemlich egal war, wer die Verantwortung dafür trug. So lange Bud nicht in einer stinkigen Gefängniszelle vor sich hin modern musste, weil er dieses Dreckstück erledigt hatte. Das war alles, was mich kümmerte.

Bud starrte die Leiche an und ich hatte das Gefühl, er wäre ein bisschen verwirrt. »Ich wollte ihn umbringen. Ich hätte ihn umgebracht. Ich konnte nicht aufhören, daran zu denken; ich konnte nicht aufhören daran zu denken, was er Bri angetan hat.«

Ich legte meine Hand auf seine Schulter. »Aber du hast es nicht getan, Gott sei Dank. Und du hättest es wahrscheinlich auch nicht tun können, nicht mehr, als du es in Springfield hättest tun können.«

»Ich wollte ihn umbringen. Ich wollte ihn erschießen.«

Ich musste Bud aus diesem Nebel rausholen, und zwar schnell, denn ich musste Ortega anrufen und dieses Verbrechen sofort melden. Aber das hieß nicht, dass Bud hier bleiben und in die Sache verwickelt werden musste.

»Du musst hier weg, Bud. Sofort. Ich verständige die Kollegen in Miami, und die werden in Hollywood anrufen, und du bist nicht vernehmungsfähig. Es ist besser, wenn sie nicht wissen, dass du je hier warst.«

Black nickte. Er sagte: »Lass uns gehen, Bud, du holst deinen Wagen und fährst zum Flughafen. Mein Flugzeug ist hier, es wartet auf uns, aufgetankt und abflugbereit. Steig ein und bleib außer Sicht.«

»Ihr versteht nicht. Ich wollte ihn umbringen.« Bud schaute verloren und entgeistert, Arm und Bein waren verbunden, seine Augen waren blutunterlaufen. Er hatte nicht geschlafen, keiner von uns hatte das. Wir funktionierten alle nur noch mit Wut und Adrenalin. Unter seiner Windjacke trug Bud die Kleidung der Nacht zuvor. Briannas Blut verkrustet auf seinen Turnschuhen.

»Du musst dich zusammenreißen, Bud. Jetzt sofort. Tu, was wir sagen. Brianna braucht dich. Sie ist jetzt aus dem OP und du bist nicht da. Wie wird sie das finden?«

»Oh, mein Gott, die arme Bri.«

Tränen stiegen in Buds Augen auf, sie schimmerten in der Morgendämmerung. Seine Züge verzerrten sich vor Schmerz und er schluchzte, vollkommen benommen, todtraurig und erschöpft. »Ihr habt gesehen, was er ihr angetan hat. Ihr wisst, wie sie gelitten hat. Ich kann es nicht aus dem Kopf bekommen. Ich kann nicht aufhören, daran zu denken …«

Black nahm Buds Arm und zog ihn in den Stand. »Okay, Bud. Lass uns gehen. Ich fahre dich in deinem Wagen zum Flughafen. Claire kann sich um diese Sache kümmern, bis Ortega und die Behörden vor Ort übernehmen. Du brauchst Schlaf, das ist alles. Ich habe etwas im Flugzeug, das dir hilft, dich zu entspannen und zu schlafen.«

Wie ein Schlafwandler ging Bud gehorsam zur Tür und wartete dort, den Blick auf Walter Costins Leiche gerichtet.

Black wandte sich mir zu. »Du *kommst* doch hier alleine klar, oder?«

»Ja, ich übergebe das bloß Ortega, dann treffen wir uns am Flughafen.«

»Vergiss das nicht, lass dich nicht zwischenzeitlich in was anderes verwickeln. Und mach dir keine Sorgen. Bud kommt wieder zu sich. Ich werde mit ihm sprechen und ihm ein Beruhigungsmittel geben.«

Ich sah zu ihm auf. »Das waren eine Menge Bedenken, Black.«

»Ich kenne dich.«

Ich grinste. »Weißt du was, Black? Es ist gar nicht so schlecht, dich dabei zu haben.«

Black lächelte. Mann, ich mag sein sexy Lächeln wirklich.

»Aber ich muss auch nicht unbedingt am Tatort eines Rangos-Mords auftauchen. Also, warum schaffe ich Bud hier nicht weg, damit du diese Geschichte los wirst und wir alle endlich abziehen können? Mir reicht's für eine Nacht.«

Ich sah Black und Bud nach, dann klappte ich mein Handy auf und rief Mario Ortega an. Als der ranging, sagte ich: »Hier ist Claire Morgan, Ortega. Setzen Sie sich besser hin.«

Ich erzählte ihm alles und beschrieb ihm den Weg zum Tatort, dann warf ich einen letzten Blick auf Walter Costin, dessen Leben genau so zu Ende gegangen war, wie er es verdient hatte. Ich verschwendete kein Mitleid auf ihn. Seine tödlichen Spiele waren für immer zu Ende. Er würde niemals mehr jemandem wehtun. Ich ging nach draußen und setzte mich in den Schatten einer Palme und schaute auf das Meer. Ich liebte das Meer. Nach einiger Zeit hörte ich eine Menge Polizeisirenen jaulen.

Epilog

Charlie stellte nicht allzu viele Fragen, Gott sei Dank. Aber die, die er stellte, waren mit allen möglichen Scheibenkleister-Problemen unterbrochen. Bud nahm etwas Urlaub, aber nach ein paar Tagen in einem Krankenhausbett ging es ihm tatsächlich wieder besser. Er bedankte sich bei uns für das, was wir getan hatten, und versicherte uns, er musste eine Weile den Verstand verloren haben, er hatte Dinge getan, auf die er nicht stolz war, die er nie hätte tun sollen, wenn er vernünftig nachgedacht hätte. Ich glaubte ihm.

Brianna ging es besser, zumindest körperlich. Black ließ die besten Schönheitschirurgen des Landes einfliegen, um ihren Mund wieder hinzubekommen, und sie waren so erfolgreich wie nur möglich. Aber sie konnte die schrecklichen Erinnerungen an die Zeit am See und alles, was dort geschehen war, nicht ertragen, also zog sie zurück in ihr Strandhaus in Florida, um sich zu erholen und zu genesen. Bud ließ sie gehen, aber sie blieben in Kontakt. Er hatte Mühe, sich selbst zu vergeben, was er getan hätte, wenn die Rangos-Familie nicht schneller gewesen wäre.

Shaggy trat wieder seinen Dienst beim Leichenbeschauer an, aber auf Bewährung, und ich erzählte niemandem, was Shaggy, Bud und Brianna vorgehabt hatten. Ihr Plan war fehlgeschlagen, also was soll's. Und wenigstens verrottete Walter Costin jetzt in seinem Grab. Genau genommen hatte José Rangos genauso gute Gründe gehabt, sich Costins Tod zu wünschen, wie wir anderen, und ihn hinderten eben keine kleinlichen Gesetze daran, seine Wünsche wahr werden zu lassen. Ich bin wirklich keine Verfechterin von Auftragsmorden, weinte mich aber auch deswegen nicht in den Schlaf.

Schade nur, dass er nicht meine anderen, wiederkehrenden Alpträume auch gleich noch hatte umlegen können. Das wäre toll.

Black stand am Ende natürlich klasse da und ich erklärte mich bereit, mehr Zeit bei ihm zu verbringen, wenn er am See war, auch wenn ich nicht ganz bei ihm einzog. Ich hatte das Gefühl, ihm das zu schulden, und in der Cedar Bend Lodge gab es schon ein paar tolle Sachen – Zimmerservice und Hausmädchen und ein tolles Fitnessstudio zum Beispiel. Aber ich mochte immer noch mein Häuschen am See, das war mein Zuhause, und ich lebte da, wenn Black zu seinen stetigen, wichtigen Geschäftsreisen aufbrach, was oft war, oder wann immer mir nach etwas Freiraum und Zeit allein zumute war.

Black zog sich zurück und drängte mich nicht mehr nach einem deutlicheren Bekenntnis zu ihm und uns, Gott sei Dank, aber das war es, was er wollte, und wir wussten es jetzt beide. Die Entscheidung werde ich später fällen. Ich genoss etwas Freizeit, während mein Fuß heilte, und ging mit Harve, der aus Michigan zurück war, ein paar Mal fischen, und dann genoss ich noch einige ruhige, romantische Abendessen mit Black an Bord seiner eleganten Motorjacht mitten auf dem See, wo ich auch jetzt gerade bin. Diese friedlichen, glücklichen Tage gefielen Black und mir, das kann ich Ihnen sagen, aber sie würden eben nur anhalten, bis irgendjemand wieder das Bedürfnis hatte, sein Opfer in meinem Gebiet umzulegen. Und das wäre ein großer Fehler, das kann ich Ihnen versichern.

Ich konnte Black jetzt sehen, er stand vor den großen Panoramafenstern des Wohnzimmers. Er führte ein geschäftliches Telefonat, hatte aber nur eine Khaki-Shorts an, sonst nichts, also genoss ich den Ausblick auf all seine harten, gebräunten Muskeln und den geriffelten Sixpack, und erinnerte mich daran, wie gut es sich anfühlte, wenn sich all das an mir rieb. Ich tat das mit einer gewissen erotischen Vorfreude. Ja, Black sah gut aus, so war es nun einmal. Genau genommen erinnerte er mich an eines meiner alten College-Poster,

Sie wissen schon, das hatten alle Mädchen irgendwann mal in ihrem Zimmer hängen, auf dem steht: »Ein harter Kerl ist gut zu finden.«

Als er sah, dass ich ihn ansah, schaute er mir in die Augen und eine ziemlich heftige erotische Spannung begann zwischen uns zu knistern. Ich wusste genau, dass er sich in diesem Moment entschied, dass die Zeit gekommen war, aufzulegen und ein paar erotische Glocken zum Klingeln zu bringen. Ich kenne diesen intensiven Blick, den er dann bekommt, dieses feine Lächeln, diese Aura sinnlicher Vorfreude. Woher ich das kenne? Weil ich im Moment ziemlich genauso aussehe. Also bis demnächst, ich gehe rein, mal sehen, was passiert. Ich erkenne nämlich was Gutes, wenn ich es sehe. Und glauben Sie mir, ich hab es gesehen.